욕망을 파는 집 1

NEEDFUL THINGS
by Stephen King

욕망을 파는 집 1

스티븐 킹 장편소설

이은선 옮김

STEPHEN KING

엘릭시르

모든 정답을 알지는 못하지만
중요한 정답만큼은 알고 있는
크리스 라빈에게 바친다.

신사 숙녀 여러분, 주목해주세요!
안 보이는 분이 없게 바짝 다가앉으세요!
이야기를 하나 들려드릴게요, 돈은 한 푼도 받지 않고!
(그리고 여러분이 그 말을 믿으신다면
우리는 사이좋은 친구가 될 수 있을 거예요.)

- 스티브 얼 〈스네이크 오일Snake Oil〉

전해 내려오는 바에 따르면 칼로 썰 수 있을 듯이
짙은 어둠이 깔리면 동네 골목길에서조차
길을 잃는 사람이 많다고 하는데…….

- 헨리 데이비드 소로 『월든』

등장인물

니드풀 싱스

릴런드 곤트	니드풀 싱스의 주인.

캐슬록 보안관 사무실

앨런 팽본	보안관. 폴리 차머스의 남자친구.
노리스 리지윅	부보안관. 낚시를 좋아한다.
존 라포인트	부보안관. 샐리 랫클리프의 전 남자친구.
앤디 클러터벅	부보안관.
시턴 토머스	부보안관.
실라 브리검	보안관 사무실의 사건 접수원.
샌드라 맥밀런	보안관 사무실의 사건 접수원.

가톨릭교회

존 브리검	캐슬록 가톨릭성당의 신부.
돈 헴필	가톨릭교도. 헴필스 마켓의 사장.
앨버트 젠드런	치과 의사. 브리검 신부의 친구. 가톨릭교도.
윌마 저직	가톨릭교도. 싸움을 좋아한다.
피터 저직	가톨릭교도. 아내를 무서워한다.

침례교회

윌리엄 로즈	캐슬록 침례교회의 목사.
낸 로버츠	식당 낸스 런처넷의 사장. 침례교도.
샐리 랫클리프	초등학교 교사. 레스터 프랫의 여자친구. 침례교도.
레스터 프랫	고등학교 교사. 샐리 랫클리프의 남자친구. 침례교도.

그 외 캐슬록의 주민들

레이 밴 앨런	가정 의학과 의사.
폴리 차머스	바느질 공방 유 소 앤드 소의 사장. 관절염 환자. 앨런 팽본의 여자친구.
네티 코브	폴리 차머스의 가정부이자 친구. 소심한 성격.
댄포스 키턴	캐슬록 행정위원장.
머틀 키턴	댄포스 키턴의 아내.
슬로피 도드	초등학생. 말을 더듬는 습관이 있다.
브라이언 러스크	초등학생. 야구 카드를 수집하는 취미가 있다.
코라 러스크	브라이언의 어머니. 엘비스 프레슬리의 팬.
마이라 에번스	코라 러스크의 친구. 엘비스 프레슬리의 팬.
휴 프리스트	캐슬록 공공사업부 직원. 알코올의존자.
헨리 보퍼트	바 멜로 타이거의 주인.
소니 재킷	서노코 주유소와 카센터의 주인.
에디 워버턴	시청의 야간 경비원.
에이스 메릴	마을의 골칫거리 망나니. 약물의존자.

차례

1권

전에도 여기 온 적 있으시죠?

당연히 오신 적 있겠죠. 당연히. 저는 사람 얼굴을 절대 잊어버리지 않는답니다.

이쪽으로 오세요, 악수 한번 하십시다! 그런데 그거 아십니까? 제가 손님 얼굴을 제대로 확인하기도 전에 걸음걸이만 보고 알아차렸다는 거 아니겠습니까. 캐슬록을 다시 찾기에 이보다 더 좋은 날도 없을 겁니다. 정말 근사한 마을 아닙니까? 조만간 사냥 시즌이 시작되면 열혈 애호가들이 숲속으로 들어가 밝은 주황색 옷을 입지 않고서 움직이는 거라면 뭐든 쏘아댈 테고, 그러고 나면 눈과 진눈깨비가 내릴 테지만 그건 전부 나중 얘기죠. 지금은 시월이고 우리 캐슬록 사람들은 시월을 최대한 오랫동안 붙잡아놓거든요.

저로 말할 것 같으면 일 년 중에서 이때가 제일 좋습니다. 여기서 맞이하는 봄도 좋지만 오월과 시월 중에서 하나를 고르라면 무조건 시월이죠. 메인 주 서부는 여름이 물러나고 호숫가와 캐슬뷰의 별장에서 지내던 사람들이 뉴욕이나 매사추세츠로 돌아가면 대개 잊히는 지역이에요. 여기 주민들은 해마다 그들이 들고 나는 걸 지켜봅니다. 안녕하세요, 안녕하세요, 안녕하세요. 안녕히 가세요, 안녕히 가세요, 안녕히 가세요. 그들이 오면 도시의 돈다발을 들고 와서 좋지만, 그들이 가면 도시의 골칫거리를 들고 가니 또한 좋지요.

제가 주로 얘기하고 싶은 게 그 골칫거리인데요. 잠깐 제 옆에 앉아보시겠습니까? 여기 야외 음악당 계단이 좋겠네요. 햇살이 따뜻하게 비추는데다 마을 광장 한복판이라 온 시내가 한눈에 들어오니까요. 나무 가시만 조심하면 됩니다. 계단을 사포로 밀고 다시 페인트를 칠하긴 해야 해요. 휴 프리스트의 일인데, 아직 시작을 않네요. 그 사람, 술을 너무 좋아하거든요. 그거야 비밀도 아니에요. 캐슬록에서도 비밀을 지킬 수 있긴 하지만 그러려면 어마어마하게 열심히 노력해야 하는데, 다들 알다시피 휴 프리스트와 어마어마한 노력이 좋은 관계를 유지한 건 이미 오래전 일이죠.

저게 뭐냐고요?

아! 저거요! 정말이지 엄청나지 않습니까? 저 전단지가 온 마을에 붙어 있어요! 완다 헴필(남편 돈이 헴필스 마켓 사장이죠) 혼자서 거의 다 붙인 것 같아요. 기둥에 붙어 있는 거 떼서 저 주세요. 머뭇거리실 필요 없어요. 애초에 마을 광장 야외 음악당에 전단지를 붙인다는 것 자체가 말이 안 되죠.

이런 젠장! 이것 좀 보세요. 맨 꼭대기에 “주사위와 악마”라고 적혀 있네요. 지옥에서 날아온 속달우편처럼 연기가 모락모락 나는 시뻘건 글자로 대문짝만하게요! 하! 여기가 얼마나 나른하고 보잘것없는 곳인지 모르는 사람이 보았다면 우리가 타락의 길로 접어든 줄 알았겠어요. 하지만 이만한 규모의 마을에서는 가끔 일이 커질 때가 있다는 거 아시죠? 윌리엄 목사가 이번만큼은 확실히 골치를 썩겠어요. 보나마나죠. 조그만 마을의 교회라는 곳은…… 뭐, 제 입으로 말씀드릴 필요 없겠죠? 자기들끼리 어느 정도 잘 지내긴 하지만 서로를 진짜로 마음에 들어 하는 경우는 절대 없어요. 얼마 동안은 평화롭게 굴러가다가 분쟁이 벌어지죠.

그런데 이번에는 분쟁이 제법 크고 서로 감정이 많이 상해서요. 가톨릭교도들이 시내 저쪽 콜럼버스 기사단 회관에서 카지노 나이트라는 걸 열려고 하고 있거든요. 내가 알기로는 이번 달 마지막 목요일이고 수익금은 성당 지붕 고치는 데 보탠대요. 평온한 바다의 성모마리아 성당인데, 캐슬뷰를 거쳐서 왔다면 시내 나오는 길에 그 앞을 지나셨을 거예요. 성당이 아주 아담하죠?

카지노 나이트는 브리검 신부의 아이디어였지만 그걸 발전시킨 사람들은 이사벨라의 딸들이에요. 그중에서도 특히 베치 비그요. 몸에 딱 붙는 까만색 드레스를 쫙 빼입고 블랙 잭 딜러를 맡거나 룰렛을 돌리면서 "베팅해주세요, 여러분. 베팅해주세요" 할 생각을 하니까 좋은가 봐요. 어휴, 하지만 다들 그 아이디어를 마음에 들어 하는 눈치예요. 별 볼 일 없는 푼돈 놀이이긴 해도 어찌 보면 좀 죽여주는 구석이 있잖아요.

그런데 윌리엄 목사가 보기에는 별 볼 일 없지가 않고 그와 신도들이 보기에는 별로 죽여주지 않는다는 게 문제예요. 그는 사실 윌리엄 로즈 목사인데 브리검 신부를 그리 좋아한 적이 없고 신부도 그를 별로 탐탁지 않게 여긴답니다. (사실 윌리엄 로즈 목사를 '거룩한 윌리' 라고 부르기 시작한 사람도 브리검 신부였고 윌리엄 목사도 그걸 알아요.)

전부터 이 두 주술사 사이에 불꽃이 튀었지만 카지노 나이트 사건은 그냥 불꽃 수준이 아니에요. 작은 산불이라고 표현해도 될 겁니다. 윌리엄은 가톨릭교도들이 콜럼버스 기사단 회관에서 하룻밤 도박을 한다는 소식을 접하고는 그 뾰족한 정수리로 지붕을 때릴 듯이 펄쩍 뛰었죠. '주사위와 악마' 전단지도 그 사람 주머니에서 나온 돈으로 만들어 완다 헴필과 바느질 모임 회원들이 온 동네에 붙인 거예요. 그 이후로 가톨릭교도와 침례교도들은 몇 쪽 안 되는 주간지의 독자 투고란에서만 말을 섞는답니다. 서로 지옥에 갈 거라며 열변을 토하고 호통을 치고 난리도 아니에요.

저길 보면 내 말이 무슨 뜻인지 알 거예요. 방금 전에 은행에서 나온 저 여자가 낸 로버츠거든요. 낸스 런처넷 식당의 사장인데, 팝 메릴 그 늙은이가 하늘의 거대한 벼룩시장으로 떠났으니 이제는 이 마을에서 저 여자가 가장 부자일 거예요. 그런가 하면 호랑이 담배 피우던 시절부터 침례교회에 다녔죠. 그리고 저쪽에서 걸어오는 거구의 저 사람은 앨버트 젠드런이에요. 그는 교황도 유대교 신자로 보일 만큼 독실한 가톨릭교도고, 아일랜드 출신인 존 브리검 신부의 가장 친한 친구이기도 하죠. 자, 이제 잘 보세요! 둘 다 코를 하늘로 치켜들고 있죠? 하! 그야말로 촌극 아닌가요? 저 두 사람이 스치고 지나갈 때 주변 온도가 십 도는 떨어질 거라는 데 돈을 걸 수도 있어요. 우리 어머니가 예전에 하셨던 얘기가 생각나네요. 인간은 말을 제외하고는 어느 누구보다 재미있게 살 수 있는데 그러질 못한다고요.

이제 저길 보세요. 비디오 가게 근처 길가에 보안관 순찰차가 주차되어 있는 거 보이죠? 그 안에 존 라포인트가 타고 있어요. 속도위반 차량이 있는지 살펴야 하는데—시내가 서행 구역이거든요, 하교 시간에는 특히 그렇고—손차양을 하고 자세히 들여다보면 지갑에서 꺼낸 사진을 뚫어져라 쳐다보고 있다는 걸 알 수 있을 거예요. 여기서는 잘 안 보이지만 난 무슨 사진인지 우리 어머니의 결혼 전 성만큼이나 확실하게 알죠. 앤디 클러터벅이 일 년쯤 전에 프라이버그 주 박람회에서 존과 샐리 랫클리프를 찍어준 사진이에요. 사진 속에서 존은 샐리를 한쪽 팔로 감쌌고 샐리는 존이 사격장에서 상품으로 딴 곰 인형을 들고 있는데, 둘이 어찌나 행복해 보이는지 입이 귀에 걸렸어요. 하지만 그때는 그때고 지금은 지금이라고들 하잖아요. 요즘에는 샐리가 고등학교 체육 선생님인 레스터 프랫의 약혼녀거든요. 그는 그녀처럼 뼛속까지 침례교도고요. 존은 그녀를 잃은 충격을 아직 극복하지 못했어요. 저렇게 한숨 쉬는 거 보이죠? 우울증이 상당히 심각하답니다. 아직 콩깍지가 벗겨지지 않은(또는 스스로 그렇다고 생각하는) 사람만이 저렇게 땅이 꺼져라 한숨을 쉴 수 있죠.

분란과 골칫거리는 대개 별것 아닌 일에서 비롯된다는 거 아십니까? 대수롭지 않은 일에서요. 내가 한 가지 예를 들어볼게요. 지금 법원 계단을 올라가는 친구 보이세요? 아뇨, 양복 입은 남자 말고요. 그는 우리 도시 행정위원장 댄 키턴이에요. 그 사람 말고 작업복을 입고 있는 흑인요. 시청의 야간 경비를 맡고 있는 에디 워버턴이

거든요. 잠깐 시선을 떼지 말고 그가 뭘 하는지 지켜보세요. 지금요! 계단 꼭대기에서 걸음을 멈추고 길거리 저쪽을 쳐다보잖아요. 서노코 주유소를 보고 있는 거라는 데 아까보다 더 큰 돈을 걸 수도 있어요. 주유소 사장이 소니 재킷인데, 이 년 전에 에디가 동력전달장치를 점검하려고 차를 맡긴 이후로 둘이 아주 철천지원수가 됐어요.

나는 그 차를 아주 생생하게 기억해요. 혼다 시빅이었고 특별할 건 없었지만, 난생처음으로 가져본 새 차라 에디에게는 특별한 의미가 있었죠. 그런데 소니가 일을 엉망으로 처리하고 바가지까지 씌운 거예요. 에디 쪽 얘기를 들어보면 그래요. 소니 쪽 얘기를 들어보면 워버턴이 자기 피부색을 이용해서 수리비를 떼어먹으려는 수작이라고 하고요. 어떤 식인지 아시겠죠?

그래서 소니 재킷이 에디 워버턴을 상대로 소액 소송을 걸었고 처음에는 법정에서, 나중에는 바깥 복도에서 고성이 오갔죠. 에디 말로는 소니가 그를 바보 같은 검둥이라고 불렀대요. 소니는 검둥이라고 한 적은 없지만 나머지는 맞는 얘기라고 했고요. 급기야 양쪽 모두 만족할 수 없는 판결이 내려졌죠. 판사는 에디에게 오십 달러를 토해내라고 했는데, 에디 입장에서는 오십 달러 손해였고 소니 입장에서는 턱도 없이 모자란 액수였으니까요. 이후에 결국에는 어떻게 됐는가 하면, 에디의 새 차에 전기 화재가 발생해서 시빅은 5번 지방도로에 있는 폐차장으로 끌려갔죠. 요즘 에디는 기름 먹는 하마나 다름없는 1989년형 올즈모빌을 몰고 다닌답니다. 에디는 소니 재킷이 그 전기 화재에 대해서 스스로 밝힌 것보다 더 많은 걸 알고 있을 거라는 의혹에서 벗어나지 못했고요.

아, 인간은 말을 제외하고는 어느 누구보다 재미있게 살 수 있는데 그러질 못한다니까요. 이 더운 날에 감당할 수 없을 만큼 많은 얘기를 들었죠?

하지만 그런 게 소도시의 삶이랍니다. 페이튼 플레이스*가 됐건 그로버스 코너스**가 됐건 캐슬록이 됐건, 파이를 먹고 커피를 마시며 뒷얘기를 수군거리는 사람들이 사는 곳이잖아요. 저기 가는 슬로피 도드는 말을 더듬는다고 다른 아이들에게 놀림과 따돌림을 당해요. 저기 가는 머틀 키턴이 조금 외롭고 여기가 어디인지, 무슨 일이 벌어지고 있는지 모르는 사람처럼 넋을 잃은 듯 보인다면 남편(좀 전에 에디 뒤로 법원 계단을 올라가던 그 남자랍니다)이 대략 육 개월 전부터 딴사람처럼 굴기 때문이에요. 눈이 얼마나 부었는지 보이죠? 울었거나 잠을 제대로 못 잤거나, 아니면 둘 다일 거예요.

말쑥하게 차려입은 레노어 포터도 저기 가네요. 자기가 쓰는 특별한 유기농 비료가 입고됐는지 확인하러 웨스턴 오토로 가는 길일 겁니다. 저 여자가 자기 집 주변에서 키우는 꽃의 종류가, 카터가 먹는 간장약보다 더 많아요. 그걸 또 얼마나 자랑스럽게 여기는지, 원. 이 마을 여자들 사이에서 별로 인기가 없답니다. 꽃도 그렇고, 기분에 따라 색깔이 달라진다는 구슬 목걸이도 그렇고, 칠십 달러씩 주고 보스턴에서 파마를 하는 것도 그렇고, 잘난 척한다고 생각하거든요. 이 깔쭉깔쭉한 야외 음악당 계단에 이렇게 나란히 앉아 있는

* 그레이스 메탈리어스가 쓴 동명 소설의 무대.

** 손턴 와일더의 희곡 『아워 타운』의 무대.

것도 인연인데, 비밀 하나 알려줄까요? 내가 보기에는 그 여자들 생각이 맞아요.

당신 눈에는 전부 평범해 보일지 몰라도 캐슬록에서 벌어지는 골치 아픈 일들이 다 그런 건 아니랍니다. 그거 하나만큼은 분명하게 짚고 넘어갈게요. 십이 년 전에 이 동네에서 정신착란을 일으켜 여자들을 살해한 프랭크 도드*라는 건널목지기는 아무도 잊지 않았어요. 광견병에 걸려 조 캠버랑, 그리고 같은 골목에 사는 주정뱅이 노인네를 죽인 그 개**도. 우리 조지 배너먼 보안관도 그 개한테 물려서 죽었죠. 요즘은 앨런 팽본이 그 자리를 대신하고 있는데, 좋은 사람이지만 마을 주민들이 보기에는 조지의 발뒤꿈치에도 못 미칠 거예요.

레지널드 '팝' 메릴***이 겪은 일도 전혀 평범하지 않았죠. 팝은 이 마을에서 고물가게를 하던 구두쇠 노인네였어요. 가게 이름은 엠포리엄 갤로리엄이었고 바로 저길 건너편 공터에 있었죠. 얼마 전에 불에 타서 무너졌는데, 그 광경을 본(아니면 봤다고 주장하는) 사람이 몇 명 있으니까 멜로 타이거 바에서 맥주 몇 잔 마시면 엠포리엄 갤로리엄을 태우고 팝 메릴의 목숨을 앗아간 게 평범한 화재는 아니었다는 얘기를 들을 수 있을 거예요.

그 양반 조카 에이스 얘기로는, 불이 나기 전에 자기 삼촌한테 섬

* 스티븐 킹의 소설 『데드 존』의 이야기.
** 스티븐 킹의 소설 『쿠조』의 이야기.
*** 스티븐 킹의 중편집 『자정 4분 뒤』에 수록된 「폴라로이드 개」의 이야기.

뜩한 일이 벌어졌대요. 〈환상특급〉 비슷한 사건이 벌어졌다고. 물론 에이스는 삼촌이 죽었을 때 여기 없었어요. 야간 주거침입죄로 쇼생크 교도소에서 사 년 형기를 거의 마쳐가고 있었거든요(에이스 메릴이 결국에는 그런 꼴을 맞이할 줄 다들 알았답니다. 학교 다닐 때부터 이 마을에서 가장 못된 깡패였거든요. 에이스가 오토바이 재킷의 버클과 지퍼를 짤랑거리고 가죽 부츠 스파이크로 길바닥을 찍어가며 다가오는 소리가 들리면 멀리 빙 돌아간 아이가 백 명은 됐을 거예요). 그런데도 사람들은 그의 말을 믿어요. 그날 팝에게 정말 이상한 일이 벌어졌을 수도 있겠죠. 아니면 낸스 런처넷에서 커피와 애플파이를 놓고 수군대는 얘기에 불과할 수도 있지만요.

여기도 당신의 고향과 별반 다르지 않을 거예요. 누구는 종교 때문에 흥분하고, 누구는 짝사랑으로 가슴앓이하고, 누구는 비밀이 있고, 누구는 원한이 있고…… 팝이 자기 고물가게에서 죽은 날에 벌어졌을지 모르는 사건처럼 섬뜩한 뒷얘기가 따분한 날에 가끔 활기도 불어넣어주고. 들어오면서 표지판에 적힌 문구를 봤겠지만 캐슬록은 제법 살기 좋은 곳이에요. 태양은 호수와 나뭇잎을 아름답게 비추고, 맑은 날에는 캐슬뷰에서 버몬트까지 내다보이고. 여름철 휴가객들이 일요일 자 신문을 두고 옥신각신하고, 금요일이나 토요일 밤에(어떨 때는 두 날 모두) 멜로 타이거 주차장에서 이따금씩 싸움이 벌어지기도 하지만, 휴가객은 집으로 돌아가기 마련이고 싸움은 끝나기 마련이죠. 캐슬록은 예전부터 쭉 살기 좋은 곳이었어요. 누구한테 문제가 생기면 우리가 뭐라는지 아세요? 극복할 거라고 해요.

예를 들어 헨리 보퍼트는 술에 취하면 주크박스를 발로 차는 휴 프리스트 때문에 넌더리를 내지만…… 결국에는 극복할 거예요. 윌마 저직과 네티 코브는 서로 잡아먹지 못해 안달이지만…… 네티는 (아마) 극복할 테고, 윌마야 으르렁거리는 게 사는 방식이니까요. 팽본 보안관은 너무 일찍 아내와 막내를 떠나보낸 슬픔에서 아직 헤어나지 못했고 분명 비극적인 사건이었지만 때가 되면 극복할 거예요. 폴리 차머스의 관절염은 낫질 않고 사실 조금씩 점점 나빠지고 있어서 극복하지 못할지도 모르지만 감수하며 사는 법을 터득할 거예요. 수많은 사람들이 그러고 있으니까요.

우리는 가끔 서로 부딪히지만 대개는 별문제 없답니다. 아니, 얼마 전까지는 그랬어요. 하지만 이제 당신에게 진짜 비밀을 공개해야 할 텐데요, 당신이 다시 온 걸 보고 붙잡은 이유도 그 때문이에요. 아무래도 골치 아픈 일이, 정말 골치 아픈 일이 생기려나 봐요. 번개를 잔뜩 품은 때 아닌 폭풍처럼 지평선 위로 막 고개를 내민 조짐이 느껴져요. 카지노 나이트를 놓고 옥신각신하는 침례교도와 가톨릭교도, 말을 더듬는다고 딱한 슬러피 도드를 놀리는 아이들, 존 라포인트의 짝사랑, 팽본 보안관의 상심……. 앞으로 들이닥칠 사건에 비하면 이런 것들은 보잘것없는 감자나 다름없을 거예요.

메인 스트리트 맞은편에 있는 저 건물 보이죠? 엠포리엄 갤로리엄이 있었던 공터에서 세 건물 지나면 나오는 곳. 앞에 초록색 차양이 쳐진 곳. 네, 그거요. 아직 개업 전이라 유리창마다 온통 비누칠이 되어 있죠. 간판에는 '니드풀 싱스Needful things'라고 적혀 있는데 도대체 그게 무슨 뜻일까요? 나도 잘 모르겠지만 불길한 예감의 진

원지가 거기예요.

바로 거기.

길거리를 다시 한번 둘러보세요. 저 남자아이 보이죠? 어느 누구보다 달콤한 몽상에 젖은 표정으로 자전거를 밀고 가는 아이 말이에요. 그 아이를 주목하세요. 그 아이로부터 사태가 시작될 것 같거든요.

아뇨, 얘기했잖아요, 무슨 일인지 정확하게는…… 모른다고요. 하지만 저 아이를 주시하세요. 그리고 당분간 이 마을에 머물러주시겠어요? 예감이 안 좋은데, 무슨 일이 벌어지면 목격자가 있는 편이 나을 테니까요.

나는 저 아이를 알아요. 자전거를 밀고 가는 저 아이요. 어쩌면 당신도 알지 몰라요. 이름이 브라이언 뭔데. 아빠가 옥스퍼드인가 사우스패리스인가에서 벽널과 문짝 설치하는 일을 하고요.

저 아이를 잘 지켜보세요. 모든 걸 지켜봐야 해요. 당신은 전에도 여기 온 적이 있지만 이제 모든 게 달라지려고 하니까요.

나는 알아요.

느껴져요.

폭풍이 다가오고 있어요.

1부

개업식

1장

1

조그만 마을에서는 신장개업이 엄청난 뉴스거리다.

브라이언 러스크에게는 대단한 일이 아니었지만 남들은 생각이 달랐다. 예를 들어 어머니. 브라이언은 대략 지난달부터 어머니가 단짝 친구 마이라 에번스와 전화로 길게 대화를 나누는 것(어머니는 수다를 떨었다고 표현하면 안 된다고, 수다는 안 좋은 습관이며 자신은 그런 짓을 하지 않는다고 했다)을 들어온 터였다. 새 학기가 시작될 무렵 웨스턴 메인 부동산·보험회사가 있었던 오래된 건물에 인부들이 등장했고, 그들은 열심히 공사를 이어갔다. 거기서 뭘 하는지 아는 사람은 없었다. 인부들이 맨 처음 한 일이 대형 쇼윈도를 설치한 것이었고 두 번째로 한 일이 안이 들여다보이지 않도록 쇼윈도에 비누칠을 한 것이었다.

이 주 전에 입구에 팻말이 등장했다. 투명한 플라스틱 흡착판이 실로 매달려 있었다.

근일 개업!

그리고 이렇게 적혀 있었다.

니드풀 싱스
전혀 새로운 매장
"보고도 믿지 못하실 겁니다!"

"그냥 또 골동품 가게겠지." 브라이언의 어머니인 코라가 마이라에게 말했다. 코라 러스크는 소파에 비스듬히 기대앉아 한 손으로 수화기를 들고 다른 손으로는 초콜릿을 입힌 체리를 먹으며 텔레비전으로 〈샌타바버라〉를 보고 있었다. "가짜 식민지풍 가구 아니면 곰팡내 나는 옛날 크랭크 전화기나 팔걸. 두고 보면 알겠지만."

그때는 새로 설치된 쇼윈도가 비누칠로 뒤덮인 직후였고 어머니가 그 정도로 딱 잘라서 말을 했으니 브라이언도 그걸로 얘기가 끝났다고 확신했을 법했다. 하지만 어머니는, 어떤 얘기든 완전히 끝내는 법이 없는 것 같았다. 〈샌타바버라〉와 〈종합병원〉의 등장인물들이 겪는 문제처럼 그녀의 추측과 가정도 끝이 없었다.

지난주에 문 앞에 걸린 팻말의 첫 번째 줄이 이렇게 바뀌어 있었다.

신장개업 10월 9일

여러분을 초대합니다!

브라이언은 어머니처럼 새 가게에 관심이 지대하지는 않았지만(당번이었을 때 캐슬록 중학교 교무실에서 오간 얘기를 들어보면 몇몇 선생님들도 상당히 궁금해했다) 열한 살이었고, 건강한 열한 살짜리 남자아이는 뭐든 새로운 것에 관심을 보이기 마련이다. 게다가 가게 이름이 호기심을 자극했다. 니드풀 싱스라니. 그게 도대체 무슨 뜻일까?

팻말의 첫 번째 줄이 바뀐 걸 보았던 건 지난 화요일 하굣길이었다. 화요일은 학교가 늦게 끝나는 날이었다. 브라이언은 언청이로 태어나 일곱 살 때 교정 수술을 받았지만 계속 언어 치료를 받고 있었다. 받기 싫으냐고 누가 물으면 단호하게 그렇다고 했지만 사실은 아니었다. 랫클리프 선생님을 대책 없이 무한정 사랑했기에 일주일 내내 특별 수업 시간을 손꼽아 기다렸다. 화요일이면 수업이 천년만년처럼 느껴졌고 마지막 두 시간은 항상 기분 좋은 설렘 속에서 보냈다.

수업을 같이 듣는 아이는 네 명뿐이었는데 그중에 브라이언과 같은 동네에 사는 아이는 없었다. 그래서 좋았다. 랫클리프 선생님과 한 시간 동안 한 교실에 있고 나면 너무 황홀해져서 동행이 반갑지 않았다. 시월의 늦은 오후 햇살이 비스듬히 비추는 가운데 떨어지는 노란색과 황금색 낙엽을 맞으며, 자전거를 타기보다 밀고 가면서 선생님을 상상하는 것이 좋았다.

집으로 가자면 마을 광장 맞은편으로 메인 스트리트를 세 블록 지나야 했다. 신장개업 문구를 본 날 브라이언은 문에 달린 유리에 코를 대고, 웨스턴 메인 부동산·보험회사 시절의 답답한 책상과 개나리색 벽이 어떻게 바뀌었는지 들여다보려고 했다. 호기심은 해소되지 않았다. 블라인드가 설치된데다 끝까지 내려져 있었던 것이다. 유리에 반사된 자기 얼굴과 오므린 두 손 말고는 아무것도 보이지 않았다.

4일 금요일에 캐슬록에서 발행되는 주간신문《콜》에 개업 광고가 실렸다. 우글쭈글한 테두리 안의 광고 문구 아래에는 서로 등을 맞대고 기다란 나팔을 부는 천사가 그려져 있었다. 플라스틱 흡착판에 대롱대롱 매달아놓은 팻말에서 추가된 정보는 없었다. 상호는 니드풀 싱스, 10월 9일 오전 10시에 문을 열 예정이며, 물론 "보고도 믿지 못할" 것이었다. 니드풀 싱스에서 어떤 상품을 판매할 예정인지에 대해서는 일언반구도 없었다.

이걸 보고 코라 러스크는 상당히 짜증이 났는지, 전에 없이 토요일 아침부터 마이라에게 전화를 걸었다.

"나는 내 눈 의심 안 해. 이백 년 된 침대라는데 고개를 숙이고 침대보 아래를 들추어보면 프레임에 로체스터, 뉴욕이라고 떡하니 찍혀 있더라도 고스란히 믿고말고."

마이라가 뭐라고 했다. 코라는 플랜터스 피너츠를 깡통째 놓고 한두 개씩 꺼내 단숨에 우적우적 먹어치우며 잠자코 들었다. 브라이언과 남동생 숀은 거실 바닥에 앉아 텔레비전으로 만화를 보고 있었다. 숀은 스머프의 세상 속으로 완전히 빠져들었고, 브라이언은 조그마한 파란색 사람들이 사는 마을에 관심을 기울이는 한편 한쪽 귀를 쫑긋 세우고 통화 내용을 들었다.

"그렇지!" 코라 러스크는 평소 마이라가 정곡을 찌르는 발언을 할 때보다 더 분명하게 힘을 주어서 외쳤다. "비싸고 곰팡내 나는 골동품 전화기!"

월요일인 어제, 브라이언은 학교 수업이 끝나자마자 두세 명의 친구들과 자전거를 타고 시내를 가로질렀다. 새 가게 맞은편 도로를 지나는데 그날 설치된 짙은 초록색 차양이 눈에 들어왔다. 전면에 하얀색 글씨로 "니드풀 싱스"라고 적혀 있었다. 바느질 공방을 하는 폴리 차머스가 존경스러우리만치 가는 허리춤에 두 손을 얹고 인도에 서서 곤혹스러움과 감탄이 뒤섞인 표정으로 차양을 쳐다보고 있었다.

차양이라면 일가견이 있는 브라이언도 그걸 보고 내심 감탄했다. 메인 스트리트에서 진짜 차양이라고 할 수 있는 게 그것뿐이라, 이 새 가게가 특별하게 다가왔다. 그로서는 '세련미 넘친다'라는 표현을 퍼뜩 떠올릴 수 없었지만, 캐슬록에 이런 가게는 없다는 걸 단박에 알아차렸다. 차양 덕분에 텔레비전에서나 볼 수 있는 상점처럼 느껴졌다. 길 건너편에서 자동차 물품을 파는 웨스턴 오토가 대조적으로 볼품없고 촌스럽게 보였다.

집에 들어가보니 어머니가 소파에 앉아서 〈샌타바버라〉를 보며 리틀 데비 크림 파이*와 함께 다이어트 콜라를 먹고 있었다. 어머니는 오후 드라마를 볼 때 항상 다이어트 탄산음료를 마셨다. 같이 먹

* 리틀 데비사(社)에서 판매하는 과자. 부드러운 오트밀 쿠키 사이에 크림이 발라져 있다.

는 간식을 감안했을 때 왜 굳이 그걸 선택하는지 알 길이 없었지만 물어보기에는 위험한 영역인 듯했다. 그랬다가는 어머니가 소리를 지를 수도 있었다. 어머니가 소리를 지르기 시작하면 피하는 게 상책이었다.

"다녀왔습니다!" 그는 조리대에 책을 던지고 냉장고에서 우유를 꺼냈다. "그게 아세요? 새 가게에 차양이 달렸어요."

"어디 창이 달렸다고?" 어머니의 목소리가 거실에서 흘러나왔다.

그는 우유를 따라서 들고 거실 입구로 갔다. "차양요. 시내에 새로 생긴 가게에 말이에요."

어머니는 일어나 앉더니 리모컨을 찾아서 무음 버튼을 눌렀다. 화면 속에서는 앨과 코린이 즐겨 찾는 샌타바버라 식당에서 그들의 문제를 의논하고 있었지만 이제는 독순술의 대가가 아닌 이상 그 문제가 뭔지 알 수 없었다.

"뭐라고? 그 니드풀 싱스라는 가게에?"

"네." 그는 대답하고 우유를 몇 모금 마셨다.

"후루룩 소리 내면서 마시지 마." 그녀가 남은 과자를 입안에 쑤셔넣으며 말했다. "소름 끼치니까. 내가 몇 번을 얘기했니?"

뭐 먹으면서 얘기하지 말라는 것만큼 자주요. 이런 생각이 들었지만 브라이언은 아무 말도 하지 않았다. 그는 입단속의 중요성을 일찌감치 터득했다.

"죄송해요, 엄마."

"어떤 차양이던?"

"초록색이에요."

"프레스가공, 아니면 알루미늄?"

아버지가 사우스패리스에 있는 딕 페리 외벽 및 창호회사에서 벽널을 팔았기 때문에 브라이언은 어머니가 뭘 묻는 건지 잘 알았지만, 그런 종류의 차양이었다면 눈여겨보지도 않았을 것이었다. 널리고 깔린 게 알루미늄이나 프레스가공 차양 아닌가. 캐슬록의 주민 절반이 창문에 그런 차양을 달았다.

"둘 다 아니에요. 천이에요. 캔버스 같았어요. 밖으로 삐죽 튀어나와서 바로 아래로 그늘이 졌고 둥그스름했어요. 이런 식으로." 그는 (우유를 쏟지 않게 조심해가며) 손으로 반원을 그렸다. "한쪽 끝에 이름이 적혀 있었어요. 정말이지 끝내줬어요."

"환장하겠네!"

코라가 신나거나 짜증 날 때 자주 쓰는 표현이었다. 브라이언은 두 번째일 경우에 대비해 조심스레 뒤로 한 걸음 물러났다.

"무슨 가게일까요, 엄마? 식당일까요?"

"글쎄다." 그녀는 대답하고 작은 테이블에 놓인 프린세스 전화기를 향해 손을 뻗었다. 고양이 스퀴블스와 《TV 가이드》와 1리터짜리 다이어트 콜라를 치운 다음에서야 전화기를 집을 수 있었다. "하지만 왠지 엉큼한 느낌인데."

"엄마, 니드풀 싱스라는 게 무슨 뜻일까요? 혹시……."

"귀찮게 하지 마라, 브라이언, 엄마 지금 바빠. 빵 담아두는 통에 데빌 도그* 있으니까 배고프면 먹어. 하지만 좀 있다 저녁 먹어야

* 길쭉한 초콜릿 빵 사이에 생크림을 바른 달콤한 과자.

하니까 하나만 먹어." 그녀는 벌써부터 마이라에게 전화를 걸고 있었다. 이내 두 사람은 초록색 차양을 주제로 열띤 토론을 벌였다.

브라이언은 데빌 도그를 먹고 싶지 않았기 때문에(어머니를 많이 사랑했지만 어머니가 뭘 먹고 있는 걸 보면 입맛이 사라졌다) 식탁에 앉아서 수학 교과서를 펼치고 숙제를 하기 시작했다. 똑똑하고 성실한 아이라 수학 말고 다른 숙제는 학교에서 이미 다 끝낸 뒤였다. 차근차근 소수점을 옮기고 나눗셈을 하며 어머니의 통화 내용에 귀를 기울였다. 그녀는 조만간 역겨운 냄새를 풍기는 향수와 어느 집안의 죽은 친척 사진을 파는 가게가 또 한 군데 생기겠다며, 이런 가게들이 계속 나타났다 사라지길 반복하니 부끄러운 노릇이라고 다시금 마이라에게 일장 연설을 늘어놓고 있었다. 돈을 챙겨서 튀는 게 인생의 좌우명인 사람들이 너무 많다고 했다. 차양 얘기를 할 때는 누가 그녀의 심기를 건드리기 위해 일부러 그걸 설치한 양, 그래서 소기의 목적을 훌륭하게 달성한 양 말했다.

아무라도 자기한테 알려줬어야 하는 거 아니냐고 생각하는 거지. 브라이언은 연필을 잡은 손에 힘을 주어 내림과 반올림을 하며 생각했다. 그렇다, 바로 그거였다. 일차적으로는 호기심이 동했다. 이차적으로는 짜증이 났다. 그 둘의 조합으로 코라는 숨이 넘어갈 지경이었다. 뭐, 조만간 알아낼 수 있을 것이다. 그녀가 정체를 파악하면 브라이언에게도 그 엄청난 비밀을 알려줄지 모른다. 코라가 너무 바쁘면 오후에 마이라와 통화하는 내용을 듣고 브라이언 스스로 알아낼 수도 있었다.

하지만 결과적으로 어머니나 마이라나 캐슬록의 어느 누구보다 먼저 니드풀 싱스에 대해 제법 많은 걸 파악하게 된 사람은 다름 아닌 브라이언이었다.

2

니드풀 싱스의 개업 예정일 전날 오후에 학교에서 집으로 돌아가는 동안 브라이언은 거의 자전거에 올라타질 않았다. 랫클리프 선생님에게 캐슬 카운티 박람회에 같이 가자고 청해 동의를 얻어내는 훈훈한 상상 속에서(이글거리는 석탄이나 털북숭이 타란툴라 거미로 협박당한다 한들, 그가 어떤 상상을 했는지 실토할 일은 없었다) 허우적거렸다.

"고마워, 브라이언." 이렇게 이야기하는 랫클리프 선생님의 파란 눈에 감사의 눈물이 맺힌다. 눈동자 색이 어찌나 진한지 격정에 휩싸인 것처럼 보일 정도다. "내가 요즘…… 많이 우울했거든. 실연을 당해서 말이야."

"제가 그 남자를 잊을 수 있게 도울게요." 브라이언은 터프하면서도 동시에 다정한 목소리로 말한다. "저를…… 브리라고 불러주신다면요."

"고마워." 그녀는 속삭이고 향수 냄새—감미로운 야생화의 향기다—가 느껴질 정도로 바짝 몸을 기울이고서 말한다. "고마워…… 브리. 그리고 적어도 오늘 저녁만큼은 선생님과 학생이 아니라 남자 대 여자로 만나는 거니까 나를…… 샐리라고 불러도 좋아."

그는 그녀의 손을 잡고 그 눈을 들여다본다. "난 그냥 어린애가 아니에요. 내가 그 남자를 잊을 수 있게 도울게요 …… 샐리."

생각 외로 이해심이 많고 생각 외로 박력 있는 그의 모습에 그녀는 거의 넋을 잃는다. 열한 살밖에 안 됐을지 몰라도 레스터보다 훨씬 남자답잖아! 그녀는 그의 손을 더욱 세게 잡는다. 두 사람의 얼굴이 점점 가까워지는데…….

"안 돼." 그녀가 중얼거린다. 눈이 어찌나 큼지막하고 어찌나 가까이 있는지 그 안에 빠질 수도 있을 것 같다. "이러면 안 돼, 브리……. 이건 잘못된 선택이야……."

"옳은 선택이에요." 그는 그녀의 입술에 자신의 입술을 포갠다.

잠시 후 그녀가 입술을 떼고 다정하게 속삭인다.

"이 녀석아, 앞을 잘 보고 다녀야지!"

상상 속을 헤매다가 퍼뜩 정신을 차린 브라이언은 자기가 휴 프리스트의 픽업트럭 앞을 걸어가고 있었음을 깨달았다.

"죄송해요, 프리스트 씨."

브라이언은 시뻘게진 얼굴로 말했다. 휴 프리스트는 성질을 건드리면 안 되는 인물이었다. 공공사업부 직원인 그는 캐슬록에서 가장 다혈질로 유명했다. 브라이언은 실눈을 뜨고 그를 주시했다. 그가 트럭에서 내리려는 기미를 보이면 냉큼 자전거에 올라타 빛의 속도로 내달릴 작정이었다. 랫클리프 선생님과 카운티 박람회에 가는 상상을 좀 했기로서니 앞으로 한 달 동안 병원 신세를 질 수는 없었다.

하지만 휴 프리스트는 가랑이에 맥주병을 끼고 있는데다 라디오에서는 행크 윌리엄스 주니어가 〈터질 듯이 취했을 땐High and Pressurized〉를 부르고 있었으니, 꼬맹이를 두들겨 패는 과격한 짓을 저지르기에는 화요일 오후의 모든 게 너무 아늑했다.

"눈 똑바로 뜨고 다녀." 그는 병목을 잡아서 맥주를 한 모금 들이켜고 험상궂은 표정으로 브라이언을 노려보았다. "다음번에는 브레이크 밟지 않을 테니까. 그냥 찍소리 못 하게 뭉개버릴 거야, 꼬맹아."

그는 기어를 넣고 출발했다. 브라이언은 그의 꽁무니에 대고 '환장하겠네!'라고 외치고 싶은 정신 나간 충동을 느꼈다(다행히 금세 사라졌다). 그는 주황색의 도로 작업반 트럭이 린든 스트리트로 방향을 틀어 멀어져갈 때까지 바라보았다. 아아, 오늘 랫클리프 선생님이 등장하는 상상은 이로써 끝이었다. 휴 프리스트 때문에 현실이 고개를 들고 말았다. 랫클리프 선생님은 약혼자 레스터 프랫과 싸우지 않았다. 조그만 다이아몬드가 박힌 약혼반지를 여전히 끼고 있었고 공장에 맡긴 차가 나오기를 기다리는 동안 그의 파란색 머스탱을 계속 몰고 다녔다.

바로 어제저녁에도 브라이언은 랫클리프 선생님과 프랫 씨가 다른 여러 사람들과 함께 로어메인 스트리트 전봇대에 주사위와 악마 포스터를 스테이플러로 박는 걸 보았다. 두 사람은 찬송가를 부르고 있었다. 문제가 있었다면, 그들이 포스터를 붙이자마자 가톨릭교도들이 등장해 그걸 떼어냈다는 것이다. 어떤 면에서는 꽤 우스운 일이었지만…… 브라이언이 좀더 덩치가 컸더라면 랫클리프 선생님이 거룩한 손길로 붙인 포스터를 떼어 가지 못하게 온몸으로 막았을 것이다.

브라이언은 그녀의 짙은 파란색 눈과 무용수처럼 긴 다리를 떠올렸고, 일월이면 샐리 랫클리프라는 사랑스러운 이름이 샐리 프랫으로 바뀐다는 생각이 떠오를 때마다 엄습하는 침통한 먹먹함을 느꼈다. 샐리 프랫이라니, 몇 개 안 되는 가파른 계단에서 구르는 뚱뚱한 아줌마 이름 같지 않은가.

그는 반대편 길가로 자전거를 끌고 가 메인 스트리트를 따라 천천히 걸으며 생각했다. 뭐, 선생님의 생각이 바뀔 수도 있잖아. 불가능한 얘기도 아니야. 아니면 레스터 프랫이 교통사고를 당하거나 뇌종양에 걸리거나 뭐 그럴 수도 있고. 심지어 그가 약물의존자로 밝혀질 수도 있지. 랫클리프 선생님이 약물의존자와 결혼할 리는 없어.

이런 생각을 하며 브라이언은 묘한 위안을 느꼈지만, 휴 프리스트 때문에 상상이 정점(박람회장 안 사랑의 터널에서 랫클리프 선생님에게 입을 맞추고 오른쪽 가슴에 손을 얹는)에 도달하기 직전 중단됐다는 사실에는 변함이 없었다. 사실 열한 살짜리가 선생님을 박람회장에 데려간다는 것 자체가 어처구니없는 발상이었다. 랫클리프 선생님은 예쁘기는 했지만 나이가 많았다. 예전에 언어 치료 수업 시간에 말하길 십일월이면 스물네 살이 된다고 했다.

그래서 브라이언은 여러 번 읽은 소중한 자료를 조심스럽게 접어놓듯 선을 따라 자신의 상상을 조심스럽게 접어 원래 있었던 머릿속 뒤편의 선반에 쑤셔넣었다. 그러고는 자전거에 올라타 집까지 달릴 준비를 했다.

바로 그 순간 그는 새 가게 앞을 지났는데, 입구에 달린 팻말이 그의 시선을 사로잡았다. 뭔가가 바뀌었다. 그는 자전거를 세우고 팻말을 쳐다보았다. 꼭대기에 달려 있던

신장개업 10월 9일

여러분을 초대합니다!

가 사라졌다. 그것은 조그만 정사각형의 흰색 바탕에 빨간색 글씨가 적힌 팻말로 바뀌어 있었다.

영업중

이었다.

영업중

그게 전부였다. 브라이언은 자전거 양옆으로 발을 딛고 서서 그걸 쳐다보는데, 심장이 빠르게 뛰기 시작했다.

들어가려는 건 아니지? 그는 자문했다. 아니, 하루 일찍 문을 열긴 했지만 설마 들어가려는 건 아니지?

안 될 것도 없잖아? 그는 자답했다.

음…… 쇼윈도에 아직 비누칠이 되어 있잖아. 문에 블라인드도 내려져 있고. 안에 들어가면 무슨 일이 벌어질지 몰라. 무슨 일이.

맞아. 가게 사장이 노먼 베이츠* 같은 사람이라 자기 엄마 원피스

* 로버트 블록의 소설 『사이코』의 주인공으로 어머니의 그림자에서 벗어나지 못하는 연쇄살인마로 그려진다.

를 입고 있는데다 들어오는 손님을 찌를 거야. 그렇고말고.

그래, 그만둬. 그의 안에서 소심함을 담당하는 부분이 말했다. 가망이 없음을 이미 아는 말투였다. 뭔지 모르게 묘한 분위기를 풍겼다.

하지만 잠시 후에 브라이언은 어머니에게 얘기하는 장면을 상상해보았다. 그냥 무심한 척 이렇게 말이다.

"그나저나 엄마, 니드풀 싱스라는 새로 생긴 가게 아시죠? 아니, 하루 일찍 문을 열었더라고요. 그래서 들어가서 구경했어요."

어머니는 틀림없이 얼른 리모컨의 무음 버튼을 누르겠지! 시시콜콜 듣고 싶어 하겠지!

브라이언으로서는 감당할 수 없는 유혹이었다. 그는 자전거의 받침다리를 세우고 천천히 차양의 그늘 속으로 들어가—그늘 안은 바깥보다 최소 오 도쯤 시원한 것 같았다—니드풀 싱스의 문 앞으로 다가갔다.

큼지막한 구식 놋쇠 문손잡이에 손을 올려놓는 순간, 팻말이 잘못 걸린 게 분명하다는 생각이 들었다. 내일을 기다리며 문 바로 안쪽에 놓여 있어야 하는데 누가 실수로 걸어버린 것이리라. 내려진 블라인드 뒤편에서 아무 소리도 들리지 않았다. 사람이 없는 분위기가 느껴졌다.

하지만 이왕 여기까지 온 김에 문손잡이를 돌려보니…… 아무렇지 않게 돌아갔다. 찰칵하는 소리와 함께 걸쇠가 안으로 들어가고 니드풀 싱스의 문이 활짝 열렸다.

3

안은 어두침침했지만 캄캄하지는 않았다. 트랙 조명(딕 페리 외벽 및 창호회사의 전문이었다)이 설치됐는데, 트랙에 달린 스포트라이트 몇 개가 켜져 있었다. 그 불빛이 커다란 공간 여기저기에 배치된 유리 진열장을 비추었다. 진열장 안에는 대체로 아무것도 없었다. 몇 안 되는 물건을 스포트라이트가 강조하고 있었다.

여기가 웨스턴 베인 부동산·보험회사였던 시절에는 바닥이 그냥 나무였는데, 지금은 이 끝에서 저 끝까지 레드와인색의 비싼 카펫이 깔렸다. 벽은 옅은 노란색으로 칠해졌다. 벽만큼 하얗고 가느다란 빛줄기가 비누칠이 된 쇼윈도를 뚫고 들어왔다.

뭐, 어쨌거나 실수 맞네. 브라이언은 생각했다. 아직 물건이 제대로 입고되지도 않았다. 실수로 문에 영업중 팻말을 건 사람이 문도 실수로 열어놓은 모양이었다. 이런 상황에서는 문을 다시 닫고 자전거에 올라 사라지는 게 예의 바른 태도였다.

하지만 이대로 떠나기 싫었다. 그는 새로 생긴 가게의 내부를 실제로 구경하고 있었다. 어머니가 이 얘기를 들으면 오후 내내 그를 붙잡고 놓아주지 않을 터였다. 그런데 화가 나는 건, 지금 보이는 게 뭔지 잘 모르겠다는 사실이었다. 진열장에 대여섯 개쯤 되는

(전시품)

물건들이 들어 있고 스포트라이트가 그걸 비추고 있었지만—일종의 시범 운영이었을 것이다—그 물건들이 뭔지 알 수가 없었다. 하지만 침대와 곰팡내 나는 크랭크 전화기가 아니라는 것만은 틀림

없었다.

“안녕하세요.” 그는 여전히 문간에 선 채 머뭇머뭇 외쳤다. “아무도 안 계세요?”

그러다가 문손잡이를 잡고 문을 다시 당기려는 참에, 누군가의 목소리가 들렸다.

“내가 있소만.”

키 큰 어떤 사람—언뜻 보기에는 키가 말도 안 되게 큰 것처럼 느껴졌다—이 한 진열장 뒤편의 출입구에서 걸어 나왔다. 검은 벨벳 커튼으로 막아놓은 출입구였다. 순간 엄청나게 무시무시한 공포가 경련처럼 브라이언을 덮쳤다. 하지만 곧 스포트라이트 불빛이 남자의 얼굴을 비스듬히 지나가자 공포가 잦아들었다. 남자는 나이가 상당히 많았고 인상이 아주 온화했다. 그가 관심 어린 눈빛으로 반갑게 브라이언을 쳐다보았다.

“문이 열려 있었어요.” 브라이언이 말문을 열었다. “그래서 저는…….”

“당연히 열려 있지.” 키 큰 남자가 말했다. “내가 일종의…… 사전 공개 삼아서 오늘 잠깐 영업을 하기로 마음먹었거든. 네가 이 가게의 첫 번째 손님이구나. 들어오려무나. 어서 들어와서 네가 가져온 행복을 조금이나마 남겨두고 가렴![*]”

그가 웃으며 손을 내밀었다. 그의 미소에는 전염성이 있었다. 브라이언은 니드풀 싱스의 사장이 한눈에 마음에 들었다. 키 큰 사장

* 브램 스토커의 『드라큘라』에 나오는 유명한 대사다.

과 악수를 하려면 문지방을 넘어야 했다. 그는 일말의 머뭇거림도 없이 가게 안으로 들어섰다. 그러자 뒤에서 문이 닫히고 걸쇠가 저절로 걸렸다. 브라이언은 전혀 알아차리지 못했다. 키 큰 사장의 눈이 짙은 파란색이라는 걸 확인하느라 정신이 없었다. 샐리 랫클리프 선생님과 같은 색이었다. 둘이 부녀지간이라고 해도 믿을 것 같았다.

키 큰 사장의 손아귀는 강하고 단단했지만 아프지는 않았다. 그와 동시에 왠지 기분 나쁜 구석이 있었다. 뭔가…… 반질반질했다. 어째 너무 단단하기도 했다.

"만나서 반갑습니다." 브라이언이 말했다.

짙은 파란색 눈이 철길의 갓등 램프처럼 그에게서 떠날 줄 몰랐다.

"나도 너랑 알게 돼서 기쁘구나." 키 큰 사장이 말했고, 브라이언 러스크는 이렇게 해서 캐슬록의 어느 누구보다 먼저 니드풀 싱스의 사장을 만나게 됐다.

4

"내 이름은 릴런드 곤트라고 한다." 키 큰 사장이 말했다. "너는……?"

"브라이언요. 브라이언 러스크예요."

"좋아, 러스크 군. 네가 첫 번째 손님이니까 뭐든 네 마음에 드는 걸 아주 특별한 가격으로 내주마."

"아, 감사합니다. 하지만 저는 이런 데서 뭘 살 수 있는 형편이 아니에요. 용돈을 받으려면 금요일까지 기다려야 하고…….” 그는 미심쩍은 눈길로 다시금 유리 진열장을 쳐다보았다. “그리고 재고가 아직 다 입고되지 않은 것 같은데요.”

곤트는 미소를 지었다. 이가 삐딱했고 어두침침한 불빛에 조금 누레 보였지만 미소만큼은 더없이 보기 좋았다. 이번에도 브라이언은 그 미소에 화답해야 될 것 같은 압박감 비슷한 걸 느꼈다.

“그래. 그래, 맞아. 내 재고—방금 재고라고 했지?—는 오늘 저녁에 도착할 거다. 그래도 흥미진진한 상품이 몇 가지 있지. 둘러보렴, 러스크 군. 하다못해 네 의견이라도 들으면 좋을 테고……. 어머니가 계시지, 그렇지? 당연히 계시겠지. 너처럼 훌륭한 아이가 고아일 리 있나. 내 말이 맞지?”

브라이언은 여전히 미소를 머금은 얼굴로 고개를 끄덕였다. “그럼요. 엄마는 지금 집에 계세요.” 문득 좋은 생각이 떠올랐다. “엄마를 모시고 올까요?” 하지만 그 말을 내뱉은 순간 후회했다. 어머니를 여기로 모시고 오고 싶지 않았다. 내일이면 릴런드 곤트 씨가 온 마을의 사람이 될 터였다. 내일이면 어머니와 마이라 에번스가 캐슬록의 다른 모든 여자들과 함께 그를 건드리기 시작할 터였다. 이번 달 말이면, 아니 어쩌면 이번 주말이면 곤트 씨가 이렇게 낯설고 색다르게 느껴지지 않겠지만 지금 당장은 그렇게 느껴졌고, 지금 당장은 브라이언 러스크 혼자만 아는 사람이었기에 브라이언은 이 상태를 유지하고 싶었다.

그랬기에 곤트가 한쪽 손을 들고(손가락이 유난히 가늘고 길었으며 검지와 중지의 길이가 정확히 같았다) 고개를 저었을 때 그는 기뻤다.

"아니. 나는 오히려 그러지 않길 바라는데. 너희 어머니는 분명 친구를 데리고 오고 싶어 하시겠지?"

"맞아요." 브라이언은 마이라를 떠올리며 대답했다.

"어쩌면 두 명, 아니면 세 명이 될 수도 있겠지. 아냐, 나는 이러는 편이 더 좋다, 브라이언. 브라이언이라고 불러도 될까?"

"그럼요." 브라이언은 기분 좋게 대답했다.

"고맙다. 그리고 너는 나를 곤트 씨라고 불러야겠지. 너보다 괜찮은 사람인지는 모르지만 어쨌든 윗사람이긴 하니까……. 동의하니?"

"그럼요." 브라이언은 곤트가 어떤 의미에서 괜찮은 사람이니 윗사람이니 운운하는지 알 수 없었지만 그의 얘기를 듣는 게 좋았다. 그리고 그의 눈은 정말이지 특별했다. 브라이언은 그 눈에서 시선을 뗄 수가 없었다.

"그래, 이러는 편이 더 좋지." 곤트가 긴 손을 마주 비비자 쉭쉭거리는 소리가 났다. 아주 듣기 좋다고 할 수 없는 부분이었다. 약이 올라 깨물 생각을 하는 뱀 같은 소리였다. "뭘 사 가지고 가면 너는 어머니한테 얘기할 테고 어쩌면 뭘 샀는지 보여드릴 테지……."

브라이언은 주머니에 있는 동전을 다 합하면 구십일 센트라고 얘기할까 하다가 관두기로 했다.

"……그러면 너희 어머니는 친구들한테 얘기할 테고, 그 친구들은 자기 친구들한테 얘기할 테고…… 무슨 말인지 알겠니, 브라이언? 네 덕분에 지역신문으로는 상상도 못 할 만큼 훌륭한 홍보 효과를 누릴 수 있을 거란 얘기야. 너한테 샌드위치 간판을 걸게 하고 길거리를 돌아다니게 해도 그보다 훌륭하지는 않겠지!"

"뭐, 그럴 수도 있겠네요." 브라이언은 맞장구를 쳤다. 샌드위치 간판이 뭔지 알 길이 없었지만 그걸 걸고 돌아다닐 일은 절대 없을 것이다. "구경하면 재미있긴 하겠어요." 구경할 게 몇 게 없긴 하지만요. 예의상 이렇게 덧붙이지는 않았다.

"그럼 구경을 시작하자꾸나!" 곤트가 진열장 쪽을 손짓하며 말했다. 이제 보니 그는 빨간색 벨벳으로 된 기다란 재킷을 입고 있었다. 브라이언은 언젠가 읽었던 '셜록 홈스' 시리즈에 등장하는 스모킹 재킷일지도 모르겠다는 생각을 했다. "네 마음대로 둘러보아라, 브라이언!"

브라이언은 문에서 가장 가까운 진열장 쪽으로 천천히 걸어갔다. 곤트가 바로 뒤에서 따라오는지 어깨 너머로 흘끗 확인해보니 그는 문가에 선 채로 재미있다는 듯이 그를 지켜보고 있었다. 마치 브라이언의 머릿속을 들여다보고는 물건을 구경하는 동안 가게 주인이 따라다니는 걸 얼마나 싫어하는지 파악이라도 한 듯했다. 가게 주인들은 대개 손님이 뭘 망가뜨리거나 슬쩍할까 봐 걱정하는 줄 알았는데.

"천천히 둘러보렴. 쇼핑은 천천히 둘러보면서 해야 재미있지, 브라이언. 그러지 못하면 아랫도리에 박힌 가시처럼 성가신 일이 되고."

"저기, 사장님은 어디 외국에서 오셨어요?"

브라이언이 물었다. 가끔 《TV 가이드》에서 로맨스물이 방영된다고 하면 어머니가 보는 〈마스터피스 시어터〉의 나이 지긋하고 섹시한 진행자의 영국식 말투를 연상시켰다.

"나는…… 애크런 출신이다."

"거긴 영국인가요?"

"오하이오란다." 릴런드 곤트는 엄숙하게 얘기하고는 튼튼하고 비뚤배뚤한 이를 드러내며 활짝 웃었다.

〈치어스〉 같은 텔레비전 드라마의 대사를 듣다 보면 종종 웃음보가 터지듯, 이 말에 브라이언의 웃음보가 터졌다. 사실 이 모든 사건 자체가 조금 기괴한 분위기를 풍기지만 무섭지는 않은 텔레비전 드라마 속에서 겪는 일처럼 느껴졌다. 브라이언은 폭소를 터뜨렸다.

곤트 씨가 자신을 버르장머리 없는 아이로 보지 않을까 잠깐 걱정이 됐지만(어머니가 버르장머리 없다고 툭하면 나무라는 바람에 브라이언은 자신이 예의범절이라는 거대하고 투명에 가까운 거미줄 안에서 살고 있다고 믿기에 이르렀다) 곧 키 큰 사장도 동참했다. 두 사람은 같이 웃었고 브라이언은 지금처럼 유쾌한 오후 시간을 보낸 게 언제인가 싶었다.

"어서 둘러보렴." 곤트가 손을 흔들며 말했다. "서로의 이력은 나중에 또 소개하자꾸나, 브라이언."

그래서 브라이언은 둘러보았다. 스무 개나 서른 개를 더 넣어도 넉넉할 것 같은 가장 큰 유리 진열장에 물건이 다섯 개밖에 없었다. 그중 하나가 담배 파이프였다. 또 하나는 빨간 스카프를 두르고 등에 호랑이가 그려진 하얀색 점프슈트를 입은 엘비스 프레슬리 사진이었다. 황제(어머니는 그를 항상 이렇게 불렀다)는 도발적으로 내민 입술에 마이크를 갖다 댄 모습이었다. 세 번째 물건은 폴라로이드 카메라였다. 네 번째는 한가운데 움푹 들어간 곳에 수정 조각이 가득 박힌 반질반질한 돌이었다. 천장에 달린 스포트라이트를 받아 화려하게 반짝거렸다. 다섯 번째는 길이와 두께가 브라이언의 집게 손가락만 한 나뭇조각이었다.

그는 수정을 가리켰다. "저건 정동석이죠?"

"아는 게 많구나, 브라이언. 네 짐작대로다. 물건들마다 조그만 명패를 준비했는데 아직 꺼내질 못했어. 다른 재고들처럼 말이다. 내일부터 영업을 시작하려면 미친 듯이 일을 해야겠지." 하지만 그는 전혀 걱정하지 않고 지금의 상태에 절대적으로 만족하는 눈치였다.

"저건 뭐예요?" 브라이언이 나뭇조각을 가리키며 물었다. 조그만 마을의 가게에서 팔기에는 엉뚱한 물건 아닌가 하는 생각이 들었다. 릴런드 곤트를 보고 첫눈에 강렬한 호감을 느끼기는 했지만 다른 상품도 이런 식이라면 캐슬록에서 오래 버티지 못할 듯했다. 담배 파이프나 황제의 사진이나 나뭇조각 같은 걸 팔고 싶으면 뉴욕에 가게를 차려야 했다. 지금까지 본 영화를 토대로 결론을 내린 바로는 그랬다.

"아! 저건 아주 흥미로운 물건이란다! 내가 보여주마!"

그는 가게를 가로질러 진열장 뒤편으로 돌아가더니 주머니에서 두툼한 열쇠 뭉치를 꺼내 쳐다보지도 않은 채 하나를 골라냈다. 그는 진열장을 열고 나뭇조각을 조심스럽게 꺼냈다.

"손을 내밀어보렴, 브라이언."

"아, 그러지 않는 게 좋을 것 같아요." 브라이언이 말했다. 그는 관광을 주요 산업으로 삼는 지방 출신답게 지금껏 선물 가게를 제법 섭렵했고 이런 짤막한 시가 적힌 안내판을 숱하게 보았다. "구경하면 눈이 즐겁고 / 만지면 손이 즐겁겠지만 / 만에 하나 망가뜨리면 / 손님이 사 가시는 겁니다." 저 나뭇조각인지 뭔지 모를 물건을 망가뜨리면 경악할 어머니의 표정과 이제는 별로 다정하지 않은 표정으로 오백 달러짜리라고 얘기하는 곤트의 모습을 상상할 수 있었다.

"아니, 어째서?"

곤트는 이렇게 물으며 양쪽 눈썹을 치세웠는데…… 사실 눈썹이 하나라고 봐도 무방했다. 어찌나 숱이 많은지 콧마루를 가로질러 일자로 이어졌다.

"그게, 제가 좀 칠칠치 못하거든요."

"무슨 소리. 나는 칠칠치 못한 아이를 보면 한눈에 알아차린다. 너는 그쪽 과가 아니야." 그는 나뭇조각을 브라이언의 손바닥 위로 떨어뜨렸다. 브라이언은 손바닥에 놓인 나뭇조각을 바라보며 조금 놀란 마음을 달랬다. 나뭇조각이 놓이기 전에는 자신이 손바닥을 내밀고 있는 줄도 몰랐던 것이다.

느낌상으로는 절대 나뭇가지 같지 않았다. 오히려…….

"촉감이 꼭 돌멩이 같네요." 그는 미심쩍다는 듯이 얘기하고 시선을 들어 곤트를 쳐다보았다.

"나무이기도 하고 돌이기도 하지. 규화목이거든."

"규화목요." 브라이언은 경탄했다. 나뭇가지를 유심히 들여다보다가 한 손가락으로 옆면을 훑었다. 반질반질한 동시에 울퉁불퉁했다. 감촉이 좋지만은 않았다. "아주 오래됐겠네요."

"이천 년이 넘었지." 곤트가 진지하게 맞장구쳤다.

"맙소사!" 브라이언은 외쳤다. 펄쩍 뛰는 바람에 하마터면 나뭇조각을 떨어뜨릴 뻔했다. 바닥으로 떨어지지 않게 손을 오므리자…… 뭔가 다른 묘한 느낌이 단박에 그를 덮쳤다. 그는 문득…… 이 느낌을 뭐라고 표현해야 할까? 아찔하다? 아니다. 아찔하다기보다는 아득한 느낌이었다. 자신의 일부가 몸에서 떨어져 나와 쓸려가는 듯했다.

재미있다는 듯이 쳐다보는 곤트의 호기심 어린 시선이 느껴졌고 그 눈이 갑자기 접시만 하게 커진 듯했다. 하지만 이 혼란스러운 느낌이 무섭지는 않았다. 그보다는 짜릿한 것에 가까웠고 손가락으로 만졌을 때 느껴진 나무의 매끈한 촉감보다 이쪽이 더 기분 좋았다.

"눈을 감아봐라! 눈을 감아라, 브라이언. 그리고 어떤 게 느껴지는지 알려주렴!"

브라이언은 눈을 감고 나뭇조각을 쥔 오른손을 앞으로 내민 채 잠시 동안 꼼짝 않고 서 있었다. 곤트가 쾌감인지 기대감인지 모를 표정으로 얼굴을 찡그리자 큼지막하고 삐딱한 치아 위로 윗입술이 들리는 모습이 흡사 개 같았다. 그 모습을 브라이언은 보지 못했다. 대신 희미한 움직임을 느꼈다. 나선형 비슷한 움직임이었다. 빠르고 경쾌한 소리도 들렸다. 퉁퉁…… 퉁퉁…… 퉁퉁. 그는 그게 무슨 소리인지 알았다. 그건…….

"배!" 그는 눈을 감은 채 반갑게 외쳤다. "배를 타고 있는 것 같아요!"

"그렇구나." 곤트가 말했다. 이 말이 브라이언의 귀에는 있을 수 없을 만큼 멀게 들렸다.

느낌이 점점 강해졌다. 이제는 길고 느린 파도를 따라 위아래로 출렁이는 느낌이었다. 멀리서 새 지저귀는 소리가 들렸고 가까이에서는 수많은 동물들의 소리가 들렸다. 소는 음메 하고 울었고 수탉은 꼬끼오 하고 울었고 아주 커다란 고양이는 나지막이 으르렁거렸다. 화가 난 게 아니라 심심해서였다. 바로 그 순간만큼은 자신이 나무를 딛고 서 있고(나뭇조각은 이 나무에서 떨어져 나온 게 분명했다) 컨버스 운동화가 아니라 샌들을 신은 듯 느껴지더니…….

전원이 꺼지면 텔레비전 화면 속의 불빛이 그렇게 되듯이, 모든 것이 밝게 빛나는 아주 조그만 점으로 점점 작아지다가 사라져버렸다. 브라이언은 충격과 흥분 속에서 눈을 떴다.

나뭇조각을 어찌나 으스러져라 움켜쥐고 있었던지 억지로 힘을 주어야 주먹을 펼 수 있었고 손마디가 녹슨 경첩처럼 삐걱거렸다.

"우와, 끝내준다." 그는 나지막이 중얼거렸다.

"멋지지?" 곤트가 명랑한 목소리로 물으며 살에 박힌 가시를 뽑는 의사처럼 무심하고도 능숙하게 브라이언의 손바닥에 놓인 나뭇조각을 잡아챘다. 이어 그걸 원래 있던 자리에 넣은 뒤 호들갑스럽게 진열장을 다시 잠갔다.

"멋져요." 브라이언은 한숨에 가까운 긴 숨을 토하며 대답했다. 그는 허리를 숙이고 나뭇조각을 바라보았다. 그걸 들고 있던 손이 아직까지 살짝 따끔거렸다. 위로 솟구쳤다가 아래로 기우뚱하던 갑판, 선체를 때리던 파도, 발바닥으로 전해지던 나무의 질감…….

꿈이 사라지듯 결국에는 사라지겠지만(그런 생각이 들자 진심으로 슬퍼졌다) 느낌들이 아직 남아 있었다.

"노아와 방주 얘기 아니니?" 곤트가 물었다.

브라이언은 미간을 찌푸렸다. 성서에 나오는 얘기인 게 분명했지만 그는 일요일 설교 시간과 목요일 저녁 성서 공부 시간에 딴생각을 하는 습관이 있었다.

"팔십 일 동안 배를 타고 세계를 일주한, 뭐 그런 얘기 아니에요?"

곤트는 다시 씩 웃었다. "비슷하다고 보면 된다, 브라이언. 비슷하다고 보면 돼. 그 나뭇조각은 노아의 방주에서 떨어져 나온 것으로 추정되거든. 물론 노아의 방주에서 떨어져 나온 게 분명하다고 주장할 수는 없지. 그랬다가는 세상에 둘도 없는 사기꾼 취급을 당할 테니까. 노아의 방주에 쓰인 거라며 나뭇조각을 팔려는 사람들이 전 세계에 사천 명은 되거든. 성십자가* 조각을 팔려는 사람들은 아마 사십만 명쯤 될 테고. 하지만 탄소 연대 측정 결과 이천 년이 넘는 걸로 밝혀졌고, 아라라트 산**이 아니라 보람 산에서 발굴되기는 했지만 성지의 출토품이라는 건 장담할 수 있단다."

이게 다 무슨 소린지 브라이언은 거의 알아듣지 못했지만 가장 중요한 사실만큼은 포착했다. "이천 년이라고요." 그는 숨을 토했다. "와! 진짜예요?"

"진짜고말고. 탄소 연대를 측정한 MIT에서 발급받은 증서도 있

* 예수가 처형을 당한 십자가.

** 성서에서 대홍수가 끝났을 때 노아의 방주가 닿았다고 하는 산.

단다. 물론 진실을 입증하는 증서지. 하지만 나는 저게 정말 노아의 방주 조각일지 모른다고 믿는다." 그는 생각에 잠긴 표정으로 나뭇조각을 잠깐 쳐다보았다가 눈부시도록 파란 눈으로 브라이언의 적갈색 눈을 들여다보았다. 브라이언은 다시금 그 시선에 넋을 잃었다. "이러니저러니 해도 보람 산과 아라라트 산은 직선거리가 삼십 킬로미터도 안 되고, 역사에는 어떤 배가 어디에 정착했는지보다 훨씬 중대한 사실들도 오류로 남아 있거든. 특히 최종적으로 기록되어 남겨지기 전까지 몇 세대에 걸쳐 구전된 이야기의 경우에는 말이다. 그렇지 않니?"

"그러게요. 논리적으로는 그럴듯하네요."

"게다가…… 손에 쥐면 묘한 기분이 느껴진단 말이지. 네가 느끼기에는 어땠니?"

"맞아요!"

곤트가 웃으며 그의 머리칼을 헝클어뜨리자 문득 주문이 깨졌다.

"난 네가 마음에 드는구나, 브라이언. 모든 손님들이 너처럼 매력덩어리였으면 좋겠다. 세상만사 그런 식이라면 나 같은 일개 장사꾼도 사는 게 훨씬 수월할 텐데."

"저런 물건은…… 얼마에 파실 생각이신가요?"

브라이언이 물었다. 그는 살짝 떨리는 손가락으로 나뭇조각을 가리켰다. 좀 전의 경험이 그에게 얼마나 엄청난 영향을 미쳤는지 이제야 비로소 실감할 수 있었다. 소라고둥을 귀에 대고 바닷소리를 듣는 것과 비슷하지만…… 이건 3D에 센서라운드였다. 다시 한번 좀더 오래 나뭇조각을 쥐어보고 싶은 마음이 굴뚝같았지만 어떤 식으로 물어보면 좋을지 알 수 없었고 곤트 씨도 먼저 운을 떼지 않았다.

"글쎄다." 곤트는 뾰족하게 모은 손끝을 턱 아래에 대고 장난스럽게 브라이언을 쳐다보았다. "저런 물건은, 내가 파는 훌륭한 물건들, 정말 신기한 물건들은 사는 사람에 의해 값이 매겨질 거야. 사는 쪽에서 얼마나 지불할 용의가 있는지에 따라서 말이지. 너는 얼마나 지불할 용의가 있니, 브라이언?"

"모르겠어요." 브라이언은 주머니에 든 구십일 센트를 생각하며 이렇게 대답하고는 침을 삼켰다. "많이요!"

곤트는 고개를 뒤로 젖히고 껄껄 웃었다. 브라이언은 그걸 보고 자신이 이 남자에 대해 착각하고 있었다는 사실을 알아차렸다. 맨 처음 가게에 들어왔을 때는 곤트의 머리칼이 백발인 줄 알았다. 이제 보니 관자놀이만 희끗희끗했다. 스포트라이트 아래에 서 있어서 그렇게 보인 모양이었다.

"자, 정말이지 즐거운 시간을 보냈다만 브라이언, 내일 10시에 영업을 시작하려면 할 일이 정말 많아서……."

"그럼요." 브라이언은 화들짝 정신을 차리며 예의를 갖추었다. "저도 가야 해요. 시간을 너무 많이 뺏어서 죄송했어요……."

"아니, 아니다, 아니야! 내 말뜻을 오해했구나!"

곤트는 긴 손가락을 브라이언의 팔에 얹었다. 브라이언은 팔을 뺐다. 결례를 저지르는 것처럼 보이지 않길 바랐지만 그렇게 보이더라도 어쩔 수 없었다. 곤트의 손은 딱딱하고 건조하고 왠지 모르게 불쾌했다. 노아의 방주인지 뭔지였다는 규화목과 다를 게 없었다. 하지만 곤트는 정색하느라 브라이언의 본능적인 움츠림을 알아차리지 못했다. 브라이언이 아니라 자기가 결례를 저지른 듯이 굴었다.

"난 그저 본론으로 들어가야 하지 않나 생각했을 뿐이야. 내가 꺼내놓은 다른 몇 가지를 더 구경하는 건 사실 아무 의미가 없단다. 별로 많지도 않은데다 그중에서 가장 신기한 걸 이미 봤으니까. 하지만 나는 적어놓은 목록 없이도 나한테 어떤 재고가 있는지 제대로 파악하고 있는데, 그중에 브라이언 네 마음에 들 만한 물건이 있을 것도 같거든. 너는 어떤 걸 좋아하니?"

"맙소사."

브라이언이 말했다. 그의 마음에 들 만한 물건이 천 가지는 될 테니 그게 문제였다. 그런 식으로 애매하게 물으면 천 가지 중에 뭐가 가장 좋을지 고를 수가 없었다.

"이런 건 너무 심각하게 고민하지 않는 게 좋아." 곤트가 말했다. 말투는 건성이었지만 브라이언의 표정을 유심히 살피는 눈빛만큼은 절대 건성이 아니었다. "내가 '브라이언 러스크, 지금 이 순간 가장 원하는 게 뭐니?'라고 물으면 뭐라고 대답할래? 얼른!"

"샌디 코팩스요."

브라이언은 지체 없이 대답했다. 노아의 방주 조각을 받기 전까지 손바닥을 내밀고 있었다는 걸 몰랐듯이, 이번에도 그 단어가 입에서 튀어나오기 전까지 그는 자신이 뭐라고 대답할지 모르고 있었다. 하지만 그 대답을 들은 순간 완벽한 정답이라는 걸 알 수 있었다.

5

"샌디 코팩스라." 곤트는 생각에 잠긴 투로 중얼거렸다. "그것참 재미있구나."

"아니, 선수가 아니라 그의 야구 카드요." 브라이언이 말했다.

"톱스에서 나온 거, 아니면 플리어 거?" 곤트가 물었다.

그때껏 브라이언은 그날 오후가 그보다 더 좋을 수는 없을 것 같았는데, 순간 그보다 더 좋아졌다. 곤트는 나뭇조각과 정동석뿐 아니라 야구 카드에 대해서도 모르는 게 없었다. 놀라웠다, 정말이지 놀라웠다.

"톱스요."

"그가 데뷔한 해 카드에 관심이 있겠지?" 곤트가 애석하다는 듯이 말했다. "나는 별 도움이 못 될 것 같다만……."

"아니에요." 브라이언이 말했다. "1954년이 아니에요. 그해 카드도 가지고 싶긴 하지만 1956년도 카드 세트를 모으고 있거든요. 아빠 때문에 시작하게 됐는데 재미있어요. 엄청 비싼 카드는 몇 장 안 돼요. 앨 케일라인, 멜 파넬, 로이 캄파넬라 그런 선수들 것 말이에요. 벌써 쉰 장 넘게 모았어요. 앨 케일라인 것까지. 그건 삼십팔 달러였어요. 앨 카드를 사려고 잔디를 엄청 깎았죠."

"그랬겠구나." 곤트가 미소를 지으며 말했다.

"아무튼 1956년도 카드는 별로 비싸지 않아요. 오 달러, 칠 달러, 가끔 십 달러 그래요. 하지만 상태가 좋은 샌디 코팩스 카드는 구십 달러 심지어 백 달러까지 나가요. 그해에는 엄청난 스타가 아니었지만 나중에 훌륭한 선수가 됐으니까요. 그때는 다저스의 연고지가 아직 브루클린이었고 별명이 '다 범스'였대요. 우리 아빠 말로는 그래요."

"너희 아버지는 이백 퍼센트 정확하시구나. 네가 보면 아주 기뻐할 만한 물건이 나한테 있는 것 같다, 브라이언. 여기서 기다려라."

그가 커튼이 쳐진 출입문 너머로 들어가자 브라이언은 나뭇조각과 폴라로이드와 황제의 사진이 담긴 진열장 옆에 혼자 남겨졌다. 브라이언은 희망과 기대감에 거의 춤을 추듯 이쪽 발에서 저쪽 발로 왔다 갔다 하며 체중을 옮겼다. 그러다가 머저리처럼 굴지 말자고 속으로 중얼거렸다. 곤트에게 샌디 코팩스 카드가 있고 그것이 1950년대의 톱스 카드라 한들 1955년이나 1957년도 카드일 것이다. 혹시나 1956년도 카드라 해도, 주머니에 있는 돈이 일 달러도 안 되는 자신에게 무슨 소용일까?

뭐, 구경은 할 수 있잖아, 안 그래? 브라이언은 생각했다. 구경하는 데 돈이 드는 건 아니잖아. 이건 어머니가 입버릇처럼 하는 말 가운데 하나였다.

커튼 뒤편의 공간에서 상자를 옮기고 나지막이 쿵 하며 바닥에 내려놓는 소리가 들렸다. "잠깐만 기다려라, 브라이언." 곤트가 외쳤다. 살짝 숨이 찬 목소리였다. "여기 어딘가에 분명 신발 상자가 있을 텐데……."

"저 때문에 너무 신경 쓰지 마세요, 곤트 씨!" 브라이언은 마주 외쳤지만 곤트 씨가 여건이 허락하는 한도 안에서 최대한 신경 써주길 간절히 바랐다.

“그 상자가 아직 도착하지 않은 짐 속에 있나 본데.” 곤트가 자신 없는 목소리로 말했다.

브라이언의 가슴이 철렁 내려앉았다.

“하지만 분명…… 잠깐! 여기 있네! 바로 여기 있었어!”

브라이언의 가슴이 부풀었다. 아니, 부푼 정도가 아니었다. 하늘로 솟구쳐 뒤로 공중제비를 넘었다.

곤트가 커튼을 젖히고 다시 나왔다. 머리칼이 살짝 헝클어졌고 스모킹 재킷의 한쪽 옷깃에 먼지가 조금 묻었다. 손에는 한때 에어조던 운동화가 담겼을 상자를 들고 있었다. 그는 그걸 카운터에 내려놓고 뚜껑을 열었다. 브라이언은 곤트의 왼쪽 팔 옆에 서서 들여다보았다. 브라이언이 가끔 뉴햄프셔의 노스콘웨이에 있는 야구 카드 가게에서 사곤 하는 카드처럼 비닐로 개별 포장된 야구 카드가 잔뜩 들어 있었다.

“이 안에 재고 목록이 들어 있을 줄 알았는데 운이 안 따라주는구나. 그래도 아까 얘기했다시피 나는 내가 어떤 재고를 보유하고 있는지 제법 자세하게 파악하고 있거든. 이것저것 잡다하게 파는 가게를 운영하려면 그게 핵심이니까. 분명 본 기억이 있긴 한데…….”

그는 말끝을 흐리며 카드를 잽싸게 넘기기 시작했다.

브라이언은 휙휙 지나가는 카드를 보며 놀라서 할 말을 잃었다. 야구 카드 가게만 해도 그의 아버지의 표현을 빌리자면 ‘상당히 시골 장터 같은’ 조합의 옛날 카드들을 보유하고 있었지만 가게에 있는 모든 것들을 합해도 이 운동화 상자에 담긴 보물과 비교가 되지 않았다. 타이 코브와 파이 트레이너의 사진으로 만들어진 씹는담배 카드가 보였다. 베이브 루스와 돔 디마지오와 빅 조지 켈러, 심지어 1940년대에 화이트 삭스에서 활약했던 좌완 투수 히람 디슨의 사진으로 만들어진 담배 카드까지 있었다. 담배 카드에는 대부분 "럭키 스트라이크는 참전중!"이라고 적혀 있었다*. 그리고 피츠버그 유니폼 위로 언뜻 보이는 넓적하고 근엄한 저 얼굴은…….

"맙소사, 저 사람 호너스 왜그너 아니에요?" 브라이언은 헉 소리를 냈다. 심장이 실수로 목젖에 들어가 거기 갇힌 채 파닥이는 아주 조그만 새로 변한 기분이었다. "온 우주를 통틀어서 제일 구하기 힘든 야구 카드인데!"

"그래, 그래." 곤트는 멍하니 말했다. 그의 긴 손가락이 투명한 비닐 커버 안에 갇힌 다른 시대의 얼굴들을, 공을 때리고 던지고 베이스를 누볐던 사나이들을, 이 아이의 가슴속에서는 아직까지 생생하고 기분 좋은 꿈으로 남아 있는 위대한 황금시대의 영웅들을 하나씩 빠르게 넘겼다. "뭐든 조금씩 가져다 놓는 것, 그게 성공적인 장사꾼의 비결이란다, 브라이언. 다양하고 즐겁고 놀랍고 만족스러운…… 그게 성공적인 인생의 비결이기도 하지……. 나는 충고를 잘하지 않는다만 내가 충고를 하면 새겨듣는 게 좋을 거다……. 이제 어디 보자……. 이쯤인데…… 이쯤인데…… 아!"

그가 묘기를 부리는 마술사처럼 상자 한가운데에서 카드 한 장을

* 2차세계대전 당시 군에서 크롬과 구리 등의 금속을 대량 수거하는 바람에 럭키 스트라이크의 기존 포장에 쓰이던 녹색 염료를 생산하는 데 차질이 빚어지자 하얀 포장에 이렇게 애국심을 고취하는 문구를 넣는 것으로 디자인을 바꿨다.

꺼내 의기양양하게 브라이언의 손바닥에 내려놓았다.

샌디 코팩스였다.

1956년 톱스 카드였다.

게다가 사인까지 되어 있었다.

"다정한 내 친구 브라이언에게. 행운을 빌며, 샌디 코팩스." 브라이언은 목멘 소리로 읽었다.

더이상은 아무 말도 할 수 없었다.

6

그는 입술을 달싹이며 곤트를 올려다보았다. 곤트는 미소를 지었다. "내가 꾸민 것도 계획한 것도 아니고, 우연의 일치야……. 하지만 근사한 우연 아니니?"

브라이언은 여전히 아무 말도 할 수가 없었기에 고개를 한 번 끄덕이는 걸로 대신했다. 보물을 품은 비닐 커버가 섬뜩하리만치 무겁게 느껴졌다.

"꺼내보렴." 곤트가 말했다.

브라이언의 입에서 마침내 목소리가 흘러나왔지만 아주 나이가 많은 환자처럼 꺽꺽거렸다. "엄두가 안 나요."

"그럼 내가 하마." 곤트가 말했다. 그는 브라이언에게 커버를 건네받아서 깔끔하게 손질한 손톱을 안으로 집어넣어 카드를 꺼냈다. 그가 카드를 브라이언의 손에 올려놓았다.

표면에 살짝 눌린 자국들이 있었다. 샌디 코팩스가 펜으로 그의 이름을 적느라…… 그들의 이름을 적느라 생긴 자국이었다. 코팩스의 사인은 인쇄된 것과 거의 같았지만 인쇄된 사인은 샌퍼드 코팩스라고 되어 있는 반면, 손으로 직접 한 이 사인은 샌디 코팩스였다. 그뿐 아니라 진짜였기 때문에 천배는 더 훌륭했다. 샌디 코팩스가 이 카드를 손에 들고 그의 자취를 남기다니. 살아 있는 그의 손으로 그 신비로운 이름을 남기다니.

하지만 다른 이름도 있었다. 브라이언의 이름이. 그와 이름이 같은 어떤 아이가 경기 전에 에베츠 필드* 불펜으로 찾아가자 샌디 코팩스가, 젊고 튼튼하며 영광의 날들을 목전에 둔 진짜 샌디 코팩스가, 아이가 내민 카드를 받아 어쩌면 달짝지근한 분홍색 풍선껌 냄새를 풍기며 자취를 남겼다. 더불어 내 자취까지. 브라이언은 이렇게 생각했다.

문득 규화목을 쥐고 있었을 때 그를 휩쓸었던 느낌이 다시 찾아왔다. 다만 이번에는 좀 전보다 훨씬, 훨씬 더 강렬했다.

방금 깎은 상쾌한 잔디 냄새.

야구공을 묵직하게 때리는 물푸레나무 방망이.

베팅 케이지에서 들리는 고함과 웃음소리.

"안녕하세요, 코팩스 씨. 코팩스 씨 카드에 사인받을 수 있을까요?"

좁은 얼굴. 갈색 눈. 거무스름한 머리. 그는 모자를 잠깐 벗어서 머리칼이 시작되는 곳을 긁고는 다시 모자를 쓴다.

* 과거 브루클린 다저스의 홈구장으로 쓰였던 뉴욕의 야구장.

"그럼, 꼬마야." 그는 카드를 받는다. "이름이 뭐니?"

"브라이언요. 브라이언 세긴."

카드에 대고 스윽, 스윽, 스윽. 마술이다. 불을 새긴다.

"나중에 야구선수가 되고 싶니, 브라이언?" 어째 판에 박힌 듯한 분위기를 풍기는 질문이다. 그는 조만간 전설이 될 왼손으로 사인을 하느라 큼지막한 오른손으로 잡고 있는 카드에서 시선을 떼지 않은 채 묻고 있다.

"네."

"기본기를 연습해라." 그러고는 카드를 돌려준다.

"네!"

그는 벌써 걸음을 옮기고 있다. 잠시 후 그는 방금 깎은 잔디를 밟으며 불펜 쪽으로 느릿느릿 달려가고, 그러자 그림자도 따라서 달리고…….

"브라이언? 브라이언?"

기다란 손가락이 그의 코 아래에서 딱딱 소리를 냈다. 곤트의 손가락이었다. 정신을 차리니 곤트가 재미있다는 표정으로 그를 바라보고 있었다.

"내 말 들리니, 브라이언?"

"죄송해요."

브라이언은 얼굴을 붉혔다. 카드를 돌려줘야 한다는 걸 알지만, 돌려주고 거기서 나와야 한다는 걸 알지만, 도무지 놓을 수가 없었다. 곤트가 또다시 그의 눈을 들여다보았고—머릿속까지 들여다보는 듯했다—이번에도 그는 시선을 돌릴 수 없었다.

"자, 그럼." 곤트가 나지막이 말했다. "브라이언, 네가 그걸 사려는 사람이라고 가정해보자. 그냥 그렇게 가정해보는 거야. 그 카드를 얼마에 살래?"

절망이 낙석처럼 브라이언의 심장을 눌렀다.

"저한테 있는 돈은 전부 합해봐야……."

곤트가 왼손을 위로 내저었다. "쉬이잇!" 그가 단호하게 말했다. "말을 아껴야지! 사려는 사람은 팔려는 사람에게 돈을 얼마나 가지고 있는지 절대 얘기하면 안 돼! 상인에게 지갑을 통째로 넘기고 거기다 주머니에 든 걸 모조리 바닥으로 쏟아내는 거나 다름없어! 거짓말을 못 하겠거든 그냥 가만히 있어라! 그게 거래에서 손해 보지 않는 첫 번째 원칙이다, 브라이언."

그의 눈이…… 너무 크고 까맸다. 브라이언은 그 안에서 헤엄을 치고 있는 기분이었다.

"이 카드는 값이 둘로 나뉜단다, 브라이언. 절반과…… 나머지 절반으로. 한쪽 절반은 현금으로 내면 돼. 나머지 절반은 네가 행동으로 지불하면 되고. 알겠니?"

"네."

브라이언이 말했다. 그는 다시 아득한 기분을 느꼈다. 캐슬록, 니드풀 싱스, 심지어 자기 자신에게서도 멀어진 느낌이었다. 이 아득한 곳에서 진짜처럼 느껴지는 게 있다면 곤트의 동그랗게 뜬 까만 눈뿐이었다.

"사인이 된 1956년도 샌디 코팩스 카드의 현금가는 팔십오 센트다. 그 정도면 괜찮겠니?"

"네."

브라이언이 말했다. 그의 목소리가 아득하고 조그맣게 느껴졌다. 자신이 작아지고 또 작아져서…… 선명한 기억이 끊기는 지점을 향해 다가가는 것 같았다.

"좋아." 곤트가 어루만지는 듯한 목소리로 말했다. "우리의 거래가 여기까지는 무리 없이 진행됐지. 그리고 네가 행동으로 지불해야 하는 건 뭔가 하면…… 윌마 저직이라는 여자를 아니, 브라이언?"

"윌마 아줌마요? 그럼요." 브라이언은 점점 커져만 가는 어둠 속에서 대답했다. "저희 집 뒤편에 살아요."

"그래, 나도 그렇다고 알고 있다." 곤트가 맞장구쳤다. "내 말 잘 들어라, 브라이언." 그러고는 그가 뭐라고 얘기를 했을 텐데, 브라이언은 기억이 나지 않았다.

7

그러고 나서 정신을 차려보니 곤트가 그를 조심스럽게 메인 스트리트로 내보내며 만나서 반가웠다고, 어머니와 친구들에게 여기서 훈훈한 대접을 받으며 좋은 물건을 잘 샀다고 홍보해달라고 얘기하고 있었다.

"그럴게요." 브라이언은 말했다. 뭐가 뭔지 어리둥절했지만…… 상쾌하게 낮잠을 자고 일어난 것처럼 기분이 아주 좋았다.

"그리고 다시 찾아주길 바란다." 곤트는 이렇게 말하고 곧바로 문을 닫았다. 브라이언은 문을 쳐다보았다. 팻말에 이제는 이렇게 적혀 있었다.

영업 종료

8

니드풀 싱스에 몇 시간 동안 있다가 나온 느낌이었지만 은행 앞에 걸린 시계를 보니 이제 겨우 십 분 전 4시였다. 이십 분도 안 됐다는 뜻이었다. 그는 자전거를 타려다가 핸들을 배에 얹은 채 바지 주머니에 손을 넣었다.

한쪽 주머니에서 반짝이는 일 센트짜리 동전 여섯 개가 나왔다.

다른 쪽 주머니에서는 샌디 코팩스가 사인한 카드가 나왔다.

분명 무슨 거래를 한 것 같은데, 브라이언은 아무리 애를 써도 어떤 거래였는지 기억이 나지 않았다. 윌마 저직의 이름이 등장했다는 것만 떠올랐다.

다정한 내 친구 브라이언에게. 행운을 빌며, 샌디 코팩스.

무슨 거래를 했는지 몰라도 보람이 있었다.

이런 카드라면 어떤 거래를 했든 보람이 있었다.

브라이언은 카드가 구겨지지 않도록 조심스럽게 배낭에 넣고 자전거에 올라타 집을 향해 열심히 페달을 밟기 시작했다. 집까지 가는 내내 싱글벙글 웃었다.

2장

1

뉴잉글랜드의 조그만 마을에 새로운 가게가 생기면 주민들은—다른 여러 방면에서야 촌뜨기일지 몰라도—대도시의 사촌들은 명함도 못 내밀 정도로 세계시민적인 태도를 보인다. 뉴욕이나 로스앤젤레스에서는 새로운 화랑이 등장하면 첫날 영업 개시에 앞서 미래의 후원자와 단순한 구경꾼들이 삼삼오오 모여든다. 새로운 클럽이 문을 열면 심지어 줄이 생기고, 주머니 많은 가방에 망원렌즈를 들고 출입 저지선 너머에서 목을 빼고 기다리는 파파라치까지 등장한다. 브로드웨이에서 초연되는 공연을 보러 온 관객들 사이에서는, 그 작품이 엄청난 히트를 기록하건 폭삭 망하건 화제를 유발할 수밖에 없기에 웅얼웅얼 열띤 대화가 오간다.

뉴잉글랜드의 조그만 마을에서는 새로운 가게가 생겨도 영업 개시 전에 사람들이 문 앞에서 기다리는 경우가 거의 없고 더더군다나 줄을 서는 경우는 절대 없다. 블라인드를 올리고 문을 열고 영업 개시를 선포해도, 외부인의 눈에는 냉담하게 여겨지고 가게 주인 입장에서는 앞으로의 실적에 대한 불길한 징조로 여겨질 만큼 손님들이 띄엄띄엄 들락거리고 그만이다.

일견 무관심한 반응의 이면에 강렬한 기대와 그보다 더 강렬한 시선이(캐슬록에서 코라 러스크와 마이라 에번스만 니드풀 싱스가 문을 열기 몇 주 전부터 전화통에 불나게 통화한 게 아니었다) 도사리고 있는 경우가 대부분이지만, 아무리 관심과 기대가 하늘을 찔러도 조그만 마을 손님들의 보수적인 태도가 달라지지는 않는다. 특히 보스턴 북쪽의 양키* 밀집 지역에서는 그냥 하면 안 되는 일들이 있다. 해마다 아홉 달 동안은 대개 자급자족으로 살아가는 사회라, 그곳 사람들은 너무 서둘러 지나친 관심을 보이거나 일시적인 호기심 이상을 드러내는 태도를 악습으로 여겼다.

조그만 마을에서 새로운 가게를 둘러보는 것과 대도시에서 명망 있는 파티에 참석하는 것. 둘 다 상당한 수준의 흥분을 유발하는 사건이고, 여기에는 만고불변이자 희한하리만치 유사한 무언의 원칙이 있다. 그중에서도 으뜸은 남들보다 먼저 가면 안 된다는 것이다. 물론 누군가가 이 가장 기본적인 원칙을 깨주어야 줄줄이 입장할 수 있겠지만, 새로운 가게는 영업 종료 팻말을 영업중으로 맨 처음

* 우리 나라에서는 미국 사람을 낮잡아 이르는 말이지만, 본래는 뉴잉글랜드 원주민을 뜻하는 말로 미국 북동부에 사는 사람들을 가리킨다.

돌려놓고 나서도 최소 이십 분 동안은 파리를 날리기 마련이고, 뭘 좀 아는 관찰자라면 제일 첫 손님은 단체 손님—두 명이나 세 명, 하지만 그보다는 네 명의 여자 손님일 가능성이 크다—이 되리라 장담할 수 있을 것이다.

두 번째 원칙은, 구경하러 온 손님은 냉랭하다 싶을 정도로 점잖은 분위기를 풍겨야 한다는 것이다. 그리고 세 번째 원칙은, (적어도 첫 방문 시에는) 새로운 가게 주인의 이력이나 신뢰도를 확인하면 안 된다는 것이다. 네 번째 원칙은, 우리 마을에 온 것을 환영한다며 집에서 만든 케이크나 파이 같은 초라한 선물을 들고 가면 안 된다는 것이다. 마지막 원칙은 첫 번째 원칙만큼이나 만고불변한 것으로, 다른 사람들이 다 돌아갈 때까지 자리를 지키고 있으면 안 된다는 것이다.

이와 같은 장엄한 무도회—눈치작전 부대의 댄스파티라고 해도 될 것이다—는 최소 이 주에서 최대 두 달까지 지속되지만 마을 주민이 가게를 열었을 때는 예외다. 그런 경우에는 개업식이 가정 주간의 교회 저녁 모임 비슷하게 스스럼없고 떠들썩하되 다소 재미가 없어진다. 하지만 새로운 가게 사장이 '외지인'이라면(항상 누구든 따옴표를 느낄 수 있도록 발음한다) 눈치작전 부대의 댄스파티는 죽음이나 중력과도 같은 수준의 필연이 된다. 이 탐색 기간이 끝나면 (탐색 기간이 끝났다고 신문에 광고가 실리거나 하는 건 아니지만 어찌어찌 다들 알아차린다) 양단간에 결판이 난다. 거래의 흐름이 그럭저럭 통상적인 궤도로 접어들면서 만족한 손님들이 뒤늦게 환영의 선물을 하고 자기 집에 놀러 오라고 초대하거나, 아니면 망하거나. 캐슬록 같은 마을에서 조그만 가게들은 가끔 '가망 없다'는 낙인이 찍히고 몇 주, 심지어 몇 달이 지난 다음에서야 가엾은 주인들이 알아차리는 경우도 있다.

캐슬록에는 남들 눈에는 만고불변으로 보이는 일반적인 원칙을 따르지 않는 여자가 최소한 한 명은 있었다. 유 소 앤드 소 바느질 공방의 사장 폴리 차머스였다. 그녀의 행동은 대개가 예상을 벗어나는 것들이었다. 폴리 차머스는 캐슬록 여자들 사이에서(그리고 대다수의 남자들 사이에서) 괴짜로 간주됐다.

폴리는 캐슬록이라는 사회의 중재자를 자칭하는 사람들에게 온갖 고민거리를 안겼다. 우선 가장 기본적인 사실부터 결론을 내리기가 쉽지 않았다. 폴리는 토박이일까 아니면 외지인일까? 그녀는 분명 캐슬록에서 태어나 어린 시절의 대부분을 여기서 보냈지만 열여덟 살에 듀크 시핸의 아이를 임신한 몸으로 떠났다. 그때가 1970년이었고, 1987년에 완전히 돌아올 때까지 이 마을을 다시 찾은 건 딱 한 번뿐이었다.

그녀가 잠깐 돌아왔던 때는 아버지가 대장암으로 임종을 앞둔 1975년 말이었다. 그가 세상을 떠나고 로레인 차머스가 심장마비를 일으키자 폴리가 남아서 병간호를 했다. 로레인은 1976년 초봄에 두 번째 심장마비를 일으켰고—이번에는 치명적이었다—폴리는(이 무렵 마을의 여인네들 사이에서 진짜 알쏭달쏭한 인물이라는 소리를 들었다) 어머니를 고향 땅에 묻고 다시 떠났다.

이번에는 영영 떠났을 거라는 추측이 지배적이었고 1981년에 차머스 집안의 마지막 생존자였던 에비 고모할머니가 눈을 감았을 때

장례식에 참석하지 않자 추측은 기정사실로 굳어졌다. 그런데 사 년 전에 그녀가 돌아와서 바느질 공방을 열었다. 확실하지는 않지만 고모할머니의 유산으로 새로운 사업을 시작한 듯했다. 그녀가 아니면 그 괴상망측한 할망구가 누구에게 유산을 남겼겠는가.

인간 희극의 좀더 열렬한 팬들은(마을 주민 대부분이 여기에 해당했다) 조그만 공방이 자리를 잡고 폴리가 눌러앉으면 그들의 궁금증이 조만간 대부분 해결되리라 확신했다. 하지만 폴리를 둘러싼 많은 부분들이 여전히 오리무중이었다. 상당히 짜증 나는 상황이었다.

그녀가 그사이 몇 년 동안 샌프란시스코에서 지냈다는 것까지는 밝혀졌지만 그것으로 끝이었다. 로레인 차머스는 고집 센 딸에 관한 한 바위처럼 입이 무거웠다. 폴리가 거기서 학교에 다녔을까 아니면 다른 데서 다녔을까? 그녀는 경영 수업을 듣고 많은 걸 배운 듯이 공방을 운영했지만 아무도 장담할 수 없었다. 돌아왔을 때 혼자였지만 샌프란시스코 아니면 지금까지 머물렀던(또는 그냥 스쳐 지나갔던) 다른 곳에서 결혼을 했었을까? 그것 역시 아무도 알 수 없었다. 다만 그녀가 시핸이라는 남자와 결혼하지 않은 건 분명했다. 그는 해병대로 입대해 그럭저럭 실력을 발휘하다가 지금은 뉴햄프셔의 어딘가에서 부동산 중개업을 하고 있었다. 그녀가 그 오랜 세월이 흐른 뒤에 여기로 돌아와 눌러앉은 이유가 뭐였을까?

대부분의 사람들은 아이가 어떻게 됐는지 궁금해했다. 어여쁜 폴리가 아이를 지웠을까? 입양 기관에 넘겼을까? 자기가 키웠을까? 그랬다면 그것이 죽었을까? 아니면 살아서 어딘지 모를 학교에 다니며 어머니에게 가끔 편지를 보내고 있을까? 이 역시 어느 누구도 알 수 없었고 '그것'(참 불쾌한 대명사다)을 둘러싼 풀리지 않는 수수께끼가 여러 모로 가장 짜증스러웠다. 임신한 몸으로 장거리 버스를 타고 떠난 여자아이가 마흔이 다 돼서 고향으로 돌아와 사 년째 가게를 하고 있는데, 고향을 등지게 만든 아기의 성별조차 아는 사람이 없었다.

불과 얼마 전에도 폴리 차머스는 자신의 괴짜다운 면모를 새롭게 과시했다. 그녀는 캐슬록의 보안관 앨런 팽본과 가깝게 지냈는데, 팽본 보안관으로 말할 것 같으면 불과 일 년 육 개월 전에 아내와 막내아들을 땅에 묻은 처지였다. 스캔들이라고 할 것까지는 없었지만 이것은 분명 기행이었기에, 10월 9일 오전 10시 2분에 그녀가 자기 가게를 나서 니드풀 싱스를 향해 메인 스트리트의 인도를 걸어갔을 때 아무도 놀라지 않았다. 그녀가 장갑 낀 손에 뭘 들고 있는지 보아도 아무도 놀라지 않았다. 안에 든 게 케이크일 수밖에 없는 밀폐 용기를 들고 있었던 것이다.

나중에 이에 대해 말이 나왔을 때 마을 주민들도 표현했다시피, 딱 그녀다운 행동이었다.

2

니드풀 싱스의 쇼윈도에는, 비눗물이 말끔히 지워진 채 열두어 개쯤 되는 물건들이 진열되어 있었다. 시계, 은식기 한 세트, 그림, 애지중지하는 사진으로 속을 채워줄 주인을 기다리는 예쁜 세 폭짜리 액자였다. 폴리는 마음에 든다는 표정으로 이 물건들을 흘끗 쳐다보고는 문 쪽으로 걸어갔다. '영업중' 팻말이 걸려 있었다. 그녀가 문을 열자 머리 위에서 조그만 종이 울렸다. 브라이언 러스크에게 사전 공개를 한 이후에 단 종이었다.

가게에서는 새 카펫과 갓 칠한 페인트 냄새가 났다. 햇빛으로 가득한 내부로 들어가 호기심 어린 눈빛으로 둘러보는 동안, 그녀의 머릿속에 어떤 생각 하나가 확실하게 떠올랐다. 아직 이 안에 발을 들인 손님이 없었으니—내가 첫 번째 손님이니까—그것만으로도 성공이야. 엄청난 성공이지. 그렇게 성급한 판단을 내린 것도, 쇼윈도를 보고 당장 마음에 들어 한 것도 그녀답지 않은 태도였지만 이는 논의의 여지가 없는 사실이었다.

키 큰 남자가 유리 진열장 위로 허리를 숙이고 있었다. 종소리가 들리자 그는 고개를 들어 그녀를 보더니 미소를 지었다. "안녕하세요." 그가 말했다.

폴리는 자신의 감정을 잘 파악하는 성격이었다. 이 낯선 사람의 시선을 마주하자마자 느낀 당혹감은 당혹스러움 그 자체였다.

내가 아는 사람이야. 뜻밖의 먹구름을 뚫고 맨 처음 든 생각이 그거였다. 이 남자를 전에 만난 적이 있어. 어디에서 만났지?

하지만 그녀는 그를 만난 적이 없었고 잠시 후에야 그렇다는 걸 확실하게 깨달았다. 이런 게 아마도 기시감인 모양이었다. 모든 사람들에게 가끔씩 찾아오는, 너무나 몽환적인 동시에 너무나 평범해서 혼란스러운 거짓 기억 말이다.

잠깐 허를 찔리는 바람에 그녀는 그를 향해 그저 어색한 미소만 지어 보였다. 그러다 케이크를 담은 통을 더 단단히 잡으려고 왼손을 움직이는데, 번쩍하는 통증이 환한 대못처럼 손등을 관통하고 손목 쪽으로 뻗어나갔다. 크롬으로 만들어진 큼지막한 포크가 살 속 깊숙이 박힌 듯한 느낌이었다. 관절염 때문이었다. 우라지게 아팠지만 덕분에 다시 정신을 집중할 수 있었고 그녀는 머뭇거린 티가 나지 않게 말을 건넸지만…… 그래도 남자가 알아차렸을지 모르겠다는 생각이 들었다. 밝은 적갈색 눈이 많은 걸 알아차릴 듯이 생겼다.

"안녕하세요. 저는 폴리 차머스라고 해요. 여기서 두 가게를 지나면 나오는 조그만 양장점 겸 바느질 공방 주인이죠. 이웃사촌이 됐고 하니 정신없어지기 전에 찾아와서 캐슬록에 오신 걸 환영한다는 인사를 전할까 싶었어요."

그가 미소를 짓자 온 얼굴이 환해졌다. 그녀는 왼손이 여전히 미치도록 아팠음에도 불구하고 미소로 화답하느라 입꼬리가 올라가는 걸 느낄 수 있었다. 내가 앨런에게 이미 반하지 않았다면 찍소리 못 하고 이 남자의 발치에 무릎을 꿇었겠어. 그녀는 생각했다. "침실로 안내하시지요, 주인님. 조용히 따르겠나이다." 얼마나 많은 여인네들이 오늘 해가 저물기 전에 잠깐 구경하려고 여기 들렀다가 미친 듯이 두근거리는 가슴을 달래며 집으로 돌아가게 될까. 그녀는 이런 별난 상상을 하며 재미있어했다. 이제 보니 그는 결혼반지가 없었다. 이야말로 불난 데 부채질하는 격이었다.

"만나서 반갑습니다, 차머스 씨." 그가 앞으로 걸어 나오며 말했다. "저는 릴런드 곤트라고 합니다." 그는 다가오며 오른손을 내밀었다가 그녀가 뒤로 한 걸음 물러서는 걸 보고 미간을 살짝 찌푸렸다.

"죄송해요. 저는 악수를 하지 않아요. 예의를 모르는 사람으로 여기지는 말아주세요. 관절염이 있거든요."

그녀는 밀폐 용기를 가장 가까운 유리 진열장에 내려놓고 새끼 염소 가죽장갑을 낀 두 손을 들어 보였다. 장갑에는 별스러운 구석이 전혀 없었지만 누가 봐도 모양이 이상했고 왼쪽이 오른쪽보다 조금 더 심했다.

마을 여자들 가운데 일부는 폴리가 자기 병을 사실 자랑스럽게 여긴다고 생각했다. 그게 아니라면 아무나 붙잡고 대뜸 손을 내보이는 이유가 뭐겠느냐고 했다. 사실은 정반대였다. 허영심은 없어도 외모에 아예 신경을 쓰지 않는 건 아니라, 그녀는 흉측한 손을 부끄럽게 여겼다. 그 손을 최대한 잽싸게 내보일 때마다 똑같은 생각이—거의 의식하지 못할 정도로 빠르게—그녀의 머릿속을 스치고 지나갔다. 됐어, 끝났다. 이제 다른 얘기를 할 수 있겠네.

그녀가 손을 내보이면 사람들은 대개 당황하거나 거북스러워했다. 곤트는 아니었다. 엄청나게 힘이 센 두 손으로 그녀의 윗팔을 잡고 흔들었다. 초면에 지나치게 친밀한 행동처럼 느껴질 수도 있었지만 아니었다. 다정하고 간단한, 심지어 재미있기까지 한 행동이었다. 그럼에도 불구하고 그녀는 짧게 끝나서 다행이라는 생각이 들었다. 가벼운 가을용 외투 위를 잡았는데도 그의 손이 건조하고 불쾌하게 느껴졌다.

"그런 어려움을 딛고 바느질 공방을 운영하려면 힘드시겠습니다, 차머스 씨. 어떻게 버티십니까?"

묻는 사람이 거의 없는 질문이었고 그녀가 기억하기로 앨런을 제외하고는 그런 식으로 직접적으로 물어본 사람이 없었다.

"하루 종일 할 수 있는 한 버텼죠. 웃는 얼굴로 참아가면서. 지금은 아르바이트생을 대여섯 명 쓰고 저는 대부분 디자인만 해요. 그래도 아직 한창이에요." 그건 거짓말이었지만 주로 그녀 자신을 위해서 하는 거짓말이니 문제될 건 없었다.

"아무튼 와주셔서 감사합니다. 솔직히 말씀드리자면…… 제가 지금 심한 무대 공포증에 시달리고 있어요."

"그러세요? 왜요?" 그녀는 어떤 장소나 사건보다도 사람에 대한 판단을 선불리 내리지 않는 성격이라, 만난 지 일 분도 안 된 이 남자 앞에서 이토록 순식간에 자연스럽게 마음이 편안해지는 것에 놀라움과 약간의 경계심을 느꼈다.

"손님이 없으면 어쩌나 계속 걱정이 돼요. 하루 종일 한 명도 없으면 어쩌나."

"올 거예요. 이 가게에 뭐가 있는지 구경하고—상호가 니드풀 싱스라니 어떤 걸 파는 가게일지 다들 감을 못 잡고 있거든요—그보다 더 중요하게는 사장님을 보려고요. 그냥, 캐슬록 같은 조그만 마을에서는……."

"다들 너무 관심 있는 것처럼 보이지 않으려고 하죠." 그가 대신 말을 맺었다. "저도 알아요……. 조그만 마을을 여러 번 겪어봤거든요. 이성적으로야 방금 차머스 씨가 한 얘기가 절대적으로 맞는다는 걸 알지만 계속 이런 속삭임이 들려요. '아무도 오지 않을 거야, 릴런드. 그럼, 그렇고말고. 오지 않을 거야, 다들 옹기종기 모여서 멀찍이 서 있을걸, 두고 봐.'"

그녀는 바느질 공방을 맨 처음 열었을 때 똑같은 심정이었던 게 생각나서 폭소를 터뜨렸다.

"그나저나, 이건 뭔가요?" 그가 밀폐 용기를 한 손으로 건드리며 물었다. 그때, 브라이언 러스크도 보았던 것을 그녀도 알아차렸다. 그는 검지와 중지의 길이가 정확히 같았다.

"케이크예요. 그리고 제가 이 마을에 대해서 좀 아는데, 오늘 케이크를 들고 오는 사람은 제가 처음이자 마지막일 거예요."

그는 기쁜 얼굴로 그녀를 향해 미소를 지었다.

"고맙습니다! 정말 고맙습니다, 차머스 씨. 감동적이네요."

그녀는 처음 만났거나 심지어 만난 지 얼마 안 되는 사람에게 그냥 이름으로 불러달라고 하는 법이 없는 성격인데도(그리고 허락하지도 않았는데 그런 특권을 남용하려는 부동산업자, 보험회사 직원, 자동차 영업 사원을 경계하는 성격인데도) 이렇게 얘기하는 자기 목소리가 들리자 어안이 벙벙해졌다.

"앞으로 이웃사촌처럼 지내려면 저를 폴리라고 불러야 하지 않겠어요?"

3

릴런드 곤트가 뚜껑을 열어서 냄새만 맡고도 알아차렸다시피 케이크는 초콜릿 케이크였다. 그는 그녀에게 한 조각 먹고 가라고 했다. 폴리는 사양했다. 곤트는 계속 고집을 부렸다.

"가게는 맡아줄 사람이 있다면서요. 그리고 앞으로 최소한 삼십 분 동안은 아무도 들어오지 않을 겁니다. 통과의례가 그렇잖아요. 게다가 저는 이 마을에 대해서 궁금한 게 수천 가지예요."

그래서 그녀는 알았다고 했다. 그는 커튼이 쳐진 가게 뒤편의 출입구 너머로 사라지더니, 접시와 포크를 가지러 계단을 올라가는 소리가 들렸다. 임시로 2층에서 숙식을 해결하는 모양이었다. 폴리는 그를 기다리는 동안 물건을 둘러보았다.

그녀가 들어온 문 옆에 걸린 액자 팻말에 따르면 월요일, 수요일, 금요일 그리고 토요일 오전 10시부터 오후 5시까지가 영업시간이었다. '사전 예약이 없는 경우' 늦봄까지 화요일과 목요일은 문을 닫는다고 했다. 그러니까 시끄럽고 정신 사나운 관광객과 휴가객이 지폐 다발을 흔들며 돌아올 때까지라는 얘기로군, 폴리는 생각하며 속으로 웃었다.

그녀가 결론을 내린 바에 따르면 니드풀 싱스는 골동품 가게였다. 한번 슬쩍 보고 지나쳤다면 고급 골동품 가게인가 보다 생각했겠지만, 상품들을 자세히 살펴보니 그렇게 쉽게 단정 지을 수는 없을 것 같았다.

전날 오후 브라이언이 보았던 정동석과 폴라로이드 카메라, 엘비스 프레슬리 사진 그리고 기타 등등은 그대로였지만 거기에 마흔 몇 가지가 추가됐다. 미색 벽에 걸려 있는 조그만 양탄자는 값이 상당할 것 같았다. 터키산인데다 오랜 역사를 자랑하는 물건이었다. 한 진열장에 전시된 납 병정 세트는 골동품일 수도 있지만, 폴리도 알다시피 납 병정이라는 건 지난주 월요일에 홍콩에서 만들어진 거라 해도 골동품스러운 분위기를 풍기기 마련이었다.

상품은 어마어마하게 다양했다. 미국의 어느 축제에 가든 사 달러 구십구 센트에 팔림직한 엘비스의 사진과 전혀 흥미를 유발하지 못하는 흰머리수리 풍향계 사이에, 분명 팔백 달러는 되고 어쩌면 오천 달러까지 받을 수 있을지 모르는 카니발 글라스 전등갓이 있었다. 다 낡아서 볼품없는 찻주전자는 한 쌍의 화려한 인형을 양옆에 거느리고 있었다. 볼은 발그스레하고 늘씬한 다리에는 가터벨트가 달린 이 예쁜 프랑스 인형은 도대체 얼마나 할지 짐작조차 할 수 없었다.

야구 카드와 담배 카드도 있었고, 1930년대 싸구려 잡지(《위어드 테일스》, 《어스타운딩 테일스》, 《스릴링 원더 스토리스》)가 부채 모양으로 진열돼 있는가 하면, 토 나오는 옅은 분홍색의 1950년대 테이블 라디오도 있었다. 그 시대 사람들은 정치판에서는 안 돼도 가전제품에는 그 색을 써도 된다고 생각한 모양이었다.

전부는 아니지만 대부분의 상품 앞에 조그만 명패가 놓여 있었다. 한 명패에는 "세 개의 수정이 박힌 정동석, 애리조나"라고 적혀 있었다. 다른 명패에는 "주문 제작된 박스 스패너 세트"라고 적혀 있었다. 브라이언에게 놀라움을 선사했던 나뭇조각 앞에는 "성지에서 발굴된 규화목"이라고 적힌 명패가 놓여 있었다. 카드와 싸구려 잡지 앞에는 이런 명패가 놓여 있었다. "다른 상품도 구비되어 있습니다."

이제 보니 쓰레기가 됐건 보물이 됐건 모든 상품에 한 가지 공통점이 있었다. 가격표가 달려 있지 않았다.

4

곤트가 조그만 접시 두 개—전혀 고급스럽지 않은, 평범한 코닝웨어였다—와 케이크 칼과 포크 한 쌍을 들고 왔다. "저 위는 지금 엉망진창이에요." 그렇게 실토하고 그는 밀폐 용기 뚜껑을 열어 옆에 놓았다(진열장에 크림이 묻지 않게 뒤집어서 놓았다). "자리가 좀 잡히는 대로 집을 구할 작정이지만 당분간은 가게 위에서 지낼 거예요. 모든 짐이 종이 상자 안에 들어 있어요. 종이 상자라면 질색인데. 세상에 누가……."

"그건 너무 많은데요." 폴리가 가로막고 나섰다. "아유 참!"

"알았어요." 곤트는 명랑한 목소리로 대답하고는 두툼하게 자른 초콜릿 케이크 조각을 한 접시에 담았다. "이건 제가 먹을게요. 먹자, 멍멍, 밥 먹어! 당신 몫은 이 정도면 되겠어요?"

"더 얇게요."

"이보다 더 얇게는 못 썰겠는데." 그는 이내 케이크를 얇게 한 조각 잘랐다. "냄새가 끝내주네요. 정말이지 고마워요, 폴리."

"별말씀을요."

실제로 냄새가 좋았고, 폴리는 다이어트중이 아니었지만 그렇다고 초면에 예의를 갖추느라 사양했던 것도 아니었다. 지난 삼 주 동안 캐슬록은 여름처럼 따뜻하고 화창한 가을 날씨를 자랑했는데 월요일부터 날이 쌀쌀해지면서 손이 심하게 아팠다. 떨어진 기온에 관절이 적응하면 통증이 살짝 가실 테지만(그녀는 그러길 기도해왔으나 진행성 질환이라는 걸 모르지 않았다) 오늘 새벽부터 상태가 심했다. 이럴 때는 말을 듣지 않는 손으로 뭘 할 수 있고 뭘 할 수 없는지 알 도리가 없어 불안하고 당황스러운 일이 벌어질 수도 있기에 처음에 케이크를 사양했던 것이다.

이제 그녀는 장갑을 벗고 오른손을 시험 삼아 구부려보았다. 굶주려 있던 통증이 작살처럼 팔뚝을 거쳐 팔꿈치에 꽂혔다. 그녀는 기대감에 입술을 오므리며 다시 한번 구부려보았다. 다시 통증이 느껴졌지만 방금처럼 강렬하지는 않았다. 그녀는 살짝 긴장을 풀었다. 괜찮을 것 같았다. 케이크를 먹을 때 마땅히 그래야 할 만큼 기분 좋지는 않겠지만 괜찮을 것 같았다. 그녀는 손가락을 최소한으로 구부려 조심스럽게 포크를 집었다. 첫 조각을 입으로 옮기는데 곤트의 동정 어린 시선이 느껴졌다. 이제 위로의 말을 건네겠지. 그녀는 침울하게 생각했다. 자기 할아버지도 관절염이 심했다면서. 아니면 헤어진 아내가. 아니면 다른 누군가가.

하지만 곤트는 위로의 말을 건네지 않았다. 케이크를 한 입 먹고는 우스꽝스럽게 눈을 굴렸다.

"바느질이랑 패턴은 때려치워요. 식당을 차려야겠어요."

"아, 제가 만든 거 아니에요. 하지만 네티 코브한테 칭찬 전할게요. 제 가정부거든요."

"네티 코브라." 그는 케이크 조각을 다시 한 입 크기로 자르며 생각에 잠긴 말투로 중얼거렸다.

"네, 아는 사람이에요?"

"아, 설마요." 꼭 난데없이 이 자리로 불려온 사람 같은 목소리였다. "캐슬록에 아는 사람이 있을 리가요." 그는 음흉한 눈빛으로 그녀를 곁눈질했다. "그녀를 스카우트할 만한 여지가 있을까요?"

"아뇨." 폴리는 웃으며 대답했다.

"부동산 중개업자에 대해서 물어보려던 참이었어요. 이 근방에서 가장 정직한 사람이 누구예요?"

"하나같이 속이 시커멓지만 마크 호프웰은 믿어도 될 거예요."

그는 웃음을 삼키며 케이크 조각이 튀어나오지 않도록 손으로 입을 막았다. 그러다 기침을 하기 시작했는데, 만약 그녀의 손이 그렇게 아프지 않았다면 등을 몇 번 다정하게 두드려주었을 것이다. 초면이건 아니건. 그녀는 그가 마음에 들었다.

"미안해요." 그가 계속 쿡쿡거리며 말했다. "하지만 그 인간들이 하나같이 속이 시커멓긴 해요, 그렇죠?"

"아, 그럼요."

다른 여자 같았으면, 그러니까 그녀처럼 과거를 자기 자신에게조차 꽁꽁 감춘 여자가 아니었다면 이쯤에서 릴런드 곤트에게 유도신문을 시작했을 것이다. 캐슬록에 온 이유가 뭔지. 그전에는 어디에서 살았는지. 얼마나 있을 예정인지. 가족은 있는지. 하지만 그녀는 그런 여자가 아니었기에 그의 질문에 대답하는 것으로 만족했고…… 자신에 대해서 전혀 묻지 않는다는 데 기뻐했다. 그가 궁금해하는 건 이 마을에 대해서였다. 겨울에는 메인 스트리트의 차량 통행량이 어느 정도인지, 근처에 괜찮은 요툴 벽난로를 살 만한 데가 있는지, 보험료는 얼마나 되는지, 궁금한 게 수백 가지였다. 입고 있는 파란색 블레이저 주머니에서 검은색의 갸름한 가죽 수첩을 꺼내 심각한 표정으로 그녀의 대답을 일일이 받아 적었다.

그녀는 자기 접시를 내려다보았다가 케이크를 모두 먹어치웠다는 걸 알아차렸다. 손이 계속 아팠지만 처음 여기 왔을 때보다 괜찮아진 것 같았다. 손이 너무 아파서 오지 말까 고민했던 기억이 났다. 오길 잘했다는 생각이 들었다.

"이제 그만 가봐야겠어요." 그녀는 손목시계를 확인하며 말했다. "로절리가 제가 죽은 줄 알겠어요."

그들은 서서 케이크를 먹었다. 곤트가 깔끔하게 접시를 포개고 그 위에 포크를 얹은 뒤 케이크가 담긴 밀폐 용기 뚜껑을 닫았다.

"그릇은 케이크 다 먹자마자 돌려드릴게요. 그래도 될까요?"

"당연하죠."

"오늘 오후에 돌려드릴 수 있을 거예요." 그가 진지한 목소리로 말했다.

"그렇게 서두르실 필요 없어요." 그녀는 곤트의 배웅을 받으며 말했다. "만나서 정말 반가웠어요."

"와주셔서 감사합니다." 그가 말했다. 그녀는 순간 그가 그녀의 팔을 잡으려나 보다 싶어 그의 감촉을 떠올리며 당황스러워했지만—물론 실없는 생각이었다—예상이 빗나갔다. "오늘 하루가 끔찍한 날이 될 줄 알았는데 덕분에 특별한 날이 됐네요."

"걱정 안 하셔도 될 거예요." 폴리는 문을 열다 말고 멈추었다. 그에 대해 아무것도 묻지 않았지만 도저히 그냥 나가지 못할 만큼 궁금한 게 한 가지 있었다. "재미있는 물건들이 아주 많던데요……."

"고맙습니다."

"그런데 가격표는 하나도 없더라고요. 이유가 뭐예요?"

그는 미소를 지었다.

"그게 저만의 엉뚱한 신조예요, 폴리. 모름지기 물건을 팔려면 흥정도 좀 하고 그래야 한다고 생각하거든요. 전생에 중동에서 양탄자를 팔았나 봐요. 아마도 이라크에서요. 요즘은 그런 소릴 하면 안 되는지 모르겠지만."

"그러니까 시장에서 감당할 수 있는 만큼 받아내겠다?" 그녀는 살짝 짓궂게 물었다.

"그렇다고 볼 수도 있겠죠." 그는 진지한 태도로 동의했고 그녀는 그의 적갈색 눈이 얼마나 깊은지, 얼마나 묘하게 아름다운지 다시금 느꼈다. "그보다는 필요가 가치를 결정한다는 식으로 생각하고 싶습니다만."

"무슨 말인지 알 것 같네요."

"진심으로요?"

"뭐…… 제가 생각하기에는요. 그래서 가게 이름이 니드풀 싱스 아닌가요?"

그는 미소를 지었다. "그럴지도 모르죠. 아마 그럴지도요."

"그럼 즐거운 하루 보내세요, 곤트 씨."

"릴런드라고 불러주세요. 그냥 리도 좋고요."

"그럼 릴런드라고 부를게요. 그리고 손님은 걱정하실 필요 없어요. 금요일이면 경비를 써서 영업이 끝났으니 나가달라고 사람들을 내쫓아야 할걸요."

"그래요? 그럼 정말 좋겠는데."

"안녕히 계세요."

"차오*." 그는 말하고 그녀의 뒤로 문을 닫았다.

그는 그 자리에 그대로 서서 폴리 차머스가 장갑을 끼며 길을 걸어가는 모습을 지켜보았다. 흉측하게 뒤틀린 두 손은, 시선을 사로잡을 정도까지는 아니지만 그래도 늘씬하고 예쁘장한 그녀의 다른 부분과 극적인 대조를 이루었다. 곤트의 미소가 점점 커졌다. 입술이 뒤로 당겨지며 울퉁불퉁한 치열이 드러난 그의 모습은 섬뜩하리만치 포식 동물을 닮아 있었다.

"당신이면 되겠어." 그는 아무도 없는 가게에 대고 나지막이 속삭였다. "당신이면 딱 되겠어."

5

폴리의 예상이 상당히 정확히 맞아떨어졌다. 그날 문 닫을 시간이 되었을 무렵에는 캐슬록의 거의 모든 여자들과—어쨌거나 중요한 여자들은 모두—몇몇 남자들이 니드풀 싱스에 들러 잠깐씩 구경을 했다. 그들 대부분이 볼일을 보러 가는 길에 잠깐 들른 거라 시간이 없다고 굳이 강조했다.

스테파니 본세인트, 신디 로즈 마틴, 바바라 밀러 그리고 프랜신 펠리티어가 맨 먼저 찾아갔다. 스테파니, 신디 로즈, 바바라, 프랜신은 폴리가 새로운 가게에서 나오는 모습이 목격된 지 십 분도 안 돼서 조심스럽게 떼를 지어 몰려갔다(그녀가 가게에서 나왔다는 소식이

* 이탈리아어로 '안녕'이라는 인사말이다.

전화는 물론, 뉴잉글랜드 뒷마당에서 오가는 효과 만점의 덤불 통신을 통해 삽시간에 온 마을로 번진 터였다).

스테파니와 친구들은 둘러보았다. 감탄사를 연발했다. 곤트에게 오늘은 브리지를 하는 날이라 오래 있을 수는 없다고 했다(매주 펼쳐지는 삼세판 승부가 대개 오후 2시에 시작된다는 얘기는 하지 않았다). 프랜신이 어디에서 왔느냐고 묻자 곤트는 오하이오 주 애크런이라고 대답했다. 스테파니는 골동품 장사를 한 지 오래됐느냐고 물었다. 곤트는 이게 꼭…… 골동품 장사라고 생각하지는 않는다고 대답했다. 신디는 그가 뉴잉글랜드에서 산 지 오래됐는지 궁금해했다. 곤트는 좀 됐다고 대답했다. 좀 됐어요.

나중에 그 네 명은 가게 구경이 재미있기는 했지만—희한한 물건들이 정말 많았어!—취조는 대실패였다고 입을 모았다. 그 남자는 폴리 차머스만큼, 어쩌면 그 이상 입이 무거웠다. 잠시 후 바버라가 그들 모두 아는(또는 그들 모두 안다고 생각하는) 사실을 짚고 넘어갔다. 이 마을에서 사실상 제일 먼저 그 가게를 찾아간 사람은 폴리이며 그녀가 케이크를 들고 갔다는 사실이었다. 바버라는 그녀와 곤트 씨가 예전부터…… 그러니까 타지에서 지낸 시절부터 알던 사이일 수도 있다고 추측했다.

신디 로즈는 라리크 꽃병에 관심을 보이며 곤트 씨(다들 좋은 평가를 내렸던바, 그는 가까이 있되 부담스럽게 맴돌지는 않았다)에게 가격을 물었다.

"얼마면 적당하다고 생각하십니까?" 그가 미소를 지으며 되풀이했다.

그녀는 살짝 요염한 태도로 마주 미소를 지었다. "아, 영업을 그런 식으로 하시는군요, 곤트 씨?"

"제 방식은 그렇습니다." 그는 수긍했다.

"양키들하고 흥정하면 얻는 것보다 잃는 게 더 많을 텐데요."

신디 로즈가 얘기했다. 그동안 친구들은 윔블던 선수권 대회를 관전하는 관람객처럼 호기심으로 눈을 반짝이며 지켜보았다.

"그건 두고 봐야겠죠." 그가 말했다. 목소리는 여전히 친절했지만 이제는 살짝 도발적인 분위기가 묻어났다.

신디 로즈는 이번에는 좀더 유심히 꽃병을 들여다보았다. 본세인트가 그녀의 귀에 대고 뭐라고 속삭였다. 신디 로즈는 고개를 끄덕였다.

"십칠 달러요." 그녀가 말했다. 꽃병은 사실 오십 달러는 됨직해 보였고 보스턴의 골동품 가게라면 백팔십 달러를 받지 않을까 싶었다.

곤트는 뾰족하게 모은 손끝을 턱 아래에 댄, 브라이언 러스크도 아는 그 자세를 취했다. "최소한 사십오 달러는 받아야겠는데요." 다소 유감스러워하는 투였다.

신디 로즈의 눈이 반짝였다. 아직 협상의 여지가 있었다. 원래 그녀는 라리크 꽃병에 그렇게 관심이 많지 않았다. 사실 꽃병은 수수께끼 같은 곤트 씨의 입을 열게 만들려는 수단에 불과했다. 하지만 꽃병을 자세히 들여다보니 거실에 놓으면 딱 어울릴, 정말이지 괜찮은 작품이었다. 꽃병의 길쭉한 목을 감싼 꽃무늬 테두리가 벽지색과 똑같았다. 곤트가 그녀의 여력이 허락하는 한도에서 살짝 넘어간 가격을 제시하자 전에 없이 간절하게 그 꽃병을 가지고 싶어졌다.

그녀는 친구들과 의논했다.

곤트는 부드럽게 미소를 머금은 얼굴로 지켜보았다.

문 위에 달린 종이 울리면서 여자 둘이 더 들어왔다.

니드풀 싱스의 제대로 된 영업 첫날이 시작됐다.

6

십 분 뒤 애시 스트리트 브리지 클럽이 니드풀 싱스를 나섰을 때, 신디 로즈 마틴은 쇼핑백을 들고 있었다. 안에는 박엽지로 싼 라리크 꽃병이 들어 있었다. 세금을 제하고 삼십일 달러, 꿍쳐두었던 돈을 거의 다 썼지만 너무 신이 나서 콧노래가 절로 나올 정도였다.

평소에는 그런 식으로 충동구매를 하면 찝찝함과 약간의 자괴감이 느껴지고 보란 듯이 사기를 당한 건 아닐지 몰라도 속은 듯한 기분이 들었는데, 오늘은 아니었다. 이번 거래에서만큼은 그녀가 이겼다. 곤트 씨는 심지어 또 오라고, 이것과 똑같은 꽃병이 주중에—어쩌면 내일 당장일 수도 있었다!—도착할 예정이라고 했다. 이 꽃병을 거실의 조그만 테이블에 놓아도 근사하겠지만 하나 더 장만해 벽난로 선반의 양쪽 끝에 두면 끝내줄 게 분명했다.

세 명의 친구들도 잘 샀다고 했다. 곤트의 과거에 대해 알아낸 게 별로 없어서 조금 실망스럽기는 했지만 그에 대한 그들의 평가는 상당히 좋았다.

"그렇게 예쁜 초록색 눈은 처음 봤어." 프랜신 펠리티어가 꿈꾸는 듯한 목소리로 말했다.

"초록색이었다고?" 신디 로즈가 조금 놀란 목소리로 물었다. 그녀는 회색이라고 생각하던 터였다. "그런 줄 몰랐네."

7

그날 오후 느지막한 무렵에는 바느질 공방의 로절리 드레이크가 쉬는 시간에 폴리의 가정부 네티 코브를 대동하고서 니드풀 싱스를 찾았다. 몇 명의 여자들이 가게를 둘러보고 있었고, 뒤편 구석에서는 캐슬 카운티 고등학교에 다니는 남학생 둘이 만화책이 담긴 종이 상자를 뒤지며 흥분한 목소리로 중얼거렸다. 놀랍다고, 그들은 서로 맞장구를 쳤다. 각자의 컬렉션을 채울 만한 책이 한두 권이 아니었다. 너무 비싸지 않기만을 바랄 따름이었다. 만화책을 싼 커버에 가격표가 붙어 있지 않았기에 물어보지 않고는 확인할 도리가 없었다.

로절리와 네티가 인사를 건네자 곤트는 로절리에게 케이크 잘 먹었다는 인사를 폴리에게 다시 전해달라고 했다. 그의 시선은 저쪽으로 자리를 옮겨, 탐을 내는 듯한 눈빛으로 몇 개 안 되는 카니발 글라스 컬렉션을 쳐다보는 네티의 뒤를 좇았다. 그는 성지에서 발굴된 규화목 옆의 엘비스 사진을 들여다보는 로절리 곁을 떠나 네티에게 다가갔다.

"카니발 글라스를 좋아하시나요, 코브 씨?" 그는 부드럽게 물었다.

그녀는 살짝 움찔했다가—표정이며, 극도로 부끄럼을 타는 태도며, 네티는 아무리 부드럽고 다정하다 해도 팔꿈치께에서 누군가의 목소리가 들리면 움찔하게끔 태어난 여자였다—그를 보며 쭈뼛쭈뼛 미소를 지었다.

"코브 부인이에요, 곤트 씨. 남편이 세상을 떠난 지 좀 되긴 했지만요."

"저런, 유감입니다."

"괜찮아요. 십사 년이나 됐는걸요. 긴 세월이죠. 네, 저는 수집해 둔 카니발 글라스가 몇 개 있어요." 다가오는 고양이를 본 생쥐가 그러듯이 그녀는 꼭 벌벌 떠는 것 같았다. "이렇게 근사한 건 장만할 능력이 안 되지만요. 예쁘네요. 하늘나라에서 쓰는 물건 같아요."

"음, 제가 뭐 하나 알려드릴까요? 이걸 매입하면서 같이 장만한 카니발 글라스가 아주 많은데 생각하시는 만큼 그렇게 비싸지 않아요. 그리고 훨씬 근사하고요. 내일 오셔서 구경하시겠어요?"

그녀는 다시 움찔하며 한 발짝 옆걸음질을 쳤다. 누가 보면 그가 눈물이 날 때까지 엉덩이를 몇 번 꼬집어줄 테니 내일 다시 오라고 한 줄 알았을 것이다.

"아, 글쎄요……. 목요일은 바쁜 날이라……. 폴리의 집에 가는 날이거든요……. 목요일마다 그야말로 대청소를 해서요……."

"정말 잠깐 들를 시간도 없을까요?" 그가 살살 구슬렸다. "오늘 아침에 폴리가 들고 온 케이크를 부인이 만들었다고 들었습니다만……."

"괜찮던가요?"

네티가 걱정스레 물었다. 그의 입에서 아뇨, 괜찮지 않았어요, 네티, 그걸 먹고 위경련을 일으켰어요, 사실 심하게 설사를 했어요, 그래서 당신한테 복수를 해야겠어요, 당신을 뒷방으로 끌고 가서 살려달라고 외칠 때까지 젖꼭지를 잡고 비틀어야겠어요, 하는 말이 나오리라 생각하는 눈빛이었다.

"끝내주던걸요." 그는 달래듯이 말했다. "예전에 어머니가 만들어주셨던 케이크가 생각났어요……. 아주 오래전에 먹었던 건데."

뻔질나게 선술집과 댄스장을 들락거리고 매타작을 일삼은 어머니였지만 그래도 어머니를 끔찍하게 사랑했던 네티의 심금을 제대로 울리는 칭찬이었다. 그녀는 살짝 긴장을 풀었다.

"아, 그랬다니 다행이네요. 맛있었다니 정말 다행이에요. 물론 케이크는 폴리의 생각이었죠. 세상에서 폴리만큼 다정한 여자도 없을 거예요."

"그러게요. 직접 만나고 보니 믿깁니다." 그는 로절리 드레이크를 흘끗 확인했지만 그녀는 여전히 가게를 둘러보고 있었다. 그는 다시 네티에게로 시선을 돌렸다. "제가 신세를 진 기분이라……."

"어머, 아니에요!" 네티는 다시 화들짝 놀랐다. "저한테 신세 지신 거 없어요. 단 하나도요, 곤트 씨."

"제발 잠깐 들러주세요. 카니발 글라스를 보는 안목이 있으신데……. 폴리가 케이크를 담아 온 그릇도 돌려드릴 겸 해서요."

"아…… 쉬는 시간에 잠깐 들를 수 있을 것 같긴 한데……."

네티는 자기가 이런 말을 하다니 못 믿겠다는 눈빛이었다.

"잘됐네요." 그는 이렇게 대답한 뒤 그녀가 다시 생각을 바꾸기 전에 얼른 자리를 피했다. 이번엔 남학생들에게 다가가 다 골랐느냐고 물었다. 그들은 묵은 《인크레더블 헐크》와 《엑스맨》 몇 권을 머뭇거리며 내밀었다. 그리고 오 분 뒤, 두 학생은 눈독을 들였던 만화책 대부분을 손에 든 채 좋아서 넋이 나간 표정을 하고는 밖으로 나갔다.

아이들의 등 뒤에서 문이 닫히자마자 다시 열렸다. 코라 러스크와 마이라 에번스가 성큼성큼 들어왔다. 그들은 도토리 모으는 계절을 맞이한 다람쥐처럼 탐욕스럽게 눈을 반짝이며 좌우를 두리번거리다가 엘비스의 사진이 전시된 유리 진열장으로 직행했다. 코라와 마이라는 대문짝만한 엉덩이를 내밀며 그 위로 몸을 숙이고서 신나게 속닥거렸다.

곤트는 미소를 머금은 얼굴로 그들을 지켜보았다.

문 위에 달린 종이 또다시 울렸다. 새로 등장한 인물은 코라 러스크만큼 덩치가 컸지만, 코라가 뚱뚱하다면 이 여자는 튼튼했다. 마치 배가 나온 벌목꾼 같은 모습이었다. 블라우스에 큼지막한 하얀색 배지를 달고 있었다. 거기에는 빨간색 글씨로 이렇게 적혀 있었다.

카지노 나이트—재미있게 즐겨보아요!

여자의 얼굴은 모든 면에서 눈 치우는 삽을 닮아 있었다. 머리칼은 별 특징 없는 칙칙한 갈색으로, 넓적한 턱 아래 단단히 동여맨 스카프에 대부분 가려져 있었다. 스윙 도어를 완전히 젖힌 채 한바탕 난리를 부리기 전에 술집 내부를 살피는 총잡이처럼 작고 퀭한 눈으로 가게 내부를 쓱 훑은 다음에야 여자는 안으로 들어왔다.

진열된 상품을 둘러보던 여자들은 흘끗 한 번 쳐다보고 그만이었지만, 네티 코브는 경악과 증오가 어우러진 심상치 않은 표정으로 새롭게 등장한 여자를 노려보았다. 그녀가 카니발 글라스에서 황급히 걸음을 옮기자, 그 움직임이 새롭게 등장한 여자의 시선에 포착됐다. 여자는 어마어마한 경멸이 담긴 눈빛으로 네티를 흘끗 쳐다보고는 무시했다.

문 위에 달린 종이 울리는 소리와 함께 네티가 가게를 빠져나갔다.

곤트는 지대한 관심을 기울이며 모든 광경을 관찰했다.

그가 로절리에게 다가가 얘기했다. "코브 부인이 혼자서 먼저 나간 것 같은데요."

로절리는 화들짝 놀란 눈치였다. "아니 왜……." 그녀는 말문을 열었다가 가슴 사이에 당당하게 카지노 나이트 배지를 단 여자의 존재를 알아차렸다. 그녀는 화랑을 찾은 미술 전공생처럼 벽에 걸린 터키산 양탄자를 뚫어져라 들여다보고 있었다. 두 손은 우람한 허리춤에 얹어놓았다. 로절리가 말했다. "아. 실례할게요, 저도 같이 가야겠네요."

"두 분이 사이가 별로 안 좋은 모양이군요." 곤트가 말했다.

로절리는 정신이 딴 데 팔린 표정으로 미소를 지었다.

곤트는 스카프를 쓴 여자 쪽을 다시 한번 흘끗 쳐다보았다.

"저 여자가 누군데요?"

로절리는 콧잔등을 찡그렸다. "윌마 저직요. 실례할게요……. 네티 혼자 가게 두면 안 되거든요. 워낙 예민한 성격이라서요."

"그래요." 그는 문 밖으로 나서는 로절리를 지켜보다가 혼잣말을 중얼거렸다. "세상에 예민하지 않은 사람이 어디 있나."

그때 코라 러스크가 그의 어깨를 톡톡 두드렸다. "저 황제 사진은 얼마예요?" 그녀가 물었다.

릴런드 곤트는 눈부신 미소를 지으며 그녀에게로 고개를 돌렸다.

"글쎄요, 고민 좀 해봐야겠는데요. 얼마면 될까요?"

3장

1

캐슬록에 새로 등장한 가게가 문을 닫은 지 두 시간쯤 지났을 무렵, 앨런 팽본은 시청 건물을 향해 메인 스트리트를 천천히 달렸다. 거기에 보안관 사무실과 캐슬록 경찰서가 있었다. 그가 운전하는 차는 평범의 극치인 1986년형 포드 스테이션왜건, 패밀리 카였다. 그는 우울했고 알딸딸했다. 고작 맥주 세 잔을 마셨을 뿐인데 취기가 심하게 올랐다.

그는 니드풀 싱스 앞을 지나며 가게를 흘끗 쳐다보았고, 브라이언 러스크가 그랬듯이 인도 위쪽으로 드리워진 짙은 초록색 차양의 진가를 인정했다. 그런 부분에 대해 아는 건 별로 없었지만(사우스패리스의 딕 페리 외벽 및 창호회사에서 일하는 가족이 없으니) 덕분에 대부분의 가게 주인들이 전면에 가짜 패널을 덧대놓고 그걸로 충분하다 여기는 메인 스트리트에 일말의 품격이 가미된 듯 느껴졌다. 그는 새로운 가게에서 뭘 파는지 몰랐으나—작정한 대로 오늘 아침에 다녀왔다면 폴리는 알겠지만—언뜻 보아 하니 꿈에 그리던 아가씨를 꼬드겨 침대로 유혹하려고 할 때 데려가는 분위기 좋은 프렌치 레스토랑 같았다.

지나치자마자 가게는 그의 머릿속에서 지워졌다. 그는 두 블록 더 가서 오른쪽 깜빡이를 켜고 시청사의 납작한 벽돌담과 하얀색 물막이 판자로 된 수자원 공사 건물 사이의 좁은 골목길로 접어들었다. 이 길에는 "공무 차량 전용"이라고 적혀 있었다.

시청 건물은 L 자를 엎어놓은 모양으로, 양쪽 건물이 만나는 모서리에 조그만 주차장이 있었다. 그중 세 자리에 "보안관 사무실"이라는 표시가 있었다. 노리스 리지윅의 소리도 요란한 고물 폭스바겐 비틀이 한 칸에 세워져 있었다. 앨런은 다른 칸에 주차하고, 전조등과 시동을 끈 뒤, 문손잡이를 향해 손을 내밀었다.

어렸을 때 읽은 모험담에서 늑대들이 모닥불 주변을 맴돌듯, 포틀랜드의 블루 도어 바를 나선 순간부터 주변을 맴돌던 우울감이 느닷없이 그를 덮쳤다. 그는 문손잡이를 놓고 스테이션왜건의 운전석에 가만히 앉아 그것이 지나가길 기다렸다.

그는 그날 포틀랜드 지방법원에서 연달아 열린 네 번의 재판에 검찰 측 증인으로 증언을 했다. 이 지방법원의 관할지는 요크, 컴벌랜드, 옥스퍼드, 캐슬, 네 개의 카운티였고 이 네 군데에서 근무하는 모든 법 집행관을 통틀어 앨런 팽본의 이동 거리가 가장 길었다. 판사들은 그가 한 달에 한두 번만 와서 한꺼번에 출두하면 되게끔 일정을 최대한 조정해주었다. 덕분에 그는 캐슬록과 포틀랜드를 오가는 길바닥이 아니라 지켜야 할 의무가 있는 카운티에서 더 많은 시간을 보낼 수 있었지만, 법원에 다녀오는 날마다 강당에서 대학 입학시험을 치르고 나온 고등학생이 된 듯한 기분이었다. 그런 때 술을 마시면 안 된다는 거야 알고도 남았지만, 마침 블루 도어로 가던 해리 크리스와 조지 크롬프턴이 같이 가자고 부득부득 우겼다. 그럴 만한 이유가 있기는 했다. 그들 모두의 관할지에서 서로 연관이 있는 게 분명한 절도 사건이 발생한 터였다. 하지만 그가 따라나선 진짜 이유는 따로 있었다. 최악의 선택이라는 게 대개 그렇듯, 당시에는 괜찮은 생각인 것 같아서였다.

이제 그는 한때 패밀리 카로 쓰였던 차의 운전석에 앉아 자기 손으로 뿌린 씨앗을 거두고 있었다. 머리가 약간 지끈거렸다. 구역질은 약간이라고 할 수 없는 수준이었다. 하지만 우울감이 최악이었다. 기세가 어마어마했다.

안녕! 녀석이 그의 머릿속 요새에서 명랑하게 외쳤다. 내가 왔어, 앨런! 얼굴 보니까 좋네! 아니, 글쎄 말이야, 길고 힘든 하루가 이렇게 끝이 났는데 애니와 토드는 여전히 저세상에서 소식이 없네. 토드가 어느 토요일 오후에 앞자리에 밀크셰이크 쏟았던 거 기억나? 지금 네 서류 가방이 있는 바로 그 자리였잖아, 맞지? 그리고 너는 애한테 소리를 질렀고. 와! 그걸 잊어버린 건 아니겠지? 잊어버렸다고? 뭐, 괜찮아, 앨런, 내가 이렇게 일깨워주면 되니까! 이렇게 일깨워주면 되니까! 이렇게 일깨워주면 되니까!

그는 서류 가방을 들고 조수석을 뚫어져라 쳐다보았다. 그렇다,

자국이 아직 남아 있었고, 그렇다, 그는 토드에게 소리를 질렀다. 토드, 왜 그렇게 항상 칠칠치 못하니? 그런 식의 별로 대수롭지 않은 타박이었지만 아이에게 살날이 한 달도 남지 않았다는 걸 아는 부모라면 절대 하지 않을 얘기였다.

진짜 문제는 맥주가 아니었다는 생각이 들었다. 제대로 세차하지 않은 이 차가 문제였다. 그는 하루 종일 아내와 막내아들의 유령을 태우고 다녔다.

조수석 쪽으로 몸을 기울여 글러브 박스를 열고 계고장 장부를 꺼내기 위해—하루 종일 법정에서 증언하러 포틀랜드로 가는 날에도 그걸 싣고 다니다니, 도무지 고쳐지지 않는 습관이었다—손을 넣었다. 그의 손에 부딪힌 원통 모양의 물건이 툭 하는 소리와 함께 스테이션왜건 바닥에 떨어졌다. 그는 서류 가방 위에 계고장 장부를 얹고 글러브 박스에서 떨어진 물건을 집느라 허리를 숙였다. 나트륨등의 불빛에 비치도록 그것을 든 채 한참 동안 들여다보며, 그는 절절한 상실의 고통과 설움이 슬금슬금 스며드는 것을 느꼈다. 폴리가 손에 관절염이 생겼다면 그는 심장에 관절염이 생긴 듯했다. 둘 중에 어느 쪽이 더 괴로울지 그 누가 판정을 내릴 수 있을까?

이 통은 물론 토드의 것이었다. 토드는 오번 잡화점에서 살라면 살 수도 있었던 아이였다. 거기서 파는 싸구려 잡동사니를 보면 넋을 잃었다. 누르면 스프링이 튀어나오는 버튼, 재채기 가루, 안에 구멍이 뚫린 유리잔, 손이 화산재 색으로 변하는 비누, 플라스틱으로 만든 개똥.

이게 아직 여기 있네. 두 사람이 세상을 떠난 지 열아홉 달이 지났는데 이건 아직 여기 있어. 어쩌다 내가 못 보고 지나쳤을까? 젠장.

앨런은 동그란 통을 손안에서 돌리며 토드가 용돈으로 이걸 사고 싶다며 어떤 식으로 졸랐는지, 자신은 아버지가 즐겨 쓰던 속담을 들먹이며 어떤 식으로 반대했는지 기억을 떠올렸다. 바보나 돈을 오래 쥐고 있지 못하는 법이야. 그러자 애니가 특유의 은근한 방식으로 그를 설득하지 않았던가.

아마추어 마술사가 어째서 청교도 같은 소리를 늘어놓고 그러셔? 내가 보기에는 멋있는데? 애초에 저 애가 누굴 닮아서 장난이랑 속임수라면 사족을 못 쓰겠어? 우리 쪽 집안에는 후디니* 사진을 벽에 걸어놓은 사람 없어. 당신도 끓는 피를 주체하지 못하던 어린 시절에 구멍 뚫린 유리잔 같은 거 한두 개 샀을 거 아냐. 지나가다가 뱀이 들어 있는 땅콩 캔이 진열된 걸 봤으면 당신도 사고 싶어 하지 않았겠어?

그는 말을 더듬으며 점점 더 앞뒤 꽉 막힌 거드름쟁이 같은 소리만 늘어놓았다. 그러다 결국에는 쑥스러운 웃음을 숨기느라 손을 들고 입을 막는 수밖에 없었다. 그리고 애니가 그 모습을 보았다. 애니는 늘 그랬다. 그것이 그녀의 재능이었고…… 덕분에 그가 구원을 받은 적이 한두 번이 아니었다. 그녀는 유머 감각뿐 아니라 균형 감각도 항상 그보다 나았다. 그보다 예리하기도 했다.

* 위험천만하고 불가능한 상황에서 탈출하는 묘기로 명성을 얻어 '탈출왕'이라 불렸던 세계적인 마술사.

사라고 해, 앨런. 어린 시절은 지나가면 다시 오지 않잖아. 그리고 좀 재미있기도 하고.

그래서 그는 허락해주었다. 그리고…….

그리고 삼 주 뒤에 아이가 조수석에 밀크셰이크를 쏟았고 사 주 뒤에 죽었지! 둘 다 죽었어! 와! 생각해봐! 시간이 정말 쏜살같다니까. 그렇지 않아, 앨런? 하지만 걱정 마! 내가 잊을 만하면 계속 일깨워줄 테니 걱정 말라고. 그게 내 임무고, 나는 그걸 게을리할 생각이 없거든!

깡통에는 "바삭하고 맛있는 믹스 너트"라고 적힌 라벨이 붙어 있었다. 앨런이 뚜껑을 돌려 열자 눌려 있던 1.5미터짜리 초록색 뱀이 튀어나와 앞유리창을 때리고 그의 무릎 위로 떨어졌다. 앨런은 뱀을 쳐다보다가 머릿속에서 죽은 아들의 웃음소리가 들리자 눈물을 흘렸다. 요란하지 않은, 조용하고 지친 듯한 흐느낌이었다. 그의 눈물은 세상을 떠난 사랑하던 사람들의 유품과 공통점이 많았다. 끝을 알 수가 없었다. 너무 많아서 이제 드디어 끝났다고, 깨끗하게 정리가 됐다고 긴장을 푸는 순간 또 하나가 나왔다. 그다음에 또 하나가 나왔고. 그러고도 또 하나가 나왔다.

왜 토드에게 이 망할 것을 사게 했을까? 왜 이게 아직까지 이 망할 글러브 박스에 들어 있을까? 왜 애초에 이 망할 왜건을 몰고 나왔을까?

그는 뒷주머니에서 손수건을 꺼내 눈물을 닦았다. 그런 다음 뱀—그냥 초록색의 싸구려 주름 종이 안에 꼬불꼬불한 철제 스프링을 넣은 것에 불과했다—을 다시 천천히 가짜 믹스 너트 깡통에

욱여넣었다. 뚜껑을 돌려 닫은 뒤 그는 생각에 잠긴 표정으로 깡통을 손에 대고 두드렸다.

이 망할 것 던져버려.

하지만 그럴 수 있을 것 같지 않았다. 적어도 오늘 저녁에는. 그는 장난감—토드가 이 세상에서 가장 끝내주는 가게라고 생각한 곳에서 마지막으로 산 물건—을 다시 글러브 박스에 넣고 뚜껑을 세게 닫았다. 그런 뒤 문손잡이를 잡고, 서류 가방을 들고 내렸다.

도움이 되길 바라며 그는 초저녁의 공기를 깊게 들이마셨다. 도움이 되지 않았다. 썩은 나무와 화학약품 냄새가 났다. 북쪽으로 오십 킬로미터쯤 가면 나오는 럼퍼드의 제지 공장에서 주기적으로 날아오는 불쾌한 냄새였다. 그는 폴리에게 전화해 가도 될지 물어보기로 마음먹었다. 그러면 조금 도움이 될 터였다.

그보다 더 좋은 생각이 어디 있겠어! 우울증이 열렬하게 맞장구쳤다. 그런데 앨런, 그 뱀을 아이가 얼마나 좋아했는지 기억나? 아무나 붙잡고 그걸 시험하려고 했잖아! 노리스 리지윅이 심장마비를 일으킬 정도로 놀라는 걸 보고 너도 배꼽을 잡고 웃다가 하마터면 오줌을 쌀 뻔했지! 기억나? 아이가 참 생기 넘쳤는데. 정말 대단한 아이였어. 그리고 애니는…… 너한테 그 얘길 듣고 어떤 식으로 웃었는지 기억나지? 애니도 생기 넘치고 대단했는데, 그렇지? 물론 막판에는 별로 생기 넘치지도 대단하지도 않았지만, 어차피 너는 잘 몰랐잖아. 신경 써야 할 다른 일이 있었으니까. 예를 들면 새드 보몬트 사건*만 해도 그래. 그 생각을 머릿속에서 지울 수가 없잖아. 호숫가에 있는 그들의 집에서 벌어진 일, 그 일이 모두 끝난 뒤에도 술에 취한 목소리로 그가 너에게 자꾸 전화를 걸었던 것. 이후에 쌍둥이를 데리고 곁을 떠나버린 그의 아내……. 모든 게 평소 마을에서 벌어지는 일에 더해지면서 상당히 바빠졌잖아. 너무 바빠서 집안을 살필 겨를이 없었잖아. 네가 그걸 알아차리지 못했다니 안타까운 일이지 뭐야! 알아차렸더라면 그 둘은 목숨을 부지했을 수도 있었을 텐데! 그것도 네가 잊으면 안 되는 부분이니까 내가 계속 일깨워줄게. 알았지? 좋아!

왜건 옆면 주유구 바로 위쪽으로 삼십 센티미터쯤 되는 긁힌 자국이 있었다. 애니와 토드가 죽은 이후에 생긴 건가? 기억이 나지 않았고 별로 상관도 없었다. 그는 손끝으로 그 자국을 더듬으며 소니의 서노코 주유소에 수리를 맡겨야겠다고 다시 한번 다짐했다. 하지만 굳이 그럴 필요가 있을까? 이 망할 것을 옥스퍼드로 끌고 가서 좀더 작은 차와 바꾸어버리는 게 낫지 않을까? 주행거리가 아직 길지 않으니 괜찮은 조건으로 보상 판매를 할 수 있을지도…….

하지만 토드가 조수석에 밀크셰이크를 쏟았잖아! 머릿속 목소리가 분개하며 꽥꽥거렸다. 살아 있었을 때 말이야, 앨런, 이 친구야! 그리고 애니도…….

"아, 그만해." 그가 말했다.

그는 건물 앞에 다다라 걸음을 멈추었다. 출입문을 활짝 열면 옆면이 찌그러져 들어갈 정도로 가까운 곳에 빨간색의 큼지막한 캐딜락 세빌이 주차돼 있었다. "KEETON 1"이라고 적힌 번호판을 보지

* 스티븐 킹의 소설 『다크 하프』의 이야기.

않아도 누구 차인지 알 수 있었다. 그는 생각에 잠긴 표정으로 캐딜락의 반질반질한 표면을 한 손으로 쓰다듬은 뒤 안으로 들어갔다.

2

실라 브리검이 유리 칸막이가 달린 사건 접수실에 앉아 《피플》을 읽으며 유후*를 마시고 있었다. 보안관 사무실 겸 캐슬록 경찰서에는 노리스 리지윅 말고 아무도 없었다.

노리스는 구닥다리 IBM 전동 타자기 앞에 앉아서 고뇌에 찬 표정으로 숨 막히는 집중력을 동원해 보고서를 작성하는 중이었다. 서류 작업에 있어서 오로지 노리스만이 발휘할 수 있는 집중력이었다. 그는 타자기를 뚫어져라 쳐다보다가 배를 얻어맞은 사람처럼 갑자기 허리를 숙이고 다다닥 자판을 두드렸다. 이어 그렇게 웅크린 자세 그대로 자기가 쓴 글을 읽고는 나지막이 앓는 소리를 냈다. 철커덕, 툭! 철커덕, 툭! 철커덕, 툭! 하며 IBM의 수정 테이프로 오류를 덮는 소리에 이어(그는 일주일에 수정 테이프를 평균 한 통씩 썼다) 노리스가 허리를 폈다. 이후 의미심장한 정적이 이어지고 똑같은 사이클이 반복됐다. 이런 과정이 한 시간 정도 계속된 다음 노리스는 완성된 보고서를 실라의 미결 바구니에 넣었다. 이런 식으로 일주일에 한두 번 정도는 이해할 수 있는 보고서가 탄생됐다.

고개를 든 노리스는 유치장을 가로질러 오는 앨런을 보며 미소를

* 초콜릿 음료수.

지었다. “어서 오세요, 보안관님. 일은 어찌됐나요?”

“뭐, 앞으로 이삼 주 동안 포틀랜드하고는 안녕이지. 여긴 별일 없었나?”

“네, 평소하고 다를 것 없었어요. 저기 보안관님, 눈이 시뻘게요. 또 마리화나 피우셨어요?”

“하하.” 앨런은 퉁명스레 대꾸했다. “다른 경찰 두어 명하고 술 몇 잔 마신 다음 상향등을 마주 보면서 오십 킬로미터를 달려와서 그래. 아스피린 가진 거 있나?”

“그야 상비약이죠. 아시잖아요.” 노리스의 책상 맨 아래 서랍이 개인 약국이었다. 그는 서랍을 열고 뒤적인 끝에 딸기 맛이 나는 대용량 카오펙테이트* 병을 꺼내 라벨을 잠깐 쳐다보더니 고개를 저으며 다시 서랍에 넣고 다시 뒤적이기 시작했다. 마침내 그가 상표 없는 아스피린 병을 꺼냈다.

“자네한테 맡길 일이 있는데.” 앨런은 병을 받고 흔들어 아스피린 두 알을 손바닥으로 떨어뜨리며 말했다. 약과 함께 가루가 숱하게 떨어지자 문득 상표 없는 아스피린이 상표 달린 아스피린보다 가루가 더 심하게 생기는 이유가 뭔지 궁금해졌다. 그리고 한 걸음 더 나아가, 그의 정신 상태에 문제가 생긴 건 아닌지도.

“아이고, 보안관님, 제가 이 E-9 어쩌고를 두 개 더 작성해야 하는데다…….”

“진정해.” 앨런은 정수기 앞으로 다가가 벽에 나사로 고정된 원

* 설사, 소화 불량, 속쓰림에 먹는 약.

통에서 종이컵을 하나 꺼냈다. 종이컵 가득 물을 받자 정수기에서 꿀렁꿀렁 하는 소리가 났다. "사무실을 가로질러 가서 내가 방금 전에 들어온 출입문을 열기만 하면 되니까. 어린애라도 할 수 있을 만큼 간단한 일이잖아?"

"아니……."

"계고장 장부 챙기는 것만 깜빡하지 않으면 돼." 앨런은 말하고 아스피린을 삼켰다.

노리스 리지윅은 당장 경계하는 눈빛을 보였다. "보안관님 장부는 저기 저 책상 위, 서류 가방 바로 옆에 있는데요."

"나도 알아. 그리고 그 장부는 계속 거기 있을 거야, 적어도 오늘 저녁에는."

노리스는 그를 한참 동안 쳐다보다가 마침내 물었다. "버스터인가요?"

앨런은 고개를 끄덕였다. "버스터야. 또 장애인 전용 구역에 주차했더라고. 지난번에 충분히 경고했는데."

캐슬록의 도시 행정위원장 댄포스 키턴 3세는 그를 아는 모든 이들 사이에서 버스터*라고 불리지만…… 잘리고 싶지 않은 시청 직원들은 그의 앞에서는 댄 아니면 키턴 씨라고 불렀다. 면전에 대고 감히 버스터라고 부른 사람은 투표로 선출된 공무원인 앨런뿐이었고 그도 머리끝까지 화가 났을 때 딱 두 번 그런 게 전부였다. 그런데 다시 한번 그렇게 부를 일이 생긴 듯했다. 댄포스 '버스터' 키턴

* 마음에 안 드는 상대를 부를 때 쓰이는 '인마'에 해당하는 단어다.

은 앨런 팽본의 분노를 아주 쉽게 유발하는 인간이었다.

"아, 제발요! 보안관님이 직접 하세요, 네?"

"안 돼. 다음 주에 도시 행정위원들이랑 예산집행 회의가 있거든."

"안 그래도 저를 미워하는데." 노리스가 우울한 목소리로 말했다. "저도 뻔히 안다고요."

"버스터는 모든 사람을 미워해, 자기 아내랑 어머니만 빼고." 앨런이 말했다. "어쩌면 자기 아내도 미워할지 모르고. 어쨌든 지난달에 우리 건물의 딱 하나뿐인 장애인 전용 구역에 주차하는 문제로 내가 최소 대여섯 번은 경고를 했다는 사실에는 변함이 없단 말이지. 그러니 이제 말은 됐고 이제 행동으로 보여줘야겠어."

"안 돼요, 제 밥줄이 걸린 문제라고요. 정말 너무하시는 거 아닙니까, 보안관님. 저 지금 심각하다고요." 노리스 리지윅은 『왜 착한 사람에게 나쁜 일이 일어날까』의 광고 모델 같은 표정이었다.

"편하게 생각해. 그 차 앞유리에 오 달러짜리 주차 위반 딱지만 꽂아놔. 그럼 그자가 나를 찾아와서 맨 먼저 자네를 자르라고 하겠지."

노리스는 앓는 소리를 냈다.

"나는 딱 잘라서 거부할 거야. 그러면 그는 딱지를 찢어달라고 하겠지. 난 그것도 거부할 거고. 그가 입에 거품을 물면서 길길이 날뛰고 내일 정오쯤 되면 그때 내가 한발 양보할 거야. 그러면 다음번 예산집행 회의가 열릴 때 그자가 나한테 신세 진 일이 하나 생기지 않겠어?"

"네, 그렇겠죠. 하지만 저한테는요?"

"노리스, 새 스피드건이 생기면 좋겠나, 안 좋겠나?"

"음……."

"그리고 팩스 기계는? 팩스 놓아달라고 얘기한 지 최소 이 년은 됐잖아."

그렇지! 그의 머릿속 목소리가 짐짓 명랑한 척 외쳤다. 애니와 토드가 살아 있었을 때부터 그 얘길 했잖아, 앨런! 기억나? 그 둘이 살아 있었을 때 기억나지?

"그러게요." 노리스는 말했다. 서글픔과 체념이라는 단어가 큼지막하게 적힌 얼굴로 그는 계고장 장부를 집었다.

"자넨 참 좋은 친구야." 앨런은 마음에도 없는 다정한 말을 건넸다. "나는 잠깐 내 사무실에 있겠네."

3

그는 문을 닫고 폴리의 번호를 눌렀다.

"여보세요?" 그녀가 전화를 받았고, 그는 너무나 매끄럽고 완벽하게 그를 덮친 우울감에 대해 함구해야겠다는 걸 곧바로 알아차렸다. 오늘 저녁에는 폴리에게도 문제가 있었다. 한마디만 들어도 얼마나 심한지 알 수 있었다. '여보세요'의 발음이 살짝 뭉개졌다. 그건 마약성 진통제인 퍼코던을 한 알 이상 먹었을 때에만 나타나는 현상이었는데, 그녀는 통증이 정말 심할 때만 퍼코던을 먹었다. 자기 입으로 실토한 적은 없었지만, 앨런이 보기에 그녀는 퍼코던마저 효과가 없어지는 날에 대한 공포 속에서 살고 있지 않을까 싶었다.

“오늘 하루 어땠어요, 예쁜 아가씨?” 그는 물으며 의자에 기대고 앉아 손으로 눈을 덮었다. 아스피린이 두통에 효과가 없는 듯했다. 폴리한테 퍼코던을 한 알 달라고 해야 하나? 그는 생각했다.

“별일 없었어요.” 그녀는 징검다리로 개울을 건너는 사람처럼 조심스럽게 이 단어에서 저 단어로 말을 이었다. “당신은요? 피곤한 것 같은데.”

“변호사를 만나고 나면 늘 그렇죠.” 그는 그녀를 만나러 가려던 생각을 보류했다. 그녀는 당연히 오라고 할 테고 만나면 그 못지않게 좋아하겠지만 오늘 저녁에는 무리였다. “곧장 집으로 가서 일찍 잘까 하는데. 내가 들르지 않아도 괜찮겠어요?”

“괜찮아요. 사실 오지 않는 편이 나아요.”

“오늘 저녁에는 심해요?”

“점점 심해지네요.” 그녀는 조심스럽게 대답했다.

“내가 듣고 싶은 말은 그게 아닌데요.”

“아니에요, 그렇게 심하지 않아요.”

목소리만 들어도 거짓말이라는 게 너무 티가 난답니다. 그는 생각했다.

“다행이네요. 지난번에 얘기한 초음파 치료인가 뭔가 하는 건 어떻게 됐어요? 뭐 좀 알아낸 거 있어요?”

“글쎄요, 속는 셈치고 메이오 클리닉에 한 달 반 정도 입원할 여력이 되면 모를까, 그렇지가 않잖아요. 당신이 부담할 수 있다는 둥 그런 소리는 말아요, 앨런. 거짓말하지 말라고 얘기하는 것도 이제 식상하니까.”

"보스턴 병원에서도……."

"내년요. 내년에 초음파 클리닉을 개설할 거래요. 아마도."

잠깐 정적이 흘렀고 그가 이만 작별 인사를 할까 생각하던 찰나에 그녀가 다시 말을 꺼냈다.

"오늘 아침에 새로 생긴 가게에 다녀왔어요. 네티한테 부탁해서 만든 케이크를 들고. 두말하면 잔소리지만 오기로 그랬어요. 고상한 숙녀라면 개업한 가게에 그런 걸 만들어 가면 안 되잖아요. 법으로 정해진 거나 다름없죠."

"어땠어요? 뭘 파는 가게예요?"

"이것저것 조금씩요. 당신이 내 머리에 총을 들이대면서 묻는다면 골동품이랑 수집품을 파는 가게라고 하겠지만 그걸로는 설명이 안 돼요. 직접 가서 봐야 해요."

"사장도 만났어요?"

"오하이오 주 애크런에서 온 릴런드 곤트 씨였어요." 폴리가 말했다. 이제는 그녀의 목소리에서 웃음기가 느껴졌다. "올해 캐슬록 사교계의 우상으로 등극할 거예요. 물론 내 짐작에 불과하지만."

"당신이 보기에는 어땠는데요?"

그녀가 다시 말문을 열자 웃음기가 좀더 분명하게 느껴졌다. "글쎄요, 솔직하게 얘기하자면…… 당신은 내게 특별한 사람이고, 나도 당신에게 특별한 사람이길 바라지만……."

"특별한 사람 맞아요." 그는 말했다. 두통이 살짝 가시는 듯했다. 노리스 리지워이 준 아스피린이 일으킨 작은 기적 같지는 않았다.

"내 가슴이 두근거리지 뭐예요. 로절리하고 네티가 거기 다녀온 뒤에는 어땠는가 하면…….”

“네티?” 그가 책상에 올려놓았던 다리를 내리고 똑바로 앉았다. “네티는 자기 그림자도 무서워하는 성격이잖아요!”

“그렇죠. 하지만 로절리에게 끌려서 같이 다녀온 다음—당신도 알다시피 그 딱한 친구는 어디든 혼자 가질 못하잖아요—내가 오늘 오후 집에 갔을 때 그 사람 어떻더냐고 물어봤거든요. 그랬더니 그 딱한 친구가 흐리멍덩한 눈을 반짝이지 뭐예요. ‘카니발 글라스가 있더라고!’ 이러면서요. ‘얼마나 예뻤는지 몰라! 심지어 내일 다시 찾아가면 다른 걸 구경시켜주겠대!’ 지난 사 년 동안 네티가 나한테 한꺼번에 이렇게 길게 얘기한 적은 처음인 것 같아요. 그래서 내가 그랬죠. ‘그 사장님 친절하지 않아, 네티?’ 그랬더니 ‘응, 그런데 그게 다가 아니야.’ 하더라고요. 나는 당연히 또 뭐가 있느냐고 물었죠. 그랬더니 네티가 ‘구경하러 갈까 봐!’ 이러지 뭐예요.”

앨런은 요란하게 껄껄 웃었다. “네티가 보호자 없이 혼자 가겠다고 할 정도라니, 어떤 사람인지 나도 직접 만나봐야겠는데요? 정말 매력이 넘치는 모양이네.”

“재미있는 게…… 영화배우처럼 잘생기지는 않았어요. 그런데 적갈색 눈이 얼마나 근사한지 몰라요. 그 눈이 온 얼굴을 환히 밝히더라고요.”

“조심해요, 아가씨.” 앨런이 으르렁거렸다. “내 질투심에 발동이 걸리려고 하니까.”

그녀는 살짝 웃음을 터뜨렸다. “그런 걱정은 할 필요 없다고 봅니다. 그런데 한 가지가 더 있어요.”

"뭔데요?"

"로절리가 그러는데, 네티가 거기 있을 때 윌마 저직이 들어왔대요."

"그래서 별일 있었어요? 둘이 말을 섞었대요?"

"아뇨. 네티가 노려보니까 저직은 입술을 비틀면서 네티를 쳐다봤고—로절리 말로는 그래요—잠시 후에 네티가 허겁지겁 밖으로 나갔대요. 최근에 윌마 저직이 네티의 반려견 문제로 당신한테 연락한 적 있어요?"

"아뇨. 그럴 이유가 없죠. 내가 지난 여섯 주 동안 10시 30분쯤에 대여섯 번 네티의 집 앞을 지나갔거든요. 개가 짖는 일은 없었어요. 그냥 강아지들이 하는 행동이었던 거예요, 폴리. 이제는 조금 자란 데다 좋은 주인이 있잖아요. 네티가 머리에 든 건 조금 부족할지 몰라도 개한테는 할 도리를 다하고 있어요. 그나저나 그 녀석 이름은 뭐라고 지었어요?"

"레이더요."

"뭐, 이제 레이더 문제가 해결됐으니 윌마 저직은 다른 꼬투리를 찾아야 할 거예요. 하지만 뭐든 찾아내겠죠. 윌마 같은 여자들은 항상 그러니까. 원래부터 그 개가 문제가 아니었잖아요. 개에 대해 불평한 사람도 온 마을을 통틀어서 윌마뿐이었고. 문제는 네티예요. 윌마 같은 사람들은 남의 약점을 귀신같이 간파하는 재주가 있거든요. 그런데 네티 코브는 약점투성이란 말이죠."

"맞아요." 폴리는 슬퍼하는 한편 생각에 잠긴 목소리로 말했다. "어느 날 저녁에는 윌마 저직이 네티한테 전화해서 개를 조용히 시키지 않으면 자기가 가서 목을 따버리겠다고 했던 거 알죠?"

"뭐……." 앨런은 차분한 목소리로 말했다. "네티가 당신한테 그렇게 얘기했다는 건 알아요. 어쨌든 월마가 네티에게 아주 심하게 겁을 줬고, 네티에게…… 문제가 있다는 것도 알죠. 월마 저직이 그런 전화를 할 만한 사람이 못 된다는 얘기가 아니에요. 그러고도 남을 위인이고말고요. 다만 네티 혼자서 상상한 얘기일 수도 있다는 거죠."

네티는 그냥 문제가 있는 수준이 아니었지만 더이상 첨언할 필요는 없었다. 그들은 자기들이 무슨 얘기를 하는지 알았다. 네티 코브는 짐승과 결혼해 갖은 방식으로 학대를 당하며 오랫동안 지옥 같은 삶을 살다가, 결국 잠든 남편의 목에 고기용 포크를 꽂았다. 그녀는 오거스타 인근의 주니퍼힐 치료감호소에서 오 년 형을 살았다. 폴리의 집에서 일을 하게 된 것도 외부 통근 프로그램의 일환이었다. 앨런이 보기에는 네티가 함께 지내기에 폴리보다 나은 사람이 없었고, 네티의 정신 상태가 꾸준히 좋아지고 있는 것이 그의 판단을 입증하는 증거였다. 이 년 전에 네티는 시내에서 여섯 블록 떨어진 포드 스트리트의 조그만 집으로 이사를 왔다.

폴리가 말했다.

"네티한테 문제가 있긴 하죠. 하지만 곤트 씨한테 그런 반응을 보이다니 정말 놀랍지 뭐예요. 얼마나 귀여웠는지 몰라요."

"내가 직접 그 남자를 만나봐야겠군요." 앨런이 말했다.

"당신이 보기에는 어떤지 나중에 얘기해줘요. 그리고 그 적갈색 눈, 절대 빼먹지 말고요."

"그 눈이 나한테도 당신과 비슷한 반응을 유도할 것 같지는 않은데요." 앨런이 무미건조하게 말했다.

그녀는 다시 웃음을 터뜨렸지만 그가 듣기에는 살짝 억지웃음이었다.

"잠 좀 자려고 노력해봐요." 그가 말했다.

"그럴게요. 전화 고마워요, 앨런."

"별말씀을." 그는 잠깐 말을 멈추었다. "사랑해요, 예쁜 아가씨."

"고마워요, 앨런. 나도 사랑해요. 잘 자요."

"잘 자요."

수화기를 내려놓은 그는 벽을 비추도록 탁상 스탠드의 목을 돌린 뒤 책상 위에 다리를 얹고 기도하듯이 두 손을 가슴 앞에 댄 채 깍지를 꼈다. 양쪽 집게손가락을 앞으로 내밀자 벽에 드리운 토끼 모양의 그림자에 귀가 생겼다. 앞으로 내민 집게손가락 사이로 엄지손가락을 넣으니 토끼 모양 그림자가 코를 찡긋거렸다. 앨런은 토끼가 임시로 마련한 스포트라이트를 가로질러서 깡충깡충 뛰게 했다. 앨런의 손은 능수능란하게, 섬뜩하리만치 아무렇지 않게 움직였다. 자기가 무슨 동물을 만드는지도 인식하지 못했다. 이건 코끝을 쳐다보며 "옴"이라고 중얼거리는 것과 더불어 그의 오래된 습관이었다.

그는 폴리 생각을 하고 있었다. 폴리와 그 딱한 손에 대해서. 폴리를 어쩌면 좋을까?

단순히 돈이 문제라면 내일 오후라도 당장 그녀를 메이오 클리닉에 입원시킬 수 있었다. 더이상 왈가왈부하지 못하게 도장을 찍어버리면 된다. 구속복을 입히고 진정제를 왕창 투여하는 한이 있더라도 끌고 갈 수 있었다.

하지만 단순히 돈이 문제가 아니었다. 퇴행성 관절염의 초음파 치료는 아직 걸음마 단계였다. 소크백신처럼 효과 만점으로 밝혀질 수도 있지만 골상학처럼 사이비로 밝혀질 수도 있었다. 어느 쪽으로 밝혀지건 지금 당장으로서는 소용이 없었다. 확률이 1000분의 1이라 가망이 없는 거나 다름없었다. 돈을 날리는 것보다는 폴리의 원대한 희망이 사라질까 두려웠다.

액자에 넣은 그의 올버니 경찰학교 졸업장 위로 까마귀 한 마리가 날개를 퍼덕이며 천천히 날아갔다. 디즈니 애니메이션에 등장하는 까마귀처럼 유연하고 진짜 같았다. 까마귀는 날개가 길어지면서 선사시대의 익룡으로 바뀌더니 세모꼴 고개를 모로 꼰 채 스포트라이트에서 벗어나 한쪽 구석의 파일 캐비닛을 향해 유유히 날아갔다.

문이 열렸다. 노리스 리지윅이 처량한 바셋하운드 같은 얼굴을 빼꼼 내밀었다. "시키신 대로 했어요, 보안관님." 마치 아이를 여러 명 살해했다고 자백하는 남자 같은 말투였다.

"잘했어, 노리스. 이 건으로 똥물 뒤집어쓸 일은 없을 거야. 내가 약속할게."

노리스는 축축한 눈으로 그를 잠깐 더 바라보다가 미심쩍은 듯이 고개를 끄덕이고는 벽을 흘끗 쳐다보았다.

"버스터 만들어주세요, 보안관님."

앨런은 씩 웃고 고개를 저으며 스탠드를 향해 손을 뻗었다.

"왜 이러세요." 노리스는 순순히 물러나지 않았다. "제가 그 망할 차에 딱지도 끊었는데 그만하면 볼 자격 있잖아요. 버스터 만들어주세요, 보안관님. 제발요. 볼 때마다 뒤로 넘어가는데."

앨런은 노리스의 어깨 너머를 흘끗 살펴 아무도 없는 걸 확인한 다음 한 손을 다른 손에 대고 오므렸다. 벽 위에서 투실투실한 남자 모양의 그림자가 배를 출렁이며 스포트라이트를 으쓱으쓱 가로질렀다. 남자는 중간에서 한 번 멈춰 바지 뒤춤을 추어올리고 고개를 사납게 좌우로 흔들며 계속 으쓱으쓱 걸었다.

노리스가 고음으로 깔깔대며 웃었다. 어린애 같은 웃음이었다. 순간 앨런은 어쩔 수 없이 토드를 떠올렸다가 얼른 떨쳐버렸다. 오늘 하루 그 아이 생각은 이 정도면 충분했다.

"아이고, 배야." 노리스는 계속 깔깔대며 말했다. "보안관님은 너무 늦게 태어나셨네요. 《에드 설리번 쇼》에서 날리셨을 텐데."

"자, 이제 그만 나가줘."

노리스는 계속 깔깔대며 문을 닫았다.

앨런은 빼빼 마른 노리스가 약간 거드름을 피우며 벽 위를 걸어가는 모습을 만들어낸 다음 전등을 끄고 뒷주머니에서 너덜너덜한 수첩을 꺼냈다. 엄지손가락으로 넘기다 백지가 나오자 "니드풀 싱스"라고 적고, 그 아래에다가는 이렇게 끼적였다. "릴런드 곤트, 오하이오 주 클리블랜드." 맞나? 아니다. 클리블랜드를 벅벅 지우고 "애크런"이라고 썼다. 어쩌면 내가 정말 정신이 점점 흐릿해져가는 걸지도 몰라. 그는 생각했다. 세 번째 줄에는 또박또박 적었다. "확인해볼 것."

수첩을 주머니에 넣고 퇴근할까 고민하다가 다시 스탠드를 켰다. 곧 그림자 퍼레이드가 또다시 벽 위에 펼쳐졌다. 사자, 호랑이, 곰,

맙소사. 우울감이 고양이처럼 날카로운 발톱을 세우고 샌드버그의 안개*처럼 스멀스멀 돌아왔다. 목소리가 다시 애니와 토드에 대해 종알거리기 시작했다. 잠시 후 앨런 팽본은 목소리가 늘어놓는 이야기에 귀를 기울이기 시작했다. 그러고 싶지 않았지만…… 점점 빠져들었다.

4

침대에 누워 있던 폴리는 앨런과의 통화가 끝나자 몸을 왼쪽으로 돌려서 수화기를 내려놓으려고 했다. 하지만 수화기는 쿵 소리와 함께 바닥으로 떨어져버렸다. 프린세스 전화기 본체가 침대 옆 탁자 위를 천천히 미끄러지듯 움직였다. 짝꿍 곁으로 가려는 모양이었다. 그녀는 전화기를 잡으려다 탁자 모서리에 손을 부딪혔다. 어마어마한 충격이 신경을 감싸고 있던 진통제라는 얇은 거미줄을 뚫고 어깨까지 솟구쳤다. 비명을 참느라 입술을 깨무는 수밖에 없었다.

전화기 본체가 테이블에서 떨어져 바닥에 부딪히자 내장된 벨이 따릉! 하고 한 번 울렸다. 바보 같은 통화대기음이 위잉하고 이어졌다. 꼭 단파 라디오를 통해서 듣는 벌집 소리 같았다.

그녀는 가슴에 품고 있던 손으로 전화기를 집을까 하다가, 움켜

* 1951년 퓰리처상을 받은 미국 시인 칼 샌드버그의 시 「안개」를 가리킨다. 안개가 온다 / 작은 고양이 걸음으로. / 조용히 웅크리고 앉아 / 항구와 도시를 / 바라보다 / 다시 옮겨간다.

잡는 게 아니라—오늘 밤에는 손가락이 아예 구부러지지 않았다—아코디언을 연주하듯이 양옆으로 잡아야 한다는 데 생각이 미치자 문득 너무 피곤해졌다. 바닥에 떨어진 전화기를 집는 단순한 일조차 버겁다는 생각에 울음이 터졌다.

이제 통증이 완전히 깨어나 울부짖자 손이, 특히 탁자에 부딪힌 쪽 손이 불덩이로 변했다. 그녀는 침대에 누워서 흐릿한 시선으로 천장을 올려다보며 울었다.

이 고통에서 해방될 수만 있다면 뭐든 바치겠어. 그녀는 생각했다. 뭐든, 뭐든, 뭐든.

5

가을의 평일 밤 10시에 다다르자 캐슬록의 메인 스트리트는 금고처럼 단단히 잠겼다. 가로등은 하얀빛으로 인도를 동그랗게 비추었고, 상업용 건물들이 한 점을 향해 점점 멀어지는 풍경에 시내는 마치 버려진 세트장 같았다. 당장이라도 연미복 차림에 실크해트를 쓴 남자 하나—프레드 애스테어 아니면 진 켈리*—가 등장해 연인에게 차이고 문을 연 술집 하나 없으면 얼마나 외로워지는지 아느냐고 노래를 부르며 이곳에서 저곳으로 춤을 추며 움직일 것 같았다. 그러면 메인 스트리트 저쪽 끝에서 드레스를 입은 여자—진저

* 두 사람 모두 미국의 배우이자 무용가. 뮤지컬 영화에서 크게 활약했다. 특히 진 켈리가 주연한 〈사랑은 비를 타고(Singin' In The Rain)〉가 유명하다.

로저스 아니면 시드 채리스*—가 등장할 것이다. 그녀는 연인에게 바람을 맞으면 얼마나 외로워지는지 아느냐고 노래를 부르며 프레드(아니면 진)를 향해 춤을 추며 다가간다. 그들은 서로를 발견하고 멋들어지게 잠시 멈추었다가 은행 앞에서 아니면 바느질 공방 앞에서 같이 춤을 추는 것이다.

그들 대신 휴 프리스트가 등장했다.

그는 프레드 애스테어나 진 켈리를 닮지 않았고, 메인 스트리트 저편에서 등장한 아가씨와 우연히 마주치는 로맨틱한 순간을 향해 한 발짝씩 다가가지도 않았으며, 결정적으로 그는 춤을 추는 사람이 아니었다. 하지만 술은 마시는 사람이라 그날 오후 4시부터 멜로 타이거에서 계속 술잔을 기울인 터였다. 취기가 이 지경에 이르면 근사한 댄스 스텝은커녕 그냥 걷는 것도 힘들었다. 그가 빛의 동그라미를 하나, 또 하나 지나치며 천천히 걸음을 옮기자, 그림자가 이발소와 웨스턴 오토, 비디오 대여점 위로 길게 늘어졌다. 충혈된 눈으로 무신경하게 앞을 쳐다보며, 그는 길고 완만한 곡선을 그리는 배를 땀에 전 파란색 티셔츠(앞면에는 큼지막한 모기 위에 "메인 주의 새"라고 적혀 있었다) 속에서 불룩 내민 채 살짝 비틀거렸다.

그가 모는 캐슬록 공공사업부 픽업트럭은 멜로 타이거 뒤편의 흙바닥 주차장에 주차되어 있었다. 휴 프리스트는 자랑거리는 아니지만 음주 운전 전적이 여러 번 있었고, 마지막으로 음주 운전을 하다

* 두 사람 역시 미국의 배우이자 무용가. 앞서 언급한 두 남자 배우와 함께 뮤지컬 영화에 다수 출연했다.

가 걸려서 여섯 달 면허정지를 당했을 땐 개자식 키턴, 그의 동료인 개자식 풀러턴과 새뮤얼스, 그리고 그의 동료인 잡년 윌리엄스가 인내심의 한계에 다다랐다고 분명하게 경고했다. 또다시 음주 운전을 했다가는 면허가 영원히 취소될 테고 직장에서도 잘릴 것이다.

그 일이 휴로 하여금 술을 끊게 하지는 못했지만—지구상의 그 어떤 것도 그럴 능력은 없었다—굳은 결심을 하는 계기는 됐다. 술을 마시고 운전을 하지는 않겠다고 말이다. 쉰한 살, 직업을 바꾸기에는 조금 늦은 나이였다. 게다가 꼬리에 깡통을 매단 개처럼 기다란 음주 운전 전과 기록이 따라다니지 않는가 말이다.

오늘 밤에 그가 집까지 걸어가는 이유가 그 때문이었는데 우라지게 먼 길이었고, 바비 듀거스라는 공공사업부 직원은 옥수수를 몇 개 털린 채 퇴근하고 싶지 않으면 내일 설명을 잘해야 하리라.

휴가 낸스 런처넷 식당 앞을 지나는데 실비가 부슬부슬 내리기 시작했다. 성질을 달래는 데에는 아무 도움이 되지 않는 비였다.

그는 매일 퇴근길에 집 앞을 지나는 바비에게 그날 저녁 멜로 타이거에서 맥주 몇 잔 마시겠느냐고 물었다. 바비 듀거스는 아, 좋쥬, 휴버트 씨, 했다. 그의 이름은 휴버트가 아니건만 항상 그렇게 불렀다. 그 헛짓거리에도 조만간 변화가 생길 것이다. 아, 좋쥬, 휴버트 씨, 평소처럼 7시쯤에 갈게유.

그래서 휴는 운전을 하지 못할 정도로 알딸딸해지더라도 집에 갈 걱정이 없겠다고 자신하며 3시 55분쯤에 멜로 타이거를 찾았고(조금 일찍, 사실 한 시간 반 정도 일찍 퇴근한 셈이었지만 디크 브래드퍼드도 없는 마당에 무슨 상관이랴) 곧바로 술을 푸기 시작했다. 그리고 7시가 됐을 때 무슨 일이 벌어졌을까? 바비 듀거스가 코빼기도 보이지 않았다! 세상에나, 뭐지? 8시가 되고 9시가 되고 9시 반이 됐을 때는 또 무슨 일이 벌어졌을까? 여전히 마찬가지였다, 맙소사!

9시 40분이 됐을 때 멜로 타이거의 바텐더 겸 사장인 헨리 보퍼트가 자리를 정리해달라고, 남은 잔을 비워달라고, 이제 슬슬 내일을 준비할 때가 됐다고 했다. 다른 말로 하자면 나가달라는 것이었다. 휴는 뚜껑이 열렸다. 그가 주크박스를 걷어찬 건 맞지만 빌어먹을 로드니 크로웰 음반이 또 튀고 있었던 것도 사실이었다.

"그럼 나더러 어쩌라고? 그냥 가만히 앉아서 듣고 있으라고?" 그는 헨리에게 따져 물었다. "저 판을 치워, 그럼 돼. 꼭 우라질 간질 발작을 일으킨 것처럼 들리잖아."

"술이 부족한 모양이네요. 알겠습니다. 하지만 여기서 마실 수 있는 건 이걸로 끝이에요. 나머지는 집에 가서 드세요."

"내가 싫다면 어쩔 건데?"

"팽본 보안관을 불러야겠죠." 헨리는 차분하게 말했다.

다른 손님들이—평일 늦은 시각이라 많지는 않았다—귀를 쫑긋 세운 채 그들의 대화를 듣고 있었다. 사람들은 휴 프리스트 앞에서 깍듯하게 굴었고 특히 그가 거나하게 취했을 때는 더 그랬지만, 그가 캐슬록의 인기상을 거머쥘 일은 없었다.

"그러고 싶지 않지만 어쩔 수 없어요, 휴." 헨리가 말을 이었다. "당신이 내 주크박스를 걷어차는 것도 이제는 지긋지긋하거든요."

휴는 그럼 대신 너를 몇 번 걷어차면 어떨까, 이 프랑스 개새끼야, 하고 받아칠까 했다. 그러다 동네 술집에서 난리를 부린 죄로 그에게 해고 통지서를 건네는 돼지 같은 키턴을 상상했다. 물론 진짜로 잘리면 해고 통지서는 늘 그렇듯 우편으로 날아올 것이다. 키턴 같은 돼지 새끼들은 절대 그 서류를 직접 전달하는 식으로 자기 손을(혹은 투실투실한 입을) 더럽히지 않으니까. 어쨌든 그 광경을 상상하는 건 도움이 되어서 흥분이 조금 가라앉았다. 그리고 집에 여섯 개들이 맥주 캔이 두 세트 있었다. 하나는 냉장고에, 또 하나는 장작을 쌓아두는 헛간에.

"좋아. 나도 이런 실랑이 필요 없다고. 열쇠나 줘." 그는 여섯 시간 전, 맥주 열여덟 병을 해치우기 전에 바 카운터에 앉으면서 미리 차 열쇠를 헨리에게 넘긴 터였다.

"안 돼요." 헨리는 행주에 손을 닦으며 휴를 똑바로 쳐다보았다.

"안 된다고? 그게 도대체 무슨 소리야, 안 된다니?"

"너무 취해서 운전하면 안 된다고요. 보면 알아요. 당신도 내일 아침에 눈을 뜨면 알게 될 테고요."

"내 말 잘 들어." 휴는 짜증을 참으며 말했다. "내가 자네한테 그 빌어먹을 열쇠를 넘긴 건 집까지 태워다 줄 사람이 있다고 생각했기 때문이었어. 바비 듀거스가 와서 맥주 몇 잔 마시고 가겠다고 했거든. 그 바보 새끼가 오지 않은 게 내 잘못은 아니잖아."

헨리는 한숨을 쉬었다. "그건 안타깝게 생각하지만 내 알 바는 아니죠. 당신이 누굴 치기라도 하면 내가 소송을 당할 수도 있어요. 당신한테는 그게 별일 아닐지 몰라도 나한테는 큰일이에요. 내 앞가림은 내가 해야죠. 이 세상에서는 아무도 그걸 대신해주지 않아요."

휴는 분노와 자기 연민과 이제 막 시작된 묘한 참담함이 오랫동안 묻혀 있던 유독성 폐기물 통에서 스멀스멀 넘쳐흐르는 역겨운 액체처럼 의식의 수면으로 차오르는 걸 느낄 수 있었다. 그는 바 카운터 뒤편, "우리 도시가 마음에 들지 않으면 열차 시간표를 확인하세요"라고 적힌 팻말 옆에 걸려 있는 자기 열쇠에서 헨리에게로 시선을 돌렸다. 놀랍게도 그가 눈물을 글썽이고 있었다.

헨리는 그를 지나쳐 아직 자리를 지키고 있는 몇 안 되는 다른 손님들에게로 시선을 돌렸다. "어이! 캐슬힐로 가는 사람 없나?"

다들 테이블만 내려다볼 뿐 아무 말도 하지 않았다. 한두 명은 손마디를 꺾었다. 찰리 포틴은 일부러 여유를 부려가며 어슬렁어슬렁 화장실로 향했다. 아무도 대꾸를 하지 않았다.

"봤지? 그러니까 헨리, 열쇠 줘."

헨리는 천천히, 단호하게 고개를 저었다. "앞으로도 계속 여기서 술 마시고 싶으면 차 얻어 타고 가요."

"그래, 알았어!" 휴는 말했다. 심통이 나서 짜증을 부리는 어린애 같은 말투였다. 그는 고개를 숙이고 주먹을 불끈 쥔 채 가게를 가로질렀다. 누군가가 웃음을 터뜨리길 기다렸다. 누군가가 그래주길 바랐다. 그럼 이 안을 깨끗이 정리하고 일을 때려치울 수 있었다. 하지만 레바 매킨타이어가 앨라배마 어쩌고저쩌고하며 징징거리는 소리 말고는 고요했다.

"열쇠는 내일 가지고 가요!" 헨리가 그의 등 뒤에서 외쳤다.

휴는 아무 말도 하지 않았다. 헨리 보퍼트의 빌어먹을 주크박스 앞을 지나며 노란색 흠집투성이 워크 부츠로 걷어차고 싶었지만 용을 써가며 참았다. 그는 고개를 숙인 채 어둠 속으로 나섰다.

6

실비는 이제 가랑비로 바뀌었고, 휴가 집에 도착할 무렵이면 줄기차게 쏟아지는 장대비로 발전할 것 같았다. 그의 팔자가 원래 그랬다. 계속 앞으로 걸음을 옮겼다. 이제는 별로 비틀거리지 않았고(맑은 공기가 술기운을 없애주었다) 두 눈은 쉴 새 없이 좌우로 움직였다. 마음이 어수선해 누가 다가와서 시비를 걸어주었으면 좋겠다는 생각까지 들었다. 오늘 밤이라면 사소한 시비로도 충분했다. 어제 오후에 그의 트럭 앞으로 걸어 나왔던 남자아이를 잠깐 떠올리며, 길바닥 저편으로 날려버릴걸 그랬다는 못된 생각을 했다. 그랬다 한들 그의 잘못은 아닐 것이다. 예전에는 아이들이 어딜 가든 잘 보고 다녔건만.

엠포리엄 갤로리엄이 불타서 없어지기 전에 있었던 자리와 유 소 앤드 소 바느질 공방, 캐슬록 철물점을 지나자…… 니스풀 싱스가 등장했다. 그는 쇼윈도를 흘끗 쳐다보고 다시 메인 스트리트 쪽으로 시선을 옮겼다가(이제 이 킬로미터밖에 안 남았고 폭우가 쏟아지기 전에 집에 도착할 수 있을 것 같기도 했다) 갑자기 걸음을 멈추었다.

그의 발걸음이 새로운 가게를 그대로 지나쳤기에 다시 되돌아가야 했다. 쇼윈도 위에 외로이 달린 조명이 진열된 세 개의 상품을 은은하게 비추고 있었다. 불빛은 그의 얼굴 위로도 쏟아져 경이로운 변신을 일으켰다. 휴는 잠자리에 들 시간을 훌쩍 넘긴 지친 아이, 크리스마스에 받고 싶은 선물을 방금 전에 발견한 아이로 돌변해 있었다. 문득 이 세상의 다른 어떤 것도 성에 차지 않게 되었으니, 크리스마스에 반드시 받아야만 하는 선물 아닌가. 쇼윈도의 정중앙에 놓인 상품은 세로로 길게 홈이 난 꽃병(네티 코브가 사랑해 마지않는 카니발 글라스였지만 휴는 그게 뭔지 몰랐고, 알았다 한들 관심도 없었을 것이다)을 양옆으로 거느리고 있었다.

여우 꼬리였다.

갑자기 시간이 1955년으로 거슬러 올라갔다. 그는 이제 막 면허를 땄고 아버지의 1953년형 포드 컨버터블을 몰고 메인 주 서부 학생 선수권대회—캐슬록 대 그린스파크였다—에 참가하러 가는 중이었다. 십일월답지 않게 따뜻했기 때문에(난리법석을 떨 준비와 자세와 능력을 갖춘 피 끓는 청춘의 기준에서는 그랬다) 허름한 지붕을 내리고 방수포와 함께 고정시킨 차 안에는 여섯 명이 타고 있었다. 피터 도욘이 로그 캐빈 위스키를 한 병 들고 왔고, 라디오에서는 페리 코모의 노래가 흘러나왔고, 휴 프리스트는 하얀색 운전대 앞에 앉아 있었고, 라디오 안테나에서는 지금 이 가게의 쇼윈도에 진열된 것과 똑같은 길고 풍성한 여우 꼬리가 나부꼈다.

나부끼는 여우 꼬리를 보며, 그는 나중에 자기 이름으로 컨버터블을 사면 비슷한 걸 달아야겠다고 생각했었다.

친구가 건넨 술병을 거절했던 기억이 났다. 그는 운전을 하고 있고, 다른 사람들의 목숨을 책임지고 있으니 운전중에는 술을 마시면 안 되는 거였다. 그리고 기억나는 게 또 하나 있었다. 그 순간이 평생을 통틀어 가장 행복한 날의 가장 행복한 시간이라는 확신이었다.

그날의 추억이 온갖 감각적인 부분까지 어찌나 생생하게 떠오르는지 놀랍고 아팠다. 낙엽을 태우는 매캐한 냄새, 가드레일 반사경에서 반짝이던 십일월의 태양. 그리고 이제 니드풀 싱스 쇼윈도에 진열된 여우 꼬리를 본 순간, 정말로 그날이 평생을 통틀어 가장 행복했던 날이었다는 깨달음이 그를 찾아왔다. 그날을 끝으로 그는 끈질기고 유들유들한 알코올의 손아귀에 꼼짝 못하게 붙들려 미다스 왕의 섬뜩한 변형이 되어버렸다. 그때 이후로 그가 건드린 모든 게 똥으로 변해버린 듯했다.

퍼뜩 이런 생각이 들었다. 나도 달라질 수 있어.

이 생각이 명료하게 그를 사로잡았다.

이쯤에서 다시 시작할 수 있어.

그게 과연 가능한 일일까?

그럼, 때로는 그런 일이 생기기도 하고말고. 여우 꼬리를 사서 내 뷰익 안테나에 달면 되겠다.

하지만 남들이 웃을걸. 다들 웃을 거야.

남들 누구? 헨리 보퍼트? 쓰잘머리 없는 바비 듀거스? 그래서 뭐? 엿 먹으라고 해. 저 여우 꼬리를 사서 안테나에 달고 달리는 거야…….

어디로?

글쎄, 우선 그린스파크에서 목요일 저녁마다 열리는 '익명의 알코올중독자들' 모임 어때?

칠칠찮은 교도관이 감방에 꽂아두고 간 열쇠를 보고 어안이 벙벙해지면서 흥분한 장기수처럼, 그 역시 일말의 가능성에 순간 어안이 벙벙해지면서 흥분을 느꼈다. 순간 하얀색 메달을 거쳐 빨간색 메달과 파란색 메달을 차례대로 받아가며* 하루, 이틀, 한 달, 두 달

점점 정신을 차리는 자신의 모습이 눈앞에 보이는 듯했다. 멜로 타이거는 이제 안녕이야. 아쉬운 일이군. 하지만 이제는 월급날마다 봉투 안에 분홍색 해고 서류가 같이 들어 있을지 모른다는 공포에 떨 일이 없을 테고, 그건 아쉬운 일이 아니었다.

니드풀 싱스의 쇼윈도에 진열된 여우 꼬리를 마주하고 선 그 순간, 휴는 미래를 그릴 수 있었다. 오랜만에 처음으로 미래를 그릴 수 있었다. 끝이 하얀 그 멋들어진 주황색 여우 꼬리가 군기처럼 그 안에서 나부꼈다.

그러다 현실이 난입했다. 비가 내리고, 축축하고 지저분한 옷 냄새가 풍기는 현실이었다. 그에게는 여우 꼬리도, '익명의 알코올중독자들' 모임도, 메달도, 미래도 없었다. 그는 염병할 쉰한 살이었고 쉰한 살은 미래를 꿈꾸기에 늦은 나이였다. 쉰한 살은 산사태처럼 들이닥치는 과거를 피해 계속 달려야 하는 나이였다.

지금이 영업시간이었다면 그는 구경이라도 해보았을 것이다. 틀림없이 그랬을 것이다. 누구 못지않게 거들먹거리며 안으로 들어가 쇼윈도에 있는 여우 꼬리가 얼마냐고 물어보았을 것이다. 하지만 지금은 밤 10시였고, 메인 스트리트는 얼음 여왕의 침실 문만큼이나 단단히 잠겨 있었고, 내일 아침에 그는 미간에 얼음송곳이 박힌 기분에 시달리며 눈을 뜨면 강렬한 적갈색의 예뻤던 여우 꼬리를 까맣게 잊을 터였다.

* 알코올의존자 상호 지원 모임인 '익명의 알코올중독자들'에 처음 참석하면 하얀색 메달, 술을 끊은 지 한 달이 되면 빨간색 메달, 여섯 달이 되면 파란색 메달을 받는다.

그는 쇼윈도에 굳은살이 박인 지저분한 손자국을 남겨가며, 장난감 가게를 들여다보는 어린아이처럼 그 앞을 떠나지 못했다. 입가에 살짝 미소가 떠올랐다. 휴 프리스트의 얼굴과 어울리지 않는 온화한 미소였다. 잠시 후, 캐슬뷰 어디에선가 자동차가 비 내리는 허공에 대고 엽총을 쏘는 듯 날카롭게 몇 번인가 브레이크를 밟는 소리에 휴는 화들짝 정신을 차렸다.

망할. 도대체 무슨 생각을 하고 있는 거야?

그는 쇼윈도에서 몸을 떼고 다시 집 쪽으로 고개를 돌렸다. 장작 쌓아두는 헛간을 추가한 방 두 개짜리 판잣집도 집이라고 부를 수 있을지 모르겠지만. 그는 차양 아래를 지나면서 출입문을 쳐다보았다가…… 다시 걸음을 멈추었다.

거기에는 이런 팻말이 걸려 있었다.

영업중

휴는 꿈을 꾸는 사람처럼 손을 내밀어 문손잡이를 돌려보았다. 스르르 돌아갔다. 머리 위에서 조그만 은종이 딸랑거렸다. 있을 수 없을 만큼 먼 데서 들리는 소리 같았다.

어떤 남자가 가게 한가운데 서 있었다. 콧노래를 흥얼거리며 깃털 먼지떨이로 진열장 윗면을 쓸고 있었다. 종이 울리자 그가 휴를 돌아보았다. 수요일 밤 10시 10분에 가게 문을 열고 들어온 사람을 보고도 놀라지 않는 눈치였다. 그 당황스러운 순간 휴가 남자에 대해 느낀 게 하나 있다면, 다름 아닌 눈이었다. 그의 눈은 아메리카 원주민의 것처럼 새까맸다.

"팻말을 돌려놓는 걸 깜빡한 것 같소만, 형씨." 이렇게 얘기하는 자신의 목소리가 휴의 귀에 들렸다.

"사실, 아닙니다." 남자는 깍듯하게 대답했다. "잠을 잘 못 자는 편이라 어떤 날은 늦게까지 가게 문을 열어놓기도 하거든요. 손님 같은 분이 지나가다가…… 마음에 드는 물건을 발견할지 모르니까요. 들어와서 둘러보시겠습니까?"

휴 프리스트는 안으로 들어가 등 뒤로 문을 닫았다.

7

"쇼윈도에 여우 꼬리가……." 휴는 말문을 열었다가 헛기침을 한 다음 다시 얘기를 꺼내야 했다. 쉰 소리가 튀어나온데다 무슨 말인지 알아들을 수 없게 웅얼리는 것처럼 들렸다. "쇼윈도에 여우 꼬리가 진열돼 있던데요."

"네." 가게 주인이 말했다. "예쁘지요?" 그는 이제 먼지떨이를 앞으로 들어서 깃털 뭉치로 얼굴 아래쪽을 가린 채 아메리카 원주민처럼 까만 눈으로 휴를 유심히 쳐다보았다. 입이 보이지 않았지만 느낌상 미소를 짓고 있을 듯했다. 평소에 그는 사람들, 특히 모르는 사람들이 그를 보고 미소를 지으면 불안해졌다. 그런데 오늘 밤에는 전혀 아무렇지 않았다. 아직 술이 덜 깨서 그런 건지도 모른다.

"그러게요." 휴는 맞장구쳤다. "예쁘더군요. 내가 어렸을 때 우리 아버지가 컨버터블 안테나에 그런 여우 꼬리를 달고 다녔거든요.

이 코딱지만 한 우중충한 마을 주민들 대부분은 나한테도 그런 시절이 있었다는 걸 안 믿겠지만, 진짜예요. 남들처럼 나도 그랬다고요."

"그럼요." 남자의 시선은 휴의 눈에서 떠날 줄 몰랐고, 그때 정말이지 이상한 일이 벌어졌다. 그의 눈이 점점 커지는 것처럼 느껴졌다. 휴는 그 눈에서 시선을 뗄 수가 없었다. 평소에는 다른 사람의 눈을 오래 쳐다보고 있으면 주먹이 근질거렸다. 그런데 오늘은 아무 문제 없었다.

"그땐 그 여우 꼬리가 세상에서 제일 멋져 보였죠."

"그럼요."

"멋지다……. 그땐 이런 단어를 썼는데 말이죠. 짱이다, 이런 쓰레기 같은 단어 말고. 오지다, 뭐 그런 거나……. 나는 그게 뭔 소린지 도무지 모르겠는데, 댁은 아쇼?"

니드풀 싱스 주인은 아무 대꾸 없이 가만히 서서 나뭇잎처럼 생긴 깃털 먼지떨이로 얼굴 일부를 가린 채 아메리카 원주민 같은 까만 눈으로 휴 프리스트를 쳐다보기만 했다.

"아무튼, 저걸 사고 싶은데. 나한테 팔아주겠소?"

"그럼요." 릴런드 곤트는 같은 말을 세 번째 반복했다.

휴는 갑작스럽게 온몸으로 번지는 행복감과 안도감을 느꼈다. 문득 모든 게 괜찮아질 거라는 확신이 들었다. 모든 게. 정말이지 정신 나간 확신이었다. 그는 캐슬록과 인근 세 개 마을의 모든 주민들에게 빚을 지고 있었고, 여섯 달째 아슬아슬하게 일자리를 부지하고 있는데다, 그의 차는 내일 당장 퍼져도 이상하지 않았다. 하지만 부인할 수 없는 확신이었다.

"얼마요?" 그가 물었다. 문득 자신이 그렇게 고급스러운 털을 살 만한 형편이 되는지 의구심이 생기면서 살짝 겁이 났다. 감당할 수 없는 금액이면 어쩐다? 내일 아니면 모레 어찌어찌 돈을 마련한다 한들, 이미 팔려버렸으면 어쩐다?

"아, 그야 상황에 따라 달라지지요."

"상황에 따라 달라진다고? 어떤 상황에 따라 달라진다는 거요?"

"손님이 얼마를 낼 용의가 있는지에 따라서요."

휴는 꿈을 꾸는 사람처럼 멍한 얼굴로 너덜너덜한 로드 벅스턴 지갑을 뒷주머니에서 꺼냈다.

"그건 넣어둬요, 휴."

저자에게 내 이름을 얘기했던가?

휴는 기억이 나지 않았지만 아무튼 지갑을 다시 넣었다.

"주머니에 있는 물건을 모두 꺼내보세요, 여기 이 진열장 위에."

휴는 주머니를 뒤집었다. 주머니칼, 서츠 박하사탕, 지포 라이터, 담뱃잎이 덕지덕지 묻은 일 달러 오십 센트쯤 되는 동전들을 진열장 위로 꺼내놓았다. 동전이 유리에 부딪히자 쨍그랑 하는 소리가 났다.

남자는 허리를 숙이고 잡동사니를 관찰했다. "이 정도면 얼추 되겠네요." 그가 말하며 깃털 먼지떨이로 잡동사니 위를 한차례 쓸었다. 그가 먼지떨이를 치웠을 때 주머니칼, 라이터, 박하사탕은 그 자리에 남아 있었다. 동전만 없어졌다.

휴는 그걸 보고도 전혀 놀라지 않았다. 키 큰 남자가 쇼윈도로 가서 여우 꼬리를 들고 오는 동안 배터리가 다된 장난감처럼 조용히 서 있을 뿐이었다. 그는 부피가 줄어든 휴의 잡동사니 옆에 여우 꼬리를 내려놓았다.

휴는 천천히 한손을 내밀어 털을 쓰다듬었다. 차갑고 풍성했다. 빠직거리며 매끈한 정전기가 일어났다. 마치 청명한 가을밤을 쓰다듬는 느낌이었다.

"근사하죠?" 키 큰 남자가 물었다.

"근사하네요." 휴는 멍하니 맞장구를 치며 여우 꼬리를 집으려고 손을 뻗었다.

"안 됩니다." 남자가 쏘아붙이자 휴는 얼른 손을 치웠다. 그는 상심에 가까울 정도로 심하게 상처받은 눈빛으로 곤트를 쳐다보았다. "흥정이 아직 안 끝났잖습니까."

"그렇죠." 휴는 인정했다. 내가 최면에 걸렸나 봐. 그는 생각했다. 이자가 나한테 최면을 건 게 분명해. 하지만 상관없었다. 사실은 조금…… 기분이 좋았다.

그는 물속에서 움직이는 사람처럼 천천히 지갑을 꺼내려고 했다.

"그건 그냥 넣어두라니까, 이 한심한 양반아." 곤트는 짜증이 섞인 투로 말하며 깃털 먼지떨이를 옆으로 치웠다.

휴는 다시 옆구리로 손을 떨어뜨렸다.

"모든 해결책이 지갑 안에 있다고 생각하는 사람이 이렇게나 많은 이유가 뭘까요?" 남자가 시비조로 물었다.

"글쎄요." 휴는 대답했다. 그는 그 이유에 대해 궁금해한 적이 없었다. "듣고 보니 좀 한심하게 느껴지긴 하네요."

“한심한 정도가 아니죠.” 곤트가 쏘아붙였다. 아주 지쳤거나 아주 화가 난 사람 특유의 짜증과 약간의 떨림이 섞인 말투였다. 그는 피곤했다. 그날은 길고 힘든 하루였다. 성과가 있긴 했으나 이제 겨우 시작 단계였다. “그보다 훨씬 심하죠. 범죄에 가까울 정도로 한심한 작태예요! 그거 알아요, 휴? 대가를 감수할 용의만 있으면 자기한테 필요한 모든 걸, 정말이지 모든 걸 살 수가 있는데, 이 세상은 그걸 모르는 사람들로 가득하단 말이죠. 다들 마음에도 없는 말만 늘어놓으면서 건전한 냉소주의라고 뿌듯해해요. 하지만 그들이 늘어놓는 얘기는 헛소리예요! 전부…… 헛소리라고요!”

“헛소리죠.” 휴는 기계적으로 맞장구를 쳤다.

“사람들이 진정으로 원하는 건 지갑으로 해결할 수 없어요, 휴. 이 마을에서 가장 돈이 많은 사람의 지갑도 인부의 겨드랑이를 적신 땀방울에 비하면 아무것도 아니죠. 전부 헛소리라고요! 영혼은 또 어떻고요! 누가 ‘어쩌고저쩌고에 내 영혼을 바치겠어’라고 할 때마다 내가 오 센트씩 받았다면 엠파이어스테이트빌딩을 살 수 있었을 거예요!” 그는 이제 몸을 바짝 숙이고 입술을 위로 당겨 들쭉날쭉한 치열을 드러내며 섬뜩한 웃음을 지었다. “대답해봐요, 휴. 땅속을 기어다니는 온갖 짐승의 이름을 걸고 묻건대, 내가 뭐하러 당신의 영혼에 탐을 내겠어요?”

“그러게요.” 그의 목소리가 아득하게 느껴졌다. 깊고 어두운 동굴의 밑바닥에서 흘러나오는 것 같았다. “요즘은 영혼의 상태가 아주 괜찮을 것 같지도 않고요.”

곤트는 갑자기 느긋하게 허리를 폈다. “거짓말과 절반의 진실이라면 지긋지긋하단 말이죠. 휴, 네티 코브라는 여자 알아요?"

"또라이 네티요? 이 마을에서 또라이 네티를 모르는 사람이 어딨겠어요. 남편을 죽였는데."

"그렇다고들 하더군요. 이제 내 말 들어요, 휴. 내 말 잘 들어요. 그럼 여우 꼬리를 들고 집에 갈 수 있어요."

휴는 그의 말을 잘 들었다.

가게를 나섰을 때는 비가 더 거세게 퍼붓고 바람이 불고 있었다.

8

"브라이언!" 랫클리프 선생님이 날카롭게 외쳤다. "세상에, 브라이언 러스크! 네가 이럴 줄은 몰랐다! 앞으로 나와! 지금 당장!"

그는 언어 치료 수업을 받는 지하 교실의 뒷줄에 앉아 있었는데 랫클리프 선생님의 말투를 듣자 하니 잘못을, 그것도 끔찍한 잘못을 저지른 모양이지만 그게 뭔지 모르고 있다가 자리에서 일어난 다음에야 알아차렸다. 자신이 알몸이라는 사실을 말이다. 어마어마한 수치심이 그를 강타했지만 또 한편으로는 흥분이 되기도 했다. 그는 아래를 내려다보았다가 성기가 단단해지기 시작하는 걸 보고 경악과 동시에 짜릿함을 느꼈다.

"앞으로 나오라고 했지!"

다른 친구들—샐리 마이어스, 도니 프랭클, 노니 마틴 그리고 딱하게도 덜떨어진 슬로피 도드—이 눈을 휘둥그레 뜨고 쳐다보는 가운데 그는 천천히 교실 앞으로 걸어갔다.

랫클리프 선생님은 허리춤에 양손을 얹고 두 눈을 이글거리며 책상 앞에 서 있었다. 짙은 적갈색의 머리카락이 근사한 구름처럼 둥실둥실 머리를 감쌌다.

"너는 망나니야, 브라이언. 아주 못된 망나니라고."

그는 묵묵히 고개를 끄덕였지만 성기는 고개를 조금씩 들었다. 그의 몸 중에서 적어도 그 부분은 그가 망나니라는 데 전혀 개의치 않았다. 오히려 망나니라는 데 즐거워하고 있었다.

그녀가 분필을 쥐여주었다. 손과 손이 스치고 지나가자 브라이언은 찌릿한 전류를 느꼈다. "자." 랫클리프 선생님이 엄하게 말했다. "'샌디 코팩스 카드의 대가를 치르겠습니다'라고 칠판에 오백 번 써."

"네, 랫클리프 선생님."

그는 맨 엉덩이에 닿는 따뜻한 공기를 느끼며 까치발을 하고 칠판 꼭대기에서부터 쓰기 시작했다. "샌디 코팩스 카드의 대가를 치르겠습니다"라고 썼을 때 랫클리프 선생님이 매끈하고 부드러운 손으로 그의 딱딱한 성기를 쥐고 살살 당기는 게 느껴졌다. 그는 순간 그 자리에서 기절하는 줄 알았다. 그 정도로 기분이 좋았다.

"계속 써." 그녀가 뒤에서 엄숙하게 얘기했다. "나는 계속 이러고 있을 테니까."

"래, 래, 랫클리프 서, 선생님, 제 혀, 혀 운동은 어쩌고요?" 슬로피 도드가 물었다.

"주차장에서 내 차에 깔리고 싶지 않으면 입다물어, 슬로피." 랫클리프 선생님이 말했다. "찍소리 못 하게 뭉개버릴 수도 있어, 꼬마 친구."

그렇게 얘기하는 동안에도 그녀는 브라이언의 거시기를 계속 당겼다. 입에서 신음 소리가 흘러나왔다. 이러면 안 된다는 걸 알았지만 기분이 좋았다. 정말이지 어마어마했다. 그에게 필요한 일, 딱 맞는 일인 것 같았다.

잠시 후 고개를 돌려보니, 랫클리프 선생님 대신 넓적하고 동그랗고 창백한 얼굴에 퀭한 갈색 눈이 달려 있어서 밀가루 반죽 깊숙이 건포도 두 개를 박아놓은 것처럼 생긴 윌마 저직이 어깨 근처에서 있었다.

"대가를 치르지 않으면 그가 다시 가져갈 거야." 윌마가 말했다. "그리고 그게 다가 아니야, 꼬마 친구. 그는……."

9

얼마나 요란하게 움찔하며 눈을 떴는지, 브라이언 러스크는 하마터면 침대에서 굴러떨어질 뻔했다. 온몸이 땀범벅이었고, 심장이 터질 듯이 쿵쾅거렸다. 성기는 잠옷 바지 속에서 조그만 나뭇가지처럼 딱딱하게 굳어 있었다.

그는 머리끝부터 발끝까지 부들부들 떨며 일어나 앉았다. 처음에는 어렸을 때 악몽이 꿈나라를 침범할 때마다 그랬듯이 큰 소리로 어머니를 부르려고 했다. 하지만 문득 생각해보니 그는 어린애가 아니라 열한 살이었고…… 어머니한테 얘기할 수 있을 만한 꿈이 아니었다.

다시 누워서 눈을 동그랗게 뜨고 어둠을 응시했다. 침대 옆 테이블에 놓인 디지털시계를 확인해보니 12시 4분이었다. 이제는 거세어진 빗줄기가 요란하게 불어대는 강풍에 휩쓸려 그의 방 유리창을 두드리는 소리가 들렸다. 거의 진눈깨비 같았다.

내 카드. 내 샌디 코팩스 카드가 없어졌어.

아니다. 그도 아니라는 걸 알았다. 하지만 점점 더 불어나는 1956년 톱스 카드를 넣어두는 링 바인더에 잘 들어 있는지 확인하기 전에는 다시 잠을 잘 수 없다는 것도 알았다. 어제 학교에 가기 전에, 집에 와서, 그리고 저녁을 먹은 다음 뒷마당에서 스탠리 도슨과 공놀이를 하다 말고 다시 한번 확인했다. 스탠리한테는 화장실에 다녀오겠다고 했다. 마지막으로 침대로 올라가 불을 끄기 전에도 슬쩍 들여다보았다. 일종의 강박 비슷한 게 되었다는 걸 알았지만 그걸 안다 한들 멈추어지지가 않았다.

침대에서 빠져나왔다. 서늘한 공기가 뜨끈한 몸에 닿자 소름이 돋고 성기가 쪼그라드는 것조차 거의 의식하지 못했다. 그는 조용히 서랍장 쪽으로 걸어갔다. 땀자국이 남은 침대 시트 위로 그림자가 드리워졌다. 창밖의 가로등이 서랍장 위에 만들어놓은 하얀빛의 웅덩이 속에 큼지막한 바인더가 놓여 있었다.

그는 바인더를 집어서 펼치고 카드를 넣는 투명한 비닐 포켓을 잽싸게 넘겼다. 멜 파넬, 화이티 포드, 워런 스판—예전에는 엄청나게 자랑하던 보물이었다—은 쳐다보지도 않고 넘겼다. 아무것도 없는 맨 마지막 장에 다다를 때까지 샌디 코팩스가 보이지 않자 그는 잠깐 끔찍한 공포를 느꼈다. 그러다 급한 마음에 여러 페이지를 한꺼번에 넘겼다는 걸 알아차렸다. 앞으로 되넘겨보니 과연 있었다. 좁은 얼굴, 희미하게 미소를 머금은 골똘한 눈이 모자챙 아래에서 그를 쳐다보았다.

다정한 내 친구 브라이언에게, 행운을 빌며, 샌디 코팩스.

그는 사선으로 누운 글씨를 손끝으로 더듬었다. 입술을 달싹였다. 다시금 마음이 평온해졌지만…… 완벽하지는 않았다. 카드는 아직 그의 것이 아니었다. 이건 일종의…… 시범 운영이었다. 그걸 온전히 차지하려면 해야 하는 일이 있었다. 그게 뭔지 정확하게는 알 수 없지만 좀 전에 꾼 꿈과 연관이 있었고, 장담하건대 때가 되면

(내일? 오늘 늦게?)

알게 될 것이었다.

그는 링 바인더를 덮고—"브라이언의 소장품 건드리지 마시오!"라고 조심스럽게 또박또박 적어놓은 파일 카드가 앞장에 스카치테이프로 붙어 있었다—다시 서랍장 위에 올려놓았다. 그런 다음 다시 침대에 누웠다.

샌디 코팩스 카드와 더불어 생긴 골치 아픈 문제가 딱 하나 있었다. 그는 아버지에게 카드를 보여주고 싶었다. 니드풀 싱스에서 집으로 오는 길에 어떤 식으로 보여줄지 상상의 나래를 펼쳤다. 일부러 아무렇지도 않은 척 이렇게 운을 떼는 것이다. 아빠, 오늘 새로 문을 연 가게에서 1956년 카드를 하나 건졌는데 보여드릴까요? 아버지는 별로 관심은 없지만 브라이언의 기분을 맞춰주느라 좋다며 방으로 따라나설 것이다. 하지만 브라이언이 운 좋게 입수한 카드를 보면 눈을 반짝일 것이다! 그리고 거기에 적힌 문구를 보면!

그렇다, 놀라워하면서 기뻐할 것이다. 브라이언의 등을 두드리고 하이파이브를 할지도 모른다.

하지만 그런 다음에는?

질문이 시작될 텐데, 그게 바로 문제였다. 아버지는 첫째로 어디에서 그 카드를 구했는지, 둘째로 어디서 이런 카드를 살 돈이 났는지 물을 것이다. 상태가 훌륭하고 사인까지 되어 있는 귀한 카드가 아닌가. 카드에 인쇄된 서명은 샌퍼드 코팩스. 그것이 이 전설적인 투수의 본명이었다. 하지만 자필 서명은 샌디 코팩스였고, 가끔 고가의 거래도 이루어지는 야구 트레이딩 카드 수집이라는 특이한 세계에서 그건 시가가 최대 150달러에 달할 수도 있다는 뜻이었다.

브라이언은 속으로 그럴듯한 답안지를 읊어보았다.

니드풀 싱스라는 새로 문을 연 가게에서 구했어요, 아빠. 주인아저씨가 정말 심하게 깎아주더라고요. 싸게 판다고 소문이 나면 손님들이 더 많이 찾아올 거라면서요.

그럴듯하긴 했지만 아직 나이가 한 살 모자라 영화관에 가면 어른 표를 사지 않는 아이가 보기에도 한계가 있는 답안이었다. 누가 뭘 아주 싸게 샀다고 하면 사람들은 관심을 보이기 마련이다. 그것도 지나치게 말이다.

아, 그래? 얼마나 깎아줬는데? 삼십 퍼센트? 사십 퍼센트? 반값에 줬어? 그래도 육칠십 달러는 될 텐데, 브라이언. 네 돼지 저금통에 그만한 돈이 없다는 걸 나는 안다만.

음…… 사실 그보다 조금 더 싸게 받았어요, 아빠.

그래, 얘기해봐라. 얼마에 샀는데?

음…… 팔십오 센트요.

샌디 코팩스가 사인한 1956년도 야구 카드를, 그것도 새 카드를 팔십오 센트에 샀다고?

이 시점부터 진짜 골치가 아파질 것이다.

어떤 식으로 골치가 아파질까? 잘 알 수 없지만 한바탕 난리가 날 것만큼은 분명했다. 그리고 꾸중을 들을 것이다. 아빠는 어떨지 몰라도 엄마는 백 퍼센트였다.

두 분이 카드를 돌려주라고 할 수도 있는데, 그는 돌려줄 생각이 눈곱만큼도 없었다. 이건 그냥 사인 카드가 아니었다. 브라이언 앞으로 사인이 된 카드였다.

절대 돌려줄 수 없었다.

심지어 스탠리 도슨이 공놀이를 하러 왔을 때도 보여주고 싶은 마음이 굴뚝같았지만 그럴 수가 없었다. 스탠리가 이걸 보면 팬티에 오줌을 지릴 게 분명했으나, 금요일에 그가 집에서 하룻밤 자고 가기로 되어 있었기 때문에 아무리 생각해도 아빠 앞에서 이런 식으로 얘기를 꺼낼 게 뻔했다. 브라이언이 구한 샌디 코팩스 카드 어떻게 생각하세요, 러스크 아저씨? 완전 짱이죠? 다른 친구들도 마찬가지였다. 브라이언은 조그만 마을을 둘러싼 엄청난 진실을 깨달은 바 있었다. 얘기하면 안 되는 비밀이 수없이 많다는 것이었다. 사실 중요한 비밀은 전부 그랬다. 조그만 마을에서는 소문이, 그것도 금세 퍼졌다.

그는 낯설고 불편한 처지에 놓였다. 엄청난 보물을 손에 넣었는데 그걸 보여주지도 공유하지도 못하게 된 것이다. 그러면 보물 입수의 기쁨이 반감될 수밖에 없고 사실 어느 정도 그렇기는 했지만, 그래도 은밀하고 소소한 만족감은 느낄 수 있었다. 그는 카드를 가지고 놀기보다 쳐다보며 뿌듯해했고 이를 통해 또 한 가지 엄청난 진실을 발견했다. 아무도 모르게 쳐다보는 것에도 그 나름의 묘한 즐거움이 있다는 사실 말이다. 마치 항상 숨김없고 다정한 그의 마음속 한구석에 벽이 쳐지고, 그 안에 숨겨진 것들을 왜곡하면서도 심화하는 시커먼 특수 조명이 켜지는 느낌이었다.

그걸 포기할 수는 없었다.

그럼, 안 되지, 절대 안 되고말고.

그렇다면 대가를 치르는 게 좋을 거야. 머릿속 깊숙한 데서 속삭임이 들렸다.

그럴 것이다. 그건 문제없다. 그가 해야 하는 일이 좋은 일이라고 볼 수는 없었지만 아주 쓰레기 같은 일도 아니니까. 그냥…… 음…….

장난 비슷한 거지. 머릿속에서 속삭임이 들리며 곤트 씨의 눈이 보였다. 화창한 날의 바다처럼 새파랗고 묘하게 사람을 위로하는 힘이 있는 눈. 그거야. 그냥 장난일 뿐이야.

그렇다, 뭐가 됐든 그냥 장난일 뿐이다.

아무 문제 없어.

거위 털 이불 속으로 좀더 깊숙이 파고들어 옆으로 돌아눕고 눈을 감자마자 잠기운이 쏟아졌다.

꿈나라와 점점 가까워지는 동안 머릿속에 무언가가 떠올랐다. 곤트 씨가 했던 말이었다. 네 덕분에 지역신문으로는 상상도 못 할 만큼 훌륭한 홍보 효과를 누릴 수 있을 거야! 그런데 그가 산 환상적인 카드를 보여줄 수 없다는 게 문제였다. 길을 건널 때 휴 프리스트를 피하지도 못할 정도로 한심한 열한 살짜리조차 그걸 금세 알아차릴 수 있었는데, 곤트 씨처럼 똑똑한 사람이라면 예견하지 않았을까?

뭐, 그랬을 수 있다. 하지만 아닐 수도 있다. 보통 사람처럼 생각하는 어른들이 있기 마련이고, 게다가 카드는 어쨌든 자신의 것이 되지 않았는가. 카드는 지금 있어야 할 자리에, 자신의 바인더 안에 있지 않은가.

두 질문에 대한 정답은 '그렇다'였고, 그리하여 브라이언은 빗방울이 유리창을 때리고 가을바람이 처마 아래 모퉁이에서 쉴 새 없이 비명을 질러대는 가운데 모든 걸 잊고 다시 잠이 들었다.

4장

1

목요일 날이 밝기 시작했을 무렵에는 비가 그쳤고, 10시 30분 바느질 공방의 전면창 밖을 내다보던 폴리가 네티 코브를 발견했을 때는 구름이 걷히기 시작했다. 네티는 접은 우산을 들고, 새로운 폭풍이 아가리를 벌리고 바짝 뒤쫓아오는 걸 감지한 사람처럼 핸드백을 겨드랑이에 단단히 끼운 채 메인 스트리트를 종종걸음으로 지나갔다.

"오늘 아침에는 손이 좀 어때요, 폴리?" 로절리 드레이크가 물었다.

폴리는 속으로 한숨을 쉬었다. 그날 오후에 앨런이 똑같은 걸 좀 더 집요하게 물을 땐 잘 받아넘겨야 할 터였다. 3시쯤 낸스 런처넷에서 같이 커피를 마시기로 했다. 오랫동안 알고 지낸 사람들은 속

일 수가 없었다. 그들은 파리한 안색과 눈 밑의 검은 그늘을 한눈에 알아차렸다. 그보다 더 중요하게는, 겁에 질린 눈빛을 한눈에 알아차렸다.

"오늘은 훨씬 괜찮네요, 고마워요." 그녀가 말했다. 이 정도면 살짝 부풀려서 대답했다고 볼 수 있는 수준이 아니었다. 어제보다 괜찮긴 했지만, 훨씬 괜찮다? 그건 아니었다.

"비도 오고 해서……."

"이게 예측이 불가능해요. 그래서 골치가 아프죠. 그거야말로 진짜 최악이라니까요. 그건 신경 쓰지 말고 로절리, 얼른 이리 와서 창밖을 봐요. 소소한 기적이 우리 눈앞에서 펼쳐지는 찰나인 것 같거든요."

로절리는 제때 폴리의 옆으로 다가와, 몽둥이로 쓰기라도 하려는 듯 한 손에 우산을 단단히 쥐고 니드풀 싱스 차양을 향해 총총히 걸어가는 인물을 보았다.

"저 사람 네티예요? 진짜예요?" 로절리는 헉 소리를 내다시피 했다.

"진짜 네티예요."

"맙소사, 들어갈 건가 봐요!"

처음에는 로절리의 예측이 섣부른 짐작인가 싶었다. 네티는 문 앞으로 다가갔다가…… 뒷걸음질을 쳤다. 우산을 이쪽 손에서 저쪽 손으로 옮기더니 자신을 물지 모르는 뱀이라도 되는 듯 니드풀 싱스의 정면을 쳐다보았다.

"들어가요, 네티." 폴리가 나지막이 속삭였다. "용기를 내요, 내 친구."

"쇼윈도에 영업 종료 팻말이 걸려 있나 봐요." 로절리가 말했다.

"아니에요. 사장님이 화요일과 목요일은 사전 예약 고객만 받는다는 팻말을 걸어놨던데. 내가 오늘 아침에 지나오면서 봤어요."

네티가 다시 문 앞으로 다가갔다. 이번에는 문손잡이를 향해 손을 내밀었다가 다시 거두었다.

"어휴, 답답해죽겠네. 네티가 저한테 다시 갈지 모른다고 했고 그이가 카니발 글라스를 얼마나 좋아하는지도 알지만, 정말로 갈 줄은 몰랐어요."

"나더러는 케이크를 넣어 간 그릇을 받아 오겠다며 쉬는 시간에 '새로 생긴 거기'에 다녀와도 되느냐고 물던데요." 폴리가 중얼거렸다.

로절리는 고개를 끄덕였다. "네티답네요. 예전에는 화장실 갈 때도 물어봤잖아요."

"내가 안 된다고, 할 일이 너무 많다고 말해주길 바라는 마음도 있었을 것 같아요. 가도 된다고 해주길 바라는 마음도 있고."

폴리는 사십 미터도 떨어지지 않은 곳에서 네티 코브와 네티 코브가 치열하게 싸우는 소규모 전투의 현장으로부터 시선을 떼지 않았다. 그녀가 가게 안으로 들어간다면 얼마나 엄청난 발전이 될 것인가!

손에서 무지근하고 화끈거리는 통증이 느껴지기에 내려다보니 자신이 손을 맞잡은 채 비틀고 있었다. 억지로 양손을 떼어내 옆구리로 내렸다.

"케이크 넣어 간 그릇이나 카니발 글라스 때문에 가는 게 아니에요. 그 사장님 때문에 가는 거지."

폴리는 로절리를 흘끗 쳐다보았다.

로절리는 웃음을 터뜨리며 얼굴을 살짝 붉혔다. "아, 네티가 그 사람한테 반했다거나 그런 건 아니에요. 제가 얼른 좇아 나왔을 때 살짝 꿈을 꾸는 듯한 눈빛이긴 했지만. 그 사장님이 워낙 사근사근 했거든요, 폴리. 그뿐이에요. 솔직하고 사근사근했죠."

"사근사근한 사람이야 많잖아요. 앨런도 친절하게 대하려고 얼마나 애를 쓴다고요. 그래도 네티는 앨런을 보면 피해요."

"우리 곤트 씨에게는 특별한 사근사근함이 있어요." 로절리가 한마디로 요약했고, 그 말을 증명이라도 하듯 네티가 문손잡이를 잡고 돌렸다. 하지만 바닥에서 찰랑거리던 의지의 샘물이 다 말라버렸는지 문을 열고도 우산을 움켜쥔 채 가만히 서 있었다. 폴리는 문득 네티가 문을 다시 닫고 허둥지둥 자리를 피할 것 같다는 생각이 들었다. 그녀는 관절염이건 뭐건 아랑곳없이 주먹을 살짝 쥐었다.

들어가요, 네티. 들어가봐요. 용기를 내라고요. 더는 숨어 지내지 말아요.

이윽고 네티가 미소를 지었다. 폴리나 로절리 쪽에서는 보이지 않는 누군가를 향해 화답하느라 지은 미소였다. 그녀는 가슴 앞에 움켜쥐고 있던 우산을 내리고…… 안으로 들어갔다.

문이 뒤에서 닫혔다.

로절리 쪽으로 고개를 돌린 폴리는 그녀의 눈에 눈물이 글썽글썽한 걸 보고 가슴이 뭉클해졌다. 두 여자는 잠깐 동안 서로를 물끄러미 쳐다보다 웃으며 끌어안았다.

"잘한다, 네티!" 로절리가 외쳤다.

"우리 팀 2점 득점!" 폴리도 맞장구를 쳤다. 태양이 고개를 내밀어, 족히 두 시간 전부터 그녀의 머릿속을 덮고 있던 구름을 캐슬록의 하늘 저편으로 날려버렸다.

2

오 분 뒤에 네티 코브는 곤트가 가게 한쪽 벽을 따라 죽 이어놓은, 등받이가 높은 푹신한 의자에 앉았다. 우산과 핸드백은 의자 옆 바닥에 내팽개쳤다. 곤트가 옆에 앉아서 그녀의 손을 잡고 예리한 두 눈으로 그녀의 흐릿한 두 눈을 똑바로 쳐다보았다. 카니발 글라스로 만든 전등갓이 폴리 차머스의 케이크 그릇과 함께 유리 진열장 위에 놓여 있었다. 적당히 화려한 전등갓은 보스턴의 골동품 가게에서 삼백 달러 혹은 그 이상을 부를 만한 물건이었다. 그런데 네티 코브는 방금 전에 지갑에 있던 돈을 탈탈 털어 겨우 십 달러 사십 센트에 샀다. 그리고 얼마나 예쁜 전등갓인지는 몰라도, 그것은 지금 우산처럼 내팽겨쳐져 있었다.

"행동으로요." 그녀가 말했다. 잠꼬대를 하는 듯한 목소리였다. 그녀는 손을 살짝 움직여 곤트의 손을 더욱 으스러져라 붙잡았다. 그가 마주 잡아주자 기분 좋은 미소가 희미하게 그녀의 얼굴을 스치고 지나갔다.

"네, 맞아요. 그리고 정말 사소한 일이죠. 키턴 씨라고 알죠?"

“그럼요. 아버지는 로널드, 아들은 댄포스죠. 둘 다 알아요. 둘 중 어느 쪽을 말씀하시는 거예요?”

“아들.” 곤트는 대답하고 긴 엄지손가락으로 그녀의 손바닥을 쓰다듬었다. 손톱은 살짝 누렇고 아주 길었다. “도시 행정위원장요.”

“뒤에서는 다들 버스터라고 불러요.” 네티는 말하고 키득거렸다. 귀에 거슬리고 조금 히스테릭했지만 릴런드 곤트는 놀라지 않는 듯했다. 오히려 네티의 괴상한 웃음소리를 듣고 좋아하는 눈치였다. “어렸을 때부터 그랬어요.”

“버스터한테 장난을 치는 걸로 전등갓 비용을 대신했으면 좋겠는데요.”

“장난요?” 네티가 조금 놀란 목소리로 물었다.

곤트는 미소를 지었다. “그냥 악의 없는 장난이에요. 그리고 그는 당신이 친 장난인 줄 절대 모를 거예요. 다른 사람이라고 생각할 거예요.”

“아.” 네티는 곤트를 지나쳐 카니발 글라스 전등갓으로 시선을 옮겼고, 순간 무엇 때문인지 몰라도 눈빛이 날카로워졌다. 욕심인지도, 아니면 단순한 동경과 희열인지도 몰랐다. “음…….”

“별일 없을 거예요, 네티. 아무도 모를 테고…… 전등갓은 당신 차지가 되고요.”

네티는 생각에 잠긴 투로 천천히 중얼거렸다. “예전에 남편이 저한테 장난을 많이 쳤거든요. 제가 다른 사람들한테 치면 재미있을 것 같기도 해요.” 그녀는 그를 다시 바라보았다. 이번에 눈빛이 날카로워진 원인은 불안이었다. “그가 다치는 게 아니라면요. 다치는 건 싫어요. 남편이 나 때문에 다쳤거든요."

"다칠 일 없어요." 곤트는 네티의 손을 쓰다듬으며 소곤소곤 말했다. "전혀 다칠 일 없어요. 그의 집에 뭘 두고 오기만 하면 돼요."

"무슨 수로 버스터의 집에 들어갈 수……."

"자, 받아요."

그가 뭔가를 건넸다. 열쇠였다. 그녀는 주먹으로 그것을 감쌌다.

"언제요?" 네티가 물었다. 다시 꿈을 꾸는 듯한 눈빛으로 전등갓을 쳐다보고 있었다.

"조만간요." 그는 그녀의 손을 놓고 자리에서 일어났다. "자, 이제는 저 예쁜 전등갓을 상자에 담아야겠네요. 마틴 부인이 라리크 꽃병을 보러 오기로 했는데……." 그는 흘끗 손목시계를 확인했다. "맙소사, 십오 분밖에 안 남았네요! 하지만 당신이 와줘서 얼마나 반가웠는지 몰라요. 요즘은 카니발 글라스의 진가를 알아보는 사람이 거의 없거든요. 그마저도 대부분 돈밖에 모르는 업자들이고요."

네티도 자리에서 일어나 사랑에 빠진 여인 특유의 은은한 눈빛으로 전등갓을 바라보았다. 보는 사람이 괴로울 정도로 안절부절못하며 여기까지 걸어온 사람이 맞나 싶었다. "참 예뻐요, 그렇죠?"

"정말 예쁘죠." 곤트가 정답게 맞장구쳤다. "그리고 제대로 된 집으로 가게 돼서 얼마나 기쁜지…… 전하고 싶어도…… 표현할 방법이 없네요. 수요일 오후에나 한 번씩 먼지를 털어주다가 몇 년이 지나 아차 실수로 깨뜨리면 별 고민도 없이 빗자루로 쓸어서 쓰레기통으로 버리는 분은 아닐 테니까요."

"절대 그럴 일 없을 거예요!" 네티가 외쳤다.

"알아요." 곤트가 말했다. "그게 당신의 매력이잖아요, 네티샤."

네티는 놀란 눈빛으로 그를 쳐다보았다. "제 이름을 어떻게 아셨어요?"

"내가 그런 데 재주가 있거든요. 이름이나 얼굴을 절대 잊어버리지 않죠."

그는 커튼이 쳐진 가게 뒤편으로 들어갔다. 다시 나온 그의 한 손에는 하얀색 납작한 판지가, 다른 손에는 큼지막한 솜털 같은 박엽지가 들려 있었다. 그는 박엽지를 케이크 통 옆에 내려놓고(내려놓자마자 들릴락 말락 틱틱 탁탁 소리를 내며 거대한 코르사주 모양으로 부풀기 시작했다) 판지를 전등갓에 딱 알맞은 크기의 상자로 접었다.

"당신이 지금 산 물건을 잘 관리하리라는 거 알아요. 그걸 당신한테 판 이유도 그 때문이고요."

"정말요? 저는…… 키턴 씨랑…… 그리고 그 장난……."

"아니, 아니, 아니에요!" 곤트는 웃음기와 짜증이 반씩 섞인 목소리로 말했다. "그 장난이야 아무나 쳐도 상관없죠. 다들 장난을 좋아하니까요! 하지만 물건을 그걸 아끼고 필요로 하는 주인에게 배정하는 건…… 전혀 다른 차원의 문제예요. 가끔 내가 파는 건 행복일지 모른다는 생각이 들 때도 있는데…… 네티샤, 당신 생각은 어때요?"

"음." 네티는 열띤 목소리로 말했다. "덕분에 제가 행복해진 건 확실해요, 곤트 씨. 아주 행복해졌어요."

그는 서로 자리다툼을 하느라 삐딱한 치열을 드러내며 함박웃음을 지었다. "다행이네요! 아주 다행이에요!" 곤트는 박엽지 코르사주를 상자에 넣어 부스럭거리는 하얀색 종이로 전등갓을 감싼 다음 상자를 닫고 호들갑스럽게 리본을 묶었다. "자, 됐습니다! 또 한 분의 고객이 필요한 물건을 만족스럽게 찾았네요."

그가 상자를 그녀에게 내밀었다. 네티는 상자를 받았다. 그러느라 손가락이 스치자, 좀 전까지 그의 손을 열심히, 심지어 으스러져라 붙잡고 있었음에도 혐오감에 몸서리가 쳐졌다. 하지만 그 찰나의 순간도 이미 꿈결처럼 희미하게 사라지기 시작했다. 그가 케이크를 담아 왔던 타파웨어 통을 하얀 상자 위에 얹었다. 통 안에 뭔가가 들어 있었다.

"이 안에 있는 건 뭐예요?" 그녀가 물었다.

"당신 고용주에게 보내는 쪽지요." 곤트가 말했다.

당장 네티의 얼굴이 놀란 표정으로 바뀌었다. "저에 대해서 쓰신 건 아니겠죠?"

"맙소사, 아니에요!" 곤트가 웃으며 말하자 네티는 곧바로 긴장을 풀었다. 그가 웃으면 거부하거나 의심하는 것 자체가 불가능해졌다. "전등갓 잘 부탁해요, 네티샤. 또 들러주고요."

"그럴게요." 네티는 말했다. 두 가지 당부에 동시에 대답한 것이었지만, 내심(욕구와 두려움이 만원 지하철의 승객들처럼 서로 팔꿈치로 밀쳐대는 그 비밀스러운 공간)에서는 다시 오더라도 여기 니드풀싱스에서 전등갓 말고 다른 걸 살 일은 없을 듯한 예감을 느꼈다.

하지만 그런들 무슨 상관일까? 이건 그녀가 예전부터 꿈꿔왔던 훌륭한 작품이었다. 이거 하나면 그녀의 별 볼 일 없는 컬렉션을 완성할 수 있었다. 그녀는 곤트에게 십사 년 전에 남편이 이 비슷하게 생긴 카니발 글라스 전등갓을 박살 내지만 않았어도 목숨을 부지했을지 모른다고, 그게 결정타였다고, 그로 인해 자신의 뚜껑이 열렸다고 얘기할까 고민했다. 함께 사는 동안 뼈가 숱하게 부러졌어도 그녀는 그를 죽이지 않았다. 마침내 그녀에게 정말로 필요했던 걸 박살 냈을 때, 그의 숨통을 끊었다.

그녀는 곤트에게 이런 얘기를 할 필요는 없다는 결론을 내렸다.

그는 이미 알고 있을 것만 같았다.

3

"폴리! 폴리, 지금 나와요!"

폴리는 마네킹에게 입힌 옷의 단을 천천히, 조심스럽게 시침핀으로 고정하다 말고 얼른 창문 앞으로 달려갔다. 그녀와 로절리는 나란히 서서, 한아름 가득 뭔가를 들고 니드풀 싱스를 나서는 네티를 지켜보았다. 한쪽 겨드랑이에는 핸드백을, 다른 쪽 겨드랑이에는 우산을 꽂았고, 폴리의 타파웨어 통을 얹은 하얀색 네모반듯한 상자를 두 손으로 받쳐든 모습이었다.

"가서 도와줄까 봐요." 로절리가 말했다.

"아니에요." 폴리는 한 손을 내밀어 가만히 그녀를 붙잡았다. "참아요. 그건 네티를 부끄럽고 당황스럽게 만들 뿐이에요."

그들은 네티가 걸어오는 내내 지켜보았다. 그녀는 더이상 아가리를 벌린 폭풍에 쫓기는 사람처럼 종종거리지 않았다. 이제는 거의 바람에 실려 오는 느낌이었다.

아니. 폴리는 생각했다. 아니, 그게 아니야. 그보다는…… 하늘을 떠다니는 느낌에 가깝지.

거의 떼어놓은 당상이나 다름없는 묘한 연상 작용에 그녀는 웃음을 터뜨렸다.

로절리가 눈썹을 치세우며 그녀를 쳐다보았다. "왜요?"

"저 표정요." 폴리는 몽유병 환자처럼 천천히 린든 스트리트를 건너는 네티를 보며 말했다.

"표정이 왜요?"

"꼭 방금 전에 정사를 나누었는데…… 오르가슴을 세 번 정도 느낀 여자 같은 표정을 짓고 있잖아요."

로절리는 얼굴을 붉히며 네티를 다시 한번 쳐다보더니 요란하게 웃음을 터뜨렸다. 폴리도 같이 웃음을 터뜨렸다. 그들은 서로를 붙잡고 몸을 앞뒤로 흔들며 자지러지게 웃었다.

"어허." 가게 입구에서 앨런 팽본이 중얼거렸다. "오전부터 배를 잡고 웃다니! 이렇게 이른 시각에 샴페인을 마셨을 리는 없고, 뭐예요?"

"네 번요!" 로절리는 미친 듯이 깔깔대며 외쳤다. 눈물이 뺨을 타고 흘러내렸다. "제가 보기에는 네 번 같아요!"

그들은 다시 서로를 붙잡은 채 몸을 앞뒤로 흔들며 큰 소리로 웃었고, 앨런은 유니폼 바지 주머니에 두 손을 꽂고 서서 의아한 미소를 지으며 그 모습을 지켜보았다.

4

노리스 리지윅은 공장에서 정오를 알리는 사이렌이 울리기 십 분 전쯤에 사복 차림으로 보안관 사무실에 도착했다. 주말 동안은 오후 12시부터 9시까지 근무하는 주간 근무조였고, 그래서 좋았다. 새벽 1시 술집들이 문을 닫은 뒤 캐슬 카운티의 고속도로와 샛길에서 벌어지는 난장판을 모른 척할 수 있기 때문이다. 맡아서 처리할 수도 있는 일이고 지금까지 숱하게 그래왔지만, 그는 거의 매번 심하게 토악질을 했다. 가끔은 피해자들이 멀쩡하게 걸어다니고, 빌어먹을 음주 측정을 하지 않아도 된다고, 자기들은 헌법상의 권리를 안다고 소리를 질러도 토악질을 했다. 노리스의 비위가 그랬다. 실라 브리검은 드라마 〈트윈 픽스〉에 나오는 앤디 부보안관 같다며 놀려대곤 했지만 노리스는 그렇지 않다는 걸 알았다. 앤디 부보안관은 시신을 보면 눈물을 흘렸다. 노리스는 울지 않고 그 위에다 토악질을 했다. 자기 의수에 맞아 죽은 호머 가마슈가 홈랜드 공동묘지 옆 도랑에 대자로 쓰러져 있었을 때도 하마터면 시신에 대고 토악질을 할 뻔했다.

노리스는 근무자 명단을 보고 앤디 클러터벅과 존 라포인트가 순찰 나간 것을 확인한 다음 주간 근무조 게시판을 확인했다. 그에게 남겨진 메시지가 없었고, 그래서 또 좋았다. 적어도 이 방면에 있어서는 완벽한 하루가 되려는지 여분의 유니폼이 세탁소에서 도착해 있었다. 약속한 날짜를 다 맞추다니, 유니폼을 갈아입으러 집에 다녀오는 수고를 덜 수 있었다.

드라이클리닝 비닐에는 쪽지 한 장이 꽂혀 있었다. "어이, 버니. 나한테 오 달러 이십오 센트 빚졌어. 오늘 해 떨어지기 전에 쓴맛 보고 싶지 않으면 이번에는 떼먹지 말고 갚아." 그리고 클럿의 사인이 있었다.

쪽지에 적힌 인사에도 불구하고 노리스의 기분은 망가지지 않았다. 캐슬록 보안관 사무실에서 노리스를 〈트윈 픽스〉에 나오는 등장인물 같다고 생각하는 사람은 실라 브리검밖에 없었다(노리스가 짐작하기로는 그 드라마를 보는 사람도—그를 제외하면—이 사무실을 통틀어 그녀밖에 없을 듯했다). 다른 부보안관들—존 라포인트, 시트 토머스, 앤디 클러터벅—은 그 옛날 〈앤디 그리피스 쇼〉에서 돈 노츠*가 맡은 역할의 이름을 따서 그를 버니라고 불렀다. 그래서 가끔 짜증이 날 때도 있었지만 오늘은 아니었다. 나흘 동안 주간 근무조로 출근하면 사흘 동안 비번이었다. 비단 같은 일주일이 그를 기다리고 있었다. 가끔은 사는 게 이렇듯 아주 즐거울 수 있었다.

그는 지갑에서 오 달러와 일 달러짜리 지폐를 꺼내 클럿의 책상에 놓았다. 보고서 뒷면에 "어이, 클럿, 너무 빡빡하게 살지 말자고"라고 쓰고 요란하게 이름을 남긴 다음 돈 옆에 두었다. 이어 그는 드라이클리닝 비닐을 벗기고 유니폼을 남자 화장실로 들고 갔다. 휘파람을 불며 옷을 갈아입고 거울에 비친 자기 모습을 보며 마음에 든다는 듯이 눈썹을 꿈틀거렸다. 모든 게 완벽했다. 백 퍼센트

* 미국의 배우. 1960년대 시트콤 〈앤디 그리피스 쇼〉에서 빼빼 마르고 허술한 부보안관 버니 파이프 역으로 이름을 날렸다.

완벽했다. 캐슬록의 악당들은 오늘 조심하는 게 좋을 것이다. 왜냐하면…….

거울을 통해 뒤편으로 누가 움직이는 게 보여 고개를 막 돌리려는 순간, 상대가 그의 머리를 잡고 돌려서 소변기 옆쪽의 타일에 밀어붙였다. 머리가 벽에 부딪히면서 모자가 떨어졌고, 눈앞에는 댄포스 키턴의 동그랗고 벌건 얼굴이 등장했다.

“무슨 생각으로 그런 짓을 저지른 거야, 리지윅?” 그가 물었다.

전날 밤 키턴의 캐딜락 와이퍼 아래에 꽂아놓은 딱지를 까맣게 잊고 있던 터였다. 이제 퍼뜩 생각이 났다.

“이거 놔요!” 노리스는 격앙된 말투로 외치려고 했지만 당황해서 깩깩거리는 목소리가 나왔다. 뺨이 점점 뜨거워지는 게 느껴졌다. 화가 나서인지 겁이 나서인지 몰라도—지금은 둘 다였다—여학생처럼 얼굴이 빨개졌다.

노리스보다 키가 십삼 센티미터나 더 크고 몸무게는 사십오 킬로그램이나 더 나가는 키턴은 부보안관을 거칠게 흔들다가 놓아주었다. 그러고는 주머니에서 딱지를 꺼내 노리스의 코앞에 대고 흔들었다. “이 빌어먹을 종이쪼가리에 적힌 거 네 이름 맞지?” 그는 노리스가 아니라고 잡아떼기라도 한 듯이 따져 물었다.

노리스 리지윅은 고무도장으로 찍긴 했지만 식별하는 데 아무 문제 없는 자기 이름과, 자신의 계고장 장부에서 뜯은 딱지를 완벽하게 알아볼 수 있었다.

“장애인 전용 구역에 주차하셨잖아요.” 그가 벽에서 몸을 떼고 뒤통수를 문지르며 말했다. 암만 생각해도 혹이 생길 것 같았다. 처음에 놀랐던 마음이 가라앉자(버스터 때문에 하마터면 간이 떨어질 뻔했다는 건 인정하는 수밖에 없었다) 슬슬 분노가 치밀었다.

"무슨 구역?"

"장애인 전용 구역요!" 노리스는 소리를 질렀다. 게다가 딱지를 떼라고 한 사람은 앨런 보안관이었다고요! 그는 계속해서 이렇게 외치려다 말았다. 이 뚱보 돼지가 들으면 희희낙락할 꼬투리를 제공할 이유가 없었다. "전에도 얘기 들었잖아요, 버…… 댄포스, 알잖아요."

"방금 날 뭐라고 불렀지?" 댄포스 키턴이 불길하게 물었다. 장미꽃만 한 붉은 반점이 그의 뺨과 턱 밑살 위로 점점 번졌다.

"합법적으로 발부된 딱지예요." 노리스는 못 들은 척했다. "그러니까 납부하는 게 좋을 겁니다. 경관 폭행죄로 소환하지 않는 걸 다행으로 알아요!"

댄포스는 웃음을 터뜨렸다. 웃음소리가 벽에 맞아 밋밋하게 울렸다. "여기 경관이 어디 있다고 그래? 육포처럼 말라비틀어진 개똥이라면 모를까."

노리스는 허리를 숙여서 모자를 주웠다. 공포로 뱃속이 뒤틀렸고—댄포스 키턴은 적으로 삼기에 위험한 인물이었다—노여움이 분노를 향해 깊어졌다. 손이 부들부들 떨렸다. 그럼에도 그는 꾹 참고 모자를 반듯하게 썼다.

"정 뭣하면 보안관님하고 얘기해보세요."

"나는 지금 너랑 얘기하고 있잖아!"

"난 더이상 할 얘기 없습니다. 삼십 일 안으로 납부하세요. 안 그러면 체포하러 갈 거예요." 노리스는 167센티미터의 키를 똑바로 펴고 이렇게 덧붙였다. "어디 가면 찾을 수 있는지 아니까."

그는 걸음을 옮기려고 했다. 이제는 얼굴이 핵폭탄을 맞은 지역의 해 질 무렵처럼 바뀐 키턴이 앞으로 나서서 그의 퇴로를 막았다. 노리스는 걸음을 멈추고 한 손가락으로 그를 겨누었다.

"나를 건드리면 철창에 넣겠어요, 버스터. 빈말 아니에요."

"됐어, 그걸로 끝이야." 키턴이 섬뜩하게 덤덤한 투로 말했다. "그걸로 끝이라고. 너는 해고야. 유니폼 벗고 다른 일자리 알아보는 게……."

"아뇨." 뒤에서 누군가의 목소리가 들리자 두 사람은 돌아보았다. 앨런 팽본이 남자 화장실 문 앞에 서 있었다.

키턴은 하얗고 피둥피둥한 손으로 주먹을 불끈 쥐었다. "댁은 빠져주시지."

앨런이 안으로 들어오자 뒤에서 문이 쉭 소리와 함께 천천히 닫혔다. "아뇨. 노리스한테 딱지 끊으라고 한 사람이 나예요. 예산집행 회의 전에 면제해줄 생각이라고 얘기한 사람도 나고. 오 달러짜리 딱지잖아요, 댄. 그걸 가지고 이러다니, 뭐 잘못 먹었어요?"

앨런은 곤혹스러워하는 말투였다. 그는 실제로 곤혹스러웠다. 버스터는 가장 기분 좋을 때라도 사근사근한 성격은 아니었지만 이런 식의 감정 분출은 그의 기준에서도 도가 지나쳤다. 이자는 여름이 끝나갈 무렵부터 계속 예민하고 날카로웠고—앨런은 행정위원회 회의를 할 때마다 그가 내지르는 고함 소리를 멀리서 종종 들었다—뭔가에 쫓기는 듯한 눈빛을 하고 다녔다. 혹시 키턴이 무슨 병에 걸린 건 아닐까 싶었지만 그건 나중에 고민하기로 했다. 지금은 다소 불쾌한 상황을 처리하는 게 우선이었다.

"잘못 먹은 거 없어." 키턴은 뚱하니 대답하고 머리를 매만졌다. 키턴 역시 손을 떨고 있는 걸 보자 노리스는 일말의 만족감을 느꼈다. "여기 이 작자처럼 저 잘난 맛에 사는 밥맛들이 우라지게 지긋지긋해서 그렇지……. 내가 이 마을을 위해서 얼마나 많은 일을 하는데……. 아니, 내가 이 마을을 위해서 이룬 업적이 얼마나 많은데……. 계속 핍박당하는 것도 지긋지긋하고……." 그는 피둥피둥한 목덜미를 씰룩이며 말을 멈추었다가 불쑥 내뱉었다. "이자가 날 버스터라고 불렀어! 그런 일에 대해 내가 어떻게 생각하는지 알잖아!"

"사과할 겁니다." 앨런이 침착한 목소리로 말했다. "그렇지, 노리스?"

"글쎄요." 노리스가 말했다. 목소리는 떨리고 뱃속이 요동쳤지만 아직 분이 풀리지 않았다. "저분이 그걸 좋아하지 않는다는 건 알지만 놀라서 튀어나온 거예요. 여기 서서 넥타이가 비뚤어지지 않았는지 거울로 확인하고 있었는데 저분이 저를 잡더니 벽으로 내동댕이쳤어요. 머리를 얼마나 세게 부딪혔는지 몰라요. 제가 무슨 소리를 했는지도 모르겠다고요, 보안관님."

앨런은 다시 키턴을 돌아보았다. "그게 사실입니까?"

키턴은 시선을 떨어뜨렸다. "내가 흥분하는 바람에." 앨런이 보기에 그 같은 작자에게는 이 정도가 자발적으로 두루뭉술하게 건네는 사과에 최대한 가까울 듯했다. 그는 노리스도 그걸 알아차렸는지 흘끗 확인했다. 노리스도 알아차린 눈치였다. 다행이었다. 이제 이 똥 폭탄의 뇌관을 제거하는 단계로 한 발짝 성큼 다가갈 수 있었다. 앨런은 살짝 긴장을 풀었다.

"이렇게 상황을 정리하면 어떨까요?" 그는 양쪽 당사자에게 물었다. "좋은 경험 했다 치고 다 털어버려도 되겠습니까?"

"저는 좋습니다." 잠시 후에 노리스가 말했다. 앨런은 가슴이 찡했다. 노리스는 뼈만 앙상했고, 순찰차에 마시던 졸트*와 니하이**를 두고 내리는 습관이 있었고, 보고서는 끔찍함 그 자체였지만…… 마음이 태평양처럼 넓었다. 그가 양보하는 이유는 키턴이 무서워서가 아니었다. 이 우람한 도시 행정위원장이 무서워서 그런 거라고 생각한다면 엄청난 착각이었다.

"버스터라고 했던 거 죄송합니다." 노리스가 말했다. 미안한 마음은 눈곱만큼도 없지만 그렇게 얘기해서 나쁠 건 없었다. 그가 생각하기에는 그랬다.

앨런은 요란한 스포츠 재킷과 단추를 풀어 헤친 골프 셔츠를 입고 있는 육중한 사내를 쳐다보았다. "위원장님?"

"좋아, 없던 일로 하지." 키턴이 말했다. 그가 선심 쓰는 척 거드름을 피우자 앨런은 혐오감이라는 익숙한 감정이 파도처럼 밀려오는 것을 느꼈다. 그의 머릿속 깊숙이 묻혀 있던 목소리가, 악어에 버금가는 태곳적 무의식의 목소리가 잠깐이지만 분명하게 목청을 높

* 본래 이름은 졸트 콜라로, 카페인 함량이 높은 탄산 음료다.

** 과일 향이 첨가된 탄산 음료. 오렌지, 포도, 복숭아, 루트비어, 진저에일 맛 등이 있다.

였다. 왜 당신은 심장마비도 걸리지 않는 거지, 버스터? 왜 우리 모두를 위해 죽어주지 않는 거야?

"좋습니다. 잘 생각……."

"단." 키턴이 손가락 하나를 들어 보이며 말을 끊었다.

앨런은 눈썹을 치올렸다. "단?"

"이 딱지에 대해서 조치를 취한다는 조건 아래." 그는 바닥에 쏟아진 미심쩍은 액체를 닦는 데 썼던 걸레라도 되는 양 두 손가락으로 핀셋처럼 그걸 쥐고 앨런 쪽으로 내밀었다.

앨런은 한숨을 쉬었다. "사무실로 갑시다, 위원장님. 거기서 얘기하죠." 그는 노리스를 보았다. "지금 근무시간이지?"

"네." 노리스가 말했다. 그의 뱃속은 여전히 단단히 뭉쳐져 있었다. 좋았던 기분은 영영 사라져버렸다. 뚱보 돼지 때문인데, 앨런은 그 딱지를 면제해줄 것이다. 그도 정치적인 술수로 이해했지만, 그렇다고 그걸 마음에 들어 해야 할 이유는 없었다.

"좀더 있다가 갈 텐가?" 앨런이 물었다. 키턴이 거기 그렇게 서서 그들을 노려보고 있는데 계속 이럴 건지 최대한 우회적으로 묻는 말이었다.

"아뇨. 가야 할 데도 있고 해야 할 일도 있어서요. 나중에 얘기해요, 보안관님." 그는 키턴 쪽으로는 눈길도 주지 않은 채 그 앞을 지나쳐 남자 화장실 밖으로 나갔다. 노리스는 몰랐지만, 키턴은 그의 엉덩이를 걷어차 빨리 내쫓고 싶은 비이성적이고 어마어마한 충동을 가히 영웅적이라 할 수 있는 엄청난 의지를 동원해 참고 있었다.

앨런은 짜증 가득한 눈빛으로 노리스를 쳐다보는 키턴을 문가에 세워놓은 채 거울에 비친 자기 모습을 확인하며 노리스가 완전히 사라질 때까지 시간을 끌었다. 그런 다음 키턴을 뒤에 거느리고 다시 유치장 앞을 지났다.

그의 사무실 앞에 놓인 두 의자 중 한 곳에 크림색 양복을 입은 왜소하고 말쑥한 남자가 앉아, 성경책일 수밖에 없는 큼지막한 가죽 장정의 책을 보란 듯이 읽고 있었다. 앨런의 심장이 철렁 내려앉았다. 그날 아침에 심하게 불쾌한 일은 더이상 없을 거라고 확신했건만—12시까지 이삼 분밖에 안 남았기 때문에 그럴 만도 했다—이는 그의 착각으로 밝혀졌다.

윌리엄 로즈 목사는 성경책을 덮고(표지와 옷의 색이 거의 비슷했다) 벌떡 일어섰다. "팽본 서어장님." 로즈 목사는 감정적으로 격앙되면 발음을 늘이기 시작하는, 독실함의 늪에서 허우적거리는 침례교도였다. "잠깐 얘기 좀 나눌 수 있을까요?"

"오 분만요, 로즈 목사님. 처리해야 할 문제가 있어서요."

"아아주 중요한 일인데요."

어련하실까. 앨런은 생각했다. "이 문제도 마찬가지입니다. 오 분만요."

그는 문을 열고, 브리검 신부가 '거룩한 윌리'라고 부르는 이 목사가 다른 말을 꺼내기 전에 키턴을 안으로 데리고 들어갔다.

5

"카지노 나이트 얘기겠지." 앨런이 문을 닫자 키턴이 말했다. "내

말 명심해. 존 브리검 신부가 벽창호 같은 아일랜드 출신이긴 하지만 저 작자하고 둘 중에서 하나를 선택하라면 난 언제든 브리검 신부를 선택할 거야. 로즈의 잘난 척이 어지간해야 말이지."

뭐 묻은 개가 뭐 묻은 개 나무라는 격이로군. 앨런은 생각했다.

"앉으세요, 위원장님."

키턴은 자리에 앉았다. 앨런은 자기 책상으로 돌아 들어가 주차 딱지를 들고 갈기갈기 찢었다. 그런 다음 쓰레기통에 넣었다.

"자. 됐죠?"

"됐군." 키턴은 대답하고 자리에서 일어서려고 했다.

"아뇨, 잠시만 더 앉아 계세요."

키턴이 불그스름하고 우뚝한 이마 밑의 숱 많은 눈썹을 먹구름처럼 한데 모았다.

"어서요." 앨런은 덧붙이고 회전의자에 앉았다. 한데 모인 두 손이 찌르레기를 만들려고 했다. 앨런은 하지 못하게 두 손을 압지 위에 올리고 단단히 깍지를 꼈다.

"이월에 있을 주민 회의에 상정할 예산 문제로 다음주에 예산집행 회의가 열릴 텐데요……." 앨런은 말문을 열었다.

"그렇지." 키턴이 나지막이 웅얼거렸다.

"그리고 그건 정치적인 문제죠." 앨런은 하던 얘기를 계속했다. "그건 저도 알고 위원장님도 압니다. 저는 방금 전에 정치적인 배려 차원에서 주차 딱지를 찢었고요."

키턴은 살짝 미소를 지었다. "보안관은 이 마을에서 지낸 세월이 워낙 오래됐으니 어떤 식인지 알 테지. 가는 정이 있으면 오는 정이 있다는 걸."

앨런은 의자에 앉은 채 자세를 바꿨다. 그러자 의자가 살짝 삐걱거리며 끽끽 소리를 냈다. 가끔 길고 힘든 하루를 보내고 나면 꿈속에서 듣는 소리였다. 오늘이 바로 그런 날이 될 터였다.

"네. 가는 정이 있으면 오는 정이 있죠. 하지만 어디까지나 한계가 있지 않겠습니까?"

키턴은 눈썹을 다시 한데 모았다. "그게 무슨 소리지?"

"아무리 조그만 마을이라도 정치로 커버가 안 되는 부분이 있다는 겁니다. 제가 지명 공무원이 아니라는 걸 기억하세요. 지갑을 관리하는 건 행정위원들일지 몰라도 유권자들이 선택한 사람은 나예요. 유권자들은 자기들을 보호하고, 법질서를 지키고 유지할 사람으로 나를 선택한 거죠. 나는 선서를 했고 그걸 지키려고 하고 있어요."

"지금 나를 협박하는 건가? 만일……."

바로 그때 공장에서 사이렌이 울렸다. 이곳에서는 희미하게 들렸지만 댄포스 키턴은 벌에 쏘인 것처럼 펄쩍 뛰었다. 잠깐 눈을 휘둥그레 뜨고는 손마디가 하얘지도록 의자 팔걸이를 움켜잡았다.

앨런은 다시금 곤혹스러워졌다. 발정난 암말처럼 깜짝깜짝 놀라네. 도대체 왜 저러는 거지?

앨런 자신으로서는 그런 직책이 있다는 걸 알기 훨씬 전부터 캐슬록의 도시 행정위원장을 맡고 있었던 댄포스 키턴이 합법적이라고 할 수 없는 일을 저지르고 있는 건 아닌지 문득 의심이 들었다.

"협박이 아닙니다."

키턴은 다시 긴장을 풀었지만…… 단순히 자신을 놀라게 할 목적으로 사이렌이 다시 울릴지 모른다고 불안해하는 사람처럼 경계를 늦추지 않았다.

"그렇다면 다행이군. 왜냐하면 단순히 지갑 문제가 아니거든, 팽본 보안관. 행정위원회와 세 명의 카운티 위원들에게는 부보안관의 채용과 해고를 승인할 권한이 있으니까 말이야. 그 밖의 다른 승인권이야 보안관도 잘 알 테고."

"그야 형식적인 권한 아닙니까."

"지금까지는 그랬지." 키턴은 인정하며 안주머니에서 시가를 꺼냈다. 손가락 사이에 끼우고 잡아당기자 셀로판지가 부스럭거렸다. "앞으로도 그래야 한다는 법은 없어."

지금 누가 누굴 협박하는 거야? 앨런은 이런 생각이 들었지만 입 밖으로 내지는 않았다. 대신 의자에 기대고 앉아서 키턴을 바라보았다. 키턴은 몇 초쯤 그와 눈을 맞추다가 시가 쪽으로 시선을 떨어뜨리고 포장지를 뜯기 시작했다.

"다음번에 또 장애인 전용 구역에 주차하면 내가 직접 딱지를 끊을 거고 계고장은 효력을 발휘할 겁니다. 그리고 부보안관에게 다시 한번 손을 대면 3급 폭행 혐의로 기소할 테고요. 행정위원들에게 얼마나 많은 승인권이 있건 상관없어요. 내 기준에서 정치는 딱 거기까지니까. 아시겠습니까?"

키턴은 명상에 잠긴 사람처럼 한참이나 시가를 내려다보았다. 다시 고개를 들어 앨런을 쳐다보았을 때 그의 눈은 조그맣고 단단한 부싯돌 같았다. "내가 얼마나 끈질긴 인물인지 알고 싶으면 계속 떠밀어봐, 팽본 보안관." 누가 봐도 키턴은 화가 난 표정이었지만 앨런은 그 사이로 다른 것도 느낄 수 있었다. 공포인가 싶은 것. 눈에 보인 건가? 냄새가 난 건가? 그건 잘 모르겠고, 중요한 문제도 아니었다. 하지만 키턴이 뭘 두려워하는가는…… 중요한 문제였다. 아주 중요한 문제가 될 수도 있었다.

"아시겠습니까?" 그는 같은 말을 반복했다.

"알겠네." 키턴이 말했다. 그는 시가의 셀로판지를 와락 뜯어서 바닥에 버렸다. 그러고는 시가를 입에 문 채로 우물우물 되물었다. "당신도 내 말 알겠지?"

앨런이 다시 앞으로 몸을 움직이자 의자가 끽끽거리며 쉰 소리를 냈다. 그는 진지하게 키턴을 쳐다보았다. "그게 무슨 소린지는 알겠지만 왜 이런 식으로 행동하는지는 정말이지 모르겠네요, 위원장님. 우리 사이가 단짝 친구라고 볼 수는 없지만……."

"그야 두말하면 잔소리지." 키턴이 말하고서 시가 끝을 물어뜯었다. 앨런은 그것도 바닥에 버리겠거니 생각하며 정치적인 차원에서 그냥 지나갈 마음의 준비를 하고 있었지만, 키턴은 자기 손바닥에 대고 뱉더니 책상 위에 놓인 깨끗한 재떨이에 버렸다. 모양새가 꼭 조그만 개똥 같았다.

"……같이 일하는 동료로서는 좋은 관계였다고 생각하는데요. 다시 한번 묻겠습니다. 무슨 문제가 생겼나요? 만약 그렇다면 제가 도울 수도……."

"아무 문제 없어!" 그렇게 내뱉은 키턴은 벌떡 일어섰다. 다시 화가 난 눈치였다. 그냥 화가 난 정도가 아니었다. 그의 귀에서 뿜어져 나오는 김이 보일 것만 같았다. "이…… 박해가 지긋지긋할 따름이라고."

그가 그 단어를 쓴 게 벌써 두 번째였다. 앨런이 듣기에는 기묘하고도 신경에 거슬리는 단어였다. 사실 이 모든 대화가 신경에 거슬렸지만.

"뭐, 어디로 오면 저를 만날 수 있는지는 아실 테니까요." 앨런이 말했다.

"하, 알다마다!" 키턴은 말하고 문 앞으로 걸어갔다.

"그리고 위원장님, 장애인 전용 주차 구역에 대한 당부 사항을 명심해주세요."

"장애인 전용 주차 구역은 엿이나 먹으라지!" 그런 뒤 키턴은 문을 쾅 닫았다.

앨런은 책상 앞에 앉아서 심란한 표정으로 닫힌 문을 한참 동안 바라보았다. 그러다 책상을 돌아 나가 바닥에 떨어진 셀로판지를 주워서 쓰레기통에 넣고 '거룩한 윌리'를 안으로 들이기 위해 문을 열었다.

6

"키턴 씨가 좀 씩씩대는 것 같던데요." 로즈 목사가 말했다. 그는 방금 전까지 행정위원장이 앉아 있었던 의자에 조심스럽게 자리를 잡고서 재떨이에 버려진 시가 끄트머리를 혐오의 눈빛으로 쳐다본 다음 옹색한 무릎 한복판에 성경책을 조심스럽게 내려놓았다.

"다음달에 예산집행 회의가 워낙 많으니까요." 앨런은 애매모호하게 말했다. "행정위원이라면 누구나 스트레스를 느낄 겁니다."

"그러게요." 로즈 목사는 인정했다. "주우님께서도 말씀하셨죠. '가이사의 것은 가이사에게, 하나님의 것은 하나님께 바치라' 하고요."

"네, 네." 앨런은 말했다. 문득 타르와 니코틴이 듬뿍 함유된 럭키 스트라이크나 팰맬 같은 담배를 피우고 싶다는 생각이 들었다. "오늘 오후에는 제가 어떤 도움을 드릴까요, 거…… 로즈 목사님?" 그는 하마터면 그를 '거룩한 윌리'라고 부를 뻔했다는 사실을 깨닫고 경악했다.

로즈는 동그란 무테안경을 벗어서 닦고 다시 써서 코마루 양쪽에 생긴 빨간색의 조그만 반점을 가렸다. 냄새는 느껴지지만 뭔지 모를 제품을 덕지덕지 발라서 고정시킨 까만 머리가 천장에 달린 형광등 불빛을 받아 반짝였다.

"존 브리검 신부가 카지노 나이트라고 부르기로 작정한 혐오스러운 행사 때문인데요." 로즈 목사가 마침내 선포했다. "기억할지 모르겠지만 내가 그 끔찍한 소식을 듣자마자 팽본 서장님을 찾아와서, 푸움위라는 이름 아래 그런 행사는 승인을 거부해달라고 요청했었죠."

"로즈 목사님, 기억하실지 모르겠습니다만……."

로즈는 고압적으로 한 손을 들어 말을 끊으며 다른 손을 재킷 주머니에 넣었다. 거기서 그는 문고본과 거의 비슷한 크기의 팸플릿을 꺼냈다. 메인 주의 법전 요약본이라는 걸 확인하고 앨런은 마음이 무거워졌지만 놀라지는 않았다.

"내가 지금 다시 찾아온 이유는……." 로즈 목사가 우렁찬 목소리로 말을 이었다. "품위라는 이름뿐 아니라 법의 이름으로도 이 행사를 막아야 한다고 요청하기 위해서예요!"

"로즈 목사님……."

"메인 주 법전 24절 9조 2항을 봐요." 로즈 목사가 그를 가로막고 나섰다. 이제는 목사의 두 뺨이 벌겋게 달아올랐고 앨런은 지난 몇 분 동안 자신이 한 일이라고는 한 정신병자를 내보내고 다른 정신병자를 맞이한 것뿐이었다는 사실을 깨달았다. "별도의 예외 조오항이 없는 경우……." 로즈 목사의 음성은 이제 흠모하는 신도들 귀에는 워낙 익숙한, 설교대에서 설교를 할 때의 말투로 바뀌었다. "상기의 23저얼에서 명시한 바와 같이 금전이 오가는 사행성 오락은 불법으로 간주한다." 그는 탁 소리와 함께 법전을 닫고 앨런을 쳐다보았다. 두 눈이 이글거렸다. "부울법으로 간주한다!" 그가 외쳤다.

앨런은 두 팔을 허공으로 던지며 주 예수를 차안양하라! 하고 외치고 싶은 충동을 잠깐 느꼈다. "저도 도박과 관련한 그 부분은 익히 압니다, 로즈 목사님. 일전에 오셨을 때 찾아서 이 마을의 법률적인 업무를 다수 처리하는 앨버트 마틴에게 보여주었고요. 카지노 나이트와 같은 행사에는 24절이 적용되지 않는다는 것이 그의 생각이었어요." 그는 말을 잠깐 멈추었다가 다시 이었다. "그리고 이 자리에서 말씀드리자면 제 생각도 그렇고요."

"말도 안 돼!" 로즈는 내뱉었다. "저들이 주님의 집을 도박 소굴로 만들겠다는데 그게 합법이라는 겁니까?"

"1931년부터 이사벨라의 딸들 회관에서 열리는 빙고 게임처럼 어느 모로 보나 합법입니다."

"이이건 빙고가 아니잖아요! 이건 루울렛이에요! 판돈이 걸린 카드 게임이고! 심지어……." 로즈 목사의 목소리가 떨렸다. "주우사위 게임이란 말입니다!"

앨런은 또다시 새를 만들려는 손을 붙잡고 이번에는 압지 위에서 단단히 손깍지를 꼈다. "앨버트를 통해 짐 티어니 메인 주 검찰총장에게도 서신을 보냈습니다. 마찬가지 답변을 받았고요. 유감스럽게 생각합니다, 로즈 목사님. 목사님의 심기가 불편하신 거 압니다. 저도 스케이트보드를 타고 다니는 아이들에 대해 비슷한 심정이라서요. 할 수만 있으면 법으로 금지하고 싶은데 그럴 수 있는 사안이 아니네요. 민주주의 사회에서는 마음에 들지 않거나 못마땅한 사항도 가끔 받아들여야 하지 않습니까."

"하지만 이건 도박이라니까요!" 로즈 목사가 진심으로 괴로워하는 목소리로 말했다. "돈을 걸고 하는 도박! 법전에도 명시되어 있는데 어떻게 그게 합법이 될 수 있는지……."

"그런 방식으로 하면 돈을 걸고 하는 도박이 아니기 때문이죠. 각…… 참가자가…… 문 앞에서 기부금을 내고 상응하는 액수의 가짜 돈을 받으니까요. 그리고 행사 막판에는 상품을, 돈이 아니라 상품을 경매에 붙이고요. VCR, 토스터 겸용 오븐, 더트 데빌 청소기, 그릇 세트, 이런 것들을요." 그의 안에서 춤을 추던 악마가 이런 말을 덧붙이게 했다. "맨 처음에 내는 기부금은 심지어 세금 공제도 되는 걸로 압니다."

"이건 혐오스러운 죄악이에요." 로즈 목사가 말했다. 얼굴에서 핏기가 가셨다. 콧구멍이 벌렁거렸다.

"그건 도덕적인 판단이지, 법적인 판단이 아니잖습니까. 전국적으로 시행되는 행사인걸요."

"맞아요." 로즈 목사가 말했다. 그는 방패처럼 성경책을 앞으로 들고 의자에서 일어났다. "가톨릭교회에서 벌이는 행사죠. 가톨릭교도들은 도박을 사랑하니까요. 나는 이걸 막을 겁니다, 팽본 서어장님. 당신이 돕거나 말거나 말이에요."

앨런도 자리에서 일어났다. "몇 가지만 말씀드리겠습니다, 로즈 목사님. 저는 팽본 보안관입니다, 서장이 아니라. 그리고 저는 목사님께서 어떤 설교를 하시든 왈가왈부할 권한이 없듯 주법에서 공개적으로 금지된 것이 아닌 이상 브리검 신부님이나 이사벨라의 딸들이나 콜럼버스 기사단이 주관하는 행사에 왈가왈부할 권한이 없지만, 목사님께 조심하시라고 말씀을 드릴 수는 있고 말씀을 드려야겠다는 생각이 드는군요."

로즈 목사는 냉랭한 눈빛으로 쳐다보았다. "그게 무슨 얘기죠?"

"목사님은 지금 흥분하셨어요. 신도들이 여기저기 포스터를 붙이고 다니는 거야 괜찮고 신문사에 투고하는 것도 괜찮지만, 넘지 말아야 할 선이 있잖습니까. 그 선을 지키시라는 뜻에서 드리는 말씀입니다."

"예수님은 성전에서 창녀와 고리대금업자를 보오셨을 때 법전을 찾아보지 않으셨습니다. 이 사악한 남자와 여자들이 주님의 집을 더럽히는 것을 보오셨을 때 넘지 말아야 할 선에 대해 고민하지도 않으셨고요. 우리 주님은 그으분께서 옳다고 생각하는 일을 하셨죠!"

"그렇죠." 앨런은 침착하게 얘기했다. "하지만 목사님은 그분이 아니잖습니까."

로즈 목사가 가스버너처럼 이글거리는 눈으로 한참 동안 그를 쳐다보자 앨런은 이런 생각이 들었다. 이런, 머리끝까지 화가 나셨구먼.

"좋은 하루 보내세요, 팽본 서장님." 로즈 목사는 냉랭한 목소리로 말했다.

이번에는 앨런도 굳이 바로잡아주지 않았다. 고개를 끄덕인 뒤, 무시당할 걸 알면서도 손을 내밀고 그만이었다. 로즈 목사는 몸을 돌리고 성경책을 가슴에 끌어안은 채 뚜벅뚜벅 문을 향해 걸어갔다.

"이 일은 그냥 넘어가기로 하신 겁니다, 로즈 목사님. 네?" 앨런이 뒤에서 외쳤다.

로즈 목사는 고개를 돌리지도, 대꾸를 하지도 않았다. 그는 성큼성큼 밖으로 나가 유리가 덜커덩거릴 정도로 세게 문을 닫았다. 앨런은 책상 앞에 앉아서 손바닥의 두툼한 부분으로 관자놀이를 눌렀다.

몇 분 뒤에 실라 브리검이 문을 열고 소심하게 고개를 내밀었다.

"보안관님?"

"가셨나?" 앨런은 고개를 들지도 않은 채 물었다.

"목사님요? 네, 삼월의 바람처럼 문을 쾅 닫고 나가셨어요."

"이로써 공연이 끝났군." 앨런은 멍하니 중얼거렸다.

"네?"

"아니야." 그는 고개를 들었다. "독한 약을 좀 먹었으면 좋겠는데. 증거 보관실에 뭐 없는지 살펴봐주겠나, 실라?"

그녀는 미소를 지었다. "이미 살펴봤어요. 선반에 아무것도 없더라고요. 커피로 안 될까요?"

그는 미소로 화답했다. 좀 전에 시작된 오후는 오전보다 나았다. 그래야만 했다. "좋아."

"잘 생각하셨어요." 그녀가 문을 닫자 앨런은 두 손을 마침내 수감 상태에서 해제했다. 이윽고 창문을 뚫고 벽을 비추는 햇빛을 가르며 찌르레기가 잇달아 날아다녔다.

7

캐슬록 중학교에는 매주 목요일 맨 마지막 수업 후 특별활동 시간이 마련되어 있었다. 브라이언 러스크는 우등생인데다 겨울맞이 연극의 배역 선정이 시작되기 전에는 특별활동을 하지 않아도 되었기 때문에 그날은 일찍 집에 갈 수 있었다. 화요일마다 늦게까지 있는 대신 누리는 근사한 혜택이었다.

이번주 목요일 오후에는 6교시의 끝을 알리는 종소리가 채 끝나기도 전에 옆문을 나섰다. 책 말고 어머니가 그날 아침에 강제로 입힌 비옷까지 들어 있었기 때문에 등에 짊어진 배낭이 우스꽝스럽게 불룩했다.

그는 쿵쾅거리는 심장을 달래며 쌩하니 자전거 페달을 밟았다. 그에게는 뭔가

(실행에 옮겨야 할 것)

있었다. 처리해야 할 일 말이다. 사실 조금 재미있는 일이었다. 이제 그는 어떤 일을 해야 하는지 알았다. 수학 수업 시간에 몽상에 잠겨 있는 동안 그것이 선명하게 떠올랐다.

브라이언이 스쿨 스트리트를 따라 캐슬힐을 내려가는 동안 태양이 그날 처음으로 듬성듬성한 구름 뒤에서 고개를 내밀었다. 왼쪽으로 고개를 돌려보니 자전거를 타는 남자아이의 그림자가 축축한 인도 위에서 그와 나란히 달리고 있었다.

그림자야, 나랑 나란히 달리려면 열심히 페달을 밟아야 할 거다. 그는 생각했다. 가야 할 데가 있고, 해야 할 일이 있거든.

브라이언은 메인 스트리트 맞은편의 니드풀 싱스를 쳐다보지도 않은 채 상점가를 통과했고, 네거리에서 잠깐 멈춰 좌우를 건성으로 확인한 다음 다시 부랴부랴 페달을 밟았다. 폰드(그의 동네였다)와 포드 스트리트가 만나는 네거리에 다다르자, 그는 폰드 스트리트를 따라 집으로 가는 대신 우회전을 했다. 포드와 윌로가 만나는 네거리에서는 좌회전을 했다. 윌로 스트리트는 폰드 스트리트와 나란한 길이었다. 양쪽 길가의 집들은 대부분 널찍한 울타리로 막아 놓은 뒷마당을 서로 맞대고 있었다.

피터와 윌마 저직은 윌로 스트리트에 살았다.

여기에서부터는 조금 조심해야 해.

그는 어떤 식으로 조심해야 하는지 알고 있었다. 학교에서 여기

까지 자전거를 타고 오는 동안 계획을 세워둔 터였다. 어떤 일을 실행에 옮겨야 하는지 깨달았을 때처럼, 마치 처음부터 알고 있던 것인 양 금세 생각이 났다.

저직의 집은 고요했고 진입로에 아무도 없었지만 그렇다고 안심은 금물이었다. 브라이언은 윌마가 분신과도 같은 스카프를 머리에 동여매고 117번 도로의 헴필스 마켓에서 캐셔로 일하는 걸 본 적이 있기 때문에 출근할 때도 있다는 걸 알았지만 그녀가 지금 집에 없으리라 장담할 수 있는 건 아니었다. 그녀가 타고 다니는 조그맣고 낡아빠진 유고가 이쪽에서는 보이지 않는 차고에 주차되어 있을 수도 있었다.

브라이언은 진입로 안까지 자전거를 타고 가서 내린 뒤 받침다리를 세웠다. 이제 심장이 귓전과 목젖을 때리는 게 느껴졌다. 꼭 나직이 울리는 북소리 같았다. 그는 만약 저직 부인이 집에 있는 걸로 밝혀지면 뭐라고 얘기할 건지 연습하며 현관문 앞으로 다가갔다.

안녕하세요, 저직 부인. 저 이 블록의 반대편에 사는 브라이언 러스크예요. 지금 중학교에 다니고 있는데, 새로운 밴드 유니폼을 마련하는 차원에서 잡지 정기 구독자를 모집할 예정이라 여론조사를 하고 있어요. 나중에 정식으로 준비가 되면 다시 오려고요. 많이 모집하면 상도 받아요.

속으로 연습했을 때는 그럴듯하게 들렸고 지금도 마찬가지였지만 그래도 긴장이 됐다. 잠깐 문 앞에 서서 안에서 라디오나 텔레비전 드라마나(〈샌타바버라〉일 리는 없었다. 그건 두어 시간은 있어야 시작됐다) 청소기 소리가 들리는지 귀를 기울였다. 아무 소리도 들리지 않았지만 그것 역시 아무것도 없는 진입로 이상의 의미는 아니었다.

브라이언은 초인종을 눌렀다. 집 안 깊숙한 어딘가에서 초인종 소리가 들렸다. 띵-동!

그는 현관 앞에 서서 아는 사람이 지나갈까 싶어 가끔 주위를 두리번거리며 기다렸지만 윌로 스트리트는 곤히 잠든 듯했다. 그리고 저직의 집 앞에는 산울타리가 있었다. 다행이었다. 사람들이, 예를 들면 부모님이 좋아하지 않을 만한 일을

(실행에 옮기려고)

하는 순간에는 산울타리만큼 좋은 게 없었다.

삼십 초가 지났지만 아무도 나오지 않았다. 지금까지는 순조로웠지만…… 돌다리도 두드려보고 건너는 게 상책이었다. 그는 초인종을 다시, 이번에는 엄지손가락으로 두 번 눌렀다. 그러자 집 안에서 들리는 소리가 띵동! 띵동!으로 바뀌었다.

여전히 아무 반응이 없었다.

됐다. 모든 게 완벽했다. 모든 게 어마무시하게 환상적이고 기가 막히게 끝내줬다.

어마무시하게 환상적이고 기가 막히게 끝내주거나 말거나, 브라이언은 받침다리를 내린 채 자전거를 집과 차고 사이로 끌고 가는 동안 다시 한번 주위를—이번에는 슬그머니—두리번거리고 싶은 유혹을 이길 수가 없었다. 이곳, 사우스패리스에 있는 딕 페리 외벽 및 창호회사의 직원들이 옥외 통로라고 부르는 곳에 브라이언은 다시 자전거를 세웠다. 그런 다음 뒷마당으로 걸어갔다. 심장이 전

에 없이 쿵쾅거렸다. 심장이 이 정도로 쿵쾅거리면 가끔 목소리까지 떨렸다. 만약 저직 부인이 뒷마당에서 구근식물이나 그런 걸 심고 있다면 잡지 정기 구독 얘기를 꺼낼 때 목소리가 떨리지 않기만을 바랄 따름이었다. 목소리가 떨리면 부인이 거짓말을 하는 건 아닌지 의심할지도 모르니까. 그러면 생각하고 싶지도 않은 골치 아픈 문제가 벌어질 수 있었다.

그는 집의 뒤편 어귀에서 걸음을 멈추었다. 저직의 뒷마당 일부가 보였지만 전부는 아니었다. 문득 이 일이 이제는 별로 재미없게 느껴졌다. 야비한 장난 같았다. 그 이상은 아니었지만 그 이하도 아니었다. 머릿속에서 갑자기 근심 어린 목소리가 들렸다. 다시 자전거에 올라타면 어떨까, 브라이언? 집으로 돌아가. 우유 한 잔 마시면서 다시 한번 생각해봐.

그렇다. 그러는 편이 아주 좋은 생각이자 분별 있는 생각 같았다. 몸을 돌리기 시작했지만…… 바로 그때 목소리보다 훨씬 강력한 이미지가 하나 떠올랐다. 길고 까만 차—캐딜락 아니면 링컨 마크 IV—가 그의 집 앞에 멈추어 섰다. 운전석 문이 열리고 릴런드 곤트 씨가 내렸다. 다만 곤트 씨는 이제 셜록 홈스 같은 스모킹 재킷 차림이 아니었다. 브라이언의 상상 속에서 성큼성큼 걸어오는 곤트 씨는 위압적인 분위기의 검은색 양복—장의사가 입는 것과 같은—을 입고 있었고 표정도 더는 사근사근하지 않았다. 짙은 파란색의 눈은 분노로 더 짙어졌고, 말아 올린 입술 사이로 삐딱한 치열을 드러내고 있었지만…… 미소를 짓느라 그런 게 아니었다. 그의 길고 가는 다리가 가위질을 하듯 러스크의 현관문을 향해 다가왔고 발뒤꿈치에 달린 그림자는 공포영화에 나오는 교수형 집행인 같았다. 그는 문 앞에 다다르면 걸음을 멈추고 초인종을 누르지 않을 것이다. 그대로 들이닥칠 것이다. 브라이언의 어머니가 앞을 가로막으려고 하면 옆으로 밀칠 것이다. 아버지가 가로막으려고 하면 때려눕힐 것이다. 남동생 숀이 가로막으려고 하면 헤일 메리 패스*를 던지는 쿼터백처럼 숀을 집어서 집의 저쪽 끝으로 날려버릴 것이다. 브라이언의 이름을 우렁차게 외치며 성큼성큼 위층으로 올라올 테고, 교수형 집행인의 그림자가 지나가면 벽지에 그려진 장미꽃이 시들 것이다.

나를 찾아낼 거야. 브라이언은 생각했다. 저직의 집 옆쪽에 서 있는 브라이언의 표정은 경악, 그 자체였다. 숨으려고 해도 소용없을 거야. 뭄바이까지 도망쳐도 소용없을 거야. 그는 나를 찾아낼 거야. 그리고 나를 찾아내면…….

그는 상상을 차단하고 꺼버리고 싶었지만 그럴 수가 없었다. 곤트 씨의 눈이 점점 커져서 쪽빛의 끔찍한 영원 속으로 파고드는 파란 골짜기처럼 변했다. 두 손가락의 길이가 섬뜩하리만치 비슷한 곤트 씨의 긴 손이 어깨를 향해 내려오는 동안 갈고리로 변했다. 그 징그러운 감촉에 피부가 오그라드는 느낌이었다. 곤트 씨의 고함 소리가 들렸다. 너는 내 물건을 가져가놓고 대가를 지불하지 않았어, 브라이언!

돌려드릴게요! 분노로 일그러진 그 얼굴을 향해 이렇게 비명을

* 경기 종료 직전에 상대편 진영 깊숙이 던지는 롱패스.

지르는 자신의 목소리도 들렸다. 제발 오 제발 돌려드릴게요 돌려드릴게요 제발 해치지만 말아주세요!

정신을 차리고 보니, 화요일 오후에 니드풀 싱스에서 나왔을 때처럼 몽롱했다. 하지만 지금은 그때처럼 기분이 좋지는 않았다.

샌디 코팩스 카드를 돌려주고 싶지 않다는 게 문제였다.

돌려주고 싶지 않은 이유는, 그게 자기 것이기 때문이었다.

8

마이라 에번스가 니드풀 싱스의 차양 안으로 들어선 건 단짝 친구의 아들이 마침내 윌마 저직의 뒷마당으로 들어선 바로 그때였다. 그녀는 브라이언이 윌로 스트리트를 보았을 때보다 더 은밀하게 처음에는 뒤편을, 그다음에는 메인 스트리트 건너편을 흘끗 쳐다보았다.

여기 있는 걸, 그보다 더 중요하게는 여길 찾아온 이유를 들키면 진짜 단짝 친구인 코라는 아마 두 번 다시 마이라와 말을 섞지 않을 것이었다. 코라도 그 사진에 눈독을 들이고 있었던 것이다.

신경 쓰지 마. 마이라는 생각했다. 두 가지 격언이 머릿속에 떠올랐는데, 양쪽 모두 이 상황과 맞아떨어지는 격언이었다. 첫 번째는, 먼저 오는 게 장땡이다. 두 번째는, 모르는 게 약이다.

그럼에도 불구하고 마이라는 큼지막한 포스터 그랜트 선글라스를 끼고 왔다. 유비무환 역시 귀담아들을 만한 충고 아닌가.

이제 그녀는 천천히 문 앞으로 다가가 거기 걸려 있는 팻말을 들여다보았다.

화요일과 목요일은 사전 예약 고객만 받습니다

마이라는 예약을 하지 않았다. 불과 이십 분 전에 코라의 전화를 받고 충동적으로 건너온 참이었다.

"하루 종일 그 생각이 머릿속에서 떠나질 않아! 그걸 사야겠어, 마이라. 수요일에 샀어야 했는데 지갑에 사 달러뿐이었고 가계수표도 받는지 알 수가 있어야 말이지. 가계수표를 안 받는다고 하면 얼마나 당황스러운지 너도 알잖아. 그 뒤로 계속 자학하고 있어. 간밤에 거의 한숨도 못 잤다니까. 어이없게 들리겠지만 진짜야."

마이라는 어이없다고 생각하지 않았고 그게 진짜라는 것도 알았다. 그녀도 간밤에 거의 한숨도 자지 못했기 때문이다. 코라가 그 사진을 자기가 먼저 봤으니 자기가 사야 한다고 생각한다면 착각이었다. 먼저 봤다고 신성한 권리 같은 게 주어지는 건 아니지 않은가.

"코라가 먼저 본 것도 아니잖아." 마이라는 샐쭉한 목소리로 중얼거렸다. "내가 생각하기에는 내가 먼저 봤는걸."

게다가 그 절대적으로 환상적인 사진을 누가 먼저 보았는가는 논할 가치가 없는 문제였다. 하지만 코라의 집에 놀러갔을 때 벽난로 선반에 놓인 엘비스 도자기 인형과 엘비스 사기 맥주잔 사이에 그 사진이 걸려 있으면 마이라가 어떤 기분일지는 논할 가치가 없는 문제가 아니었다. 그 생각이 들자 마이라의 위장이 심장 바로 아래까지 치고 올라와 물에 젖은 걸레처럼 뒤틀린 채 내려올 줄 몰랐다.

이라크 전쟁 첫 주 동안 느꼈던 심리 상태와 비슷했다.

이건 옳지 않았다. 코라는 근사한 엘비스 기념품을 종류별로 가지고 있었고 심지어 콘서트에 가서 엘비스를 직접 본 적도 있었다. 황제가 하늘나라로, 사랑하는 어머니 곁으로 떠나기 일 년쯤 전에 포틀랜드 시민 회관에서 열린 콘서트였다.

"그 사진은 내 차지가 되어야 해." 그녀는 중얼거리고 모든 용기를 그러모아서 문을 두드렸다.

미처 손을 내리기도 전이 문이 열리더니, 어깨가 좁은 남자가 그녀를 쓰러뜨릴 기세로 나왔다.

"실례합니다." 남자는 고개를 숙인 채 중얼거렸다. 그녀는 남자가 라베르디에르 슈퍼에 딸린 약국에서 약사로 일하는 콘스탄틴 씨라는 걸 알아차릴 겨를도 없었다. 그는 조그만 꾸러미를 두 손에 쥔 채 왼쪽도 오른쪽도 쳐다보지 않고 황급히 길을 건너 마을 광장으로 들어섰다.

그녀가 다시 고개를 돌리자 곤트가 문 앞에서 미소를 지으며 명랑한 갈색 눈으로 그녀를 쳐다보고 있었다.

"예약은 하지 않았는데요……." 그녀는 조그맣게 말했다. 권위적이고 자신 있는 말투로 선포하는 마이라의 말투에 인이 박인 브라이언 러스크였다면 백만 년이 지나도 그 목소리를 알아듣지 못했으리라.

"지금 예약을 하신 셈이죠, 손님." 곤트는 미소 띤 얼굴로 이렇게 얘기하고 옆으로 비켜섰다. "다시 오신 걸 환영합니다! 어서 들어오셔서 당신이 들고 온 행복을 조금이나마 남겨두고 가시길 바랍니다!"

마이라 에번스는 마지막으로 흘끗 좌우를 살펴 아는 사람이 아무도 없다는 걸 확인한 다음 니드풀 싱스 안으로 얼른 들어갔다.

문이 그녀의 뒤에서 닫혔다.

시신의 것처럼 하얗고 손가락이 긴 손이 어둠 속에서 아래로 늘어진 고리를 당겨 블라인드를 내렸다.

9

휘파람 소리와 함께 긴 한숨을 토할 때까지 브라이언은 자기가 숨을 참고 있다는 것도 몰랐다.

저직의 뒷마당에는 아무도 없었다.

윌마는 점점 화창해지는 날씨에 고무되었는지, 출근 아니면 다른 볼일을 보러 나가기 전에 빨래를 널어놓았다. 세 줄로 널린 빨래들이 햇볕과 상쾌한 산들바람을 맞으며 펄럭거렸다. 브라이언은 뒷문으로 다가가 양손을 얼굴 옆면에 대고 눈부신 햇빛을 막으며 안을 들여다보았다. 아무도 없는 부엌이 보였다. 문을 두드릴까 생각하다가 일을 지연하려는 또 다른 꼼수에 불과하다는 결론을 내렸다. 집에는 아무도 없었다. 얼른 해치우고 후딱 도망치는 것이 상책이었다.

그는 천천히 계단을 내려가 저직의 뒷마당으로 들어섰다. 셔츠, 바지, 속옷, 시트 그리고 베갯잇이 널린 빨랫줄은 왼쪽이었다. 오른쪽은 보잘것없는 호박 몇 개를 제외하고는 모든 채소를 수확한 텃밭이었다. 저쪽 끝에는 송판으로 만든 울타리가 있었다. 브라이언이 알기로 그 너머가 그의 집에서 세 집을 지나면 나오는 해버힐 씨의 집이었다.

간밤에 내린 장대비 때문에 텃밭이 늪지로 변해서 남은 호박 대부분이 웅덩이에 반쯤 잠겨 있었다. 브라이언은 허리를 숙여 고동색 진흙을 양손에 한 움큼씩 쥐고 손가락 사이로 갈색 물을 뚝뚝 흘려가며 빨랫줄 쪽으로 다가갔다.

텃밭에서 가장 가까운 빨랫줄에는 이 끝에서 저 끝까지 시트가 널려 있었다. 아직 축축했지만 산들바람을 맞으며 신속하게 말라가는 중이었다. 게으르게 펄럭이는 소리가 났다. 시트는 새것 같은 순백색이었다.

자, 어서. 곤트 씨의 속삭임이 들렸다. 던져, 브라이언. 샌디 코팩스처럼. 던지는 거야!

브라이언은 손바닥을 하늘로 향한 채 손을 어깨 너머로 넘겼다. 꿈속에서처럼 다시 발기가 되는 걸 느꼈을 때도 그리 놀라지 않았다. 겁을 먹고 때려치우지 않길 잘했다. 재미있을 것 같았다.

그는 팔을 앞으로 세차게 내밀었다. 그의 손바닥에서 갈색으로 길게 발사된 진흙이 부채꼴로 뻗어나가 펄럭이는 시트를 때렸다. 사방으로 후드득 튀어서 포물선 모양으로 끈적끈적하게 흘렀다.

다시 텃밭으로 가서 진흙을 두 움큼 집어 시트에 던지고, 다시 텃밭으로 가서 진흙을 좀더 집어 시트에 던졌다. 광기 비슷한 것이 그를 덮쳤다. 그는 분주하게 왔다 갔다 하며 진흙을 집어서 던졌다.

누군가의 고함 소리가 들리지 않았다면 오후 내내 그랬을지도 모른다. 처음에는 그 누군가가 자기를 향해 고함을 지르는 줄 알았다.

브라이언은 어깨를 웅크리며 꽥 하고 겁에 질린 비명을 조그맣게 내질렀다. 그런데 알고 보니 해버힐 부인이 울타리 저편에서 그 집 반려견을 부르는 소리였다.

그래도 이제 그만 도망쳐야 했다. 그것도 얼른.

잠깐 모든 동작을 멈추고 자신이 저지른 짓을 확인하자 부끄럽고 마음이 불편해서 한순간 몸이 떨리는 게 느껴졌다.

시트 덕분에 대부분의 옷들이 무사했지만 시트 자체는 진흙으로 떡칠이 되어 있었다. 원래 무슨 색이었는지 짐작하게 할 만한 하얀 부분은 띄엄띄엄 몇 군데밖에 남지 않았다.

브라이언은 진흙이 딱딱하게 말라붙은 자기 손을 내려다보았다. 수도꼭지가 있는 모퉁이로 달려갔다. 수도가 아직 열려 있었다. 손잡이를 돌리자 수도꼭지에서 차가운 물이 쏟아져 나왔다. 손을 디밀어 벅벅 문질렀다. 손이 점점 곱았지만 그는 아랑곳없이, 진흙은 물론이고 손톱 밑에 낀 찐득찐득한 것이 없어질 때까지 씻었다. 심지어 소맷단까지 물로 헹구었다.

수도꼭지를 잠근 뒤 자전거를 세워둔 곳으로 가서 받침다리를 올리고 진입로 쪽으로 다시 끌고 갔다. 노란색 경차가 달려오는 걸 보았을 때 잠깐 눈앞이 캄캄했지만 유고가 아니라 시빅이었다. 차는 쌩하니 지나갔고, 운전자는 시뻘겋게 튼 손으로 자전거를 잡은 채 "유죄!"라는 단어가 요란하게 번쩍이는 광고판이나 다름없는 표정으로 저직의 집 앞 진입로에 서 있는 남자아이에게 관심조차 없었다.

차가 사라지자 브라이언은 자전거에 올라타 맹렬한 기세로 페달을 밟았다. 집 앞 진입로를 지나쳐버릴 때까지 그대로 내달렸다. 그때쯤에는 곱은 손에 점점 감각이 돌아오고 있었지만 가렵고 쓰라렸고…… 여전히 빨갰다.

안으로 들어가자 어머니가 거실에서 "왔니, 브라이언?" 하고 외쳤다.

"네, 엄마." 저직의 뒷마당에서 저지른 일이 벌써부터 꿈처럼 느껴졌다. 이 햇빛 밝고 멀끔한 부엌에 서 있는 남자아이가, 이제 냉장고 문을 열고 우유를 꺼내려 하는 남자아이가 월마 저직의 텃밭 진흙탕에 손목까지 담갔다가 월마 저직이 깨끗하게 빨아놓은 시트에 진흙을 뿌리고 뿌리고 또 뿌렸던 남자아이와 동일인일 리는 없다.

절대 그럴 리가 없었다.

브라이언은 우유를 따르며 자기 손을 유심히 들여다보았다. 깨끗했다. 벌겋지만 깨끗했다. 우유를 다시 넣었다. 심장이 평소의 리듬을 되찾았다.

"학교에서 별일 없었니, 브라이언?" 코라의 목소리가 흘러나왔다.

"네."

"와서 같이 텔레비전 볼래? 좀 있으면 〈샌타바버라〉 시작할 테고 허쉬 키세스 초콜릿 있는데."

"좋아요. 먼저 위층에 잠깐 올라갔다 올게요."

"거기 우유 마신 컵 두고 오지 마! 썩은 내를 풍기면서 상하면 식기세척기에 넣어도 절대 가시지 않으니까!"

"들고 내려올게요, 엄마."

"그래야지!"

브라이언은 위층으로 올라가 책상 앞에 앉아서 꿈을 꾸는 듯한 눈빛으로 삼십 분쯤 샌디 코팩스 카드를 내려다보았다. 숀이 들어와 구멍가게에 같이 가겠느냐고 묻자 브라이언은 탁 소리와 함께 야구 카드 바인더를 덮고 숀에게 나가라고, 닫힌 문에 노크하는 법을 익히기 전에는 들어오지 말라고 했다. 숀이 복도에 서서 우는 소리가 들렸지만 안쓰럽다는 생각은 전혀 들지 않았다.

이러니저러니 해도 매너라는 게 있는 법이었다.

10

교도소장이 감옥에서 파티를 열었지
교도소 밴드가 초대돼 울부짖기 시작하는데
밴드가 펄쩍펄쩍 뛰니 감방은 흔들흔들
넋을 잃은 죄수들의 노랫소리를 너도 들었어야 했는데!

황제가 다리를 벌린 채 파란 눈을 이글거리고 흰색 점프슈트의 널따란 바짓단을 흔들며 서 있다. 머리 위에 달린 조명 빛에 모조 다이아몬드가 눈부시게 반짝인다. 푸른빛이 도는 검은색 머리칼 한 타래가 이마 위로 떨어진다. 마이크를 입에 바짝 대고 있지만 꿈틀거리는 도톰한 윗입술이 마이라의 눈에 보이지 않을 정도로 바짝은 아니다.

그녀의 눈에는 모든 게 보인다. 맨 앞줄에서 보고 있기 때문이다.

갑자기 리듬악기의 연주가 귀청을 때리자 그가 손을 내민다. 브루스 스프링스틴이 〈어둠 속에서 춤을Dancing in the dark〉 영상에서 그 여자에게 손을 내밀듯(아무리 애를 쓴들 그는 백만 년이 지나도 황제로 등극할 일이 없다) 그녀를 향해 손을 내민다.

그녀는 너무 놀라서 잠깐 아무것도 하지 못하지만, 너무 놀라서 움직이지도 못하지만, 뒤에서 사람들이 그녀를 앞으로 떠민다. 그의 손이 그녀의 손목을 감싸고 그의 손이 그녀를 무대 위로 끌어올린다. 그의 체취가 느껴진다. 땀과 잉글리시 레더 향수와 뜨겁고 깨끗한 살의 냄새가 한데 섞였다.

눈 깜짝할 새 마이라 에번스는 엘비스 프레슬리의 품에 안긴다.

그녀의 손에 닿는 점프슈트의 새틴이 매끈매끈하다. 그녀를 감싼 두 팔은 근육질이다. 그 얼굴, 그의 얼굴, 황제의 얼굴이 그녀의 얼굴 바로 앞에 있다. 그가 그녀와 춤을 추고 있다. 그들은 커플이다. 메인 주 캐슬록 출신의 마이라 조지핀 에번스와 테네시 주 멤피스 출신의 엘비스 애런 프레슬리가! 그들은 비명을 질러대는 사천 명의 관객 앞에서 널찍한 무대를 가로지르며 조더네이어스가 부르는 그 옛날 1950년대의 펑키한 후렴구에 맞춰 섹시한 춤을 춘다.

"흔들어요…… 다 같이 흔들어요……."

그의 골반이 그녀의 골반을 향해 다가온다. 그의 중심에서 똬리를 틀고 긴장한 그것이 그녀의 배를 쿡쿡 찌르는 것이 느껴진다. 잠시 후에 그가 그녀를 뱅그르르 돌리자 치마가 나팔꽃처럼 활짝 펼쳐져 빅토리아 시크릿 레이스 팬티까지 다리가 훤히 드러나고, 그녀의 손은 그의 손안에서 굴대처럼 돌아간다. 그가 다시 그녀를 끌어당겨 오목하게 들어간 허리를 따라 볼록한 엉덩이까지 손으로 훑고 내려가더니 그녀의 몸을 자신의 몸에 대고 단단하게 움켜쥔다. 잠깐 시선을 떨구자 눈부신 풋라이트가 비추는 무대 너머 저 아래에서 코라 러스크가 그녀를 올려다보고 있다. 증오로 험상궂고 질투로 표독스러운 표정이다.

엘비스가 그녀의 얼굴을 자기 쪽으로 돌리고 끈적끈적한 중남부 특유의 말투로 말끝을 길게 늘여가며 얘기한다.

"우리 둘이 서로를 바라보고 있어야 하지 않겠어요, 다알링?"

뭐라 대답할 겨를도 없이 그의 도톰한 입술이 그녀의 입술에 포개어진다. 이어 느닷없이 혀가 그녀의 입안으로 들어온다. 로큰롤의 황제가 코라와 전 세계 팬들 앞에서 그녀에게 프렌치 키스를 하다니! 그가 그녀를 다시 자기 쪽으로 바짝 끌어당기고, 트럼펫이 엇박자로 비명을 지르며 연주를 시작하자 그녀의 사타구니에서 뜨끈하고 황홀한 느낌이 점점 번져간다. 이런 기분은 처음이다. 오래전에 에이스 메릴과 캐슬레이크 호숫가에서 쓰러졌을 때도 이렇지는 않았다. 비명을 지르고 싶지만 그의 혀가 입안을 꽉 채우고 있기에 〈마이 웨이〉 트럼펫 연주에 맞춰 반질반질한 새틴으로 덮인 그의 등을 손톱으로 할퀴며 골반을 앞뒤로 흔드는 수밖에 없다.

11

곤트는 푹신한 의자에 앉아서 오르가슴이 마이라 에번스를 관통하는 광경을 냉담하고 초연하게 지켜보았다. 그녀는 엘비스의 사진을 단단히 움켜쥔 채 눈을 감고 가슴을 들썩이고 다리에 힘을 주었다 풀었다, 주었다 풀었다 반복하며 신경계가 완전히 무너진 여자처럼 몸을 부들부들 떨었다. 미용실에서 곱슬곱슬하게 만진 머리칼은 볼품없는 헬멧처럼 머리를 덮었다. 엘비스가 막판 공연에서 육중한 몸으로 무대를 누볐을 때 그랬듯이 두 겹으로 접힌 그녀의 턱으로 땀이 폭포수처럼 쏟아졌다.

"오오오오!" 마이라는 접시에 담긴 젤리처럼 몸을 떨며 외쳤다. "오오오오! 오오오오오오오 마이 갓! 오오오오오오오오오오 마이 가아아아아아앗! 오오오오……."

곤트는 한가롭게 엄지와 검지로 검은색 바지를 잡아 처음처럼 베일 듯이 주름을 세운 다음 몸을 앞으로 기울여 마이라의 손에서 사진을 낚아챘다. 그녀는 실망한 표정으로 당장 눈을 번쩍 떴다. 사진을 향해 손을 내밀었지만 이미 그녀의 손이 닿지 않는 곳에 있었다. 그녀는 일어나려고 했다.

"앉아요." 곤트가 말했다.

마이라는 일어나려다가 돌로 굳어버리기라도 한 듯 그 자리에서 그대로 멈추었다.

"마이라, 이 사진을 다시 보고 싶으면 자리에…… 앉아요."

그녀는 그를 빤히 쳐다보고 자리에 앉으며 말도 못하게 괴로운 심정을 달랬다. 땀이 겨드랑이를 흠뻑 적시고 가슴 양옆을 따라 흘러내렸다.

"제발요." 그녀가 말했다. 사막에 부는 한줄기 바람처럼, 탁하게 꺽꺽거리는 목소리가 튀어나왔다. 그녀는 손을 내밀었다.

"가격을 제시해보세요." 곤트가 제안했다.

그녀는 고민했다. 땀으로 범벅이 된 얼굴을 하고 눈을 굴렸다. 울대뼈가 위로 올라갔다가 내려왔다.

"사십 달러!" 그녀가 외쳤다.

그는 웃으며 고개를 저었다.

"오십 달러!"

"말도 안 돼. 이 사진을 갖고 싶은 마음이 간절하지는 않은 모양이네요, 마이라."

"아니에요!" 그녀의 눈가에 눈물이 고이기 시작했다. 뺨을 타고 흘러내려 땀과 섞였다. "아니에요오오오오오!"

"알았어요. 가지고 싶다는 거군요. 가지고 싶어 한다고 인정할게요. 하지만 당신한테 이게 필요할까요, 마이라? 정말 필요한 물건일까요?"

"육십 달러! 그게 전 재산이에요! 동전 한 닢까지 탈탈 턴 거라고요!"

"마이라, 당신 눈에 내가 애로 보여요?"

"아뇨……."

"애로 보이는 모양인데요. 아주 곱게 늙어서 그렇지 당신이 생각하는 것보다 훨씬 나이가 많은 노인네인데 당신 눈에는 애로 보이는 모양이에요. 캐슬뷰에서 세 블록만 가면 나오는 신축 복층 주택에서 사는 여자가 전 재산이 육십 달러밖에 안 된다는데 그 말을 믿을 거라고 생각하다니."

"모르고서 하는 얘기예요! 우리 남편이……."

곤트는 사진을 쥐고 일어섰다. 웃는 얼굴로 비켜서서 그녀에게 길을 내주었던 남자는 더이상 이 자리에 없었다. "마이라, 당신은 예약을 잡지 않았어요, 그렇죠? 그래도 좋은 마음에서 들어오라고 했는데, 이제 나가달라고 부탁을 해야겠네요."

"칠십! 칠십 달러요!"

"나를 바보 취급하는군요. 나가줘요."

마이라는 그의 앞에 무릎을 꿇었다. 전전긍긍하며 쉰 목소리로 흐느껴 울었다. 그의 장딴지를 붙잡고 굽실거렸다. "이러지 마세요! 이러지 마세요, 곤트 씨! 나는 그 사진을 사야 해요! 꼭 사야 해요! 그 사진이…… 그 사진이 어떤 효과를 발휘하는지 곤트 씨는 믿지 못할 거예요!"

곤트는 엘비스의 사진을 쳐다보고는 혐오감에 잠깐 얼굴을 찡그렸다. "별로 알고 싶지 않군요. 아주…… 질척질척해 보였거든요."

"칠십 달러로 안 된다면 수표를 써야 해요. 그러면 척이 알아차리고 뭐하느라 썼는지 알려고 할 거예요. 사실대로 얘기하면 그이는…… 그이는……."

"그건 내가 알 바 아니죠. 나는 이 가게 주인이지 부부 관계 상담사가 아니잖아요." 그는 그녀를 내려다보며 땀에 젖은 정수리에 대고 말했다. "세상을 떠난 프레슬리 씨의 다소 특별한 이 사진을 살 만한 능력이 되는 다른 사람이 있겠죠. 예를 들면 러스크 부인이라든지."

코라의 이름이 등장하자 마이라가 고개를 번쩍 들었다. 그녀의 두 눈은 짙은 갈색 구멍 안에 움푹 박혀서 반짝이는 작은 점과도 같았다. 그녀가 이를 드러내고서 으르렁거렸다. 그 순간만큼은 실성한 사람에 가까웠다.

“개한테 팔 생각이에요?” 그녀가 나지막이 쏘아붙였다.

“나는 자유무역의 가치를 믿습니다. 이 나라가 강대국이 될 수 있었던 게 그 덕분이죠. 이제 나를 놓아줬으면 좋겠는데요, 마이라. 당신 손이 지금 땀으로 범벅이에요. 이 바지를 세탁소에 맡겨야 하게 생겼는데 얼룩이 지워질지…….”

“팔십! 팔십 달러요!”

“정확히 두 배에 넘기죠. 백육십 달러.” 그는 큼지막하고 삐딱한 이를 드러내며 씩 웃었다. “그리고 마이라…… 가계수표도 괜찮아요.”

그녀는 절망으로 울부짖었다. “안 돼요! 척이 나를 죽이려고 들 거예요!”

“그럴지도 모르죠. 하지만 울끈불끈 불타는 사랑을 위해 목숨을 내놓는 일이 되지 않겠어요?”

“백요.” 그가 걸음을 옮기려 하자 마이라는 장딴지를 다시 붙잡으며 흐느꼈다. “제발요, 백 달러요.”

“백사십요.” 곤트는 받아쳤다. “그 이하는 안 돼요. 더는 못 깎아줘요.”

“알았어요.” 마이라는 숨을 헐떡였다. “알았어요, 좋아요, 살게요…….”

“그리고 당연히 입으로 한 번 대줘야 하고요.”

그녀는 입을 완벽한 O 자 모양으로 벌리고 그를 올려다보았다. “뭐라고요?” 그녀가 속삭였다.

"빨아줘야 한다고요!" 그가 그녀를 향해 외쳤다. "펠라티오를 해줘야 한다고요! 쇳덩어리를 잔뜩 박은 그 근사한 입을 벌려서 내 거시기를 삼키라고요!"

"맙소사." 마이라는 앓는 소리를 냈다.

"뭐, 그렇다면." 곤트는 말하고 몸을 돌리려고 했다.

그녀는 그가 가지 못하게 와락 붙잡았다. 잠시 후에는 부들부들 떨리는 손으로 그의 앞섶을 더듬더듬 찾기 시작했다.

그는 재미있어하는 표정으로 그녀가 잠깐 더듬도록 내버려두다가 손을 찰싹 때렸다. "됐어요. 오럴 섹스를 하면 기억이 지워지니까."

"그게 무슨……."

"집어치우라는 얘기예요, 마이라." 그는 그녀에게 사진을 휙 던졌다. 그녀는 손을 버둥거리며 어찌어찌 사진을 잡아서 가슴에 끌어안았다. "하지만 해줘야 할 게 한 가지가 있긴 한데."

"뭔데요?" 그녀는 나지막이 쏘아붙였다.

"틴브리지 건너편에서 술집을 하는 남자 알죠?"

그녀는 다시금 놀란 눈빛으로 고개를 저으려다가 그가 누굴 말하는 건지 알아차렸다. "헨리 보퍼트요?"

"맞아요. 그자가 멜로 타이거라는 가게를 하는 걸로 아는데요. 재미있는 이름이죠."

"뭐, 개인적으로 아는 사이는 아니지만 그가 누구인지는 알아요." 그녀는 한 번도 멜로 타이거에 가본 적이 없었지만 거기 사장이라면 남들이 아는 만큼은 알았다.

"맞아요. 그 사람. 그 보퍼트 씨를 상대로 장난을 좀 쳐줬으면 하는데요."

"어떤…… 어떤 장난요?"

곤트는 손을 내밀어 땀으로 미끈거리는 마이라의 한쪽 손을 잡고 일으켜 세웠다.

"당신이 수표를 쓰는 동안 그에 대해서 얘기를 하도록 하죠." 그가 말을 마치고 미소를 짓자 매력이 다시 봇물 터지듯 얼굴을 덮었다. 갈색 눈이 반짝이며 춤을 추었다. "그나저나 사진은 선물용으로 포장해드릴까요?"

5장

1

폴리의 가게 맞은편 낸스 런처넷의 칸막이 자리에 앉자마자, 앨런은 그녀의 통증이 여전히 심하다는 걸 한눈에 알아차렸다. 오후에 퍼코던을 먹을 정도로 심하다니 드문 일이었다. 그는 폴리가 말문을 열기 전부터 알았다. 눈빛이 뭔가 달랐다. 좀 번들거렸다. 그는 그 눈빛에 익숙해졌지만…… 좋아하지는 않았다. 좋아하게 될 일은 영영 없을 것 같았다. 그 약에 의존증이 생긴 건 아닌지 또다시 궁금해졌다. 상대가 폴리인 경우라면, 그 의존증은 그에게 예상하고 인지하고 근본적인 문제점을 해결하는 쪽으로 승화시켜야 할 또 하나의 부작용인 셈이었다. 그 근본적인 문제점이라는 게 뭔지 몇 마디로 요약하자면, 그로서는 상상할 수도 없는 고통을 안고 살아가야 한다는 것이었다.

하지만 그는 전혀 티를 내지 않고 이렇게 물었다. “좀 어때요, 예쁜 아가씨?”

그녀는 미소를 지었다. “음, 오늘은 재미있는 하루였어요. 〈래프인〉*에 나오는 그 남자의 표현을 빌리자면 아아아아아주…… 재밌는 하루였죠.”

“당신이 그 프로그램을 기억할 정도로 나이가 많지 않을 텐데.”

“많아요. 앨런, 저 사람 누구예요?”

폴리의 시선이 향한 쪽으로 고개를 돌린 그는 직사각형의 꾸러미를 두 팔로 끌어안고 낸스 런처넷의 널찍한 유리창 앞을 지나가는 어떤 여자를 발견했다. 여자가 똑바로 앞만 쳐다보고 걷는 바람에 맞은편에서 오던 남자는 충돌을 피하느라 옆으로 펄쩍 뛰어야 했다. 앨런은 머릿속에 저장돼 있는 방대한 인명과 안면 파일을 잽싸게 뒤진 끝에 경찰 용어를 사랑해 마지않는 노리스가 들었다면 ‘부분적’이라고 표현했을 게 분명한 정보를 찾았다.

“에번스요. 이름은 메이블인가 메이비스인가 그래요. 남편이 척 에번스고.”

“방금 전에 엄청 비싼 파나마 레드 대마초를 피우고 나온 사람 같은 표정을 짓고 있네요. 부러워라.”

낸 로버츠가 직접 주문을 받으러 왔다. 그녀는 윌리엄 로즈가 이끄는 침례교 군단 소속이었고 오늘은 왼쪽 가슴 위에 조그만 노란색 배지를 달고 있었다. 오늘 오후 들어 앨런이 본 세 번째 배지였고

* 1960년대와 1970년대 미국을 풍미한 코미디 쇼.

앞으로 몇 주 동안 점점 더 많은 배지가 보일 듯했다. 까만색 동그라미 안에 슬롯머신이 있고 그 위에 빨간색으로 가위표가 그려졌다. 문구는 없었다. 문구가 없어도 그걸 달고 있는 사람이 카지노 나이트에 대해 어떻게 생각하는지는 완벽하게 드러났다.

낸은 가슴이 엄청나게 풍만하고 엄마와 애플파이를 동시에 연상시키는 깜찍하고 예쁘장한 얼굴을 한 중년의 여성이었다. 앨런과 다른 부보안관들도 알다시피 이 가게는 애플파이도 아주 훌륭했다. 특히 바닐라 아이스크림을 듬뿍 얹어서 먹으면 끝내줬다. 낸의 겉모습만 보고 속단하기 십상이지만 여러 업자들—대부분 부동산 업자였다—도 알아차렸다시피 그런 생각은 착각이었다. 그 깜찍한 얼굴 뒤에 째깍거리는 컴퓨터 같은 두뇌가 숨겨져 있었고, 어머니처럼 푸근한 가슴을 들추면 심장이 있어야 할 곳에 장부 더미가 쌓여 있었다. 캐슬록의 넓은 부지가 낸의 소유인데다 메인 스트리트에만 건물이 적어도 다섯 채였으며, 팝 메릴이 저세상 사람이 된 지금에는 이 마을에서 가장 돈이 많은 사람이 아닐까 싶었다.

그녀를 보면 예전에 유티카에서 체포한 뚜쟁이가 생각났다. 그녀는 뇌물을 쓰려다 거부당하자 새장으로 그의 머리를 쳐서 기절시키려고 했다. 뚱하고 생각에 잠긴 목소리로 가끔 "내가 네 엄마 따먹었다 프랭크"라고 말하는 피부병 걸린 앵무새가 안에 들어 있는 채로 말이다. 가끔, 낸 로버츠의 미간에 잡힌 주름이 깊어지면 그녀도 그럴 수 있는 여자라는 생각이 들었다. 그리고 요즘은 카운터만 지키는 낸이 보안관의 주문을 받으러 직접 오는 것도 그녀의 기준에서는 당연한 일일 거라는 생각이 들었다. 그 중요한 개인적 교감을 나눌 수 있는 기회 아닌가.

"어서 와요, 앨런. 엄청 오랜만이네! 그동안 어디 갔었어요?"

"여기저기요. 워낙 돌아다니는 직업이잖아요."

"아무리 그래도 예전 친구들을 잊으면 되겠어요?" 그녀는 환하고 푸근한 미소를 지으며 말했다. 낸 옆에서 상당한 시간을 보낸 사람이라야 그 미소가 눈까지 번지는 경우는 거의 없다는 걸 알아차릴 수 있지. 앨런은 생각했다. "가끔 들르고 그래요."

"자, 봐요! 이렇게 왔잖아요!" 앨런이 말했다.

낸이 하도 요란하게 깔깔대며 웃는 바람에 바 카운터에 앉아 있던 남자들—대부분 벌목꾼이었다—이 잠깐 목을 길게 빼고 이쪽을 쳐다보았다. 저들은 나중에 친구들한테 이렇게 얘기하겠지, 낸 로버츠와 보안관이 노닥거리는 걸 봤다고. 앨런은 생각했다. 절친한 사이 같았다고.

"커피요, 앨런?"

"네."

"파이랑 같이 먹지 그래요? 스웨덴의 맥셰리 농장 사과를 넣어서 직접 만든 건데. 어제 딴 사과로요."

"아뇨, 괜찮아요."

"그래요? 폴리, 당신은요?"

폴리는 고개를 저었다.

낸은 커피를 가지러 갔다. "당신, 저 여자 별로 안 좋아하죠?" 폴리가 나지막이 물었다.

조금 뜻밖의 질문이라 그는 곰곰이 따져보았다. 좋은지 싫은지 생각해본 적이 없었다. "낸 말이에요? 괜찮은 사람이에요. 나는 그저 될 수 있으면 사람들의 진면모를 알고 싶을 뿐이에요."

"그리고 사람들이 내심 원하는 게 뭔지도요."

"그건 너무 어려운 문제고요." 그는 웃음을 터뜨렸다. "무슨 꿍꿍이속인지 아는 걸로 만족할래요."

그녀는 미소를 지으며—그는 폴리를 미소 짓게 만들 수 있으면 만족했다—말했다. "우리가 당신을 양키 철학자로 만들겠어요, 앨런 팽본."

그는 장갑을 낀 그녀의 손등을 쓰다듬으며 미소로 화답했다.

낸이 하얀색 두툼한 머그잔에 담긴 블랙커피를 들고 와서 내려놓고는 곧바로 자리를 피했다. 다른 건 몰라도 어느 정도 기분 좋게 응대하고 악수하면 충분한지 선을 안단 말이지. 앨런은 생각했다. 낸처럼 욕심과 포부가 큰 사람들이 전부 그 선을 아는 건 아니었다.

앨런은 커피를 홀짝이며 말했다. "자, 어떻게 재미있는 하루를 보내고 있는지 얘기나 좀 들어봅시다."

그녀는 그날 아침에 로절리 드레이크와 함께 네티 코브를 보았는데, 네티가 어떤 식으로 니드풀 싱스 앞에서 괴로워하다가 마침내 용기를 그러모아 안으로 들어갔는지 시시콜콜 자세하게 설명했다.

"놀랍네요." 그의 반응은 진심이었다.

"맞아요. 그뿐만이 아니에요. 나왔을 때 보니까 뭘 샀더라고요! 오늘처럼 명랑하고 그렇게…… 들뜬 모습은 처음 봤어요. 맞아요, 들떴다는 표현이 딱 맞겠어요. 평소 네티의 안색이 얼마나 칙칙한지 알죠?"

앨런은 고개를 끄덕였다.

"오늘은 뺨이 발그스레해서는 머리칼은 살짝 헝클어지고, 심지어 몇 번 소리내서 웃기까지 하지 뭐예요."

"거기서 물건만 파는 거 확실해요?" 그는 이렇게 묻고 눈을 부라렸다.

"실없는 소리 말아요." 그녀는 로절리에게 똑같은 얘기를 해놓고서 언제 그랬냐는 듯이 대꾸했다. "아무튼 내가 짐작했던 대로 당신이 갈 때까지 밖에서 기다렸다가 들어와서 뭘 샀는지 우리한테 보여줬어요. 네티가 카니발 글라스 모으는 거 알죠?"

"아뇨. 이 마을에서 내가 모르고 지나치는 부분들도 더러 있거든요. 믿거나 말거나."

"지금 있는 게 대여섯 개 돼요. 대부분 어머니한테서 물려받은 거고요. 전에는 더 많았는데 몇 개 깨졌다더라고요. 아무튼 얼마 안 되는 그걸 애지중지하는데, 내가 지난 몇 년 동안 본 중에서 제일 예쁜 카니발 글라스 전등갓을 사 왔더라고요. 언뜻 봤을 때는 티파니 제품인 줄 알았다니까요. 당연히 아니지만요. 네티가 티파니 진품을 살 만한 여력이 못 되니 그럴 리 없었지만, 그 정도로 훌륭했어요."

"얼마나 줬대요?"

"안 물어봤어요. 꿍쳐놓았던 돈을 탈탈 털었을 거예요."

그는 살짝 미간을 찌푸렸다. "사기당하지 않은 거 확실해요?"

"앨런…… 꼭 그렇게 사사건건 의심해야 직성이 풀리겠어요? 네티가 어떤 면에서는 좀 흐리멍덩할지 몰라도 카니발 글라스라면 잘 알아요. 싸게 샀다고 했으니 진짜 그랬을 거예요. 얼마나 좋아했는지 몰라요."

"잘됐네요. 정말 딱이네."

"네?"

"유티카에 그런 이름의 가게가 있었어요. 아주 오래전에. 내가 어렸을 때. 정말 딱이네."

"당신한테도 딱인 물건이 있었어요?" 그녀가 장난스러운 투로 물었다.

"모르겠어요. 들어가본 적이 없어서."

"곤트 씨는 나한테 딱인 물건을 가지고 있다고 생각하는 모양이에요." 그녀가 말했다.

"그게 무슨 소리예요?"

"내가 케이크를 넣고 갔던 그릇을 네티가 들고 왔는데 그 안에 쪽지가 들어 있더라고요. 곤트 씨가 보내는 쪽지가요." 그녀는 핸드백을 테이블 위에 올려놓고 앞으로 밀었다. "한번 확인해봐요. 오늘 오후에는 내가 그 걸쇠를 만질 상황이 아니라서요."

그는 일단 핸드백은 못 본 셈 쳤다. "얼마나 안 좋은 거예요, 폴리?"

"안 좋아요." 그녀는 간단하게 대답했다. "전보다 심해졌어요. 거짓말하지 않을게요. 이 정도로 심한 적은 없었어요. 이번주 내내 그래요, 날씨가 바뀐 뒤로."

"밴 앨런 선생한테 진찰받으러 갈 거예요?"

그녀는 한숨을 쉬었다. "좀 기다려보고요. 잠깐 멈추는 때가 올 거예요. 이 정도로 심해지면 번번이 당장이라도 미쳐버릴 것 같다는 생각이 드는 순간에 누그러들거든요. 지금까지는 그랬어요. 언젠가는 그런 때가 찾아오지 않는 날이 있겠지만. 월요일까지 괜찮아지지 않으면 병원에 가려고요. 하지만 병원에서도 약을 처방하는 것 말고는 할 수 있는 게 없어요. 나는 될 수 있으면 약물의존자 신세는 피하고 싶고요, 앨런."

"하지만……."

"그만요." 그녀는 나지막이 말했다. "지금은 그만요, 네?"

"알았어요." 그는 내키지 않았지만 어쩔 수 없었다.

"편지 읽어봐요. 아주 다정하고…… 좀 귀여워요."

핸드백 걸쇠를 풀어보니 지갑 위에 얇은 봉투가 놓여 있었다. 그는 봉투를 꺼냈다. 재질이 고급스럽고 부드러웠다. 전면에 옛날 옛적 일기장인가 싶게 고풍스러운 글씨체로 "폴리 차머스 씨"라고 적혀 있었다.

"그런 글씨체를 동판 필기체라고 하거든요." 그녀는 신기하다는 듯이 말했다. "공룡시대가 지난 후로는 학교에서 가르치지 않는 줄 알았는데."

그는 봉투에서 가장자리가 우둘투둘한 편지지를 꺼냈다. 맨 위에 이렇게 인쇄되어 있었다.

메인 주 캐슬록
니드풀 싱스
사장 릴런드 곤트

봉투만큼 근사하지는 않았지만 그 안의 쪽지는 글씨체도 그렇고 단어 선택도 그렇고 기분 좋게 고풍스러운 구석이 있었다.

폴리에게

다시 한번 인사하지만 초콜릿 케이크 고마워요. 내가 제일 좋아하는 케이크인데다 정말 맛있었어요! 그리고 따뜻한 배려에도 고마웠다고 얘기하고 싶어요. 개업 날 내가 얼마나 불안했을지 당신도 이해할 거라고 생각합니다. 게다가 비수기이니 말이죠.

항공 화물로 공수중인 여러 물건들 중 당신이 지대한 관심을 보일 만한 게 하나 있어요. 더이상은 함구할게요. 당신이 직접 확인했으면 하니까요. 사실 조그만 장신구에 불과하지만 당신이 떠나자마자 그게 떠올랐고 수년 동안 내 직감은 틀린 적이 별로 없답니다. 금요일이나 토요일에 도착할 거예요. 시간 괜찮으면 일요일 오후에 들러주겠어요? 하루 종일 가게에서 재고를 파악할 예정인데, 당신에게 꼭 보여주고 싶어요. 지금 당장은 여기까지만 얘기할게요. 그 물건이 진가를 스스로 입증할 수도 있고 아닐 수도 있겠지만, 어찌 되었건 따뜻한 마음씨에 보답하는 차원에서 차 한잔 대접할 기회를 주세요!

네티가 새 전등갓을 마음에 들어 했으면 좋겠네요. 아주 매력적인 숙녀분이더라고요. 전등갓을 보고 무척 좋아하는 눈치였어요.

마음을 담아,

릴런드 곤트 드림

"뭔가 수수께끼 같은데요!" 앨런은 편지를 접어서 봉투에 넣고, 봉투를 다시 핸드백에 넣었다. "이 바닥 용어를 쓰자면, 출동할 거예요?"

"그런 식으로 광고하는데다 네티의 전등갓도 구경한 마당에 무슨 수로 거부할 수 있겠어요? 네, 들러볼 작정이에요…… 손이 괜찮아지면요. 같이 갈래요? 당신 마음에 드는 것도 있을지 모르잖아요."

"그럴지도요. 하지만 패트리어츠 팀 경기가 있어서 의리를 지킬까 싶기도 해요. 언젠가는 이길 때도 있지 않겠어요?"

"당신 피곤해 보여요. 눈 아래에 검게 그늘이 졌어요."

"그런 날 있잖아요. 행정위원장이랑 부보안관 한 명이 남자 화장실에서 서로 피 튀기게 치고받으려는 걸 간신히 말리면서부터 시작됐죠."

그녀는 걱정하며 몸을 앞으로 숙였다. "그게 무슨 소리예요?"

그는 키턴과 노리스 리지윅이 벌인 싸움에 대해 설명하고 키턴이 얼마나 이상해 보였는지 모른다는 말로 마무리지었다. 그가 썼던 '박해'라는 단어가 하루 종일 잊을 만하면 한 번씩 생각났다고. 그의 이야기가 끝난 뒤에도 폴리는 한참 동안 아무 말이 없었다.

"어때요?" 마침내 그가 물었다. "당신이 보기에는."

"당신이 캐슬록에 대해서 알아야 할 모든 걸 파악하려면 한참 멀었다는 생각을 하고 있었어요. 내 경우도 마찬가지겠죠. 한참 동안 타지에 있었던데다 그동안 어디서 지냈고 그 '사소한 문제'는 어떻게 됐는지 입을 다물고 있으니 많은 사람들이 나를 신뢰하지 않을 거예요. 하지만 앨런, 당신은 정보를 수집하고 기억하잖아요. 내가 맨 처음 캐슬록으로 돌아왔을 때 어떤 느낌이었는지 알아요?"

그는 호기심을 느끼며 고개를 저었다. 폴리는 그 앞에서조차 과거를 곱씹는 여자가 아니었다.

"꼭 예전에 즐겨 보던 연속극을 튼 것 같았어요. 몇 년 만에 보는데도 달라진 게 전혀 없어서 등장인물과 그들의 고민거리를 한눈에 알아차릴 수 있는 느낌. 그런 드라마를 다시 보는 건 오래돼서 편안한 신발을 신는 것과 같죠."

"그게 무슨 소리예요?"

"당신이 아직 눈치채지도 못한 연속극 같은 사연이 아주 많다는 얘기예요. 댄포스 키턴의 삼촌이 네티와 같은 시기에 주니퍼힐 치료감호소에 있었던 거 알아요?"

"아뇨."

그녀는 고개를 끄덕였다. "마흔 살 무렵부터 정신적인 문제가 생겼어요. 우리 엄마는 예전에 빌 키턴을 가리켜 조현병 환자라고 했죠. 제대로 된 진단인지 엄마가 텔레비전에서 가장 자주 듣던 단어라 그걸 써먹은 건지 모르겠지만, 어딘가 이상했던 것만큼은 분명해요. 그가 길 가던 사람을 붙들고는 나라 빚이 어떻다는 둥, 존 케네디는 공산주의자라는 둥 하면서 으르렁댔던 기억이 나요. 또 뭐랬는지는 모르겠어요. 어렸을 때라. 하지만 무서웠어요, 앨런. 그것만은 알 수 있었어요."

"당연히 그랬겠죠."

"또 가끔은 고개를 숙이고 큰 소리로 혼잣말을 중얼거리면서 길을 걸어갈 때도 있었어요. 엄마는 그런 상태일 때는 절대로 그에게 말을 걸지 말라고 했어요. 우리가 교회에 가는 길이고 그도 마찬가지라 할지라도. 결국 그는 아내를 총으로 쏴 죽이려고 했죠. 내가 듣기로는 그랬어요. 오래된 소문이 어떤 식으로 사실을 왜곡하는지는 당신도 알 테지만요. 그냥 공무용 권총을 아내에게 대고 흔들었을 수도 있죠. 뭘 어쨌는지 몰라도 구치소로 끌려가기에는 충분했어요. 적격 심리 비슷한 게 열렸고 그게 끝났을 때 주니퍼힐로 이송됐죠."

"아직도 거기 있나요?"

"죽었어요. 보호시설에 수용되고부터 정신 상태가 급속도로 악화됐거든요. 급기야 세상을 떠났을 때 긴장증*을 앓고 있었대요. 내가 듣기로는 그래요."

"맙소사."

"하지만 그게 다가 아니에요. 댄포스의 아버지이자 빌 키턴과 형제지간이었던 로니 키턴은 1970년대 중반에 토거스에 있는 재향군인 병원 정신병동에 사 년 동안 입원한 적이 있었어요. 지금은 요양원에 있고요. 알츠하이머로. 그리고 고모할머니인지 사촌인지 잘 모르겠지만 1950년대에 추문 비슷한 걸로 자살한 사람도 있었어요. 어떤 추문이었는지 확실한 건 아닌데, 예전에 듣기로는 남자보다 여자를 좀더 좋아했대요."

"그러니까 집안 내력이라고 얘기하고 싶은 거예요?"

"아뇨. 아무 교훈도 주제도 없어요. 당신은 모르는 이 마을의 내

* 조현병 등으로 인해 한참 동안 움직이지 못하는 증상.

력을 나는 좀 알고 있다, 그뿐이지. 마을 광장에서 열리는 7월 4일 독립기념일 연설에서는 언급되지 않을 만한 얘기를 그냥 당신한테 전달하는 거예요. 결론을 내리는 건 경찰의 역할이죠."

그녀가 어찌나 새침하게 마지막 말을 했는지 앨런은 살짝 웃음을 터뜨렸지만 꺼림칙한 마음이 고개를 들었다. 정신병도 유전이 될까? 고등학교 심리학 시간에 배운 바로는 근거 없는 미신이라고 했다. 하지만 몇 년 뒤에 올버니 경찰학교에서 만난 강사는 사실이라고, 적어도 어떤 경우에는 그렇다고 했다. 파란 눈이나 전후좌우로 움직이는 관절 같은 신체적인 특징처럼 일부 정신 질환 역시 집안 내력을 분명하게 추적할 수 있었다. 강사가 예로 든 것은 알코올의존증이었다. 그가 조현병에 대해서도 언급했던가? 기억이 나지 않았다. 경찰학교 시절은 아주 먼 옛날이었다.

"버스터에 대해서 탐문을 시작하는 게 좋겠네요." 앨런은 심각하게 말했다. "캐슬록의 도시 행정위원장이 인간 수류탄으로 변해가고 있을지 모른다, 별로 희소식은 못 되겠는데요."

"아마 아닐 거예요. 그냥 당신이 알고 있어야 하지 않을까 싶어서 얘기한 거예요. 여기 사람들도 물어보면 대답을 하긴 하겠지만…… 제대로 알고 묻는 경우에 한해서죠. 그게 아니라면 당신이 제자리에서 커다랗게 빙빙 돌며 헛발질을 하더라도 희희낙락 구경만 하면서 입다물고 있을 거고요."

앨런은 씩 웃었다. 맞는 말이었다. "내 얘기 아직 안 끝났어요, 폴리. 버스터가 나간 다음엔 거룩한 윌리가 들어왔는데……."

"쉬이잇!" 폴리가 하도 격하게 나오는 바람에 앨런은 놀라서 입을 다물었다. 그녀는 대화를 엿듣는 사람이 없는지 확인하려는 듯 주위를 두리번거린 뒤 다시 앨런을 보았다. "가끔 보면 당신, 대책이 없더라. 조심하지 않으면 이 년 뒤엔 선출 선거에서 낙방하고…… 당황스러운 미소를 만면에 띠고 '이게 뭔 일이래요?' 하고 되묻게 될 수 있어요. 조심해야 해요. 댄포스 키턴이 수류탄이라면 그 사람은 로켓포라고요."

그는 그녀 쪽으로 몸을 바짝 숙이고 말했다. "로켓포 아니에요. 저 잘난 맛에 사는 재수 없는 밥맛이지."

"카지노 나이트 때문이죠?"

그는 고개를 끄덕였다.

그녀는 그의 손 위에 자기 손을 얹었다. "딱해라. 그런데도 외부인들 눈에는 하품 나오는 작은 마을처럼 보일 거예요, 그렇죠?"

"보통은 그렇겠죠."

"그가 노발대발하면서 나갔어요?"

"아, 그럼요. 카지노 나이트의 적법성 여부를 놓고 우리의 목사님과 대화를 나눈 게 이번이 두 번째예요. 가톨릭교회에서 그 망할 행사를 얼른 해치우기 전까지 아마 몇 번 더 만나야 할걸요."

"정말 저 잘난 맛에 사는 밥맛이죠?" 그녀가 한층 더 목소리를 낮추고 물었다. 표정은 진지했지만 두 눈이 반짝이고 있었다.

"맞아요. 이제 배지까지 등장했어요. 새로운 유행이죠."

"배지요?"

"스마일 대신 슬롯머신 위에 가위표를 그은 배지요. 낸도 달고 있잖아요. 누가 그런 걸 만들었는지 모르겠어요."

"아마 돈 헴필일 거예요. 독실한 침례교도일 뿐 아니라 공화당 메인 주 지역정당 당원이기도 하거든요. 돈이 캠페인에는 일가견이 있긴 하지만, 종교가 엮이면 여론을 움직이기가 훨씬 힘들다는 걸 지금쯤 깨닫고 있겠죠." 그녀는 그의 손을 어루만졌다. "걱정 마요, 앨런. 느긋하게 생각해요. 기다려요. 그게 캐슬록에서 사는 법이에요. 걱정하지 말고 느긋하게, 가끔 불어오는 악취가 지나가길 기다리는 거. 알죠?"

그는 미소를 지으며 손을 뒤집어 그녀의 손을…… 조심스럽게 잡았다. 아주 조심스럽게. "알죠. 오늘 밤에 같이 있을래요, 예쁜 아가씨?"

"아, 앨런, 잘 모르겠……."

"비비대거나 쪽쪽거리지 않을게요." 그는 다짐했다. "내가 벽난로를 지필 테니까 그 앞에 같이 앉아 있어요. 당신은 이 마을의 숨겨진 재미있는 비밀을 몇 개 더 들려주기만 하면 돼요."

폴리는 힘없이 미소를 지었다. "지난 예닐곱 달 동안 내가 아는 비밀은 다 공개했어요, 내 것까지. 캐슬록에 대해서 좀더 공부하고 싶으면 레니 파트리지 영감이나…… 저분하고 가까운 사이가 되어야 해요." 그녀는 낸을 턱으로 가리킨 뒤 목소리를 조금 낮추었다. "레니와 낸 사이에 차이점이 있다면, 레니는 이런저런 정보를 아는 걸로 만족하지만 낸 로버츠는 자기가 아는 정보를 활용하는 걸 좋아한다는 점이에요."

"그 말인즉?"

"그 말인즉, 그녀가 소유한 재산 중에는 제값을 치르지 않은 것도 있다는 뜻이죠."

앨런은 생각에 잠긴 표정으로 그녀를 쳐다보았다. 이렇게 생각이 많은 한편으로 말도 많고 우울한 폴리의 모습은 본 적이 없었다. 친구를 거쳐 연인이 된 이래 처음으로 폴리 차머스의 정신이 멀쩡한지 아니면 약에 취한 건지 궁금해졌다.

"오늘 밤에는 각자의 집으로 가는 게 좋겠어요." 그녀가 문득 결연하게 말했다. "지금 이런 컨디션으로는 같이 있기에 좋은 사람이 못 되겠어요. 당신 표정을 보니까 알겠어요."

"폴리, 그렇지 않아요."

"집에 가서 뜨거운 물로 한참 동안 목욕을 해야겠어요. 커피는 이제 그만 마시고. 전화 코드 뽑아놓고 일찌감치 잠자리에 들었다가 내일 아침에 눈을 뜨면 다시 태어난 느낌일 거예요. 그러면…… 누가 알아요? 비비대지는 못하더라도 열심히 쪽쪽거릴 수는 있을지."

"걱정이 되는데." 그가 말했다.

그녀의 손이 그의 손안에서 조심스럽고 미묘하게 움직였다. "알아요. 아무 소용 없겠지만 그래도 고마워요, 앨런. 당신이 생각하는 것보다 훨씬 많이."

2

휴 프리스트는 캐슬록 배차장에서 퇴근하는 길에 멜로 타이거 앞을 지나며 속도를 늦추었다가…… 다시 속도를 높였다. 집에 도착한 그는 진입로에 뷰익을 주차하고 안으로 들어갔다.

그의 집은 방이 두 개였다. 하나는 침실이고 다른 방은 나머지 전부의 역할을 하는 공간이었다. 알루미늄으로 된 냉동식품 용기(대부분 엉겨붙은 그레이비소스에 대고 짜부라뜨린 담배꽁초가 박혀 있었다)로 뒤덮인 이 빠진 포마이카 테이블이 두 번째 방의 한복판을 차지하고 있었다. 그는 열어놓은 벽장 앞으로 걸어가 까치발을 하고 맨 위 선반을 더듬었다. 여우 꼬리가 없어졌다는 생각, 누가 들어와서 훔쳐 갔나 보다는 생각이 들자 뜨거운 불덩이가 뱃속을 달구었다. 하지만 이내 비단처럼 부드러운 감촉이 손끝에 닿자 그는 긴 한숨을 토했다.

하루 종일 그는 그걸 뷰익의 안테나에 어떤 식으로 매달면 좋을지, 상쾌하게 펄럭이는 꼬리가 어떻게 보일지 그 생각만 했다. 그날 아침 안테나에 매달기 직전까지 갔지만 비가 그치질 않았다. 여우 꼬리가 비를 맞고 질척질척한 털 뭉치로 변해 시체처럼 축 늘어지는 광경은 상상만으로도 싫었다. 이제 그는 풍성한 털을 손가락으로 쓰다듬는 한편 거치적거리는 빈 주스 캔을 무심결에 발로 차가며 다시 밖으로 나갔다. 아아, 얼마나 좋은 느낌인가!

차고로 들어가(1984년인가부터 잡동사니가 너무 쌓여서 차는 넣을 수가 없었다) 조금 뒤적인 끝에 튼튼한 철사를 찾아냈다. 그는 마음의 결정을 내린 상태였다. 먼저 여우 꼬리를 철사로 안테나에 묶고 저녁을 먹은 다음 그린스파크에 갈 작정이었다. 거기 있는 미국 재향군인 회관에서 7시에 '익명의 알코올중독자들' 모임이 열렸다. 새로운 인생을 시작하기에는 너무 늦었을지 모르지만…… 너무 늦었는지 어쩐지 확실하게 알아볼 시간은 아직 남아 있었다.

그는 철사로 튼튼한 매듭을 만들어 꼬리의 두툼한 한쪽 끝에 동여맸다. 이어 철사의 다른 쪽 끝으로 안테나를 감는데, 처음에는 빠르고 확실하게 움직이던 손길이 느려지기 시작했다. 자신감이 점점 사라지고 의구심이 슬금슬금 그 자리를 채웠다.

재향군인 회관 주차장에 차를 세우는 자신의 모습을 상상해보았고, 거기까지는 괜찮았다. 안으로 들어가는 자신의 모습을 상상해보았고, 거기까지도 괜찮았다. 하지만 안에서 자신의 이름은 휴 P이며 술 앞에서 속수무책이라고 밝히는 동안, 요전날 그의 트럭 앞으로 지나간 애새끼 같은 녀석이 회관 앞을 지나가는 광경이 그려졌다. 주차장을 밝히는 가로등의 푸르스름한 불빛을 받아 밝은 주황색으로 빛나는 무언가가 아이의 눈에 들어온다. 아이는 그의 뷰익으로 다가와 여우 꼬리를 들여다보고…… 손끝으로 건드렸다가 곧바로 어루만진다. 좌우를 두리번거려 아무도 없는 걸 확인한 다음 여우 꼬리를 홱 잡아당겨 철사를 끊는다. 아이가 동네 비디오 게임방에 가서 친구들에게 이렇게 얘기하는 광경이 휴의 눈앞에 그려지는 듯했다. 야, 내가 재향군인 회관 주차장에서 뭘 슬쩍했는지 한번 봐봐. 끝내주지?

단순한 추측이 아니라 이미 벌어진 사건이라도 되는 듯 좌절 어린 분노가 휴의 가슴 속으로 슬금슬금 스며들었다. 그는 여우 꼬리를 쓰다듬고, 손버릇 나쁜 아이들이 여우 꼬리를 슬쩍할 생각에 벌써부터 캐슬힐 로드 저편에 옹기종기 모여서 그가 안으로 들어가 냉동식품을 오븐에 데우길 기다리고 있기라도 한 듯 점점 어두워져가는 5시의 길거리를 두리번거렸다.

아니야. 가지 않는 게 좋겠어. 요즘 아이들은 예의라는 게 없잖아. 그냥 재미 삼아 뭐든 훔치지. 하루 이틀 가지고 있다가 흥미가 없어지면 하수구나 공터에 버리고. 사랑스러운 여우 꼬리털이 더러운 도랑에 내팽개쳐진 채 빅 맥 포장지와 버려진 맥주 캔 사이에서 비를 맞고 점점 빛을 잃어가는 장면이 그려지자—어찌나 선명한지 거의 환시에 가까웠다—휴는 분노로 가슴이 찢어질 것 같았다.

그런 위험을 감수하다니 미친 짓이다.

그는 안테나에 매달았던 철사를 풀어 꼬리를 집 안으로 가져가 벽장의 위쪽 선반에 다시 넣었다. 문을 닫았지만 아귀가 잘 맞지 않았다.

자물쇠를 채워야겠어. 그는 생각했다. 애들이 아무 데나 막 쳐들어가잖아. 요즘 것들은 세상 무서운 줄 모른다니까. 전혀 모르지.

냉장고 앞으로 가서 맥주 캔을 하나 꺼내 잠깐 쳐다보다가 다시 넣었다. 맥주 한 잔으로는, 심지어 네댓 잔을 마셔도 마음이 가라앉을 것 같지 않았다. 지금 같은 상태에서는 그랬다. 아래쪽 찬장을 열어 떨이로 사다 놓은 냄비와 프라이팬을 헤치고 만일의 사태에 대비해 쟁여놓은 블랙 벨벳 위스키 반병을 꺼냈다. 절반 눈금이 그려진 곳까지 젤리 글라스를 채우고 잠깐 고민하다가 끝까지 채웠다. 한두 모금 만에 잔을 비우자 뱃속에서 불이 났다. 다시 잔을 채웠다. 기분이 조금 좋아지고 긴장이 조금 풀리기 시작했다. 벽장 쪽을 쳐다보며 미소를 지었다. 거기 두면 안전했다. 조만간 웨스턴 오토에서 튼튼한 크라이그 자물쇠를 사다가 달면 지금보다 더 안전해질 것이다. 간절히 원하던 걸 손에 넣으면 좋지만 그걸 안전한 데 둘 수 있으면 더 좋다. 그게 최고였다.

잠시 후, 그의 미소가 조금 옅어졌다.

이러려고 그걸 산 거야? 선반에 넣어두고 문을 잠그고 지내려고?

천천히 다시 술을 마셨다. 그래, 어쩌면 이건 별로 좋은 선택이 아닐지 몰라. 그는 생각했다. 하지만 손버릇 나쁜 아이에게 도둑맞는 것보다는 낫잖아.

"어쨌거나 지금은 1955년이 아니니까." 그는 큰 소리로 말했다. "지금은 지금이지."

그는 강조하듯이 고개를 끄덕였다. 그래도 그 생각이 가시지 않았다. 여우 꼬리를 저기 처박아두면 아무런 쓸모가 없었다. 그에게도 그렇고 어느 누구에게도 그랬다.

하지만 술이 생각을 정리해주었다. 술이 두어 잔 들어가자 여우 꼬리를 처박아두는 것이 더할 나위 없이 이성적이고 합리적인 판단처럼 느껴졌던 것이다. 저녁 식사는 건너뛰기로 했다. 이렇게 현명한 결정을 기념하는 차원에서 술을 한두 잔 더 마셔야 했다.

그는 젤리 글라스를 다시 채우고 원기둥 모양의 철제 다리가 달린 식탁 의자에 앉아 담배에 불을 붙였다. 그렇게 앉아서 술을 마시며 냉동식품 용기에 재를 터는 동안 여우 꼬리는 잊히고 네티 코브 생각이 떠올랐다. 또라이 네티. 그는 또라이 네티에게 장난을 칠 작정이었다. 다음 주 아니면 다다음 주일지도 모르지만…… 이번 주일 가능성이 가장 컸다. 곤트 씨가 시간 낭비를 좋아하지 않는다고 했고 휴는 그의 말을 믿지 않을 이유가 없었다.

그 순간이 기다려졌다.

단조로운 일상이 깨어질 것이다.

그는 술을 마시고 담배를 피웠고, 10시 15분 다른 방의 좁은 침대에 깔린 지저분한 시트 위에서 마침내 기절했을 때 그의 얼굴에는 미소가 드리워 있었다.

3

헴필스 마켓이 문을 닫은 7시에 윌마 저직의 근무시간도 끝났다. 그녀는 7시 15분에 집 앞 진입로에 들어섰다. 거실 창문에 쳐놓은 커튼 사이로 은은한 불빛이 내비쳤다. 그녀는 안으로 들어가 코를 킁킁거렸다. 마카로니 앤드 치즈 냄새가 났다. 기분이 좋았다……. 아직까지는.

피터는 신발을 벗고 소파에 대자로 누워서 〈휠 오브 포춘〉을 보고 있었다. 무릎에는《포틀랜드 프레스 헤럴드》가 놓여 있었다.

"메모 봤어." 그가 잽싸게 일어나 앉아서 신문을 옆으로 치우며 말했다. "캐서롤 넣어놨어. 7시 30분이면 다 될 거야." 그는 진지한 갈색 눈으로 살짝 불안스럽게 그녀를 쳐다보았다. 피터 저직은 주인의 마음에 들려고 안달이 난 개처럼 일찌감치 똥오줌 가리는 법을 익혔다. 엇나가는 때도 있었지만 그녀가 돌아왔을 때 신발을 신은 채로 소파에 누워 있은 지는 오래됐고, 집 안에서 감히 파이프 담배를 피운 지는 그보다 더 오래됐다. 해가 서쪽에서 뜨지 않는 이상 볼일을 본 다음 변좌 내리는 걸 깜빡할 일도 없었다.

"빨래 걷었어?"

죄책감과 경악이 한데 뒤엉킨 표정이 그의 동그랗고 꾸밈없는 얼굴을 어지럽혔다. "으악! 신문 읽느라 깜빡했네. 당장 걷어 올게." 그는 이미 신발을 찾고 있었다.

"됐어." 그녀는 말하고 부엌 쪽으로 걸음을 옮겼다.

"월마, 내가 할게!"

"그럴 것 없어." 그녀는 다정한 목소리로 말했다. "내가 지난 여섯 시간 내내 계산대 앞에 서 있었다고 해서 당신이 신문이나 배너화이트*를 내팽개칠 필요는 없잖아. 그냥 앉아 있어, 피터. 쉬어."

그가 어떤 반응을 보이는지 돌아볼 필요도 없었다. 결혼 생활 칠 년 만에 피터 마이클 저직은 예상의 범주를 넘어서지 않는 인간이 되었다. 상처받고 살짝 억울해하는 표정을 짓고 있을 것이다. 방금 변소에 다녀왔는데 뒤를 닦았는지 기억이 안 나는 사람처럼, 그녀가 나간 뒤에도 그 자리에 잠깐 서 있다가 상을 차리고 캐서롤을 꺼내러 갈 것이다. 슈퍼에서 어떤 일이 있었는지 질문을 퍼붓고 그녀의 대답에 귀를 기울일 것이며, 그녀의 말허리를 잘라가며 자기는 옥스퍼드에 있는 윌리엄스 브라운 부동산 중개업소에서 어떤 하루를 보냈는지 시시콜콜 늘어놓는 일은 없을 것이다. 부동산 얘기를 세상에서 가장 지긋지긋하게 여기는 월마로서는 다행스러운 일이었다. 저녁 식사가 끝나면 그는 자진해서 설거지를 할 테고 이번에는 그녀가 신문을 읽을 것이다. 이 모든 게 사소한 집안일 하나를 깜빡한 대가였다. 그녀는 빨래 걷는 일이 전혀 성가시지 않았다. 사실

* 〈휠 오브 포춘〉의 공동 진행자.

오후의 햇살을 쪼이며 행복하게 마른 빨래의 감촉과 향을 느끼는 게 좋았다. 하지만 피터에게 실토할 생각은 없었다. 그건 그녀만의 소소한 비밀이었다.

그녀에게는 그런 비밀이 많았고 그걸 비밀에 부치는 이유는 전부 하나였다. 전쟁에서 유리한 고지를 점령하기 위해서였다. 어떤 날은 퇴근하고 한 시간, 심지어 두 시간 동안 소규모 접전을 벌인 다음에야 피터에게 전면 항복을 받아내고, 그녀의 마음속 전투지도에서 그를 상징하는 하얀색 핀을 그녀를 상징하는 빨간색 핀으로 바꿀 수 있었다. 오늘 저녁에는 집에 들어선지 이 분도 안 돼서 교전을 승리로 장식했고, 그래서 좋았다.

그녀는 결혼 생활이 곧 일생을 두고 펼치는 전쟁이라고 진심으로 믿었다. 포로로 잡거나 항복한 자에게 자비를 베풀지 못하고 모든 전장을 초토화할 수밖에 없는 장기전을 치를 때는 오늘과 같은 손쉬운 승리에서 아무런 감흥을 느끼지 못할 수도 있었다. 하지만 아직은 그런 때가 아니었기에 그녀는 왼쪽 겨드랑이에 바구니를 끼고, 풍만한 가슴 아래로 흘가분한 마음을 달래며 빨래 널어놓은 곳으로 나갔다.

뒷마당을 반쯤 지났을 때 그녀는 당황하며 걸음을 멈추었다. 시트가 대체 어디 있지?

어둠 속에서 나부끼는 하얗고 큼지막한 정사각형이 한눈에 들어와야 맞는데 보이지가 않았다. 바람에 날아갔나? 말도 안 돼! 그날 오후에 바람이 불긴 했지만 강풍은 전혀 아니었다. 누가 훔쳐 갔나?

그때 세찬 바람이 허공을 가르자 큼지막한 뭔가가 느른하게 펄럭이는 소리가 들렸다. 좋아…… 어딘가에 있다는 얘긴데. 아이만 열세 명인 가톨릭 대가족 집안의 맏딸은 빨랫줄에 널린 시트가 펄럭이는 소리를 모를 수가 없었다. 하지만 소리가 이상했다. 너무 묵직했다.

윌마는 다시 한 걸음 내디뎠다. 골치 아픈 사태를 예상하는 사람처럼 항상 살짝 그늘이 드리워진 그녀의 얼굴이 한층 어두워졌다. 이제 시트가 보였다. 아니, 시트일 수밖에 없는 형체가 보였다. 그런데 시커멨다.

그녀는 다시 한 발짝, 이번에는 좀더 작게 걸음을 내디뎠다. 산들바람이 또다시 마당을 쓸고 지나갔다. 이번에는 형체가 불룩하게 부풀며 그녀를 향해 펄럭였고 손을 들어 막을 겨를도 없이 묵직하고 끈적끈적한 무언가가 그녀를 때렸다. 질척한 것이 그녀의 뺨 위로 튀었다. 뭔지 모를 두툼하고 축축한 것이 그녀를 눌렀다. 차갑고 끈적끈적한 손이 그녀를 붙잡으려는 듯한 느낌이었다.

그녀는 아무 일에나 비명을 지르고 보는 성격이 아니었지만, 이번에는 비명을 지르며 빨래 바구니를 떨어뜨렸다. 질척질척하게 펄럭이는 소리가 다시 들리자 그녀는 눈앞에서 어른거리는 형체를 피해 몸을 돌리려 했다. 그러느라 왼쪽 발목이 등나무 빨래 바구니에 부딪혀 한쪽 무릎을 꿇으며 고꾸라졌다. 대자로 넘어지지 않은 이유는 오로지 운과 반사 신경 덕분이었다.

묵직하고 축축한 것이 등을 철썩 때렸다. 두툼하고 질척질척한 무언가가 목을 타고 흘렀다. 윌마는 다시 비명을 지르며 기어서 빨랫줄로부터 도망쳤다. 스카프에서 삐져나온 머리칼이 뺨 위로 늘어져 간질거렸다. 그 느낌이 싫었지만…… 빨랫줄에 매달린 시커먼 형체가 침을 질질 흘리며 축축하게 핥는 느낌이 더 싫었다.

부엌문이 쾅 열리더니 피터의 놀란 목소리가 마당을 가로질렀다.

"월마? 월마, 괜찮아?"

그녀의 뒤에서 펄럭이는 소리가 들렸다. 흙으로 틀어막힌 성대 사이로 킬킬거리는 듯 소름이 끼치는 소리였다. 옆 마당에서 해버힐 부부의 개가 듣기 싫은 고음으로 히스테릭하게 왁! 왁! 왁! 짖기 시작했고 이것 역시 월마의 심리 상태를 개선하는 데 아무 도움이 되지 않았다.

일어난 그녀는 피터가 더듬더듬 뒷계단을 내려오는 것을 보았다.

"월마? 넘어졌어? 괜찮아?"

"그래!" 그녀는 성난 목소리로 외쳤다. "그래, 넘어졌어! 그래, 괜찮아! 빌어먹을 불이나 켜!"

"다치지는……."

"빌어먹을 불이나 켜라고!" 그녀는 소리를 지르며 외투에 대고 한쪽 손을 문질렀다. 차갑고 끈적끈적한 것이 손에 묻어 나왔다. 너무 화가 나서 맥박이 뛸 때마다 눈앞에서 별이 반짝거렸고…… 무엇보다 겁에 질렸던 자기 자신에게 가장 화가 났다. 잠깐이나마 겁이 났었다니.

왁! 왁! 왁!

옆집의 개새끼가 미친 듯이 짖어댔다. 망할. 그녀는 개라면, 특히 시끄러운 개라면 질색이었다.

피터의 형체가 계단 꼭대기로 다시 올라갔다. 문이 열리고 그의 손이 안을 더듬자 전등이 켜지며 눈부신 빛이 뒷마당으로 쏟아졌다.

윌마는 자기 몸을 내려다보았다. 새로 산 겨울용 외투 앞섶에 진한 갈색 얼룩이 길게 나 있었다. 얼굴을 미친 듯이 문지르고 손을 확인해보니 역시 갈색이었다. 등줄기를 타고 시럽처럼 천천히 흐르는 무언가가 느껴졌다.

"진흙이잖아!" 믿을 수 없는 상황에 그녀는 망연자실해졌다. 자기가 큰 소리로 외쳤다는 것조차 알아차리지 못할 정도였다. 누가 이런 짓을 저질렀을까? 누가 감히?

"뭐라고, 여보?" 피터가 물었다. 그는 그녀를 향해 다가오다가 신중하게 거리를 두고 걸음을 멈추었다. 윌마의 얼굴을 보고 오싹했던 것이다. 새끼 뱀들이 살갗 바로 안쪽에서 부화하기라도 한 듯 얼굴을 꿈틀거리고 있었다.

"진흙!" 그녀는 비명을 지르며 그가 있는 쪽으로…… 아니, 그에게 손을 내밀었다. "진흙이라고! 진흙!"

피터를 그녀의 뒤편을 쳐다보고 그제야 무슨 말인지 이해했다. 입이 떡 벌어졌다. 윌마는 그의 시선이 향한 곳으로 몸을 홱 돌렸다. 부엌 문 위에 달린 전등이 빨랫줄과 텃밭을 인정사정없이 환하게 밝혀 드러내야 할 모든 것을 드러내 보였다. 그녀가 깨끗하게 빨아 널었던 시트가 이제는 질척질척한 덩어리로 맥없이 빨래집게에 꽂힌 채 늘어져 있었다. 그냥 진흙이 튄 수준이 아니었다. 진흙으로 덮이고 칠갑이 되어 있었다.

윌마가 텃밭을 들여다보니 진흙을 떠낸 부분이 군데군데 깊숙하게 파여 있었다. 범인이 진흙을 장전하고 빨랫줄 앞까지 걸어가서 던진 다음 다시 장전하느라 왔다 갔다 한 흔적도 잔디에 남아 있었다.

"이런 염병할!" 그녀는 비명을 질렀다.

"윌마…… 집으로 들어가자, 여보. 내가……." 피터는 묘안을 모색하다가 좋은 생각이 떠오르자 안도하는 얼굴로 말했다. "차를 끓여줄게."

"차는 개나 주라고 해!" 윌마가 음역대가 허락하는 한도 안에서 가장 높은 음으로 고함을 지르자 옆집에서 해버힐 부부의 개가 왁왁 하고 발광했다. 안 그래도 개라면 질색인데 돌아버릴 지경이었다. 시끄러운 개새끼 같으니라고!

분노가 폭발한 그녀는 달려들어 시트를 움켜쥐고 끌어내렸다. 첫 번째 빨랫줄은 그녀의 손가락이 걸리자 기타 줄처럼 탁하고 끊어졌다. 걸려 있던 시트가 축축한 고깃덩어리처럼 철퍼덕 떨어졌다. 윌마는 주먹을 쥐고 짜증이 난 아이처럼 얼굴을 구긴 채 개구리처럼 그 위로 폴짝 뛰어올랐다. 시트가 피곤한 듯 푸시시 소리와 함께 부풀어 오르며 그녀의 스타킹 위로 진흙 덩어리를 뿌렸다. 그게 최후의 일격이었다. 그녀는 입을 벌리고 분노의 비명을 질렀다. 범인을 잡아내고야 말 테다. 두말하면 입 아프지. 진짜다. 범인을 잡으면…….

"무슨 일 생긴 건 아니죠, 저직 부인?" 놀라서 흔들리는 해버힐 부인의 목소리였다.

"젠장, 그럼요! 스터노* 마시면서 〈로런스 웰크 쇼〉 보고 있었어요. 그 집 개나 조용히 시켜줄래요!" 월마는 소리를 질렀다.

그녀는 시뻘게진 얼굴 앞으로 머리칼을 늘어뜨린 채 숨을 헐떡이며 진흙을 뒤집어쓴 시트에서 뒷걸음질쳤다. 우악스럽게 머리칼을 넘겼다. 개새끼 때문에 돌아버릴 지경이었다. 저 시끄러운 개새끼들은…….

딱 소리와 함께 생각의 흐름이 끊겼다.

개.

시끄러운 개새끼.

여기서 모퉁이만 돌면 나오는 포드 스트리트에 누가 살고 있지?

아니, 여기서 모퉁이만 돌면 나오는 집에서 레이더라는 이름의 시끄러운 개새끼를 키우는 정신 나간 여편네가 누구지?

다름 아닌 네티 코브였다.

그 녀석이 강아지 특유의 고음으로 봄철 내내 짖어대는 소리가 더이상 견딜 수 없는 수준에 이르렀을 때, 급기야 월마는 네티에게 전화해 녀석의 입을 다물게 하지 못하겠거든 처분하라고 했었다. 일주일이 지나도록 전혀 달라지는 게 없는 걸 보고(월마가 인정할 만한 수준의 변화는 없었다) 그녀는 네티에게 다시 전화해 녀석을 조용히 시키지 않으면 경찰에 신고하겠다고 말했다. 다음 날 밤에 우라질

* 캔에 담겨 유통되는 휴대용 알코올 연료. 식용이 아니므로 섭취했을 경우 건강에 심각한 위험을 초래하지만, 싼값에 취할 수 있다는 점 때문에 많은 사람들이 이 독성 물질을 섭취하다가 사망하기도 했다.

똥개가 다시 왈왈거리며 짖기 시작하자 그녀는 경찰에 신고했다.

그로부터 일주일쯤 지났을 때 네티가 슈퍼로 찾아왔다(윌마와 다르게 네티는 이리저리 따지고 고민해야 행동으로 옮길 수 있는 성격인 듯했다). 물건은 하나도 고르지 않고서 윌마의 계산대 앞에 줄을 섰다. 자기 차례가 되자 그녀는 숨을 헐떡이며 깩깩거리는 목소리로 웅얼거렸다.

"나하고 레이더 괴롭히지 마요, 윌마 저직. 걔가 얼마나 착한 강아지라고요. 괜히 시끄러운 일 벌이지 마요."

항상 전투태세를 갖추고 있는 윌마는 직장에서 대치 상황이 빚어졌다고 해서 당황하는 법이 없었다. 사실은 오히려 반갑기까지 했다.

"시끄러운 일이 어떤 건지 알지도 못하면서 이러시네. 그 빌어먹을 개를 조용히 시키지 않으면 진짜 시끄러운 일이 어떤 건지 알게 될 거예요."

코브라는 여자는 얼굴이 백지장처럼 하얘졌지만 자세를 똑바로 펴고, 손목에서부터 팔꿈치까지 앙상한 팔뚝 위로 힘줄이 도드라지도록 핸드백을 움켜쥐었다. 그러더니 "나 지금 경고하는 거예요" 하고는 허둥지둥 나갔다.

"어머나, 나 지금 살짝 지린 것 같아!" 윌마는 그녀의 뒤에 대고 요란하게 외쳤지만(전투의 기미가 느껴지면 항상 기분이 좋아졌다) 네티는 돌아보지 않고 발걸음만 더 재촉했다.

이후로 개는 잠잠해졌다. 봄 동안 지루한 날들이 이어졌기에 윌마로서는 다소 맥이 풀렸다. 피터마저 반란의 기미를 전혀 보이지 않으니, 윌마는 파릇파릇하게 바뀐 나무와 풀을 접해도 꿈쩍하지 않는 겨울 끝자락의 우울함을 느낄 지경이었다. 일상에 생기와 묘미를 더하려면 한번 박 터지게 싸울 필요가 있었다. 또라이 네티 코브가 한동안은 훌륭하게 요구에 부응하는가 싶었건만 이제 개가 얌전해졌으니 윌마는 다른 놀잇감을 찾아보아야 할 성싶었다.

그러다 오월의 어느 날 저녁에 개가 다시 짖기 시작했다. 잠깐 짖고 그만이었지만 윌마는 얼른 수화기 앞으로 달려가 네티에게 전화를 걸었다. 이런 기회가 찾아올 경우에 대비해 전화번호부에 미리 표시까지 해둔 터였다.

그녀는 예의를 갖추느라 시간 낭비하지 않고 본론으로 직행했다.

“나 윌마 저직이에요. 개 조용히 시키지 않으면 내가 나서서 조용히 시키겠다고 얘기하려고 전화했어요.”

“이미 그쳤잖아요!” 네티는 외쳤다. “퇴근해서 듣자마자 안으로 들였어요! 나하고 레이디 건드리지 마요! 경고했잖아요! 계속 건드리면 후회하게 될 거예요!”

“내 말 명심해요. 참을 만큼 참았으니까. 또다시 그렇게 시끄럽게 짖으면 쓸데없이 경찰에 연락하지 않을 거예요. 내가 직접 찾아가서 그 녀석의 빌어먹을 목을 따버리겠어요.”

그녀는 네티가 뭐라고 대꾸도 하기 전에 전화를 끊었다. 적(친척, 동네 사람, 배우자)과 교전을 벌일 때 가장 중요한 원칙이 있다면 도발한 쪽에서 최후의 일격을 날려야 한다는 것이었다.

이후로 개는 찍소리도 내지 않았다. 소리를 냈을지도 모르지만 어쨌든 윌마는 알아차리지 못했다. 애초부터 그 소리가 그렇게 거슬리지도 않았을 뿐 아니라 캐슬뷰의 미용실 사장과 좀더 생산적인 언쟁에 돌입했기 때문이다. 그렇게 윌마는 네티와 레이더를 거의 잊었다.

하지만 네티는 그녀를 잊지 않은 모양이었다. 윌마는 바로 어제 새로 문을 연 가게에서 네티를 만났다. 눈빛으로 사람을 죽일 수 있다면 나는 어제 그 자리에서 쓰러졌을 거야. 윌마는 이런 생각이 들었다.

그녀는 진흙투성이로 못 쓰게 된 시트 옆에 서서 그 미친 여편네가 어떤 식으로 두려움과 반항심이 뒤섞인 표정을 지었는지, 어떤 식으로 입술을 뒤집고 잠깐 이를 드러냈는지 기억을 더듬었다. 윌마는 증오의 표정이라면 익히 알고도 남았고, 어제 네티 코브의 얼굴에서 그 표정을 보았다.

경고했잖아요…… 후회하게 될 거예요.

"윌마, 들어가자." 피터가 말했다. 조심스럽게 그녀의 어깨에 손을 얹었다.

그녀는 휙 어깨를 움직여 손을 떨쳐냈다. "나 건드리지 마."

피터는 뒤로 한 발짝 물러났다. 손을 쥐어짜고 싶지만 차마 그러지 못하는 표정이었다.

어쩌면 그녀도 잊어버리고 지냈을지 몰라. 윌마는 생각했다. 어제 새로 문을 연 그 가게에서 나를 보기 전까지는. 아니면 살짝 맛이 간 그 머리로 뭔가 계획을 세우고 있다가

(경고했잖아요)

나를 본 순간 마침내 시동이 걸린 건지도 모르지.

그녀는 어느덧 네티가 범인이라는 결론을 내리기에 이르렀다. 그녀 말고는 지난 며칠 동안 원한이 있음직한 사람과 서로 눈이 마주친 적이 없었다. 이 마을에는 그녀를 좋아하지 않는 다른 사람들도 여럿 있었지만 이런 식의 장난은, 이런 식의 비열하고 비겁한 장난은 어제 네티가 그녀를 바라보던 눈빛과 딱 맞아떨어졌다. 두려움과

(후회하게 될 거예요)

증오가 한데 어우러진 경멸의 표정. 바로 그녀가 상대가 등을 보일 때만 달려들어 무는 개 같다는 생각이 들었다.

그렇다, 네티 코브가 범인이다. 생각하면 할수록 점점 더 확신이 생겼다. 그리고 이건 용서할 수 없는 행위였다. 시트가 못 쓰게 돼서가 아니었다. 비겁한 장난이어서도 아니었다. 심지어 실성한 인간의 소행이어서도 아니었다.

월마에게 공포심을 조장했기 때문에 용서할 수 없었다.

딱 일 초뿐이긴 했지만, 미끈미끈한 갈색의 무언가가 어둠속에서 그녀의 얼굴로 날아와 무슨 괴물의 손인 양 차갑게 어루만진 그 한순간뿐이긴 했지만…… 딱 일 초라도 용납할 수 없었다.

"월마?" 그녀가 넓적한 얼굴을 돌리자 피터가 불렀다. 현관 불빛에 비친 그녀의 표정이 마음에 걸렸다. 얼굴이 온통 하얀색과 검은색으로 번들거렸고 움푹하게 그늘이 져 있었다. 무표정한 눈빛도 께름칙했다. "여보? 괜찮아?"

그녀는 본체만체 그의 곁을 성큼성큼 지나쳤다. 피터가 종종걸음으로 뒤따라오는 가운데 그녀는 집으로…… 전화기로 향해 갔다.

4

네티가 레이더를 발치에 두고 새로 산 카니발 글라스 전등갓을 무릎에 얹은 채 거실에 앉아 있을 때 전화벨이 울렸다. 8시 20분이었다. 그녀는 움찔하며 전등갓을 더 세게 움켜쥐었고 두려움과 불신이 어우러진 눈빛으로 전화기를 쳐다보았다. 순간 관계 당국에서 예쁜 전등갓을 돌려주어야 한다고, 다른 사람의 것이라고, 그녀의 보잘것없는 컬렉션에 그렇게 아름다운 물건이 추가될 수는 없다고, 그것 자체가 어이없는 발상이라고 얘기하기 위해 전화한 게 분명하다는 생각이 들었다. 물론 말도 안 되는 생각이었지만 그런 느낌을 떨쳐버릴 수가 없었다.

레이더가 전화를 받을 거냐고 묻는 듯 그녀를 잠깐 올려다보았다가 주둥이를 다시 앞발에 얹었다.

네티는 전등갓을 조심스럽게 옆에 내려놓고 수화기를 집었다. 폴리가 내일 아침 출근하는 길에 헴필스 마켓에서 저녁거리를 사다 달라고 전화한 것일 수도 있었다.

"여보세요, 코브의 집입니다."

그녀는 딱딱하게 말했다. 평생 관계 당국을 두려워하며 지내는 동안 그녀는 그런 공포를 다스리는 가장 좋은 방법이 관계 당국의 말투를 흉내 내는 것이라는 사실을 터득했다. 그런다고 두려움이 사라지지는 않았지만 적어도 제어는 됐다.

"네가 무슨 짓을 저질렀는지 다 알아, 이 미친 여편네야!"

누군가가 내뱉었다. 얼음송곳처럼 갑작스럽고 섬뜩한 소리였다.

가시에 찔린 듯 네티의 숨이 턱 막혔다. 얼굴에 경악의 표정이 갇힌 듯 굳었고 심장이 목젖을 비집고 올라오려고 했다. 레이더가 묻는 듯한 표정으로 그녀를 다시 올려다보았다.

"누구…… 누구신데……."

"누군지 알잖아." 상대방이 말했고, 두말하면 잔소리지만 네티는 알았다. 윌마 저직이었다. 그 못돼 처먹은 여자였다.

"짖지 않았잖아요!" 네티의 목소리는 높고 가늘고 날카로웠다. 헬륨 풍선 속 가스를 통째로 마신 듯한 목소리였다. "다 커서 이제는 짖지도 않아요! 지금 바로 내 발치에 앉아 있다고요!"

"내 시트에 진흙 던지니까 재미있데, 이 정신 나간 잡년아?"

윌마는 화가 머리끝까지 치밀었다. 이 여자는 계속 개 문제인 척 시치미를 떼고 있었다.

"시트라뇨? 무슨 시트요? 나는…… 나는……." 네티는 카니발 글라스 전등갓 쪽을 쳐다보고는 거기서 용기를 얻은 듯한 표정을 지었다. "나 건드리지 말랬죠? 미친 사람은 내가 아니라 당신이에요!"

"다 갚아주겠어. 내가 집을 비운 동안 우리 집 마당으로 들어와서 시트에 진흙을 던지다니, 아무도 그럴 순 없지. 아무도, 아무도! 알겠어? 그 나사 풀린 머리에 접수가 됐나? 장소도, 시간도, 무엇보다 어떤 식이 될지 너는 모를 거야. 하지만 내가…… 갚아주고야…… 말겠어. 알아들어?"

네티는 수화기를 귀에 바짝 대고 눌렀다. 눈썹과 이마선 사이를 가로지르는 한 줄의 시뻘건 얼룩 말고는 얼굴이 온통 송장처럼 새

하얬다. 이를 앙다물고 양쪽 입가로 숨을 헐떡이자 뺨이 풀무처럼 부풀었다가 꺼졌다.

“날 자꾸 건드리면 후회하게 될 거랬지!” 헬륨 가스를 마신 듯한 고음의 희미한 목소리로 그녀가 외쳤다. 레이더는 이제 일어나 귀를 쫑긋 세우고 걱정스러운 듯 눈을 반짝였다. 방 안에서 위협의 냄새를 맡았다. 한 번 크게 짖었다. 네티는 그 소리를 듣지도 못했다.

“아주 후회하게 될 거라고! 나는…… 나는 아는 사람들이 있어! 관계 당국 사람들! 아주 잘 아는 사이야! 내가 어쩔 방법이 없어서 참고 있는 게 아니야!”

윌마는 나지막하고 진지하지만 분노로 이글거리는 목소리로 천천히 말했다. “나를 건드린 게 네 인생 최악의 실수야. 쥐도 새도 모르게 해치워주마.”

딸깍하는 소리가 들렸다.

“그러기만 해봐!” 네티는 울부짖었다. 공포와 어쩔 도리가 없는 깊은 분노의 눈물이 이제 두 뺨을 타고 흘러내렸다. “그러기만 해봐, 이 나쁜 여편네야! 내가…… 내가…….”

다시 한번 딸깍하는 소리가 들렸다. 웅 하는 통화대기 신호음이 뒤를 이었다.

네티는 수화기를 내려놓고 의자에 삼 분가량 꼿꼿하게 앉아 허공을 응시했다. 그런 다음 흐느껴 울었다. 레이더가 다시 한번 짖고 의자 가장자리에 앞발을 얹었다. 네티는 녀석을 끌어안고서 털에 대고 눈물을 흘렸다. 레이더가 그녀의 목을 핥았다.

“그 여자는 너를 해치지 못할 거야, 레이더.” 그녀는 달콤하고 깨끗한 강아지의 온기를 마시며 위안을 얻으려고 했다. "그 악독한 여자는 너를 해치지 못할 거야. 관계 당국도 아니잖아. 그냥 못된 할망구지. 그 여자가 너나…… 나를 해치려고 하면…… 후회하게 될 거야."

그녀는 마침내 허리를 펴고 의자 옆면과 쿠션 사이로 들어간 화장지를 찾아서 눈물을 닦았다. 겁이 났지만…… 웅웅거리며 그녀를 관통하는 분노도 느낄 수 있었다. 개수대 아래 서랍에서 고기용 포크를 꺼내 남편의 목에 꽂기 직전에 느꼈던 것과 비슷했다.

그녀는 테이블에 놓아둔 카니발 글라스 전등갓을 집어 조심스럽게 끌어안았다.

"무슨 짓을 저지르면 그 여자는 아주, 아주 후회하게 될 거야."

그녀는 그렇게 레이더를 발치에 두고 전등갓을 무릎에 얹은 채 오랫동안 앉아 있었다.

5

노리스 리지윅은 순찰차를 타고 길거리 서쪽의 건물들을 유심히 들여다보며 메인 스트리트를 천천히 지났다. 근무시간이 조만간 끝날 거라 기뻤다. 오늘 아침 그 멍청이에게 붙들리기 전에 기분이 얼마나 좋았는지 기억이 났다. 화장실 거울 앞에 서서 모자를 만지며 모든 게 완벽하다는 생각에 뿌듯했었지. 전부 기억나긴 했지만 19세기에 찍은 사진처럼 오래되고 빛바랜 느낌이었다. 멍청이 키턴에게 붙들리고부터 지금까지 뭐 하나 제대로 된 일이 없었다.

119번 도로에 있는 치킨 전문점 클럭클럭 투나잇에서 점심을 먹었다. 보통은 음식이 괜찮은데 이번에는 미칠 듯한 속쓰림에 이어 한바탕 물똥이 이어졌다. 3시 무렵에는 7번 국도를 지나다 캠버 영감의 집 근처에서 못을 밟는 바람에 타이어를 갈아야 했다. 헐렁한 너트를 좀더 단단히 잡고 돌릴 욕심에 아무 생각 없이 세탁소에서 오늘 배달된 유니폼 셔츠에 손가락을 닦는 통에 앞섶에 짙은 회색의 번들거리는 기름 자국이 네 줄로 길게 남았다. 이걸 쳐다보며 경악하던 와중에 복통이 또다시 설사로 이어져 덤불로 허겁지겁 달려가야 했다. 그걸 쏟아놓기 전에는 바지를 내리느라 시간과 사투를 벌여야 했다. 그 싸움에서는 이겼지만…… 그가 선택한 조그만 덤불의 생김새가 마음에 들지 않았다. 독이 있는 옻나무처럼 생겼기 때문인데, 지금까지의 일진으로 보건대 진짜 옻나무일 수도 있었다.

노리스는 캐슬록의 시내에 해당하는 건물들 앞을 느릿느릿 지났다. 노웨이 은행 겸 신용기금, 웨스턴 오토, 낸스 런처넷, 팝 메릴의 잡동사니 왕궁이 있었던 시커먼 빈자리, 유 소 앤드 소, 니드풀 싱스, 캐슬록 철물점…….

노리스는 갑작스럽게 브레이크를 밟고 멈추어 섰다. 니드풀 싱스의 쇼윈도에 놀라운 게 있었다. 아니, 놀라운 게 있는 것 같았다.

그는 백미러를 들여다보았다. 메인 스트리트에는 아무도 없었다. 상점가 저쪽 끝의 신호등이 돌연 꺼지더니 안에서 계전기가 생각에 잠긴 듯 딸깍거리는 몇 초 동안 불이 들어오지 않았다. 그러다 잠시 후에 중간에 있는 노란불이 깜빡이기 시작했다. 9시라는 뜻이었다. 9시 정각.

노리스는 후진해 길가에 차를 댔다. 무전기를 내려다보며 10-22 신호를 넣을까 하다가—순찰차를 비운다는 신호였다—그러지 않기로 했다. 그냥 쇼윈도를 잠깐 들여다보고 싶을 뿐이었다. 차에서 내리기 전에 무전기 볼륨을 조금 높이고 차창을 내렸다. 이러면 될 것이다.

네가 생각하는 그거일 리 없어. 그는 바지를 추어올리고 인도를 가로지르며 마음을 다잡았다. 절대 그럴 리 없지. 오늘은 뭘 발견하는 날이 아니라 실망하는 날이니까. 누가 쓰던 제브코 낚싯대하고 릴이겠…….

그런데 아니었다. 그물과 밝은 노란색 고무장화와 함께 니드풀싱스 쇼윈도에 깜찍하게 진열된 낚싯대는 제브코가 아니었다. 바준이었다. 십육 년 전 아버지가 돌아가신 뒤로 처음 보는 바준 낚싯대. 노리스는 그때 열네 살이었고 두 가지 이유에서 바준을 사랑했다. 그 자체와 그것이 상징하는 의미가 바로 두 가지 이유였다.

그 자체? 그건 그냥 이 세상에서 가장 훌륭한 호수와 개울용 낚싯대였다.

그것이 상징하는 의미? 행복했던 시간. 그뿐이었다. 노리스 리지윅이라는 비쩍 마른 아이가 아버지와 함께 보낸 행복했던 시간. 마을 가장자리를 흐르는 개울 옆 숲속을 헤치며 보낸 행복했던 시간. 김이 모락모락 피어나는 조그만 기둥처럼 그들만의 세상을 감싼 호수의 안개로 주변의 모든 게 하얗게 변한 가운데 조그만 배를 타고 호수 한복판에 앉아 있었던 행복했던 시간. 그곳은 두 남자로 이루어진 세상이었다. 다른 세상에서는 엄마들이 조만간 아침을 준비할 테고 그것도 훌륭한 세상이었지만 여기만큼 훌륭하지는 않았다. 그 이전에도 그 이후에도 그만큼 훌륭한 세상은 없었다.

바준 낚싯대와 릴은 아버지가 치명적인 관상동맥 질환을 일으킨 이후에 사라졌다. 장례식을 치르고 차고에서 찾아본 기억이 났지만 그건 없었다. 지하실을 뒤지고 심지어 부모님의 침실 벽장까지 살폈으나(엄마가 아버지에게 거기다 낚싯대를 두게 하느니 차라리 코끼리를 두게 할 사람이라는 걸 알면서도) 바준은 보이지 않았다. 노리스는 전부터 필 삼촌을 의심했다. 몇 번이고 용기를 내서 물어보려고 했지만 번번이 난관에 부딪혀 뒤로 물러났다.

바로 그것일 수도 있는 낚싯대와 릴을 본 순간, 그는 그날 들어 처음으로 버스터 키턴을 잊었다. 단순하면서도 완벽한 기억 하나가 그를 집어삼켰다. 낚시 도구 상자를 발 사이에 두고 고물에 앉아 빨간 바탕에 회색 줄무늬가 그려진 보온병에서 커피를 한 잔 따르려고 노리스에게 바준을 건네던 아버지에 얽힌 기억이었다. 따뜻하고 근사한 커피 향이 느껴졌고 아버지의 애프터셰이브 로션 냄새도 느껴졌다. 서던 젠틀맨이라는 로션이었다.

문득 치밀어 오른 해묵은 비감이 잿빛 품안에 그를 가두었다. 그는 아버지가 보고 싶어졌다. 십여 년의 세월이 흘렀지만 병원에 갔다 온 어머니가 그의 손을 잡고 "이제 우리는 마음 단단히 먹어야 한다, 노리스"라고 했던 그날처럼 해묵은 고통이 걸신들린 듯 생생하게 또다시 뼛속을 파고들었다.

쇼윈도 높이 달린 스포트라이트 불빛이 릴의 강철 덮개에 반사돼 눈부시게 반짝이자 그 옛날의 사랑이, 그 짙은 황금빛 사랑이 다시금 그를 휩쓸고 지나갔다. 노리스는 바준 낚싯대를 물끄러미 바라보며 빨간 바탕에 회색 줄무늬가 그려진 큼지막한 보온병에서 피어오르던 갓 끓인 커피 향과 잔잔하고 넓게 펼쳐져 있던 호수를 생각했다. 낚싯대에 달린 코르크 손잡이의 거친 질감이 머릿속에 떠오르자 그는 천천히 한 손을 들어 눈을 훔쳤다.

"경관님?" 누군가가 조용히 그를 불렀다.

노리스는 조그맣게 비명을 지르며 쇼윈도에서 펄쩍 뒤로 물러났다. 순간 이러다 바지에 똥을 싸겠다는 생각이 들었다. 완벽한 하루의 완벽한 결말이겠군. 이윽고 복통이 가라앉자 그는 좌우를 두리번거렸다. 트위드 재킷을 입은 키 큰 남자가 가게 문 앞에 서서 살짝 미소를 머금은 얼굴로 그를 쳐다보고 있었다.

"저 때문에 놀라셨나요? 정말 죄송합니다."

"아닙니다." 노리스는 대답하고 가까스로 미소를 지었다. 심장은 여전히 두방망이질쳤다. "뭐…… 조금 그랬을 수도 있겠네요. 저 낚싯대를 보면서 옛 추억을 떠올리고 있었거든요."

"바로 오늘 입고된 제품입니다. 오래됐지만 상태가 아주 좋아요. 바준이라는 제품인데요. 유명하지는 않지만 낚시광들 사이에서는 인정받는 브랜드죠. 어느 나라 제품인가 하면……."

"일본제죠." 노리스가 말했다. "압니다. 저희 아버지도 가지고 계셨거든요."

"그래요?" 남자의 미소가 함박웃음으로 바뀌었다. 드러난 치열이 비뚤배뚤했지만 보기에는 유쾌한 웃음이었다. "대단한 우연의 일치인데요?"

"그러게요." 노리스는 맞장구를 쳤다.

"저는 릴런드 곤트입니다. 이 가게의 사장이고요." 그가 손을 내밀었다.

기다란 손가락이 그의 손을 감싸는 순간, 혐오감이 노리스를 덮쳤다. 하지만 곤트와의 악수는 일 초 만에 끝났고 그가 손을 놓자 그 느낌도 곧바로 사라졌다. 노리스는 점심에 먹은 상한 조개 때문에 계속 속이 안 좋아서 그랬나 보다고 결론을 내렸다. 다음번에 그쪽으로 나갈 일이 있으면 그곳 전문인 치킨을 먹어야겠다는 생각이 들었다.

"그 낚싯대를 아주 저렴하게 드릴 수 있는데요." 곤트가 말했다. "잠깐 들어오지 않으시겠습니까, 리지윅 경관님? 얘기를 나눠보죠."

노리스는 흠칫 놀랐다. 그는 이 수완 좋은 사장에게 이름을 밝힌 적이 없었다. 확실히 장담할 수 있었다. 그는 곤트에게 어떻게 자기 이름을 알았느냐고 물으려다가 말았다. 배지 위에 명찰이 달려 있었다. 당연히 그걸 보고 알았을 것이다.

"그럴 수 있는 상황이 아니네요." 그는 엄지손가락을 들어서 어깨 너머로 순찰차를 가리켰다. 무전기에서 계속 소리가 들리기는 했지만 기껏해야 지직거리는 잡음이었다. 저녁 내내 호출은 한 번도 없었다. "보시다시피 근무중이라서요. 뭐, 9시가 근무 종료 시각이긴 하지만 엄밀히 따지면 차를 넘겨야……."

"일이 분이면 될 겁니다." 곤트가 살살 구슬렸다. 유쾌한 눈빛이 노리스에게 붙박였다. "저는 어떤 손님과 거래하기로 마음먹으면 시간을 낭비하지 않거든요, 리지웍 경관님. 그 손님이 제 가게를 지키느라 한밤중에 나와 계신 분이라면 더더욱 그렇죠."

노리스는 9시면 한밤중이라고 볼 수도 없다고, 캐슬록처럼 하품 나는 조그만 마을에서 지역 상인들의 자산을 보호하는 건 일도 아니라고 얘기할까 했다. 하지만 바준 낚싯대와 릴을 돌아보자 옛날의 갈망이 놀라우리만치 강렬하고 생생하게 되살아나 그를 휩쓸고 지나갔다. 이번 주말에 그 낚싯대를 들고, 낸스 런처넷에서 산 커피가 담긴 큼지막한 보온병과 지렁이를 챙겨 새벽 일찍 호수로 나갈까 싶었다. 그러면 아버지와 함께 있는 듯한 기분을 다시금 느낄 수 있을 것이다.

"음……."

"거참, 들어오시라니까요." 곤트가 꼬드겼다. "제가 영업시간이 끝난 뒤에 살짝 물건을 팔 수 있다면 경관님도 근무시간에 쇼핑을 할 수 있는 거 아니겠습니까? 그리고 리지웍 경관님, 솔직히 오늘 밤에 은행이 털릴 일이 있을 거라고 보십니까?"

노리스는 점멸등의 주기에 따라 먼저 노랗게 깜빡이다가 이내 어두컴컴해지기를 반복하는 은행 쪽을 쳐다보며 웃음을 터뜨렸다.

"아뇨."

"그러니까요."

"좋습니다." 노리스는 말했다. "하지만 이삼 분 내로 계산을 끝내지 못하면 나와야 해요."

릴런드 곤트는 앓는 소리와 함께 웃음을 터뜨렸다. "제 주머니 털리는 소리가 조그맣게 들리는 것 같네요. 들어오세요, 리지웍 경관님. 이삼 분이면 될 겁니다."

"저 낚싯대를 꼭 가지고 싶은데 말이죠." 노리스는 불쑥 내뱉었다. 흥정을 앞두고 바보 같은 짓이라는 걸 알았지만 어쩔 도리가 없었다.

"가지게 될 겁니다. 제가 일생일대의 조건을 제시할 테니까요, 리지웍 경관님."

그는 노리스를 니드풀 싱스 안으로 안내하고 문을 닫았다.

6장

1

월마 저직은 스스로 생각하는 것만큼 남편 피터를 잘 아는 것은 아니었다.

그 목요일 밤, 그녀는 다음 날인 금요일 날이 밝자마자 네티 코브의 집으로 달려가 사태를 해결하고야 말겠다고 다짐하며 잠자리에 들었다. 그녀의 좌충우돌이 저절로 잠잠해질 때도 있었지만 지금처럼 극에 달하면 전장과 무기를 선택하는 쪽은 월마였다. 대결을 일삼는 그녀에게 첫 번째 원칙이 있다면 항상 최후의 일격을 날리는 쪽이 되라는 것이었다. 두 번째 원칙은 항상 먼저 기선을 제압하라는 것이었다. 그녀가 생각하기에 기선 제압이야말로 사태의 해결이었고, 그렇기에 지체 없이 네티 사태를 해결할 작정이었다. 피터에게 그 정신 나간 여편네의 머리통을 몇 번 돌려야 목에서 떨어져 나오는지 확인하게 될지도 모르겠다고 했다.

그녀는 자신이 당겨진 활시위처럼 팽팽한 긴장감을 유지하며 밤새도록 잠을 이루지 못하고 씩씩거릴 줄 알았다. 그런 적이 처음도 아니었다. 그런데 침대에 누운 지 십 분도 안 돼서 잠이 들었고, 눈을 떠보니 상쾌하고 묘하게 마음이 평온했다. 금요일 아침에 실내복을 입은 채 식탁에 앉고 보니 이 사태를 영원히 해결하기에는 시기상조가 아닐까 하는 생각이 들었다. 간밤에 전화로 네티의 혼을 쏙 빼놓지 않았는가. 월마가 아무리 뚜껑이 열렸다 한들 그걸 모를 정도로 열리지는 않았다. 돌기둥이 아닌 이상 모를 수가 없었다.

1991년 올해의 또라이를 좀더 바람에 휘청거리도록 내버려두면 어떨까? 어느 방향에서 월마의 분노가 들이닥칠지 궁금해하며 뜬눈으로 밤을 지새우는 역할을 그녀에게 떠안기면 어떨까? 차를 몰고 몇 번 그 집 앞을 지나가고, 전화를 몇 번 더 걸고. 그녀는 커피를 마시며(피터는 신문의 스포츠 면을 펼치고 맞은편에 앉아서 불안한 눈빛으로 그녀를 지켜보고 있었다) 네티가 남들 얘기하는 것만큼 덜떨어졌다면 나서서 사태를 해결할 필요도 없을지 모른다는 생각을 했다. 그냥 놔둬도 사태가 저절로 해결되는 몇 안 되는 경우일 수 있었다. 이 생각이 들자 어찌나 신이 나던지, 피터가 서류 가방을 들고 출근하러 나설 때 그녀에게 입을 맞추어도 모르는 척 넘어갔을 정도였다.

겁에 질린 생쥐 같은 남편이 자신에게 약을 먹였을지 모른다는 생각은 절대 하지 못했다. 하지만 피터 저직이 그런 것 역시 이번이 처음도 아니었다.

월마는 자기 때문에 남편이 주눅 들어 산다는 걸 알았지만 어느 정도인지는 전혀 몰랐다. 그는 단순히 그녀를 두려워하는 정도를 넘어 경외했다. 먼 옛날 열대지방의 원주민들이 그들의 화창한 삶을 몇 년 동안, 심지어 몇 세대 동안 말없이 품어주다가 갑작스럽게 뜨거운 용암을 잔인하게 퍼부으며 폭발하는 천둥산의 신령을 경외하고 미신의 차원에서 두려워했듯이 그랬다.

실질적인 것이 됐건 가상적인 것이 됐건, 원주민들에게는 신령을 달래는 나름의 의식이 있었다. 산이 깨어나 마을을 향해 천둥 번개의 화살과 불의 강물을 뿜어낼 때는 의식이 별로 도움이 되지 않을지 몰라도 산이 잠잠할 때는 마음의 평화에 기여하는 바가 있었다. 피터 저직에게는 윌마에게 바칠 고귀한 의식이 없었다. 좀더 평범한 조치로 대신해야 했다. 예를 들면 성찬 제병 대신 처방약을 동원하는 식으로.

그는 캐슬록에 딱 한 명뿐인 가정의 레이 밴 앨런을 찾아가 불안을 해소할 수 있는 약이 필요하다고 말했다. 근무시간이 살인적인데다 수수료율이 높아지자 업무 관련 사안을 회사에 두고 퇴근하기가 점점 힘들어졌다고, 그래서 날카로워진 신경을 달랠 수 있는 약을 처방받을 수 있는지 병원에서 가서 물어보아야겠다는 결론을 내리기에 이르렀다고 설명했다.

레이 밴 앨런은 부동산 중개업의 스트레스에 대해서는 아는 게 없었지만 윌마와 함께 사는 스트레스라면 알고도 남았다. 피터 저직이 아예 집으로 돌아가지 않으면 훨씬 덜 불안하지 않을까 싶었지만 그건 그가 왈가왈부할 수 있는 문제가 아니었다. 그는 신경안정제인 자낙스를 처방하고 평소처럼 유의사항을 전달한 뒤 환자에게 행운과 성공을 빌어주었다. 피터가 암망아지와 함께 인생이라는 길을 걸어가려면 행운과 성공 둘 다 아주 많이 필요했다.

피터는 자낙스를 먹었지만 남용하지는 않았다. 윌마에게 얘기하지도 않았다. 약을 먹는다는 걸 알면 그녀는 노발대발할 게 분명했다. 그는 윌마가 일말의 관심도 보이지 않는 자신의 서류 가방에 자낙스를 보관했다. 한 달에 대여섯 알을, 보통은 윌마의 월경이 시작되기 전 며칠 동안 먹었다.

그러다 지난여름에 윌마가 캐슬힐에서 뷰티 레스트라는 미용실을 운영하는 헨리에타 롱먼과 싸움을 벌였다. 단초는 잘못된 파마였다. 1차 소리 지르기 대결에 이어 다음 날 헴필스 마켓에서 옥신각신이 펼쳐졌고, 그로부터 일주일 뒤에는 메인 스트리트에서 악쓰기 대결이 벌어졌다. 이번에는 하마터면 요란한 설전으로 비화될 뻔했다.

그 이후에 윌마는 우리에 갇힌 암사자처럼 집 안을 왔다 갔다 하며 그 나쁜 년을 가만두지 않겠다고, 병원에 집어넣고야 말겠다고 맹세했다. "내가 제대로 손을 보면 뷰티 레스트*가 필요한 쪽은 그 여자일걸?" 윌마는 이를 바드득 갈았다. "보나마나지. 내일 당장 찾아갈 거야. 찾아가서 사태를 해결할 거야."

피터는 그냥 하는 소리가 아니라는 걸 깨닫고 점점 불안해졌다. 윌마는 진심이었다. 그녀가 어떤 정신 나간 짓을 저지를지 아무도 몰랐다. 윌마가 헨리에타의 머리를 끈적끈적한 부식성 액체가 담긴

* 육체의 건강과 생기를 회복하여 아름다움을 얻기 위해 필요한 휴식 시간을 이르는 말.

통에 집어넣어 평생 시네이드 오코너* 같은 민머리로 살게 만드는 광경이 눈앞에서 어른거렸다.

그는 밤새 흥분이 가라앉길 바랐지만 다음 날 아침에 일어난 윌마는 전날보다 더 노기등등했다. 가능할 줄은 몰랐건만 그래 보였다. 눈 밑에 생긴 다크 서클은 밤새 잠을 설쳤음을 선포하고 있었다.

"윌마." 그는 힘없이 말했다. "오늘 뷰티 레스트로 찾아가는 게 과연 옳은 선택일까? 다시 한번 생각해보면 분명……."

"간밤에 충분히 생각했어." 윌마는 섬뜩하도록 무표정한 눈을 돌리며 말했다. "내가 그 여자를 처단하면 앞으로 누구도 머리를 태울 일이 없을 거라는 결론을 내렸지. 그 여자는 앞으로 안내견이 있어야 화장실이라도 찾아갈 수 있을 거야. 피터, 당신도 자꾸 개수작 부리면 그 여자네 안내견하고 같은 어미한테서 태어난 저먼 셰퍼드를 사게 만들어줄게."

효과가 있을지 알 수 없었지만 닥쳐오는 대참사를 예방할 다른 좋은 방법이 생각나지 않았기에 피터 저직은 될 대로 되라는 심정으로 서류 가방 안주머니에서 꺼낸 자낙스 한 알을 윌마의 커피에 넣었다. 그런 다음 회사로 출근했다.

사실상 그게 피터 저직의 첫 영성체였다.

그는 고통스러운 긴장 속에서 하루를 보냈고, 어떤 사태가 그를 기다리고 있을지 마음 졸이며 퇴근길에 올랐다(헨리에타 롱먼은 죽

* 아일랜드 출신의 가수. 노래만큼이나 약자에 대한 차별로 가득한 세상에 저항하는 태도로 유명하며, 늘 박박 민 머리를 고수한다.

고 윌마는 철창에 갇힌 상상을 제일 많이 했다). 반갑게도 윌마는 부엌에서 노래를 부르고 있었다.

피터는 심호흡을 하고 감정의 방패를 낮추며 롱먼이라는 여자는 어떻게 됐느냐고 물었다.

"12시는 되어야 문을 여는데 그때쯤 되니까 별로 화가 나지 않더라고." 윌마가 말했다. "그래도 찾아가긴 했어. 그러기로 맹세했으니까. 그랬더니 그녀가 셰리주를 한 잔 권하면서 내 돈을 환불해주겠다는 거 있지!"

"와! 정말 잘됐네!" 피터는 다행스러워하며 기쁜 목소리로 외쳤고…… 헨리에타 사태는 그렇게 끝이 났다. 그는 윌마의 분노가 돌아오는지 며칠 동안 기다려봤지만 그런 일은 없었다. 적어도 똑같은 방향으로 발산되지는 않았다.

그는 윌마에게 밴 앨런 선생을 찾아가 신경안정제를 처방받으라고 얘기할까 한참을 신중하게 고민한 끝에 관두기로 했다. 약을 먹으라고 했다가는 윌마가—아마도 길길이 날뛰며—그를 박살 낼 게 분명했다. 약을 먹는 건 중독자들이나 하는 짓이고 신경안정제는 도움이 필요한 중독자들이나 먹는 거였다. 그녀는 인생을 맨몸으로 맞닥뜨릴 작정이었다. 게다가 피터도 어쩔 수 없이 결론을 내렸다시피, 너무도 확연해서 부인할 수 없는 진실이 있었다. 윌마는 노발대발하는 걸 좋아했다. 분노로 이글거리는 윌마가 완성형의 윌마이자 목표 의식으로 고취된 윌마였다.

그리고 그는 그녀를 사랑했다. 가상의 열대 섬 원주민들이 천둥산의 신령을 사랑하듯이 그랬다. 경외감과 두려움이 사랑을 한층 더 부채질했다. 그녀는 윌마요, 독자적인 힘이었고, 그는 그녀가 다칠 것 같을 때만…… 사랑의 오묘한 변신술로 인해 자신 또한 다칠 것 같을 때만 그녀의 궤도를 바꾸려 시도했다.

그 이후로 그녀에게 자낙스를 몰래 먹인 건 딱 세 번이었다. 세 번째이자 그중에서 가장 무서웠던 때가 바로 진흙투성이 시트 사건이 벌어진 날이었다. 그는 차를 끓이겠다고 호들갑을 떨었고 그녀가 마침내 한 잔 마시겠다고 하자(또라이 네티 코브와 짧지만 아주 만족스러운 통화를 마친 다음이었다) 차를 진하게 끓여서 자낙스를 한 알이 아니라 두 알 넣었다. 다음 날 아침 그녀의 수은주가 급격하게 떨어진 걸 보고 그는 어마어마하게 안도했다.

남편을 쥐락펴락한다고 자신하는 윌마 저직은 이런 내막을 몰랐다. 그녀가 금요일 아침에 유고를 몰고 가서 네티의 현관문을 들이박고 그녀의 머리칼을 몽땅 뽑아버리지(또는 뽑아버리려고 하지) 않은 것은 이런 내막 덕분이었다.

2

윌마가 네티를 잊어버리거나 용서하거나 침대 시트를 더럽힌 범인이라는 점에 대해 눈곱만큼이라도 의구심을 품은 건 아니었다. 그건 지구상의 어떤 약물을 동원해도 불가능할 일이었다.

피터가 출근하자마자 윌마는 차를 몰고 윌로 스트리트를 천천히 달렸다(노란색의 조그만 유고 뒤편에는 이런 범퍼 스티커가 붙어 있었다. "내 운전 스타일이 마음에 들지 않으면 1-800-EAT-SHIT으로 전화하시오"). 이어 그녀는 포드 스트리트 쪽으로 우회전해 기어가는 수준으로 네티 코브의 조그맣고 깔끔한 집을 향해 다가갔다. 커튼 하나가 실룩거리는 게 보인 듯했고 시작이 좋았지만…… 아직 시작에 불과했다.

그녀는 그 블록을 한 바퀴 돌아서(폰드 스트리트에 있는 러스크의 집을 지나면서는 그쪽을 쳐다보지도 않았다) 윌로에 있는 자신의 집을 지나 다시 한번 포드 스트리트로 진입했다. 이번에는 네티의 집 앞으로 다가가며 유고의 경적을 두 번 울렸고 시동을 켠 채로 그 앞에 차를 세웠다.

커튼이 다시 실룩거렸다. 이번에는 확실했다. 그 여자가 몰래 내다보고 있었다. 윌마는 죄책감과 공포로 벌벌 떨며 커튼 뒤에 숨어 있을 그녀의 모습을 그려보았다. 어제 잠자리에 들었을 때 상상했던 광경—이 미친 여편네의 대가리를 〈엑소시스트〉에 나오는 여자아이의 머리처럼 빙글빙글 돌리는 광경—보다 이쪽이 더 마음에 들었다.

"까꿍, 다 보인다." 커튼이 다시 제자리로 돌아가자 그녀는 험상궂은 목소리로 중얼거렸다. "안 보일 거라고 생각하지 마."

그녀는 그 블록을 또 한 바퀴 돌아서 네티의 집 앞에 다시 차를 세우며 먹잇감에게 자신의 도착을 알리기 위해 경적을 울렸다. 이번에는 거의 오 분 동안 서 있었다. 커튼이 두 번 실룩거렸다. 마침내 그녀는 흡족한 마음으로 차를 몰아 멀어졌다.

저 미친년은 하루 종일 두리번거리면서 나를 찾겠지. 그녀는 집 앞 진입로에 차를 세우고 내리면서 생각했다. 무서워서 집 밖으로 나서지도 못할 거야.

월마는 가벼운 발걸음에 가벼운 마음으로 집 안에 들어가 카탈로그를 들고 소파에 털썩 주저앉았다. 잠시 후 그녀는 즐겁게 하얀색, 노란색, 페이즐리 무늬, 이렇게 세 세트의 시트를 주문했다.

3

레이더는 거실 카펫 한가운데 앉아서 주인을 쳐다보고 있었다. 그러다 평일이고 출근 시간이 이미 한 시간 지났다고 네티에게 알리기라도 하려는 듯 안절부절못하며 낑낑거렸다. 오늘은 폴리의 집 위층을 청소해야 하는 날이었고, 전화국 기사가 큼지막한 버튼 패드가 달린 새 전화기를 설치하러 오기로 되어 있었다. 폴리처럼 관절염이 심한 환자들이 좀더 편리하게 쓸 수 있는 전화기라고 했다.

하지만 무슨 수로 집 밖에 나갈 수 있을까?

미친 폴란드 여자가 자기 차를 몰고 저 밖 어딘가를 돌아다니고 있지 않은가.

네티는 무릎에 올려놓은 전등갓을 붙잡은 채 의자에 앉아 있었다. 미친 폴란드 여자가 맨 처음 집 앞을 지나간 뒤로 내내 그걸 무릎에 올려놓고 붙잡은 채였다. 잠시 후에 그 여자가 다시 찾아와 차를 세우고 경적을 울렸다. 그러다가 가길래 이제 끝난 줄 알았더니 아니었다. 세 번째로 또 왔다. 네티는 미친 폴란드 여자가 집 안에 들어오려 할 거라고 확신했다. 한쪽 팔로는 전등갓을, 다른 팔로는 레이더를 끌어안고 의자에 앉아서 미친 폴란드 여자가 들어오려고 하면 어떻게 할지, 어떤 식으로 자신을 보호할지 열심히 고민했다. 하지만 알 수가 없었다.

마침내 용기를 그러모아 다시 한번 창밖을 내다보니 미친 폴란드 여자가 가고 없었다. 안도감이 이내 공포로 대체됐다. 미친 폴란드 여자가 길거리를 순찰하며 그녀가 나오길 기다리고 있으면 어쩌나 겁이 났다. 그녀가 집을 비운 사이 미친 폴란드 여자가 들이닥치면 어쩌나 그게 더 겁이 났다.

제멋대로 들어와서 이 예쁜 전등갓을 보고 바닥으로 내동댕이쳐 박살 내면 어쩌나 그게 더 걱정이었다.

레이더가 다시 낑낑거렸다.

"알아." 그녀는 신음에 가까운 목소리로 말했다. "나도 알아."

집을 나서야 했다. 해야 할 일이 있었고 그녀는 그게 뭔지, 누구를 위한 일인지 알았다. 폴리 차머스가 여태껏 그녀에게 얼마나 잘 해주었는가. 주니퍼힐 치료감호소에서 완전히 나올 수 있게 추천서를 써준 사람도 폴리였고 은행에서 주택 담보대출을 받았을 때 연대보증을 서준 사람도 폴리였다. 아버지들끼리 절친한 친구였던 폴리가 없었다면 그녀는 틴브리지 저편의 셋방 신세를 면하지 못했을 것이다.

하지만 그녀가 집을 비운 새 미친 폴란드 여자가 다시 찾아오면 어쩐단 말인가?

레이더는 전등갓을 지킬 수 없었다. 용감하긴 해도 강아지에 불과했다. 미친 폴란드 여자를 막으려고 했다가 다칠 수도 있었다. 끔찍한 딜레마에 갇히자 네티는 머릿속이 흐릿해지는 게 느껴졌다.

그녀는 다시 신음 소리를 냈다.

바로 그때, 다행스럽게도 좋은 생각이 떠올랐다.

그녀는 전등갓을 품에 안은 채 자리에서 일어나서는, 커튼을 쳐 놓아 어둑어둑한 거실을 가로질렀다. 부엌을 지나 맞은편 구석에 달린 문을 열었다. 이쪽 끝에 덧댄 헛간이 있었다. 장작과 수많은 잡동사니의 그림자가 어둠 속에서 불쑥 고개를 내밀었다.

천장에는 알전구 하나가 전선에 대롱대롱 매달려 있었다. 스위치도 줄도 없이 돌려서 소켓에 딱 맞게 끼우는 방식이었다. 그녀는 전구를 향해 손을 내밀다 말고…… 멈추었다. 미친 폴란드 여자가 뒷마당에 숨어 있다면 불이 켜지는 게 보일 것이다. 그게 보이면 네티가 카니발 글라스 전등갓을 어디 두었는지도 정확히 알 수 있으리라.

"안 되지, 그렇게 쉽게 나를 골탕 먹일 수 있을 거라고 착각하지는 마." 그녀는 나지막이 중얼거리며 더듬더듬 어머니의 장롱과 낡은 철제 책꽂이를 지나 장작더미 쪽으로 걸음을 옮겼다. "착각하지 마, 윌마 저직. 내가 그 정도로 멍청하지는 않거든. 경고하는 거야."

네티는 왼손으로만 전등갓을 잡아서 배에 대고 오른손으로 하나뿐인 창문 앞에 얼기설기 매달린 지저분한 거미줄을 걷어냈다. 이어 반짝이는 두 눈을 이리저리 굴리며 뒷마당을 훔쳐보았다. 거의 일 분 동안 그러고 있었다. 뒷마당에서는 아무 움직임도 포착되지 않았다. 왼쪽 구석에 미친 폴란드 여자가 숨어 있는 게 아닌가 싶기도 했지만 좀더 자세히 들여다보니 피어런 부부의 뒷마당에 심어진 떡갈나무 그늘이었다. 그녀의 마당 위로 드리워 있던 나뭇가지들이 바람을 맞고 살랑거리자 그림자가 잠깐 미친 여자(정확히 말하면 미친 폴란드 여자)처럼 보인 거였다.

레이더가 뒤에서 낑낑거렸다. 고개를 돌려보니 녀석이 헛간 문 앞에 서 있었다. 고개를 갸우뚱한 까만 실루엣이 보였다.

"알아." 그녀가 말했다. "나도 알아, 애기야. 하지만 그 여자의 뒤통수를 쳐야 해. 내가 바보인 줄 알거든. 본때를 보여주고 말겠어."

그녀는 더듬더듬 아까 그 자리로 돌아갔다. 이제 눈이 어둠에 익숙해져서 알전구를 켤 필요가 없었다. 까치발을 하고 왼쪽에 달린 길쭉한 문짝의 열쇠가 손끝에 닿을 때까지 장롱 위를 더듬었다. 서랍 열쇠는 몇 년째 행방불명이었지만 상관없었다. 필요한 열쇠는 손에 넣었다.

그녀는 길쭉한 장롱 문을 열고 카니발 글라스를 먼지 뒤집어쓴 토끼 인형과 쥐똥 사이에 넣었다.

"이런 데 둘 물건이 아니라는 건 나도 알아." 그녀는 레이더에게 나지막이 말했다. "하지만 안전하잖아. 중요한 건 그거야."

그녀는 열쇠를 구멍에 넣고 돌린 다음 장롱 문을 당겨보았다. 단단히, 그것도 아주 단단히 잠긴 걸 확인하자 가슴에 얹혀 있던 거대한 바위를 내려놓은 듯한 기분이 느껴졌다. 그녀는 장롱 문을 다시 한번 당겨보고 기분 좋게 고개를 끄덕인 다음 열쇠를 실내복 주머니에 넣었다. 폴리의 집에 도착하면 실에 꿰어서 목에 걸 작정이었다. 맨 먼저 그것부터 하리라.

"됐다!" 그녀는 꼬리를 흔들기 시작한 레이더에게 말했다. "이 문제를 처리했으니까 출근해야겠다! 늦었어!"

외투를 입는 도중에 전화벨이 울렸다. 그녀는 전화기 쪽으로 두 발짝 옮겼다가 걸음을 멈추었다.

레이더가 세게 한 번 짖고 그녀를 쳐다보았다. 벨이 울리면 어떻게 해야 하는지 몰라요? 녀석은 눈빛으로 이렇게 물었다. 심지어 강아지인 나도 아는데.

"아니야."

네가 무슨 짓을 저질렀는지 알아, 이 미친 여편네야, 네가 무슨 짓을 저질렀는지 알아, 네가 무슨 짓을 저질렀는지 알아, 내가 반드시…… 갚아주겠어!

"안 받을 거야. 그냥 출근할 거야. 미친 사람은 내가 아니라 그 여자야. 나는 아무 짓도 하지 않았다고! 전혀, 아무 짓도!"

레이더가 맞는 얘기라고 짖었다.

전화벨 소리가 끊겼다.

네티는 살짝 긴장을 풀었지만…… 심장이 여전히 쿵쾅거렸다.

"얌전히 있어야 해." 그녀는 레이더를 쓰다듬으며 말했다. "출근을 늦게 해서 늦게 올 테니까. 하지만 사랑해. 그걸 기억하면 하루 종일 얌전하게 지낼 수 있을 거야."

레이더도 익히 아는 출근길 주문이었기에 녀석은 꼬리를 흔들었다. 네티는 현관문을 열고 좌우를 살핀 다음 밖으로 나섰다. 밝은 노란색이 언뜻 보이자 가슴이 철렁했지만 미친 폴란드 여자의 차는 아니었다. 폴러드 부부의 아들이 인도에 놓고 간 피셔프라이스 세발자전거였다.

네티는 집 열쇠로 현관문을 잠근 뒤 뒤편으로 뱅 돌아가 헛간 문이 잠겨 있는지 확인했다. 핸드백을 팔에 걸치고 미친 폴란드 여자의 차가 보이는지 살피며(차가 보이면 산울타리 뒤로 숨을지 아니면 꿋꿋하게 버틸지 고민했다) 폴리의 집으로 출발했다. 블록의 끝에 거의 다다랐을 때 문득 현관문을 철저하게 확인하지 않은 것 같다는 생각이 들었다. 그녀는 불안한 눈빛으로 손목시계를 흘끗 쳐다보고 왔던 길을 되짚어갔다. 현관문을 확인했다. 단단히 잠겨 있었다. 네티는 안도의 한숨을 쉬고 만일의 경우에 대비해 헛간도 확인하기로 마음먹었다.

"돌다리도 두들겨보고 건너라잖아." 그녀는 나지막이 중얼거리고 집 뒤편으로 돌아갔다.

그녀의 손이 헛간 문손잡이를 당기던 도중에 그대로 얼어붙었다.

안에서 다시 전화벨이 울리고 있었다.

"진짜 미친 여자네." 네티는 신음했다. "나는 아무 짓도 하지 않았다고!"

헛간 문은 잠겨 있었지만 그녀는 전화벨 소리가 끊길 때까지 그 자리에 서 있었다. 그런 다음 핸드백을 팔에 대롱대롱 매달고 다시 출근길에 올랐다.

4

이번에는 거의 두 블록을 갔을 때 현관문을 제대로 잠그지 않았을지도 모른다는 확신이 되살아나 그녀를 괴롭혔다. 제대로 잠갔다는 걸 알지만 그러지 않았을까 봐 겁이 났다.

그녀는 포드와 디커너스 웨이가 만나는 모퉁이의 파란 우체통 옆에 서서 갈팡질팡했다. 그냥 가기로 마음을 먹었을 때 한 블록 저편의 네거리를 지나는 노란색 차가 눈에 들어왔다. 미친 폴란드 여자의 차가 아니라 포드였지만 불길한 징조일 수도 있었다. 얼른 집으로 돌아가 문들을 확인했다. 잠겨 있었다. 길의 끝에 다다랐을 땐 장롱 문도 제대로 잠갔는지 다시 한번 확인해야 한다는 생각이 들었다.

제대로 잠갔다는 걸 알지만 그러지 않았을까 봐 겁이 났다.

현관문을 열고 안으로 들어갔다. 레이더가 미친 듯이 꼬리를 흔들며 깡충깡충 뛰자 그녀는 토닥여주었지만 잠깐뿐이었다. 미친 폴란드 여자가 언제 들이닥칠지 모르기 때문에 현관문을 닫아야 했다. 언제라도 가능한 일이었다.

문을 쾅 소리 나게 닫고 나비 모양의 빗장을 돌린 다음 헛간으로 나갔다. 두말하면 잔소리지만 장롱 문은 잠겨 있었다. 그녀는 다시 집 안으로 들어가 부엌에 잠깐 서 있었다. 벌써부터 불안해지기 시작했다. 벌써부터 장롱 문이 사실은 잠겨 있지 않은데 자신이 착각한 거라는 생각이 들기 시작했다. 백 퍼센트 확신할 수 있을 만큼 세게 당겨보지 않았던 건지도 몰랐다. 그냥 꽉 맞물려 있는 것에 불과할 수도 있었다.

그녀는 다시 확인하러 나갔고, 확인하는 동안 전화벨이 울리기 시작했다. 땀으로 젖은 오른손에 장롱 열쇠를 꼭 쥐고 허둥지둥 집으로 돌아갔다. 휴대용 발판에 정강이를 부딪히는 바람에 아파서 비명을 질렀다.

거실로 들어갔을 때 전화벨 소리가 다시 멎었다.

"오늘은 출근을 못 하겠어." 그녀는 중얼거렸다. "오늘은……."

(보초를 서야겠어)

그거다. 보초를 서야 했다.

그녀는 전화기를 들고 레이더에게 갉아먹힌 생가죽 장난감처럼 머릿속이 너덜너덜해지기 전에 얼른 번호를 눌렀다.

"여보세요?" 폴리가 받았다. "유 소 앤드 소입니다."

"여보세요, 폴리. 나야."

"네티? 무슨 일 생긴 거 아니지?"

"응, 근데 집에서 전화하는 거야, 폴리. 속이 안 좋아서." 이제는 거짓말도 아니었다. "오늘 하루만 쉴 수 있을까? 위층 청소도 해야 하고…… 전화국 직원이 온다는 것도 알지만……."

"괜찮아." 폴리는 얼른 말했다. "전화국 직원은 2시나 돼야 올 테고, 안 그래도 오늘은 나도 일찍 퇴근할 생각이었어. 손이 아직 너무 아파서 일을 오래 못 하겠네. 내가 집에 있을게."

"그래도 혹시 내가 필요하면……."

"아니야, 괜찮아." 폴리가 따뜻하게 안심시키자 눈물이 나서 네티의 눈이 따끔거렸다. 정말이지 폴리는 다정하기가 이루 말할 데가 없었다.

"배가 쿡쿡 쑤시듯이 아파, 네티? 밴 앨런 선생님한테 내가 대신 연락해줄까?"

"아니야……. 그냥 좀 사르르한 정도야. 괜찮아질 거야. 오후에 갈 수 있으면 갈게."

"쓸데없는 소리." 폴리는 딱 잘라서 말했다. "우리 집에서 일하기 시작한 뒤로 한 번도 쉬겠다고 한 적 없었잖아. 침대 속으로 기어들어 가서 다시 자. 미리 경고하는데, 네가 출근하더라도 내가 다시 돌려보낼 거야."

"고마워, 폴리." 네티가 말했다. 눈물이 날 것 같았다. "나한테 너무 잘해준다."

"그럴 만하니까 그러지. 이제 끊어야겠다, 네티. 손님들 때문에. 누워 있어. 이따 오후에 전화할게."

"고마워."

"별소릴 다한다. 끊을게."

"안녕." 네티는 말하고 전화를 끊었다.

그녀는 당장 창문 앞으로 다가가 커튼을 옆으로 살짝 들추었다. 길거리에 아무도 없었다. 지금은 그랬다. 그녀는 다시 헛간으로 건너가 열쇠로 장롱 문을 열고 전등갓을 꺼냈다. 그걸 품에 끌어안자마자 마음이 가라앉으며 편안해졌다. 부엌으로 들고 가 따뜻한 비눗물로 씻고 헹구고 조심스럽게 닦았다.

그녀는 부엌 서랍을 열어 고기용 칼을 꺼냈다. 그러고는 칼과 전등갓을 들고 다시 거실로 돌아가 어둠 속에 자리를 잡았다. 오전 내내 무릎에는 전등갓을 얹고 오른손으로는 고기용 칼을 으스러져라 잡은 채 의자에 꼿꼿하게 앉아 있었다.

전화벨이 두 번 울렸다.

네티는 전화를 받지 않았다.

7장

1

10월 11일 금요일은 최근 캐슬록에 문을 연 가게로서는 그야말로 기념비적인 날이었다. 오전이 오후로 접어들고 사람들이 급료로 받은 수표를 현금으로 바꾸기 시작하면서 특히 그랬다. 수중에 쥔 현금이 쇼핑의 유인책이었다. 수요일에 여기서 뭘 사 간 사람들을 중심으로 번진 입소문도 한몫했다. 개업 첫날 새로운 가게를 찾아갈 정도로 상스러운 사람들의 의견은 믿을 게 못 된다고 보는 이도 있었지만 소수에 불과했으니, 니드풀 싱스의 문 위에 달린 조그만 은종은 하루 종일 기분 좋게 딸랑거렸다.

수요일 이후에 좀더 많은 물품이 상자에서 나오고 배송되어 왔다. 배송이니 뭐니 하는 데 관심이 있는 사람들조차 믿기 힘든 노릇이었지만—트럭을 본 사람이 없었다—사실 이러거나 저러거나 별

상관은 없었다. 금요일에 니드풀 싱스에는 상품이 훨씬 많아졌다. 중요한 건 그거였다.

예컨대 인형이 추가됐다. 또 예쁘게 만들어진 나무 지그소 퍼즐이 있었는데 퍼즐 조각 일부가 양면이었다. 특이한 체스 세트도 있었다. 원시적이지만 놀라운 재능의 소유자가 아프리카 동물 모양으로 깎은 수정이 말로 사용되었다. 성큼성큼 걷는 기린은 나이트, 전투적으로 고개를 숙인 코뿔소는 루크, 자칼은 폰, 사자는 킹, 구불구불한 표범은 퀸이었다. 한눈에도 비싸 보이지만—어느 누구도 감히 가격을 묻지 못했다(적어도 그날에는 그랬다)—보고 있으면 괴로울 정도로 아름다운 흑진주 목걸이도 있었다. 몇몇 손님들은 우울하고 이상하게 심란한 마음을 달래며 집으로 향했다. 눈을 감으면 어둠 속에서 흑진주 목걸이가 어른거렸다. 여자들만 그런 게 아니었다.

춤을 추는 한 쌍의 피에로 인형도 있었다. 고풍스럽고 화려한 무늬가 새겨진 뮤직 박스도 있었다. 사장 말로는 뚜껑을 열면 뭔가 특이한 음악이 흘러나오는데 뭐였는지 기억이 나지 않지 않고 뚜껑이 잠겨 있다고 했다. 그걸 사 가는 손님은 열쇠를 맞춰야 했다. 찾아보면 베테랑 열쇠공이 남아 있을 거라고 그는 말했다. 뮤직 박스를 사 가서 뚜껑을 열었는데 음악이 자기 취향이 아니면 반품해도 되느냐고 묻는 사람이 몇 있었다. 곤트는 웃으며 벽에 새로 건 안내문을 가리켰다. 거기에는 이렇게 적혀 있었다.

환불이나 교환은 불가합니다.

매수자 위험부담의 원칙!

“저게 무슨 소리야?” 루실 더넘이 물었다. 루실은 낸스 런처넷의 웨이트리스로, 쉬는 시간에 친구 로즈 엘런 마이어스와 함께 구경 온 참이었다.

“자루에 담긴 돼지를 사면 돼지는 네가 갖고 자루는 사장이 갖는다는 얘기야.” 로즈 엘런이 말했다. 그녀는 곤트가 자신의 얘기를 들은 걸 보고(방금 전까지 가게 저편에 있는 걸 확인했다고 맹세할 수 있는데 그랬다) 얼굴이 시뻘게졌다.

하지만 곤트는 웃음을 터뜨리고는 그만이었다. “맞아요.” 그가 말했다. “정확해요!”

어느 진열장에 담긴 총신이 긴 구식 리볼버에는 그 앞에 “네트 번틀라인 스페셜”이라고 적힌 카드가 놓여 있었다. 뻣뻣한 빨간 머리에 주근깨투성이의 얼굴로 싹싹하게 웃고 있는 남자아이 모양의 꼭두각시 인형(카드에는 “하우디 두디* 모델”이라고 적혀 있었다), 아주 근사하지만 대단치는 않은 문구류, 고풍스러운 엽서 세트, 볼펜과 연필 세트, 리넨 손수건, 동물 봉제 인형도 있었다. 온 매장에 가격표 하나 없었지만 모두의 취향과 모두의 주머니 사정을 만족시키는 상품이 갖추어진 듯했다.

곤트는 그날 대단한 실적을 거두었다. 그가 판매한 상품들은 대부분 근사하지만 썩 독특하지는 않았다. 그러나 ‘특별한’ 거래도 몇 건 있었고 그런 거래는 모두 가게가 소강상태로 접어들어 손님이

* 1940년대와 1950년대에 방영된 어린이 프로그램의 캐릭터.

한 명밖에 없을 때 이루어졌다.

"한가하면 불안해지거든요." 그는 브라이언 러스크의 언어 치료를 맡고 있는 샐리 랫클리프에게 싹싹한 미소를 지어 보이며 말했다. "그리고 불안하면 가끔 무모해지고요. 장사꾼한테는 안 좋지만 손님한테는 아주 좋은 기회죠."

샐리는 로즈 목사가 이끄는 침례교 신도회의 열혈 회원으로 약혼자도 거기서 만났고 '노 카지노 나이트' 배지에 더해 "저는 구원을 받았답니다! 당신은 어떤가요?"라고 적힌 배지까지 달고 있었다. 성지에서 발굴된 규화목이라는 나뭇조각이 단박에 그녀의 시선을 사로잡았으니, 곤트가 그걸 진열장에서 꺼내 손에 쥐여주었을 때 마다할 이유가 없었다. 십칠 달러에 그 나뭇조각을 산 그녀는 캐슬록 중학교의 교장인 프랭크 주잇에게 악의 없는 사소한 장난을 치기로 약속했다. 그러고는 들어온 지 오 분 만에 꿈꾸는 듯 멍한 표정으로 가게를 나섰다. 곤트가 포장해주겠다고 했지만 샐리는 손에 들고 있고 싶다며 사양했다. 문 밖으로 나가는 그녀를 보면 두 발이 바닥에 닿아 있는지 살짝 떠 있는지 분간이 되지 않을 지경이었다.

2

은종이 딸랑거렸다.

코라 러스크는 황제의 사진을 사러 왔다가 이미 팔렸다는 곤트의 말을 듣고 속상해서 어쩔 줄을 몰랐다. 그녀는 그걸 사간 사람이 누군지 알고 싶어 했다. "아쉽게 됐네요." 곤트가 말했다. "다른 주에서 온 여자분이었어요. 타고 온 차에 오클라호마 번호판이 달려 있더군요."

"하, 환장하겠네!" 화가 난 코라는 진심으로 괴로워하는 말투로 이렇게 외쳤다. 팔렸다는 얘기를 곤트에게 들은 다음에서야 자신이 그 사진을 얼마나 간절히 원했는지 깨달았다.

그때 마침 헨리 젠드런과 아내 이벳이 가게에 있었고 곤트는 그들을 상대하고 올 테니 코라에게 잠깐 기다려달라고 했다. 그 사진과 비슷하거나 그보다 더 혹할 만한 상품이 있을 거라면서. 그는 젠드런 부부에게 곰 인형을 팔고—딸에게 줄 선물이라고 했다—배웅한 다음 코라에게 뒷방에서 찾아보고 올 테니 잠깐만 더 기다려달라고 했다. 코라는 기다렸지만 사실 관심이나 기대는 없었다. 짙은 회색의 우울이 그녀를 덮었다. 황제의 사진을 수백 장, 어쩌면 수천 장 보았고 대여섯 장 가지고도 있지만 이건…… 왠지 모르게 특별해 보였다. 오클라호마에서 왔다는 그 여자가 미웠다.

잠시 후에 곤트 씨가 도마뱀 가죽으로 만든 조그만 안경집을 들고 왔다. 그가 뚜껑을 열어 짙은 스모키 그레이 빛깔의 조종사 안경을 보여주었다. 그녀의 숨이 목젖에서 걸렸다. 오른손이 덜덜 떨리는 목을 향해 올라갔다.

"이거 혹시……." 그녀는 말문을 열었지만 더이상 아무 말도 할 수가 없었다.

"황제의 선글라스예요." 곤트가 엄숙한 목소리로 확인해주었다. "예순 개 중에서 한 개요. 하지만 즐겨 썼던 거라고 들었어요."

코라는 선글라스를 십구 달러 오십 센트에 샀다.

"그것과 더불어 약간의 정보를 얻고 싶은데요." 곤트는 눈을 반짝이며 코라를 쳐다보았다. "추가 요금이라고나 할까요?"

"정보요?" 코라는 미심쩍어하는 말투로 물었다. "어떤 정보요?"

"창밖을 봐요, 코라."

코라는 시키는 대로 하면서도 손에서 선글라스를 놓지 않았다. 길 건너편 클립 조인트 앞쪽에 캐슬록 경찰서의 1호 순찰차가 주차되어 있었다. 앨런 팽본이 인도에서 빌 풀러턴과 얘기를 나누는 중이었다.

"저 친구 보여요?" 곤트가 물었다.

"누구요? 빌 풀러……."

"아뇨, 바보 같으니." 곤트가 말했다. "다른 친구요."

"팽본 보안관요?"

"맞아요."

"네, 보여요." 코라는 정신이 없고 멍했다. 곤트의 목소리가 아득하게 먼 데서 들리는 듯했다. 방금 전에 산 근사한 선글라스 생각이 머릿속에서 떠날 줄 몰랐다. 얼른 집에 가서 당장 써보고 싶었지만…… 당연히 가도 좋다는 허락이 떨어진 다음의 얘기였다. 곤트 씨가 다 끝났다고 하기 전에는 끝난 게 아니었다.

"이 업계 종사자들의 표현을 빌리자면 악성 재고품 같아 보이는데요." 곤트가 말했다. "당신 생각은 어때요, 코라?"

"똑똑한 사람이에요." 코라가 대답했다. "남편 말로는 옛날 조지 배너먼 보안관을 따라갈 수는 없다지만, 그래도 아주 똑똑해요."

"그래요?" 곤트의 목소리가 다시 짜증 섞인 피곤한 투로 바뀌었다. 단춧구멍처럼 작아진 두 눈은 앨런 팽본에게서 떠날 줄 몰랐다. "내가 비밀 하나 알려줄까요, 코라? 나는 똑똑한 사람들을 별로 좋아하지 않고 악성 재고품은 아주 싫어해요. 아니, 혐오하죠. 그리고 뭘 살 때마다 뒤집어서 어디 금이 간 데는 없는지 확인하는 사람들은 믿지 않고요. 당신은 어때요?"

코라는 아무 대꾸도 하지 않았다. 왼손에 황제의 선글라스 케이스를 들고 멍하니 창밖을 내다볼 따름이었다.

"똑똑한 팽본 보안관에게 감시병을 붙이고 싶다면 누굴 선택하는 게 좋을까요, 코라?"

"폴리 차머스요." 코라는 취한 듯한 목소리로 말했다. "저이랑 만나는 사이거든요."

곤트는 당장 고개를 저었다. 여전히 시선은 길 건너편의 니드풀 싱스를 흘끗 쳐다보며 순찰차로 걸어가 올라탄 뒤 멀어지는 보안관에게서 떠날 줄 몰랐다. "안 돼요."

"실라 브리검은요?" 코라는 미심쩍어하는 투로 물었다. "보안관 사무실의 사건 접수원인데."

"좋은 생각이지만 그녀 역시 안 돼요. 똑같이 악성 재고품이거든요. 마을마다 몇 명씩 그런 인간들이 있어요, 코라. 불행한 일이지만 현실이죠."

코라는 흐릿하고 아득한 느낌 속에서 곰곰이 생각해보았다. "에디 워버턴은 어때요?" 마침내 그녀가 물었다. "시청의 제1관리인이에요."

곤트의 표정이 환해졌다. "수위라!" 그가 외쳤다. "그래요! 훌륭해요! 제5인*! 아주 훌륭해요!" 그는 카운터 너머로 허리를 숙여서 코라의 뺨에 입을 맞추었다.

그녀는 얼굴을 찡그리고 그의 입이 닿은 곳을 미친 듯이 문지르며 멀찌감치 물러났다. 구역질하는 소리가 짧게 그녀의 목구멍에서 튀어나왔지만 곤트는 알아차리지 못한 눈치였다. 만면에 눈이 부신 함박웃음을 머금고 있었다.

코라가 (손바닥의 두툼한 부분으로 뺨을 계속 문지르며) 가게를 나서는 참에 애시 스트리트 브리지 동호회의 스테파니 본세인트와 신디 로즈 마틴이 들어왔다. 허둥지둥 나가려던 코라는 하마터면 스테파니 본세인트를 들이받을 뻔했다. 어서 빨리 집에 가고 싶은 마음이 굴뚝같았다. 한시라도 빨리 가서 선글라스를 써보고 싶었다. 하지만 먼저 세수를 해서 그 구역질 나는 입맞춤의 흔적을 지워야 했다. 미열처럼 살갗이 화끈거리는 게 느껴졌다.

문 위에 달린 은종이 딸랑거렸다.

3

스테파니가 창가에 서서 무늬가 시시각각으로 달라지는 구식 만화경에 넋을 잃은 동안 신디 로즈는 곤트에게 다가가 그가 수요일

* 연극이나 오페라에서 주인공도 악당도 조연도 아니지만 극의 전개에 중요한 역할을 하는 인물.

에 했던 얘기를 언급했다. 그녀가 사 간 것과 잘 어울리는 라리크 꽃병이 있을지 모른다는 얘기 말이다.

"아……" 곤트는 비밀을 지킬 수 있겠냐고 묻는 듯한 미소를 머금고서 대답했다. "아마 있을 겁니다. 친구분을 잠깐 내보내실 수 있을까요?"

신디 로즈는 스테파니에게 먼저 낸스 런처넷에 가서 커피를 주문해달라고, 금방 따라가겠다고 했다. 스테파니는 가게에서 나갔지만 영문을 모르겠다는 표정이었다.

곤트가 뒷방에서 라리크 꽃병을 들고 나왔다. 그녀가 사 간 것과 잘 어울리는 정도가 아니라 아예 일란성 쌍둥이였다.

"얼마예요?" 신디 로즈는 묻고 떨리는 손끝으로 꽃병의 앙증맞은 곡선을 훑었다. 약간의 후회와 함께 수요일의 흡족했던 거래가 떠올랐다. 밑밥을 던지는 게 그의 의도였던 듯했다. 이제 그녀를 낚싯대로 잡아 올릴 것이다. 이 꽃병은 삼십일 달러라는 싼 값에 살 수 없을 터였다. 이번에는 심하게 바가지를 씌우겠지. 하지만 그녀는 거실의 벽난로 선반에 이 꽃병을 나란히 놓고 싶었다. 이걸 간절히 사고 싶었다.

그랬기 때문에 릴런드 곤트가 이렇게 얘기했을 때 그녀는 귀를 의심하지 않을 수 없었다.

"아직 첫 주이고 하니, 하나 값에 두 개를 가져가면 어떨까요? 자…… 들고 가서 잘 쓰세요."

어찌나 충격을 받았던지 그에게서 꽃병을 건네받은 순간 그녀는 하마터면 바닥에 떨어뜨릴 뻔했다.

"그러니까…… 지금……."

"맞습니다." 그가 말했다. 신디는 문득 그의 눈에서 시선을 뗄 수가 없었다. 프랜신 말이 틀렸어. 그녀는 뭔가에 정신이 팔린 듯 아득한 느낌 속에서 생각했다. 초록색이 아니야. 회색이지. 짙은 회색. "그런데 한 가지 조건이 있습니다."

"조건요?"

"네……. 노리스 리지윅이라는 부보안관을 아십니까?"

조그만 은종이 딸랑거렸다.

밴 앨런 선생의 병원에서 의료보조원으로 일하는 에버렛 프랭클은 브라이언 러스크가 일전에 니드풀 싱스에 왔을 때 보았던 담배 파이프를 십이 달러에 사고 샐리 랫클리프에게 장난을 치기로 했다. 화요일 오후에 브라이언과 함께 언어 치료 수업을 받는 딱한 슬로피 도드는 엄마의 생일 선물로 백랍 찻주전자를 샀다. 칠십오 센트를 투자했고…… 샐리의 남자친구 레스터 프랫에게 재미있는 장난을 치기로 흔쾌히 약속했다. 곤트 씨가 때가 되면 장난을 치는 데 필요한 몇 가지 준비물을 조달해주겠다고 하자 슬로피는 저, 저, 정말 조, 조, 좋은 생각이라고 했다. 이 마을에서 가장 잘나가는 낙농업자의 아내인 준 개비노는 칠보 꽃병을 구십칠 달러에 장만하고 평온한 바다 성모마리아 성당의 브리검 신부에게 재미있는 장난을 치기로 했다. 그녀가 가고 얼마 안 있어 곤트 씨는 로즈 목사에게 그 비슷한 장난을 칠 사람을 구했다.

바쁘고 보람찬 하루였다. 마침내 쇼윈도에 영업 종료 팻말을 걸고 블라인드를 내렸을 때 곤트는 피곤했지만 뿌듯했다. 장사가 잘됐고 팽본 보안관이 그를 방해하지 못하리라는 확신 쪽으로 한 발짝 내디딜 수 있었다. 다행이었다. 그의 업무 중에서 개업은 가장 재미있는 부분이었지만 늘 스트레스가 따랐고, 가끔 위험할 때도 있었다. 물론 팽본에 대한 느낌이 착각일 수도 있지만, 곤트는 그런 문제에 관한 한 예감을 믿는 편이 좋다는 깨달음을 얻은 터였다. 팽본은…… 그 나름의 방식으로 처리할 수 있을 때까지 가까이하지 말아야 할 사람이라는 느낌이 들었다. 곤트가 보기에는 아주 분주한 한 주가 될 전망이었고, 한 주가 끝나기 전에 폭죽이 터질 것이다.

그것도 아주 많이.

4

금요일 저녁 6시 15분에 앨런은 폴리의 집 앞 진입로에 차를 세우고 시동을 껐다. 그녀는 문 앞에서 그를 기다리고 있다가 다정하게 입을 맞추었다. 잠깐일 뿐인데도 쌀쌀한 집 밖으로 나온다고 장갑까지 낀 모습에 그는 얼굴을 찡그렸다.

"그럴 것 없어요." 그녀가 말했다. "오늘 저녁에는 조금 괜찮아졌으니까. 치킨 사 왔어요?"

그는 기름 얼룩이 묻은 하얀색 봉투를 내밀었다.

"여부가 있겠습니까, 마님."

그녀는 한쪽 다리를 뒤로 빼고 무릎을 살짝 구부려서 절을 했다.

"황송합니다."

그녀는 봉투를 받아들고 그를 부엌으로 안내했다. 그는 의자를 하나 빼내 돌려서 거꾸로 걸터앉더니, 장갑을 벗고 유리 접시에 치킨을 담는 그녀를 지켜보았다. 클럭클럭 투나잇에서 사 온 거였다. 상호는 촌스러움의 극치였지만 치킨은 그럭저럭 괜찮았다(노리스에 따르면 조개 요리는 얘기가 다르다고 했다). 삼십 킬로미터 거리의 가게에서 음식을 포장해 올 때 딱 한 가지 문제가 있다면 식어버린다는 것이었는데…… 전자레인지가 탄생한 이유가 그 때문인 게 분명했다. 아닌 게 아니라 앨런은 전자레인지의 용도가 커피 데우기, 팝콘 만들기, 클럭클럭 투나잇 같은 데서 사 온 음식을 데워 먹기, 이 세 가지뿐이라고 생각하는 사람이었다.

"괜찮아졌다고요?" 그녀가 치킨을 전자레인지에 넣고 목적에 맞는 버튼을 누르는 동안 그가 물었다. 뭐가 괜찮아졌다는 건지 구체적으로 물을 필요는 없었다. 그게 무슨 소리인지 둘 다 알았다.

"아주 조금요." 그녀는 시인했다. "하지만 조만간 많이 괜찮아질 게 확실해요. 손바닥이 뜨끈하게 따끔거리는 게 느껴지기 시작했거든요. 대개 그런 식으로 좋아지기 시작해요."

그녀는 손을 들어 보였다. 처음에는 흉측하게 뒤틀린 손이 괴로울 정도로 부끄러웠고 지금도 부끄러운 마음은 여전했지만 이젠 그의 관심을 사랑의 표현으로 받아들이게 되었다. 그가 느끼기에 그녀의 손은 투명 장갑이라도 낀 것처럼 여전히 뻣뻣하고 불편해 보였다. 무신경한 인간이 대충 만든 장갑을 그녀에게 씌우고 평생 벗지 못하게 손목에 스테이플러로 박아놓은 듯했다.

"오늘도 약 먹었어요?"

"딱 한 알요. 아침에."

사실은 아침에 두 알, 이른 오후에 한 알, 이렇게 세 알을 먹었고 어제에 비해 통증이 많이 가라앉지도 않았다. 좀 전에 얘기한 그 따끔거리는 느낌이 희망이 반영된 상상에 불과한 건 아닌지 걱정스러웠다. 앨런에게 거짓말을 하기는 싫었다. 거짓말과 애정은 좀처럼 공존할 수 없었고 오랫동안은 말할 나위도 없었다. 하지만 그녀는 혼자 지낸 세월이 워낙 길었기 때문에 내심 그의 끈질긴 관심을 부담스러워하기도 했다. 그를 믿었지만 속내를 너무 많이 드러내기는 불안했다.

그가 메이오 클리닉 얘기를 점점 더 자주 꺼내는 마당이니, 통증이 얼마나 심한지 알면 지금보다 더 집요하게 나올 게 분명했다. 빌어먹을 손이 그들 관계에서 가장 중요한 요소가 되는 건 싫었고…… 메이오 같은 데서 어떤 진단을 내릴지도 걱정스러웠다. 아픈 걸 견디면서 살 수는 있지만 희망 없이도 살 수 있을지 자신이 없었다.

"오븐에서 감자 좀 꺼내줄래요?" 그녀가 물었다. "저녁 먹기 전에 네티한테 전화 좀 하려고요."

"네티는 왜요?"

"속이 안 좋대요. 오늘 안 왔어요. 장염은 아닌지 확인하고 싶어요. 로절리 말로는 요즘 장염이 유행이라는데 네티가 병원을 무서워하잖아요."

폴리가 짐작하는 것보다 폴리 차머스에 대해서 잘 아는 앨런은 전화를 하러 가는 그녀를 보며 생각했다. 이런 때 사돈 남 말 한다고 하죠, 아가씨. 그는 경찰이었기에 퇴근을 하더라도 상대를 관찰하는 습관을 완전히 끊을 수가 없었다. 무의식적으로 그렇게 되었다. 이젠 굳이 노력할 필요도 없었다. 애니의 생애 마지막 몇 달 동안 그가 좀더 주의를 기울였다면 그녀와 토드는 목숨을 부지했을지도 몰랐다.

그는 폴리가 문 밖으로 나왔을 때 장갑을 끼고 있다는 것을 알아차렸다. 이쪽 손으로 저쪽 장갑을 손에서 빼내는 대신 이로 물어서 벗는다는 것을 알아차렸다. 접시에 치킨을 담아 전자레인지에 넣으려고 들었을 때 얼굴을 살짝 찡그리며 입을 꼭 다무는 것을 알아차렸다. 이 모든 게 불길한 징조였다. 그는 부엌과 거실을 가르는 문 앞으로 다가갔다. 그녀가 전화기를 얼마나 자신 있게 또는 조심스럽게 다루는지 보기 위해서였다. 그것이 그녀의 통증을 판단하는 가장 중요한 척도였다. 여기에서 드디어 상서로운 징조를 만났다. 적어도 그가 생각하기에는 상서로운 징조였다.

그녀가 네티의 전화번호를 빠르고 자신 있게 눌렀다. 거실의 반대편 끝에 있었던 그로서는 이 전화기를 비롯해 집 안의 모든 전화기가 큼지막한 숫자판이 달린 모델로 바뀌었다는 걸 알아차릴 수 없었다. 그는 거실을 향해 한쪽 귀를 쫑긋 세운 채 부엌으로 다시 돌아갔다.

"여보세요, 네티? ……끊으려던 참이었는데. 나 때문에 자다가 깼어? ……응, 그렇구나……. 좀 어때? ……아, 다행이다. 걱정하고 있었는데……. 아니, 내 저녁 신경 쓸 필요 없어. 앨런이 옥스퍼드에 있는 클럭클럭에서 치킨 사 왔어……. 응, 맞아."

앨런은 조리대 위쪽 찬장에서 접시를 꺼내며 생각했다. 손에 대해서 거짓말을 하고 있어. 아무리 전화기를 능숙하게 다룬다 한들, 그녀의 상태는 작년만큼, 어쩌면 그보다 더 심각했다.

그녀가 자신에게 거짓말을 했다는 데 그리 실망한 건 아니었다. 사실 왜곡에 대한 그의 평가 기준은 폴리보다 훨씬 너그러웠다. 예를 들어 아이만 해도 그랬다. 그녀는 장거리 버스를 타고 캐슬록을 떠난 지 칠 개월 정도 지난 1971년 초에 아이를 낳았다. 그리고 앨런에게 밝힌 바에 따르면 그 아이는—켈턴이라는 이름의 아들이었다—생후 삼 개월 만에 덴버에서 죽었다. 젊은 엄마에게는 가장 끔찍한 악몽이라 할 수 있는 영아 돌연사 증후군이었다. 누가 들어도 그럴듯한 얘기였고 앨런이 보기에도 켈턴 차머스가 실제로 죽었다는 점에는 의심의 여지가 없었다. 다만 한 가지 문제가 있다면 폴리가 밝힌 사인이 가짜라는 것이었다. 앨런은 경찰이었기 때문에 거짓말을 들으면 알았다.

(애니가 한 거짓말은 예외였지만)

맞아, 그는 생각했다. 애니가 한 거짓말은 예외였어. 예외는 충실하게 기록으로 남겨야 하는 법이지.

그는 뭘 보고 폴리가 거짓말을 한다는 걸 알아차렸을까? 동그랗게 뜬 두 눈으로 지나치게 똑바로 그를 쳐다보다가 잽싸게 깜빡이던 것? 잊을 만하면 왼손으로 왼쪽 귓불을 잡아당기던 것? 다리를 계속 꼬았다가 풀었던 것? 그건 아이들 놀이에서도 거짓말을 하고 있다는 신호로 쓰였다.

그 모두인 동시에 모두 다 아니었다. 공항에서 뇌에 철심이 박힌 사람이 지나가면 금속 탐지기가 울리듯 그의 머릿속에서 경보가 울렸을 따름이었다.

그는 그 거짓말을 듣고 화가 나지도 불안해지지도 않았다. 이 세상에는 이익을 노리고 거짓말을 하는 사람이 있는가 하면 고통스러워서 거짓말을 하는 사람도 있고, 진실을 얘기하는 것 자체가 전혀 생소한 개념이라 거짓말을 하는 사람도 있고…… 아직은 진실을 밝힐 때가 아니기 때문에 거짓말을 하는 사람도 있었다. 그가 생각하기에 켈턴을 두고 한 폴리의 거짓말은 맨 마지막 경우에 해당했기에 얼마든지 기다려줄 용의가 있었다. 때가 되면 그녀가 비밀을 털어놓기로 마음먹을 것이다. 서두를 필요 없었다.

서두를 필요 없다. 이 생각 자체가 사치처럼 느껴졌다.

거실에서 흘러나오는 그녀의 목소리, 풍성하면서 차분하고 왠지 모르게 올곧은 그 목소리도 사치처럼 느껴졌다. 그는 온갖 그릇과 주방용품이 어디 있는지, 그녀가 나일론 스타킹을 침실 어느 서랍에 넣어두는지, 여름에 탄 자국이 정확히 몸의 어디에서 멈추는지 안다는 데 따르는 죄책감을 아직 극복하지 못했지만, 그녀의 목소리를 들으면 이 모든 게 의미 없어졌다.

"내 도움이 필요하면 이따 건너갈게, 네티……. 그래? ……뭐, 쉬는 게 제일 좋긴 하지……. 내일?"

폴리는 웃음을 터뜨렸다. 그 자유롭고 유쾌한 웃음소리를 들으면 앨런은 어쩐지 세상이 상쾌해진 것 같은 기분을 느꼈다. 어쩌다 한 번씩 그렇게 웃어만 준다면 비밀을 털어놓을 때까지 얼마든지 기다릴 수 있다는 생각이 들었다.

"아유, 됐어! 내일은 토요일이잖아! 나 그냥 누워 빈둥거리면서 벌 받을 짓 할 거야!"

앨런은 미소를 지었다. 스토브 아래 달린 서랍에서 오븐용 장갑을 꺼내고 재래식 오븐을 열었다. 감자가 한 개, 두 개, 세 개, 네 개였다. 도대체 둘이서 무슨 수로 이 큼지막한 감자를 네 개씩이나 먹어치울 수 있을까? 하지만 그는 이렇게 많을 줄 알고 있었다. 폴리는 손이 컸다. 이 큼지막한 네 개의 감자에도 또 다른 비밀이 숨겨져 있는 게 분명했다. 그가 모든 이유를—아니면 대부분, 혹은 일부분이라도—파악하고 나면 죄책감과 묘한 기분이 가실지 몰랐다.

감자를 꺼냈다. 잠시 후에 전자레인지에서 땡 하는 소리가 들렸다.

"이제 그만 끊어야겠다, 네티……."

"괜찮아요! 내가 알아서 하고 있어요. 경찰관이잖아요, 아가씨!"

앨런이 외쳤다.

"……어쨌든 뭐든 필요한 거 있으면 전화해. 이제는 괜찮은 거 확실하지? ……어디 불편하면 얘기해줘, 알았지? ……그래……. 응? ……아니야, 그냥 물어보는 거야……. 너도…… 잘 자, 네티."

그녀가 나와보니 그는 이미 식탁에 치킨을 차려놓고 그녀의 접시에 담긴 감자의 껍질을 벗기느라 여념이 없었다.

"앨런, 고마워라. 그럴 필요 없는데!"

"이게 다 서비스의 일환이지요, 예쁜 아가씨." 그가 터득한 또 한 가지 사실이 있다면 손이 많이 아플 때는 폴리의 삶이 소소하지만 만만치 않은 전투의 연속이 된다는 것이었다. 평범한 일상의 평범한 일들도 어마어마하게 험난한 장애물이 되었고 그걸 뛰어넘지 못하면 통증과 무안을 감당해야 했다. 식기세척기에 그릇을 넣는 일. 벽난로에 장작을 쌓는 일. 칼과 포크로 뜨거운 감자의 껍질을 벗기는 일까지.

그가 말했다. "앉아요. 이제 꼬꼬댁 먹자고요."

그녀는 웃음을 터뜨리고 그를 끌어안았다. 손 대신 팔 안쪽으로 그의 등을 꾹 눌렀다는 것을, 집요한 내면의 관찰자는 알아차렸다. 하지만 그렇게 냉정하지 않은 그의 일면은 군살 없는 그녀의 몸이 와 닿는 느낌과 그녀가 쓰는 샴푸의 향긋한 냄새에 주목했다.

"당신처럼 다정한 남자도 없을 거예요."

그녀가 나지막이 말했다.

그는 처음에는 부드럽게, 이어 좀더 격렬하게 입을 맞추었다. 그의 손이 그녀의 잘록한 허리를 지나 봉긋한 엉덩이로 향했다. 낡은 청바지가 몰스킨처럼 반질반질하고 부드럽게 느껴졌다.

"앉으세요, 덩치 씨." 마침내 그녀가 말했다. "저녁부터 먹고 부비부비는 나중에."

"지금 나 유혹하는 거예요?" 손이 괜찮아지지 않았다면 그녀는 애매하게 얼버무릴 것이다.

하지만 그녀는 "두말하면 잔소리죠"라고 했고, 앨런은 자리에 앉았다.

잠깐이나마 마음이 흡족했다.

5

"이번 주말에 앨은 집에 온대요?" 같이 상을 치우며 폴리가 물었다. 목숨을 부지한 앨런의 다른 아들은 보스턴 남쪽에 있는 밀턴 아카데미에 다니고 있었다.

"아뇨." 앨런은 접시를 수세미로 문지르며 대답했다.

폴리는 다소 지나치다 싶게 무심한 투로 말했다. "아니 그냥, 콜럼버스 기념일*이라 월요일에 수업도 없을 테고 해서……."

"케이프코드에 있는 도프네 집에 간대요. 룸메이트 칼 도프먼요. 지난 화요일에 앨이 전화해서 사흘 연휴 동안 거기 가도 되느냐고 묻더라고요. 그래서 알았다고, 그러라고 했죠."

그녀가 팔을 건드리자 그는 그녀를 쳐다보았다.

"어느 정도나 나 때문이에요, 앨런?"

"뭐가 어느 정도나 당신 때문이냐는 거예요?"

그는 진심으로 놀라 물었다.

"무슨 얘긴지 알잖아요. 당신은 좋은 아빠고 바보가 아니니까요. 개학한 이후에 앨이 집에 온 게 몇 번이에요?"

앨런은 그녀의 의도를 퍼뜩 깨닫고 안도하며 씩 웃었다.

"딱 한 번요. 그것도 중학교 때 같이 컴퓨터를 해킹했던 지미 캐틀린이랑 할 얘기가 있어서였죠. 내가 생일 선물로 사준 코모도어

* 크리스토퍼 콜럼버스의 아메리카 대륙 발견을 기념하는 미국 국경일로 10월 둘째 월요일이다.

64 I에서 돌아가지 않는 프로그램이 있다고."

"그것 봐요. 내 말이 그 말이에요, 앨런. 그 아이는 내가 자기 엄마 자리를 너무 일찌감치 차지하려 든다고 생각해서……."

"나 원 참. 대체 언제부터 앨이 당신을 못된 계모로 간주하는가 보다 고민한 거예요?"

그녀는 눈썹을 한데 모으며 미간을 찌푸렸다.

"당신한테는 이게 재미있는 일일지 모르겠는데, 미안하지만 나는 그렇지가 않아요."

그는 그녀의 위팔을 가만히 잡고 입가에 입을 맞추었다.

"전혀 재미있는 일이라고 생각하지 않아요. 안 그래도 좀 전에 그 생각을 하고 있었는데, 가끔 당신이랑 같이 있으면 묘한 기분이 들 때가 있거든요. 너무 빠른 것 같아서. 그렇지 않은데, 가끔 그렇게 느껴질 때가 있단 말이죠. 무슨 얘긴지 알겠어요?"

그녀는 고개를 끄덕였다. 미간에 잡힌 주름이 조금 옅어지긴 했지만 완전히 없어지지는 않았다.

"당연히 알죠. 영화나 텔레비전 드라마 속 등장인물들을 보면 드라마틱하게 더 오랫동안 그리워하잖아요."

"바로 그거예요. 영화를 보면 엄청나게 그리워할 뿐 별로 가슴 아파하지는 않죠. 가슴앓이는 너무 현실적이니까요. 가슴앓이는……." 그는 그녀의 팔을 놓고 천천히 그릇 하나를 집어서 닦기 시작했다. "가슴앓이는 잔인하니까요."

"그렇죠."

"그래서 가끔은 살짝 죄책감이 들어요." 그는 언뜻 변명조로 들리는 자신의 말투에 씁쓸해졌다. "너무 빠른 것도 아닌데 그렇게 느껴져서, 너무 쉽게 잊은 것도 아닌데 그렇게 느껴져서. 좀더 슬퍼해야 한다는 생각이 들 때도 있지만, 아니라고는 못하겠지만, 그게 말도 안 되는 생각이라는 걸 알아요. 왜냐하면 내 일부는, 사실상 많은 부분은 아직까지 슬퍼하고 있으니까요."

"당신도 인간이군요." 그녀가 나지막이 말했다. "황당하도록 별나고 자극적이도록 삐딱하긴 해도."

"맞아요, 그러게요. 앨의 경우에도 자기 나름대로 대처하고 있어요. 그것도 훌륭하게, 내가 이 아이를 자랑스럽게 여길 수 있을 만큼 훌륭하게요. 여전히 자기 엄마를 그리워하긴 하죠. 하지만 여전히 가슴앓이를 하고 있다면, 가슴앓이를 하고 있는지 나로서는 잘 모르겠지만, 아무튼 그렇다면 그건 토드 때문일 거예요. 어쨌든 그 아이가 당신이나…… 우리를 인정할 수 없기에 거리를 두려고 한다는 건…… 말도 안 되는 생각이에요."

"그렇다니 다행이네요. 덕분에 내 마음이 얼마나 가벼워졌는지 당신은 모를 거예요. 그래도 여전히……."

"왠지 모르게 마음에 걸린다?"

그녀는 고개를 끄덕였다.

"어떤 심정인지 알아요. 하지만 아이들의 행동이란 게 98.6퍼센트 정상적일 때도 어른들 눈에는 이상하게 보이잖아요. 우리는 아이들이 얼마나 쉽게 상처를 회복하는지 때때로 잊어버리고, 얼마나 빠르게 달라지는지는 항상 잊어버리죠. 앨은 점점 멀어지고 있어요. 나한테서, 지미 캐틀린 같은 예전 친구들한테서, 캐슬록에서. 그냥 그렇게 멀어지고 있을 뿐이에요. 3단계 추진 로켓에 발동이 걸린 우주선처럼. 아이들은 늘 그렇죠. 부모 입장에서는 항상 서글픈 뜻밖의 변화지만."

"그래도 너무 이른 것 같아요." 폴리는 나지막이 말했다. "열일곱 살이라니 멀어지기에는 이른 나이 아닌가요?"

"그렇죠." 앨런이 말했다. 속상한 말투는 아니었다. "엄마와 동생을 한심한 사고로 잃었으니까요. 그 아이의 삶이 산산조각 났고 내 삶이 산산조각 났죠. 우리는 한데 힘을 합쳤어요. 웬만한 아버지와 아들이라면 그런 상황에서 할 법하게 우리도 깨진 조각들을 다시 찾을 수 있을지 같이 방법을 강구했죠. 제법 잘 대처했다고 생각하지만 많은 게 달라졌다는 걸 모르면 내가 장님이겠죠. 내 삶의 기반은 여기 이 캐슬록이에요, 폴리. 그 아이는 이제 그렇지가 않고요. 다시 옛날로 돌아갈 수 있을지 모른다는 생각에 올가을에 캐슬록 고등학교로 전학 오지 않겠느냐고 물은 적이 있었는데, 그때 그 아이의 눈빛을 본 순간 정신이 번쩍 들더군요. 그 아이는 추억이 너무 많기 때문에 여기로 돌아오기가 싫은 거예요. 어느 정도 시간이 흐르면…… 달라질지 모르지만…… 지금 당장은 아이를 다그치고 싶지 않아요. 하지만 당신과 내 관계랑은 아무 상관 없는 문제예요. 알겠어요?"

"알겠어요. 그런데 앨런?"

"네?"

"그 아이가 보고 싶죠?"

"그럼요." 앨런은 간단하게 시인했다. "날마다 보고 싶죠." 놀랍게도 갑자기 눈물이 쏟아지려고 했다. 그는 울컥하지 않으려고 고개를 돌려 아무 찬장이나 열었다. 화제를 얼른 돌리는 게 가장 손쉬운 방법이었다. "네티는 어떻대요?" 그는 물었고 자신의 목소리가 평소와 다를 바 없이 들린다는 데 안도했다.

"저녁이 되니까 괜찮아졌다는데, 한참 만에 전화를 받더라고요. 기절해서 바닥에 쓰러진 건 아닌가 했어요."

"자고 있었나 보네요."

"네티 말로는 아니라고 했고 목소리를 들어봐도 아니었어요. 자다 깨서 전화를 받으면 어떤 목소리인지 알잖아요."

그는 고개를 끄덕였다. 그것 역시 경찰 업무의 일환이었다. 그는 자다가 전화를 받은 적도, 자는 사람을 전화로 깨운 적도 많았다.

"네티 말로는 헛간에서 어머니의 유품을 뒤지고 있었다지만……."

"장염이라면 전화가 왔을 때 화장실에 있었고 그걸 감추려 한 건지도 몰라요." 앨런은 무덤덤하게 말했다.

그녀는 곰곰이 생각해보다가 웃음을 터뜨렸다. "그랬나 보다. 네티라면 그럴 만도 하죠."

"그렇다니까요." 앨런은 개수대를 들여다보다가 마개를 뽑았다. "설거지 다 끝났어요."

"고마워요, 앨런." 그녀는 그의 뺨에 살짝 입을 맞추었다.

"아니 이런, 이게 뭐지?" 그러면서 앨런이 그녀의 귀 뒤에서 오십센트짜리 동전을 꺼냈다. "항상 이런 걸 거기 넣고 다녀요, 예쁜 아가씨?"

"그거 어떻게 한 거예요?" 그녀는 정말 신기해하는 표정으로 오십 센트짜리 동전을 쳐다보았다.

"뭐가요?" 그는 물었다. 부드럽게 왔다 갔다 하는 오른손 마디 위에서 오십 센트짜리 동전이 둥둥 떠다니는 것처럼 보였다. 그가 세 번째와 네 번째 손가락 사이에 동전을 넣고 손을 뒤집었다. 이어 그 손을 다시 뒤집자 동전이 사라지고 보이지 않았다. "직장 때려치우고 서커스단에 들어갈까요?" 그가 물었다.

그녀는 미소를 지었다. "안 돼요. 나랑 같이 여기 있어요. 앨런, 내가 사사건건 네티 걱정을 하는 게 한심해 보여요?"

"아뇨." 앨런이 말했다. 그는 왼손—오십 센트짜리 동전을 이쪽 손으로 넘겼다—을 주머니에 넣고는 빈손을 꺼내 행주를 집었다. "당신은 네티가 언덕 위의 하얀 집에서 나올 수 있게 돕고, 일자리를 마련해주고, 집을 살 때 도움을 주었잖아요. 그래서 네티에게 책임감을 느끼는데, 어느 정도는 그럴 수밖에 없다고 봐요. 당신이 네티 걱정을 하지 않는다면 내가 당신 걱정을 하게 될 거예요."

그녀는 식기 건조대에 마지막으로 남은 유리잔을 집었다. 앨런은 그녀의 얼굴에 어리는 갑작스러운 경악의 표정을 보고, 그녀가 거의 다 마른 잔조차 잡고 있지 못하게 됐다는 걸 알아차렸다. 그는 얼른 무릎을 구부리고 손을 내밀었다. 어찌나 우아하던지 폴리 눈에는 댄스 스텝에 가깝게 보일 정도였다. 떨어진 유리잔은 바닥에서 불과 사십오 센티미터도 안 되는 높이에 펼쳐져 있던 그의 손바닥 위로 깔끔하게 안착했다.

밤새도록 그녀를 괴롭혔던 통증과, 상태가 얼마나 심각한지 앨런이 알아차릴지 모른다는 두려움이 갑작스럽게 들이닥친 갈망의 파도에 묻혔다. 그 파도가 얼마나 거세고 뜻밖인지 놀란 수준을 넘어서 겁이 날 정도였다. 그리고 사실 갈망이라는 표현은 조금 내숭이었다. 그녀가 느낀 것은 그보다 단순하며 절대적으로 일차원적인 감정, 욕정이었다.

"움직이는 게 꼭 고양이 같네요." 몸을 일으키는 그를 보고 그녀가 말했다. 목소리가 잠겼고 발음이 살짝 뭉개졌다. 우아하게 구부러지던 그의 다리와 꿈틀거리던 허벅지의 기다란 근육이 눈앞에서 계속 어른거렸다. 한쪽 장딴지의 완만한 곡선도. "당신처럼 덩치 큰 남자가 어쩌면 그렇게 빠르게 움직일 수 있죠?"

"그러게 말이에요." 그는 대답한 뒤, 놀라고 당황한 눈빛으로 그녀를 쳐다보았다. "왜 그래요, 폴리? 표정이 이상해요. 쓰러질 것 같아요?"

"아뇨. 팬티에다 쌀 것 같아서 그래요."

그러자 그도 느꼈다. 갑자기. 잘못된 건 없었다. 그냥 그뿐이었다. "어디 봐요." 그는 이렇게 말하며 좀 전처럼 우아하고 날렵하게 다가갔다. 메인 스트리트를 느릿느릿 걸어가는 그를 본 적 있는 사람이라면 상상할 수 없을 만큼 놀라운 속도였다. "어디 확인해보자고요." 그는 왼손으로 유리잔을 조리대에 내려놓고, 그녀가 영문을 알아차리기도 전에 오른손을 그녀의 다리 사이로 넣었다.

"앨런 지금 뭐하……." 그때 그의 엄지손가락이 그녀의 클리토리스를 가볍게 누르자 '뭐하……'가 '뭐하아아아!'로 바뀌었고 그는 가볍게, 놀라우리만치 힘차게 그녀를 번쩍 들어올렸다.

그녀는 그의 목을 끌어안았다. 이 격정적인 순간에도 조심스럽게 팔로 잡았다. 두 손은 뻣뻣한 나무토막처럼 그의 뒤로 삐죽 고개를 내밀고 있었지만 온몸을 통틀어 뻣뻣한 곳은 거기 한 군데뿐이었다. 나머지는 모두 녹아내리는 듯한 느낌이었다. "앨런, 내려줘요!"

"싫은데요." 그는 말하고 그녀를 더 높이 들어올렸다. 그녀가 미끄러지기 시작하자 그는 남은 한쪽 손을 견갑골 사이에 대고 그녀의 몸을 앞으로 꽉 끌어안았다. 흔들 목마를 탄 어린애처럼 다리 사이를 받친 손 위에서 그녀의 몸이 앞뒤로 갑자기 흔들리기 시작했다. 잘 흔들리도록 그가 거드는 가운데 두 발로 바람을 가르고 머리칼을 하늘로 날리며 그녀는 짜릿한 그네를 타고 있는 듯한 기분을 느꼈다.

"앨런……."

"꽉 잡아요, 예쁜 아가씨." 그는 그녀가 깃털을 담은 자루만큼 가볍기라도 한 것처럼 웃고 있었다. 그녀는 몸을 뒤로 젖혔다. 점점 고조되는 흥분 속에서 자신을 붙잡은 손의 존재를 거의 잊었다. 그가 그녀를 떨어뜨리지 않을 거라는 확신뿐이었다. 잠시 후 그가 그녀를 다시 앞으로 당겨서 한쪽 손으로는 등을 어루만지고, 다른 쪽 손의 엄지손가락은 아래에 댄 채 그녀가 상상조차 하지 못했던 행위를 시작하자 그녀는 몸을 다시 뒤로 흔들며 황홀하게 그의 이름을 외쳤다.

오르가슴이 달콤한 폭탄처럼 몸의 중심에서 양옆으로 터졌다. 다리는 부엌 바닥으로부터 십오 센티미터 위에서 앞뒤로 대롱거렸고 (신발 한 짝이 벗겨져서 거실까지 날아갔다), 고개는 뒤로 젖혀져 까만 머리가 그의 팔뚝을 급류처럼 간질이며 쓸고 지나갔다. 쾌감이 절정에 달했을 때 그가 길고 하얀 목덜미에 입을 맞추었다.

그는 그녀를 내려놓았다가…… 그녀의 무릎이 꺾이자 얼른 손을 내밀어서 붙잡았다.

"맙소사." 그녀는 힘없이 웃음을 터뜨렸다. "맙소사. 앨런, 이 청바지는 절대 빨지 않을게요."

이 말에 그는 웃음이 터져 껄껄댔다. 다리를 앞으로 쭉 뻗으며 부엌 의자에 주저앉아서 배를 잡고 웃었다. 그녀가 한 걸음 다가갔다. 그는 그녀를 붙잡아서 잠깐 무릎 위에 앉혔다가 품에 안고 같이 일어섰다.

그녀는 격정과 욕망의 아찔한 파도가 다시금 밀려오는 것을 느꼈다. 이번에는 보다 더 분명하고 확실했다. 이거야. 그녀는 생각했다. 이게 갈망이지. 나는 이 남자를 갈망해.

"위층으로 데려다줘요. 거기까지 못 가겠거든 소파까지만이라도. 거기까지도 못 가겠거든 여기 이 부엌 바닥에서 해요."

"아무리 못해도 거실까지는 갈 수 있을 것 같은데요. 손은 어때요, 예쁜 아가씨?"

"무슨 손요?" 그녀는 몽롱하게 묻고 눈을 감았다. 이 순간의 선명한 희열에 집중하며 그의 품에 안겨 시간과 공간을 이동했고, 그의 힘에 실려 어둠 속을 움직이고 빙글빙글 돌았다. 그녀는 그의 가슴에 얼굴을 묻었다. 그가 소파에 눕히자 그를 끌어당겼다. 이번에는 손으로.

6

그들은 거의 한 시간 동안 소파에 있다가 얼마나 오래인지 모를 시간 동안 샤워를 했다. 온수가 끊겨서 밖으로 나올 수밖에 없을 때까지 했다. 그런 다음 그녀가 그를 침대로 데려갔다. 너무 기진맥진하고 기분이 좋아서 부둥켜안고 있는 것 말고는 아무것도 할 수가 없었다.

그녀는 오늘 밤 그와 사랑을 나눌 작정이었지만 어떤 욕망을 느껴서라기보다는 그의 걱정을 누그러뜨리기 위해서였다. 이런 식으로 연쇄 폭발을 경험할 줄은 전혀 예상하지 못했건만…… 좋았다. 손이 다시 아프기 시작하려는 게 느껴졌지만 오늘 밤에는 퍼코던 없이도 잠을 잘 수 있을 것이다.

"당신은 끝내주는 애인이에요, 앨런."

"당신도요."

"이구동성이네요." 그녀는 말하고 그의 가슴에 머리를 얹었다. 아유, 이 정도는 저와 주인님한테야 하룻저녁 일거리밖에 안 되죠, 하듯이 그 안에서 침착하게 두근거리는 심장 소리가 들렸다. 좀 전에 느꼈던 격렬한 흥분이 희미하게 메아리치는 가운데 그녀는 그가 얼마나 빠르고 힘이 셌는지…… 주로 빠르기에 대해 다시 한번 기억을 더듬었다. 애니가 그녀의 가게에 취직했을 때부터 그와 알고 지낸 사이였고 연인으로 지낸 지 다섯 달째로 접어들었건만 그가 얼마나 빠르게 움직일 수 있는지에 대해서는 전혀 모르고 있었다. 동전 마술에 카드 마술, 더하여 온 동네 아이들이 보여달라고 조르는 그 손 그림자가 온몸으로 구현된 거나 다름없었다. 섬뜩하지만…… 한편으로는 근사했다.

잠이 쏟아지는 게 느껴졌다. 그에게 자고 갈 거냐고, 그러면 차를 차고에 넣으라고 얘기해야 하는데—캐슬록은 말이 많은 작은 마을이었다—너무 귀찮았다. 앨런이 알아서 할 것이다. 이제 생각해보니 앨런은 늘 그랬다.

"버스터나 거룩한 윌리가 또 폭발하지는 않았어요?" 그녀는 졸린 목소리로 물었다.

앨런은 미소를 지었다. "아직까지는 양쪽 다 잠잠해요. 키턴 씨하고 로즈 목사님은 마주치지 않을수록 고마운데, 그런 관점에서 보자면 오늘은 즐거운 하루였죠."

"다행이다." 그녀는 중얼거렸다.

"맞아요. 그런데 그보다 더 좋은 소식이 있어요."

"뭔데요?"

"노리스가 다시 기분이 좋아졌어요. 당신 친구 곤트 씨한테 산 낚싯대와 릴을 들고 이번 주말에 낚시를 하러 가겠다는 얘기밖에 안 해요. 가뜩이나 살도 없는 마당에 그러다 엉덩이가 얼어붙겠지만 노리스가 기쁘다면 나도 기뻐요. 키턴이 어제 그의 기분을 잡쳐놓았을 때 미안했거든요. 비쩍 마른 몸에 정신을 빼놓고 다닌다고 다들 노리스를 우습게 여기지만 그 친구도 지난 삼 년 동안 작은 마을의 제법 훌륭한 보안관으로 발전했어요. 감정도 어느 누구 못지않게 예민하고요. 돈 노츠의 배다른 형제처럼 생긴 게 그 친구 잘못은 아니잖아요."

"ㅎㅇㅇㅇㅇㅇ음……."

떠내려갔다. 아무 고통도 없는 달콤한 어둠속으로 떠내려갔다. 폴리는 끈을 놓았고, 수마가 덮쳤을 땐 고양이처럼 흡족한 표정을 짓고 있었다.

7

앨런은 잠이 들기까지 시간이 좀더 걸렸다.

머릿속에서 목소리가 다시 들렸지만 전처럼 명랑함을 가장한 투는 아니었다. 이번에는 애처롭게 캐물었고 거의 망연자실했다. 여기가 어디야, 앨런? 목소리는 이렇게 물었다. 엉뚱한 방 아니야? 엉뚱한 침대 아니야? 엉뚱한 여자 아니야? 당최 더는 아무것도 이해할 수가 없네.

앨런은 문득 목소리가 측은해졌다. 자기 연민은 아니었다. 그 목소리가 지금처럼 낯설게 느껴진 적이 없었다. 그—그의 나머지 부분, 현재에 존재하며 미래를 계획하는 앨런—가 목소리를 듣고 싶어 하지 않는 만큼 목소리도 말을 하고 싶어 하지 않는다는 생각이 들었다. 그건 의무감의 목소리이자 상심의 목소리였다. 그리고 죄책감의 목소리였다.

이 년쯤 전에 애니 팽본에게 두통이 생겼다. 그녀 말로는 심하지 않다고 했다. 폴리가 관절염 얘기를 질색하듯 그녀도 두통에 대해서 얘기하는 걸 싫어했다. 그러던 어느 날—1990년 초였다—그는 면도를 하던 도중에 화장실 세면대에서 대용량 애너신 3*의 뚜껑을 발견했다. 그는 뚜껑을 다시 닫으려다가…… 멈추었다. 지난주에 이 225개들이 병에서 두 알을 꺼내 먹은 적이 있었다. 그때만 해도 거의 가득 차 있었다. 그런데 지금은 빈 통이나 다름없었다. 그는 남은 면도 크림을 닦아내고 폴리 차머스가 개업했을 때부터 애니가 직원으로 근무하고 있는 유 소 앤드 소 바느질 공방으로 찾아갔다. 커피 한잔하자고 아내를 불러내…… 몇 가지 질문을 던졌다. 아스피린에 대해 물어보았다. 조금 겁이 났지만

(아주 조금이었지. 머릿속의 그 목소리가 침통하게 맞장구쳤다.)

아주 조금이었다. 일주일 만에 아스피린을 190알이나 먹는 사람은 있을 수 없었다. 절대. 애니는 바보 같은 소리하지 말라고 했다. 세면대를 닦다가 약병을 넘어뜨렸다고 했다. 뚜껑이 제대로 안 닫혀 있어서 약이 거의 다 세면기 안으로 쏟아졌다고. 녹기 시작하길래 버렸다고.

그녀의 말로는 그랬다.

하지만 그는 경찰이었고 근무중이 아닐 때라도 상대를 관찰하는, 그 직업에 수반되는 무의식적인 습관을 어쩌지 못했다. 내면의 거짓말탐지기를 끌 수가 없었다. 질문에 대답하는 사람들을 관찰하면, 진지하게 관찰하면 거짓말을 하는 경우 거의 백 퍼센트 알아차릴 수 있었다. 예전에 앨런은 거짓말을 할 때마다 엄지손톱으로 송곳니를 쑤시는 남자를 신문한 적도 있었다. 입이 거짓말을 만들어내면 몸이 진실을 드러낼 수밖에 없는 듯했다. 그래서 그는 낸스 런

* 진통제.

처넷 칸막이 자리의 테이블 너머로 손을 뻗어 그녀의 손을 잡고 솔직하게 얘기해달라고 했다. 그녀가 잠깐의 망설임 끝에 그렇다고, 두통이 조금 심해졌다고, 그렇다고, 아스피린을 많이 먹었다고, 하지만 아니라고, 없어진 약을 다 먹은 건 아니라고, 정말로 약이 세면대에 쏟아졌다고 했을 때 그는 그 말을 믿었다. 사기꾼들이 '미끼 전략'이라고 부르는, 책에서도 소개하는 가장 고전적인 수법에 속아 넘어간 것이다. 거짓말을 하다가 들통이 나면 뒤로 물러나 진실을 절반만 공개하는 수법. 그가 좀더 유심히 관찰했더라면 애니가 여전히 숨기는 게 있다는 걸 알아차렸으리라. 그녀를 압박해, 그때는 불가능해 보였지만 이제는 진실이라고 믿을 수 있는 얘기를 들을 수 있었으리라. 아스피린을 하루에 스무 알씩 먹을 정도로 두통이 심했다는 얘기. 그녀가 사실대로 실토했더라면 그는 주말이 되기 전에 그녀를 데리고 포틀랜드나 보스턴의 신경과를 찾아갔을 것이다. 하지만 그녀는 아내였고 당시 그는 근무중이 아닐 때는 그리 예민하게 안테나를 세우지 않았다.

그는 레이 밴 앨런 선생의 병원에 예약을 잡아주는 것으로 만족했고 그녀는 진찰을 받았다. 레이는 아무 이상도 발견하지 못했다. 앨런은 그걸 가지고 그를 원망하지는 않았다. 그는 일상적인 반사 검사를 실시했고, 믿음직한 검안경으로 눈을 들여다보았고, 앞이 둘로 보이는지 체크했고, 옥스퍼드 보건소로 보내 엑스레이 촬영을 했다. 하지만 CT를 찍어보자고 하지는 않았고 애니가 이제는 머리가 아프지 않다고 하자 그 말을 믿었다. 아마 합당한 반응이었을 것이다. 그도 알다시피 의사들은 경찰 못지않게 보디랭귀지에 도통했다. 환자들은 같은 이유에서 용의자만큼이나 걸핏하면 거짓말을 했다. 그냥 겁이 난다는 이유에서. 그뿐 아니라 레이가 애니를 진찰할 때 앨런은 근무중이었다. 그러니까 그가 약병을 발견하고 애니가 레이 밴 앨런 선생에게 진찰을 받기 전까지 두통이 정말로 없어졌을지도 몰랐다. 그랬을 수도 있었다. 나중에 캐슬뷰에 있는 레이의 집에서 브랜디잔을 사이에 두고 오랜 대화를 나누었을 때 그는 앨런에게 말하길 종양이 뇌간의 위쪽에 생기면 증상이 나타났다 사라지길 반복하는 경우가 많다고 했다.

"뇌간 종양일 경우, 발작이 잦거든요. 만약 부인께서 발작을 일으켰던 거라면……."

그는 어깨를 으쓱했다. 그렇다. 어쩌면 그랬을지 몰랐다. 그리고 어쩌면 새드 보몬트라는 남자가 기소는 되지 않았을지언정 아내와 아들을 살해한 공범일지 몰랐지만 앨런에게는 새드를 원망하는 마음도 없었다.

작은 마을의 주민들이 아무리 귀를 쫑긋 세우고 아무리 열심히 혀를 놀려도 마을에서 벌어지는 모든 일이 소문으로 퍼지는 건 아니다. 캐슬록 주민들은 배너먼 보안관 시절에 정신이상을 일으켜 여자들을 살해한 프랭크 도드라는 경찰도 알았고, 광견병에 걸려 3번 국도를 떠돌던 쿠조라는 세인트버나드도 알았고, 소설가이자 이 동네의 유명 인사였던 새드 보몬트의 호숫가 별장이 1989년 여름에 전소된 것도 알았지만, 그 집이 전소된 과정이나 보몬트가 인간이 아니라 뭐라 명명할 수 없는 존재에 사로잡혀 있었다는 사실은 알지 못했다. 하지만 앨런 팽본은 알았고 지금도 가끔 꿈속에서 시달렸다. 이 모든 사건이 끝났을 때 앨런은 애니의 두통을 완전히 인식하게 되었지만…… 그걸로 끝이 아니었다. 술에 취한 새드와 통화를 하면서, 앨런은 이 남자의 결혼 생활이 붕괴되고 온전한 정신세계가 점점 잠식되어가는 과정을 본의 아니게 목격했다. 그런가 하면 그 자신의 정신세계도 문제였다. 앨런은 어느 병원 대기실에서 블랙홀을 다룬 기사를 읽은 적이 있었다. 안으로 들어오는 모든 것을 게걸스럽게 빨아들이는 반물질의 소용돌이이자 우주의 거대한 구멍. 1989년의 늦여름과 가을 내내, 보몬트 사건이 앨런에게는 블랙홀이었다. 현실의 가장 기본적인 개념을 자문하고 그 사건이 실제로 벌어졌던 일인지 의문에 휩싸이는 날들. 그 꿈을 꿀까 봐 여명이 동쪽 하늘을 물들일 때까지 잠을 이루지 못하는 밤들. 검은색 토로나도 자동차가 그를 덮치는 꿈이었다. 썩어가는 괴물이 운전대를 잡았고 뒷범퍼에 "품격 있는 개자식" 스티커를 붙인 검은색 토로나도였다. 그 시기에는 현관 난간에 앉아 있거나 잔디밭을 폴짝폴짝 가로지르는 참새가 한 마리 보이기만 해도 비명을 지르고 싶었다. 누가 물으면 앨런은 이렇게 대답했을 것이다. "애니의 증상이 시작됐을 때 내가 딴 데 정신이 팔려 있었어요." 하지만 딴 데 정신이 팔린 정도가 아니었다. 머릿속 깊숙한 곳에서 정신착란과의 사투를 벌이고 있었다. "품격 있는 개자식". 그 스티커가 어떤 식으로 자꾸 되살아났던가. 어떤 식으로 그를 괴롭혔던가. 그 스티커와 참새가.

애니와 토드가 시내 주행용으로 둔 낡은 스카우트를 타고 헴필스 마켓으로 나섰던 삼월의 그날도 그는 여전히 딴 데 정신이 팔려 있었다. 앨런은 그날 그녀의 거동을 몇 번이고 되짚었지만 이상하거나 특이한 부분은 전혀 없었다. 그들이 집을 나섰을 때 그는 서재에 있었다. 책상 옆 창문 밖을 내다보며 손을 흔들었다. 토드는 마주 손을 흔들고 스카우트에 올라탔다. 살아 있는 모습을 본 게 그때가 마지막이었다. 117번 도로를 오 킬로미터쯤 달렸을 때, 헴필스 마켓까지 이 킬로미터도 안 남았을 때, 고속으로 달리던 스카우트가 도로에서 벗어나 나무를 들이받았다. 주 경찰에서 잔해를 보고 추정한 바에 따르면 평소에는 철저하게 안전 운전을 고집했던 애니가 아무리 못해도 시속 백십 킬로미터로 달렸을 거라고 했다. 토드는 안전벨트를 하고 있었다. 애니는 아니었다. 그녀는 아마 한쪽 다리와 팔 절반을 뒤에 둔 채 앞유리창을 뚫고 나가자마자 죽었을 것이다. 토드는 깨진 연료통이 폭발하기 전까지 살아 있었을지 몰랐다. 다른 무엇보다 그 사실이 앨런을 괴롭혔다. 학교 신문에 장난으로 별자리 운세를 기고하고 리틀리그에 목숨을 걸던 열 살짜리 아들이 그전까지는 살아 있었을지 모른다는 사실이. 안전벨트를 풀려고 하다가 불에 타서 죽었을지 모른다는 사실이.

부검이 실시됐다. 부검 결과 뇌종양이 발견됐다. 레이의 말로는 조그만 종양이었다고 했다. 땅콩만 했다고. 진단을 받았더라면 수술로 제거할 수 있었을 거라는 얘기는 하지 않았다. 그건 앨런이 레이의 일그러진 얼굴과 떨어뜨린 시선을 통해 짐작한 정보였다. 레이는 그녀가 결국 발작을 일으켰을 거라고 했다. 진작 일으켰더라면 본질적인 문제점을 파악하는 계기가 됐을 텐데. 엄청난 전기 충격처럼 발작이 온몸을 관통하자 그녀는 액셀러레이터를 끝까지 밟으며 운전대를 놓고 말았다. 그가 자발적으로 이런 얘기를 털어놓지는 않았다. 앨런이 인정사정없이 캐물은 결과였고, 레이는 가슴이 찢어지도록 아픈 것과는 상관없이 앨런이 진실을 알아내고야 말 작정이라는 걸 알았다. 그날 그 차에 타고 있지 않았던 제삼자가 파악할 수 있는 수준에서 최대한 많은 진실을.

"들어보세요……." 레이는 이렇게 말하며 앨런의 손을 다정하게 잠깐 토닥였다. "그건 끔찍한 사고였지만 그뿐이에요. 잊어야 합니다. 남아 있는 아들이 있지 않습니까. 당신에게 그 아이가 필요하듯 그 아이에게도 당신이 필요합니다. 이제 그만 잊어버리고 씩씩하게 살아나가야 해요." 그는 노력했다. 어처구니없을 만큼 끔찍했던 새드 보몬트의 기억과

(참새 하늘을 나는 참새)

그 새에 얽힌 기억이 사라지기 시작했고 그는 다시 제자리를 찾아가려고 진심으로 노력했다. 홀아비, 소도시의 경찰, 점점 자라나 너무 일찌감치 멀어지려 하는 사춘기 아들의 아버지. 아들이 너무 일찌감치 멀어지려 하는 이유는 폴리가 아니라 그 사고 때문이었다. 끔찍하고 망연자실한 충격 때문에. 아들, 아빠가 아주 슬픈 소식을 전하려고 하는데, 마음의 준비를 단단해 해야 한다……. 그러고 나서 그는 눈물을 쏟았고 잠시 후에는 앨도 울음을 터뜨렸다.

그럼에도 불구하고 그들은 회복을 도모하기 시작했고 과정은 아직까지 진행형이었다. 요즘은 상황이 나아졌지만…… 두 가지만큼은 끝내 잊히지 않았다.

하나는 고작 일주일 만에 거의 바닥나 있었던 큼지막한 아스피린 통이었다.

다른 하나는 애니가 안전벨트를 하지 않았다는 사실이었다.

애니는 안전벨트를 하지 않은 적이 없었다.

앨런은 삼 주 동안 괴로워하며 밤마다 잠을 설치다가 결국 포틀랜드의 신경과 전문의와 약속을 잡았다. 소 잃고 외양간 고치는 격이었지만, 의사를 만나면 궁금한 부분들을 해소할 수 있을 것 같았다. 레이 밴 앨런을 구슬려 답을 듣는 건 이제 지긋지긋했다. 포틀랜드 의사의 이름은 스코프스였고 앨런은 난생처음 자신의 직업을 방패로 삼았다. 현재 진행중인 경찰 수사와 연관이 있는 질문이라고 했다. 그 의사가 앨런의 가장 큰 의혹을 해소해주었다. 뇌종양이 생기면 가끔 이성을 잃거나 자살 충동에 시달릴 수 있다. 뇌종양 환자가 자살을 저지르는 경우는 대개 일 분, 심지어는 몇 초의 고민 끝에 이루어지는 충동적인 선택이었다. 그런 사람이 동반 자살을 도모할 수도 있습니까? 앨런은 물었다.

스코프스는 책상 앞에 앉아 깍지 낀 손으로 뒷목을 받친 채 의자 뒤로 고개를 젖히고 있었기 때문에 무릎 사이에서 손가락이 새하얗게 질릴 정도로 으스러져라 깍지를 끼고 있는 앨런의 손을 보지 못했다. 스코프스는 그럴 수 있다고 대답했다. 흔히 나타나는 양상이라고, 뇌간에 종양이 생기면 종종 사정을 모르는 사람에게는 사이코처럼 보일 만한 행위를 저지른다고 했다. 자신이 겪는 고통을 사랑하는 사람이나 인류 전체와 공유해야겠다는 결론을 내리거나 자신이 죽으면 사랑하는 사람도 살고 싶지 않을 거라고 믿기 때문이라고. 스코프스는 텍사스 타워 꼭대기까지 올라가서 이십여 명을 살해하고 스스로 목숨을 끊은 이글 스카우트 대원 찰스 휘트먼과,

학생 몇 명을 죽인 다음 집에 가서 자기 머리에 대고 방아쇠를 당긴 일리노이 주 중학교의 어느 임시 교사를 예로 들었다. 부검 결과 두 사람 모두에게서 뇌종양이 발견됐다. 하지만 이런 양상이 모든 경우, 대부분의 경우에 적용되는 건 아니었다. 뇌종양 때문에 특이하고 신기한 증상이 생기는 경우가 있는가 하면 증상이 전혀 없는 경우도 있었다. 단언하기가 난감한 사안이었다.

난감하다잖아. 그러니까 덮고 지나가.

좋은 충고였지만 잘 받아들여지지가 않았다. 아스피린 통 때문에. 안전벨트 때문에.

앨런의 머릿속 뒤편을 어지럽혔던 것은 주로 안전벨트였다. 그 조그맣고 시커먼 구름이 사라질 줄 몰랐다. 애니는 안전벨트를 하지 않고 운전한 적이 한 번도 없었다. 심지어 골목길을 왔다 갔다 할 때도 그랬다. 그런데 토드는 평소처럼 안전벨트를 하고 있었다. 거기에 시사하는 바가 있지 않을까? 그녀가 마지막으로 집 앞 진입로를 나서고 얼마 후에 토드와 함께 생을 마감하기로 결심했다면 토드에게도 벨트를 풀라고 하지 않았을까? 아무리 마음 상하고 우울하고 혼란스럽더라도 토드에게 고통을 안기고 싶었을까?

단언하기가 난감하다잖아. 그러니까 덮고 지나가.

하지만 잠든 폴리를 옆에 두고 이렇게 폴리의 침대에 누워 있는 지금까지도 그 충고를 받아들일 수가 없었다. 조그맣고 날카로운 이빨로 낡고 너덜너덜한 생가죽 장난감을 물어뜯는 강아지처럼 그의 생각은 그걸 포기하지 못했다.

그 무렵 항상 떠오르던 광경이 있었다. 그가 폴리 차머스를 찾은 이유도 결국에는 그 악몽 같은 광경 때문이었다. 폴리는 애니가 이 마을에서 가장 친하게 지내던 친구였고, 보몬트 사건과 그 사건이 앨런의 정신 건강에 미친 여파를 감안했을 때 생의 마지막 몇 달 동안 애니의 곁을 그보다 더 자주 지켰을 것이었다.

그 광경이란, 애니가 안전벨트를 풀고 액셀러레이터를 끝까지 밟으며 운전대에서 손을 놓는 모습이었다. 마지막 순간에 운전대에서 손을 놓은 이유는 그 손으로 할 일이 있었기 때문이었다.

토드의 안전벨트로 풀기 위해서.

스카우트가 오른쪽을 향해, 나무를 향해 시속 백십 킬로미터로 도로를 질주하는 가운데 토드의 안전벨트를 풀려고 하는 애니와 겁에 질려 소리를 지르며 엄마의 손을 떨쳐내려고 하는 토드. 모두가 사랑했던 애니의 얼굴이 마귀할멈처럼 변하고 토드의 얼굴은 공포로 길게 늘어지는 광경이 그의 눈앞에서 펼쳐졌다. 가끔 한밤중에 눈을 떠보면 그의 몸은 축축한 땀범벅이고 토드의 외침이 귓전을 때릴 때도 있었다. 나무요, 엄마! 나무 조심해<u>요오오오</u>!

그래서 그는 어느 날 가게 문을 닫을 시각에 폴리를 찾아가 자기 집에서 차 한잔하지 않겠느냐고, 그게 불편하면 그녀의 집에서 차 한잔할 수 있겠느냐고 물었다.

그의 집 부엌(너한테 어울리는 부엌이지, 머릿속에서 들리는 목소리는 이렇게 속삭였다)에서 그녀는 차를, 그는 커피를 마주하고 앉았을 때 앨런은 천천히, 더듬더듬 악몽 이야기를 꺼냈다.

"내가 몰랐거나 알아차리지 못한 사이 아내가 우울증의 증상이나 이상한 행동을 보인 적이 있었는지 알고 싶어서요. 혹시……."

그는 감당할 수가 없어 잠깐 말을 멈추었다. 뭐라고 물어봐야 하는지 알지만 그 말을 꺼내기가 점점 더 힘들어졌다. 불행하고 혼란스러운 머릿속과 입을 연결하는 소통 창구가 점점 작아지고 좁아져서 조만간 완전히 막혀버릴 것 같았다.

그는 안간힘을 써가며 얘기를 계속했다.

"혹시 아내가 자살하려는 조짐을 보인 적이 있는지요. 아시다시피 애니 혼자만 죽은 게 아니라서요. 토드도 같이 죽었는데 만에 하나 그런 조짐이 있었는데 제가 알아차리지 못한 거라면…… 저한테도 아이의 죽음에 대한 책임이 있으니까요. 그 부분에 대해서 꼭 알고 싶어요."

그는 가슴을 둔중하게 때리는 심장박동을 느끼며 그쯤에서 하던 얘기를 멈추었다. 한 손으로 이마를 훔쳤다가 땀으로 축축해진 걸 보고 살짝 놀랐다.

"앨런." 그녀는 이렇게 말하면서 그의 손목에 손을 얹었다. 옅은 파란색 눈이 그의 눈을 지그시 응시하고 있었다. "그런 조짐을 느꼈는데 아무한테도 얘기하지 않았다면 저도 당신만큼 죄책감을 느껴야 하겠죠."

그는 입을 떡 벌리고 그녀를 쳐다봤었다. 폴리라면 애니의 태도에서 그가 놓친 무언가를 감지했을지도 몰라. 그의 추론은 거기까지였다. 이상한 낌새를 느꼈다면 그에 대해 뭔가 조치를 취해야 하는 책임이 따른다는 생각은 그때껏 하지 못한 터였다.

"못 느꼈나요?" 그는 결국 물었다.

"네. 저도 몇 번이고 되짚어봤어요. 당신을 괴롭히는 슬픔과 상실감을 과소평가하는 건 아니지만 당신 혼자만 그런 감정을 느끼는 게 아니거든요. 애니의 사고 이후에 자책하며 괴로워하는 것도 마찬가지고요. 저도 지난 몇 주 동안 부검 결과를 떠올리며 현기증이 날 때까지 온갖 장면과 대화를 재연하고 또 재연했어요. 당신이 말한 아스피린 통을 염두에 두고 지금 또 그러고 있고요. 그런데 뭘 발견했는지 알아요?"

"뭘 발견했는데요?"

"아무것도요." 덤덤한 그녀의 말투는 묘하게 설득력이 있었다. "전혀, 아무것도 없어요. 애니가 좀 핼쑥해 보인다는 생각이 든 적은 있었어요. 치맛단을 박거나 옷감을 꺼내면서 혼잣말을 중얼거리는 걸 두어 번 들은 기억도 나고요. 제가 기억하기로는 그게 가장 별난 행동이었고, 그것 때문에 제가 얼마나 자책했는지 몰라요. 당신도 그렇죠?"

앨런은 고개를 끄덕였다.

"그런 경우 말고는 처음 만났을 때하고 다를 게 없었어요. 생기발랄하고 친절하고 유익하고…… 좋은 친구였어요."

"하지만……."

그녀의 손이 계속 그의 손목을 덮고 있었다. 그녀가 살짝 손에 힘을 주었다. "아뇨, 앨런. 하지만이라고 하지 말아요. 레이 밴 앨런도 우리처럼 이러고 있어요. 그런 걸 두고 뒷북친다고 하죠? 그이를 원망해요? 레이 때문에 종양을 놓쳤다고 생각해요?"

"아뇨, 하지만……."

"그럼 저는요? 전 날마다 그녀와 함께, 항상 나란히 서서 일을 했어요. 10시면 같이 커피를 마셨고 12시면 같이 점심을 먹었고 3시면 다시 한번 같이 커피를 마셨고요. 그런 시간이 쌓이면서 우리는 아주 솔직한 대화를 나눌 수 있었고 서로를 알아가면서 좋아하게 됐어요, 앨런. 저는 당신이 그녀에게 좋은 친구이자 연인이었다는 걸 알고, 그녀가 아이들을 사랑했다는 것도 알아요. 하지만 그녀가 병 때문에 자살 충동이 생겼다 한들…… 그건 몰랐어요. 그러니까 대답해보세요. 저도 원망스러우신가요?" 그녀의 맑고 파란 눈이 거리낌 없이, 대답을 요구하는 눈빛으로 그의 눈을 쳐다보았다.

"아뇨, 하지만……."

그녀의 손이 다시금 가볍지만 위압적으로 그의 손목을 눌렀다.

"물어보고 싶은 게 있어요. 중요한 문제니까 잘 생각해서 대답해주세요."

그는 고개를 끄덕였다.

"레이는 애니를 진찰한 의사였는데 그런 조짐이 있었다 한들 보지 못했어요. 저는 애니의 친구였지만 그런 조짐이 있었다 한들 보지 못했고요. 당신은 애니의 남편이었지만 그런 조짐이 있었다 한들 역시 보지 못했죠. 그리고 당신은 그게 전부라고, 그걸로 끝이라고 생각하지만 그렇지가 않아요."

"지금 무슨 얘기를 하려는 건지 잘 모르겠는데요."

"애니와 가깝게 지낸 다른 누군가가 있었어요." 폴리가 말했다. "아마도 우리보다 더 가깝게 지낸 사람이요."

"지금 누굴 염두에 두고 그런 얘길……."

"앨런, 토드가 뭐라고 했죠?"

그는 무슨 말인지 이해하지 못하고 그녀를 빤히 쳐다보기만 했다. 외국어를 듣고 있는 기분이었다.

"토드요." 그녀는 짜증이 섞인 투로 말했다. "토드, 당신 아들요. 밤마다 당신을 잠 못 들게 만드는 인물. 그 아이 아니에요? 애니가 아니라 그 아이잖아요."

"맞아요. 그 아이예요." 고음의 불안정한 목소리는 그의 목소리가 전혀 아닌 것 같았고, 내부에서 큼지막하고 근본적인 무언가가 꿈틀거리는 게 느껴졌다. 지금 이렇게 폴리의 침대에 누워 있고 보니 식탁 앞에 앉아 있었던 그 순간이 불가사의하리만치 선명하게 생각났다. 비스듬히 내리쬐는 늦은 오후의 햇살을 받으며 그의 손목 위에 얹혀 있던 그녀의 손, 곱게 자아낸 금실 같던 솜털, 옅게 빛나던 그녀의 눈, 다정하지만 가차 없던 그녀의 태도.

"애니가 토드를 억지로 차에 태웠나요, 앨런? 아이가 발버둥쳤어요? 소리 질렀어요? 반항했어요?"

"아뇨, 그랬을 리가요. 자기 엄마인데……."

"토드가 그날 슈퍼에 따라 간 게 누구 생각이었어요? 그 아이였어요, 그녀였어요? 기억나요?"

그는 모르겠다고 대답하려다 퍼뜩 기억해냈다. 책상에 앉아서 영장을 살펴보는데 거실에서 두 사람의 말소리가 들렸다.

슈퍼에 다녀와야 하는데 토드, 같이 갈래?

새로 나온 비디오테이프 뭐 있는지 구경해도 돼요?

그럼. 아빠한테 뭐 필요한 거 있는지 여쭤봐.

"아내의 생각이었어요." 그는 폴리에게 말했다.

"확실해요?"

"네, 하지만 아이한테 물어봤어요. 같이 가자고 한 게 아니라."

근본적인 무언가가 몸속에서 계속 꿈틀거리고 있었다. 이러다 쓰러지겠어. 그는 이런 생각이 들었다. 뿌리가 하도 깊고 넓게 박혀 있어서 그게 쓰러지면 바닥이 갈기갈기 찢어질 텐데.

"아이가 엄마를 무서워했나요?"

이제 그녀는 그가 레이 벤 앨런에게 그랬듯이 그를 반대신문하고 있었지만 그로서는 막을 도리가 없는 것처럼 느껴졌다. 막고 싶은 마음도 딱히 없었다. 기나긴 밤을 보내는 동안 그가 한 번도 생각하지 못했던 무언가가 펼쳐지고 있었다. 아직 살아 있는 무언가가 펼쳐지고 있었다.

"토드가 애니를 무서워했느냐고? 아뇨, 전혀요!"

"생전의 마지막 몇 달 동안에도요?"

"네."

"마지막 몇 주 동안에도요?"

"폴리, 그땐 내가 제대로 살필 겨를이 없었어요. 새드 보몬트라는 작가한테 벌어진 사건 때문에…… 그 희한한 사건 때문에……."

"정신이 없어서 애니와 토드가 옆에 있어도 잘 못 느꼈다는 거예요, 아니면 아예 집에 잘 없었다는 거예요?"

"아니…… 맞아요……. 그러니까 당연히 집에 있었지만……."

속사포처럼 쏟아지는 질문을 받는 입장이 되어보니 기분이 묘했다. 폴리가 노보케인*으로 그를 마취시켜놓고 샌드백으로 활용하는 느낌이었다. 그리고 그 뭔지 모를 근본적인 것은 어떤 경계선을 향해 요동치고 있었다. 경계선을 지나면 그것은 중력에 의해 떠받쳐지는 것이 아니라 끌어내려질 것이었다.

"토드가 당신한테 와서 엄마가 무섭다고 한 적 있어요?"

"없어요……."

"당신한테 와서 엄마가 자기를 데리고 자살하려는 생각인 것 같다고 얘기한 적 있어요?"

"폴리, 무슨 그런 말도 안 되는 소리를! 나는……."

"있어요?"

"없어요!"

"이상한 행동이나 이상한 말을 한다고 얘기한 적 있어요?"

"아뇨……."

"그리고 앨은 외지에서 학교를 다녔죠?"

"그게 이거랑 무슨 상관이……."

"둥지에 남은 아이가 하나였잖아요. 당신이 일을 하느라 집을 비우면 둥지엔 그 둘뿐이었고요. 애니는 그 아이와 저녁을 먹고 숙제를 도와주고 같이 텔레비전을 보고……."

"책을 읽어주고……." 그가 말했다. 목소리가 몽롱하니 낯설게 들렸다. 자기 목소리가 아닌 것 같았다.

"토드가 아침마다 제일 먼저 마주치고 밤마다 제일 마지막으로 마주치는 사람이 애니였을 거예요." 폴리가 말했다. 그녀의 손이 그의 손목 위에 놓여 있었다. 두 눈은 그의 눈을 열심히 들여다보고

* 치과용 국부 마취제.

있었다. "그런 사태가 벌어지리라 예상했던 사람이 있다면 애니와 함께 죽은 사람이겠죠. 그런데 그 사람이 아무 말도 하지 않았잖아요."

문득 몸속의 그것이 쓰러졌다. 그의 얼굴이 일그러지기 시작했다. 그러는 게 느껴졌다. 곳곳에 매달려 있던 실을 누군가가 부드럽지만 집요하게 잡아당기는 듯한 느낌이었다. 뜨거운 덩어리가 목젖으로 치밀어 올라 목구멍을 막으려고 했다. 눈에 눈물이 고였다. 폴리 차머스가 두 개, 세 개로 보이는가 싶더니 프리즘을 통과한 빛과 이미지처럼 산산조각 났다. 가슴을 들썩였지만 허파에 공기가 채워지지 않는 느낌이었다. 그는 특유의 섬뜩한 속도로 손을 뒤집어 그녀의 손을 움켜잡았다. 어마어마하게 아팠을 텐데 그녀는 아무 소리도 내지 않았다.

"아내가 보고 싶어요!" 그는 폴리에게 외쳤다. 고통에 겨워 헉헉대며 흐느끼느라 말이 뚝뚝 끊겼다. "둘 다 보고 싶어요. 아, 사무치게 보고 싶어요!"

"알아요." 폴리가 침착하게 말했다. "알아요. 중요한 건 그거예요. 당신이 두 사람을 사무치게 보고 싶어 한다는 거."

그는 눈물을 흘렸다. 두 주 동안 매일 밤 눈물을 흘리는 큰 아들을 안아주며 어떻게든 달래주면서도, 정작 앨런 자신은 운 적이 없었다. 이제 그가 울음을 터뜨렸다. 흐느낌이 그를 싣고 가야 할 곳으로 떠났다. 그걸 막거나 가라앉힐 방법이 없었다. 상심을 누그러뜨릴 방법이 없고 자신이 그걸 누그러뜨리고 싶은 마음도 없다는 데서 그는 깊고도 알 수 없는 안도감을 느꼈다.

그가 무턱대고 커피잔을 옆으로 밀치자 다른 세상의 바닥에 부딪혀 박살 나는 소리가 들렸다. 그는 뜨겁게 지끈거리는 머리를 식탁에 얹고 팔로 감싼 채 흐느껴 울었다.

어느 정도 시간이 지났을 때 그녀가 서늘한 손으로, 흉하게 뒤틀린 그 다정한 손으로 그의 머리를 들어 자기 품에 기대게 하는 것이 느껴졌다. 그는 그렇게 그녀에게 안긴 채 한참 동안, 아주 한참 동안 흐느껴 울었다.

8

그녀의 팔이 그의 가슴에서 미끄러져 내려갔다. 앨런은 손에 아주 살짝 부딪히기만 해도 그녀를 깨울 수 있다는 걸 알았기에 조심스럽게 팔을 잡아 옮겼다. 천장을 올려다보며, 그는 폴리가 그날 일부러 자신의 상심을 자극했던 것일까 생각해보았다. 있지도 않은 해답을 찾는 것보다는 상심을 토로할 필요가 있다는 걸 알았든지, 아니면 직감하고서 일부러 그랬을 것 같았다.

그것이 그들의 시작이었다. 그때는 몰랐지만. 당시 그에게는 어떤 것의 끝에 더 가까웠다. 그때부터 마침내 용기를 내 폴리에게 저녁을 같이 먹자고 얘기를 꺼낸 날까지, 그는 그녀의 파란 눈에 담긴 눈빛과 자기 손목 위에 얹혀 있던 손의 느낌을 종종 떠올렸다. 그가 무시해버렸거나 그냥 지나쳤던 부분들에 대해 조심스럽지만 가차없이 몰아붙이던 그녀의 모습도 종종 생각했다. 그러는 동안, 그는 애니의 죽음과 결부된 새로운 감정을 다스리려고 애를 썼다. 그와 상심 사이를 가로막았던 바리케이드가 무너지자 다른 감정들이 봇물 터지듯 쏟아졌다. 그중에서도 가장 도드라지고 고통스러웠던 것은 치료하면 되었을 병을 감춘 아내, 그날 아들을 데리고 나선 아내를 향한 엄청난 분노였다. 폭우로 쌀쌀했던 지난 사월의 어느 날 저녁 버치스에서, 그는 이런 감정을 주제로 폴리와 이야기를 나누었다.

"이제 자살이 아니라 살인에 초점을 맞추기 시작했군요." 그녀가 말했다. "그래서 화가 나는 거예요, 앨런."

그는 고개를 저으며 뭐라고 대꾸하려 했지만 그녀가 테이블 위로 몸을 기울여 구부정한 손가락을 그의 입술에 대고 꾹 눌렀다. 아무 말 말라는 뜻이었다. 그는 그녀의 손짓에 너무 놀라서 조용히 있었다.

"그래요. 이번에는 교리문답 안 할 거예요, 앨런. 남자하고 저녁을 먹어본 지 하도 오래돼서 검찰청장 놀이를 하기에는 시간이 아깝거든요. 하지만 앨런, 엄청나게 경솔한 실수를 저지른 게 아닌 이상 누가 사고를 당했다고 그 사람한테 화를 내지는 않잖아요, 적어도 당신처럼은요. 스카우트의 브레이크가 고장 나서 애니하고 토드가 죽었다면 당신은 제때 점검하지 않은 자신을 원망하거나 마지막으로 점검을 받으러 갔을 때 대충 보고 넘어간 소니 재킷을 고소하면 모를까, 그녀를 비난하지는 않을 거예요. 안 그래요?"

"그렇겠죠."

"그럴 거예요. 어쩌면 사고 비슷한 게 벌어졌을지도 몰라요, 앨런. 레이 밴 앨런한테 얘기를 들었기 때문에 운전 도중에 발작을 일으켰을지 모른다는 건 이미 알죠? 하지만 사슴을 피하려고 운전대를 꺾었을지 모른다는 생각은 해봤어요? 그렇게 단순한 사고였을지 모른다고?"

맞는 말이었다. 사슴이나 새가, 심지어 반대편 차선을 달리던 차가 그녀의 앞으로 들이닥쳤을지 몰랐다.

"그렇죠. 하지만 안전벨트를……."

"아, 그 빌어먹을 안전벨트 얘기는 작작 좀 해요!" 그녀가 하도 핏대를 세워가며 발끈하는 바람에 근처에 앉아 있던 손님들이 흘끗 돌아보았다. "머리가 아파서 그때 한 번 안전벨트 하는 걸 깜빡했기로서니 그게 일부러 나무를 들이받았다는 증거가 될 수는 없잖아요. 게다가 머리가 아팠다고 하면, 유난히 아팠다고 하면 토드는 안전벨트를 하고 있었던 이유도 설명이 돼요. 그리고 그건 중요한 문제도 아니고요."

"그럼 뭐가 중요한데요?"

"당신의 분노를 뒷받침하기에는 분명치 않은 부분들이 너무 많다는 거죠. 그리고 당신의 가장 끔찍한 억측이 사실이라 한들 그걸 밝힐 방법은 없고요, 안 그래요?"

"맞아요."

"그리고 그걸 밝혀낸다 한들……." 그녀는 그를 가만히 쳐다보았다. 그들 사이 테이블 위에는 촛불이 켜져 있었다. 촛불에 비친 그녀의 눈은 짙은 파란색이었고, 조그만 불꽃이 양쪽 눈동자에 하나씩 담겨 있었다. "뭐, 뇌종양도 일종의 사고잖아요. 이 사건에 범인은 없어요, 앨런. 그 업계에서는 뭐라고 하더라? 아, 맞다, 가해자. 가해자가 없다고요. 당신이 그걸 인정하지 않는 한 희망은 없어요."

"무슨 희망요?"

"우리에 대한 희망요." 그녀는 침착하게 말했다. "나는 당신이 많이 좋아요, 앨런. 내 나이가 모험을 감행하지 못할 만큼 많지는 않지만, 감정을 통제하지 못하면 어떻게 되는지 깨달았을 만큼은 안타까운 경험을 충분히 겪었어요. 당신이 애니와 토드를 편하게 떠나보내지 않는 한 나는 감정을 그 지경으로 내닫게 하지 않을 거예요."

그는 말문이 막힌 채 그녀를 쳐다보았다. 그녀는 오랜 역사를 자랑하는 시골 식당에 차려진 저녁 위로 진지하게 그를 바라보았다. 장작 불빛이 그녀의 매끈한 한쪽 뺨과 왼쪽 이마에서 주황색으로 깜빡거렸다. 밖에서는 바람이 트롬본 소리를 길게 내며 처마 아래를 훑고 지나갔다.

"내가 말을 너무 많이 했나요? 그랬다면 집에 좀 데려다줘요, 앨런. 내 진심을 감추는 것 못지않게 싫은 게 창피해지는 거니까요."

그는 테이블 너머로 손을 내밀어 그녀의 손을 살짝 건드렸다. "아니에요, 너무 많이 하지 않았어요. 당신 얘기를 듣는 게 좋아요."

그러자 그녀는 미소를 지었다. 온 얼굴이 환해졌다.

"그럼 희망이 있네요."

그들의 관계는 이렇게 시작됐다. 그들은 서로 만난다는 데 죄책감을 느끼지는 않았지만 조심해야 할 필요성이 있다는 건 알았다. 그는 이 조그만 마을의 선출 공무원이고 그녀는 주민들의 호응이 있어야 가게를 유지할 수 있기 때문만은 아니었다. 두 사람 모두 죄인 취급을 당할 수도 있었다. 두 사람 모두 모험을 감행하지 못할 만큼 나이가 많지는 않았을지언정, 무모하게 돌진할 나이도 아니었다. 신중을 기해야 했다.

그러다 오월에 그들은 처음으로 잠자리를 함께했고 그때 그녀는 과거에서 현재로 넘어오기까지 어떤 일이 있었는지 얘기했지만…… 그는 그 얘기를 전적으로 믿지는 않았다. 언젠가는 그녀가 그의 눈을 너무 똑바로 쳐다보거나 왼손으로 왼쪽 귓불을 너무 자주 잡아당기지 않고 진실을 토로할 날이 올 거라고 믿었다. 그만큼 얘기하는 것도 얼마나 어려웠을지 이해했기에 기꺼이 기다릴 수 있었다. 그래야만 했다. 신중을 기해야 했다. 메인 주의 기나긴 여름이 꾸벅꾸벅 졸면서 지나가는 동안 그녀와 사랑을 나누는 것만으로도 충분했다. 넘칠 정도로 충분했다.

이제 그는 어둑어둑한 그녀의 침실에서 주석 타일로 덮인 천장을 올려다보며 다시 한번 결혼 얘기를 꺼낼 때가 된 건 아닐까 고민했다. 팔월에 시도했을 때는 그녀가 또다시 손가락을 그의 입술에 대고 눌렀었다. 아무 말 말아요. 어쩌면 이번에는…….

하지만 꼬리에 꼬리를 물고 이어지던 생각이 끊기기 시작했고 앨런은 금세 잠 속으로 빠져들었다.

9

꿈속에서 그는 어느 대형 마트에서 저 멀리 소실점이 보일 만큼 긴 통로를 어슬렁어슬렁 걷고 있었다. 가지고 싶었지만 살 여력이 없었던 모든 게—감압 시계, 애버크롬비 앤드 피치의 정품 펠트 페도라, 벨 앤드 하월의 팔 밀리미터 캠코더 등등 수백 가지—거기 있었지만 어깨 바로 뒤편, 보이지 않는 곳에 누군가가 있었다.

"여기에서는 이런 물건들을 바보들의 창자라고 부르지."

앨런이 아는 목소리였다. 토로나도를 몰고 다니던 조지 스타크라는 품격 있는 개자식의 목소리.

"이 가게 이름은 엔즈빌이야. 모든 상품과 서비스의 종점이거든."

"공용"이라고 적힌 대형 애플 컴퓨터 코너에서 기어 나오는 커다란 뱀이 보였다. 방울뱀의 머리가 달린 비단뱀처럼 생겼다. 앨런은 도망치려고 했지만 손바닥에 손금 하나 없는 손이 그의 팔을 잡고 막았다.

"자." 그 목소리가 구슬리는 투로 말했다. "하나 골라봐. 뭐든 다 가져도 돼…… 대가만 치르면."

하지만 어떤 물건을 고르든 확인해보면, 아들의 시커멓게 녹은 안전벨트였다.

8장

1

댄포스 키턴은 뇌종양이 없었지만 토요일 아침 일찍 사무실 의자에 앉았을 때 머리가 깨질 듯이 아팠다. 빨간색 표지를 씌운 과세 대장이 1982년부터 1989년 것까지 책상 위에 쌓여 있었고 그 옆에서 서신들이 아무렇게나 나뒹굴었다. 메인 주 세무국에서 보낸 공문과 그가 보낸 답신의 복사본이었다.

모든 게 귓가로 몰려들었다. 그는 알면서도 어쩔 도리가 없었다.

키턴은 어제 느지막이 루이스턴에 갔다가 오전 12시 30분에 캐슬록으로 돌아왔고, 아내가 진정제를 먹고 위층에서 자는 동안 날이 밝을 때까지 서재를 서성였다. 서재 한쪽 구석에 있는 조그만 벽장으로 자꾸만 시선이 향했다. 벽장 위쪽 선반에 스웨터가 쌓여 있었다. 대부분 낡고 좀이 슨 스웨터였다. 그 밑에, 아버지가 그림자처럼 덮친 알츠하이머에 수많은 능력과 기억을 빼앗기기 한참 전에 나무를 깎아 만든 상자가 있었다. 그 상자 안에 리볼버가 들어 있었다.

키턴은 리볼버에 대해 생각하는 때가 점점 더 잦아지는 것을 느꼈다. 자신을 위해 쓰려는 건 아니었다. 적어도 처음에는 그랬다. 표적은 그들이었다. 박해자들.

5시 45분에 그는 집을 나서 시청까지 고요한 새벽의 도로를 달렸다. 에디 워버턴이 빗자루를 들고 체스터필드 담배를 입에 문 채(그 전날 니드풀 싱스에서 산 순금 성 크리스토퍼 메달을 파란색 샴브레이 셔츠 아래에 단단히 숨겨놓았다), 2층을 향해 계단을 터벅터벅 올라가는 그를 지켜보았다. 두 남자는 말을 한 마디도 섞지 않았다. 에디는 작년 무렵부터 엉뚱한 시간에 나타나는 키턴의 모습에 익숙해졌고, 키턴의 눈에는 오래전부터 에디가 보이지 않았다.

이제 키턴은 갈기갈기 찢어서 사방으로 흩뿌리고 싶은 충동을 달래며 서류를 한데 모아 분류하기 시작했다. 세무국에서 받은 서신은 이쪽에, 그의 답신은 저쪽에. 서신들은 파일 캐비닛 제일 아래 서랍에 보관했고, 서랍 열쇠는 그 혼자만 가지고 있었다.

거의 모든 서신의 하단에 이런 기호가 적혀 있었다. DK/sl. 두말하면 잔소리지만 DK는 댄포스 키턴이었다. sl은 그의 구술을 받아 적어서 타이핑하는 비서 셜리 로런스였다. 하지만 이니셜이 적혀 있건 안 적혀 있건, 세무국에 보낸 답신 중에 셜리가 타이핑한 건 한 통도 없었다.

어떤 일들은 혼자만 알고 있는 편이 현명한 법이다.

서신을 정리하는데 한 구절이 그를 향해 달려들었다. "……과세

연도 1989년의 분기별 납세신고서에서 상응하지 않는 부분이 포착된바……."

얼른 옆으로 치웠다.

또 있었다. "……1987년 마지막 분기에 작성된 산재 신고서를 무작위로 선정해 검토한 결과 중대한 문제점이 발견되었기에……."

파일에 넣었다.

또 있었다. "……심사 연기가 현재로서는 시기상조인 것으로 사료되는바……."

문장들이 휙 하고 흐릿하게 지나가자 마치 폭주하는 카니발 놀이기구를 타고 있는 것처럼 속이 메슥거렸다.

"……임업 사업장 기금과 관련해서 문의 사항이……."

"……시 정부에서 전송한 기록이 없는 관계로……."

"……주 정부에서 분배한 세입의 용처가 충분히……."

"……경비 지출 영수증을 첨부하여야……."

"……현금 거래 명세서가 부족한 관계로……."

"……완벽한 정산 서류를 요청하는바……."

이제 이 마지막 공문이 어제 배달됐다. 어제저녁 마차 경주 시즌에는 절대 발을 들이지 않겠다고 맹세한 루이스턴에 다녀온 이유가 그것이었다.

키턴은 음울한 눈빛으로 그걸 바라보았다. 머리가 쿵쾅거리고 지끈거렸다. 굵은 땀방울이 등줄기를 타고 천천히 흘러내렸다. 피곤에 전 검은 그늘이 눈 아래를 감싸고 있었다. 한쪽 입가에는 물집이 잡혔다.

세무국

주 의회 의사당

메인 주 오거스타 04330

발신인 주소가 메인 주 인장 밑에서 그를 향해 소리를 질렀고 냉랭하고 딱딱한 인사말이 으르렁거렸다.

캐슬록 도시 행정위원 귀하.

그걸로 끝이었다. 더는 '친애하는 댄에게'나 '친애하는 키턴 씨에게'가 아니었다. 말미에 그의 가족에게 인사를 전하지도 않았다. 얼음송곳처럼 차갑고 가증스러웠다.

이 도시의 장부를 회계감사 하고 싶다고 했다.

모조리.

도시세 납입 내역, 주 정부와 연방 정부에서 분배한 세입 사용 내역, 시 정부 지출 내역, 도로 보수공사 내역, 시 법률 집행기관 예산, 공원 관리부처 예산, 심지어 시 정부에서 지원하는 실험적인 임업 사업장 관련 재무 기록까지.

그 인간들은 모든 걸 10월 17일에 조사하고 싶어 했다. 10월 17일이면 앞으로 고작 닷새밖에 안 남았다.

그 인간들.

이 공문에 서명한 사람은 주 정부의 재무국장과 감사원장이었고 심지어, 더욱 불길하게도, 메인 주 경찰 서열 1위인 검찰청장까지 서명을 했다. 게다가 복사본이 아닌 친필 서명이었다.

"그 인간들이." 키턴은 공문에 대고 속삭였다. 주먹으로 쥐고 흔들자 종이가 나지막이 바스락거렸다. 그는 공문을 향해 이를 드러내고 으르렁거렸다. "그 인간들이이이이이이!"

그는 공문을 다른 서류들 위로 쾅 내려놓았다. 파일을 닫았다. 색인표에 "메인 주 세무국 공문"이라고 깔끔하게 적혀 있었다. 키턴은 닫힌 파일을 잠깐 동안 쳐다보았다. 그러다가 펜대에 꽂아놓은 펜을 꺼내(캐슬 카운티 청년 상공회의소에서 세트로 선물한 거였다) 파일 위에다가 비뚤배뚤한 글씨로 "메인 주 개똥국!"이라고 적었다. 그걸 잠깐 쳐다보다 그 아래에는 "메인 주 왕재수국!"이라고 적었다. 그는 펜을 칼처럼 휘두르다가 저편으로 내동댕이쳤다. 펜은 조그맣게 달그락거리는 소리와 함께 모퉁이에 떨어졌다.

키턴은 직접 작성한 서신(항상 비서의 이니셜을 소문자로 첨부했다)의 사본을 모아놓은 다른 파일도 닫았다. 긴긴 밤 동안 잠을 설쳐가며 작성했건만 결국 헛수고였다. 혈관 하나가 이마 한복판에서 부단히 펄떡거렸다.

그는 자리에서 일어나 서류 파일을 들고 가서 캐비닛 맨 아래 서랍에 넣고 쾅 닫은 뒤 제대로 잠갔는지 확인했다. 그런 다음 창가로 다가가 잠이 든 도시를 내다보며 심호흡으로 마음을 가라앉히려 했다.

그 인간들이 자신에게 앙심을 품고 있었다. 박해자들이. 자신을 공격하도록 그들을 부추긴 장본인이 누구일지 궁금해한 게 벌써 천 번째였다. 장본인이 누구인지, 그 더러운 박해자가 누구인지 정체를 알아낼 수 있다면 좀먹은 스웨터 아래 상자에 담긴 권총을 들고

가 끝장을 내버릴 작정이었다. 신속하게 끝내지는 않을 것이다. 그건 절대 안 될 말씀! 한 번에 한 부위씩 총으로 날리면서 그동안 그 더러운 개자식에게 국가를 부르게 할 것이다.

비쩍 바른 리지웍 부보안관이 생각났다. 그 녀석일까? 그 정도로 영리해 보이지는 않지만…… 겉모습만으로 판단할 수는 없는 법이다. 팽본 말로는 캐딜락에 주차 딱지를 발부하라고 지시를 내린 사람이 자기라고 했지만 사실은 아닐 수도 있었다. 그리고 남자 화장실에서 리지웍은 그를 버스터라고 부르며 다 아는 듯 경멸하는 눈빛을 보내지 않았는가. 세무국에서 보낸 공문이 맨 처음 날아오기 시작했을 때 리지웍이 여기에서 근무하고 있었나? 키턴은 그랬다고 장담할 수 있었다. 이따가 확인차 그의 인사 서류를 뒤져볼 작정이었다.

팽본은 어떨까? 그는 분명 그럴 수 있을 만큼 영리했고, 댄포스 키턴을 증오했고(그만 그런 것도 아니지만. 다들 그를 미워하는 이유가 뭘까?), 오거스타에 아는 사람이 많았다. 그 인간들을 잘 알았다. 젠장, 그 인간들과 날마다 통화하는 눈치였다. 정액 요금제인데도 전화 요금이 어마어마했다.

둘 다일 수도 있을까? 팽본과 리지웍, 둘 다일 수도? 그들이 공모한 것일 수도?

"론 레인저와 그의 믿음직한 인디언 친구 톤토*." 키턴은 나지막

* 약자를 돕는 정체불명의 총잡이 론 레인저와 그의 인디언 친구 톤토가 등장하는 서부극 시리즈. 1933년 라디오 드라마로 시작하여 선풍적인 인기를 끌며 영화, 드라마, 애니메이션, 게임 등으로 만들어졌다.

이 중얼거리고는 사악하게 미소지었다. "팽본, 네 소행이라면 후회하게 될 거야. 너희 둘의 소행이라면 너희 둘 다 후회하게 될 거고." 그는 천천히 주먹을 쥐었다. "나는 박해를 당하면서 끝까지 참고 있을 생각이 없거든."

꼼꼼하게 손질한 손톱이 손바닥을 파고들었다. 그는 피가 나기 시작하는 줄도 몰랐다. 리지워일 수도 있다. 팽본일 수도 있고, 이 도시의 재무부장을 맡고 있는 그 뻣뻣하고 재수없는 멀리사 클러터벅일 수도 있고, 제2행정위원인 빌 풀러턴일 수도 있고(그도 알다시피 풀러턴은 키턴의 자리에 눈독을 들였고 그 자리를 차지할 때까지 포기하지 않을 터였다)…….

어쩌면 그들 모두일지도 모른다.

그들 모두가 합작한 것일 수도.

키턴이 괴로운 한숨을 길게 내뱉자 철망을 댄 강화유리에 꽃 모양으로 김이 서렸다. 문제는 어떻게 하면 좋으냐는 것이다. 이달 17일까지 뭘 어쩌면 좋을까?

정답은 간단했다. 알 수 없었다.

2

젊은 시절에 댄포스 키턴은 흑과 백이 뚜렷한 인생을 살았고 거기에 아무 불만이 없었다. 그는 캐슬록 고등학교에 진학해 열네 살 때부터 집안이 운영하는 자동차 대리점에서 아르바이트를 하며 시승차량을 세차하고 전시 차량에 왁스를 칠했다. 키턴 쉐보레는 뉴잉글랜드 일대에서 가장 오래된 쉐보레 대리점이자, 키턴 집안 재무 구조의 구심점이었다. 아주 최근까지만 해도 재무 구조는 실로 튼실했다.

캐슬록 고등학교에 다닌 사 년 동안 그는 모든 이들에게 버스터라고 불렸다. 그는 상과 수업을 들었고 평균 B의 탄탄한 성적을 유지하며 거의 혼자서 학생 자치 위원회를 운영하다가 보스턴의 트레이너 경영 대학에 진학했다. 트레이너에서는 전 과목 A를 받으며 세 학기 앞서 조기 졸업을 했다. 그러고 나서 캐슬록으로 돌아왔을 때 버스터라고 불리던 시절은 끝났음을 일찌감치 선포했다.

구 년인가 십 년 전에 스티브 프레이저와 함께 루이스턴에 다녀오기 전까지는 나무랄 데 없는 인생이었다. 하지만 그때부터 사달이 시작됐고 흑과 백으로 깔끔하게 나뉘었던 삶이 점점 짙어지는 회색으로 가득 메워지기 시작했다.

그는 도박에 손을 댄 적이 없었다. 버스터로 불리던 캐슬록 고등학교 시절에도, 댄으로 불리던 트레이너 경영 대학 시절에도, 키턴 씨로 불리던 키턴 쉐보레와 도시 행정위원회 시절에도 그랬다. 키턴이 아는 한 그의 집안에는 도박꾼이 없었다. 심지어 심심풀이로 오 센트짜리 스카트*나 동전 던지기 같은 순진한 게임을 한 기억도 없었다. 십계명 같은 금기 사항이었다기보다는, 그저 아무도 하질 않았다. 스티브 프레이저와 함께 루이스턴 경마장을 찾기 전까지는 키턴 역시 뭔가에 돈을 걸어본 적이 없었다. 내기 자체를 한 일이 없었고 그럴 필요도 없었다. 루이스턴 경마장이 화근이었다.

* 세 사람이 서른두 장의 카드를 가지고 하는 카드놀이.

그는 당시 제3행정위원이었다. 세상을 떠난 지 이제 최소 오 년은 된 스티브 프레이저가 당시 캐슬록의 행정위원장이었다. 키턴과 프레이저는 버치 네도 사회복지 감독관, 그리고 성인 시절의 대부분을 행정위원으로 지냈고 죽을 때까지 행정위원을 역임할 해리 새뮤얼스와 함께 '도시 나들이'에 나섰다(루이스턴행은 항상 이런 식으로 불렀다). 메인 주 지방공무원 회의에 참석하기 위해서였다. 안건은 신설 세입 분배 법안이었고…… 두말하면 잔소리지만 그 세입 분배가 원흉이었다. 그게 없었다면 키턴은 곡괭이와 삽으로 자기 무덤을 팔 수밖에 없었을 것이다. 세입 분배가 그에게는 굴삭기였다.

이틀 일정의 회의였다. 첫날 저녁에 스티브가 나가서 대도시의 유흥 문화를 만끽해보자고 했다. 버치와 해리는 사양했다. 키턴도 스티브 프레이저와 저녁 시간을 같이 보내고 싶은 마음이 없었다. 그는 머리에 뇌 대신 비곗덩어리가 들었고 떠벌리기 좋아하는 뚱뚱한 늙은이였다. 그럼에도 불구하고 그는 따라나섰다. 아마 스티브가 지옥의 가장 깊숙한 똥통을 둘러보자고 했어도 따라나섰을 것이다. 이러니저러니 해도 스티브는 행정위원장이었다. 해리 새뮤얼스는 평생 제2 아니면 제3 아니면 심지어 제4행정위원으로 빈둥거리며 지내는 데 만족할 테고 버치 네도는 이번 임기가 끝나면 사임하겠다고 이미 공표한 바 있지만…… 야망 가득한 댄포스 키턴에게는 떠벌리기 좋아하는 뚱뚱한 늙은이거나 말거나 스티브가 출세의 실마리였다.

그래서 그들은 나갔고 맨 먼저 홀리 바에 들렀다. "홀리에서 즐거운 시간을!" 출입구 위에 달린 모토처럼 프레이저는 실제로 즐거운 시간을 보냈다. 희석한 스카치위스키를 물처럼 들이켜는가 하면 뚱뚱하고 나이 많고 느릿느릿한 스트리퍼들을 향해 휘파람을 불어댔다. 키턴이 보기에는 스트리퍼들의 표정이 모두 몽롱했다. 긴 밤이 되겠다고 생각했던 기억이 났다.

그다음에 들른 곳이 루이스턴 경마장이었고, 그로써 모든 게 달라졌다.

그들이 들어갔을 땐 다섯 번째 경기가 시작되기 직전이었다. 프레이저는 말을 잘 듣지 않는 새끼 양을 덥석거려 무리로 몰고 가는 양치기 개처럼, 마다하는 키턴을 베팅 창구로 끌고 갔다.

"스티브 씨, 저는 아는 게 전혀 없어서……."

"몰라도 상관없어." 프레이저는 스카치위스키 냄새를 키턴의 얼굴로 뿜어대며 명랑하게 대답했다. "오늘 저녁에 우리한테 행운이 따를 거야, 버스터. 느껴져."

그는 베팅하는 법을 전혀 몰랐고, 프레이저가 쉴 새 없이 조잘거리는 바람에 이 달러짜리 창구 앞에 다다랐을 땐 같은 줄에 선 다른 도박꾼들이 뭐라고 하는지도 잘 들리지 않았다.

자기 차례가 되자 그는 오 달러짜리 지폐를 내밀며 말했다. "4번요."

"1등요, 2등요, 3등요?" 창구 직원이 물었지만 키턴은 얼른 대답하지 못했다. 직원 뒤편으로 놀라운 광경이 보였다. 세 명이 두툼한 지폐 다발을 세서 묶고 있는데, 키턴은 한자리에서 그렇게 많은 현금을 본 적이 없었다.

"1등요, 2등요, 3등요?" 창구 직원이 짜증 섞인 투로 똑같은 질문을 반복했다. “빨리빨리 말씀하세요. 여기가 무슨 공공 도서관도 아니고.”

“1등요.”

키턴이 말했다. 규칙을 모르긴 해도 1등이 제일 좋을 것 같았다.

직원이 마권 한 장과 거스름돈 삼 달러를 내주었다. 일 달러짜리 지폐와 이 달러짜리 지폐 각각 한 장씩이었다. 키턴은 프레이저가 베팅을 하는 동안 이 달러짜리 지폐를 신기하다는 듯이 쳐다보았다. 이 달러짜리 지폐가 있다는 얘기는 들었지만 직접 본 건 처음이었다. 토머스 제퍼슨이 모델이었다. 재미있었다. 사실 모든 게 재미있었다. 말과 팝콘과 땅콩 냄새. 우르르 달려가는 사람들. 다급한 분위기. 이 깨어 있는 공간에 그는 즉각적으로 반응했다. 각성 상태를 전에도 여러 번 느낀 적이 있었지만, 좀더 넓은 세상에서 경험하기는 이번이 처음이었다. 지금까지 어떤 것에도 소속감을 느낀 적이 없었던 댄포스 ‘버스터’ 키턴이 여기에서는 소속감을 느꼈다. 그것도 아주 강하게.

“여기가 홀리보다 훨씬 낫네요.” 프레이저가 옆으로 다가오자 그가 말했다.

“음, 마차 경주도 괜찮지.” 프레이저가 말했다. “월드시리즈를 대신할 수는 없겠지만 그래도 뭐. 자, 관중석으로 가자고. 몇 번 말에 걸었나?”

키턴은 기억이 나지 않았다. 마권을 확인해야 했다. “4번요.”

“2등 아니면 3등?”

“음…… 1등요.”

프레이저는 딱하다는 듯이 고개를 젓고 그의 어깨를 쳤다. "1등에 걸다니 승산이 없는 베팅이야, 버스터. 전광판의 수치상으로는 아닌 것 같아도 그래. 자네도 알게 될 테지만."

두말하면 잔소리지만, 그는 알게 될 운명이었다.

어디에선가 부아아아아앙! 하는 요란한 소리와 함께 종이 울리자 키턴은 움찔했다. 경마장 스피커에서 "이제 출발합니다아아아아!" 하는 고함 소리가 들렸다. 관중석에서 우레와 같은 함성이 일었고 키턴은 짜릿한 흥분이 몸을 관통하는 것을 느꼈다. 말발굽들이 흙길에 도장을 찍었다. 프레이저가 한 손으로 키턴의 팔꿈치를 잡고 다른 손으로는 관중들을 헤치며 난간으로 다가갔다. 그들은 결승선에서 이십 미터도 안 되는 곳에 자리를 잡았다.

이제 아나운서가 중계에 나섰다. 7번 마이 래스가 선두로 첫 번째 코너를 돌았고 8번 브로큰 필드가 2등, 1번 하우 두가 3등이었다. 4번은 이름이 앱솔루틀리였고—키턴 평생 그렇게 바보 같은 경주마 이름은 처음이었다—6등으로 달리고 있었다. 그래도 상관없었다. 그는 눈부신 조명에 가죽을 번들거리며 내달리는 경주마와 눈 깜빡할 새 코너를 도는 마차 바퀴, 그리고 마부들이 입은 형형색색의 비단옷에 넋을 잃었다. 말들이 결승선 반대편의 직선 구간에 진입했을 때 브로큰 필드가 선두 마이 래스를 압박하기 시작했다. 마이 래스의 속도가 떨어졌고 브로큰 필드가 쌩하니 녀석을 앞질렀다. 이와 동시에 앱솔루틀리가 바깥쪽으로 치고 나가기 시작했다. 얼굴을 알 수 없는 아나운서가 경기장 가득 요란하게 이 소식을 외치기 전부터 키턴은 그 사실을 알아차렸고, 프레이저가 그를 팔꿈치로 찌르며 이렇게 외치는 것도 거의 듣지 못했다.

"자네가 베팅한 말이야, 버스터! 자네 말이 이러다 1등할 수도 있겠어!"

말들이 키턴과 프레이저가 서 있는 곳을 향해 마지막 직선 구간을 질주하자 온 관중석이 포효하기 시작했다. 키턴은 다시 한번 짜릿한 흥분을 느꼈다. 이번에는 불꽃이 아니라 폭풍이었다. 그도 사람들과 함께 포효하기 시작했다. 목이 쉬어서 다음 날엔 속삭이는 정도로밖에 말을 하지 못할 만큼 소리를 질렀다.

"앱솔루틀리! 힘내라, 앱솔루틀리. 힘내라, 이 녀석아, 뛰어!"

"달리라고 해야지." 프레이저는 눈물을 흘려가며 배를 잡고 웃었다. "힘내라, 이 녀석아, 달려. 이렇게 외쳐야지, 버스터."

키턴은 아랑곳하지 않았다. 그는 다른 세상에 있었다. 허공을 가르며 앱솔루틀리에게 뇌파를 전송하고 텔레파시로 힘을 실었다.

"브로큰 필드냐 하우 두냐, 하우 두냐 브로큰 필드냐?" 이렇게 연호하는 아나운서의 목소리가 신의 음성처럼 들렸다. "마지막 이백미터 구간에 진입하면서 앱솔루틀리가 속도를 내고 있습니다."

말들이 먼지구름을 일으키며 점점 다가왔다. 앱솔루틀리는 목을 활 모양으로 구부리고 고개를 앞으로 내민 채 피스톤처럼 다리를 위아래로 움직이며 달렸다. 녀석은 키턴과 프레이저가 서 있는 곳 바로 앞에서 퍼져버린 브로큰 필드와 하우 두를 제쳤고, 점점 격차를 벌리며 결승선을 통과했다.

전광판에 숫자가 떴을 때 키턴은 프레이저에게 무슨 뜻이냐고 물어야 했다. 프레이저는 그의 마권과 전광판을 번갈아 쳐다보더니 소리가 나지 않게 휘파람을 불었다.

"제 돈을 돌려받을 수 있게 된 건가요?" 키턴이 불안한 목소리로 물었다.

"버스터, 돌려받을 수 있게 된 정도가 아니야. 앱솔루틀리가 서른 배를 터뜨렸어."

그날 밤 경기장을 나서기까지 키턴은 삼백 달러를 살짝 웃도는 금액을 벌었다. 이렇게 그의 중독이 시작됐다.

3

그는 사무실 구석의 스탠드 옷걸이에 걸어놓은 외투를 내려 입고 밖으로 나가려다 문손잡이를 잡은 채 걸음을 멈추었다. 사무실을 돌아보았다. 창문 반대편에 거울이 걸려 있었다. 키턴은 사색에 잠긴 표정으로 한참 동안 거울을 쳐다보다가 그 앞으로 다가갔다. 그 인간들이 어떤 식으로 거울을 활용하는지 들은 바가 있었다. 그는 하룻강아지가 아니었다.

거울에 비친 핼쑥한 얼굴과 충혈된 눈을 애써 외면하며 거기에 얼굴을 갖다 댔다. 손으로 양쪽 뺨을 가려서 빛을 차단하고 실눈을 떠 반대편에 달린 카메라를 찾았다. 그 인간들을 찾았다.

아무것도 보이지 않았다.

그는 한참을 그러고 있다가 물러나 외투 소매로 거울에 묻은 얼룩을 무심하게 닦고 사무실을 나섰다. 아직 아무것도 보이지 않을 뿐이었다. 그들이 당장 오늘 저녁에 잠입해 저 거울을 치우고 단방

향 투과성 거울을 달지 말라는 법은 없었다. 염탐은 박해자들이 애용하는 그 바닥의 또 다른 수법이었다. 앞으로는 날마다 거울을 체크해야 할 것이다.

"하면 되지." 그는 아무도 없는 2층 복도에 대고 말했다. "그렇게 하면 되지. 두고 보라고."

로비 바닥을 쓸고 있던 에디 워버턴은 키턴이 건물 밖으로 나서도 고개를 들지 않았다.

차가 뒤편에 주차되어 있었지만 운전을 하고 싶지 않았다. 운전을 하기에는 머릿속이 너무 복잡했다. 운전대를 잡았다가 어느 가게 쇼윈도를 들이받을 수도 있었다. 머릿속이 어찌나 복잡했는지, 그는 집이 있는 방향이 아니라 반대편으로 걸어가고 있다는 사실조차 인식하지 못했다. 토요일 오전 7시 15분이었고 캐슬록의 손바닥만 한 상점가에는 그밖에 없었다.

루이스턴 경마장에서 보낸 첫날밤의 기억이 잠깐 떠올랐다. 그가 손을 대는 족족 잘되는 것 같았다. 스티브 프레이저는 삼십 달러를 잃고 아홉 번째 경주가 끝났을 때 가겠다고 했다. 키턴은 좀더 있다가 가겠다고 했다. 그는 프레이저 쪽을 거의 쳐다보지도 않았고 프레이저가 가는 줄도 몰랐다. 팔꿈치 근처에서 계속 버스터 어쩌고, 버스터 저쩌고 하는 사람이 없으니 좋다고 생각했던 기억이 났다. 그는 그 별명을 질색했고 당연히 스티브도 그걸 알았다. 그를 버스터라고 부른 이유가 그 때문이었다.

그다음 주에, 이번에는 혼자서 경마장을 다시 찾았고 지난번에 딴 돈에서 육십 달러를 잃었다. 상관없었다. 고무줄로 묶은 그 두툼한 지폐 다발이 종종 생각나긴 했지만 사실 중요한 건 돈이 아니었다. 돈은 잠깐이나마 여기서 엄청난 쇼에 동참했다는 상징에 불과했다. 중요한 건 출발 신호가 떨어지고, 묵직한 쿵 소리와 함께 문이 열리고, "이제 출발합니다아아아아!"라는 아나운서의 외침과 함께 관중석을 관통하는 그 어마어마하고 강렬한 흥분이었다. 무리가 세 번째 코너를 돌아 결승선 반대편의 직선 구간을 죽어라 달리면 관중석에서 터지는 함성, 네 번째 코너를 돌아 마지막 직선 구간에서 속도를 높이면 히스테릭하게 할렐루야를 외치는 광신도 집단으로 변하는 관중들이었다. 아, 이것이 살아 있는 느낌이었다. 진정으로 살아 있는 느낌이었다. 너무 짜릿해서……

위험할 정도였다.

키턴은 멀리하는 게 좋겠다는 결론을 내렸다. 그는 인생 항로를 깔끔하게 계획해놓은 참이었다. 스티브 프레이저가 마침내 사임하면 캐슬록의 행정위원장 자리에 오르고 육칠 년 뒤에는 주 하원 의원에 도전할 생각이었다. 그 이후에는, 누가 알겠는가? 야심만만하고 능력 있고…… 정신을 단단히 차린 남자라면 중앙정부 진출도 불가능한 얘기가 아니었다.

그게 경마장의 진정한 문제점이었다. 그는 처음에는 몰랐지만 금세 알아차렸다. 경마장은 돈을 내고 표를 사고…… 잠시 정신의 끈을 놓는 곳이었다. 키턴은 자기 집안에서 정신 나간 인간들을 너무 많이 접했기 때문에 루이스턴 경마장의 매력을 마음 편하게 받아들일 수가 없었다. 그곳은 벽면이 미끈거리는 구덩이였고, 톱니가 감추어진 덫이었고, 안전장치를 제거하고 장전한 총이었다. 일단 들어가면 마지막 경주가 끝날 때까지 나올 수가 없었다. 그는 그렇다는 걸 알았다. 시도해본 결과였다. 한 번 회전식 출구 앞까지 거의 간 적이 있었지만, 바로 그때 머리 깊숙한 곳에서 정체불명의 강력하고 원시적인 무언가가 솟구쳐 이성을 장악하고 그를 돌려세웠다. 키턴은 그 원시적인 무언가가 완전하게 깨어날까 봐 겁이 났다. 잠을 자도록 내버려두는 편이 나았다.

그냥 그렇게 삼 년이 지났다. 그러다 1984년에 스티브 프레이저가 사임하자 키턴이 행정위원장으로 선출됐다. 정말 골치 아픈 사태가 벌어지기 시작한 게 그때부터였다.

그는 승리를 자축하기 위해 경마장에 갔고, 자축하러 간 길이었으니 갈 데까지 가보기로 했다. 십 달러짜리 창구로 직행했다. 그날 밤에 잃은 돈이 백육십 달러였다. 아무렇지 않게 넘어갈 만한 금액은 아니었지만(다음 날 아내에게는 사십 달러였다고 했다) 감당하지 못할 정도도 아니었다. 절대 아니었다.

그는 일주일 뒤에 다시 경마장을 찾았다. 날린 금액을 만회해 본전치기로 경마를 접기 위해서였다. 그리고 거의 성공할 뻔했다. 거의. 이것이 키워드였다. 회전식 출구 앞까지 거의 갔을 때도 마찬가지였다. 일주일 뒤에 그는 이백십 달러를 잃었다. 이렇게 해서 계좌 잔고에 머틀이 알아차릴 만한 구멍이 생기자 현금으로 비축해놓은 소액의 공금에서 융통해 살짝 메웠다. 백 달러였다. 정말이지 푼돈이었다.

그 순간 이후로 모든 게 뒤죽박죽이 되었다. 구멍의 벽면은 정말이지 미끈미끈했기에 미끄러지기 시작하면 끝장이었다. 온 힘을 다

해 벽면을 붙잡고 추락하는 속도를 늦춘다 한들…… 괴로움의 순간만 길어질 뿐이었다.

돌아올 수 없는 강을 건넌 시점이라면 1989년 여름이었다. 여름 동안에는 밤에도 경마가 열렸고 키턴은 칠월 후반부와 팔월 내내 끊임없이 경마장을 들락거렸다. 머틀은 그가 경마장에 간다고 둘러대고 사실은 다른 여자를 만나는 게 아닌가 잠깐 의심했다. 웃기는 일이었다. 정말 그랬다. 키턴은 달의 여신이 토가를 벌리고 목에 "나랑 떡치자 댄포스"라고 적힌 팻말을 건 채 전차를 달려 내려온다 한들 발기할 일이 없었다. 자신이 공금 주머니에 얼마나 깊숙이 손을 넣었는지 생각만 해도 성기가 지우개 수준으로 쪼그라들었다.

그가 정말 경마에 빠진 거라는 진실을 마침내 확인했을 때, 머틀은 안도의 한숨을 쉬었다. 그래서 집에만 오면 폭군 비슷하게 돌변하는 이 인간이 밖을 떠도는 모양이라고, 계좌 잔고에 별로 변화가 없는 걸 보면 많이 잃지는 않는 모양이라고 미루어 짐작했다. 댄포스가 중년에 재미있는 취미를 찾은 거라고.

그냥 경마일 뿐이니까. 키턴은 외투 주머니 깊숙이 손을 넣고 메인 스트리트를 걸으며 생각하다가 괴상한 소리를 내며 요란하게 웃음을 터뜨렸다. 행인이 있었다면 그 소리를 듣고 돌아보았을 것이다. 머틀은 계좌 잔고만을 주시했다. 댄포스가 노후 대비용으로 사놓은 국채에 손을 대고 있을 줄은 꿈에도 몰랐다. 마찬가지로 키턴 쉐보레가 소멸의 경계선을 아슬아슬하게 걷고 있다는 것도 그만 아는 사실이었다.

그녀는 당좌예금과 저축예금의 입출금 내역을 관리했다.

그는 공인회계사였다.

횡령에 관한 한 공인회계사가 어느 누구보다 놀라운 솜씨를 발휘하지만…… 아무리 포장을 잘해도 결국에는 탄로가 나기 마련이다. 키턴이 싸매놓은 끈과 테이프와 포장지가 풀리기 시작한 건 1990년 가을이었다. 그전까지는 경마장에서 만회할 수 있길 바라며 사태를 최대한 잘 수습하고 있었다. 그 무렵에는 마권업자하고도 안면을 터서 경마장에서 허용하는 한도 이상의 거금을 베팅할 수도 있었다.

하지만 그런다고 그의 운명이 달라지지는 않았다.

이어 올해 여름부터 본격적으로 박해가 시작됐다. 전에는 그를 집적거리기만 했던 그들이 이제는 치명적인 공격을 감행하러 나섰고, 대결전의 날이 일주일도 남지 않았다.

내가 다 해치울 거야. 키턴은 생각했다. 나 아직 죽지 않았어. 최후의 비책이 남아 있다고.

하지만 그 비책이 뭔지 알 수가 없었다. 그게 문제였다.

괜찮아. 방법이 있을 거야. 내가 알아, 방법이…….

여기에서 그의 생각이 끊겼다. 그는 새로 개업한 니드풀 싱스라는 가게 앞에 서 있었고, 쇼윈도에 있는 상품이 잠깐 동안이나마 그의 머릿속에서 모든 생각을 지워버렸다.

밝게 색칠된 바탕에 전면이 사진으로 덮인 직사각형의 종이 상자였다. 보드게임인 것 같았다. 경마 보드게임이었고, 두 마리의 경주마가 나란히 결승선을 향해 달리는 사진 속 배경이 루이스턴 경마장이라고 그는 맹세할 수 있었다. 뒤편으로 보이는 게 메인 관중석이 아니라면 내가 바보지.

게임 이름은 위닝 티켓이었다.

키턴은 전기로 움직이는 장난감 기차를 맞닥뜨린 어린애처럼 거의 오 분 동안 넋을 잃고 그걸 바라보았다. 그러다 토요일 영업시간을 확인하기 위해 짙은 초록색 차양 안으로 천천히 걸음을 옮겼다. 문 안쪽에 과연 팻말이 걸려 있었지만 거기에 적힌 것은 딱 한 단어였다.

영업중

이전에 브라이언 러스크가 그랬던 것처럼, 키턴은 그걸 보고 실수로 걸어놓았나 보다 생각했다. 캐슬록 메인 스트리트의 상점들에게 아침 7시는 영업시간이 아니었다. 토요일 아침이라면 두말할 나위도 없었다. 그래도 문손잡이를 잡고 돌려보았다. 아무 저항 없이 돌아갔다.

문을 열자 머리 위에서 은종이 딸랑거렸다.

4

"그건 사실 게임이 아닙니다." 오 분 뒤, 릴런드 곤트는 이렇게 얘기하고 있었다. "착각하고 계시네요."

키턴은 등받이가 높은 푹신한 의자에 앉아 있었다. 그주에만 네티 코브, 신디 로즈 마틴, 에디 워버턴, 에버렛 프랭클, 마이라 에번스, 기타 등등 수많은 사람들이 거쳐간 의자였다. 그는 맛있는 자메이카 커피를 마시고 있었다. 평지 지방 출신치고는 꽤 괜찮아 보이는 저 곤트라는 사람이 우격다짐으로 권한 커피였다. 지금 곤트는 쇼윈도 안으로 몸을 숙여서 조심스럽게 상자를 꺼내고 있었다. 와인색 스모킹 재킷을 아주 말쑥하게 차려입었고 한 올의 머리카락도 흐트러짐이 없었다. 불면증에 시달리기 때문에 종종 황당한 시간에 가게 문을 연다고 했다.

"젊었을 때부터 그랬어요." 그가 서글픈 미소를 지으며 말했다. "아주 오래전부터요." 키턴이 느끼기에는 팔팔해 보였지만 눈만은 예외였다. 하도 심하게 충혈이 돼서 원래부터 빨간색인가 싶을 정도였다.

이제 그가 상자를 들고 와서 키턴 옆의 조그만 테이블 위에 올려놓았다.

"제 눈에 띈 게 그 상자 때문이었어요. 루이스턴 경마장하고 너무 비슷해서요. 가끔 거길 가거든요." 키턴이 말했다.

"내기를 좋아하시는군요?" 곤트가 웃으며 물었다.

키턴은 베팅을 한 적은 없다고 얘기하려다가 생각을 바꾸었다. 그냥 다정한 미소가 아니라 측은지심이 담긴 미소를 보자 곤트도 같은 괴로움에 시달리는 동지라는 걸 문득 알아차렸던 것이다. 그는 정말이지 무너지기 직전이라, 방금 곤트와 악수를 했을 땐 어찌나 갑작스럽고 심한 혐오감을 느꼈던지 근육이 경련을 일으켰나 싶을 정도였다. 그 순간만큼은 박해자 중에서 주동자를 찾았노라고 확신할 수 있을 정도였다. 그런 순간을 조심해야 했다. 지나친 흥분은 미련한 짓이었다.

“도박에 손을 댄 적이 있었죠.” 그가 말했다.

“안타깝게도 저 역시 마찬가지입니다.” 곤트가 말했다. 불그스름한 그의 눈이 키턴의 눈과 만났고 잠깐 동안 두 사람은 완벽한 동병상련을 느꼈다. 적어도 키턴이 느끼기에는 그랬다. “대서양에서부터 태평양에 이르기까지 거의 모든 경마장을 섭렵했는데 상자의 사진 속 배경은 샌디에이고의 롱에이커 파크일 겁니다. 당연히 지금은 없어졌죠. 그 자리에 주택단지가 들어섰거든요.”

“아.”

“어쨌든 한번 보세요. 재미있는 물건이라고 생각하실 겁니다.”

그는 상자 뚜껑을 열고 세로 약 구십 센티미터, 가로는 사십오 센티미터쯤 되어 보이는 받침대 위에 놓인 양철 경마장을 조심스럽게 꺼냈다. 키턴이 어렸을 때 가지고 놀았던, 전후 일본제 싸구려 장난감 같았다. 경주로는 3.2킬로미터짜리 코스의 모형이었다. 여덟 개의 좁은 홈이 설치돼 있었고 여덟 마리의 훌쭉한 양철 말이 출발선 뒤에 서 있었다. 홈 위로 고개를 내민 조그만 양철 기둥이 말의 배에 납땜이 되어 있어서 말마다 그 위에 올라탄 형상이었다.

“와우.” 키턴은 말하고 씩 웃었다. 몇 주 만에 그렇게 웃어보는지라 낯설고 어색했다.

“아직 감탄하기에는 이른데요.” 곤트가 덩달아 씩 웃으며 말했다. “1930년 내지는 1935년에 만들어진 작품이랍니다, 키턴 씨. 진짜 골동품이죠. 그런데 그 당시 경마꾼들에게는 단순한 장난감이 아니었어요.”

"장난감이 아니었다고요?"

"네. 위저 보드가 뭔지 아십니까?"

"그럼요. 뭘 물어보면 귀신이 들려주는 대답을 글로 써서 보여준다는 도구잖아요."

"그렇죠. 그런데 대공황 시절에는 이 위닝 티켓이 경마꾼의 위저 보드라고 생각한 승부사들이 많았답니다."

다정하게 미소를 짓고 있는 그의 눈과 다시금 눈이 마주치자 키턴은 딱 한 번 마지막 경주가 끝나기 전에 경마장을 나서보려고 시도했을 때처럼 시선을 돌릴 수가 없었다.

"황당하죠?"

"그러게요." 키턴은 말했다. 하지만 전혀 황당하게 느껴지지 않았다. 오히려 더할 나위 없이…… 더할 나위 없이…….

더할 나위 없이 그럴듯하게 느껴졌다.

곤트는 상자 속을 더듬어 조그만 주석 열쇠를 꺼냈다. "매번 다른 말이 이기는 걸 보면 랜덤으로 움직이는 기계 장치가 내장돼 있나 봐요. 조잡하지만 그럭저럭 쓸 만한. 자, 보세요."

그가 양철 말들이 서 있는 양철 받침대 옆면에 뚫린 구멍에 열쇠를 넣고 돌렸다. 조그맣게 찰칵, 딸깍, 끼릭끼릭하는 소리가 들렸다. 톱니바퀴가 감기는 소리였다. 더이상 돌아가지 않는 지점에 이르자 곤트가 열쇠를 꺼냈다.

"몇 번을 선택하시겠습니까?"

"5번요." 키턴이 말했다. 그는 몸을 앞으로 숙였다. 심장이 점점 빠르게 두근거렸다. 어처구니없는 반응이었지만—그가 얼마나 중독되었는지를 보여주는 결정적인 증거였다—낯익은 흥분이 자신을 휩쓸고 지나가는 것을 느낄 수 있었다.

"알겠습니다, 저는 6번 말로 하죠. 재미 삼아 내기를 걸까요?"

"좋죠! 얼마요?"

"돈은 말고요." 곤트가 말했다. "제가 돈을 걸던 시절은 오래전에 끝났습니다, 키턴 씨. 돈은 제일 재미가 없는 내기죠. 이러면 어떨까요? 키턴 씨의 말이 이기면 제가 소원을 하나 들어드리겠습니다. 아무거나. 제 말이 이기면 키턴 씨가 제 소원을 하나 들어주세요."

"다른 말이 이기면 없던 일이 되고요?"

"그렇죠. 시작할까요?"

"넵." 키턴은 힘주어 대답하고 양철 경마장 위로 몸을 숙였다. 두 손은 굵직한 허벅지 사이에 두고 깍지를 꼈다.

출발선 옆쪽 구멍에 조그만 금속 레버가 꽂혀 있었다. "이제 출발합니다." 곤트가 나지막이 말하고 레버를 밀었다.

경마장 아래쪽에 달린 톱니와 기어가 삐걱거리기 시작했다. 말들은 출발선에서부터 정해진 경주로를 따라 미끄러지듯 이동했다. 처음에는 받침대 안에서 큰 태엽이 풀릴 때마다 움찔거려가며 앞뒤로 뒤뚱뒤뚱 천천히 움직였지만 첫 번째 코너에 가까워지면서부터 속도를 내기 시작했다.

2번이 선두로 나섰고 7번이 그 뒤를 좇았다. 나머지는 뒤에서 한 무리를 형성했다.

"가자, 5번!" 키턴은 나지막이 외쳤다. "가자, 5번, 달려라, 이 녀석아!"

그의 응원을 듣기라도 한 것처럼 조그만 양철 경주마가 나머지 녀석들과 간격을 벌리기 시작했다. 절반으로 접어들었을 때 7번을 따라잡았다. 곤트가 선택한 6번 역시 속도를 좀 내기 시작했다.

위닝 티켓이 조그만 테이블 위에서 덜거덕거리며 떨렸다. 키턴의 얼굴이 흠집 난 큼지막한 달처럼 그 위에서 어른거렸다. 땀 한 방울이 3번 말을 모는 조그만 양철 기수 위로 떨어졌다. 진짜 인간이었다면 그도 그렇고 말도 그렇고 온몸이 흠뻑 젖었을 것이다.

세 번째 코너를 돌았을 때 7번이 갑자기 속도를 내서 2번을 따라잡았지만 키턴의 5번이 죽을힘을 다해 질주했고 곤트의 6번이 그 뒤를 바짝 쫓았다. 네 마리가 각자의 홈 안에서 미친 듯이 덜거덕거리며 나머지와 멀찌감치 거리를 둔 채 한 무더기로 코너를 돌았다.

"달려, 이 바보 같은 녀석아!" 키턴은 고함을 질렀다. 말 모양으로 만든 조잡한 양철 조각에 불과하다는 건 잊은 채였다. 낯익은 흥분이 그를 덮쳤다. 사냥개가 쥐를 물고 흔들듯 흥분이 그를 잡고 흔들었다. "가자, 얼른 가자! 달려, 이놈아, 달려! 힘을 내!"

이제 5번은 선두를 제치고…… 저만치 앞서 나섰다. 곤트의 말이 바로 옆에서 따라붙었지만 키턴의 말이 1등으로 결승선을 지났다.

기계장치가 돌아가는 속도가 점점 느려졌지만 대부분의 말들이 경주로를 돌아 출발선으로 돌아간 다음에야 태엽이 완전히 멎었다. 곤트가 뒤쳐진 녀석들을 손가락으로 밀어서 출발선으로 옮겼다.

"휴!" 키턴은 외치며 이마를 훔쳤다. 기진맥진했지만…… 이 정도의 쾌감은 정말 오랜만이었다. "훌륭한 경기였어요!"

"아주 훌륭했죠." 곤트도 맞장구쳤다.

"옛날 사람들 솜씨가 제법이네요."

"그러게요." 곤트가 웃으며 말했다. "이제 제가 소원을 하나 들어드려야겠군요, 키턴 씨."

"저런, 됐습니다. 재미 삼아 한 건데요."

"아닙니다. 신사라면 자기가 한 말에 책임을 져야죠. 차용증을 회수할 일이 생기면 하루나 이틀 전에 알려만 주세요."

차용증을 회수할 일이 생기면.

그 말에 모든 기억이 와르르 되살아났다. 차용증! 그들이 그의 차용증을 들고 있었다! 그들이! 목요일에 차용증을 들고 찾아올 텐데⋯⋯ 그럼 어쩔 것인가? 어쩐단 말인가?

비난조의 신문 헤드라인이 그의 머릿속에서 춤을 추었다.

"1930년대의 경마광들은 이 장난감을 어떤 식으로 썼는지 알려드릴까요?" 곤트가 나지막이 물었다.

"좋죠." 키턴은 이렇게 대꾸했지만 사실은 전혀 관심이 없었다. 하지만 고개를 들었을 때 곤트의 시선이 다시금 그의 시선을 사로잡자, 어린애 장난감으로 우승 후보를 점찍는 것이 나무랄 데 없는 발상인 듯 느껴졌다.

"어떤 식이었는가 하면, 그날의 경마 신문이나 《레이싱 폼》을 보며 경주를 하나씩 시연해보았답니다. 이 위저 보드로요. 경주마다 신문에 실린 소개에 따라 각 말의 이름을 정하고—장난감 말을 건드리는 동시에 이름을 말하는 식으로요—태엽을 감았다가 놓았죠. 그런 식으로 여덟 번, 열 번, 열두 번의 경주를 전부 돌려보았어요. 그런 다음 경마장으로 출근해 집에서 우승했던 말에 베팅을 했죠."

"효과가 있었나요?" 키턴은 물었다. 자기 목소리가 다른 데서, 아주 먼 데서 들리는 것 같았다. 그는 릴런드 곤트의 눈 속을 떠다니는 느낌이었다. 빨간 거품 위를 떠다니는 느낌. 기분이 묘했지만 상당히 좋았다.

"있었던 모양이에요. 말도 안 되는 미신이었을지 모르지만…… 이 장난감을 사 가지고 가서 한번 시험해보시겠습니까?"

"네." 키턴이 대답했다.

"위닝 티켓이 간절히 필요하시죠, 댄포드 씨?"

"티켓 하나로는 부족해요. 아주 많이 필요하죠. 얼맙니까?"

릴런드 곤트는 웃음을 터뜨렸다.

"아뇨, 저를 그렇게 보시면 안 되죠! 안 그래도 이미 빚을 진 마당에! 이렇게 하면 어떨까요? 지갑을 열고 맨 처음 손에 집히는 지폐를 주시는 걸로. 그러면 될 겁니다."

그래서 키턴은 지갑을 열고 곤트의 얼굴을 쳐다보며 지폐를 한 장 꺼냈고, 두말하면 잔소리지만 토머스 제퍼슨의 얼굴이 찍힌 지폐가 나왔다. 애초에 그를 이 사달로 끌어들인 바로 그 금액의 지폐였다.

5

곤트는 마술사처럼 감쪽같이 지폐를 어딘가로 사라지게 만들고서 말했다. "한 가지가 더 있는데요."

"뭡니까?"

곤트가 몸을 앞으로 기울였다. 그는 열띤 표정으로 키턴을 쳐다보며 무릎을 건드렸다. "키턴 씨, 그 인간들에 대해…… 아십니까?"

잠을 자다가 아주 끔찍한 악몽을 꾸면 그러듯 키턴의 숨이 턱 막혔다. 그는 속삭이듯 대답했다. "네. 그럼요, 알다마다요."

"이 마을은 그들로 가득하죠." 곤트는 계속 비밀스러운 말투로 나지막이 속삭였다. "아주 우글거려요. 가게를 연 지 일주일도 안 됐는데 알겠어요. 그들이 저를 노리고 있는 것 같아요. 사실 확실합니다. 그래서 키턴 씨의 도움이 필요할 것 같아요."

"그렇군요." 키턴은 말했다. 이제 좀 전보다 목소리에 힘이 담겼다. "제가 있는 힘껏 돕겠습니다!"

"아니, 이제 막 만난 사이고 저한테 신세를 진 일도 없으신데다……."

키턴은 이미 곤트가 지난 십 년을 통틀어 가장 친한 친구인 듯 느껴졌기에 반박하려고 입을 열었다. 하지만 곤트가 손을 들자 하려던 말이 쏙 들어갔다.

"방금 저한테 사신 물건이 정말 효과가 있을지 아니면 헛된 꿈에 불과할지 전혀 알 수 없는 상황 아닙니까……. 쿡쿡 찌르고 휘파람을 불면 악몽으로 변하는 그런 헛된 꿈이요. 지금이야 모든 게 그럴싸하겠죠. 제 입으로 얘기하기는 좀 그렇습니다만, 제가 워낙 설득하는 데 재주가 있어요. 하지만 저는 거래에 만족하신 손님들을 믿습니다, 키턴 씨, 오로지 만족하신 손님들만요. 제가 이 사업을 한 지도 오래됐는데 만족하신 손님들을 바탕으로 입지를 다졌죠. 그러니까 장난감을 들고 가세요. 효과가 있으면 좋겠죠. 없으면 구세군에 기증하거나 쓰레기통에 버리세요. 아까울 것도 없잖습니까. 푼돈밖에 안 되는데."

"푼돈밖에 안 되죠." 키턴은 멍하니 맞장구를 쳤다.

"하지만 효과가 있다면, 덕분에 덧없는 금전적인 걱정을 떨쳐버릴 수 있게 된다면 다시 찾아와주세요. 지금처럼 앉아서 같이 커피를 마시며…… 그 인간들 얘기를 해봅시다."

"그냥 구멍 메우는 단계는 지났어요." 또렷한 목소리지만 잠꼬대를 하는 사람처럼 횡설수설하는 투로 키턴이 말했다. "닷새 만에 다 지워 없애기에는 남긴 흔적이 너무 많아요."

"닷새면 많은 게 달라질 수 있죠." 곤트는 생각에 잠긴 투로 대꾸했다. 이제 그가 우아하게 원을 그리며 자리에서 일어났다. "바쁜 하루가 기다리고 있을 테니…… 저도 마찬가지고요."

"하지만 그 인간들은요?" 키턴은 반발했다. "그 인간들은 어쩌고요?"

곤트가 길고 싸늘한 손을 팔에 얹자 키턴은 몽롱한 와중에도 속이 뒤집히는 걸 느낄 수 있었다. "그 인간들은 나중에 처리하면 됩니다. 걱정하실 필요 전혀 없어요."

6

"존!" 존 라포인트가 뒷문으로 보안관 사무실에 들어서자 앨런이 외쳤다. "만나서 반갑네!"

토요일 오전 10시 30분, 캐슬록 보안관 사무실은 적막하기 그지

없었다. 노리스는 어딘가로 낚시를 하러 갔고, 시턴 토머스는 독신인 누나 둘을 만나러 샌퍼드에 내려갔다. 실라 브리검은 평온한 바다의 성모마리아 성당 목사관에서 기본적으로 전혀 해로울 게 없는 카지노 나이트의 성격을 설명하고자 신문사에 투고하려는 오빠를 도와 편지의 초안을 작성하고 있었다. 브리검 신부는 그 편지를 통해 윌리엄 로즈 목사가 똥통에 빠진 벌레처럼 미쳐 날뛰고 있다는 자신의 견해도 밝히고 싶어 했다. 물론 가족 신문이 아닌 이상 그런 얘기를 대놓고 할 수는 없었지만 존 신부와 여동생 실라는 의미가 잘 전달되게끔 최선을 다했다. 앤디 클러터벅은 어딘가에서 근무중이었다. 앨런이 추측하기로는 그랬다. 한 시간 전에 앨런이 출근한 이후로 연락이 없었다. 존이 나타나기 전까지 시청 건물에 있는 다른 사람이라고는 한쪽 구석에서 냉수기를 만지작거리는 에디 워버턴밖에 없는 듯했다.

"무슨 일 있어요?"

존이 앨런의 책상 모서리에 걸터앉으며 물었다.

"토요일 아침에? 아니. 이거나 좀 봐." 앨런은 카키색 셔츠의 오른쪽 단추를 풀고 소매를 걷어올렸다. "손이 손목에 제대로 붙어 있지?"

"네." 존은 말했다. 바지 주머니에서 주시 프루트 껌을 꺼내 포장을 벗기고 입안에 넣었다.

앨런은 오른쪽 손바닥을 펴서 보여주고 뒤집어 손등을 보여준 다음 주먹을 쥐었다. 그러곤 왼쪽 집게손가락을 그 안에 넣어 실크 스카프의 한 귀퉁이를 쓸쩍 끄집어냈다. 존을 향해 눈썹을 꿈틀거렸다. "제법이지, 응?"

"그거 실라 스카프면 쪼글쪼글해진데다 보안관님 땀 냄새가 난다고 싫어하겠는데요?" 존이 말했다. 어안이 벙벙할 정도로 놀라지는 않은 눈치였다.

"책상 위에 두고 간 게 내 잘못은 아니지." 앨런은 대꾸했다. "그리고 마술사들은 땀을 흘리지 않아. 이제 기합을 넣고, 수리수리 마수리!" 그는 주먹에서 실라의 스카프를 완전히 빼내 요란하게 불어서 허공으로 날렸다. 스카프는 펄럭거리다 알록달록한 나비처럼 노리스의 타자기 위에 내려앉았다. 앨런은 존을 쳐다보고 한숨을 쉬었다. "별론가?"

"깔끔하게 잘하셨어요. 하지만 전에도 몇 번 본 적이 있어서요. 한 서른 번? 마흔 번?"

"당신 생각은 어때요, 에디?" 앨런은 큰 소리로 물었다. "두메산골 경찰관치고는 괜찮죠?"

에디는 스프링 워터 라벨이 붙은 플라스틱 통에 담긴 물을 냉수기에 채우느라 고개도 들지 않았다. "못 봤어요, 보안관님. 죄송해요."

"둘 다 너무하는구먼. 하지만 변형해서 연습하는 중이라고, 존. 나중에 보면 자네도 깜짝 놀랄 거야."

"네, 네. 그런데 보안관님, 아직도 리버 로드에 새로 생긴 그 식당 화장실을 확인해봤으면 하세요?"

"음." 앨런이 말했다.

"왜 항상 제가 뒷간을 맡아야 합니까? 노리스는 왜……."

"노리스는 칠월하고 팔월에 해피 트레일스 캠프장 화장실을 확인했잖아. 유월에는 내가 했고. 그만 투덜거려, 존. 이제 자네 차례야. 수질 샘플도 채취했으면 좋겠는데. 오거스타에서 특별히 보낸 봉지 들고 가. 복도 캐비닛에 잔뜩 남아 있을 거야. 노리스가 넣어둔 하이호 크래커 상자 뒤편에 있는 걸 본 것 같은데."

"네. 알겠습니다. 그런데 또 투덜거리는 것처럼 들리겠지만 물에 세균이 있는지 체크하는 건 식당 사장이 해야 하는 일이던데요. 제가 찾아봤어요."

"당연하지. 하지만 문제의 그 사장이 티미 가농이잖아, 존. 그게 무슨 뜻이겠나?" 앨런이 말했다.

"굶어 죽는 한이 있더라도 새로 문을 연 리버사이드 비비큐 딜리시에서 절대로 햄버거를 사 먹으면 안 된다는 뜻이죠."

"바로 그거야!" 앨런은 외치고 자리에서 일어나 존의 어깨를 쳤다. "캐슬록의 개와 고양이 숫자가 줄어들기 전에 그 허접한 인간을 요식업계에서 몰아낼 수 있길 바라네."

"농담이 심한 거 아닙니까, 보안관님."

"아냐, 우리 상대는 티미 가농이라고. 오전 중으로 수질 샘플을 들고 오면 오늘 저녁 퇴근하기 전에 오거스타에 있는 메인 주 보건과로 보낼 수 있겠네."

"보안관님은 오전에 뭐 하시게요?"

앨런은 소매를 내리고 단추를 채웠다.

"지금은 니드풀 싱스를 찾아가볼 생각이야. 릴런드 곤트 씨를 만나보려고. 폴리한테 듣자니 상당히 좋은 인상을 남긴 모양인데. 여기저기 수소문해보니 인기가 많더라고. 자네는 만난 적 있나?"

"아직요." 존은 말했다. 그들은 문을 향해 걸음을 옮기기 시작했다. "하지만 그 앞은 두어 번 지난 적 있습니다. 쇼윈도에 재미있는 물건들을 진열해놨던데요?"

두 사람은 이제 뒷주머니에서 꺼낸 걸레로 냉수기에 달린 큼지막한 유리병을 닦고 있는 에디 옆을 지났다. 그는 앨런과 존이 지나가도 고개를 돌리지 않았다. 자기만의 세상 속에 빠져 있는 듯했다. 하지만 그들 뒷문이 등 뒤에서 닫히자마자, 그는 사건 접수실로 달려가 수화기를 집어 들었다.

7

"그렇군요……. 네……. 네, 알겠습니다."

릴런드 곤트는 코브라 무선전화기를 귀에 대고 금전등록기 옆에서 있었다. 입술을 구부려 초승달처럼 얇은 미소를 지었다.

"고마워요, 에디. 정말 고마워요."

곤트는 뒤편의 공간을 가려놓은 커튼 앞으로 한가롭게 걸어가 커튼 사이로 상체를 넣어서 허리를 숙였다. 다시 커튼 사이로 몸을 일으켰을 때 그의 손에는 팻말이 들려 있었다.

"이제 퇴근해도 돼요……. 네……. 까먹지 않을게요. 나는 사람 얼굴이나 신세 진 일을 절대 잊지 않아요, 에디. 누가 그걸 들먹이면 질색하는 이유가 그 때문이죠. 끊을게요."

그는 대답을 듣지 않은 채 통화 종료 버튼을 누르고 안테나를 집어넣은 뒤 전화기를 스모킹 재킷 주머니에 넣었다. 문 위에는 다시

블라인드가 내려가 있었다. 곤트는 블라인드 사이로 손을 넣어

영업중

이라고 적힌 팻말을 치우고 커튼 뒤편에서 들고 온 팻말을 걸었다. 그런 다음 쇼윈도 쪽으로 다가가 앨런 팽본이 걸어오는 것을 지켜보았다. 팽본은 문 앞으로 걸음을 옮기기 전에 곤트가 내다보고 있는 쇼윈도를 잠깐 구경했다. 심지어 손을 눈 옆에 대서 오므리고 몇 초 동안 유리에 코를 갖다 대기까지 했다. 곤트가 팔짱을 끼고 바로 앞에 서 있는데도 그를 보지 못했다.

팽본의 얼굴을 보자마자 곤트는 혐오감을 느꼈다. 그것이 별로 놀랍지는 않았다. 그는 사람 얼굴을 기억하는 것보다 그걸 읽는 능력이 더 뛰어난데, 지금 팽본의 얼굴에는 위험한 인간이라는 단어가 대문짝만하게 적혀 있었다.

팽본의 얼굴이 갑자기 달라졌다. 눈이 살짝 휘둥그레지고 서글서글해 보였던 입은 실금처럼 굳게 다물어졌다. 곤트는 잠깐 전혀 그답지 않은 공포를 느꼈다. 나를 본 모양이야! 불가능한 얘기였음에도 그런 생각이 들었다. 보안관은 반 발짝 뒤로 물러서더니…… 웃음을 터뜨렸다. 곤트는 어떻게 된 영문인지 즉시 알아차렸지만, 그렇다 한들 팽본를 보자마자 느낀 혐오감은 조금도 달라지지 않았다.

"꺼져라, 보안관." 그는 속삭였다. "괜히 사람 괴롭히지 말고 꺼지라고."

8

앨런은 쇼윈도를 한참 동안 들여다보았다. 왜들 그렇게 난리인지 잘 모르겠다는 생각이 들었다. 어제저녁 폴리의 집으로 가던 길에 로절리 드레이크를 만났을 때도 그녀의 말을 들어보면 니드풀 싱스가 뉴잉글랜드 북부판 티파니라도 되는 듯 싶었지만, 쇼윈도에 진열된 사기그릇 세트는 뭐 그리 특별할 게 없어 보였다. 기껏해야 떨이 판매 수준이었다. 접시 몇 개는 이가 나갔고 어느 접시는 한가운데에 실금이 나 있었다.

아, 뭐. 앨런은 생각했다. 사람마다 취향이 다르니까. 백 년 묵은 사기그릇이라 한두 푼짜리가 아닌데 내가 보는 눈이 없어서 모르는 걸 수도 있지.

그는 진열된 상품 뒤편을 들여다보려고 손을 눈 옆에 대서 오므리고 얼굴을 쇼윈도에 갖다 댔지만 볼 게 없었다. 불이 꺼져 있었고 안에는 아무도 없었다. 하지만 잠시 후에 누군가가 보이는 듯했다. 낯설고 어렴풋한 인간이 관심 어린 표독한 시선으로 유령처럼 그를 쳐다보고 있었다. 그는 반 발짝 뒤로 물러섰다가 그것이 쇼윈도에 비친 자기 얼굴이었다는 걸 알아차렸다. 그런 착각을 하다니 당황스러워서 피식 웃음이 났다.

그는 문 앞으로 걸어갔다. 블라인드가 쳐져 있었다. 손글씨로 쓴 팻말이 투명한 플라스틱 흡착판에 매달려 있었다.

탁송 수화물을 수령하기 위해

포틀랜드에 갑니다.

헛걸음 하신 데 안타까운 마음을 전하며,

다시 찾아주시기 바랍니다.

앨런은 뒷주머니에서 지갑을 꺼내 명함을 한 장 빼내서는 뒷면에 간단하게 메모를 적었다.

곤트 씨,

인사도 나누고 환영의 뜻도 전할 겸 토요일 오전에 들렀습니다. 만나뵙지 못해서 아쉽네요. 캐슬록에서 즐거운 시간 보내고 계신가요? 월요일에 다시 들르겠습니다. 커피 한잔 같이 마시면 어떨까요. 제 도움이 필요한 일이 생기면 뒷면의 집과 사무실 번호로 연락주세요.

앨런 팽본

그는 허리를 숙여서 문 아래로 명함을 밀어넣고 다시 몸을 일으켰다. 쇼윈도를 다시 잠깐 쳐다보며 별 볼 일 없는 저 그릇을 누가 사 갈까 생각했다. 그러는 동안 섬뜩한 느낌이 스멀스멀 그를 덮쳤다. 누가 자신을 지켜보고 있는 듯한 느낌이었다. 앨런은 주변을 두리번거렸지만 레스터 프랫 말고는 아무도 없었다. 레스터는 이쪽은 쳐다보지도 않은 채 전봇대에 그 망할 포스터를 붙이고 있었다. 앨런은 어깨를 으쓱하고 시청 쪽으로 다시 걸음을 옮겼다. 릴런드 곤트는 일요일에 만나도 충분할 것이다. 월요일에 만나도 상관없고.

9

곤트는 그가 시야에서 사라질 때까지 지켜보고 있다가 문 앞으로 다가가 앨런이 밀어넣은 명함을 집었다. 양쪽 면을 꼼꼼하게 읽어보고는 미소를 지었다. 월요일에 다시 오겠다고? 뭐, 그래도 상관없었다. 곤트가 짐작하기에 월요일이 되면 캐슬록의 보안관에게는 다른 볼일이 생길 것이다. 그것도 왕창 말이다. 그래서 다행인 것이, 그는 팽본 같은 인간들을 전에도 만난 적이 있었다. 적어도 사업 기반을 다지고 신뢰를 쌓는 동안에는 그런 자들을 가까이하지 않는 게 상책이었다. 팽본 같은 인간들은 너무 많은 걸 꿰뚫어 보았다.

곤트가 말했다.

"당신한테 무슨 일인가 벌어졌지, 보안관. 그래서 원래보다 더 위험한 인물이 되어버렸어. 그것도 얼굴에 적혀 있던데. 뭐였는지 궁금하군그래. 무슨 일이 벌어진 건가, 아니면 뭘 본 건가, 아니면 둘 다인가?"

그는 길거리를 내다보다가 입술 양끝을 천천히 뒤로 당기며 큼지막하고 비뚤배뚤한 이를 드러냈다. 아주 오래전부터 혼잣말이 습관이었던 사람처럼, 그는 편안한 말투로 나지막이 중얼거렸다.

"당신은 모를 테지만, 나는 당신이 아마추어 마술사라는 얘기를 들었지. 묘기를 좋아한다고. 내가 이 마을을 떠나기 전에 새로운 묘기를 몇 가지 보여주지. 깜짝 놀랄 만한 묘기를."

그는 주먹을 쥐어서 앨런의 명함을 구부렸다가 이내 우그러뜨렸다. 명함이 손안에서 완전히 모습을 감춘 순간 집게손가락과 가운데손가락 사이로 파란색 불꽃이 날름거렸다. 그가 손을 다시 펼치자 가느다란 연기만 꼬불꼬불 피어오를 뿐 명함은 온데간데없었다. 재의 흔적조차 남지 않았다.

"이제 기합을 넣고, 수리수리 마수리!" 곤트는 나지막이 말했다.

10

머틀 키턴은 그날 들어 세 번째로 남편의 서재 문 앞에 서서 귀를 기울였다. 그날 아침 9시에 일어나보니 댄포스는 벌써 서재에 들어가 문을 잠그고 있었다. 이제 오후 1시가 됐는데도 여전히 문을 잠그고 틀어박혀서 나오지 않았다. 점심을 먹겠느냐고 물어도 바쁘니까 가라고 웅얼거리고 그만이었다.

그녀는 손을 들어서 문을 두드리려다…… 멈추었다. 고개를 살짝 옆으로 기울였다. 안에서 무슨 소리가 들렸다. 삐걱거리고 덜거덕거리는 소리. 어머니가 쓰던 뻐꾸기시계가 완전히 망가지기 직전에 내던 소리가 생각났다.

그녀는 가볍게 문을 두드렸다. "댄포스?"

"가라니까!" 들뜬 목소리였지만 흥분해서 그런 건지, 뭐가 무서워서 그런 건지 알 수가 없었다.

"댄포스, 별일 없는 거지?"

"젠장, 응! 가! 금방 나갈게!"

덜거덕, 삐걱. 삐걱, 덜거덕. 반죽기에 흙을 넣고 돌리는 소리 같았다. 그녀는 조금 걱정스러워졌다. 댄포스가 그 안에서 신경쇠약

증을 일으킨 것만은 아니길 바랄 따름이었다. 그의 행동거지가 요즘 들어 워낙 이상했다.

"댄포스, 빵집 가서 도넛 좀 사다 줄까?"

"그래!" 그는 소리를 질렀다. "그래! 그래! 도넛! 휴지! 코 수술! 아무 데나 가! 아무거나 사 와! 그냥 나만 좀 건드리지 마!"

그녀는 잠깐 더 그 앞에 서서 불안한 마음을 달랬다. 다시 문을 두드릴까 생각했다가 관두기로 했다. 댄포스가 서재에서 뭘 하는지 더이상 궁금하지도 않았다. 그가 문을 열어주는 것도 더이상 바라지 않았다.

신발을 신고 묵직한 가을용 외투를 걸친 뒤—날이 화창하지만 쌀쌀했다—차를 세워둔 곳으로 나갔다. 메인 스트리트 끝에 있는 컨트리 오븐 빵집에 가서 여섯 개들이 도넛을 샀다. 그녀의 몫은 허니 글레이즈드, 댄포스의 몫은 초콜릿 코코넛이었다. 그가 이걸 먹고 기분이 좋아졌으면 싶었다. 그녀는 초콜릿을 먹으면 항상 기분이 좋아졌다.

돌아오는 길에 우연히 니드풀 싱스의 쇼윈도를 흘끗 쳐다본 그녀는 뭔가를 발견하고는 두 발로 브레이크 페달을 세게 밟았다. 뒤따라오는 차가 있었다면 분명 들이받았을 것이다.

쇼윈도에 지금까지 본 적이 없을 정도로 예쁜 인형이 있었다.

두말하면 잔소리지만 블라인드는 다시 올라가 있었다. 그리고 투명한 플라스틱 흡착판에 걸린 팻말에 적힌 글자는

영업중

이었다.

두말하면 잔소리지만.

11

폴리 차머스는 그 주 토요일 오후를 가장 평소답지 않게 보냈다. 즉, 아무것도 하지 않았다. 두 손을 단정하게 무릎 위로 포개고 흰 나무로 만든 보스턴 흔들의자에 앉아서, 어쩌다 한 번씩 차량이 지나가는 창밖의 도로를 구경했다. 앨런이 순찰 나가기 전에 전화해 릴런드 곤트를 못 만났다고 알리고는 좀 괜찮은지, 필요한 건 없는지 물었다. 그녀는 괜찮다고, 필요한 건 아무것도 없다고, 고맙다고 대답했다. 둘 다 거짓말이었다. 그녀는 괜찮지 않았고 필요한 게 몇 가지 있었다. 관절염 치료제가 그중에서도 으뜸이었다.

아냐, 폴리, 너한테 정말로 필요한 건 용기지. 사랑하는 남자에게 다가가 이렇게 말할 수 있는 용기. '앨런, 내가 캐슬록을 떠나 있는 동안 어디에서 살았는지 진실을 왜곡했고 아들에 대해서는 새빨간 거짓말을 했어요. 이제 당신한테 용서를 빌고 솔직하게 얘기하고 싶어요.'

그렇게 단도직입적으로 얘기할라치면 못할 것도 없을 것 같았다. 하지만 사랑하는 사람의 눈을 쳐다보거나 피투성이로 갈기갈기 찢지 않고서도 마음의 문을 열 수 있는 열쇠를 찾고 있노라면 자신이 없어졌다.

고통과 거짓말. 거짓말과 고통. 요즘에는 그녀의 삶이 이 두 가지를 중심으로 돌아가는 듯했다.

오늘은 좀 어때요, 폴리?

괜찮아요, 앨런. 괜찮아요.

사실 그녀는 겁이 났다. 지금 이 순간 손이 지독하게 아파서 겁이 나는 건 아니었다. 차라리 아팠으면 좋겠다는 생각도 없지 않았다. 통증이 시작되면 아프긴 해도 기다리는 순간보다는 나았다.

오늘 정오 직후에 손에서 뜨끈하게 따끔거리는, 거의 진동에 가까운 느낌이 감지됐다. 손마디와 엄지손가락이 시작되는 부분을 뜨거운 고리가 감쌌다. 손톱 뿌리마다 그것이 싸늘한 미소 같은 조그맣고 냉랭한 포물선 모양으로 도사리고 있는 것을 느낄 수 있었다. 그녀는 전에도 두 번 경험한 적이 있었기에 그게 뭔지 알았다. 똑같은 관절염을 앓았던 베티 이모의 표현을 빌리자면 정말로 끔찍한 시기가 시작될 거라는 신호였다.

"전기에 감전된 것처럼 손이 찌릿찌릿하기 시작하면 최악의 사태에 대비해야 할 때가 됐다는 뜻이지."

베티 이모는 그렇게 얘기했고, 이제 폴리는 최악의 사태에 대비하려 하고 있었지만 놀라우리만치 성과가 없었다.

밖에서는 남자아이 둘이 미식축구 공을 주고받으며 길 한복판을 걸어가고 있었다. 오른쪽으로 걷던 아이가—로스 부부의 막내였다—높이 날아오는 패스를 받으려고 했다. 공은 아이의 손끝을 스치고 폴리의 잔디밭으로 떨어졌다. 아이가 공을 가지러 왔다가 창밖을 내다보는 그녀를 보고 손을 흔들었다. 폴리도 마주 흔들어주려고 손을 들었다가…… 방향을 잃은 돌풍에 휩쓸린 두툼한 석탄 더미처럼 음산하게 화르르 타오르는 통증을 느꼈다. 그러다 잠시 후 통증은 사라지고 섬뜩한 따끔거림만 남았다. 격렬한 천둥 번개가 시작되기 전에 가끔 허공에서 느껴지는 따끔거림이었다.

때가 되면 통증이 찾아올 것이다. 그녀로서는 어쩔 도리가 없었다. 하지만 켈턴에 대해 앨런에게 한 거짓말은…… 전혀 다른 문제였다. 그녀는 생각했다. 게다가 진실이 끔찍하고 심각하고 충격적인 것도 아니고…… 네가 거짓말을 했다는 걸 그이도 이미 의심하고 있거나 알고 있잖아. 맞아. 표정을 보면 알 수 있어. 그런데 왜 이렇게 끙끙대는 거야, 폴리? 왜?

관절염 때문이기도 하고 점점 더 의존하게 되는 진통제 때문이기도 했다. 그 둘이 한데 합쳐져 이성적인 사고를 방해했고 아무리 정확하고 똑 떨어지는 직각이라도 비딱하게 보이게 만들었다. 그리고 앨런의 고통과…… 그가 그걸 솔직하게 공개했다는 점도 이유 중 하나였다. 일말의 망설임도 없이 그녀의 앞에서 펼쳐 보였다는 점 말이다.

기이한 사고로 애니와 토드가 목숨을 잃었을 때, 그는 불쾌하고 (섬뜩하리만치) 부정적인 감정의 소용돌이에 휩쓸려 혼란스러워하며 꼴사나운 모습을 보였다. 그로서는 자기가 모르는 애니의 심리 상태에 대해 그녀가 아는 게 있는지 알아내고 싶었기 때문이기도 했지만…… 속내를 떳떳하게 공개하는 편을 천성적으로 좋아하기 때문이기도 했다. 그녀가 자신과 달리 떳떳하게 공개하는 편을 천성적으로 좋아하지 않는다는 걸 알면, 그녀의 심장이 손처럼 일찌감치 서리를 맞았다는 걸 알면, 그는 어떤 반응을 보일까?

그녀는 의자에 앉은 채로 불안하게 몸을 움직였다.

얘기를 해야 해. 조간만 얘기를 해야 해. 그런데 진실을 공개하기가 이렇게나 힘든 이유를, 애초에 그에게 거짓말을 한 이유를 알 수가 없단 말이지. 내가 아들을 죽인 것도 아닌데…….

그녀는 흐느낌에 가까운 소리를 내며 한숨을 쉬고 의자에 앉은 채로 자세를 바꾸었다. 공놀이를 하던 아이들을 찾았지만 사라지고 보이지 않았다. 그녀는 의자에 몸을 묻고 눈을 감았다.

12

사실 껴안고 뒹굴며 심야 데이트를 하다 임신을 하거나 그로 인해 부모님이나 친척들과 심하게 사이가 틀어진 여자아이는 그녀 이전에도 많았다. 그들은 그녀가 아이 아빠인 폴 '듀크' 시언과 결혼하길 바랐다. 그녀는 지구상에 남은 남자가 듀크 한 명뿐이라도 그와 결혼할 생각은 없다고 맞받아쳤다. 그건 진심이었지만 자존심 때문에 밝히지 못한 사실이 있다면, 듀크 역시 그녀와 결혼할 생각이 없다는 거였다. 그와 가장 친한 친구가 전하길 열여덟 살이 되면 해군에 입대하려고 전전긍긍 준비중이라는데…… 그때까지 여섯 주도 채 남지 않았다.

"그러니까 네 말은 이런 거냐?" 뉴턴 차머스는 이로써 그들 부녀를 연결하던 실낱같은 끈을 끊어버렸다. "그 아이가 붙어먹기에는 괜찮지만 결혼 상대로는 별로다, 그런 뜻이야?"

그녀는 그때 집에서 뛰쳐나오려고 했지만 어머니가 붙잡았다. 로레인 차머스는 십 대 시절에 폴리를 거의 미칠 지경으로 만들었던 특유의 차분하고 너무나 이성적인 말투로, 그 아이와 결혼하지 않으면 미네소타 주에 사는 새러 이모에게 그녀를 맡겨야 한다고 말했다. 출산일이 될 때까지 세인트클라우드에 있다가 아이가 태어나면 입양을 보내야 한다고 말이다.

폴리는 말했다.

"저를 왜 거기 보내려는지 알아요. 에블린 고모할머니 때문이죠? 제가 아이를 가졌다는 걸 알면 엄마를 유언장에서 뺄 테니까. 돈 때문이죠, 맞죠? 엄마는 나한테는 관심이 없어요. 나한테는 쥐똥만큼도 관심이……."

로레인 차머스의 이성적인 말투 너머에는 활화산 같은 성격이 숨겨져 있었다. 그녀는 폴리의 빰을 힘껏 때림으로써 그들 모녀를 연결하던 실낱같은 끈을 끊어버렸다.

그래서 폴리는 집을 뛰쳐나왔다. 아주 오래전, 1970년 7월의 일이었다.

덴버에 이르렀을 때, 그녀는 당분간 떠돌이 생활을 멈추고 거기서 일을 하다가 입소자들이 '약방'이라고 부르던 자선병원에서 아이를 낳았다. 원래는 전적으로 아이를 입양 기관에 맡길 작정이었는데 뭔지 모를 이유로 인해—조산사가 태어난 아이를 품에 안겨주었을 때 받은 느낌 때문이었을지 모른다—생각이 바뀌었다.

할아버지 이름을 따서 아이를 켈턴이라고 부르기로 했다. 아이를 직접 키우기로 마음먹자 조금 겁이 났다. 스스로 현실적이고 합리적인 여자라고 자부해왔는데, 지난 일 년은 그 이미지에 걸맞은 게 하나도 없었기 때문이었다. 우선 현실적이고 합리적인 여자라면 그러지 않을 시기에 혼전 임신을 했다. 이어 현실적이고 합리적인 여자답지 않게 집을 뛰쳐나와서는 와본 적도 없고 전혀 알지도 못하는 도시에서 아이를 낳았다. 그러고는 결정적으로, 현실적이고 합리적인 여자답지 않게 보이지도 않고 심지어 느껴지지도 않는 미래를 이 아이와 함께 하기로 마음먹었다.

복수심이나 반항심에 아이를 키우겠다고 작심한 건 아니었다. 어느 누구도 그런 이유로 그녀를 비난해서는 안 되었다. 사랑이라는, 그 가장 단순하고 가장 강렬하며 가장 가차 없는 감정에게 습격을 당했을 뿐이었다.

그녀는 계속 여기저기로 옮겨 다녔다. 아니, 그들 모자는 계속 여기저기로 옮겨다녔다. 그녀는 허드렛일을 전전하다 결국 애초의 목적지였을지 모르는 샌프란시스코로 건너갔다. 1971년 초여름에 그곳은 히피들의 낙원이었다. 모비 그레이프나 서틴스 플로어 엘리베이터스 같은 이름의 밴드와 반전주의자와 괴짜와 포크송 가수들로 득시글거리는 언덕투성이 마약 가게였다.

당시에 유행했던 스콧 매켄지의 샌프란시스코 노래에 따르면, 여름은 사랑의 집회가 열리는 시기였다. 그 무렵에도 히피와는 거리가 멀었던 폴리 차머스는 어쩌다 보니 사랑의 집회를 놓쳤다. 그녀와 켈턴이 살았던 건물은 억지로 뜯어낸 우편함과, 목에 평화의 상징을 두르고 흙먼지를 뒤집어쓴 흠집투성이 오토바이 부츠에 잭나이프를 넣어 다니던 마약의존자들로 우글거렸다. 그 동네에서 가장 흔히 볼 수 있는 손님이 집행관, 압류관, 경찰이었다. 경찰이 하도 많아서 면전에 대고 돼지라고 부를 수도 없었다. 경찰도 사랑의 집회를 놓친 터라 잔뜩 약이 올라 있었다.

폴리는 보조금을 신청했지만 캘리포니아에 거주한 기간이 얼마 되지 않아서 자격 미달이었다. 지금은 달라졌을지 몰라도 1971년에는 젊은 미혼모가 샌프란시스코에서 지내는 것은 다른 어느 지역 못지않게 힘이 들었다. 그녀는 아동 양육 지원금을 신청하고 무슨 소식이라도 날아들길 손꼽아 기다렸다. 켈턴은 끼니를 거른 적이 없었지만 그녀는 목구멍에 풀칠하기 바빴고, 종종 굶주림에 시달리며 항상 불안에 쫓기는 비쩍 마른 젊은 엄마였다. 예전에 알고 지냈던 사람들이 그녀를 맞닥뜨리면 알아보지 못할 게 분명했다. 서부 해안가에서 보낸 첫 삼 년에 얽힌 기억은, 다락방에 쌓아놓은 낡은 옷가지처럼 머릿속 깊숙한 곳에 저장된 그때의 기억은, 왜곡되고 기괴한 악몽의 이미지였다.

앨런에게 당시 이야기를 하고 싶지 않은 가장 큰 이유가 그 때문이지 않을까? 그걸 파헤치고 싶지 않기 때문에? 자존심을 세우다, 도움 요청을 고집스럽게 거부하다, 자유연애를 당당하게 선포하면서도 미혼모를 일반적인 사회의 범주에서 벗어난 존재로 낙인찍는 그 시대의 지독한 위선으로 인해 끔찍한 대가를 치른 사람은 그녀만이 아니었다. 켈턴도 함께 겪었다. 그녀는 켈턴을 운명의 볼모 삼아 분노의 바보 행진을 터덜터덜 계속했다.

끔찍했던 건, 그녀의 상황이 천천히 나아지고 있었다는 사실이었다. 1972년 봄에 드디어 주 정부의 지원을 받을 수 있는 자격이 갖추어졌고, 그다음 달에 처음으로 아동 양육 지원금을 받을 수 있게 되어 아주 조금이나마 나은 곳으로 이사할 계획을 세우고 있었을 때, 불이 났다.

그녀가 일하던 식당으로 전화가 왔다. 당시 언제고 그녀의 바지 속으로 손을 집어넣지 못해 안달하던 즉석요리 담당 노빌이 꿈속에서 몇 번이고 그녀를 돌아보며 전화기를 내밀었다. 폴리, 경찰이야. 너한테 할 얘기가 있대. 폴리, 경찰이야. 너한테 할 얘기가 있대.

그들은 정말로 그녀에게 할 얘기가 있었다. 연기가 나는 아파트 건물 3층에서 젊은 여자와 어린아이의 시신을 끄집어냈기 때문이었다. 둘 다 알아볼 수 없을 정도로 심하게 화상을 입었다. 그들은 아이의 신원을 파악했다. 폴리가 출근하지 않았더라면 여자의 신원도 파악할 수 있었을 것이다.

켈턴이 죽은 뒤에도 석 달 동안 계속 일을 했다. 너무나 강렬한 외로움으로, 너무나 깊고 처절한 외로움으로 반쯤 미쳐 있었기 때문에 자신이 얼마나 고통스러운지조차 느끼지 못했다. 마침내 집으로 편지를 보내 어머니와 아버지에게 지금 샌프란시스코에 있다고, 아들을 낳았지만 같이 살지는 않는다고만 얘기했다. 시뻘겋게 달구어진 부지깽이로 협박을 당한들 그녀가 그 이상 시시콜콜 설명할 일은 없었다. 그땐 집으로 돌아갈 생각이 없었지만—적어도 의식선상에서는 그랬다—과거의 끈을 다시 연결하지 않으면, 너무 오랫동안 물을 흡수하지 못하면, 생생하던 나무가 안쪽 가지에서부터 죽어가듯 내면의 소중한 일부분이 조금씩 죽어가기 시작할 거라는 생각이 들었다.

폴리가 발신인 난에 적은 사서함 번호로 어머니가 당장 답장을 보내 캐슬록으로…… 집으로 돌아오라고 애원했다. 칠백 달러짜리 우편환이 동봉되어 있었다. 켈턴이 죽은 이후 폴리는 아주 따뜻한 임대 아파트에서 살고 있었다. 그녀는 짐을 싸다 말고 냉수를 한 잔 마셨다. 냉수를 마시는 동안, 집으로 돌아갈 준비를 하는 이유가 단순히 어머니가 애원하다시피 돌아오라고 했기 때문이라는 사실을 깨달았다. 실수로 밝혀질 게 뻔한데 제대로 고민조차 하지 않다니. 애초에 그녀를 곤경에 빠뜨린 원흉은 듀크 시언의 번데기만 한 거시기가 아니라 그런 식으로 일단 저지르고 보는 성격이었다.

그래서 그녀는 작은 여성용 싱글 침대에 앉아서 고민해보았다. 한참 동안 열심히 고민해보았다. 그러다 결국 우편환을 포기하고 어머니에게 편지를 썼다. 한 장도 되지 않았지만 제대로 쓰는 데 거의 네 시간이 걸렸다.

저도 돌아가고 싶고 그래도 괜찮을지 시도라도 해보고 싶지만, 그랬다가 해묵은 상처를 끄집어내 또다시 물어뜯기 시작하는 건 싫어요. 그녀는 이렇게 썼다. 제가 원하는 것—고향집에서 새로운 인생을 시작하는 것—이 과연 가능한 일인지 모르겠는데, 그럼에도 한번 알아보고는 싶기도 하고요. 그래서 이렇게 제안할게요. 당분간 펜팔처럼 지내자고요. 엄마하고 저, 저하고 아빠가요. 글로는 화를 내고 원망하기가 더 어렵더라고요. 그러니까 직접 만나 얘기하기 전에 당분간 이런 식으로 대화를 나눠봐요.

그들은 여섯 달 동안 그런 식으로 대화를 나누었고, 1973년 1월에 차머스 부부가 가방을 주렁주렁 들고 그녀를 찾아왔다. 마크 홉

킨스 호텔에 방을 잡았다며 그녀 없이는 캐슬록으로 돌아가지 않을 작정이라고 했다.

이 문제에 대해 고민하는 동안 폴리는 온갖 감정을 느꼈다. 그들이 그렇게 강압적으로 나왔다는 데 화가 났고, 강압적이기는 해도 귀엽고 다소 순진하게 여겨진다는 데 씁쓸해졌고, 편지에서는 간단하게 피할 수 있었던 질문에 이제는 답을 해야 한다는 데 겁이 났다.

그녀는 같이 저녁을 먹겠다고 했지만 거기까지였다. 다른 결정은 기다려야 했다. 아버지는 마크 홉킨스 호텔에 딱 하룻밤만 예약했다고 말했다. 그럼 기간을 연장하시는 게 좋겠네요. 폴리는 말했다.

그녀는 최종 결정을 내리기 전에 그들과 최대한 많이 대화를 나누고 싶었다. 편지를 통해 진행중이던 실험을 좀더 친밀한 형태로 바꾼 셈이었다. 하지만 그들이 같이 보낸 밤은 그 첫날밤으로 끝이었다. 건강하고 팔팔한 아버지의 모습을 본 것도 그날 밤이 마지막이었는데, 그 시간 거의 내내 그녀는 아버지에게 노발대발했다.

심지어 식전 와인잔이 비워지기 전부터, 편지에서는 아무렇지 않게 피할 수 있었던 해묵은 말다툼이 시작됐다. 처음에는 국지전이었지만 아버지가 마신 술잔이 늘어날수록 걷잡을 수 없는 전면전으로 확대됐다. 아버지는 폴리가 교훈을 얻었을 테니 이제 화해할 때도 되었다는 말로 불을 질렀다. 어머니는 특유의 차분하고 너무나 이성적인 말투로 부채질을 했다. 얘, 아이는 어디 있니? 적어도 그 정도는 알려줘야지. 수녀원에 맡기지 않았을까 싶다만.

폴리가 오랜 과거의 경험으로 익히 아는 말투였고, 그녀는 거기 담긴 의미도 알았다. 아버지는 다시금 그녀를 단속하고 싶은 거였다. 무슨 수를 써서라도 다시 그녀를 틀어쥐어야만 했다. 어머니는 자기가 아는 유일한 방식으로, 그러니까 꼬치꼬치 캐묻는 방식으로 사랑과 관심을 표현했다. 너무나 익숙하고 너무나 사랑하는 한편 경멸하는 그들의 말투에 해묵은 분노가 걷잡을 수 없이 고개를 들었다.

그들은 식사 중간에 식당에서 나왔고 다음 날 차머스 부부는 둘이서만 메인 주로 돌아갔다.

삼 개월의 휴지기를 거쳐 서신 교환이 조심스럽게 재개됐다. 폴리의 어머니가 먼저 편지를 보내 처참하게 막을 내린 그날 저녁에 대해 사과했다. 더이상 집으로 돌아오라고 애원하지는 않았다. 폴리로서는 뜻밖의 일이었고…… 거의 있는 줄도 몰랐던 그녀의 내면 깊숙한 곳이 불안으로 채워졌다. 어머니가 급기야 자기를 거부하려는가 보다는 생각이 들었다. 정황에 비추어 보건대 한심하고 이기적인 발상이었지만, 그렇다는 걸 안다 한들 근본적인 감정은 조금도 달라지지 않았다.

네 마음은 네가 제일 잘 알겠지. 어머니는 폴리에게 보내는 편지에서 이렇게 얘기했다. 언제까지고 널 어린애로 보는 나와 네 아빠로서는 인정하기가 힘들겠지만 말이야. 아빠는 그렇게나 예쁘고 한참 더 어른스러워진 너를 보고 겁이 났던 것 같아. 아빠가 그런 식으로 행동했다고 너무 원망하지는 마. 아빠가 요즘 들어 몸이 안 좋거든. 다시 속이 부대끼기 시작했어. 병원에서는 쓸개 때문이라고, 그걸 떼어내면 괜찮아질 거라는데, 나는 걱정이 된다.

폴리도 똑같이 살살 달래는 투로 답장을 썼다. 경영 대학원 수업을 듣기 시작하면서 메인으로 돌아갈 날을 무기한 연기했기 때문에 좀더 쉽게 그럴 수 있었다. 그러다 1975년 말의 어느 날 전보가 날아왔다. 짧고 가차 없었다. 아빠가 암이야. 곧 돌아가셔. 집에 와주기 바란다. 사랑하는 엄마가.

폴리가 시차 때문에 어질어질한 머리와 낯익은 공간들이 유발하는 과거의 추억을 달래며 브리지턴의 병원으로 달려갔을 때 아버지는 아직 살아 있었다. 포틀랜드 비행장에서 메인 주 서부의 우뚝한 언덕과 야트막한 산을 향해 모퉁이를 돌 때마다 똑같은 생각이 떠올랐다. 마지막으로 저걸 봤을 때는 내가 아직 어린애였는데!

코에 관을 꽂은 뉴턴 차머스는 굶주린 기계장치들에게 반원으로 둘러싸인 채 졸다 깨다 하며 1인실에 누워 있었다. 그러다 사흘 뒤에 눈을 감았다. 그녀는 곧바로 캘리포니아로 돌아갈 생각이었지만—이제는 거기가 고향이나 다름없었다—아버지를 묻고 나흘이 지났을 때 어머니가 심장마비로 몸을 못 쓰게 되었다.

폴리는 집으로 들어갔다. 이후로 어머니를 간병하던 석 달 반 동안 매일 요 베스트 식당의 즉석요리 담당이었던 노빌의 꿈을 꾸기 시작했다. 꿈속에서 노빌은 몇 번이고 그녀를 돌아보며 손등에 독수리와 "데스 비포 디스어너*"라고 문신이 새겨진 오른손으로 수화기를 내밀었다. 폴리, 경찰이야. 너한테 할 얘기가 있대. 폴리, 경찰이야. 너한테 할 얘기가 있대.

* 미국의 하드코어 록 밴드 이름이다.

어머니는 병석에서 일어나 다시 걸을 수 있게 되자 집을 팔고 폴리가 사는 캘리포니아로 이사 갈까 보다는 얘기를 꺼냈지만(절대 안 될 말이었지만 폴리는 왈가왈부하지 않았다. 그즈음에는 그녀도 나이를 먹고 조금 유해졌다) 그때 두 번째 심장마비가 찾아왔다. 이렇게 해서 1976년 3월의 어느 몹시 추운 오후에 폴리는 에블린 고모할머니와 홈랜드 공동묘지에 나란히 서서 바로 엊그제 조성한 아버지의 묘소 옆, 끈 위에 놓인 관을 바라보고 있었다.

아버지의 시신은 홈랜드의 지하 납골당에서 장사를 지낼 수 있을 만큼 흙이 녹을 때까지 겨울 내내 대기 상태였다. 그런데 제정신 박힌 작가라면 감히 시도조차 하지 못할 만큼 섬뜩한 우연의 일치로 남편을 마침내 땅에 묻은 다음 날 아내가 세상을 떠났다. 뉴턴 차머스의 마지막 거처에 뗏장도 아직 입히지 못한 터였다. 흙이 고스란히 드러나 묘소는 외설스럽게 벌거벗은 듯한 모습이었다. 폴리의 시선은 계속 어머니의 관에서 벗어나 아버지의 묘소로 향했다. 꼭 아빠가 제대로 묻힐 때까지 엄마가 기다린 것 같잖아? 이런 생각이 들었다.

짧은 예배가 끝나자 에비 할머니가 그녀를 곁으로 불렀다. 이제 한 명밖에 남지 않은 폴리의 친척은 비쩍 마른 막대기 같은 몸에 남성용 검은색 외투를 걸치고 묘하게 활기차 보이는 빨간색 고무장화를 신은 채, 허버트 테리턴 담배를 꼬나물고서 헤이 앤드 피버디 영구차 옆에 서 있었다. 폴리가 다가가는 동안 그녀는 성냥을 그어서 담배에 불을 붙였다. 깊이 한 모금 빨고 차가운 봄의 허공 속으로 연기를 내뿜었다. 지팡이(그냥 물푸레나무로 만든 막대였다. 삼 년이 지난 다음에야 이 마을의 최고령자로 《보스턴 포스트》에서 수여하는 지팡이를 손에 쥐었다)는 두 발 사이에 끼워져 있었다.

이제 폴리가 그 노파가 보았더라면 마음에 들어 했을 보스턴 흔들의자에 앉아서 계산해보니 그해 봄에 에비 할머니는 여든여덟 살이었다. 여든여덟 살인데도 여전히 줄담배를 피웠고, 그녀가 할머니의 앞치마 주머니에서 끊임없이 나오는 사탕을 호시탐탐 노리던 시절의 모습에 비해 크게 달라진 게 없었다. 그녀가 자리를 비운 동안 캐슬록의 많은 게 달라졌지만 에비 할머니만은 아니었다.

“자, 이렇게 끝이 났네.” 에비 할머니는 골초 특유의 쉰 목소리로 말했다. “양쪽 모두 땅속에 묻혔구나, 폴리. 네 엄마와 아빠, 양쪽 모두.”

그 말을 듣고 폴리는 서럽게 눈물을 펑펑 쏟았다. 에비 할머니가 그녀를 달래려 할 것이라 생각했기에 벌써부터 노파의 손길에 대비해 몸이 움츠러들었다. 그녀는 위로를 받고 싶지 않았다.

그런데 걱정할 필요가 없었다. 에블린 차머스는 상심한 사람을 위로할 수 있다고 믿는 사람이 아니었다. 폴리도 나중에 가끔 생각했다시피, 어쩌면 위로라는 발상 자체가 환상이라고 믿었을 수도 있었다. 아무튼 그녀는 빨간색 고무장화로 지팡이를 붙들고 선 채 담배를 피우며, 폴리가 마음을 추스르고 눈물이 훌쩍거림으로 잦아들 때까지 기다렸다.

그 단계에 이르자 에비 할머니가 물었다. “네 엄마 아빠가 그렇게 호들갑을 떨었던 그 녀석은 죽었지?”

그동안 아무에게도 밝히지 않고 비밀을 무던히 지켜왔건만, 그녀는 자기도 모르게 고개를 끄덕였다. "이름이 켈턴이었어요."

"제법 괜찮은 이름이로구나." 에비 할머니는 말했다. 그녀는 담배를 빨고 서서히 연기를 내뱉어 코로 다시 들이마셨다. 로레인 차머스가 보았더라면 혐오감에 콧잔등을 찡그리며 '물레방아를 만든다'고 했을 것이다. "네가 돌아와서 나한테 인사하러 왔을 때 알아차렸지. 네 눈에 씌어 있었거든."

"불이 났어요." 폴리는 그녀를 올려다보며 말했다. 휴지가 있었지만 다 젖어서 아무 쓸모가 없었다. 휴지는 외투 주머니에 넣고, 킥보드를 타다가 넘어져서 무릎이 깨진 어린애처럼 주먹으로 눈을 비볐다. "아이를 봐주던 베이비시터가 범인이었을 거예요."

"흐음. 내가 비밀 하나 알려줄까, 트리샤?"

폴리는 살짝 미소를 지으며 고개를 끄덕였다. 그녀의 본명은 퍼트리샤였지만 어렸을 때부터 모두들 폴리라고 불렀다. 에비 할머니만 예외였다.

"켈턴은 죽었지만…… 너는 아니잖니." 에비 할머니는 담배꽁초를 던지고는 강조하는 뜻에서 뼈만 앙상한 집게손가락으로 폴리의 가슴을 톡톡 두드렸다. "너는 아니라고. 그럼 어떻게 해야겠어?"

폴리는 곰곰이 생각해보았다. "캘리포니아로 돌아가야겠어요." 그녀는 마침내 대답했다. "제가 아는 건 그뿐이에요."

"그래, 그걸 출발점으로 삼으면 되겠지. 하지만 그걸로는 부족해." 그러고 나서 에비 할머니는 폴리가 몇 년 뒤에 앨런 팽본과 버치스로 저녁을 먹으러 갔을 때 했던 말과 비슷한 말을 했다. "너는 죄인이 아니야. 그게 무슨 말인지 알겠니?"

"그…… 글쎄요."

"그럼 모르는 게로구나. 무슨 말인지 깨달을 때까지는 어딜 가든, 뭘 하든 상관없어. 기회가 없을 테니까."

"무슨 기회요?"

"너한테 주어지는 기회. 네 인생을 살 기회. 지금 너는 유령을 본 사람 같은 표정을 하고 있어. 누구나 유령을 믿는 건 아니지만 나는 믿는다. 유령의 정체가 뭔지 아니, 트리샤?"

그녀는 천천히 고개를 저었다.

"과거를 극복하지 못한 사람들이야. 그런 사람들이 유령이지. 저들이 아니라." 그녀는 우연히 같은 시기에 만들어진 묘소 옆에 놓인 관을 향해 팔을 흔들었다. "죽은 사람은 죽은 사람이지. 우리가 그들을 묻으면 그들은 영영 땅에 묻히는 거야."

"그래도 제 심정은……."

"그래. 나도 네가 어떤 심정인지 안다. 하지만 저들은 모르지. 네 엄마하고 내 조카는. 네가 집을 비운 새 죽은 네 아이도. 그 아이도 모르지. 무슨 말인지 알겠니?"

알 것 같았다. 조금은 알 것 같았다.

"여길 떠나겠다니 괜찮은 생각이야, 폴리. 적어도 지금 당장은. 살던 곳으로 돌아가거라. 아니면 전혀 새로운 곳으로 가든지. 솔트레이크시티, 호놀룰루, 바그다드, 어디든 상관없어. 왜냐하면 조만간 너는 여기로 돌아올 테니까. 나는 안다. 이 마을은 네 일부분이고 너는 이 마을의 일부분이거든. 네 얼굴에 잡힌 주름, 네 걸음걸이, 말투, 심지어 처음 만나는 사람을 볼 때 실눈을 뜨는 습관에까지 그렇게 적혀 있어. 캐슬록은 너를 위해 만들어졌고 너는 캐슬록을 위해 만들어졌다고. 그러니까 서두를 필요 없다. 성경책에서도 그러잖니. 네 마음이 이끄는 대로 가라고. 하지만 살아서 가야지, 트리샤. 유령으로 가지 말고. 유령으로 지낼 것 같으면 여기로 돌아오지 않는 편이 나을 게다."

노파는 지팡이 위에서 고개를 돌리며 생각에 잠긴 표정으로 주변을 두리번거렸다.

"이 빌어먹을 마을은 이미 유령들로 넘쳐나거든."

"노력해볼게요, 에비 할머니."

"그래, 네가 그럴 거라는 거 안다. 노력하는 거…… 그것도 네 천성이지." 에비 할머니는 그녀를 유심히 들여다보았다. "너는 예쁘고 싹수 있는 아이였어. 운이 따르는 아이였던 적은 없지만. 뭐, 운이야 바보들을 위한 거니까. 그 딱한 것들이야 운을 비는 수밖에 더 있겠니. 내가 보기에 너는 여전히 예쁘고 싹수 있다는 거, 그게 중요한 거다. 넌 잘 지낼 수 있을 거야." 그러더니 무뚝뚝하게, 거의 오만한 말투로 이렇게 말했다. "사랑한다, 트리샤 차머스. 예전부터 그랬어."

"저도 사랑해요, 에비 할머니."

그들은 애정을 표현한 늙은이와 젊은이답게 조심스럽게 서로 끌어안았다. 에비 할머니가 들고 다니는 향주머니의 익숙한 향기—아주 희미한 제비꽃 향기였다—가 느껴지자 폴리는 다시 울음이 터졌다.

에비 할머니는 뒤로 물러나서 외투 주머니에 손을 넣었다. 폴리는 그녀가 화장지를 꺼내는 걸 보고 드디어 그 오랜 세월 만에 할머니가 우는 걸 볼 수 있겠구나 생각하며 놀라워했다. 하지만 착각이었다. 에비 할머니는 폴리 차머스가 세일러 칼라 블라우스 위로 땋은 머리를 대롱거렸던 어린 시절에 그랬듯 화장지 안에서 사탕을 꺼냈다.

"우리 아가, 사탕 줄까?" 그녀는 명랑한 목소리로 물었다.

13

땅거미가 슬금슬금 하늘을 덮기 시작했다.

폴리는 하마터면 잠이 들 뻔했다는 생각을 하며 흔들의자 위에서 허리를 폈다. 그러느라 손을 부딪히자 번개 같은 통증이 팔을 타고 올라오다가 앞날을 예고하는 뜨끈한 따끔거림으로 바뀌었다. 통증이 심해질 게 분명했다. 오늘 밤이나 내일, 아주 심해질 것이다.

바꿀 수 없는 것에 대해서는 신경 쓰지 마, 폴리. 바꿀 수 있는 것, 바꿔야 하는 것이 적어도 하나는 있잖아. 앨런한테 켈턴이 어떤 식으로 죽었는지 솔직히 털어놓아야 해. 그 유령을 더는 가슴속에 담아두지 마.

하지만 분노와 공포에 찬 부산스러운 목소리가 언성을 높였다. 자존심의 목소리일 뿐이라고 생각하면서도, 앨런 앞에서가 됐건 다른 누구 앞에서가 됐건 그때 그 시절을, 과거의 삶을 파헤칠 수는 없다고 어찌나 강경하고 열띠게 얘기하는지 그녀는 놀라움을 느꼈다. 다른 무엇보다도 아이의 짧았던 인생과 비참한 죽음을 함부로 나불

대는 주민들의 입방아에 오르내리게 해서는 안 된다는 게 목소리의 주장이었다.

무슨 바보 같은 소리냐, 트리샤? 천수를 누리다 죽는 그날까지 사랑하는 허버트 태리턴 담배로 물레방아를 만들던 에비 할머니가 그녀의 머릿속에서 물었다. 켈턴이 사실은 어떻게 죽었는지 앨런이 알게 된다 한들 무슨 상관이냐. 레니 파트리지에서부터 머틀 키턴에 이르기까지 이 마을의 말 많은 종자들 사이에서 쫙 소문이 난들 무슨 상관이고. 네 아이한테 눈곱만큼이라도 관심 있는 사람이 있을 것 같니, 이 한심한 아가씨야? 착각하지 마. 옛날 얘기잖니. 낸스 런처넷에서 커피 한잔 마시는 동안 끝날 얘기야.

어쩌면 그럴지 모르지만…… 그 아이는 그녀의 것이었다. 젠장, 그녀의 것이었다. 살아서도 죽어서도 그녀의 것이었다. 그리고 그녀도 그녀의 것이었다. 어머니나 아버지나 듀크 시언의 것이 아니었다. 그녀의 주인은 그녀였다. 팬티가 세 장밖에 없었기에 매일 저녁 녹슨 부엌 개수대에서 빨래를 하던 그 겁 많고 외롭던 아이는, 항상 입가 아니면 콧구멍 언저리에 발진을 달고 지냈던 그 겁에 질린 아이는, 가끔 창가에 앉아서 환기통을 내려다보며 뜨끈한 이마를 팔에 묻고 울던 아이는 그녀의 것이었다. 아들과 같이 보낸 어두컴컴한 밤의 추억, 간헐적인 사이렌 소리가 답답한 언덕투성이 도시의 길거리를 우렁차게 가르는 가운데 켈턴에게 조그만 한쪽 젖꼭지를 물리고 그녀는 존 D. 맥도널드의 페이퍼백을 읽던 기억도 그녀의 것이었다. 그녀가 흘렸던 눈물, 그녀가 견뎠던 침묵, 노블 베이츠의 치근대는 손길을 피하려고 애를 썼던 식당의 길고 연기 자

욱한 오후, 결국 꺼림칙하게 얼버무리고 말았다는 수치심, 너무나 열심히 너무나 요령부득으로 쟁취하려 했던 독립과 인간으로서의 존엄성…… 이런 것들은 그녀의 것이지, 마을의 일부가 되어선 안 됐다.

폴리, 이건 마을 사람들에게 알리느냐 마느냐의 문제가 아니라는 거 너도 알잖니. 앨런한테 알리느냐 마느냐의 문제지.

그녀는 흔들의자에 앉은 채 고개를 좌우로 저으면서도, 자신이 이런 식으로 부정하고 있다는 사실 자체를 까맣게 몰랐다. 잠을 설치다 맞이한 새벽 3시의 어두컴컴한 새벽이 끝도 없이 많았기 때문에 이젠 순순히 내면의 풍경을 공개할 수 없게 된 게 아닐까. 때가 되면 앨런에게 모든 걸 털어놓겠지만—원래 이렇게 오랫동안 온전한 진실을 비밀에 부칠 생각은 아니었다—아직은 그럴 때가 아니었다. 가뜩이나 앞으로 며칠 동안 다른 생각은 별로 하지 못할 거라고 손의 상태가 예고하고 있지 않은가.

전화벨이 울렸다. 순찰을 마친 앨런이 안부차 걸어 온 전화일 터였다. 폴리는 자리에서 일어나 거실을 가로질렀다. 양손으로 조심스럽게 수화기를 들면서, 그가 듣고 싶어 하는 얘기를 할 마음의 준비를 했다. 에비 할머니의 목소리가 끼어들려고 했다. 이건 나쁜 짓이라고, 자기밖에 모르는 유치한 짓이라고, 어쩌면 심지어 위험한 짓일지도 모른다고. 폴리는 그 목소리를 얼른, 거칠게 옆으로 밀쳐버렸다.

"여보세요?" 그녀가 밝은 목소리로 말했다. "아, 앨런! 별일 없죠? 좋네요."

그녀는 잠깐 그의 말을 듣고 미소를 지었다. 복도 거울에 비친 모습을 보았다면 비명을 지르는 듯 보이는 여자가 눈에 들어왔겠지만…… 그녀는 그쪽을 쳐다보지 않았다.

"나도 괜찮아요, 앨런. 아주 괜찮고말고요."

14

경마장으로 출발할 시간이 거의 다 됐다.

거의.

"얼른 해보자고." 댄포스 키턴은 속삭였다. 땀이 기름처럼 얼굴을 타고 흘러내렸다. "얼른, 얼른, 얼른."

그는 위닝 티켓 위로 웅크리고 앉아 있었다. 공간을 마련하느라 책상 위에 있던 잡동사니를 전부 치우고 하루 종일 그 일에만 매달렸다. 가지고 있던 『블루그래스의 역사: 켄터키 경마 40년사』에서부터 시작했다. 곤트 씨가 설명한 대로 위닝 티켓의 말과 출전한 말의 이름을 정확하게 짝지어가며 켄터키 경마의 경주를 최소 스물몇 번 재현해보았다. 책에 소개된 우승마와 이름이 같은 양철 말이 계속 1등으로 들어왔다. 몇 번을 반복해도 마찬가지였다. 놀라웠다. 너무 놀라워서 오후 4시가 되어서야 바로 그날 저녁에 루이스턴 경마장에서 새로운 경주가 열 번 열리는데 자기는 하루 종일 오래전에 끝난 경주만 재현하고 있었다는 데 생각이 미쳤다.

돈더미가 그를 기다리고 있었다.

마지막 한 시간 동안 출전 선수 명단이 보이도록 접은 루이스턴

《데일리 선》이 위닝 티켓 왼편을 지켰다. 오른편에는 수첩에서 뜯어낸 종이가 있었다. 거기에다가 키턴은 큼지막하고 다급한 글씨로 휘갈겨놓았다.

1경주: 바주카 조앤
2경주: 필리 델피아
3경주: 태미스 원더
4경주: 아임 어메이즈드
5경주: 바이 조지
6경주: 퍼키 보이
7경주: 캐스코 선더
8경주: 딜라이트풀 선
9경주: 티코티코

이제 겨우 오후 5시였지만 댄포스 키턴은 이미 그날의 마지막 경주를 시연하고 있었다. 말들이 경주로 위에서 덜거덕거리며 휘청거렸다. 그중 하나가 다른 녀석들을 여섯 마신 차이로 멀찌감치 따돌리고 결승선을 통과했다.

키턴은 신문을 낚아채 그날 저녁의 출전 선수 명단을 다시 한번 확인했다. 그 얼굴이 어찌나 환히 빛나는지 성인의 반열에 오른 사람처럼 보일 정도였다. "말라바!" 그는 속삭이고 허공을 향해 주먹을 휘둘렀다. 한 손에 쥐고 있던 연필이 길을 잃은 바늘처럼 날아가서 떨어졌다. "말라바야! 서른 배! 최소 서른 배! 말라바야, 젠장!"

그는 숨을 헐떡이며 종이에 끼적였다. 오 분 뒤에 댄포스 키턴은 위닝 티켓을 서재 벽장에 넣고 문을 잠근 뒤 캐딜락을 몰아 루이스턴으로 출발했다.

9장

1

일요일 아침 9시 45분에 네티 코브는 외투를 입고 얼른 단추를 채웠다. 단단히 결심한 표정이 얼굴에 도장처럼 찍혀 있었다. 그녀는 자기 집 부엌에 서 있었다. 레이더가 바닥에 앉아서 이번에는 정말 결판을 낼 작정이냐고 묻는 듯이 그녀를 올려다보았다.

"응, 그럴 거야." 그녀는 녀석에게 말했다.

레이더는 할 수 있을 거라고 격려하듯 꼬리로 바닥을 때렸다.

"맛있게 만든 라자냐를 들고 폴리한테 갈 거야. 전등갓은 장롱에 넣고 문을 단단히 잠갔다는 걸 아니까 계속 와서 확인할 필요 없어. 그렇다는 걸 머리로 아니까. 미친 폴란드 여자 때문에 내 집에 포로처럼 갇혀 지낼 수는 없어. 길을 가다가 만나면 혼내줄 거야! 경고했잖아!"

그녀는 집에서 나가야 했다. 그래야만 한다는 걸 그녀도 알았다. 이미 이틀 동안 외출을 하지 않았고 미루면 미룰수록 점점 힘들어진다는 걸 깨달은 터였다. 커튼을 치고 거실에 앉아 있는 시간이 길어질수록 커튼을 다시 젖히기가 힘들어졌다. 머릿속으로 스멀스멀 기어 들어오는 익숙하고 당황스러운 공포를 느낄 수 있었다.

그래서 오늘 아침에는 일찍 일어나—무려 새벽 5시에!—폴리가 좋아하는 시금치와 버섯을 듬뿍 넣어서 맛있는 라자냐를 만들었다. 전날에 장을 보러 다녀올 엄두가 나지 않았기 때문에 깡통에 든 버섯을 썼지만 그래도 아주 맛있게 만들어졌다. 알루미늄 포일로 덮은 냄비에 담긴 라자냐가 지금 조리대 위에 놓여 있었다.

그녀는 냄비를 들고 현관문 쪽으로 당당하게 거실을 가로질렀다.

"얌전히 있어, 레이더. 한 시간만 나갔다 올게. 대개는 폴리가 커피를 주니까 좀더 있다가 올 수도 있겠다. 하지만 괜찮을 거야. 걱정할 거 하나 없어. 나는 미친 폴란드 여자의 시트에 아무 짓도 하지 않았어. 그 여자가 자꾸 건드리면 혼쭐을 낼 거야."

레이더는 무슨 말인지 알겠고 그럴 거라고 믿는다는 뜻에서 엄숙하게 한 번 짖었다.

그녀는 문을 열고 고개를 빼꼼 내밀었다. 아무것도 없었다. 포드 스트리트는 일요일 이른 아침을 맞은 조그만 마을의 길거리답게 적막했다. 멀리서, 로즈 목사가 침례교도들을 부르는 이쪽 교회 종소리와 브리검 신부가 가톨릭교도들을 부르는 저쪽 교회 종소리가 들렸다.

네티는 모든 용기를 그러모아 일요일의 햇살 아래로 나섰다. 냄비를 계단에 내려놓고 문을 닫고 잠갔다. 그런 다음 집 열쇠로 팔뚝을 긁어서 가느다랗게 빨간 자국을 남겼다. 냄비를 다시 집으려고 허리를 숙이며 그녀는 이런 생각을 했다. 이제 반 블록쯤 걸어가면, 어쩌면 그보다 더 일찍, 문을 잠그지 않았다는 생각이 들겠지. 하지만 너는 문을 잠갔어. 문을 잠그려고 라자냐를 내려놓았잖아. 그래도 못 믿겠거든 팔을 봐. 집 열쇠로 문을 잠근 다음 그걸로 긁은 기억이 날 테니까. 그걸 기억하면 의구심이 슬금슬금 고개를 들기 시작해도 아무 문제 없을 거야, 네티.

멋진 생각이었고 열쇠로 팔을 긁은 것도 멋진 선택이었다. 빨간 자국은 실체적인 증거였고, 이틀 만에 처음으로(이틀 내내 잠을 설쳤다) 네티는 진심으로 기분이 좋아졌다. 그녀는 고개를 꼿꼿하게 들고 입술이 안 보일 정도로 입을 굳게 다문 채 인도를 향해 당당하게 걸어갔다. 인도에 다다라서는 미친 폴란드 여자의 노란 차가 있는지 좌우를 훑어보았다. 있으면 당장 다가가 그만 좀 괴롭히라고 얘기할 작정이었다. 하지만 보이는 차라고는 길가에 주차된 주황색 트럭뿐이었고 운전석에 아무도 없었다.

다행이었다.

네티는 폴리 차머스의 집을 향해 출발했다. 의구심이 공세를 펼치면 카니발 글라스 전등갓을 장롱에 넣고 잠갔고, 레이더가 지키고 있고, 현관문을 잠갔다는 걸 되새겼다. 특히 맨 마지막 사실을 되새겼다. 그녀는 현관문을 잠갔다. 점점 희미해져가는 팔뚝의 빨간 자국이 증거였다.

때문에 네티는 고개를 꼿꼿하게 든 채 걸었고, 모퉁이에 다다랐을 때도 뒤를 돌아보지 않고 돌았다.

2

또라이 네티가 시야에서 사라지자 휴 프리스트는 그날 아침 7시에 아무도 없는 배차장에서 끌고 나온 주황색 트럭의 운전석에서 똑바로 일어나 앉았다(또라이 네티가 문밖으로 나오는 걸 보자마자 좌석을 뒤로 완전히 젖혔다). 그는 기어를 중립에 넣고 트럭이 네티 코브의 집을 향해 약간 경사가 진 내리막길을 천천히, 소리 없이 굴러가게 했다.

3

폴리는 약에 취해 잠이라고 할 수도 없는 찜찜한 상태로 계속 꿈결을 헤매다가 초인종 소리를 듣고 깼다. 펄떡 일어나 앉아보니 실내복 차림이었다. 언제 이 옷으로 갈아입었지? 순간 기억이 나지 않자 덜컥 겁이 났다. 그러다 생각이 났다. 기다리고 있었던 통증이 예정대로 들이닥쳤고, 평생을 통틀어 그렇게 끔찍한 관절통은 처음이었다. 그 때문에 5시에 잠에서 깼다. 볼일을 보러 화장실에 갔지만 휴지를 뜯어 뒤를 닦을 수도 없을 정도였다. 그래서 약을 먹은 다음 실내복으로 갈아입고는 약기운이 돌 때까지 침실 창가의 의자에 앉아 있었다. 어느 정도 시간이 지난 뒤 졸음이 쏟아져 저도 모르게 침대에 다시 누운 모양이었다.

두 손이 갈라지기 직전까지 구워진 조잡한 도자기 인형의 손 같았다. 뜨겁고도 차가운 통증이 복잡하게 얽힌 독 철사처럼 살 속 깊숙이 파고들었다. 절망을 달래며 허수아비 같은 손을, 흉측하게 뒤틀린 손을 들어올렸을 때 아래층에서 다시 초인종이 울렸다. 그녀는 심란한 마음에 조그맣게 비명을 질렀다.

간식을 달라고 서서 앞발을 내민 개처럼 두 손을 앞으로 내밀고 층계참으로 나갔다. "누구세요?" 하고 큰 소리로 물었다. 자다 일어난 터라 쉰 목소리가 나왔다. 혀에서 고양이 화장실용 모래 같은 맛이 났다.

"나야, 네티!" 아래에서 이렇게 외치는 소리가 들렸다. "별일 없는 거지, 폴리?"

네티였다. 맙소사, 일요일 꼭두새벽에 네티가 여긴 어쩐 일일까?

"아무 일 없어!" 그녀는 큰 소리로 대답했다. "뭐 좀 걸치고 내려갈게! 열쇠로 문 열고 들어와!"

네티가 열쇠를 철컥거리며 문을 여는 소리가 들리자 폴리는 얼른 방으로 다시 들어갔다. 침대 옆 테이블에 놓인 시계를 확인해보니 꼭두새벽은 이미 몇 시간 전에 지났다. 그녀는 다른 옷을 걸치려고 방으로 들어온 게 아니었다. 네티 앞이라면 실내복으로도 충분했다. 하지만 약을 먹어야 했다. 평생 지금보다 더 간절하게 약이 필요했던 적이 없었다.

약을 먹으려 했을 때야 그녀는 비로소 상태가 얼마나 심각한지 깨달았다. 약은 타원형의 알약으로 장식용 벽난로 선반의 조그만 유리 접시에 담겨 있었다. 접시 안으로 손을 넣는 데에는 아무 문제가 없었지만 거기 담긴 알약을 집을 수가 없었다. 손가락이 아니라, 기름이 다 떨어져 그대로 멈춰버린 기계의 집게인 양 느껴졌다.

그녀는 젤라틴 캡슐 위로 손을 오므리는 데 모든 신경을 집중했다. 그 결과 손가락을 살짝 움직일 수는 있었지만 통증이 폭발했다. 거기까지가 전부였다. 그녀는 고통과 좌절로 조그맣게 웅얼거렸다.

"폴리?" 이제 계단 발치에서 들리는 네티의 목소리에는 걱정의 기색이 역력했다. 캐슬록의 주민들이야 네티를 바보 취급할지 몰라도 네티는 절대 바보가 아니었다. 네티는 이 집을 워낙 오래 드나든 데다…… 폴리를 너무 사랑했기 때문에 그녀를 속이기란 불가능했다. "폴리, 진짜 별일 없는 거 맞아?"

"지금 내려갈게!" 그녀는 애써 밝고 명랑한 목소리로 외쳤다. 유리 접시에서 손을 빼고 그 위로 고개를 숙이며 생각했다. 하느님, 부탁드릴게요. 네티가 지금 올라오지 않게 해주세요. 제가 지금 이러는 걸 들키지 않게 해주세요.

그녀는 물을 마시려는 개처럼 접시 위로 얼굴을 갖다 대고 혀를 내밀었다. 고통, 수치심, 경악 그리고 무엇보다 짙은 우울이 고동색과 회색으로 그녀를 감쌌다. 알약 한 개를 혀에 붙였다. 이제는 개가 아니라 먹이를 삼키는 개미핥기처럼 그걸 입안에 넣고 삼켰다.

작고 단단한 알약이 목구멍을 훑으며 내려가는 동안 그녀는 다시금 생각했다. 이 고통에서 벗어날 수만 있다면 뭐든 바치겠어. 뭐든. 뭐든.

4

휴 프리스트는 이제 거의 꿈을 꾸지 않았다. 요즘은 잠이 든다기보다 의식을 잃는 편에 가까웠다. 하지만 어젯밤에는 진짜 끝내주는 꿈을 꿨다. 그가 알아야 할 모든 것, 알게 될 모든 것을 알려주는 꿈이었다.

꿈속에서 그는 식탁에 앉아 맥주를 마시며 〈세일 오브 더 센추리〉 게임 쇼를 보고 있었다. 제공되는 상품이 전부 니드풀 싱스라는 그 가게에서 본 물건이었다. 그리고 참가자들은 모두 귀와 눈에서 피를 흘리고 있었다. 다들 웃고 있었지만 겁에 질린 표정이었다.

갑자기 누군가가 입을 막고 외치는 소리가 들렸다.

"휴! 휴! 나 좀 꺼내줘, 휴!"

벽장에서 나는 소리였다. 그는 그 앞으로 다가가 숨어 있는 녀석에게 몽둥이 찜질을 퍼부을 준비를 하며 문을 열었다. 하지만 안에는 아무도 없었다. 늘 그렇듯 부츠, 목도리, 외투, 낚시 도구 그리고 엽총 두 자루가 한데 뒤엉켜 있을 따름이었다.

"휴!"

그는 고개를 들었다. 소리는 선반에서 들려오고 있었다.

여우 꼬리였다. 여우 꼬리가 말을 하고 있었다. 그리고 휴는 그 목소리를 당장 알아차렸다. 릴런드 곤트의 목소리였다. 그는 털을 꺼내며 푹신하고 부드러운 감촉에 다시금 감탄했다. 질감이 살짝 비단 비슷하기도 하고 양털 비슷하기도 하지만 그 어느 것과도 같지 않은 자기만의 신비로운 특징을 지니고 있었다.

"고마워, 휴. 이 안은 너무 답답해. 그리고 네가 케케묵은 파이프 담배를 선반에 두었잖아. 냄새가 얼마나 고약한지 알아? 휘유!"

여우 꼬리가 말했다.

"다른 데로 옮겨줄까?" 휴는 물었다. 여우 꼬리한테 말을 걸다니 꿈속인데도 조금 황당했다.

"아냐, 익숙해져가고 있어. 하지만 너한테 할 얘기가 있어서. 해야 할 일이 있잖아, 기억 안 나? 약속했잖아."

"또라이 네티." 그는 맞장구를 쳤다. "또라이 네티한테 장난을 쳐야 하지."

"맞아." 여우 꼬리가 말했다. "일어나자마자 실행에 옮겨야 하니까 내 말 잘 들어."

휴는 잘 들었다.

여우 꼬리는 네티의 집에 개 말고는 아무도 없을 거라고 했지만 막상 찾아와보니 문을 두드려보는 편이 좋겠다는 생각이 들었다. 휴는 문을 두드렸다. 안에서 발톱으로 나무 바닥을 긁으며 잽싸게 달려오는 소리가 들렸지만 그뿐이었다. 만전을 기하는 차원에서 다시 한번 문을 두드렸다. 문 저편에서 험상궂게 한 번 짖는 소리가 들렸다.

"레이더?" 휴가 불렀다. 여우 꼬리에게 그 개의 이름을 들었다. 그걸 생각해낸 여자는 나사가 풀렸을지 몰라도 개의 이름 자체는 제법 괜찮았다.

또다시 한 차례 짖는 소리가 들렸다. 이번에는 좀 전만큼 사납지 않았다.

휴는 격자무늬 헌팅 재킷의 가슴주머니에서 열쇠 뭉치를 꺼내 살펴보았다. 하도 오래전부터 가지고 있었던 터라 그중 몇몇 열쇠는 어디로 사라졌는지 기억조차 나지 않았다. 하지만 네 개는 몸통이 길어서 금방 눈에 띄는 곁쇠였고 그에게 필요한 것이 바로 그 곁쇠였다.

휴는 처음 왔을 때처럼 좌우를 살펴 길거리에 아무도 없는지 확인하고 열쇠를 하나씩 넣어보기 시작했다.

5

허옇게 퉁퉁 부은 폴리의 얼굴과 초췌한 눈을 본 순간, 네티는 여기까지 걸어오는 동안 날카로운 족제비 이빨처럼 그녀를 갉아먹던 걱정을 잊었다. 계속 허리 높이로 들고 있는 폴리의 손(이 정도가 되면 너무 아파서 아래로 늘어뜨릴 수도 없었다)을 보지 않아도 지금 어떤 상태인지 알 수 있었다.

라자냐는 계단 옆 테이블에 인정사정없이 내팽개쳤다. 바닥으로 굴러떨어졌다 한들 네티는 거들떠보지도 않았을 것이다. 캐슬록의 길거리를 안절부절못하며 걸어 다니던 그 여자, 우체국에 갈 때조차 장난을 치고 살금살금 도망치는 것처럼 보이던 그 여자는 여기에 없었다. 이 여자는 다른 네티였다. 폴리 차머스의 네티였다.

"가자." 그녀는 무뚝뚝하게 말했다. "거실로 가. 내가 발열 장갑 들고 올게."

"네티, 괜찮아." 폴리는 힘없이 말했다. "약 먹었으니까 몇 분 있으면…….”

하지만 네티는 그녀를 한 팔로 감싸 안고 거실로 데려갔다. “어쩌다 이렇게 됐어? 손을 몸으로 깔고 잤어?”

“아냐, 그랬으면 괜찮을 거야. 그냥…….” 그녀는 웃음을 터뜨렸다. 당혹감이 묻어나는 힘없는 웃음이었다. “그냥 아파서 그래. 오늘 상태가 안 좋아질 줄은 알았는데 얼마나 안 좋아질지 전혀 몰랐지 뭐야. 발열 장갑도 효과 없을 거야.”

“가끔 효과가 날 때도 있어. 너도 그렇다는 거 알잖아. 이제 저기 가만히 앉아 있어.”

네티는 거부를 용납하지 않겠다는 말투였다. 폴리가 푹신푹신한 안락의자에 앉을 때까지 그 옆에 서 있었다. 그러고는 발열 장갑을 가지러 아래층 화장실로 갔다. 폴리는 희망을 버린 지 일 년도 넘었는데, 네티는 아직까지 거의 미신에 가깝도록 떠받드는 눈치였다. 언젠가 앨런이 그 장갑을 가리켜 네티에게는 애착 인형인 셈이라고 해서 둘이 같이 웃은 적도 있었다.

폴리는 물에 떠내려온 나무토막이라도 되는 듯이 의자 팔걸이에 손을 올려놓고 금요일 밤에 앨런과 사랑을 나누었던 저편의 소파를 그리워하는 눈빛으로 쳐다보았다. 그때는 손이 하나도 아프지 않았는데, 벌써부터 천년쯤 지난 일 같았다. 당시에 느낀 희열이 아무리 강렬했어도 그림자처럼 덧없다는 생각도 들었다. 사랑이 세상을 돌아가게 만드는 원동력일지 몰라도, 거대한 유리 기둥을 축 삼아 우주를 돌리는 원동력은 결국 심하게 상처를 입고 처절하게 괴로워하는 존재들의 울부짖음이었다.

아, 바보 같은 소파야. 그녀는 생각했다. 텅 빈 바보 같은 소파야, 지금은 네가 나한테 무슨 쓸모가 있겠니?

네티가 발열 장갑을 들고 왔다. 절연 처리 전선이 달린 오븐용 누비 장갑처럼 생겼다. 왼쪽 장갑의 뒤편에 플러그 달린 코드가 구불구불 연결되어 있었다. 폴리는 다른 데도 아닌 《굿 하우스키핑》에서 장갑 광고를 보았다. 전국관절염협회 무료 상담 전화로 문의해 보니 발열 장갑을 끼면 통증이 일시적으로 완화되는 경우도 있다고 했다. 밴 앨런 선생에게 광고를 보여주자 그는 이 년 전부터 지긋지긋했던 사족을 덧붙였다. "뭐, 해롭지는 않을 겁니다."

"네티, 몇 분 있으면 분명……."

"괜찮아지겠지." 네티가 대신 말문을 맺었다. "맞아, 당연히 그럴 거야. 그리고 이 장갑이 도움이 될지도 모르고. 손 들어, 폴리."

폴리는 포기하고 손을 들었다. 네티는 장갑 끝을 잡아 벌린 다음, 폭발 방지 담요로 C-4를 덮으려는 폭탄 해체 전문가처럼 살금살금 그녀의 손에 씌웠다. 조심스럽고 전문적이며 다정한 손놀림이었다. 폴리는 발열 장갑의 효과를 전혀 믿지 않았지만…… 누가 봐도 뻔한 네티의 염려가 벌써부터 효과를 발휘하고 있었다.

네티는 플러그를 집고 무릎을 꿇고 앉아서 의자 옆 굽도리널에 달린 콘센트에 꽂았다. 장갑에서 희미하게 웅웅거리는 소리가 나기 시작하면서 건조한 온기가 덩굴처럼 폴리의 손을 감쌌다.

"너는 나한테 과분한 친구야." 폴리는 나지막이 중얼거렸다. "그거 알아?"

"그럴 리가." 네티는 이렇게 대답했다. "절대 그럴 리 없지." 목소리가 살짝 허스키했고 눈이 촉촉하게 반짝였다. "폴리, 네 일에 왈가왈부하는 건 주제넘은 짓이지만 더는 가만히 보고만 있지 못하겠어. 그 딱한 손 좀 어떻게 해봐. 어떻게든 말이야. 계속 이런 식으로 지낼 수는 없잖아."

"알아. 나도 알지." 폴리는 머릿속에 저절로 쌓인 우울의 벽을 끙끙대며 뛰어넘었다. "근데 여긴 어쩐 일이야, 네티? 내 손을 구워주러 온 건 아닐 테고."

네티의 얼굴이 환해졌다. "라자냐를 만들어 왔어!"

"진짜? 아, 네티, 그럴 필요 없는데!"

"그럴 필요 없다고? 글쎄, 아닌 것 같은데. 보아하니 오늘, 어쩌면 내일까지 아무것도 만들어 먹지 못하게 생겼는걸. 냉장고에 넣어둘게."

"고마워. 정말 고마워."

"만들어 오길 잘했네. 널 보니까 두 배로 잘했다는 생각이 들어."

그녀는 복도로 나가다가 뒤를 돌아보았다. 한줄기 햇살이 그녀의 얼굴을 비추었지만, 폴리는 어마어마한 고통 속에 허우적대느라 그 순간 네티가 얼마나 핼쑥하고 피곤해 보이는지 알아차리지 못했다.

"꼼짝 말고 앉아 있어!"

폴리는 웃음을 터뜨렸다. 두 사람 모두 생각지도 못했던 웃음이었다. "움직일 수도 없어! 이렇게 붙잡혀 있는걸!"

네티가 라자냐를 넣느라 부엌에서 냉장고 문을 여닫는 소리가 들렸다. 잠시 후에 그녀가 외쳤다. "커피 물 올릴까? 한잔 마실래? 마시겠다면 끓여줄게."

"응. 좋은 생각이야." 이제는 장갑에서 들리는 웅웅거리는 소리가 더 커졌다. 아주 따뜻했다. 장갑이 실질적으로 효과가 있었던 걸까, 아니면 오늘 새벽 5시에 먹은 것과는 다르게 약이 강력한 약효를 발휘했을까? 아마 그 둘의 합작이었을 것이다. "하지만 네티, 얼른 가봐야 하는 거면……."

네티가 문 앞에 나타났다. 식료품 저장실에서 앞치마를 꺼내 두르고 한 손에 오래된 양철 커피포트를 들고 있었다. 새로 산 도시바 디지털 커피메이커는 안중에도 없었는데…… 폴리도 인정하다시피 네티가 양철 포트로 끓여주는 커피가 더 맛있었다.

"여기 말고 갈 데도 없어. 게다가 문단속도 잘하고 나왔고 레이더가 지키고 있는걸!"

"그렇겠지." 폴리는 웃으며 말했다. 그녀는 레이더를 아주 잘 알았다. 몸무게는 이제 겨우 구 킬로그램에, 집배원이 됐건 검침원이 됐건 외판원이 됐건 아무라도 집을 찾아오면 배를 긁어달라고 드러누웠다.

"게다가 그 여자도 더는 날 건드리지 않을 거야. 내가 경고했거든. 보이지도 않고 전화도 없는 걸 보면 내 말이 진심이라는 걸 알아차린 모양이야."

"누구한테 경고했다는 거야? 무슨 일로?" 폴리는 물었지만 네티는 이미 밖으로 나간 뒤였고, 그녀는 전선이 연결된 장갑 때문에 사실상 의자에서 꼼짝할 수 없었다. 네티가 커피 쟁반을 들고 다시 왔을 때는 퍼코던으로 정신이 몽롱해져 조금 전 네티가 했던 이상한 말을 까맣게 잊었다. 그럴 만도 했던 것이, 네티야 워낙에 이상한 소리를 자주 하니까.

네티가 폴리의 커피에 크림과 설탕을 넣고 들어서 그녀의 입에 대주었다. 이런저런 대화가 오가다가, 두말하면 잔소리지만 새로 문을 연 가게로 금세 화제가 바뀌었다. 네티는 거기서 산 카니발 글라스 전등갓을 또다시 언급했지만, 그녀의 일상에서 그런 사건은 이례적이었음에도 폴리의 예상과 다르게 숨도 못 쉬어가며 시시콜콜 얘기하지는 않았다. 그런데 그 얘기를 듣고 다른 게 생각났다. 곤트 씨가 케이크를 담았던 그릇에 넣은 쪽지였다.

"하마터면 깜빡할 뻔했다. 곤트 씨가 오늘 오후에 들러달라고 했는데. 내가 관심 있을 만한 물건이 입수될지 모른다면서."

"가려는 건 아니지? 손도 그런데."

"갈까 싶은데. 이제 좀 괜찮아졌거든. 이번에는 장갑이 조금이나마 효과가 있었나 봐. 그리고 뭐라도 하지 않으면 안 되겠어."

그녀는 살짝 애원하는 눈빛으로 네티를 바라보았다.

"음…… 그러게." 네티는 문득 좋은 생각이 떠올랐다. "내가 집으로 가는 길에 거기 들러서 그분한테 여기로 와줄 수 있느냐고 물어보면 되겠다!"

"아니야, 네티. 그러려면 돌아가야 하잖아!"

"한두 블록인데, 뭐." 네티는 능글맞은 눈빛으로 폴리 쪽을 귀엽게 곁눈질했다. "게다가 카니발 글라스가 또 있을지도 모르고. 돈이 없어서 사지는 못하지만 그분은 그걸 모를 테고 구경하는 데 돈이 드는 건 아니잖아?"

"하지만 이쪽으로 와달라고 하는 건……."

"네 상태가 어떤지 내가 잘 얘기할게." 네티는 딱 잘라서 말하고 다시 그릇들을 쟁반에 담기 시작했다. "아니, 영업 사원들이 원래 집으로 방문해서 보여주고 그러잖아. 팔 만한 물건이 있으면 말이야."

폴리는 애정이 담긴 눈빛으로 재미있다는 듯이 그녀를 쳐다보았다. "네티, 너는 이 집에만 오면 사람이 달라지더라."

네티가 놀란 얼굴로 그녀를 쳐다보았다. "그래?"

"응."

"어떤 식으로?"

"좋은 쪽으로. 신경 쓰지 마. 증상이 다시 도지지 않으면 이따가 오후에 아마 외출하고 싶어질 거야. 하지만 네가 니드풀 싱스 앞을 지날 일이 있고……."

"지날 거야." 제대로 감춰지지 않은 열의로 네티의 눈이 반짝거렸다. 한번 떠오른 생각이 강박처럼 그녀의 머리를 떠날 줄 몰랐다. 폴리를 위해 하는 일이 분명 불안한 마음을 달래는 강장제가 될 수 있을 것이었다.

"그분이 안에 있으면 이 집 전화번호를 알려드리고, 나한테 보여주고 싶은 물건이 입수되면 연락해달라고 얘기 전해줄래? 부탁해도 될까?"

"당연하지!" 네티는 말했다. 그녀는 쟁반을 들고 일어나 부엌으로 가서 앞치마를 식료품 저장실의 고리에 건 다음 발열 장갑을 벗겨주러 거실로 다시 돌아갔다. 이미 외투까지 걸친 모습이었다. 폴리는 다시 한번 고마움을 전했다. 라자냐뿐만이 아니었다. 손이 여전히 많이 아팠지만 이제는 견딜 만한 수준이었다. 손가락도 다시 구부려졌다.

"별소릴 다 한다. 그거 알아? 너 아까보다 안색이 괜찮아졌어. 혈색이 돌기 시작했어. 아까 처음 봤을 때는 얼마나 걱정됐는지 몰라. 가기 전에 나한테 뭐 부탁할 일 없어?" 네티가 말했다.

"응, 없어." 그녀는 장갑을 끼고 있느라 아직 벌겋고 뜨끈뜨끈한 손을 내밀어 어설프게 네티의 손을 잡았다. "와줘서 정말 고마웠어."

어쩌다 한 번씩이긴 하지만, 네티는 미소를 지을 때마다 온 얼굴을 동원했다. 그럴 때면 마치 흐린 날 아침에 구름을 뚫고 고개를 내민 태양을 보는 듯했다. "사랑해, 폴리."

가슴이 뭉클해진 폴리는 이렇게 말했다. "어머나, 나도 사랑해, 네티."

네티는 나갔다. 폴리가 그녀의 살아생전 모습을 본 건 그때가 마지막이었다.

6

네티 코브의 현관문에 달린 잠금장치는 복잡하기가 사탕 상자 뚜껑 수준이었다. 휴가 맨 처음 넣은 결쇠를 살짝 돌리고 흔들자 문이 열렸다.

턱받이를 두른 듯 가슴만 하얗고 나머지는 노란색인 강아지가 현관 입구에 앉아 있었다. 아침 햇살이 녀석의 주변을 감쌌다. 휴의 거대한 그림자가 드리워지자 녀석은 진지하게 한 번 짖었다.

"네가 레이더로구나." 휴는 나지막이 중얼거리며 주머니 안으로 손을 넣었다.

개는 다시 한번 짖고 잽싸게 뒤로 발라당 드러누워 네 발을 대자로 뻗었다.

"어이구, 귀여워라!" 휴가 말했다. 레이더는 맞장구를 치고 싶은지 뭉툭한 꼬리로 나무 바닥을 때렸다. 휴는 문을 닫고 강아지 옆에 쭈그리고 앉았다. 한 손을 강아지의 오른쪽 옆구리로 뻗어 뒷다리와 연결돼 있는 신비로운 지점을 긁어주자 오른쪽 다리가 허공을 향해 빠르게 버둥거렸다. 다른 손으로는 주머니에서 스위스 아미 주머니칼을 꺼냈다.

"이런, 말도 잘 듣네!" 휴는 웅얼거렸다. "착하기도 하지."

그는 강아지를 긁어주다 말고 셔츠 주머니에서 쪽지를 꺼냈다. 여우 꼬리한테 들은 대로 끙끙대며 비뚤배뚤 그 위에 메시지를 써놓았다. 한 글자도 잊어버리지 않도록 옷도 갈아입기 전에 부엌 식탁에 앉아서 적은 메시지였다.

누가 감히 깨끗하게 빨아놓은 시트에 진흙을 던지나. 내가 가만 두지 않겠다고 했지!

그는 주머니칼에 달린 코르크 오프너를 꺼내 쪽지를 꽂았다. 그런 다음 칼을 옆으로 돌리고 그 위로 주먹을 쥐어서 코르크 오프너가 힘센 오른손의 두 번째와 세 번째 손가락 사이로 나오게 했다. 그는 뒤로 드러누운 채 발랄한 눈빛으로 그를 지켜보고 있는 레이더를 다시 긁어주기 시작했다. 아주 깜찍한 녀석이로구먼. 휴는 생각했다.

"그래! 이렇게 착한 친구가 어디 있을까? 이렇게 착한 친구가 또 어디 있어?" 휴는 녀석을 긁어주면서 말했다. 녀석이 이제는 뒷다리를 양쪽 모두 버둥거렸다. 마치 보이지 않는 자전거 페달을 밟는 것 같았다. "그렇지! 그렇지! 그런데 내가 뭘 가지고 있는지 아니? 여우 꼬리가 있어! 그렇다니까!"

휴는 쪽지가 꽂힌 코르크 오프너를 레이더의 하얀 가슴 위로 가져갔다.

"그리고 내가 뭐 하나 더 알려줄까? 나는 그걸 아무한테도 빼앗기지 않을 거야!"

그는 오른손을 힘차게 아래로 내리꽂았다. 좀 전까지 레이더를 긁어주던 왼손으로 녀석을 꼼짝 못하게 붙들고서 코르크 오프너를 세 번 세차게 돌렸다. 뜨끈한 피가 뿜어져 나와 그의 두 손을 적셨다. 강아지는 바닥에서 잠깐 꾸르륵거리다 잠잠해졌다. 이제는 두 번 다시 진지하게 짖지 못할 것이다.

휴는 쿵쾅거리는 심장을 달래며 일어섰다. 문득 자신이 저지른 짓에 마음이 아주 불편해졌다. 속이 울렁거릴 지경이었다. 제정신이든 아니든 어쨌거나 그녀는 혈혈단신인데, 하나뿐이었을지 모를 친구를 그가 죽인 것이다.

그는 셔츠에 대고 피가 묻은 손을 닦았다. 짙은 색 모직 셔츠라 핏자국은 거의 보이지 않았다. 강아지한테서 눈을 뗄 수가 없었다.

그가 저지른 짓이었다. 그랬다, 그가 저지른 짓이었고 그도 그렇다는 걸 알았지만 믿기지가 않았다. 마치 최면에 빠져 있던 것만 같았다.

가끔 그에게 알코올의존자 운운하는 내면의 목소리가 불쑥 말문을 열었다. 네가 한 짓 맞아. 그리고 시간이 좀 지나면 너 자신도 납득하게 될 거야. 하지만 너는 빌어먹을 최면에 걸린 게 아니었어. 네가 무슨 짓을 하고 있는지 알았잖아.

그리고 그러는 이유도.

공포가 그를 집어삼켰다. 여기서 도망쳐야 했다. 그는 천천히 뒷걸음질을 치다가 닫힌 현관문에 부딪히자 쉰 목소리로 외마디 비명을 질렀다. 등 뒤를 더듬거린 끝에 마침내 손잡이를 찾았다. 손잡이를 돌려서 문을 열고 또라이 네티의 집을 빠져나왔다. 마을 사람 절반이 이 앞에 모여 심판의 눈빛으로 엄숙하게 자신을 지켜보고 있지 않을까 싶어 사방을 미친 듯이 두리번거렸다. 자전거를 타고 지나가는 아이 말고는 아무도 없었다. 아이의 자전거 바구니에 플레이메이트 피크닉 아이스박스가 비스듬하게 담겨 있었다. 아이는 휴 프리스트 앞을 지나며 눈길 한 번 주지 않은 채 사라졌고, 그런 뒤에는 교회 종소리만 들렸다. 이번에는 감리교도들을 부르는 종소리였다.

휴는 허둥지둥 인도를 걸어갔다. 뛰지 말자고 속으로 되뇌었음에도 트럭 앞에 다다랐을 무렵에는 종종걸음을 치고 있었다. 더듬거리며 문을 열고 운전석으로 들어가 시동 장치에 열쇠를 밀어넣었다. 세 번인가 네 번씩이나 빌어먹을 열쇠가 자꾸 빗나갔다. 왼손으로 오른손을 붙잡아 진정시킨 다음에야 열쇠를 제자리에 꽂을 수 있었다. 이마에 촘촘한 땀방울이 맺혔다. 지금까지 수도 없이 숙취에 시달렸지만 이런 기분은 처음이었다. 마치 말라리아나 그 비슷한 병에 걸린 느낌이었다.

굉음과 함께 트럭에 시동이 걸리자 푸른 연기가 뿜어져 나왔다. 휴의 발이 클러치에서 미끄러졌다. 트럭이 두 번 요란하게 움찔거리더니 연석에서 튕겨져 나오며 시동이 꺼졌다. 휴는 입으로 거칠게 숨을 몰아쉬면서 다시 시동을 걸고 얼른 출발했다.

배차장(여전히 달나라의 산속처럼 인적이 없었다)에 도착해 공용 트럭을 반납하고 그의 낡고 찌그러진 뷰익을 돌려받을 무렵 레이더와 코르크 오프너를 가지고 저지른 끔찍한 짓은 그의 머릿속에서 깡그리 사라진 뒤였다. 훨씬 중요한 고민거리가 있었다. 배차장으로 돌아오는 동안 그는 이글거리는 확신에 사로잡혔다. 그가 집을 비운 새 누군가가 들어와 여우 꼬리를 훔쳐 갔을 거라는 확신이었다.

휴는 시속 백 킬로미터도 넘는 속도로 집으로 달려가 자갈을 으깨고 먼지구름을 일으켜가며, 금방이라도 무너질 듯한 현관과 십 센티미터 거리를 두고 차를 세운 다음 한 번에 두 개씩 계단을 달려 올라갔다. 문을 박차고 들어가서 벽장 앞으로 달려가 문을 확 열었다. 까치발을 하고 공포에 질려 벌벌 떨리는 손으로 위쪽 선반을 더듬었다.

처음에 손에 닿는 게 나무밖에 없자 휴는 경악과 분노로 흐느껴 울기 시작했다. 그러다 곧 왼손이 비단도 아니고 털실도 아닌, 그 까칠하고 폭신한 것 깊숙이 묻히자 엄청난 평온과 성취감이 그를 덮쳤다. 굶주린 이에게는 음식, 지친 이에게는 휴식이요…… 말라리아 환자에게는 키니네*와 같은 것이었다. 스타카토로 두방망이질 치던 심장이 마침내 잦아들기 시작했다. 그는 여우 꼬리를 꺼내 들고 식탁에 앉았다. 두툼한 허벅지 위에 가로로 올려놓고 두 손으로 쓰다듬기 시작했다.

휴는 세 시간이 넘도록 그렇게 앉아 있었다.

7

휴가 보고도 누군지 알아차리지 못했던 아이, 자전거를 타고 지나갔던 그 아이는 브라이언 러스크였다. 브라이언도 간밤에 꿈을 꾸었고 그로 인해 이날 아침에 해야 할 일이 생겼다.

꿈속에서 월드 시리즈 7차전이 막 시작되려고 하고 있었다. 그 옛날 엘비스 시대의 월드 시리즈였고, 핵폭탄급 라이벌이자 야구의 상징이랄 수 있는 다저스 대 양키스 전이었다. 샌디 코팩스가 다저스 불펜에서 몸을 풀고 있었다. 그러면서 공을 던지는 중간에, 옆에서 있던 브라이언 러스크에게 말을 걸었다. 그는 브라이언이 어떻게 해주었으면 좋겠는지 얘기했다. 한 글자, 한 글자 힘주어가며 아주 분명하게 말했다. 거기에는 문제가 없었다.

문제는 뭐였는가 하면, 브라이언이 그가 시키는 대로 하고 싶지 않았다는 것이었다.

* 과거에 말라리아 치료제로 쓰였던 약물.

샌디 코팩스 같은 야구계의 전설과 옥신각신하려니 또라이가 된 기분이 들었지만 그래도 시도해보았다. "잘 모르시는 모양인데요, 코팩스 씨, 저는 월마 저직한테 장난을 치기로 되어 있었고, 그렇게 했어요. 이미 했다고요."

"그래서 뭐? 네가 하고 싶은 말이 뭔데, 꼬맹아?"

"그러니까 그게 조건이었다고요. 팔십오 센트에 장난 하나."

"확실하니, 꼬맹아? 장난 하나? 확실해? 그 사람이 '장난 딱 하나'라고 했어? 그런 식으로 제한했어?"

브라이언은 잘 기억이 나지 않았지만 당했다는 느낌이 그의 안에서 점점 자라나고 있었다. 아니다…… 그냥 당한 정도가 아니었다. 덫에 갇혔다. 치즈 조각을 먹으려던 생쥐처럼.

"내가 뭐 하나 알려줄게, 꼬맹아. 조건을……."

그는 하던 얘기를 끊고 나지막이 얍! 하고 기합을 넣으며 오버핸드로 세게 강속구를 던졌다. 공은 소총이 발사되는 소리와 함께 포수 글러브에 꽂혔다. 글러브에서 흙먼지가 피어올랐고, 브라이언은 포수 마스크 너머에서 그들을 쳐다보는 험상궂은 파란 눈이 그가 아는 눈이라는 사실을 깨닫고 경악했다. 곤트의 눈이었다.

샌디 코팩스는 곤트가 다시 던져주는 공을 받더니 갈색 유리처럼 무표정한 눈으로 브라이언을 흘끗 쳐다보았다. "조건을 정하는 사람은 나야, 꼬맹아."

샌디 코팩스의 눈이 갈색이 전혀 아니라는 걸 브라이언은 꿈속에서 깨달았다. 그 눈 역시 파란색이었고 샌디 코팩스가 곤트이기도 했으니 앞뒤가 맞았다.

"하지만……."

코팩스 겸 곤트가 장갑 낀 쪽 손을 들었다. "내가 뭐 하나 알려줄게, 꼬맹아. 나는 그 단어를 싫어해. 영어에 쓰이는 모든 단어를 통틀어서 그 단어를 제일 싫어하지. 어떤 나라 말에서도 그게 가장 나쁜 단어야. 영어로 '하지만'이 뭐니? 똥 나오는 데잖아*."

그 옛날 브루클린 다저스 유니폼을 입은 남자가 글러브에 야구공을 넣고 브라이언 쪽으로 완전히 고개를 돌렸다. 정말이지 곤트였다. 브라이언은 싸늘하고 음울한 공포가 심장을 움켜쥐는 것을 느낄 수 있었다. "내가 너더러 윌마를 상대로 장난을 쳐달라고 한 건 맞아, 브라이언. 그건 사실이지. 하지만 장난을 딱 하나만 쳐달라고 한 적은 없잖니. 네가 그냥 넘겨짚은 거지, 꼬맹아. 내 말 믿니? 아니면 우리 대화를 녹음한 테이프를 들려줄까?"

"믿어요." 브라이언은 울음이 터지기 일보직전이었다. "믿어요, 하지만……."

"내가 아까 그 단어에 대해서 뭐라고 했지, 꼬맹아?"

브라이언은 고개를 떨구고 침을 꿀꺽 삼켰다.

"흥정하는 법에 대해서 많이 배워야겠다." 코팩스 겸 곤트가 말했다. "너뿐 아니라 캐슬록의 다른 사람들도 모두. 하지만 그게 내가 여기에 온 이유 중 하나이기도 하지. 흥정이라는 고급 기술을 가르쳐주기 위해서. 메릴이라고, 흥정에 대해서 좀 아는 친구가 있었는데 오래전에 사라져서 찾을 수가 없단 말이지." 그가 씩 웃자 샌

* but과 철자와 발음이 유사한 butt는 엉덩이라는 뜻이다.

디 코팩스의 생각에 잠긴 듯한 좁은 얼굴 위로 릴런드 곤트의 큼지막하고 비뚤배뚤한 치아가 드러났다. "그리고 '합의'라는 단어에 대해서도, 브라이언. 그 주제에 대해서도 가르쳐야 할 게 많아."

"하지만……." 미처 삼킬 새도 없이 그 단어가 튀어나왔다.

"하지만은 없어." 코팩스 겸 곤트가 말했다. 그가 몸을 앞으로 숙였다. 야구 모자 챙 아래에서 근엄한 얼굴로 그를 바라보았다. "곤트 씨가 제일 잘 아니까. 따라 해볼래, 브라이언?"

브라이언은 목젖을 움직였지만 아무 소리도 나오지 않았다. 뜨거운 눈물이 당장이라도 쏟아질 듯했다.

큼지막하고 차가운 손이 브라이언의 어깨를 세게 잡았다.

"따라해!"

"곤트 씨가……." 브라이언은 목소리가 나올 만한 공간을 마련하느라 다시금 침을 꿀꺽 삼켜야 했다. "곤트 씨가 제일 잘 안다."

"맞아, 꼬맹아. 바로 그거야. 그리고 그게 무슨 뜻인가 하면, 내가 시키는 대로 해야 한다는 거지."

브라이언은 모든 용기를 그러모아서 마지막 발버둥을 쳤다.

"제가 싫다고 하면요? 그러니까 뭣이냐…… 합의 조건을 이해하지 못한 거니까 싫다고 하면요?"

코팩스 겸 곤트는 글러브에서 야구공을 꺼내 그것을 꽉 쥐었다. 실밥 사이로 핏방울이 맺히기 시작했다.

"너는 절대 싫다고 할 수가 없어, 브라이언." 그가 나지막이 말했다. "이제는 안 되지. 왜냐, 월드 시리즈 7차전이거든. 네 무덤을 네가 판 거고 똥 싸기 싫으면 변기에서 일어나는 수밖에 없지. 주위를 둘러봐. 얼른 주위를 찬찬히 둘러보라니까."

브라이언은 주위를 둘러보다가 에베츠 필드 통로까지 관객들이 꽉꽉 들어찬 것을 보고, 거기다 그들 전부 그가 아는 사람들인 것을 보고 경악했다. 엄마와 아빠는 남동생 숀과 함께 홈플레이트 뒤편의 관계자석에 앉아 있었다. 그와 같이 언어 치료 수업을 받는 친구들은 랫클리프 선생님과 덩치 큰 바보 남자친구 레스터 프랫을 양옆에 거느린 채 1루 베이스라인 너머 관중석에 서서 로열 크라운 콜라에 핫도그를 먹고 있었다. 캐슬록 보안관 사무실의 전 직원은 외야석에서 올해의 미스 라인골드 참가자들 사진이 박힌 종이컵으로 맥주를 마시고 있었다. 주일학교 친구들, 도시 행정위원, 마이라와 척 에번스, 삼촌, 숙모, 사촌들도 보였다. 3루 뒤편에는 소니 재킷이 있었다. 코팩스 겸 곤트가 피 흘리는 야구공을 다시 던지자 포수 글러브에 꽂히며 소총이 발사되는 소리가 들렸는데, 이제 포수 마스크를 쓰고 있는 사람은 휴 프리스트였다.

"차로 들이받아줄게, 꼬맹아." 휴가 공을 다시 던지며 말했다. "찍소리 못하도록 뭉개줄게."

"보다시피 이제는 단순한 야구 카드 문제가 아니야." 코팩스 겸 곤트가 그의 옆에서 말했다. "너도 알잖아, 그렇지? 윌마 저직의 시트에 진흙을 던졌을 때 너로 인해 뭔가가 시작된 거야. 따뜻한 겨울날에 소리를 너무 크게 지르는 바람에 눈사태를 일으킨 사람처럼. 이제 네 선택은 간단해. 계속 강행할 건지 아니면…… 그 자리에 주저앉아 눈에 묻힐 건지."

꿈속에서 브라이언은 급기야 울음을 터뜨렸다. 똑똑히 알 수 있었다. 되돌리기에는 이미 늦었다는 걸 확실히 알 수 있었다.

곤트가 야구공을 쥐었다. 핏물이 좀더 흘러나왔고 그의 손끝이 하얗고 물컹물컹한 공 표면 안쪽으로 깊숙이 파고들었다.

"눈사태를 일으킨 사람이 너라는 걸 캐슬록의 모든 사람들에게 비밀로 하고 싶다면 내가 시키는 대로 하는 게 좋을 거다, 브라이언."

브라이언은 더욱 크게 목놓아 울었다.

"나하고 거래할 때는……." 곤트가 공을 던지려고 와인드업을 하면서 말했다. "두 가지 사실을 기억하는 게 좋을 거야. 곤트 씨가 제일 잘 안다는 것과…… 곤트 씨가 이제 끝났다고 하기 전에는 끝난 게 아니라는 거."

그는 샌디 코팩스 특유의 갑작스러운 마구를 던졌고(브라이언의 아버지의 짧은 소견으로는 그의 공을 치기 어려운 이유가 바로 그것이었다) 이번에는 휴 프리스트의 글러브에 꽂혔을 때 공이 폭발했다. 피와 머리카락과 힘줄이 달린 살점이 눈부신 가을 태양 속으로 날아올랐다. 브라이언은 베개에 얼굴을 묻고 흐느끼며 눈을 떴다.

8

이제 그는 곤트가 시킨 일을 처리하러 나섰다. 집에서는 간단히 탈출할 수 있었다. 어머니와 아버지에게는 오늘 아침 배가 아파서 교회를 하루 쉬고 싶다고 말했다(거짓말도 아니었다). 두 분이 나가자 준비에 착수했다.

자전거 바구니에 담긴 플레이메이트 아이스박스 때문에 페달을 밟기가 힘들었고 균형을 유지하기는 더 힘들었다. 어찌나 무거운지 땀을 흘리고 숨을 헐떡인 끝에서야 저직의 집 앞에 다다를 수 있었다. 이번에는 초인종을 누르지도, 미리 준비한 대사를 연습하며 머뭇거리지도 않았다. 안에 아무도 없었으니까. 샌디 코팩스 겸 릴런드 곤트가 꿈속에서 말하길 저직 부부는 11시 미사를 드린 후에 남아서 카지노 나이트 행사를 의논할 테고 그런 다음 친구네 집에 놀러갈 거라고 했다. 브라이언은 그의 말을 믿었다. 지금으로서는 이 끔찍한 임무를 어서 빨리 해치우고 싶은 마음뿐이었다. 이 일이 끝나면 집에 가서 자전거를 대놓고 하루 종일 침대에 누워 있을 작정이었다.

두 손으로 바구니에 담긴 아이스박스를 꺼내 잔디밭에 내려놓았다. 아무도 볼 수 없는 산울타리 뒤에 몸을 숨긴 참이었다. 앞으로 요란한 소리가 나겠지만 코팩스 겸 곤트는 걱정할 필요 없다고 했다. 윌로 스트리트의 주민 대부분이 가톨릭교도고 11시 미사에 참석하지 않은 사람들은 거의 대부분 8시 미사를 본 뒤 여기저기로 휴일 나들이를 떠났을 거라고 했다. 브라이언으로서는 그게 사실인지 아닌지 알 수 없었다. 그가 확실하게 아는 건 딱 두 가지뿐이었다. 곤트 씨가 제일 잘 안다는 것과 곤트 씨가 이제 끝났다고 하기 전에는 거래가 끝난 게 아니라는 거.

그리고 이건 거래였다.

브라이언은 플레이메이트 아이스박스를 열었다. 안에 큼지막한 돌멩이가 열댓 개 들어 있었다. 브라이언이 공책 한 장 한 장으로 감싸고 고무줄로 묶어놓은 돌멩이들이었다. 종이마다 이렇게 적혀 있었다.

나 건드리지 말라고 했을 텐데.

이번이 마지막 경고다.

브라이언은 돌멩이 하나를 들고 저직의 큼지막한 거실 유리창—이 집이 지어진 1960년대 초반에는 '전망창'이라고 불렸다—에서 삼십 센티미터도 떨어지지 않은 곳까지 걸어갔다. 와인드업을 하고 잠깐 망설이다가 월드 시리즈 7차전에서 선두 타자를 마주한 샌디 코팩스처럼 돌멩이를 던졌다. 어마어마하고 날카로운 와장창 소리에 이어 돌멩이가 거실 카펫을 쿵 때리고 바닥을 굴러가는 소리가 들렸다.

그 소리가 브라이언에게 묘한 영향을 미쳤다. 두려움이 사라졌고 이 추가 임무—아무리 창의력을 동원한들 사소한 장난으로 간주할 수 없는 임무—에 대한 거부감 역시 증발해버렸다. 유리 깨지는 소리에 흥분이 됐는데…… 사실상 랫클리프 선생님을 두고 몽상을 펼칠 때와 비슷한 기분이었다. 그 몽상이 얼마나 한심한 짓이었는지 이제는 알지만 어쨌든 이건 한심한 짓이 아니었다. 이건 진짜였다.

게다가 그는 지금 샌디 코팩스 카드를 가지고 싶은 마음이 그 어느 때보다 간절했다. 뭔가를 소유한다는 게 어떤 심리를 야기하는지 엄청난 진실을 또 하나 터득했다. 힘들게 입수한 물건일수록 놓치고 싶지 않은 마음이 간절하다는 것.

브라이언은 돌멩이를 두 개 더 집어 들고 깨진 전망창 앞으로 다가갔다. 좀 전에 던진 돌멩이가 안에 보였다. 거실에서 부엌으로 건너가는 입구에 떨어져 있었다. 교회 제단에 놓인 고무장화나 트랙터 실린더 블록에 얹힌 장미꽃처럼 전혀 어울리지 않았다. 쪽지를 묶은 고무줄 하나가 끊어졌지만 다른 고무줄은 아직 멀쩡했다. 왼쪽으로 움직인 브라이언의 시선이 저직 부부의 소니 텔레비전에 닿았다.

브라이언은 와인드업을 하고 던졌다. 돌멩이가 소니 텔레비전을 정통으로 맞혔다. 공허한 퍽 소리에 이어 섬광이 번쩍였고 유리 조각이 카펫 위로 쏟아졌다. 텔레비전이 받침대 위에서 기우뚱거렸지만 떨어지지는 않았다. "스트라이크 투!" 브라이언은 중얼거리고 숨을 죽이고서 얄궂은 웃음소리를 냈다.

소파 옆 테이블에 놓인 이런저런 사기 장식품을 향해 다시 돌을 던졌지만 빗나갔다. 돌이 탁하는 소리와 함께 벽을 탁 때리자 회반죽 덩어리가 떨어져 나왔다.

브라이언은 아이스박스 손잡이를 잡고 집의 옆쪽으로 끌고 갔다. 방 유리창을 두 개 깼다. 뒤로 돌아가 빵 덩이만 한 크기의 돌로 부엌 문 상단에 달린 유리를 깨고 그 구멍으로 돌멩이를 몇 개 더 던졌다. 그중 하나가 조리대에 놓여 있던 쿠진아트를 박살 냈다. 다른 하나는 전자레인지 전면에 달린 유리문을 뚫고 안쪽에 안착했다. "수투라이크 스리! 삼진이다, 꼬맹아!" 이렇게 외치고 어찌나 깔깔대며 웃었던지 브라이언은 하마터면 바지에 오줌을 쌀 뻔했다.

발작적인 웃음이 멈추자 그는 집을 마저 돌았다. 이제는 아이스박스가 가벼워져서 한 손으로 들 수 있었다. 마지막 남은 돌멩이 세 개로 윌마의 가을 꽃밭 사이로 보이는 지하실 창문을 깨고 한발 더 나아가 꽃 무더기를 몇 움큼 잡아 뜯었다. 이 일까지 마친 뒤 그는 아이스박스 뚜껑을 닫아서 바구니에 싣고 자전거에 올라탔다.

미슬라버스키 부부가 저직 부부의 옆집에 살았다. 브라이언이 저직의 집 앞 진입로를 빠져나왔을 때 미슬라버스키 부인이 현관문을 열고 밖으로 나왔다. 밝은 초록색 가운에 빨간색 스카프를 쓰고 있었다. 지옥에서 맞이하는 크리스마스 광고 모델 같았다.

"얘, 거기 무슨 일이니?" 그녀가 날카롭게 물었다.

"저도 잘 모르겠어요. 저직 아줌마랑 아저씨가 싸우나 봐요." 브라이언은 자전거를 타고 그대로 지나가며 말했다. "올겨울에 집 앞길 눈 치울 사람이 필요하냐고 여쭤보려고 했는데, 나중에 다시 와야겠어요."

미슬라버스키 부인은 저직 부부의 집 쪽을 험상궂은 눈빛으로 흘끗 쳐다보았다. 산울타리 때문에 그녀가 서 있는 자리에서는 2층밖에 보이지 않았다.

"내가 너라면 다시 오지 않겠다. 저 여자를 보면 남아메리카에 사는 조그만 물고기가 생각나거든. 암소를 통째로 잡아먹는다는 물고기 말이야."

"피라냐 말이죠." 브라이언이 말했다.

"맞아, 그거."

브라이언은 계속 페달을 밟아 초록색 가운 차림에 빨간색 스카프를 쓴 여자에게서 점점 멀어졌다. 그러는 내내 심장이 두근거렸지만 빠르게 쿵쾅대지는 않았다. 머릿속 한구석에서는 꿈을 꾸는 게 분명하다는 생각이 들었다. 자신이 아닌 다른 사람이 된 듯했다. 성적표를 A 아니면 B로 도배하는 브라이언 러스크, 학생회 임원이자 중학교 모범시민연맹 회원인 브라이언 러스크, 항상 최고의 품행 점수를 받았던 브라이언 러스크가 아닌 것만 같았다.

"언젠가는 사람을 죽이고도 남을 여자야!" 미슬라버스키 부인이 브라이언의 등에 대고 분연히 외쳤다. "내 말 명심해라!"

브라이언은 들릴락 말락 중얼거렸다. "그렇다 한들 전 놀라지도 않을걸요."

그는 정말로 하루 종일 침대에 누워 있었다. 다른 때 같았으면 아들이 걱정된 코라가 노웨이에 있는 병원에 데리고 갔을 것이다. 하지만 오늘 그녀는 아들의 몸이 안 좋다는 것조차 알아차리지 못했다. 곤트한테서 산 근사한 선글라스 때문이었다. 거기에 완전히 넋을 잃은 터였다.

브라이언은 6시쯤 일어났다. 친구 둘과 함께 호수로 하루 종일 낚시를 하러간 아버지가 돌아오기 십오 분쯤 전이었다. 냉장고에서 펩시 콜라를 꺼내 전기 레인지 옆에 서서 마셨다. 기분이 좀 괜찮아졌다.

이쯤이면 곤트 씨와 맺은 거래에서 그의 임무를 완수한 것 아닐까 싶었다.

과연 곤트 씨가 제일 잘 알았다.

9

네티 코브는 집에서 어떤 충격적인 소식이 기다리고 있는지 전혀 모른 채 니드풀 싱스를 향해 즐겁게 메인 스트리트를 걸었다. 일요일 오전이지만 가게 문이 열려 있을 듯한 강렬한 예감을 느꼈고 과연 그녀의 짐작은 맞아떨어졌다.

"코브 부인!" 그녀가 들어서자 릴런드 곤트가 외쳤다. "다시 찾아주시다니 정말 반갑습니다!"

"저도 반가워요, 곤트 씨." 그녀는 이렇게 말했고…… 진심이었다.

곤트가 손을 내밀고 다가왔지만 네티는 그의 손길을 피해 몸을 움츠렸다. 끔찍하고 너무나 예의 없는 행동이었지만 어쩔 수가 없었다. 다행히 곤트도 이해하는 눈치였다. 미소를 지으며 걸음의 방향을 바꿔 그녀의 뒤편으로 가서는 문을 닫았다. 전문 도박꾼이 에이스 카드를 감추는 속도로 '영업중' 팻말이 '영업 종료'로 바뀌었다.

"앉으세요, 코브 부인! 어서요! 앉으세요!"

"네, 사실은 드릴 말씀이 있어서 왔는데요. 폴리가…… 폴리가……." 그녀는 왠지 모르게 기분이 이상했다. 나쁜 게 아니라 이상한 거였다. 머릿속이 빙글빙글 돌았다. 그녀는 플러시를 씌운 의자에 다소 꼴사납게 주저앉았다. 잠시 후에 곤트가 앞에 서서 그녀의 눈을 똑바로 쳐다보자 세상이 그를 중심으로 다시 차분해졌다.

"폴리가 몸이 별로 안 좋은 모양이군요?" 곤트가 물었다.

"맞아요." 네티는 고마워하며 말했다. "손 때문에요. 무슨 병인가 하면……."

"관절염이죠. 알아요. 참 안타까운 일이죠. 개 같은 일은 벌어지기 마련이고, 인생은 개떡이고 그러다 죽는 거고, 그거 참 개판이고. 나도 알아요, 네티." 곤트의 눈이 다시 점점 커졌다. "하지만 내가 폴리에게 연락하거나…… 찾아갈 필요는 없을 거예요. 지금쯤 손이 좀 괜찮아졌을 테니까요."

"그래요?" 네티는 멍하니 물었다.

"그럼요! 당연히 아직 아플 테지만, 그래서 다행이지만, 외출하지 못할 정도로 아프지는 않으니 그건 더 다행이죠. 그렇지 않아요, 네티?"

"그러게요." 네티는 몽롱하게 대답했지만 자기가 무슨 말에 맞장구를 치고 있는 건지 전혀 알 수가 없었다.

"당신은……." 곤트가 더할 나위 없이 부드럽고 유쾌한 목소리로 말했다. "엄청난 하루가 당신을 기다리고 있어요, 네티."

"그래요?" 뜻밖의 소식이었다. 그녀는 오후 내내 레이더를 발치에 두고 좋아하는 거실 의자에 앉아서 뜨개질을 하며 텔레비전을 볼 작정이었다.

"네. 아주 엄청난 하루가요. 그러니까 내가 가서 뭘 가져올 때까지 여기 가만히 앉아서 잠깐 쉬고 있어요. 그래줄 수 있겠어요?"

"네……."

"좋아요. 그리고 눈을 감지그래요? 푹 쉴 수 있게 말이에요, 네티!"

네티는 순순히 눈을 감았다. 얼마인지 모를 시간이 지난 뒤에 곤트가 눈을 뜨라고 했다. 그녀는 눈을 떴고 격한 실망감을 느꼈다. 누가 눈을 감으라고 하면, 보통은 뭔가 근사한 걸 주려고 그러지 않는가. 선물 같은 거 말이다. 그녀도 그걸 기대했다. 눈을 다시 떴을 때 곤트가 또 다른 카니발 글라스 전등갓을 들고 있길 바랐다. 하지만 그가 들고 있는 건 수첩뿐이었다. 종이가 작고 분홍색이었다. 맨 위에 이렇게 적혀 있었다.

교통법규 위반 계고장

"아. 카니발 글라스일 줄 알았어요."

"카니발 글라스는 그 정도면 되지 않았을까요, 네티."

"그런가요?" 그녀는 또다시 격한 실망감을 느꼈다. 이번에는 좀 전보다 강도가 셌다.

"네. 슬프지만 사실이에요. 그래도 내 부탁을 들어주겠다고 했던 건 기억하고 있을 것 같은데요." 그는 그녀의 옆에 앉았다. "기억하죠?"

"네. 버스터한테 장난을 쳐달라고 했잖아요. 그의 집에 무슨 서류를 두고 오라고."

"맞아요, 네티. 아주 좋아요. 내가 준 열쇠 아직 가지고 있죠?"

네티는 수중발레를 하는 사람처럼 천천히 외투 오른쪽 주머니에서 열쇠를 꺼내 곤트가 볼 수 있도록 들어 보였다.

"아주 좋아요!" 그는 따뜻하게 말했다. "이제 다시 넣어요, 네티. 안전한 곳으로."

그녀는 열쇠를 다시 넣었다.

"자, 이게 그 서류예요." 그는 분홍색 수첩을 그녀의 한쪽 손에 쥐여주었다. 다른 쪽 손에다가는 스카치테이프를 쥐여주었다. 그녀의 머릿속 어딘가에서 경보가 울렸지만 너무 멀어서 거의 들리지가 않았다.

"오래 걸리는 일은 아니겠죠? 얼른 집에 가야 하거든요. 레이더 밥 먹여야 해서요. 제가 기르는 강아지예요."

"레이더야 나도 잘 알죠." 곤트는 이렇게 말하고 네티에게 함박웃음을 지어 보였다. "하지만 오늘은 그 녀석 입맛이 별로 없을 거예요. 부엌 바닥에다가 똥을 싸놓지 않았을까 걱정할 필요도 없을 테고요."

"하지만……."

그가 긴 손가락을 그녀의 입술에 갖다 대자 문득 속이 메슥거렸다.

"이러지 마세요." 그녀는 의자 안으로 몸을 깊숙이 묻으며 우는 소리를 냈다. "이러지 마세요. 소름 끼쳐요."

"다들 그러더군요." 곤트가 맞장구를 쳤다. "그러니까 내가 소름 끼치는 짓을 하는 게 싫으면 네티, 다시는 내 앞에서 그 소름 끼치는 단어를 쓰지 마요."

"무슨 단어요?"

"하지만. 나는 그 단어를 좋아하지 않아요. 솔직히 그 단어를 혐오해요. 세상에 좋은 말이 얼마나 많은데 그렇게 기운 빠지는 단어를 쓸 필요는 없잖아요? 내 앞에서는 다른 말을 해주길 바라요, 네티. 내가 사랑하는 말을 써주길 바라요. 내가 절대적으로 흠모하는 말을."

"어떤 말요?"

"곤트 씨가 제일 잘 안다. 따라 해요."

"곤트 씨가 제일 잘 안다." 그녀는 따라했고, 그 말을 내뱉자마자 얼마나 완벽하게 전적으로 옳은 말인지 느낄 수 있었다.

"곤트 씨가 항상 제일 잘 안다."

"곤트 씨가 항상 제일 잘 안다."

"맞아요! 꼭 신부님 같죠." 곤트는 소름 끼치는 소리를 내며 웃었다. 땅속 깊숙한 곳에서 암석 판이 움직일 때 나는 소리 같았고, 그의 눈이 파란색에서 초록색으로, 다시 갈색으로, 다시 검은색으로 순식간에 바뀌었다. "자, 네티, 이제 잘 들어요. 내가 부탁하는 이 심부름을 처리하고 집에 가면 돼요. 이해했죠?"

네티는 이해했다.

그녀는 아주 열심히 들었다.

10장

1

사우스패리스는 캐슬록에서 남동쪽으로 삼십 킬로미터쯤 가면 나오는 작고 지저분한 공장 지대다. 메인 주에는 유럽의 도시나 나라 이름을 갖다 붙인 시골 마을이 여러 군데다. 마드리드도 있고 스웨덴, 에트나, 칼레스(원래는 칼레지만 댈러스와 라임을 맞춰서 발음했다), 케임브리지, 프랑크푸르트도 있다. 수많은 마을들이 그렇게 여러 가지 이국적인 이름으로 불리게 된 경위나 이유를 아는 사람도 있겠지만 나는 모른다.

하지만 약 이십 년 전에 어느 유명한 프랑스 요리사가 뉴욕을 떠나 메인 주의 호수 지대에 식당을 차리기로 마음먹었고, 거기서 한 걸음 더 나아가 그런 모험을 벌이기에 가장 알맞은 곳으로 사우스패리스라는 마을을 낙점했다는 건 안다. 그 결과 탄생된 곳이 모리스라는 요식업소였다. 철길 바로 옆을 지나는 117번 도로 맥도날드 바로 맞은편에서 요즘도 영업을 하고 있다. 10월 13일 일요일에 댄포스 '버스터' 키턴이 아내를 데리고 점심을 먹으러 간 곳이 바로 그 모리스였다.

머틀은 무아지경 속에서 황홀하게 그 일요일을 보냈는데, 모리스에서 먹은 근사한 점심 때문은 아니었다. 지난 몇 달 동안, 사실상 거의 일 년 동안 댄포스와의 결혼 생활은 불편하기 그지없었다. 그는 그녀를 전적으로 무시했고…… 소리를 지를 때만 예외였다. 애초부터 별로 높지 않았던 자존감이 새로운 나락으로 추락했다. 폭력을 행사하지 않아도 상대를 효과적으로 학대할 수 있다는 사실을 여느 여자들처럼 그녀도 알고 있었다. 남자건 여자건 혀로 남에게 상처를 줄 수 있었고 댄포스 키턴은 그 방법을 아주 잘 알았다. 지난 일 년 동안 그는 날카로운 혓바닥으로 그녀에게 보이지 않는 상처를 수도 없이 남겼다.

그녀는 도박에 대해 아무것도 몰랐다. 구경하러 경마장에 간다는 말을 진심으로 믿었다. 횡령에 대해서도 알지 못했다. 댄포스 집안에 정신적으로 불안했던 사람이 몇 명 있다는 건 알았지만 그걸 댄포스가 보인 행동과 연결해서 생각하지는 않았다. 그는 술을 너무 많이 마시지도 않았고, 아침에 외출하기 전에 옷 갈아입는 걸 깜빡하거나 있지도 않은 사람에게 말을 건 적도 없었기에 그에게는 아무 이상이 없다고 생각했다. 그러니까 그녀 자신에게 뭔가 문제가 있다고 생각했다. 그 뭔지 모를 문제 때문에 댄포스가 더이상 자기를 사랑하지 않게 된 거라고 말이다.

그녀는 앞으로 삼십 년, 심지어 사십 년 동안 화를 냈다가 차갑게 빈정거렸다가 무관심하게 구는 이 남자의 반려자로 살아야 하는 암울한 미래를 받아들이려고 애를 쓰며 지난 여섯 달을 보냈다. 댄포스에게 그녀는 가구로 전락했고…… 그나마도 거치적거리지 않을 때의 얘기였다. 저녁을 먹으려고 했는데 저녁이 안 차려져 있거나 서재 바닥이 지저분해 보이거나 심지어 아침을 먹으려고 식탁에 앉았을 때 신문이 놓인 순서가 잘못돼 있으면 그는 그녀더러 바보라고 했다. 궁둥이를 어디 떨어뜨려도 찾지 못할 여자라고 했다. 뇌가 흑색 화약이라면 그녀는 뇌관 없이는 코도 풀 수 없을 거라고 했다. 처음엔 그런 폭언을 들으면 항변하려 해보았지만 어린애가 만든 종이 성벽처럼 그의 손에 간단하게 무너져버렸다. 그녀 쪽에서 화라도 내면 그는 길길이 날뛰며 공포 분위기로 몰고 갔다. 그래서 그녀는 분노를 포기하고 암울한 허둥지둥의 세계로 침잠했다. 요즘은 그가 화를 내면 속절없이 미소를 지으며 다음번에는 잘하겠다고 약속하고 방으로 들어가 침대에 누워서 눈물을 흘리며 앞으로 그녀의 미래는 어떻게 될지 고민하고 얘기를 나눌 수 있는 친구가 있으면 얼마나 좋을까 하는 생각을 하고 하고 또 했다.

대신 그녀는 인형에게 얘기했다. 결혼 초기 몇 년 동안 모은 인형들을 상자에 넣어서 다락방에 보관해두었다. 그걸 지난해에 바느질 방으로 들고 내려왔고 가끔 한바탕 눈물바람이 끝나면 살그머니 바느질 방으로 들어가 인형놀이를 하곤 했다. 인형들은 절대 고함을 지르지 않았다. 절대 그녀를 무시하지 않았다. 절대 어쩌다 그렇게 멍청해졌느냐고, 타고난 거냐고, 아니면 수업이라도 들은 거냐고 묻지 않았다.

어제, 그녀는 새로 문을 연 가게에서 그보다 더 멋질 수 없는 인형을 발견했다.

그리고 오늘 모든 게 달라졌다.

정확히 말하면 오늘 아침에.

그녀는 테이블 아래로 손을 넣어 꿈이 아닌지 확인하느라 자기 몸을 꼬집었다(이번이 처음도 아니었다). 하지만 꼬집은 이후에도 그녀는 여전히 화창한 시월의 햇살을 받으며 모리스에 앉아 있었고, 댄포스는 여전히 맞은편에서 만면에 미소를 머금고 엄청난 식욕을 발휘해가며 점심을 먹고 있었다. 하도 오랜만에 보는 미소라 생경하게 느껴질 정도였다.

그녀로서는 이렇게 달라진 이유가 뭔지 알 수 없었고 차마 물어볼 용기가 나지 않았다. 간밤에 그가 평소처럼 루이스턴 경마장에 다녀왔기 때문에(거기서 만나는 사람들이 캐슬록에서 날마다 만나는, 예를 들자면 자기 부인 같은 사람들보다 더 재미있는지 그는 매일 저녁 출근 도장을 찍었다) 아침에 눈을 뜨면 침대 옆자리가 비어 있고 (아니면 그가 밤새도록 서재 의자에서 꾸벅꾸벅 조느라 아예 누웠던 흔적이 보이지 않고) 1층에서는 그가 성질을 부리며 혼잣말을 중얼거리는 소리가 들리겠거니 싶었다.

그런데 그가 작년 크리스마스에 그녀에게서 선물받은 빨간색 줄무늬 잠옷을 입고 옆에 누워 있는 게 아닌가. 그 잠옷을 입은 건 처음이었다. 그녀가 아는 한 그 잠옷이 상자에서 나온 일 자체가 처음이었다. 그는 깨어 있었다. 벌써부터 미소를 머금은 얼굴로 옆으로 몸을 돌려 그녀를 마주 보았다. 그 미소를 보고 처음에 그녀는 겁에 질렸다. 날 죽이려는 작정인가 보다, 하는 생각이 들었다.

하지만 그는 그녀의 가슴을 건드리며 눈을 찡긋거렸다.

"한번 할래, 머트? 지금은 너무 이른가?"

이렇게 해서 그들은 다섯 달 만에 처음으로 사랑을 나누었다. 그는 완벽하게 환상적이었고, 이제 그들은 젊은 연인처럼 일요일 이른 오후에 모리스에서 점심을 먹고 있는 것이다. 어쩐 일로 남편에게 이런 놀라운 변화가 벌어졌는지 그녀로서는 알 수 없었고, 사실 상관없었다. 이 순간을 즐기며 영원하기만을 바랄 따름이었다.

"괜찮아, 머트?" 키턴이 고개를 들고 냅킨으로 자기 얼굴을 열심히 문지르며 물었다.

그녀는 테이블 너머로 수줍게 손을 내밀어 그의 손을 살짝 건드렸다. "다 좋아. 다 그냥…… 그냥 완벽해."

그녀는 손을 거두고 얼른 냅킨으로 눈가를 토닥여야 했다.

2

키턴은 프랑스어로 부프 보르긴인가 뭔가 하는 음식을 계속해서 맛있게 먹었다. 그가 행복해하는 이유는 단순했다. 어제 오후에 위닝 티켓을 참고해 선택한 말이 한 마리도 빠짐없이 1등으로 들어왔다. 심지어 10경주의 말라바는 서른 배를 터뜨렸다. 그는 외투 주머니에 만 팔천 달러도 넘는 돈을 챙겨 들고 구름 위를 걷는 기분으로 캐슬록에 돌아왔다. 그의 마권업자는 그 돈이 다 어디로 갔는지 아직도 궁금해하고 있을 것이었다. 키턴은 그 돈의 행방을 알았다. 그의 서재 벽장 뒤편에 안전하게 모셔져 있었다. 봉투 안에 들어 있었고, 봉투는 보물 같은 게임과 함께 위닝 티켓 상자 안에 있었다.

몇 달 만에 처음으로 단잠을 자고 일어났을 때 회계감사에 어떤 식으로 대처하면 좋을지 어렴풋이 묘안도 떠올랐다. 어렴풋한 정도로는 어림도 없었지만 그 끔찍한 편지를 받은 이후 그의 머릿속을 요란하게 어지럽혀온 암흑보다는 나았다. 경마장에서 한 번 돈을 땄을 뿐인데 머리가 돌아가기 시작하는 느낌이었다.

도끼가 떨어지기 전에 백 퍼센트 원상 복구가 불가능하다는 것만큼은 분명했다. 가을에 야간 운영을 하는 곳은 루이스턴 경마장 한 군데뿐이었고 거기는 규모가 작았다. 시골 축제를 돌며 몇천 달러를 번다 한들 그걸로도 부족했다. 루이스턴 경마장에서 여러 번 어젯밤 같은 성적을 낼 수도 없었다. 마권업자가 점점 경계하다가 결국에는 그의 베팅을 아예 거부할 것이다.

하지만 부분적으로나마 상환해 횡령의 규모를 최소한도로 줄일 수는 있을 것 같았다. 그리고 변명을 지어낼 수도 있었다. 확실한 개발 사업이 있었는데 터지지 않았다고. 끔찍한 판단 착오였지만…… 전적으로 책임을 지고 해결해나가는 중이라고. 비양심적인 사람이라면 이런 상황에 처했을 때 유예 기간 동안 공금에서 최대한 많은 금액을 횡령해 본국 송환이 어렵거나 아예 불가능한 곳(야자수도 많고 새하얀 모래사장도 많고 비키니를 입은 아가씨도 많은 화창한 곳)으로 진작 도주하지 않았겠느냐며 짚어줄 수도 있었다.

그들 중에 죄가 없는 사람은 돌을 던지라고 예수처럼 열변을 토할 수도 있었다. 그러면 그들은 멈칫할 것이다. 그들 가운데 주 정부의 금고에 한 번도 손을 댄 적 없는 사람이 있다면 그는 그 사람의 속옷을 먹을 수도 있었다. 그것도 통째로 꿀꺽.

그들은 그에게 시간을 줄 수밖에 없을 것이다. 이제 히스테리를 가라앉히고 이성적으로 상황을 점검해보니 그럴 거라고 확신할 수 있었다. 결국 그들은 정치인 아닌가. 언론이 댄 키턴을 박살 내고 나면 공금을 지킬 책임이 있는 자기들을 향해 총공세를 펼칠 거라는 걸 알 터였다. 공개 수사 아니면 (절대 있어서는 안 될) 횡령 재판의 뒤를 이어 어떤 질문들이 수면 위로 부상할지 알 터였다. 키턴 씨의 그 깜찍한 수작이 몇 년 전부터—회계연도로 답변해주시겠습니까?—이어져왔는지. 어째서 메인 주 세무국은 진작 냄새를 맡지 못했는지. 야심만만한 인간들로서는 곤혹스러운 질문이었다.

어찌어찌 타개할 수 있을 것 같았다. 백 퍼센트 장담할 수는 없지만 전망이 밝았다.

전부 릴런드 곤트 씨 덕분이었다.

아아, 그는 릴런드 곤트를 사랑했다.

"댄포스?" 머트가 수줍게 그를 불렀다.

그는 고개를 들었다. "응?"

"오늘처럼 행복한 날은 몇 년 만에 처음이야. 당신한테 그걸 알려주고 싶어서. 이렇게 즐거운 시간을 보낼 수 있어서 얼마나 고마운지. 그것도 당신과 함께 말이야."

"아!" 그는 외쳤다. 순간 희한한 현상이 벌어졌다. 맞은편에 앉아 있는 여자의 이름이 생각나지 않았다. "뭐, 머트, 나도 좋았어."

"오늘 저녁에도 경마장 갈 거야?"

"아니. 오늘은 그냥 집에 있을까 해."

"잘됐네." 그녀는 말했다. 사실 너무 감격스러워서 냅킨으로 눈가를 다시 토닥여야 했다.

그는 그녀를 보며 미소를 지었다. 처음 만나기 시작했을 때 그녀의 마음을 앗아간 그 옛날의 다정한 미소는 아니었지만 거의 비슷했다. "자, 머트! 디저트 먹을래?"

그녀는 키득거리며 그를 향해 냅킨을 펄럭였다. "정말 못 말린다니까!"

3

키턴의 집은 캐슬뷰에 자리 잡은 이층집이었다. 긴 오르막길로 이어진 터라 네티 코브가 그 앞에 다다랐을 무렵에는 다리가 아프고 몹시 추웠다. 여기까지 오는 동안 만난 행인은 서너 명뿐이었고 그녀를 제대로 쳐다본 사람은 아무도 없었다. 바람이 거세고 날카로워지기 시작했기 때문에 다들 외투 옷깃을 세우고 그 안으로 파묻히기 바빴다. 그녀가 키턴의 집 앞 진입로로 들어섰을 때 누군가가 보던 일요일판 《텔레그램》의 광고 전단이 길 위에서 춤을 추다가 이상하게 생긴 새처럼 파랗고 매서운 하늘 위로 날아갔다. 곤트 씨 말로는 버스터와 머틀이 집에 없을 거라고 했는데, 과연 곤트 씨가 제일 잘 알았다. 차고 문이 열려 있었고 버스터가 여봐란 듯이 몰고 다니는 캐딜락은 보이지 않았다.

네티는 진입로를 지나 현관문 앞에서 걸음을 멈추고 외투 왼쪽 주머니에서 장부와 스카치테이프를 꺼냈다. 레이더를 발치에 두고 집에서 텔레비전으로 일요 특선 영화를 보고 싶은 마음이 굴뚝같았다. 그녀는 이 일을 마치자마자 집으로 달려갈 작정이었다. 성가시게 뜨개질 같은 건 하지 않을 수도 있었다. 카니발 글라스 전등갓을 무릎에 얹어놓고 그냥 가만히 앉아 있을 수도 있었다. 그녀는 분홍색 딱지를 한 장 뜯어서 초인종 옆의 문패 위에 붙였다. "키턴" 그리고 "잡상인 사절"이라고 새겨진 문패였다. 테이프와 장부를 다시 왼쪽 주머니에 넣고 오른쪽 주머니에서 열쇠를 꺼내 구멍에 넣었다. 열쇠를 돌리기 전에 방금 전에 붙인 분홍색 딱지를 잠깐 살폈다.

춥고 피곤하긴 했어도 옅은 미소가 절로 나왔다. 특히 버스터의 평소 운전 습관을 감안했을 때 아주 재미있는 장난이었다. 아직까지 그의 차에 치여 죽은 사람이 없는 게 기적이었다. 그래도 계고장 맨 아래에 그녀의 이름을 적고 싶지는 않았다. 버스터가 어마어마하게 성질을 부릴 수 있으니까. 그는 어렸을 때부터 장난을 잘 받아주는 성격이 아니었다.

열쇠를 돌렸다. 잠금장치가 쉽사리 열렸다. 네티는 안으로 들어갔다.

4

"커피 더 마실래?" 키턴이 물었다.

"나는 됐어. 배가 터질 지경이야." 머틀은 미소를 지었다.

"그럼 집에 가자. 패트리어츠 팀 경기 보고 싶네." 그는 손목시계를 흘끗 확인했다. "서두르면 경기 시작하기 전에 도착할 수 있겠어."

머틀은 그 어느 때보다 행복한 기분을 만끽하며 고개를 끄덕였다. 텔레비전이 거실에 있으니, 댄이 중계를 보겠다는 건 곧 오후 내내 서재에 틀어박히지 않을 거라는 얘기였다. "그럼 얼른 가자."

키턴은 거만하게 한 손가락을 들었다. "웨이터? 계산서 부탁해요."

5

네티는 어서 빨리 집에 가고 싶던 마음이 사라졌다. 버스터와 머틀의 집이 마음에 들었다.

일단 따뜻했다. 그리고 안으로 들어왔더니 생각지도 못했던 능력을 손에 쥔 것 같았다. 마치 두 사람의 삶의 이면을 구경하는 듯한 느낌이었다. 먼저 2층으로 올라가 모든 방을 훑어보았다. 아이가 없는 걸 감안하면 방이 많은 편이었지만, 그녀의 어머니가 입버릇처럼 얘기했다시피 여유가 되는데 뭔들 안 될 게 있겠는가.

머틀의 서랍장을 열고 어떤 속옷이 있는지 살폈다. 고급 실크도 있었지만 대부분 낡아 보였다. 옷장에 걸려 있는 옷들도 마찬가지였다. 네티는 화장실로 자리를 옮겨 수납장에 어떤 약이 있는지 살핀 다음 거기서 바느질 방으로 건너가 인형을 구경하며 감탄했다. 집이 훌륭했다. 근사했다. 여기 사는 남자가 개똥이라는 사실이 안타까울 따름이었다.

네티는 손목시계를 흘끗 확인하고 이제 분홍색 딱지를 붙여야겠다는 결론을 내렸다. 안 그래도 그럴 참이었다.

1층 구경을 마치자마자 당장 시작할 것이다.

6

"댄포스, 너무 빨리 달리는 거 아니야?" 나무를 싣고 천천히 달리던 트럭을 추월하자 머틀이 숨을 헐떡이며 물었다. 반대편에서 달려오는 차량이 경적을 울리는 가운데 키턴은 얼른 운전대를 꺾어서 제 차로로 돌아갔다.

"경기가 시작하기 전에 도착하고 싶어." 그는 말하며 메이플슈거로드 쪽으로 좌회전했고 "캐슬록 13킬로미터"라고 적힌 표지판을 지났다.

7

네티는 텔레비전을 켜고—이 집에는 미쓰비시에서 만든 큼지막한 컬러텔레비전이 있었다—일요 특선 영화를 조금 봤다. 에바 가드너와 그레고리 펙이 출연하는 영화였다. 그레고리가 에바와 사랑에 빠진 듯했지만 확실하지는 않았다. 다른 여자와 사랑에 빠졌을 수도 있었다. 핵전쟁이 벌어졌다. 그레고리 펙이 잠수함 조종사였다. 재미있는 구석이 하나도 없어서 네티는 텔레비전을 끄고 분홍색 딱지를 화면에 붙인 뒤 부엌으로 들어갔다. 찬장에 뭐가 있는지 보고(접시는 코렐이라 아주 훌륭했지만 냄비와 프라이팬은 별로 내세울 만한 브랜드가 아니었다) 냉장고 문을 열었다. 콧잔등을 찡그렸다. 먹다 남긴 음식들이 너무 많았다. 먹다 남긴 음식들이 너무 많다는 건 살림이 허술하다는 증거였다. 버스터는 이런 상황을 모를 것이다. 그렇다는 데 그녀의 신발을 걸 수도 있었다. 버스터 키턴 같은 남자들은 지도와 맹도견이 있어도 부엌에서 길을 헤맨다.

그녀는 손목시계를 다시 한번 확인하고 작업에 착수했다. 집 안을 둘러보느라 시간을 많이 허비했다. 너무 많이 허비했다. 그녀는 얼른 분홍색 딱지를 뜯어서 여기저기 붙이기 시작했다. 냉장고, 전기레인지, 차고로 나가는 입구의 부엌 벽에 걸린 전화기, 식당의 찬장. 작업 속도가 빨라질수록 점점 더 불안해졌다.

8

네티가 막 작업에 착수했을 때 키턴의 빨간색 캐딜락이 틴 브리지를 지나 캐슬뷰 쪽으로 워터밀 레인을 달리기 시작했다.

"댄포스?" 머틀이 갑자기 물었다. "어맨다 윌리엄스 집에 나 좀 내려줄 수 있어? 약간 돌아가야 한다는 건 알지만 내 퐁뒤 냄비가 그 집에 있거든. 내가……." 수줍은 미소가 다시금 그녀의 얼굴을 장식했다. "내가 당신 먹을, 우리 먹을 음식을 좀 만들어볼까 해서. 미식축구 경기 보면서 먹을 수 있게. 당신은 그냥 데려다주기만 하면 돼."

그는 윌리엄스의 집까지 가려면 한참 돌아가야 하고, 경기가 이제 언제 시작할지 모른다고, 빌어먹을 퐁뒤 냄비는 내일 찾아와도 되지 않느냐고 얘기하려고 했다. 게다가 그는 뜨겁고 줄줄 흐르는 치즈를 좋아하지도 않았다. 그 빌어먹을 음식에는 세균이 우글거릴 게 분명했다.

그러다 생각을 바꾸었다. 그를 제외하면 행정위원회는 두 명의 남자 바보와 한 명의 여자 바보로 이루어져 있었다. 어맨다 윌리엄스가 그 여자 바보였다. 그는 금요일에 이발사 빌 풀러턴과 캐슬록에 한 명밖에 없는 장의사 해리 새뮤얼스를 일부러 찾아갔었다. 일상적인 방문인 척했지만 사실은 아니었다. 세무국에서 그들에게도 공문을 보냈을 가능성이 있었다. 아닌 걸 확인하고—아직까지는 그랬다—안심했지만 윌리엄스 그 여자는 금요일에 출타중이었다.

"알았어." 그는 말하고 이렇게 덧붙였다. "공무와 관련해서 새롭게 생긴 일이 있는지 물어봐줘. 혹시 내가 연락해야 될 만한 일이 있는지."

"아, 여보, 내가 그런 얘기 제대로 기억 못 하는 거 당신도……."

"알지. 하지만 물어봐줄 수는 있잖아, 아니야? 물어보지도 못할 만큼 머리가 멍청한 것도 아니고, 안 그래?"

"그렇지." 그녀는 조그만 목소리로 얼른 대답했다.

그는 그녀의 손을 토닥였다. "미안."

그녀는 깜짝 놀란 얼굴로 그를 쳐다보았다. 그가 사과를 하다니. 지금까지 결혼 생활을 하는 동안 그런 적이 혹시나 있었다 해도 그게 언제였는지 기억조차 나지 않았다.

"주 정부에서 요즘 들어 귀찮게 한 적 없는지 물어봐." 그가 말했다. "토지 사용 규정이라든가 벌어먹을 하수 처리나…… 세금 문제로. 나중에 내가 직접 찾아가서 물어보겠지만 경기 시작 전에 꼭 들어가고 싶어서."

"알았어, 댄."

윌리엄스의 집은 캐슬뷰 중간에 있었다. 키턴은 진입로로 캐딜락을 몰고 들어가 그 여자의 차 뒤에 세웠다. 그 차는 당연히 외제차였다. 볼보였다. 아마 그녀는 은밀한 공산주의자이거나 레즈비언이거나 아니면 둘 다일 것이다.

머틀은 자기 쪽 문을 열고 다시금 수줍으면서도 살짝 불안한 미소를 지어 보이며 차에서 내렸다.

"삼십 분 안으로 들어갈게."

"그래. 공무와 관련해서 새로운 소식 없는지 물어보는 거 잊지마." 그는 말했다. 머틀이 어맨다 윌리엄스에게서 듣고 전하는 얘기 중에—뭐라는지 잘 알아들을 수 없을 게 분명했지만—키턴의 뒷덜미 털을 한 올이라도 곤두세우게 만드는 게 있다면 내일 직접 개인적으로 그 여자를 찾아가 확인할 것이었다. 오늘 오후는 아니었다. 오늘 오후는 그의 것이었다. 지금은 기분이 너무 좋아서 어맨다 윌리엄스와 잡담을 나누기는커녕 쳐다보기도 싫었다.

머틀이 차문을 닫자마자 그는 캐딜락을 돌려서 다시 도로로 나섰다.

9

마지막 분홍색 딱지를 키턴의 서재 벽장문에 붙인 순간, 네티는 차가 진입로로 들어서는 소리를 들었다. 숨죽인 비명이 그녀의 목구멍에서 터져 나왔다. 잠시 그 자리에서 그대로 얼어붙은 채 옴짝달싹할 수 없었다.

들켰어! 캐딜락의 대형 엔진에서 나오는 부드럽고 육중한 소리를 들으며 그녀는 속으로 비명을 질렀다. 들켰다고! 아, 자비로우신 우리 주 예수님, 제가 들켰어요! 저자가 저를 죽이려 들 거예요!

이에 대답하는 곤트의 목소리가 들렸다. 이제는 다정하지 않았다. 냉랭한 명령조의 말이 그녀의 머릿속 한가운데 깊숙한 곳에서 흘러나왔다. 들키면 그의 손에 죽을지도 모르지, 네티. 겁에 질리면 들킬 게 분명하고. 해결책은 간단해. 겁에 질리지 않는 거. 방에서 나와. 얼른. 뛰지는 말고 빠르게 걸어. 최대한 조용히.

그녀는 "곤트 씨가 제일 잘 알지"라고 호칭 기도처럼 나지막이 중얼거리며 막대처럼 뻣뻣한 다리를 움직여서 서재 바닥에 깔린 터키산 중고 카펫을 얼른 지나 거실로 들어갔다. 온 사방에서 정사각형의 분홍색 종이가 그녀를 노려보는 듯했다. 그중 하나는 기다란 테이프로 정중앙의 조명등에 매달린 채 대롱거리고 있었다.

이제 엔진 소리가 공허하게 울렸다. 버스터가 차고로 들어선 것이었다.

나가, 네티! 얼른! 지금이 유일한 기회야!

그녀는 거실을 잽싸게 가로지르다 무릎 방석에 발이 걸리는 바람에 대자로 넘어졌다. 바닥에 머리를 어찌나 세게 부딪혔던지 하마터면 정신을 잃을 뻔했지만 조그만 카펫의 얇은 쿠션 덕분에 그런 사태는 모면할 수 있었다. 눈부신 공 모양의 빛이 눈앞을 번쩍 갈랐다. 이마에서 피가 흐르고 있다는 걸 어렴풋이 느끼며 허둥지둥 일어나 현관문 손잡이를 향해 더듬더듬 손을 내밀었을 때 차고에서 시동이 꺼졌다. 그녀는 겁에 질린 눈빛으로 어깨 너머 부엌 쪽을 흘끗 돌아보았다. 차고와 연결된 문이 보였다. 그가 그 문으로 들어올 것이다. 그 문에도 분홍색 딱지가 붙어 있었다.

손안에서 문손잡이가 돌아갔지만 문이 열리지 않았다. 꽉 끼어버린 것 같았다.

차고 쪽에서 키턴이 묵직하게 휘익 탕 하고 차문을 닫는 소리가 들렸다. 뒤를 이어 자동으로 여닫히는 차고 문이 덜커덩거리며 내려왔다. 부스럭거리며 콘크리트 바닥을 걸어오는 그의 발소리가 들렸다. 버스터는 휘파람을 불고 있었다.

이마에서 흐르는 피로 시야가 가려진 채 네티는 미친 듯이 이리저리 시선을 돌리다 회전 래치를 발견했다. 그게 돌려져 있었다. 그래서 문이 열리지 않았던 것이다. 기억은 나지 않지만 들어오면서 그녀가 돌려놓은 모양이었다. 위로 올려서 문을 열고 밖으로 나섰다.

그로부터 일 초도 지나지 않았을 때 차고와 부엌을 연결하는 문이 열렸다. 댄포스 키턴이 외투 단추를 풀며 안으로 들어서다가 걸음을 멈추었다. 휘파람이 입술 위에서 그대로 멎었다. 그는 아래쪽 단추를 풀다 말고 입술을 오므린 채 그 자리에 서서 부엌을 두리번거렸다. 눈이 점점 휘둥그레졌다.

그때 당장 거실 창가로 갔다면 단추가 풀린 외투를 박쥐 날개처럼 펄럭이며 잔디밭을 미친 듯이 달리는 네티를 볼 수 있었을 것이다. 그녀의 정체는 파악하지 못했어도 여자라는 건 알았을 테고 그랬더라면 이후의 사태가 상당히 달라졌을지 모른다. 하지만 수많은 분홍색 딱지를 본 순간 그는 그 자리에서 얼어붙었고, 처음 그를 강타한 충격 속에서 그가 떠올릴 수 있는 건 딱 한 단어뿐이었다. 그 단어가 새빨간 글씨로 적힌 거대한 네온사인처럼 그의 머릿속에서 깜빡거렸다. 박해자들! 박해자들! 박해자들!

10

네티는 인도에 다다르자 전속력으로 캐슬뷰를 달려 내려갔다. 단화 뒤축이 덜거덕거리며 공포의 북소리를 냈고 다른 발소리도 들리는 것 같았다. 버스터가 뒤에서 그녀를 쫓아오고 있었다. 버스터에게 붙잡히면 맞을 수도 있지만…… 중요한 건 그게 아니었다. 맞는 것보다 더 심각한 사태가 벌어질 수도 있었다. 버스터는 이 마을의 유력 인사라 마음만 먹으면 얼마든지 그녀를 주니퍼힐 치료감호소로 돌려보낼 수 있었다. 그렇기 때문에 네티는 달렸다. 이마를 타고 흘러 내려온 피가 눈으로 들어가자 순간 캐슬뷰의 근사한 집들이 전부 피를 흘리기라도 하는 듯 온 사방이 옅은 빨간색으로 보였다. 그녀는 외투 소매로 피를 훔치고 계속 달렸다.

인도에는 인적이 없었고, 일요일 이른 오후에 집을 지키고 있던 사람들은 대부분 패트리어츠 대 제츠의 미식축구 경기에 시선을 고정하고 있었다. 네티를 본 사람은 딱 한 명뿐이었다.

엄마와 함께 할아버지를 만나러 포틀랜드에 갔다가 이틀 전에 돌아온 탠시 윌리엄스가 곰 인형 오언을 왼쪽 허리춤에 안고 막대사탕을 빨아먹으며 거실 창밖을 내다보고 있을 때 네티가 날개를 나부끼며 지나갔다.

"엄마, 방금 전에 어떤 아줌마가 이 앞을 뛰어갔어요." 탠시가 보고했다.

어맨다 윌리엄스는 머틀 키턴과 부엌에 앉아 있었다. 커피를 마시는 중이었다. 퐁뒤 냄비가 그들 사이 식탁 위에 놓여 있었다. 방금 전에 머틀이 댄이 알고 있어야 할 공무가 있느냐고 물었고 어맨다는 참 이상한 질문이라고 생각하던 참이었다. 궁금한 게 있으면 왜 버스터가 직접 찾아오지 않았을까? 아니, 애당초 일요일 오후에 그런 걸 물어보는 이유가 뭘까?

"아가, 엄마 지금 키턴 부인이랑 얘기중이잖니."

"피를 흘리고 있었어요." 탠시가 더욱 자세하게 보고했다.

어맨다는 머틀을 보며 미소를 지었다. "버디한테 〈위험한 정사〉를 빌려 오더라도 탠시를 재운 다음 봐야 한다고 그랬죠."

한편 네티는 계속 달렸다. 캐슬뷰와 로렐이 만나는 네거리에 다다랐을 때는 어쩔 수 없이 달리기를 멈추어야 했다. 공립 도서관의 둥그스름한 돌담이 잔디밭을 감싸고 있었다. 그녀는 거기 기대선 채, 뺨을 할퀴고 외투 자락을 낚아채는 바람을 맞으며 숨을 헐떡이는 한편으로 흐느꼈다. 두 손으로는 심하게 욱신거리는 왼쪽 옆구리를 눌렀다.

언덕 쪽을 돌아보니 길거리에 아무도 없었다. 버스터는 쫓아오지 않았다. 그녀의 착각이었다. 어느 정도 시간이 지나서야 얼굴에 묻은 피를 조금이나마 닦아볼 정신이 들어 외투 주머니를 뒤졌다. 화장지를 찾다가 버스터의 집 열쇠가 없어진 것을 알아차렸다. 언덕을 달려 내려오는 동안 주머니에서 떨어졌을 수도 있었지만 현관문에 꽂아둔 채로 두고 온 것 같았다. 하지만 그런 게 다 무슨 상관인가. 버스터에게 들키기 전에 빠져나왔다는 게 중요했다. 그녀는 애초에 버스터의 집에 들어간 것이 곤트 때문이었다는 사실을 까맣게 잊고 아슬아슬한 순간 곤트의 목소리가 들린 것에 대해 하늘에 감사했다.

화장지에 묻은 핏자국을 보니 다행히 많이 찢어지지는 않은 모양이었다. 피가 점점 멎어가는 듯했다. 옆구리가 욱신거리던 것도 점점 가라앉았다. 그녀는 돌담에서 몸을 일으키고 상처가 보이지 않도록 고개를 숙인 채 집을 향해 터벅터벅 걸음을 옮기기 시작했다.

집, 그걸 생각해야 했다. 집과 예쁜 카니발 글라스 전등갓을. 집과 일요 특선 영화를. 집과 레이더를. 집에 들어가서 문을 잠그고 블라인드를 내리고 텔레비전을 켜고 발치에서 잠이 든 레이더를 보면 모든 게 하룻밤 악몽처럼 느껴질 것이다. 남편을 죽인 후 치료감호소에서 꾸었던 꿈처럼 말이다.

집, 거기가 그녀가 있어야 할 곳이다.

네티는 발걸음을 재촉했다. 집까지 얼마 남지 않았다.

11

피터와 윌마 저직은 미사가 끝난 뒤 펄래스키 부부와 가벼운 점심을 먹었고, 점심 식사를 마친 뒤에 피터와 제이크 펄래스키는 패트리어츠가 제츠를 박살 내는 경기를 시청하기 위해 텔레비전 앞에 자리를 잡고 앉았다. 윌마는 미식축구에 눈곱만큼도 관심이 없었다. 야구나 농구나 하키도 마찬가지였다. 그녀가 좋아하는 프로스포츠는 레슬링뿐이었고, 피터는 몰랐지만 제이 스트롱보 추장*을 위해서라면 단박에 그를 버릴 수도 있었다.

그녀는 프리다의 설거지를 거들고 집에 가서 일요 특선 영화 뒷부분을 봐야겠다고 말했다. 그레고리 펙이 출연한 〈그날이 오면〉이었다. 그녀는 피터에게 차를 가지고 간다고 말했다.

"알았어." 그는 텔레비전에 시선을 고정한 채 말했다. "나는 걸어가면 되니까 상관없어."

"건강에 우라지게 좋겠네." 그녀는 들릴락 말락 하게 중얼거리며 밖으로 나갔다.

윌마는 사실 기분이 좋았다. 가장 큰 이유는 카지노 나이트였다. 예상과 달리 브리검 신부가 약한 모습을 보이지 않았을 뿐 아니라, 그날 아침 '각자의 꽃밭은 각자 가꾸게 하소서'라는 제목으로 설교를 했을 때 지은 표정도 마음에 들었다. 말투는 평소처럼 부드러웠지만 파란 눈이나 앞으로 내민 턱은 전혀 부드럽지 않았다. 꽃밭 운

* 미국의 프로레슬링 선수.

운하는 복잡한 비유에 윌마는 물론이고 어느 누구도 속아 넘어가지 않았다. 침례교도들이 가톨릭교회의 당근 밭에 몰려와서 자꾸 감 놔라 배 놔라 하면 단체로 박살 내주겠다는 뜻이었다.

누굴 박살 내는 상상을 하면(더군다나 이 정도 규모라니) 윌마는 항상 기분이 좋아졌다.

오로지 그 이유 하나만으로 윌마의 일요일이 즐거워진 건 아니었다. 오늘만큼은 일요일이라고 진수성찬을 차릴 필요가 없었고 피터는 제이크와 프리다에게 안전하게 맡겨놓았다. 운이 좋으면 그가 오후 내내 서로 비장을 터뜨리려고 기를 쓰는 남자들을 구경하는 동안 그녀는 조용히 영화를 볼 수 있을 터였다. 하지만 먼저 오랜 친구 네티에게 전화를 걸까 싶었다. 또라이 네티를 제대로 위협한 것 같아서 아주 다행이었지만…… 그걸로는 부족했다. 그걸로는 절대 부족하고말고. 당사자가 알거나 말거나, 네티에게는 시트에 진흙 칠갑을 한 앙갚음을 해야 했다. 1991년 올해의 또라이에게 추가 조치를 취할 때가 됐다. 기대감에 부푼 윌마는 최대한 빨리 집을 향해 차를 달렸다.

12

댄포스 키턴은 꿈을 꾸는 사람처럼 냉장고 앞으로 다가가 붙어 있는 분홍색 딱지를 떼어냈다. 맨 위에 검은색으로

교통법규 위반 계고장

이라고 인쇄되어 있었다. 그 아래에는 이런 메시지가 있었다.

계고장에 불과하지만 읽고 유념해주시기 바랍니다!

귀하는 교통법규를 한 개 또는 그 이상 위반하였습니다. 이번 한 번은 '경고'로 끝내지만 귀하의 차량 제조사와 모델, 번호가 기록되었으니 차후에는 벌금이 부과됩니다. 교통법규는 모두를 위한 것임을 기억해주시기 바랍니다.

안전 운전!

무사 귀가!

협조해주셔서 감사합니다!

이런 설교 아래로 "제조사", "모델", "차량 번호"라고 적힌 공란이 이어졌다. 딱지의 첫 번째와 두 번째 칸에는 "캐딜락 세빌"이라고 적혀 있었고, 차량 번호의 공란에는 이런 글자가 있었다.

BUSTER 1

방향 지시등 위반, 정지신호 위반, 불법 주차와 같은 일반적인 교통법규 중에서 뭘 위반했는지 체크하는 리스트가 이 딱지의 면적 대부분을 차지했다. 아무 칸에도 체크가 되어 있지 않았다. 아래쪽에 "기타 위반 사항"이라는 글자와 그 밑으로 두 줄짜리 공란이 있었는데, 바로 거기 체크가 되어 있었다. 공란에 위반 내역이 고딕체로 조그맣고 깔끔하게 적혀 있었다.

캐슬록에서 둘째가라면 서러울
개짓거리를 자행함.

제일 하단에 밑줄이 있고 그 아래에 "발부 경관"이라는 글자가 보였다. 이 밑줄에 노리스 리지윅의 고무인이 찍혀 있었다.

키턴은 천천히, 아주 천천히 분홍색 딱지를 주먹으로 감쌌다. 딱지가 부스럭거리며 접히고 구겨지다가 마침내 키턴의 큼지막한 손마디 안쪽으로 자취를 감추었다. 그는 부엌 한복판에 서서 다른 분홍색 딱지들을 둘러보았다. 이마 정중앙의 핏줄 하나가 박자에 맞춰 펄떡거렸다.

"죽여버리겠어." 키턴은 속삭였다. "그 말라비틀어진 개새끼를 죽여버리고 말겠어."

13

네티가 집에 도착했을 때는 겨우 1시 20분밖에 안 됐지만 몇 달, 심지어 몇 년 동안 집을 비운 기분이었다. 현관문까지 시멘트 길을 걸어가는 사이 보이지 않는 납덩이처럼 어깨 위에 얹혀 있던 공포가 스르르 벗겨졌다. 넘어져서 부딪힌 머리가 아직까지 욱신거렸지만 아무에게도 들키지 않고 무사히 집으로 돌아올 수 있었던 것에 비하면 두통이야 아주 하찮은 대가였다.

집 열쇠는 잃어버리지 않았다. 그건 원피스 주머니에 들어 있었다. 네티는 열쇠를 꺼내 구멍에 넣었다. "레이더?" 그녀는 열쇠를 돌리며 외쳤다. "레이더, 엄마 왔다!"

문이 열렸다.

"우리 이쁜 꼬맹이 어디 있쪄까? 어디 숨었쪄까? 배고파쪄?" 현관 앞이 어두컴컴해서 바닥에 쓰러져 있는 조그만 털 뭉치가 보이지 않았다. 그녀는 열쇠를 들고 안으로 들어섰다. "우리 이쁜 꼬맹이 배고파쪄? 너어어무 배고파서……."

그녀의 발이 뻣뻣하면서도 물컹한 무언가에 부딪혔고, 이에 목에서 나오던 혀짤배기소리가 갑작스레 끊겼다. 그녀는 시선을 떨구어 레이더를 보았다.

눈앞에 보이는 광경에 처음에는 그럴 리 없다고 부인했다. 아니라고, 아니라고, 아니라고, 가슴에 뭔가를 꽂고 바닥에 쓰러져 있는 저것이 레이더일 리가 없었다. 어떻게 그럴 수가 있겠는가.

그녀는 문을 닫고 미친 듯이 한 손을 허우적거리며 벽에 달린 스위치를 찾았다. 마침내 현관 불이 번쩍 쏟아졌고, 그녀는 보았다. 레이더가 바닥에 쓰러져 있었다. 몸을 긁어달라고 할 때처럼 등을 댄 채 누워 있는데, 빨간색의 무언가가 몸에 꽂혀 있었다. 마치…… 마치…….

네티는 귀청을 찌를 듯한 비명을 내지르며—거대한 모기가 우는 소리 같았다—강아지 옆에 무릎을 꿇고 주저앉았다.

"레이더! 오 자비로우신 우리 주 예수님! 오 주님, 레이더, 죽은 거 아니지, 응? 죽은 거 아니지?"

그녀는 방금 전에 스위치를 찾을 때 그랬던 것처럼 레이더의 가슴에 꽂혀 있는 빨간색 물건을 향해 손을, 차갑고 또 차가운 손을 허우적거렸다. 마침내 손이 거기에 닿자 상심과 충격의 우물 가장 깊숙한 곳에서 길어낸 온 힘을 동원해 잡아 뽑았다. 코르크 오프너가 뭔가를 찢는 빽빽한 소리와 함께 빠져나오자 살점과 핏덩어리와 털뭉치가 딸려 나왔다. 그 자리에는 40구경 총알만 한 크기의 너덜너덜하고 시커먼 구멍이 남았다.

"레이더!" 그녀는 울부짖었다. "내 예쁜 강아지! 안 돼! 안 돼!" 녀석을 품에 안고 앞뒤로 흔들며 자신의 온기로 다시 생명을 불어넣으려 했지만 줄 수 있는 온기가 없었다. 추웠다. 너무 추웠다.

잠시 후에 그녀는 녀석의 시신을 다시 바닥에 내려놓고, 살상에 쓰인 코르크 오프너가 손잡이 밖으로 튀어나와 있는 스위스 아미 칼을 더듬더듬 찾았다. 멍하니 그걸 집어 들었지만 얼떨떨함이 조금 가시고 나서야 살상 무기에 꽂힌 쪽지가 눈에 들어왔다. 아무 감각이 없는 손가락으로 쪽지를 뽑아서 눈앞에 갖다 댔다. 가엾은 강아지가 흘린 피로 종이가 뻣뻣해졌지만 그 위에 뭐라고 휘갈겨 썼는지는 읽을 수 있었다.

누가 감히 깨끗하게 빨아놓은 시트에 진흙을 던지나. 내가 가만두지 않겠다고 했지!

상심과 충격으로 정신을 못 차리던 네티의 눈빛이 서서히 달라졌다. 섬뜩한 지력과도 같은 것이 칙칙한 은빛으로 반짝거렸다. 사태를 파악했을 때 귀신처럼 새하얬던 두 뺨은 짙은 빨간색으로 채워지기 시작했다. 그녀는 입술을 천천히 뒤로 당겨 쪽지를 향해 이를 드러냈다. 네 단어가 뜨겁고 거칠게, 쉰 소리로 그녀의 입에서 흘러나왔다.

"이…… 개 같은 년!"

그녀는 쪽지를 구깃구깃 뭉쳐서 저쪽 벽을 향해 던졌다. 벽에 맞고 튕겨져 나온 쪽지가 레이더의 시체 옆에 떨어졌다. 네티는 그 위로 달려들어 쪽지를 집어서 침을 뱉었다. 그런 다음 다시 던졌다. 자리에서 일어나 손을 폈다가 홱 주먹을 쥐었다가, 다시 폈다가 홱 주먹을 쥐어가며 천천히 부엌 쪽으로 걸어갔다.

14

월마 저직은 노란색 조그만 유고를 몰고 집 앞 진입로로 들어가 차에서 내린 뒤 핸드백에서 집 열쇠를 찾으며 현관문을 향해 성큼성큼 걸어갔다. 들릴락 말락 하게 〈사랑은 세상을 움직이게 하고〉를 흥얼거리고 있었다. 그녀는 열쇠를 찾아서 구멍에 넣었다가…… 어떤 불규칙적인 움직임이 언뜻 시야에 들어오자 동작을 멈추었다. 오른쪽으로 고개를 돌린 그녀는 이내 맞닥뜨린 광경에 입을 떡 벌렸다.

거실 커튼이 오후의 상쾌한 바람을 맞으며 펄럭이고 있었다. 집 밖으로. 커튼이 집 밖으로 펄럭이는 이유는 전망창이, 삼 년 전에 자기네 멍청한 아들이 야구를 하다가 깨뜨리는 바람에 클루니 부부가 사백 달러를 부담해야 했던 그 창이 산산조각 났기 때문이었다. 기다란 화살 모양의 유리 조각이 창틀에 박힌 채 한가운데 난 구멍을 가리키고 있었다.

"아니, 이게 뭐야?" 이렇게 외친 윌마는 열쇠를 부러뜨릴 기세로 세게 돌렸다.

그녀는 등 뒤로 문을 쾅 소리나게 닫고 안으로 달려 들어갔다가 그 자리에서 얼어붙었다. 윌마 바들롭스키 저직이 몸을 움직일 수 없을 만큼 충격을 받은 건 어른이 된 이래 처음이었다.

거실이 난장판이었다. 아직 할부금을 열한 번 더 내야 하는 멋진 대형 텔레비전이 박살 났다. 시커먼 내장재에서 연기가 피어오르고 있었다. 브라운관은 수천 조각으로 카펫 위에서 반짝거렸다. 반대편 벽에는 큼지막한 구멍이 뚫려 있었다. 빵 덩이처럼 생긴 큼지막한 꾸러미가 구멍 아래에 있었다. 또 다른 꾸러미는 부엌으로 나가는 문간에 떨어져 있었다.

그녀는 문을 닫고 문간에 있는 꾸러미 쪽으로 다가갔다. 혼비백산한 머릿속 한구석에서 조심하라고, 폭탄일지 모른다고 중얼거리는 소리가 들렸다. 텔레비전 앞을 지나자 불쾌한 냄새가 훅하고 그녀를 덮쳤다. 그을린 단열재와 타버린 베이컨이 섞인 냄새였다.

문간에 놓인 꾸러미 옆에 쭈그리고 앉아 살펴보니 꾸러미가 아니었다. 적어도 일반적인 의미의 꾸러미는 아니었다. 줄이 그어진 공책으로 싸서 고무줄로 묶은 돌멩이였다. 그녀는 공책을 펼쳐서 다음과 같은 문구를 읽었다.

나 건드리지 말라고 했을 텐데.

이번이 마지막 경고다.

이걸 두 번 읽고 다른 돌멩이 쪽으로 고개를 돌렸다. 그쪽으로 건너가 고무줄로 묶인 종이를 펼쳤다. 똑같은 공책에 똑같은 문구가 적혀 있었다. 그녀는 쭈글쭈글한 종이를 양손에 하나씩 들고 일어나 열띤 탁구 시합을 관람하는 관람객처럼 종이 둘을 번갈아 쳐다보았다. 마침내 그녀가 네 단어를 내뱉었다.

"네티, 이 망할 년."

그녀는 부엌으로 들어가 거친 휘파람 소리를 내며 앙다문 잇새로 숨을 들이마셨다. 전자레인지에서 돌멩이를 꺼내다 유리에 손을 베자 손바닥에 박힌 유리 조각을 멍하니 뽑아내고 돌멩이에 묶인 종이를 펼쳤다. 같은 문구가 적혀 있었다.

윌마는 1층의 다른 방을 잽싸게 돌아다니며 추가 피해 상황을 파악했다. 쪽지를 모두 수거했다. 모두 같았다. 잠시 후에 그녀는 다시 부엌으로 돌아갔다. 믿기지 않는다는 듯이 난장판을 바라보았다.

"네티." 그녀는 다시 중얼거렸다.

그녀를 감싸고 있던 충격의 빙산이 마침내 녹아내리기 시작했다. 맨 처음 그걸 대체한 감정은 분노가 아니라 의구심이었다. 아니, 그 여자 정말 미쳤나 봐. 그녀는 이런 생각을 했다. 나한테, 다른 누구도 아닌 나한테 이런 짓을 저지르고도 해가 질 때까지 목숨을 부지할 수 있으리라 생각하다니 미친 게 분명하고말고. 내가 시골에서 올라온 촌뜨기라도 되는 줄 아는 모양이지?

윌마는 와락 쪽지를 움켜쥐었다. 허리를 숙인 뒤 주먹 위로 삐져나온 부분을 펑퍼짐한 엉덩이에 대고 씩씩하게 문질렀다.

"네 마지막 경고로 내 궁뎅이나 닦아주마!" 그녀는 이렇게 외치고 쪽지를 던졌다.

놀란 어린아이 같은 눈빛으로 다시 한번 부엌을 둘러보았다. 구멍이 난 전자레인지. 큼지막하게 움푹 팬 아마나 냉장고. 온 사방을 덮은 유리 조각. 다른 방에는 뜨끈한 개똥이 가득 담긴 튀김기 같은 냄새를 풍기게 된, 천육백 달러짜리 텔레비전. 이 모든 짓을 저지른 범인이 누구지? 누구일까?

누구긴 누구야, 네티 코브지. 1991년 올해의 또라이.

윌마의 얼굴 위로 미소가 번졌다.

윌마를 모르는 사람이 보았다면 다정한 미소, 친절한 미소, 사랑과 선의가 담긴 미소인 줄 알았을 것이다. 그녀의 두 눈은 뭔지 모를 강렬한 감정으로 반짝였다. 아무것도 모르는 사람이 보았다면 터질 듯한 기쁨으로 반짝이는 줄 알았을 것이다. 하지만 그녀를 가장 잘 아는 피터 저직이 그 순간 그녀의 얼굴을 보았다면 걸음아 날 살려라, 줄행랑을 놓을 게 분명했다.

"아니야." 윌마는 어루만지는 듯한 목소리로 나지막이 속삭였다. "아니야, 자기야. 자기가 몰라서 그래. 윌마한테 엿을 먹이면 어떻게 되는지 자기가 몰라서 그래. 윌마 바들롭스키 저직한테 엿을 먹이면 어떻게 되는지 자기가 전혀 몰라서 그렇다니까."

그녀의 미소가 점점 커졌다.

"이제 알게 될 거야."

전자레인지 옆쪽에 자석 막대 두 개가 붙어 있었다. 브라이언이 전자레인지에 던진 돌멩이 때문에 여기에 매달려 있던 칼들이 대부분 떨어져 조리대 위에 놀이용 나무 블록처럼 대충 쌓여 있었다. 윌마는 그중에서 가장 길고 뼈로 만든 흰색 손잡이가 달린 킹스퍼드 뼈 칼을 집어서 다친 손바닥에 대고 천천히 문질러 칼날에 피를 묻혔다.

"네가 알아야 할 모든 걸 가르쳐주지."

윌마는 칼자루를 주먹에 쥐고 깨진 유리창과 텔레비전 브라운관에서 나온 유리 조각을 교회 갈 때 신는 검은색 낮은 굽 구두로 으드득으드득 밟아가며 거실을 가로질렀다. 문도 닫지 않고 나와서 포드 스트리트 쪽으로 잔디밭을 건넜다.

15

윌마가 조리대 위에서 칼을 고르고 있었던 바로 그 시각, 네티 코브는 부엌 서랍에서 고기용 식칼을 꺼내고 있었다. 이발사 빌 풀러턴이 날을 갈아준 지 한 달도 안 됐기 때문에 날카롭다는 걸 알았다.

네티는 몸을 돌려서 현관문을 향해 천천히 걸어가다가 레이더 옆에서 잠깐 걸음을 멈추고 무릎을 꿇고 앉았다. 아무한테 아무 잘못도 저지른 적 없는 딱한 강아지였다.

"나는 경고했어." 그녀는 레이더의 털을 쓰다듬으며 나지막이 중얼거렸다. "나는 경고했다고. 미친 폴란드 여자한테 기회를 줬어. 줄 수 있는 모든 기회를 줬지. 사랑하는 내 새끼, 기다려, 엄마가 금방 뒤따라갈 테니까."

그녀는 일어나서 집 밖으로 나갔다. 월마가 그랬듯이 그녀도 문 따위는 신경 쓰지 않았다. 보안에는 더이상 관심이 없었다. 그녀는 현관 앞 계단에 서서 심호흡을 몇 번 한 다음 윌로 스트리트 쪽으로 잔디밭을 가로질렀다.

16

댄포스 키턴은 서재로 달려 들어가 벽장 문을 홱 열고 맨 뒤편까지 기어 들어갔다. 보드게임이 없어진 줄 알고, 사사건건 참견하며 박해하는 부보안관 새끼가 자기 미래와 함께 들고 간 줄 알고 순간 등골이 오싹했다. 하지만 손끝이 상자에 닿았다. 뚜껑을 열자 양철로 만든 경기장이 여전히 들어 있었다. 봉투도 여전히 그 아래에 숨겨져 있었다. 그는 봉투를 앞뒤로 구부려 빠닥빠닥한 지폐 소리를 확인한 다음 다시 넣었다.

얼른 창가로 달려가 머틀이 오는지 살폈다. 그녀에게 분홍색 딱지를 보여서는 안 된다. 머틀이 오기 전에 다 떼어내야 하는데 몇 장이나 있을까? 백 장? 서재를 둘러보니 온 사방에 붙어 있었다. 천 장? 어쩌면 그럴 수도 있었다. 어쩌면 천 장일 수도 있었다. 심지어 이천 장도 가능할 듯했다. 청소를 마치기 전에 돌아오면 그녀는 계단에서 기다려야 할 것이다. 그는 빌어먹을 박해의 증거를 부엌의 장작 난로에서 모두 태우기 전에는 그녀를 집 안으로 들이지 않을 작정이었다. 한 장도…… 남김없이…… 태우기 전에는.

그는 조명등에 대롱대롱 매달린 딱지를 낚아챘다. 테이프가 뺨에 들러붙자 분노의 고함을 꽥 지르며 떼어냈다. 이 딱지에는 기타 위반 사항을 적는 난에 딱 한 단어가 적혀서 그를 노려보고 있었다.

횡령

그는 안락의자 옆의 독서용 스탠드로 달려가 전등갓에 붙어 있는 딱지를 낚아챘다.

기타 위반 사항: 공금 착복

텔레비전에는

말과 붙어먹음

벽난로 위에 올려둔, 유리로 된 라이온스 클럽 모범시민상패에는

니미 씹할 놈

부엌문에는

루이스턴 경마장에 돈을 때려 부음

차고 문에는

사이코 편집증 환자

그는 뒤룩뒤룩한 얼굴에 달린 두 눈을 부릅뜨고 듬성해지는 머리칼을 미친 듯이 헝클어뜨리며 최대한 빠른 속도로 딱지를 수거했다. 얼마 안 있어 숨을 헐떡이며 기침을 했고, 붉은 기가 도는 흉측한 자주색이 두 뺨 위로 번지기 시작했다. 기묘하고도 어마어마하게 중요한 보물찾기에 나선 뚱뚱한 어린애 같아 보였다.

사기그릇을 보관하는 찬장에서 떼어낸 딱지에는 이렇게 적혀 있었다.

경마를 하느라 연금 기금에 손을 댐

오른손으로 딱지 무더기를 쥐고 테이프 조각을 뒤로 나부끼며 서재로 달려 들어가 딱지를 계속 떼어내기 시작했다. 이 방의 모든 집기마다 딱지가 붙어 있었고, 그 내용은 섬뜩하리만치 정확했다.

횡령
절도
도둑질
횡령
사기

착복

관리 부실

횡령

그중에서도 두 눈을 크게 부릅뜨고 고함을 지르며 그를 꾸짖는 단어는 이거였다.

기타 위반 사항: 횡령

밖에서 무슨 소리가 들린 것 같길래 다시 창가로 달려갔다. 머틀일지도 몰랐다. 쌤통이라며 비웃어주러 온 노리스 리지웍일지도 몰랐다. 그렇다면 키턴은 총을 꺼내서 쏴버릴 작정이었다. 하지만 겨냥한 곳이 머리는 아니었다. 절대. 리지웍 같은 인간쓰레기에게 헤드샷은 너무 쉽고 자비로운 처사였다. 창자에 구멍을 내고 비명을 지르다 죽을 때까지 마당에 방치할 것이다.

하지만 창밖에 보이는 건 시내 쪽을 향해 캐슬뷰를 느릿느릿 내려가는 가슨 부부의 스카우트였다. 스콧 가슨은 이 마을에서 가장 영향력 있는 은행 간부였다. 키턴과 아내는 가끔 가슨 부부와 저녁 식사를 함께했다. 둘 다 사람이 좋았고 가슨 자체가 정치적으로 중요한 인물이었다. 이 딱지를 보면 그가 무슨 생각을 할까? 분홍색 계고장에 적히고 또 적혀서 한밤중에 봉변을 당한 사람처럼 비명을 질러대는 횡령이라는 단어를 보면 무슨 생각을 할까?

그는 숨을 헐떡이며 식당으로 다시 달려갔다. 못 보고 놓친 게 있을까? 없을 것 같았다. 적어도 그가 본 건 다 떼어냈는데…….

이런! 하나가 남아 있었다! 계단 엄지기둥에! 그걸 놓쳤다면 어쩔 뻔했나? 오, 주여!

그는 달려가서 홱 낚아챘다.

제조사: 개똥 자동차

모델: 늙어서 기운 없음

차량번호: OLDFUCK 1

기타 위반 사항: 돈 가지고 얼레리꼴레리

더 있을까? 이것 말고 더 있을까? 키턴은 1층의 이 방 저 방을 전력으로 질주했다. 셔츠 자락이 바지에서 삐져나왔고 털북숭이 배가 허리띠 버클 위에서 미친 듯이 출렁거렸다. 더는 보이지 않았다. 적어도 1층에서는 그랬다.

그는 머틀이 아직 나타나지 않았는지 다시 한번 얼른 창밖을 확인한 다음 쿵쾅거리는 심장을 달래며 2층으로 돌진했다.

17

윌마와 네티는 윌로와 포드가 만나는 네거리에서 맞닥뜨렸다. 거기서 두 사람은 걸음을 멈추고 스파게티 웨스턴*에 나오는 총잡이

* 1960~1970년대에 이탈리아에서 제작된 총잡이 영화를 일컫는 표현.

처럼 서로를 바라보았다. 바람에 그들의 외투가 앞뒤로 힘차게 펄럭였다. 태양이 구름 사이로 계속 들락거려서 구름 그림자가 간헐적으로 찾아오는 손님처럼 드리웠다가 사라지기를 반복했다.

양쪽 길거리를 지나는 차량은 한 대도 없었고 인도에도 행인 한 명 없었다. 그들만이 어느 가을 오후의 이 조그만 길모퉁이를 독차지하고 있었다.

"이 나쁜 년아, 네가 내 강아지 죽였지!"

"네가 내 텔레비전 박살 냈지? 유리창도! 전자레인지도! 또라이 개 같은 년아!"

"내가 경고했잖아!"

"경고 같은 건 먼지 뒤집어쓴 네 구멍 안에 쑤셔넣기나 해라!"

"죽여버리겠어!"

"한 발짝만 움직이면 이 자리에서 누구 하나가 쓰러지겠지. 하지만 그게 나는 아닐걸?"

이렇게 주거니 받거니 하는 동안 윌마는 불안과 뜻밖의 놀라움을 느꼈다. 네티의 얼굴을 본 순간 단순히 머리채를 잡거나 옷을 찢는 정도가 아니라 그보다 더 심각한 싸움이 벌어질지 모르겠다는 생각이 처음으로 들었던 것이다. 애초에 네티가 여기까지 나선 이유가 뭘까? 기습 공격의 묘미는 어디로 사라졌을까? 어쩌다 순식간에 빼도 박도 못하는 상황으로 치달았을까?

하지만 윌마는 폴란드 코사크 기병의 기질이 다분했고 그 기질은 이런 의혹을 무의미한 것으로 간주했다. 지금 중요한 문제는 치러야 할 전투가 있다는 것이다.

네티가 식칼을 들고 그녀를 향해 달려왔다. 입술을 젖혀 이를 드러내고 길게 울부짖었다.

윌마는 거대한 잭나이프라도 되는 양 뼈 칼을 잡고 몸을 웅크렸다. 네티가 가까워지자 칼을 앞으로 힘껏 내밀었다. 칼이 네티의 뱃속 깊숙이 꽂혔다가 위로 솟구치자 창자가 갈라지면서 역겨운 죽 같은 것이 뿜어져 나왔다. 윌마는 순간 자신이 저지른 짓에 경악했고—네티의 몸에 박힌 칼을 쥐고 있는 사람이 정말 윌마 저직이란 말인가!—그러자 팔에서 힘이 풀렸다. 칼날이 미친 듯이 쿵쾅거리던 네티의 심장에 닿기 전에 추진력을 잃고 멈추었다.

"이이이이 나쁜 년아아아아아!" 네티가 비명을 지르며 식칼을 내리꽂았다. 칼은 윌마의 어깨에 자루 바로 앞까지 박혀서 으드득하는 둔탁한 소리와 함께 쇄골을 부러뜨렸다.

거대한 널빤지 같은 통증이 강타하자 윌마의 머릿속에서 모든 이성이 사라졌다. 코사크 기병의 기질만 남아서 미쳐 날뛰었다. 그녀는 칼을 홱 뽑았다.

네티도 칼을 잡아당겼다. 두 손을 동원해야 했고 마침내 뼈에 박힌 칼날을 비틀어서 꺼냈을 땐 옷에 뚫린 피투성이 구멍 사이로 미끄러져 나온 내장이 번들거리는 매듭처럼 그녀의 앞쪽에서 대롱거렸다.

두 여자는 피로 물든 발자국을 남기며 천천히 맴을 돌았다. 인도가 아서 머레이의 해괴한 댄스 교본처럼 변하기 시작했다. 네티는 세상이 거대한 원을 그리며 천천히 수축과 팽창을 반복하는 느낌이었다. 부분 부분 빛이 바래 하얀색으로 한데 뭉뚱그려졌다가 천천히 제 모습을 되찾았다. 쿵쿵거리며 느릿느릿 귓전을 때리는 심장 소리가 들렸다. 그녀는 자기가 다쳤다는 걸 알았지만 통증을 전혀 느끼지 못했다. 윌마의 칼에 옆구리를 살짝 베었거나 한 모양이라고 생각했다.

윌마는 자기가 얼마나 심하게 다쳤는지 알았다. 오른팔을 들 수가 없고 원피스 뒤편은 피로 흠뻑 젖었다. 하지만 도망칠 생각은 눈곱만큼도 없었다. 평생 도망이라고는 쳐본 적이 없는데, 이제 와서 달라지겠다고?

"이봐요!" 길 건너편에서 누군가가 그들을 향해 가냘픈 목소리로 외쳤다. "이봐요! 거기서 둘이 뭐하는 거예요! 뭔지 몰라도 그만해요! 지금 당장 멈추지 않으면 경찰을 부르겠어요!"

윌마가 소리가 들리는 쪽으로 고개를 돌렸다. 그녀의 주의가 산만해진 순간 네티가 다가가 포물선을 그리며 무심히 식칼을 휘둘렀다. 칼날이 윌마의 엉덩이 불룩한 부분에 꽂혀 덜거덕하는 소리와 함께 골반뼈까지 들어갔다. 피가 부채꼴로 뿜어져 나왔다. 윌마는 비명을 지르고 뻐 칼을 내저으며 허둥지둥 뒷걸음질 치다가 발이 엉켜서 바닥에 쿵 넘어졌다.

"이봐요! 이봐요!" 쥐색 숄에 목까지 파묻고 자기 집 현관 앞 계단에 나와 있던 노파였다. 축축한 두 눈이 안경 때문에 공포로 얼룩진 수레바퀴처럼 커다랗게 확대돼 보였다. 이제 그녀는 노파 특유의 또렷하고 귀청을 찢는 듯한 목소리로 빽빽거렸다. "누구 없어요! 경찰! 여기 사람 죽어요! 사람 죽는다고오오오오오!"

윌로와 포드가 만나는 모퉁이에 있는 두 여자는 아랑곳하지 않았다. 윌마는 정지 표지판 옆에 피투성이로 쓰러졌고 네티는 비척거리며 그쪽으로 걸어가 표지판 기둥에 기대고 앉아 칼을 무릎에 댄 채 앞으로 겨누었다.

"어디 덤벼봐라, 이 나쁜 년아." 윌마는 으르렁거렸다. "덤빌 테면 덤벼보라고."

네티는 입을 움찔거리며 다가갔다. 동그랗게 뭉친 내장이 사산된 태아처럼 원피스 위에서 앞뒤로 흔들렸다. 오른발이 밖으로 뻗은 윌마의 왼발에 걸려서 앞으로 넘어졌다. 윌마의 빠 칼이 그녀의 흉골 바로 아래에 꽂혔다. 네티는 끙 소리와 함께 피를 토하며 식칼을 들어서 내리꽂았다. 칼이 푹! 하는 둔탁한 소리와 함께 윌마 저직의 정수리에 박혔다. 윌마는 네티에게 납작 깔린 채 버둥거리며 경련을 일으켰다. 버둥거리며 몸부림칠수록 칼은 점점 깊숙이 박혔다.

"내…… 강아지를…… 죽였겠다." 한 마디, 한 마디 내뱉을 때마다 네티는 윌마의 얼굴에 물보라 같은 피를 뿜어가며 컥컥거렸다. 그러다 온몸을 부르르 떨고 축 늘어졌다. 그녀는 앞으로 쓰러지면서 머리를 표지판 기둥에 부딪쳤다.

윌마의 한쪽 발이 펄떡거리다 하수구 쪽으로 스르륵 미끄러졌다. 교회에 갈 때 신는 검은색 구두가 날아가 납작한 굽을 부산한 구름 쪽으로 뒤집은 채 낙엽 더미로 떨어졌다. 발가락이 한 번…… 다시 한 번…… 움찔거렸다가 늘어졌다.

"사람 죽어요오오오오오!"

길 건너편의 노파가 다시 한번 비명을 지르더니 뒤로 휘청거리다가 정신을 잃고 자기 집 현관 바닥에 그대로 쓰러졌다.

이 집 저 집에서 사람들이 창가로 다가오거나 문을 열고, 무슨 일이냐고 서로 묻고, 현관 앞 계단이나 잔디밭으로 나가 조심스럽게 사건 현장에 다가갔다가 처참한 광경을 목격하고는 손으로 입을 가리며 황급히 뒷걸음질쳤다.

이윽고 누군가가 보안관 사무실에 연락했다.

18

폴리 차머스는 욱신거리는 손을 따뜻한 장갑으로 감싸고 니드풀 싱스를 향해 메인 스트리트를 천천히 걸어가다가 경찰차 사이렌 소리를 들었다. 그녀는 걸음을 멈추고 갈색 플리머스 순찰차 세 대 중 한 대가 경광등을 번쩍이며 메인과 로렌이 만나는 네거리를 쌩하니 관통하는 것을 지켜보았다. 이미 시속 팔십 킬로미터를 넘긴 상태에서 점점 더 속도를 높이고 있었다. 두 번째 순찰차가 그 뒤를 바짝 쫓았다.

그녀는 미간을 찌푸리고 차들이 사라질 때까지 지켜보았다. 사이렌과 질주하는 순찰차라니 캐슬록에서는 보기 드문 광경이었다. 무슨 일인지, 고양이가 나무 위에 올라간 것보다 심각한 일이 벌어진 걸까? 오늘 저녁에 통화할 때 앨런에게 들을 수 있을 것이다.

폴리가 다시 메인 스트리트 쪽으로 시선을 돌리자 릴런드 곤트가 자기 가게 앞에 서서 살짝 호기심이 어린 표정으로 그녀처럼 순찰차가 사라진 곳을 쳐다보고 있었다. 그로써 한 가지 궁금증이 해결됐다. 그가 출근했다는 것. 네티가 가게 문이 열렸는지 닫혔는지 전화로 알려주지 않은 터였다. 그래도 폴리는 별로 의아하게 여기지 않았다. 네티야 워낙 뭘 기억하지 못하고 깜빡깜빡하는 편이니까.

그녀는 걸음을 옮겼다. 곤트는 고개를 돌리다가 그녀를 보았다. 그의 얼굴에 환한 미소가 떠올랐다.

"차머스 씨! 들러주시다니 영광입니다!"

그녀는 힘없이 미소를 지었다. 그날 아침에 잠깐 잦아들었던 통증이 다시 슬금슬금 돌아와 얼기설기 연결된 가느다랗고 끔찍한 철사처럼 손을 쑤시고 있었다.

"폴리라고 부르기로 하신 걸로 아는데요."

"그럼 폴리라고 부를게요. 들어오세요. 얼굴 보니까 정말 좋네요. 무슨 일로 이렇게 시끄러운 걸까요?"

"저도 모르겠어요." 그녀는 말했다. 곤트가 문을 잡아주었고 그녀는 그의 앞을 지나 가게 안으로 들어갔다. "누가 다쳐서 큰 병원으로 싣고 가야 하나 봐요. 주말에는 노웨이에 있는 진료소의 일처리가 엄청 느리거든요. 순찰차가 두 대나 출동한 이유는 모르겠지만……."

곤트가 등 뒤로 문을 닫았다. 종이 딸랑거렸다. 문 위의 블라인드가 내려와 있는데다 해가 반대편으로 넘어가는 참이라 니드풀 싱스의 내부는 어둑어둑했지만…… 어둠이 유쾌할 수 있다면 이곳의 어둠이 바로 그랬다. 조그만 독서용 스탠드가 곤트 씨의 고풍스러운 금전등록기 옆쪽 계산대를 황금빛 동그라미로 물들였다. 책 한 권이 거기에 펼쳐져 있었다. 로버트 루이스 스티븐슨이 쓴 『보물섬』이었다.

곤트가 그녀를 유심히 쳐다보고 있었다. 폴리는 걱정하는 그의 눈빛을 보고 자기도 모르게 미소를 지었다.

"지난 며칠 손이 아주 난리 블루스를 추고 있거든요." 그녀가 말했다. "그러니 제 얼굴이 데미 무어처럼 보일 리는 없겠죠?"

"아주 피곤하고 어딘가 상당히 불편한 것 같네요." 그가 말했다.

그녀의 미소가 흔들렸다. 이해와 마음속 깊은 연민이 담겨 있는 그의 말투에 왈칵 눈물이 날 것 같았다. 눈물을 막은 건 희한한 생각이었다. 손. 내가 만약 울면 그는 위로하려고 하겠지. 그 손을 내 몸에 얹을 거야.

그녀는 미소를 잃지 않고 꿋꿋하게 버텼다.

"이겨낼 거예요. 늘 그랬듯이. 저기…… 네티 코브가 혹시 들렀었나요?"

"오늘요?" 그는 미간을 찌푸렸다. "아뇨, 오늘은 안 왔어요. 왔다면 어제 새로 들어온 카니발 글라스를 보여줬을 텐데. 지난주에 판 것만큼 근사하지는 않지만 부인이 관심을 보일 수도 있겠다 싶었거든요. 그건 왜요?"

"아…… 아무것도 아니에요. 네티가 들르겠다고 했거든요. 하지만 워낙…… 워낙 잘 잊어버리는 편이라."

"힘들게 살아온 분 같던데요." 곤트가 자못 진지하게 말했다.

"네, 네, 맞아요." 폴리는 천천히, 기계적으로 대답했다. 그의 눈에서 시선을 뗄 수가 없었다. 그러다 한쪽 손이 유리 진열장 모서리를 스치고 지나가자 주문이 깨졌다. 아파서 조그맣게 비명이 터졌다.

"괜찮으세요?"

"네, 괜찮아요." 폴리는 대답했지만 거짓말이었다. 괜찮은 것과 거리가 멀어도 한참 멀었다.

곤트는 상황을 완벽하게 이해했다. "괜찮지 않군요." 단호한 말투였다. "그러니 잡담은 생략하죠. 제가 쪽지에 쓴 그 물건만 드리고 집으로 보내드릴게요."

"저한테 주시겠다고요?"

"아, 선물하겠다는 건 아니고요." 금전등록기 뒤편으로 넘어가며 그가 말했다. "우리가 선물을 주고받을 만큼 가까운 사이는 아니니까요."

그녀는 미소를 지었다. 그는 캐슬록에서 맨 처음으로 호의를 베푼 사람에게 근사하게 보답하고 싶어 하는, 마음 따뜻한 남자였다. 하지만 그녀는 거기에 호응하기는커녕 대화를 따라가기도 버거운 상태였다. 손이 어마어마하게 아팠다. 마음 따뜻한 남자고 뭐고, 이젠 여기 온 게 후회가 되었다. 집에 가서 진통제를 먹고 싶은 마음뿐이었다.

"양심적인 판매자라면 이런 걸 넘길 때 시험 삼아 써보라고 할 텐데요……." 그는 열쇠 뭉치를 꺼내 그중 한 열쇠로 금전등록기 아래에 달린 서랍을 열었다. "이삼 일 써보다 별 소용이 없으면—솔직히 아마 그럴 거예요—다시 돌려주세요. 조금이라도 효과가 있으면 그때 가서 가격을 얘기하기로 하고요." 그는 그녀를 향해 미소를 지었다. "당신한테는 아주 헐값에 넘길게요. 약속해요."

그녀는 어리둥절한 표정으로 그를 바라보았다. 효과? 도대체 무슨 소리를 하는 거지?

그는 조그만 흰색 상자를 꺼내 계산대 위에 올려놓았다. 손가락이 유난히 긴 그 특이한 손이 뚜껑을 열더니 가느다란 체인에 달린 은색의 조그만 무언가를 꺼냈다. 목걸이 비슷하게 생겼지만 곤트가 손가락으로 체인을 들었을 때 아래로 늘어뜨려진 것은 티 볼* 아니면 특대형 골무 같았다.

"이건 이집트에서 만들어진 거예요, 폴리. 아주 오래됐죠. 피라미드 정도는 아니지만—어유, 그 정도는 아니죠!—그래도 아주 오래됐어요. 이 안에 뭔가가 들어 있어요. 일종의 약초 같은데, 확실하지는 않아요." 그가 손가락을 위아래로 꼼지락거렸다. 은색 티 볼(티 볼인지는 알 수 없었지만)이 체인 끝에서 대롱거렸다. 안에 담긴 것이 움직이며 흙이 서걱이는 듯한 소리를 냈다. 폴리에게는 살짝 거슬리는 소리였다.

"아즈카 아니면 아자카라고 해요. 아무튼 통증을 없애주는 부적이래요."

폴리는 애써 미소를 지었다. 예의를 갖추고 싶었지만, 아니…… 이런 걸 받겠답시고 여기까지 찾아왔단 말인가. 이 물건은 심지어 예쁘지도 않았다. 대놓고 말하자면 흉물스러웠다.

"제 생각에는……."

"제 생각도 마찬가지예요. 하지만 상황이 극단적일 때는 극단적인 방법을 강구해야죠. 한 가지 말씀드리자면 이건 진품이에요. 적어도 중국산은 아니란 말이죠. 고대 이집트 쇠퇴기에 만들어진 진

* 찻잎을 넣어서 차를 우릴 때 쓰는 작은 공 모양의 철망.

품이고, 유물이라고까지 할 수는 없지만 골동품인 건 거의 확실해요. 벤카리티스, 즉 백마술 도구라는 산지 증명서도 있고요. 이걸 가지고 가서 한번 목에 걸어봐요. 황당한 소리처럼 들리겠죠. 어쩌면 정말로 황당한 소리일 수도 있고요. 하지만 가장 어처구니없는 상상보다 더 신기한 일들이 하늘과 땅에서 벌어지기도 하잖아요."

"그걸 진심으로 믿으세요?" 폴리가 물었다.

"네. 치유의 효능이 있다는 메달과 부적 같은 건 평범해 보일 정도로 희한한 물건들을 몇 번 본 적 있거든요." 그의 적갈색 눈이 잠깐 반짝였다. "여러 번 봤죠. 이 세상은 구석구석 엄청난 잡동사니들로 가득하니까요. 하지만 그 얘긴 그만할게요. 지금 중요한 건 당신 문제니까. 지난번, 지금처럼 통증이 심해 보이지 않았을 때부터 당신 상태가 얼마나 안 좋은지 알 수 있었어요. 그래서 이 깜찍한…… 물건을…… 한번 써보면 어떨까 하는 생각이 들었죠. 어쨌거나 밑져야 본전이잖아요. 지금까지 시도한 방법 중에서 효과를 본 게 없었죠?"

"생각해주셔서 감사해요, 곤트 씨, 진심으로요. 하지만……."

"릴런드라고 불러주세요."

"네, 알았어요. 릴런드, 생각해주셔서 감사하지만, 저는 미신을 믿는 사람이 아니라서요."

그녀가 시선을 들어보니 반짝이는 적갈색 눈이 그녀를 똑바로 쳐다보고 있었다.

"당신이 미신을 믿거나 말거나 그건 상관없어요, 폴리……. 중요한 건 이거니까요." 그가 손가락을 꼼지락거렸다. 아즈카가 체인 끝에서 가볍게 까딱거렸다.

그녀는 다시 입을 열었지만 이번에는 아무 말도 할 수가 없었다. 지난봄의 어느 날이 생각났다. 네티가 《인사이드 뷰》를 들고 왔다가 깜빡하고 그대로 두고 퇴근한 날이었다. 폴리는 클리블랜드에서 태어난 늑대 인간과 JFK의 얼굴을 닮은 달의 지형을 다룬 기사를 대충 훑으며 한가하게 페이지를 넘기다 '고대인의 기도판'이라는 어떤 상품의 광고를 보았다. 두통과 복통과 관절염에 특효가 있다고 했다.

흑백의 스케치가 광고의 대부분을 차지하고 있었다. (노스트라다무스 아니면 간달프처럼) 수염을 길게 기르고 마법사 모자를 쓴 남자가 휠체어에 앉은 남자 위로 어린애들이 가지고 노는 바람개비처럼 생긴 물건을 들고 있었다. 바람개비가 환자 위로 원뿔 모양의 광채를 드리웠고, 광고에 직접적인 언급은 없었지만 하루 이틀 자고 나면 저 남자도 나이트클럽에서 신나게 춤을 출 수 있을 거라는 식이었다. 당연히 통증과 장애의 지속적인 공격으로 이성의 끈이 느슨해졌거나 아예 풀린 사람들을 겨냥한 황당한 허위 광고였다. 그럼에도…….

그녀는 가만히 앉아서 그 광고를 한참동안 들여다보았고, 황당한 광고든 뭐든 하마터면 아래에 적힌 수신자 부담 번호로 전화를 걸어서 주문할 뻔했다. 왜냐하면 어차피…….

"어차피 통증을 완화할 수만 있다면 그보다 더 의심스러운 방법도 마다하지 않게 될 텐데요. 아닌가요?"

"저는…… 저는……."

"한랭 요법…… 발열 장갑…… 심지어 방사선치료까지…… 전부 효과가 없었죠?"

"그걸 어떻게 아셨어요?"

"훌륭한 장사꾼이 되려면 고객에게 필요한 게 뭔지 파악하는 걸 업으로 삼아야 하거든요." 곤트는 수면제 같은 목소리로 나지막이 말했다. 그는 아즈카가 매달린 타원 모양의 은색 체인을 들고 그녀에게로 다가갔다. 그녀는 가죽 같은 손톱이 달린 길쭉한 손을 피해 몸을 움츠렸다.

"걱정 마요, 아가씨. 머리카락 한 올 건드리지 않을 테니까. 침착하게…… 가만히 있기만 하면요……."

폴리는 침착하게 버텼다. 가만히 있었다. 두 손을 (장갑을 낀 채) X자 모양으로 얌전히 포개고 곤트가 머리를 지나 은색 체인을 떨어뜨리도록 허락했다. 그의 손길은 딸의 면사포를 벗기는 아버지처럼 조심스러웠다. 그녀는 곤트에게서, 니드풀 싱스에서, 심지어 자기 자신에게서조차 멀어지는 것을 느꼈다. 끝없이 펼쳐지는 하늘을 머리에 이고, 다른 인간들과는 수백 킬로미터 멀리 떨어진 먼지 날리는 평원에 우뚝 서 있는 듯한 기분이었다.

아즈카가 짤그랑하는 조그만 소리와 함께 그녀의 가죽 반코트 지퍼 위로 떨어졌다.

"재킷 안으로 집어넣어요. 집에 가면 블라우스 안으로 집어넣고요. 살에 닿아야 효과를 극대화할 수 있어요."

"재킷 안으로 집어넣을 수가 없어요." 폴리는 꿈을 꾸는 듯한 말투로 느릿느릿 얘기했다. "지퍼…… 지퍼를 내릴 수가 없어서."

"그래요? 한번 해봐요."

폴리는 한쪽 장갑을 벗고 시험해보았다. 놀랍게도 오른손 엄지손가락과 집게손가락을 제대로 구부려 지퍼를 잡고 내릴 수 있었다.

"봐요, 되잖아요."

조그만 은색 볼이 블라우스 앞섶에 닿았다. 아주 무거워 보였고 느낌도 그렇게 편안하지 않았다. 그 안에 뭐가 들었기에 흙이 서걱거리는 소리가 나는지 어렴풋이 궁금해졌다. 그의 말로는 일종의 약초라고 했지만 이파리나 가루가 내는 소리 같지 않았다. 뭔가가 그 안에서 자기 혼자 움직이는 것 같았다.

곤트는 그녀의 불편함을 이해하는 눈치였다.

"생각보다 빨리 익숙해질 거예요. 내 말 믿어요."

밖에서, 아주 멀리서 다시 사이렌 소리가 들렸다. 괴로워하는 영혼이 내는 소리 같았다.

곤트가 고개를 돌렸다. 그의 시선이 떠나자 폴리는 정신이 돌아오기 시작하는 걸 느낄 수 있었다. 조금 어리둥절하기는 했지만 기분이 좋기도 했다. 마치 짧지만 개운한 낮잠을 자고 일어난 느낌이었다. 불편하고 불안했던 마음이 사라졌다.

"손이 계속 아픈데요."

그녀는 말했고 사실이었지만…… 전만큼 심한가? 좀 괜찮아진 것 같기도 했지만 단순한 착각일 수도 있었다. 곤트가 아즈카를 받아들이게 만들겠노라 작심하고 그녀에게 최면 비슷한 걸 건 듯했다. 아니면 차가운 바깥에 있다가 따뜻한 가게 안으로 들어와서 그런 것일지도 모르고.

"효능이 즉각적으로 나타나지는 않을 거예요." 곤트는 무덤덤하게 말했다. "그래도 한번 기다려봐요. 알았죠, 폴리?"

그녀는 어깨를 으쓱했다. "그럴게요."

어차피 밑져야 본전이었다. 볼은 블라우스와 스웨터로 감추면 거의 티가 나지 않을 정도로 작았다. 아무도 모르게 하고 다니면 어떤 질문도 받을 필요가 없을 테니 그녀로서는 대환영이었다. 로절리 드레이크는 알면 궁금해할 테고 앨런은 미신에 관해선 목석 같은 사람이라 재미있어할 테지. 그리고 네티는…… 자기가 사랑해 마지않는 《인사이드 뷰》에서 파는 것과 비슷한 진짜 마법의 부적을 폴리가 하고 있다고 하면 놀라서 말을 잃을지 몰랐다.

"샤워할 때도 풀면 안 돼요. 풀 필요도 없어요. 진짜 은이라 녹슬지 않을 테니까."

"만약에 풀면요?"

그는 당황스러운 듯 자기 손에 대고 가볍게 기침을 했다.

"음, 아즈카의 효과는 누적되거든요. 그걸 하고 있으면 오늘은 약간 괜찮아지고 내일은 그보다 더 괜찮아지는 식으로요. 적어도 내가 듣기로는 그렇다고 했어요."

누구한테 들은 걸까? 그녀는 궁금했다.

"하지만 아즈카를 풀면 예전의 고통스러웠던 상태로 당장 돌아가 버리고, 아즈카를 다시 하더라도 다시 추진력을 회복하기까지 며칠 심지어 몇 주가 걸릴 수도 있어요."

폴리는 살짝 웃음을 터뜨렸다. 어쩔 수 없는 반응이었는데, 릴런드 곤트도 같이 웃는 걸 보고 안도했다.

"어떤 식으로 들릴지 나도 알아요. 하지만 어떻게든 돕고 싶어서 그러는 거예요. 그건 믿죠?"

"믿어요. 그리고 고마워요."

하지만 그의 안내를 받으며 가게를 나서는 동안 다른 궁금증들이 고개를 들었다. 예를 들면 그가 체인을 머리 위로 걸어주었을 때 느낀 가수면 비슷한 상태는 뭐였을까. 그의 손길이 지독하게 싫은 이유는 뭘까. 그가 아우라처럼 발산하는 우정, 배려, 연민의 분위기와 전혀 어울리지 않는 느낌이었다.

그가 정말 뭔지 모를 방법을 동원해 최면을 걸었을까? 그건 말도 안 되는 억측이었다. 그녀는 아즈카 얘기를 나누었을 때 어떤 느낌이었는지 기억을 더듬어보려고 했지만 기억이 나지 않았다. 설령 그가 최면을 걸었다 한들, 그녀가 방조한 탓에 우연히 일어난 결과일 터였다. 퍼코던을 먹다 보면 가끔 몽롱해질 때가 있었다. 그녀가 약을 싫어하는 가장 큰 이유가 그거였다. 아니, 그건 두 번째였다. 제일 싫은 건, 이제는 기대했던 만큼 효과가 없을 때도 있다는 사실이었다.

"운전을 할 수 있으면 집까지 모셔다 드릴 텐데. 그걸 배워놓질 못했네요."

"괜찮아요. 마음 써주셔서 정말 감사해요."

"감사 인사는 효과가 있거든 그때 하세요." 그는 대꾸했다. "행복한 오후 시간 보내요, 폴리."

또다시 사이렌 소리가 허공을 갈랐다. 이 도시의 동쪽에서 엘름, 윌로, 폰드 그리고 포드 스트리트 쪽을 향해 가고 있었다. 폴리는 그쪽으로 몸을 돌렸다. 이렇게 고요한 오후에 사이렌 소리라니 왠지 모르게 조만간 불길한 운명이 들이닥칠 듯한 예감이—어떤 이미지까지 떠오른 건 아니었지만—어렴풋이 고개를 들었다. 사이렌 소리는 보이지 않는 시계 스프링처럼 화창한 가을 공기 속으로 똬리를 풀며 잦아들었다.

그녀는 곤트에게 사이렌 얘기를 꺼내려고 고개를 돌렸지만 문이 이미 닫혀 있었다.

영업 종료

팻말이 끈에 매달린 채 닫힌 블라인드와 유리창 사이에서 좌우로 얌전히 흔들렸다. 등을 돌린 새 그가 소리도 없이 다시 가게 안으로 들어가버린 것이다.

폴리는 집을 향해 천천히 걸음을 옮기기 시작했다. 메인 스트리트의 끝에 다다르지도 않았을 때 또 다른 경찰차가, 이번에는 주 경찰의 순찰차가 쌩하니 옆을 지나갔다.

19

"댄포스?"

머틀 키턴은 현관문을 지나 거실로 들어갔다. 댄포스가 꽂아놓은 열쇠를 힘들게 빼내느라 퐁뒤 냄비를 왼쪽 겨드랑이에 끼고 있어야 했다.

"댄포스, 나 왔어!"

아무 대답이 없었고 텔레비전도 꺼져 있었다. 이상했다. 경기가 시작되기 전에 도착해야 한다고 그렇게 안달을 내지 않았던가. 다른 데 갔나, 경기를 같이 보려고 가슨 부부의 집에 갔나 하는 생각이 잠깐 들었지만 차고 문이 내려가 있는 걸 보면 그가 차를 넣었다는 뜻이었다. 그리고 댄포스는 불가피한 상황이 아닌 이상 어디든 차를 몰고 다녔다. 특히 가파른 캐슬뷰의 오르막길이라면 두말할 나위가 없었다.

"댄포스? 집에 있어?"

계속 대답이 없었다. 식당 의자 하나가 뒤집혀 있었다. 그녀는 미간을 찌푸리며 퐁뒤 냄비를 식탁에 내려놓고 의자를 세웠다. 거미줄처럼 얇은 걱정의 가닥이 처음으로 그녀의 머릿속을 둥실 지나갔다. 그녀는 닫혀 있는 서재를 향해 걸어갔다. 나무문 쪽으로 고개를 숙이고 귀를 기울였다. 그의 책상 의자가 조용히 삐걱거리는 소리가 분명히 들렸다.

"댄포스? 여기 있어?"

대답은 없었지만…… 나지막한 기침 소리가 들린 것 같았다. 걱정이 불안으로 바뀌었다. 댄포스는 요즘 들어 엄청난 스트레스에 시달렸고—열심히 일하는 행정위원이 그 한 사람뿐이었다—적정 체중을 넘어섰다. 그가 심장마비를 일으킨 거라면 어쩐다? 바닥에 쓰러져 있다면? 방금 전에 들은 게 기침 소리가 아니라 댄포스가 숨을 쉬려고 버둥거리는 소리였다면?

둘이서 오전과 이른 오후를 알콩달콩하게 보낸 뒤라 그런 상상이 더욱 그럴듯하게 느껴졌다. 점점 더 다정한 분위기로 발전하다가 급작스러운 좌절. 그녀는 서재 문손잡이를 향해 손을 내밀었다가…… 거두고 대신 늘어진 턱 아랫살을 잡아 뜯었다. 몇 번이나 심하게 면박을 당하며 터득했다시피 노크도 없이 서재에 있는 댄포스를 방해하면 안 되는 법이었고…… 허락 없이 그의 성소에 발을 들이면 절대, 절대, 절대 안 되는 법이었다.

맞아, 하지만 그이가 심장마비를 일으켰거나…… 아니면…… 아니면…….

뒤집힌 의자가 떠오르자 그녀는 다시금 불안해졌다.

집에 들어왔는데 도둑이 있었다면? 도둑이 댄포스의 머리를 강타해 기절시키고 서재로 끌고 갔다면?

그녀는 손마디로 허둥지둥 문을 두드렸다.

"댄포스? 괜찮은 거지?"

아무 대답이 없었다. 거실에서 괘종시계가 엄숙하게 째깍거리는 소리 말고는 집 안이 정적에 휩싸였고…… 그녀는 확신할 수 있었다. 댄포스의 서재에서 의자 삐걱거리는 소리가 들렸다.

그녀의 손이 다시 살금살금 문손잡이 쪽을 향했다.

"댄포스, 괜찮……."

손끝이 문손잡이에 닿았을 때 그가 고래고래 소리를 지르는 바람에 그녀는 가느다랗게 비명을 지르며 펄쩍 뒤로 물러났다.

"나 좀 건드리지 마! 그거 하나 못 해, 이 바보 같은 여편네야?"

그녀는 앓는 소리를 냈다. 심장이 미친 듯이 목젖을 때렸다. 그저 놀라서 그런 게 아니었다. 그의 목소리에 고스란히 드러난 분노와 증오 때문이었다. 그가 면도날을 한 움큼 쥔 손으로 그녀의 뺨을 쓰다듬었다 한들 평온하고 즐거운 아침나절을 보내고 난 뒤에 이보다 더 심한 상처가 되지는 않았을 것이다.

"댄포스…… 나는 당신이 다친 줄 알고……."

그녀의 목소리는 자신에게조차 잘 들리지 않는 가느다란 헐떡임 같았다.

"나 좀 건드리지 마!" 듣자 하니 그는 문 바로 저편에 있었다.

어떡해, 꼭 정신 나간 사람 같아. 그럴 수도 있을까? 어떻게 그럴 수 있을까? 나를 어맨다의 집 앞에 내려준 이후에 무슨 일이 있었던 거야?

하지만 답을 알 수 없었다. 상처만 받았을 따름이다. 그녀는 살금살금 2층으로 올라가 바느질 방 벽장에서 새로 산 예쁜 인형을 꺼내 들고 침실로 들어갔다. 신발을 벗고 인형을 품에 안은 채 침대에 옆으로 누웠다.

저 멀리 어딘가에서 불협화음을 연출하는 사이렌 소리가 들렸다. 그녀는 귓전으로 흘려들었다.

하루 중 이 시간이면 화창한 시월의 햇살이 가득 비춰 침실이 근사해졌다. 머틀은 그것도 보지 못했다. 그녀의 눈에는 어둠만 보였다. 이렇게 예쁜 인형으로도 달랠 수 없는 깊고 역겨운 비참함만 느낄 수 있었다. 비참함이 그녀의 목젖을 누르고 숨을 막는 듯했다.

아, 오늘 그녀는 얼마나 행복했던가. 정말이지 얼마나 행복했던가. 그도 행복했었다. 그렇다고 장담할 수 있었다. 그런데 지금은 상황이 전보다 더 나빠졌다. 훨씬 더.

어떻게 된 영문일까?

아아, 어떻게 된 영문이고 누구의 책임일까?

머틀은 인형을 끌어안고 천장을 올려다보다가 잠시 후에 온몸을 들썩이며 맥없이 크게 흐느껴 울었다.

11장

1

시월의 그 길고 길었던 일요일 자정까지 십오 분이 남았을 때 케네벡밸리 병원 본관의 지하층 문이 열리면서 앨런 팽본 보안관이 등장했다. 그는 고개를 숙이고 천천히 걸었다. 고무가 덧대인 병원 슬리퍼를 리놀륨 바닥 위로 질질 끌었다. 그의 뒤편으로 문이 닫히자 거기에 달린 팻말이 보였다.

영안실

관계자 외 출입 금지

복도 저쪽 끝에서는 회색 작업복을 입은 청소부가 물걸레 청소기로 느릿느릿 게으르게 바닥을 닦고 있었다. 앨런은 그를 향해 걸어가며 의료용 모자를 벗고 초록색 가운을 들춰 청바지 뒷주머니에 쑤셔넣었다. 나지막이 웅웅거리는 청소기 소리에 졸음이 밀려왔다. 오늘 밤 오거스타의 병원에는 정말이지 있고 싶지 않았다.

그가 다가가자 청소부가 청소기를 끄고 고개를 들었다.

"안색이 안 좋으시네요." 그가 앨런에게 인사를 건넸다.

"그럴 만도 하죠. 혹시 담배 있어요?"

청소부는 가슴주머니에서 럭키 스트라이크를 꺼내 앨런에게 한 개비 내밀었다. "그런데 이 안에서는 피우면 안 돼요." 그는 영안실 쪽을 턱으로 가리켰다. "라이언 선생이 난리를 부려서요."

앨런은 고개를 끄덕였다. "그럼 어디로 가죠?"

청소부는 복도가 교차하는 곳으로 그를 데리고 가서 중간쯤에 달린 문을 가리켰다. "저기로 나가면 건물 옆 통로가 나와요. 그런데 문을 뭘로 받쳐놓으세요. 닫히면 앞쪽으로 빙 돌아가야 다시 들어올 수 있으니까. 성냥은 있으세요?"

앨런은 복도를 향해 걸음을 내디뎠다.

"라이터 갖고 다녀요. 담배 고마워요."

"오늘 밤은 동시 상영이라고 들었어요." 청소부가 뒤에서 외쳤다.

"맞아요." 앨런은 고개를 돌리지 않고 대답했다.

"부검이라면 지긋지긋하죠?"

"맞아요." 앨런은 말했다.

그의 뒤에서 나지막이 웅웅거리는 청소기 소리가 다시금 시작됐다. 부검은 정말이지 지긋지긋했다. 네티 코브와 윌마 저직의 경우가 이 일을 시작하고 스물세 번째와 스물네 번째 부검이었고 모든 부검이 지긋지긋했지만 이 둘이 지금까지를 통틀어 최악이었다.

청소부가 알려준 문에는 비상용 빗장 같은 게 달려 있었다. 앨런은 주위를 두리번거리며 문을 받쳐놓을 만한 물건을 찾았지만 아무것도 없었다. 초록색 가운을 벗어서 둘둘 말고 문을 열었다. 영안실과 그 옆 부검실의 퀴퀴한 알코올 냄새에 찌들어 있던 터라 밀려 들어오는 차가운 밤공기가 놀라우리만치 상쾌하게 느껴졌다. 앨런은 둘둘 만 가운을 문틈에 끼우고 밖으로 나섰다. 조심스럽게 문고리를 놓아 문이 가운에 막혀 닫히지 않는 걸 확인하고는 신경을 꺼버렸다. 문틈으로 실낱같이 새어 나오는 불빛 바로 옆 콘크리트 벽에 기대어 그는 담배에 불을 붙였다.

첫 모금에 머리가 핑 돌았다. 거의 이 년 동안 끊으려고 애를 쓰는 중이었고 거의 성공한 참이었다. 하지만 번번이 무슨 일인가가 터졌다. 항상 무슨 일인가가 벌어진다는 것이 경찰이라는 직업의 저주이자 축복이었다.

진정 효과가 있는 하늘의 별을 보려 했지만 몇 개 없었다. 병원을 감싼 눈부신 조명에 빛을 잃은 것이다. 북두칠성과 오리온자리, 그리고 화성임 직한 불그스름한 점만 희미하게 눈에 들어왔다.

화성. 그는 생각했다. 그거야. 분명해. 화성의 전사들이 정오 무렵 캐슬록에 착륙했을 때 맨 처음 맞닥뜨린 인물이 네티와 그 저직이라는 여자였을 거야. 두 사람은 그들에게 물려서 광견병에 걸린 거고. 그게 아니라면 달리 설명할 방법이 없어.

그는 들어가서 메인 주의 제1검시관인 헨리 라이언에게 이렇게 얘기할까 고민했다. 외계인의 침공이에요, 선생님. 사건 종결입니다. 그 소리를 듣고 라이언이 재미있어할까? 그에게도 오늘 밤은 긴 시간이었을 것이다.

앨런은 담배를 깊이 빨았다. 머리가 핑 돌거나 말거나 맛이 끝내줬고 이제 미국 내 모든 병원의 공공장소가 금연 구역인 이유를 완벽하게 이해할 수 있었다. 장 칼뱅의 말이 맞았다. 이런 기분을 느끼게 하는 것이 몸에 좋을 리 없었다. 그래도 니코틴을 한 방 맞고 나니 기분이 끝내줬다.

이 럭키 스트라이크 담배를 한 갑 사서 양쪽을 뜯고 토치램프로 한꺼번에 불을 붙이면 얼마나 좋을까. 술에 얼근하게 취하면 얼마나 좋을까. 지금은 술을 마시기에 아주 안 좋은 시점이었다. 이것은 인생의 변함없는 원칙이었다. 정말로 취하고 싶을 때는 취할 만한 여력이 안 된다는 것. 삶의 우선순위가 확실한 사람들이 알코올의 존자 말고 또 있을까 하는 생각이 앨런의 머릿속에 희미하게 떠올랐다.

그의 발치를 비추던 실낱같은 불빛이 막대기 정도로 넓어졌다. 앨런이 고개를 돌려보니 노리스 리지윅이 서 있었다. 노리스는 밖으로 나와서 앨런 옆에 기대고 섰다. 아직까지 초록색 의료용 모자를 쓰고 있었지만 묶는 끈이 풀려서 가운 뒤편으로 늘어졌다. 안색이 가운 색과 비슷했다.

"보안관님, 어휴."

"부검은 이번이 처음이지?"

"아뇨, 노스윈덤에서 한 번 본 적 있어요. 연기 흡입 사망자였죠. 하지만 이건…… 어휴."

"그러게." 그는 말하고 연기를 내뱉었다. "어휴."

"담배 더 있으세요?"

"아니, 미안. 청소부한테 한 대 얻었어." 그는 언뜻 호기심이 어린 눈빛으로 부보안관을 쳐다보았다. "담배 피우는 줄 몰랐는데, 노리스."

"안 피우죠. 이참에 시작해볼까 하고요."

앨런은 쿡쿡 웃었다.

"으, 어서 빨리 내일이 와서 낚시하러 갈 수 있으면 좋겠어요. 아, 이 사건이 해결될 때까지 쉬는 날 없이 계속 출근해야 하나요?"

앨런은 잠시 고민하다가 고개를 저었다. 범인은 화성의 전사들이 아니다. 실은 상당히 단순한 사건이었다. 어떻게 보면 그렇기 때문에 너무나 끔찍했다. 노리스의 휴일을 빼앗을 이유가 없었다.

"다행이네요." 노리스는 말하고 이내 덧붙였다. "하지만 필요하다고 하시면 출근할게요, 보안관님. 저는 괜찮아요."

"그럴 필요 없어, 노리스. 존하고 클럿이 계속 연락하고 있으니까. 클럿은 범죄수사부 친구들이랑 피터 저직을 만나러 갔고 존은 네티 쪽을 수사하는 팀을 따라갔거든. 둘 다 계속 연락하고 있어. 상당히 빤한 사건이야. 처참하긴 하지만 빤해."

맞는 말이었지만…… 그래도 그는 심란했다. 마음속 깊은 곳에서는 사실 아주 심란했다.

"어쩌다 이렇게 된 겁니까? 아니, 저직이라는 여자가 몇 년 전부터 화를 자초했다는 건 알지만 결국 맞짱을 뜨는 사람이 나오더라도 눈에 멍이 들거나 팔이나 부러질 줄 알았지…… 이럴 줄은 몰랐는데요. 그냥 상대를 잘못 고른 걸까요?"

"아마 그게 가장 큰 이유일 거야. 윌마가 캐슬록에서 제일 건드리면 안 될 상대를 건드렸지."

"건드렸다고요?"

"폴리가 지난봄에 네티한테 강아지를 선물했는데, 처음에 좀 짖었거든. 윌마가 그걸 가지고 난리를 부렸어."

"그래요? 경위서를 본 기억이 없는데요."

"정식으로 항의한 건 딱 한 번뿐이었어. 내가 처리했고. 폴리가 나더러 처리해줄 수 있겠느냐고 했거든. 애초에 강아지를 선물한 사람이 자기였으니 부분적으로나마 책임을 느꼈던 거지. 네티는 강아지를 가능한 한 집 안에서 키우겠다고 했고 내 입장에는 그걸로 사태가 일단락됐어.

강아지는 더이상 짖지 않았지만 윌마가 네티를 계속 괴롭혔나봐. 폴리가 그러는데, 걸어가다가 윌마가 보이면 네티는 두 블록 앞에 있더라도 길을 건너버렸다고 하더라고. 손가락으로 악마의 눈* 을 만들지만 않았을 뿐이야. 그러더니 지난주에 선을 넘었어. 피터와 윌마가 출근한 새 그들 부부의 집에 가서 빨랫줄에 널린 시트를 보고 텃밭에서 진흙을 떠다 범벅을 만든 거야."

노리스는 휘파람을 불었다. "그 일에 대한 경위서도 접수됐나요?"

앨런은 고개를 저었다. "그때부터 오늘 오후까지 오로지 두 여성

* 집게손가락과 새끼손가락만 들고 나머지 손가락을 구부린 모양. 상대방을 저주한다는 뜻이다.

간의 공방전이었어."

"피터 저직은 어쩌고요?"

"자네, 피터를 좀 아나?"

"음……." 노리스는 대답을 하려다 잠시 멈칫했다. 피터를 떠올렸다. 윌마를 떠올렸다. 둘을 한꺼번에 떠올렸다. 그는 천천히 고개를 끄덕였다. "중재하려고 들었다가는 윌마한테 한쪽은 아래에서 위로, 다른 쪽은 위에서 아래로 씹어 먹힐까 봐 겁이 나서 옆으로 비켜섰군요. 그렇죠?"

"그런 셈이야. 사실 일시적으로는 충돌을 저지했을지 몰라. 클럿이 그러는데 피터가 범죄수사부에 밝힌 바에 따르면 윌마는 시트를 보자마자 네티를 찾아가려고 했대. 한바탕 난리를 부릴 작정을 하고. 실제로 네티한테 전화를 걸어서 머리통을 뜯어버리겠다고 으름장을 놓았고."

노리스는 고개를 끄덕였다. 그는 윌마의 부검이 끝나고 네티의 부검이 시작되기 전 캐슬록 사건 접수실로 연락해 두 여자와 관련해서 고소장이 접수된 적이 있는지 문의했다. 네티의 목록은 짧았다. 딱 한 건이었다. 이성을 잃고 남편을 죽였다. 그걸로 끝. 다시 이 마을로 돌아와 지낸 몇 년을 비롯해 그전에도 그 이후에도 발끈한 적이 없었다. 윌마는 전혀 달랐다. 그녀는 아무도 죽인 적이 없었지만 원고로서 그리고 피고로서 고소장이 많았고 그 역사가 캐슬록 중학교 시절로 거슬러 올라갔다. 방과후에 남으라고 한 임시 교사의 눈을 향해 주먹을 날린 일이었다. 운이 나쁘거나 판단을 잘못하는 바람에 윌마에게 밉보인 여자들이 경찰의 보호를 요청한 경우도 두 번 있었다. 그런가 하면 폭행으로 고소당한 것도 세 차례나 되었다. 결국 세 건 모두 취하되기는 했지만 제정신이 박힌 사람이라면 윌마 저직을 건드릴 생각을 하지 않을 게 뻔했다.

“둘이 서로 잘 맞지 않았네요.” 노리스가 중얼거렸다.

“최악이었지.”

“맨 처음 윌마가 찾아가려고 했을 때는 남편이 말렸다고요?”

“바보도 아닌데 그랬을 리 있나. 클럿에게 얘기한 바로는, 마시는 차에 자낙스 두 알을 넣어서 부인을 진정시켰대. 자기 말로는 그렇게 끝난 줄 알았다는군.”

“그 말을 믿으세요, 보안관님?”

“음…… 아직 만나서 대화를 나누지는 않았지만 일단은.”

“부인이 마시는 차에 넣었다는 그게 뭐예요? 약물인가요?”

“신경안정제야. 저직이 범죄수사부에 밝힌 바로는 전에도 그녀가 흥분했을 때 두어 번 그 방법을 쓴 적이 있었대. 그러면 진정이 됐다고. 그래서 이번에도 그런 줄 알았다는군.”

“그런데 아니었군요.”

“처음에는 진정됐을 거야. 윌마가 당장 뛰쳐나가서 네티의 엉덩이를 물어뜯지 않은 걸 보면. 하지만 네티를 계속 괴롭히기는 했겠지. 개 때문에 싸웠을 때 고안한 패턴이 있거든. 전화하고. 차를 몰고 집 앞을 지나가고. 뭐 그런 거. 네티는 예민한 성격이라 아주 괴로웠을 거야. 존 라포인트와 그쪽 범죄수사부가 7시쯤 폴리를 만나러 갔었어. 폴리 말로는 네티에게 걱정거리가 있었다고 하더군. 오늘 아침에 폴리네 집으로 찾아왔을 때 흘린 말이 있었다고. 그 당시에는 무슨 소리인지 몰랐다지만." 앨런은 한숨을 쉬었다. "좀더 귀담아들을걸 그랬다고 후회하는 눈치야."

"폴리는 어때요, 보안관님?"

"잘 대처하고 있어, 내가 보기엔." 그는 사건 현장 근처의 집에서 한 번, 그리고 노리스와 함께 여기 이 병원에 도착한 직후에 또 한 번, 이렇게 두 차례 그녀와 통화했다. 두 번 다 차분하고 침착한 목소리였지만 조심스럽게 단속한 껍데기 너머에 숨겨져 있는 눈물과 혼란을 느낄 수 있었다. 맨 처음 전화를 걸었을 때 그녀가 사건의 정황을 대부분 파악하고 있음을 알고도 그는 별로 놀라지 않았다. 조그만 마을에서 소문, 특히 흉흉한 소문은 삽시간에 번지기 마련이었다.

"펑 터진 이유가 뭐였답니까?"

앨런은 놀라서 노리스를 쳐다보았다가 그가 아직 모르고 있다는 걸 알아차렸다. 앨런은 한 부검이 끝나고 다른 부검이 시작되기 전에 존 라포인트로부터 거의 완벽한 보고를 받았지만, 그동안 노리스는 다른 전화기로 실라 브리검에게 두 여자가 연루된 고소장에 대해 듣고 있었다.

"둘 중 한 명이 전쟁을 확대하려고 했지. 내 생각에는 윌마가 아니었을까 싶은데 자세한 내막은 아직 애매모호해. 네티가 오늘 아침 폴리를 찾아간 사이에 윌마가 네티의 집에 갔었나 봐. 네티가 분명 문을 잘 닫고 단단히 잠갔을 텐데 바람에 열린 모양이야. 오늘 바람이 얼마나 심하게 불었는지 알잖아."

"그랬죠."

"처음에는 그냥 차를 몰고 그 앞을 지나가면서 네티를 도발하려고 했겠지. 그런데 문이 열려 있는 걸 보고 생각이 바뀐 거야. 어쩌면 아닐 수도 있지만 내 생각에는 그런 것 같아."

입 밖으로 내뱉기도 전부터도 그는 그게 거짓말이라는 걸 알았다. 맞는 것 같지가 않았고 그래서 문제였다. 맞는 것 같아야 하는데, 맞는 것 같았으면 좋겠는데, 그렇지가 않았다. 미치겠는 건, 어째서 틀렸다는 느낌이 드는지 딱 꼬집어 얘기할 수 없다는 사실이었다. 네티가 윌마 저직에 대해 그 정도로 편집증적인 공포를 느꼈다면 틀림없이 문을 제대로 닫고 제대로 잠갔으리라는 것이 가장 그럴듯한데…… 모든 의혹을 일소하기에는 그걸로 부족했다. 네티는 나사가 단단히 조여진 사람이 아니었고 그런 사람의 행동은 함부로 넘겨짚을 수 없으니 말이다. 그래도…….

"윌마가 무슨 짓을 저질렀는데요? 집을 난장판으로 만들어놓았나요?"

"네티의 개를 죽였어."

"네?"

"그랬다니까."

"맙소사! 진짜 막나가는 여자네요!"

"뭐, 그건 이미 아는 사실이었잖아, 안 그래?"

"그렇죠, 하지만……."

바로 그거였다. 몇 년이 지난 지금까지도 조서의 최소 이십 퍼센트가 개판이라고 보면 되는 노리스 리지윅조차 그렇게 얘기하지 않는가. 그렇죠, 하지만.

"스위스 아미 칼로 죽였어. 자기 시트에 진흙을 던진 것에 대한 복수라고 적은 쪽지를 코르크 오프너에 꽂아서. 그래서 네티는 돌멩이를 잔뜩 들고 윌마의 집으로 찾아갔지. 그녀도 쪽지를 써서 돌멩이를 감싸고 고무줄로 묶었어. 쪽지에는 그 돌멩이가 마지막 경고라고 썼고. 그걸 던져서 저직 부부의 집 1층 창문을 모조리 깨뜨렸어."

"하느님 맙소사." 노리스가 약간은 감탄하는 투로 말했다.

"저직 부부는 11시 미사 시간에 맞춰서 10시 30분쯤 집을 나섰어. 미사를 본 뒤에 펄래스키 부부와 점심을 먹었고. 피터 저직은 제이크 펄래스키와 같이 패트리어츠 경기를 보려고 그 집에 남았으니 이번에는 윌마를 진정시키려 시도할 기회조차 없었지."

"둘은 그 길모퉁이에서 우연히 만난 건가요?" 노리스가 물었다.

"아닐 것 같은데. 집에 도착한 윌마가 상황을 보고 네티를 불러냈을 거야."

"이를 테면 결투 신청을 하듯이요?"

"바로 그거지."

노리스는 휘파람을 불고 등 뒤로 손깍지를 낀 채 어둠 속을 내다보며 잠시 아무 말 없이 서 있었다. 이윽고 그가 물었다. "보안관님, 우리가 이 빌어먹을 부검에 참관해야 하는 이유가 뭡니까?"

"의례지." 앨런은 말했지만…… 적어도 그의 입장에서는 그것만이 아니었다. 사건의 양상이나 (지금의 그가 이 사건에 대해 그렇듯) 느낌이 석연치 않을 때 중립 상태로 놓인 뇌의 기어를 전진으로 바꿀 만한 뭔가를 발견할 수도 있었다. 모자를 걸 만한 고리를 발견할 수도 있었다.

“뭐, 그렇다면 이 마을은 다른 의례 담당자를 뽑을 때가 된 것 같네요.” 노리스의 툴툴대는 소리에 앨런은 웃음을 터뜨렸다.

하지만 속으로는 웃지 않았다. 폴리가 앞으로 며칠 동안 마음고생을 할 것이기 때문이기도 했지만, 이 사건은 어딘가 모르게 이상했다. 표면상으로는 모든 게 아무 문제 없어 보이지만 본능이 거주하는(어떨 때는 숨어 있기도 하는) 깊숙한 곳으로 파고 들어가보면 화성의 전사 쪽이 훨씬 말이 되는 듯했다. 적어도 앨런이 느끼기에는 그랬다.

어이, 왜 이래! 방금 담배 한 대 피우는 동안 노리스한테 하나부터 열까지 자세하게 설명해줬잖아.

그래, 그랬다. 그것도 또 다른 문제였다. 한쪽은 반쯤 나사가 풀렸고 다른 쪽은 독사 같았다 한들, 두 여자가 그렇게 단순한 이유로 길모퉁이에서 만나 흥분한 코카인 중독자처럼 서로 난도질을 했을까?

앨런으로서는 알 수 없었다. 알 수 없었기 때문에 그는 담배를 던지고 사건의 전말을 처음부터 다시 훑기 시작했다.

2

앨런에게는 사건의 시작이 앤디 클러터벅에게 연락을 받은 시점이었다. 패트리어츠 대 제츠의 미식축구 경기를 보다가 텔레비전을 끄고(2쿼터가 시작된 지 삼 분도 채 지나지 않았는데 패트리어츠가 이미

터치다운 한 개와 필드골 한 개를 먹은 참이었다) 외투를 입던 중에 전화벨이 울렸다. 그는 니드풀 싱스에 가서 곤트가 나왔는지 알아보려던 참이었다. 거기서 폴리를 만날 수 있을지도 몰랐다. 그런데 클럿의 전화로 모든 게 바뀌었다.

클럿이 말하길 점심을 먹고 복귀해보니 에디 워버턴이 막 통화를 마친 참이더라고 했다. 이 마을의 '나무 이름 붙은' 거리에서 무슨 소동이 벌어졌다는 신고였다. 여자들끼리 싸웠다나. 에디가 보안관에게 전화해 그런 사건이 벌어졌다고 알리는 게 어떻겠느냐고 클럿에게 권했다고 했다.

"도대체 에디 워버턴이 보안관 사무실 전화를 받은 이유가 뭐야?" 앨런이 짜증을 내며 물었다.

"글쎄요, 아마도 사건 접수실에 아무도 없으니까……."

"그도 시스템을 잘 알 텐데. 사건 접수실에 아무도 없으면 배스터드가 다른 데로 연결하게 되어 있잖아."

"그가 전화를 받은 이유는 모르겠지만……." 클럿은 조바심을 감추지 않고서 말했다. "그게 중요한 건 아닌 것 같아요. 사 분 전에 제가 에디와 얘기하고 있는 사이 두 번째 신고 전화가 걸려 왔어요. 노파였는데, 이름은 듣지 못했습니다. 너무 흥분해서 이름을 밝히지 못했든지 이름을 밝히고 싶지 않았든지 둘 중 하나예요. 아무튼 포드와 윌로가 만나는 모퉁이에서 심각한 싸움이 벌어졌다고 했어요. 여자 둘이 싸우고 있다고요. 신고자 말로는 둘 다 칼을 휘둘렀대요. 아직 거기 있고요."

"아직 싸우고 있다고?"

"아뇨, 둘 다 쓰러졌답니다. 싸움은 끝났고요."

"그렇군." 앨런의 머릿속이 속도를 높이는 급행열차처럼 빠르게 째깍거리기 시작했다. "일지에 기록했지?"

"그럼요."

"잘했어. 오늘 오후는 시턴이 당번이지? 시턴을 그쪽으로 당장 보내."

"이미 보냈습니다."

"이런 똘똘한 친구를 보았나. 이제 주 경찰청에 연락해."

"범죄수사부를 호출할까요?"

"아직은 아니고. 일단 그쪽에 상황 보고만 해. 거기서 만나자고, 클럿."

현장에 도착해 피해 규모를 파악했을 때, 앨런은 주 경찰청 옥스퍼드 지서에 무전으로 연락해 당장 범죄수사부를 파견해달라고…… 여건이 허락하면 두 팀을 보내달라고 요청했다. 그즈음 클럿과 시턴 토마스는 양팔을 벌리고 쓰러진 두 여자의 앞에 서서 구경꾼들을 집으로 돌려보내고 있었다. 출동한 노리스는 현장을 보더니 자기 순찰차 트렁크에서 "사건 현장 출입 금지"라고 적힌 노란색 테이프를 꺼냈다. 먼지 더께를 두껍게 뒤집어쓴 테이프였고, 나중에 노리스가 앨런에게 말하길 하도 오래된 테이프라 제대로 붙을지 의문이었다고 했다.

그런데 잘 붙었다. 노리스가 테이프로 주변의 떡갈나무를 뱅 둘러 정지 표지판 발치에서 서로 끌어안고 있는 듯이 보이는 두 여자 주변으로 큼지막한 삼각형을 만들었다. 구경꾼들은 집으로 돌아가지 않았지만 마당으로 철수하기는 했다. 모두 쉰 명쯤 됐고 전화를 받고 참사 현장을 구경하러 달려오는 이웃 주민들 때문에 숫자는 점점 늘어났다. 앤디 클러터벅과 시턴 토머스는 저러다 총을 꺼내 공포탄을 발사하겠다 싶을 정도로 신경이 곤두선 듯했다. 앨런도 그들의 심정을 이해할 수 있었다.

메인 주에서는 주 경찰청의 범죄수사부가 살인 사건을 전담했고, 잔챙이 경관들로서는(그들 대부분이 여기 해당했다) 사건을 발견하고 범죄수사부가 도착할 때까지 기다리는 동안이 가장 공포스러운 시간이었다. 시골 경찰과 카운티 소속 기마경찰들은 이른바 증거의 연속성이 이때 가장 깨어지기 쉽다는 걸 알았다. 그리고 아무리 카운티 소속이라 해도 잔챙이 경관들은 어설프고 손끝이 둔하다고 믿는 사람들이—대개 사법부와 검찰청 소속이었다—나중에 이러쿵저러쿵하며 그들의 일거수일투족을 조목조목 되짚으리라는 것도 알았다.

게다가 건너편 마당에 말없이 서 있는 군상이 정말이지 섬뜩했다. 앨런은 〈시체들의 새벽〉에서 본 쇼핑몰의 좀비떼를 떠올렸다.

그는 순찰차 뒷좌석에서 건전지로 작동하는 확성기를 꺼내 당장 안으로 들어가라고 외쳤다. 사람들이 말을 듣기 시작했다. 그는 알맞은 절차를 다시 한번 머릿속으로 점검한 다음 사건 접수실로 무전을 쳤다. 샌드라 맥밀런이 잡무를 처리하느라 자리를 지키고 있었다. 실리 브리검만큼 믿음직한 인물은 못 됐지만 찬밥, 더운밥 가릴 처지가 아니었고…… 실라가 소식을 듣고 조만간 출근하지 않을까 싶었다. 책임감이 아니라 호기심 때문에라도 그럴 것이다.

앨런은 샌드라에게 레이 밴 앨런의 행방을 파악해달라고 했다. 레이는 캐슬록의 상시 대기 법의관이자 검시관이었기에 가능하다면 범죄수사부가 도착했을 때 그가 현장에 있어주었으면 했다.

"알겠습니다, 보안관님." 샌드라는 거드름을 부리며 말했다. "본부에는 아무 문제 없습니다."

앨런은 다시 현장의 경관들에게로 돌아갔다. "누가 두 여자의 사망을 확인했나?"

클럿과 시턴 토머스가 당황한 얼굴로 불안한 눈빛을 교환하며 서로 쳐다보자 앨런은 가슴이 무거워졌다. 나중에 이러쿵저러쿵할 인간들에게 꼬투리가 하나 잡혔을 수도, 아닐 수도 있었다. 사이렌 소리가 점점 가까워지기는 했지만 범죄수사부가 아직 도착하지 않았다. 앨런은 테이프 아래로 들어가 통금 시간 이후에 집에서 몰래 빠져나오는 아이처럼 까치발을 하고 정지 표지판 쪽으로 다가갔다.

쏟아진 피는 대부분 두 피해자와 낙엽으로 막힌 하수구 사이에 고여 있었고, 과학수사반에서 후방혈이라고 표현하는 핏방울이 피해자 주변에 둥근 모양으로 점점이 뿌려져 있었다. 이 동그라미 바로 바깥쪽에 한쪽 무릎을 꿇고 손을 내밀어보니, 넘어지기 직전까지 몸을 앞으로 기울이고 팔을 쭉 뻗으면 시신—시신이라고 단정 지을 수 있었다—에 손이 닿았다.

그는 시턴, 노리스, 클럿을 돌아보았다. 셋이 한데 모여 동그랗게 뜬 눈으로 그를 쳐다보고 있었다.

"사진 찍어." 그가 말했다.

클럿과 시턴이 그가 타갈로그어*로 명령을 내리기라도 한 듯 멀뚱멀뚱 쳐다만 보는 사이, 노리스가 앨런의 순찰차로 달려가 뒷좌석을 뒤진 끝에 범죄 현장을 촬영하는 데 쓰는 구닥다리 폴라로이드 두 대 중 한 대를 찾아냈다. 앨런은 예산 책정 회의가 열리면 카메라를 적어도 한 대 이상 새로 사달라고 요청할 계획이었지만 이날 오후에는 예산 책정 회의가 전혀 중요하지 않은 일처럼 느껴졌다.

노리스가 카메라를 들고 황급히 돌아와 렌즈를 겨누고 셔터를 눌렀다. 안에서 롤러가 찡찡대며 돌아갔다.

"만일의 경우에 대비해서 한 장 더 찍는 게 좋겠어." 앨런이 말했다. "시신까지 넣어서. 우리가 증거의 연속성을 훼손했다는 소리는 듣고 싶지 않으니까. 그건 안 될 말씀이지." 자신의 말투가 시비조라는 걸 알았지만 그로서도 어쩔 도리가 없었다.

노리스는 다시 한번 셔터를 눌러 동그란 핏자국의 바깥쪽에 위치한 앨런과 멈춤 표지판 발치에 쓰러져 있는 시신을 기록으로 남겼다. 이제 앨런은 조심스럽게 몸을 앞으로 기울여 위편에 누워 있는 여자의 피투성이가 된 목에 손가락을 갖다 댔다. 당연히 맥이 잡히지 않았지만 그의 손가락에 눌린 고개가 표지판 기둥에서 미끄러져 옆으로 돌아갔다. 앨런은 네티를 한눈에 알아보았고, 곧바로 폴리를 떠올렸다.

이런 맙소사. 그는 우울하게 생각했다. 두개골에 식칼이 꽂혀 있는 윌마도 맥이 잡히는지 확인했다. 그녀의 뺨과 이마에 조그만 핏

* 필리핀 공용어.

방울이 점점이 찍혀 있었다. 꼭 이교도의 문신 같았다.

자리에서 일어난 앨런은 부하들이 서 있는 테이프 저편으로 돌아갔다. 폴리 생각이 머리에서 떠날 줄 몰랐고, 그러면 안 된다는 것도 알았다. 얼른 떨쳐버리지 않으면 수사에 방해가 될 게 분명했다. 구경꾼들 중에서 네티를 알아본 사람이 있을지 궁금했다. 있다면 폴리는 그의 전화를 받기 전에 이미 소식을 들었을 것이다. 앨런으로선 그녀가 직접 확인하러 오는 일만은 없기를 간절히 바랄 따름이었다.

지금은 그런 걱정을 할 때가 아니잖아. 그는 자신을 나무랐다. 보아하니 이중 살인 사건이 벌어진 것 같은데.

"수첩 꺼내." 그는 노리스에게 말했다. "자네가 이제 서기야."

"보안관님, 제 맞춤법이 얼마나 형편없는지 아시잖아요."

"그냥 적기나 해."

노리스는 폴라로이드 카메라를 클럿에게 건네고 뒷주머니에서 수첩을 꺼냈다. 맨 아래에 그의 이름이 고무인으로 찍힌 교통법규 위반 계고장이 딸려 나와 떨어졌다. 노리스는 허리를 숙여 바닥에 떨어진 계고장 뭉치를 집어서 멍하니 뒷주머니에 다시 넣었다.

"위편의 여자를 이제부터 1번 피해자라고 지칭할 텐데, 그 여자의 머리가 원래는 정지 표지판 기둥에 기대어져 있었다고 적어. 내가 맥박을 확인하다가 의도치 않게 밀치게 됐다고."

금세 경찰 전문용어로 전환이 된단 말이지. 앨런은 생각했다. 자동차는 '차량'이 되고 악당은 '가해자'가 되고 죽은 마을 주민은 '1번 피해자'가 되고. 경찰 전문용어, 놀라운 슬라이드식 유리벽이여.

그는 클럿에게 바뀐 시신의 배치 형태를 사진으로 찍으라고 했다. 여자들을 건드리기 전에 노리스가 원래의 자세를 기록으로 남긴 것이 천만다행이었다.

클럿이 사진을 찍었다.

앨런은 노리스를 다시 돌아보았다. "1번 피해자의 고개가 돌아갔을 때 네티 코브임을 확인할 수 있었다고 추가로 적어."

시턴이 휘파람을 불었다. "네티라고요?"

"그래."

노리스는 수첩에 정보를 적었다. 그런 다음 물었다. "이제 뭘 하면 될까요, 보안관님?"

"기다리고 있다가 범죄수사부의 수사팀이 도착하면 혈기왕성한 모습을 보이려고 노력해야지." 앨런은 말했다.

그로부터 삼 분도 지나지 않아 차량 두 대에 나눠 탄 범죄수사부가 도착했고, 뒤이어 레이 밴 앨런이 오래돼서 삐걱거리는 스바루 브랫을 몰고 등장했다. 다시 그로부터 오 분 뒤에는 주 경찰청 신원감식반이 파란색 스테이션왜건을 타고 왔다. 주 경찰청 소속 전원이 시가에 불을 붙였다. 앨런은 그럴 줄 알고 있었다. 아직 따끈따끈한 시신이고 야외였지만 시가는 고정불변의 전통이었다.

경찰 전문용어로 '현장 초동수사'라고 하는 불쾌한 작업이 시작되어 해가 떨어진 이후까지 이어졌다. 앨런은 옥스퍼드 지서장(따라서 명목상 이 사건과 범죄수사부의 총괄 책임자인) 헨리 페이턴과 전에도 몇 번 공조한 적이 있었다. 그는 상상력이라고는 눈곱만큼도 찾을 수 없는 노력파였다. 철저하고 성실한 노력파. 그런 헨리가 사건을 맡았기에 앨런은 잠깐 빠져나가 폴리에게 연락을 해도 괜찮겠다는 생각이 들었다.

다시 현장으로 돌아와보니 피해자들의 손을 사 리터짜리 지퍼 백으로 감싸고 있었다. 신발이 벗겨져 스타킹이 드러난 윌마 저직의 한쪽 발에도 똑같은 조치가 취해졌다. 신원감식반이 투입돼 거의 삼백 장에 가까운 사진을 찍었다. 그즈음 주 경찰청에서 추가 인력이 도착했다. 그중 일부는 다시금 점점 가까이 다가오는 군중을 통제했고, 나머지는 속속들이 도착하는 텔레비전 방송국 직원들을 시청 쪽으로 이동시켰다. 경찰청 소속 화가가 모눈종이에 얼른 범죄현장을 스케치했다.

마침내 시신 수습이 끝나고 마지막 한 가지 업무가 남았다. 페이턴이 앨런에게 일회용 수술 장갑과 지퍼 백을 건넸다. “뼈 칼 할래요, 아니면 식칼 할래요?”

“내가 식칼을 맡을게요.” 앨런이 말했다. 윌마의 뇌가 엉겨붙어서 둘 중 식칼이 더 처참하겠지만 네티의 몸에 손을 대고 싶지 않았다. 그는 네티를 좋아했다.

살인에 동원된 흉기를 제거하고 라벨을 붙인 뒤 지퍼백에 넣어 오거스타로 보내자 범죄수사부의 두 팀이 출동해 에나멜처럼 표면이 단단하게 굳어가는 피 웅덩이 속에서 최후의 포옹을 나누는 시신 주변을 살피기 시작했다. 마침내 레이 밴 앨런에게 구급차에 시신을 실어도 좋다는 허락이 떨어졌고, 순찰차의 상향등이 현장을 환하게 비추는 가운데 잡역부들이 윌마와 네티를 떼어내야 했다.

그러는 거의 내내 캐슬록의 경관들은 빈둥빈둥 그냥 서 있었다.

현장 초동수사라는 기묘하고 섬세한 발레가 마무리되는 동안 옆에서 구경하던 앨런에게 헨리 페이턴이 다가왔다. "일요일 오후를 이런 식으로 보내다니 아주 지랄맞네요." 그가 말했다.

앨런은 고개를 끄덕였다.

"당신이 건드렸을 때 머리가 움직인 건 유감이에요. 재수가 없었죠."

앨런은 다시 고개를 끄덕였다.

"그걸 가지고 당신을 괴롭힐 사람은 없을 거예요. 원래 자세를 정확하게 찍어놓은 사진도 최소 한 장 있고 하니." 그는 클럿과 새롭게 등장한 존 라포인트와 대화를 나누고 있는 노리스 쪽을 쳐다보았다. "저 친구가 손가락으로 렌즈를 가리지 않은 게 얼마나 다행인가요."

"아, 노리스도 쓸 만한 친구예요."

"뭐, 그거야 러브 젤도 그렇죠…… 제대로만 쓰이면. 아무튼 사건의 전말은 아주 단순해 보이는데요."

앨런도 동의하는 바였다. 그게 문제였다. 노리스와 함께 케네벡 밸리 병원 뒤편 골목에서 일요일 일과를 마치기 한참 전부터 그는 이 사실을 알고 있었다. 사건의 전말이 너무 단순하다는 것.

"부검에 참관하실 건가요?" 헨리가 물었다.

"네. 라이언이 하나요?"

"제가 알기로는요."

"노리스를 데려갈까 하는데요. 시신은 일단 옥스퍼드로 이송되는 거죠?"

"네. 거기서 서류 작업이 이루어지니까요."

"노리스하고 지금 출발하면 시신이 도착하기 전에 먼저 오거스타로 건너갈 수 있겠네요."

헨리 페이턴은 고개를 끄덕였다. "그래도 되죠. 여기는 일단락된 것 같으니까."

"제 부하들을 범죄수사부 수사팀에 한 명씩 딸려 보내고 싶은데요. 참관인으로. 그래도 될까요?"

페이턴은 생각해보았다. "네. 하지만 그러면 여기는 누가 지키죠? 시턴 토머스?"

앨런은 단순한 짜증으로 간주하기에는 뜨거운 뭔가가 확 치밀어 오르는 걸 느꼈다. 긴 하루였고 헨리가 앨런 자신의 부관들에게 딱딱거리는 소리는 들을 만큼 들었다. 하지만 엄밀히 말해 주 경찰청 소관인 사건에 편승하려면 헨리의 심기를 건드리지 말아야 했기에 혀를 깨물었다.

"왜 이러세요, 헨리. 일요일 밤이잖아요. 멜로 타이거도 영업을 안 하는걸요."

"이 사건에 그렇게 열을 내는 이유가 뭐예요, 앨런? 미심쩍은 부분이라도 있나요? 듣자 하니 두 여자가 원래부터 감정이 안 좋았고 위쪽 여자는 예전에도 사람을 죽인 적이 있다던데요. 그것도 자기 남편을요."

앨런은 생각해보았다. "아뇨, 미심쩍은 부분은 없습니다. 내가 아는 한에서는요. 다만……."

"납득이 잘 되지 않는다?"

"그런 셈이죠."

"좋아요. 당신 부하들이 잠자코 있어야 한다는 조건만 수락한다면야, 상관없어요."

앨런은 살짝 미소를 지었다. 클럿과 존 라포인트에게 질문이라도 던지라고 하면 오히려 줄행랑을 놓을지 모른다고 페이턴에게 얘기할까 하다가 관두기로 했다.

"입 꾹 다물고 있을 겁니다. 믿으셔도 됩니다."

3

이렇게 해서 그와 노리스 리지윅은 기억이 닿는 한 가장 긴 일요일을 보내고 여기 이렇게 있었다. 하지만 이런 날도 네티와 윌마의 인생과 한 가지 공통점이 있었으니 이제 끝났다는 것이었다.

"모텔에서 주무실 생각이세요?"

노리스가 머뭇머뭇 물었다. 독심술을 동원하지 않아도 그가 무슨 생각을 하고 있는지는 훤했다. 내일 낚시를 못 가게 될까 봐 걱정하는 것이다.

"아니, 설마." 앨런은 허리를 숙여 문을 받치는 데 썼던 가운을 집었다. "이제 돌아가야지."

"잘 생각하셨어요." 노리스는 사건 현장에서 앨런을 만난 이래 처음으로 신이 난 목소리로 말했다. 오 분 뒤 그들은 순찰차 전조등으로 바람 부는 어둠에 구멍을 내가며 43번 도로를 따라 캐슬록을 향해 달렸다. 캐슬록에 도착했을 무렵에는 월요일이 시작된 지 거의 세 시간이 지나 있었다.

4

앨런은 시청 뒤편에 주차한 뒤 순찰차에서 내렸다. 그의 스테이션왜건과 노리스의 쓰러져가는 폭스바겐 비틀이 나란히 주차장 저편에 세워져 있었다.

“곧장 집으로 갈 건가?” 그는 노리스에게 물었다.

노리스는 살짝 쑥스러운 웃음을 지으며 시선을 떨어뜨렸다.

“옷 갈아입고 바로요.”

“노리스, 남자 화장실을 탈의실로 착각하지 말라고 몇 번을 더 얘기해야겠나?”

“왜 이러세요, 보안관님. 어쩌다 한 번인데.”

하지만 어쩌다 한 번이 아니라는 걸 두 사람 다 알았다.

앨런은 한숨을 쉬었다.

“됐어. 자네한테도 긴 하루였을 텐데. 미안.”

노리스는 어깨를 으쓱했다. “살인 사건이었잖아요. 자주 벌어지는 일도 아니고, 이럴 땐 다 같이 힘을 모아야죠.”

“샌드라나 실라가 있으면 야근 수당 신청서 써달라고 해.”

“버스터한테 씹힐 거리를 제공하라고요?” 노리스가 씁쓸한 웃음을 터뜨렸다. “됐습니다. 받은 셈 칠게요, 보안관님.”

“그자가 계속 괴롭히나?” 요 며칠 도시 행정위원장에 대해서는 잊고 지낸 터였다.

"아뇨. 하지만 길을 가다가 마주치기라도 하면 얼마나 노려보는지 몰라요. 눈빛으로도 사람을 죽일 수 있다면 저는 네티나 윌마처럼 죽은 목숨일 겁니다."

"신청서는 내일 아침에 내가 직접 써주지."

"보안관님 성함으로 작성하면 별문제 없겠네요." 노리스는 직원 전용 문을 향해 걸음을 옮겼다. "조심히 들어가세요, 보안관님."

"낚시 잘 다녀와."

노리스의 얼굴이 당장 환해졌다. "고맙습니다. 제가 새로 문을 연 가게에서 입수한 낚싯대를 보셨어야 하는데. 짱이거든요."

앨런은 씩 웃었다. "어련하겠나. 찾아가서 그 친구 좀 만나보려고 계속 생각중인데 말이지. 온 마을 사람들 마음에 드는 물건을 보유하고 있는 모양이니 내 몫도 있지 않을까 싶어서."

"왜 아니겠어요." 노리스가 맞장구를 쳤다. "없는 게 없더라고요. 보면 놀라실 거예요."

"잘 가게, 노리스. 다시 한번 말하지만 고마워."

"별말씀을요." 하지만 누가 봐도 좋아하는 표정이었다.

앨런은 차에 올라타 주차장을 빠져나와서 메인 스트리트로 진입했다. 자기도 모르게 무의식적으로 좌우의 건물을 살폈지만…… 그래도 입수한 정보는 입력됐다. 그중 하나가 니드풀 싱스 2층의 주거용 공간에 불이 켜져 있다는 사실이었다. 조그만 마을의 주민이 깨어 있기에는 너무 늦은 시각이었다. 그는 릴런드 곤트 씨에게 불면증이 있나 생각하며 한번 찾아가봐야겠다고 다시 한번 다짐했지만, 그것도 네티와 윌마의 이 안타까운 사건을 만족스러운 수준으로 해결한 다음이라야 할 것이었다.

그는 메인과 로럴이 만나는 모퉁이에 다다라 좌회전 깜빡이를 넣었다가 네거리 한복판에서 멈추고 대신 우회전을 했다. 집에 가고 싶지 않았다. 하나 남은 아들이 친구와 케이프코드에서 재미있는 시간을 보내는 지금, 그곳은 춥고 아무도 없는 공간이었다. 그 집에는 닫힌 문이 너무 많았고 그 뒤에 숨어 있는 추억들도 너무 많았다. 그 반대편에 지금 누군가를 간절히 필요로 할지 모르는 여인이 살고 있었다. 어쩌면 이 남자가 그녀를 원하는 만큼 간절하게 원하고 있을지 몰랐다.

오 분 뒤 앨런은 전조등을 끄고 폴리의 집 앞 진입로로 살금살금 차를 몰았다. 문이 잠겨 있겠지만 그는 어느 현관 계단 모서리 아래를 보면 되는지 알았다.

5

"아직 퇴근 안 하고 뭐 했어요, 샌드라?"

노리스는 넥타이를 느슨하게 풀고 걸어 들어가며 물었다. 금발이 희끗희끗해지도록, 거의 스무 해째 파트타임으로 근무중인 샌드라 맥밀런이 사건 접수실에서 외투를 입고 있었다. 엄청 피곤해 보였다.

"실라가 포틀랜드에서 열리는 빌 코스비 공연 티켓을 사놨다지 뭐예요. 남아서 자리를 지키겠다고 했지만 내가 그냥 가라고 했어요. 사실상 문밖으로 떠밀다시피 했죠. 빌 코스비가 메인 주까지 오는 경우가 몇 번이나 되겠어요?"

두 여자가 캐슬 카운티 동물 보호소에서 데려왔을지 모르는 강아지를 두고 서로 난도질하기로 작정하는 경우는 몇 번이나 될까요? 노리스는 이런 생각이 들었지만…… 말로 표현하지는 않았다.

"몇 번 안 되겠죠."

"거의 없겠죠." 샌드라는 한숨을 내뱉었다. "근데 비밀 하나 알려줄까요? 다 끝났으니 하는 얘긴데, 실라가 자리를 지키겠다고 했을 때 그러라고 하지 않은 걸 후회했지 뭐예요. 어찌나 정신없는 밤이었는지……. 11시가 될 때까지 이 주의 모든 텔레비전 방송국이 최소 아홉 번씩 전화를 해대서 여기가 꼭 크리스마스이브 세일에 들어간 백화점 같았다니까요."

"이제 퇴근하세요. 제가 보내드릴게요. 배스터드 켜셨어요?"

배스터드는 사건 접수실이 비었을 때 전화가 오면 앨런의 집으로 연결하는 장치였다. 앨런의 집에서도 신호가 네 번 울릴 때까지 아무도 받지 않으면 옥스퍼드에 있는 주 경찰청으로 전화하라는 메시지를 전송하게 되어 있었다. 대도시라면 어림없을 임시방편이었지만 메인 주의 열여섯 개 카운티를 통틀어 가장 인구가 적은 캐슬 카운티에서는 별문제 없었다.

"켜놨어요."

"잘하셨어요. 보안관님이 곧장 집으로 가지 않으실 것 같거든요."

샌디가 알 만하다는 듯이 눈썹을 위아래로 움직였다.

"페이턴 경위한테서는 무슨 소식 있었어요?" 노리스가 물었다.

"전혀요." 그녀는 말을 끊었다가 다시 이었다. "끔찍했죠? 그러니까…… 그 두 여자 말이에요."

"네, 꽤 끔찍했죠." 그가 맞장구를 쳤다. 그의 사복은 파일 캐비닛 손잡이에 걸쳐둔 옷걸이에 단정하게 걸려 있었다. 그는 옷걸이를 집어서 남자 화장실로 향했다. 여기서 옷을 갈아입은 지 삼 년 정도 됐지만 이렇게 황당한 시각에 갈아입은 적은 거의 없었다. "퇴근하세요, 샌드라. 제가 옷 갈아입고 문단속할게요."

그는 화장실 안으로 들어가 칸막이 문 꼭대기에 옷걸이를 걸었다. 유니폼 셔츠 단추를 풀고 있는데 누군가가 문을 살그머니 두드렸다.

"노리스?" 샌드라의 목소리였다.

"여기 저 말고 누가 있겠어요." 그는 대답했다.

"하마터면 깜빡할 뻔했는데…… 누가 선물을 두고 갔어요. 당신 책상 위에 있어요."

노리스는 허리띠를 풀다 말고 멈추었다. "선물요? 누가요?"

"모르겠어요. 여기가 워낙 도떼기시장 같았거든요. 위에 카드가 있었어요. 리본으로 묶었고. 숨겨놓은 애인 아니에요?"

"하도 잘 숨어 있어서 저도 누군지 모르는데요." 노리스는 진심으로 아쉬움을 담아 대꾸하고는 바지를 벗어서 문 위에 걸고 청바지를 입었다.

샌드라 맥밀런은 밖에서 살짝 표독스러워 보이는 미소를 지었다. "아까 키턴 씨가 왔다 갔어요. 그분이 놓고 갔을지도 모르겠네요. 화해의 선물 삼아."

노리스는 웃음을 터뜨렸다. "그럴 리가요."

"아무튼 뭔지 내일 알려줘요. 궁금해죽겠으니까. 포장 예쁘던데. 갈게요, 노리스."

"조심히 들어가세요."

누가 나한테 선물을 주고 갔을까? 그는 바지 지퍼를 올리며 생각했다.

6

샌드라는 외투 옷깃을 세우며 밖으로 나섰다. 쌀쌀한 밤공기가 겨울이 다가오고 있음을 알렸다. 그녀가 그날 만난 수많은 사람들 중에는 변호사의 아내 신디 로즈 마틴도 있었다. 신디 로즈는 초저녁에 찾아왔었다. 하지만 샌드라는 노리스에게 그 얘기를 꺼낼 생각은 하지도 않았다. 사회적인 면이나 직업적인 면에서 훨씬 수준 높은 소수 정예로 이루어진 마틴 부부의 생활 반경과 노리스는 겹치는 부분이 없었으니까. 신디 로즈는 남편을 찾으러 왔다고 했는데, 앨버트 마틴이 이 마을의 법률적인 문제를 더러 해결했기 때문에 이상하게 생각할 일도 아니었다(정신이 하나도 없어서 그녀가 미하일 바리시니코프*를 찾으러 왔다고 했었어도 그런가 보다 했을 것이다).

샌드라는 신디 로즈에게 그날 저녁엔 마틴 씨를 보지 못했지만 혹시 원한다면 키턴 씨와 같이 있는지 2층에 올라가서 찾아보라고 했다. 신디 로즈는 이왕 온 김에 그러는 게 좋겠다고 말했다. 그 무

* 소련에서 미국으로 망명한 발레리노 겸 배우.

렵 전화 교환대에 다시 크리스마스트리처럼 불이 들어왔기 때문에 샌드라는 신디 로즈가 큼지막한 핸드백에서 반짝이는 포장지로 싸고 파란색 벨벳 리본으로 묶은 직사각형 상자를 꺼내 노리스 리지윅의 책상에 놓는 걸 보지 못했다. 그러면서 그녀는 예쁜 얼굴로 환하게 미소를 지었지만 미소 자체는 별로 예쁘지 않았다. 오히려 다소 잔인했다.

7

건물 출입문이 닫히고 샌디가 차의 시동을 거는 소리가 희미하게 들렸다. 노리스는 셔츠 자락을 청바지 안에 집어넣고 단화를 신은 뒤 유니폼을 정성스럽게 옷걸이에 걸었다. 셔츠 겨드랑이 냄새를 맡아보고는 더 있다가 세탁소에 맡겨도 되겠다는 결론을 내렸다. 다행이었다. 티끌 모아 태산 아닌가.

화장실에서 나온 그는 옷걸이를 아까의 파일 캐비닛 손잡이에 걸었다. 나갈 때 못 보고 지나칠 수 없는 위치였으니 그것도 다행이었다. 노리스가 깜빡하는 바람에 경찰서에 옷을 걸어두고 퇴근하면 앨런이 노발대발했다. 경찰서가 빨래방처럼 보인다는 이유에서였다.

그는 책상 앞으로 다가갔다. 누가 선물을 두고 갔다. 옅은 파란색 반짝이 포장지로 싸서 파란색 벨벳 리본으로 묶고 맨 위에 풍성한 나비매듭을 만들었다. 이제 궁금증이 극에 달한 노리스는 봉투를 뜯어서 열었다. 안에 카드가 들어 있었다. 수수께끼 같은 짧은 문장이 적혀 있었다.

!!!!!혹시 잊어버렸을까 봐!!!!!

그는 미간을 찌푸렸다. 주변에서 뭘 잊어버리지 않게 그를 계속 챙겨주는 사람은 앨런과 어머니뿐인데…… 어머니는 오 년 전에 돌아가셨다. 그는 상자를 들어서 리본을 풀고 나비매듭을 조심스레 한쪽 옆으로 내려놓았다. 그런 다음 포장지를 벗겨보니 아무 무늬도 없는 흰색 종이 상자가 나왔다. 높이 약 30센티미터에 너비 10센티미터, 깊이는 13센티미터쯤 되어 보였다. 뚜껑은 테이프로 붙여놓았다.

노리스는 테이프를 떼고 상자를 열었다. 하얀색 박엽지가 안에 담긴 뭔지 모를 것을 덮고 있었다. 종이는 평평한 표면에 울퉁불퉁한 것들이 달려 있는 선물이라는 게 드러날 만큼 얇았지만 그게 뭔지 보일 만큼 얇지는 않았다.

박엽지를 걷으려고 손을 뻗었을 때 집게손가락이 어떤 단단한 것에 부딪혔다. 혓바닥처럼 앞으로 튀어나온 금속이었다. 묵직한 철제 이빨이 박엽지와 함께 노리스 리지윅의 긴 손가락 세 개를 덥석 물었다. 고통이 팔을 관통했다. 그는 비명을 지르며 왼손으로 오른쪽 손목을 잡고 비틀비틀 뒷걸음질쳤다. 하얀색 상자가 바닥으로 떨어졌다. 박엽지가 구겨졌다.

아, 젠장! 아프잖아! 그는 구깃구깃한 리본처럼 늘어진 박엽지를 잡아 뜯었다. 대형 빅토리 쥐덫이 드러났다. 누군가가 쥐덫을 작동시켜서 상자에 붙여놓고 박엽지로 덮어 가린 다음 파란색 포장지로 예쁘게 포장한 것이었다. 이제 그것이 그의 오른쪽 손가락 세 개를 꽉 물고 있었다. 집게손가락은 손톱이 곧바로 뜯겨서 피를 뚝뚝 흘리는 초승달 모양의 생살만 남아 있었다.

"어떤 개자식이야!"

노리스는 비명을 질렀다. 철제 이빨을 그냥 들어올리면 됐을 텐데 아프고 놀라서 쥐덫을 쫀 라포인트의 책상 옆면에 치고 말았다. 철제로 된 책상 모서리에 다친 손가락이 부딪히자 통증이 다시금 으르렁거리며 팔을 타고 올라왔다. 그는 다시 비명을 지르고 덫의 이빨을 잡아서 뒤로 젖혔다. 손가락을 뱉어낸 덫은 아래로 떨어졌다. 바닥에 부딪히자 철제 이빨이 나무로 된 바닥판을 다시 탁 때렸다.

노리스는 부들부들 떨며 잠깐 서 있다가 다시 화장실로 달려가 왼손으로 찬물을 틀고 오른손을 수도꼭지 아래 갖다 댔다. 매복 사랑니처럼 욱신거렸다. 그는 우거지상으로 입술을 꾹 다물고 서서 빙글빙글 하수구로 내려가는 가느다란 핏줄기를 쳐다보며 샌드라가 했던 말을 떠올렸다. 아까 키턴 씨가 왔다 갔어요…… 화해의 선물 삼아…….

그리고 그 카드. "혹시 잊어버렸을까 봐."

아, 버스터의 소행이로군. 그는 조금도 의심하지 않았다. 딱 버스터다운 수법이었다.

"이런 개새끼." 노리스는 앓는 소리를 냈다.

찬물에 손가락이 마비되자 욱신거리던 게 진정됐지만 집에 가면 다시 도질 게 분명했다. 아스피린을 먹으면 좀 가라앉을지 몰라도 오늘 밤에 제대로 잠을 자기는 글렀다는 생각이 들었다. 내일 가려던 낚시도 마찬가지였다.

아니야, 갈 거야. 이 빌어먹을 손이 떨어져나간대도 낚시를 가고 말 거야. 준비도 다 했고 손꼽아 기다렸는데 댄포스 버스터 키턴, 이 새끼가 나를 막을 수는 없지.

그는 수도를 잠그고 종이 타월로 손을 가볍게 닦았다. 덫에 물려서 부러지거나 한 건 아니지만—그가 보기에는 그랬다—찬물에 갖다 대도 손가락은 이미 부어오르기 시작했다. 물린 손가락의 첫 번째와 두 번째 손마디 사이에 짙은 자주색으로 이빨 자국이 남았다. 손톱이 뜯겨 생살이 드러난 집게손가락에서 조그맣게 핏방울이 배어 나왔고 벌써부터 다시 욱신거리기 시작했다.

그는 아무도 없는 사무실로 돌아가 존의 책상 옆에 모로 떨어진 덫을 쳐다보았다. 그걸 주워서 자기 책상으로 들고 갔다. 선물 상자에 다시 담아 맨 위 책상 서랍에 넣었다. 아래 서랍에서 아스피린을 꺼내 세 알을 입안에 털어넣었다. 그런 다음 박엽지와 포장지와 리본과 나비매듭을 집어서 쓰레기통에 쑤셔넣고 똘똘 뭉친 폐지로 덮었다.

버스터가 어떤 못된 장난을 쳤는지 앨런이나 다른 사람에게는 얘기하지 않을 작정이었다. 다들 대놓고 웃지는 않겠지만 어떻게 생각할지 뻔했다. 적어도 그가 생각하기엔 그랬다. 그런 장난에 속아 넘어가는 사람이 노리스 리지윅 말고 또 있을까? 작동시켜놓은 쥐덫에 손을 집어넣다니 이해가 안 되네.

숨겨놓은 애인 아니에요?…… 아까 키턴 씨가 왔다 갔어요…… 화해의 선물 삼아…….

“내가 직접 해결하겠어.” 노리스는 엄숙한 목소리로 나지막이 말했다. 다친 쪽 팔을 가슴에 대고서 하는 얘기였다. “내가 정한 방식으로, 내가 정한 시점에.”

문득 새로운 생각이 퍼뜩 떠올랐다. 버스터가 제대로 작동하지 않을 수도 있는 쥐덫으로 만족하지 못하면 어쩐다? 노리스의 집으로 찾아갔다면? 바준 낚싯대가 집에 있었고 심지어 어디 넣고 잠그지도 않았다. 그냥 고기 담는 바구니와 함께 헛간 구석에 나란히 세워놓았다.

버스터가 그걸 알고 낚싯대를 두 동강 내기로 마음먹었다면?

“그랬다면 내가 그자를 두 동강 내주겠어.”

노리스는 말했다. 헨리 페이턴뿐 아니라 수많은 동료들이 들었더라면 이게 누군가 했을 성난 목소리로 나지막이 으르렁거렸다. 그는 사무실을 나서며 문을 잠그는 것도 까맣게 잊었다. 심지어 아픈 손마저 잠시 잊었다. 오로지 집에 가야겠다는 생각뿐이었다. 집에 가서 바준 낚싯대가 무사한지 확인해야 했다.

8

앨런이 살금살금 방 안으로 들어갔을 때 이불 아래 형체는 꿈쩍하지 않았다. 그는 폴리가 자는 줄 알았다. 어쩌면 잠자리에 들기 전에 먹은 퍼코던 덕분일지 몰랐다. 그는 조용히 옷을 벗고 그녀의 옆으로 들어갔다. 베개에 머리를 뉘었을 때 눈을 동그랗게 뜨고 그를 쳐다보는 그녀와 시선이 마주쳤다. 그는 순간 놀라서 움찔했다.

"이 처자의 침소로 들어오신 손님이 뉘신지요?" 그녀가 나지막이 물었다.

"소인밖에 더 있겠습니까." 그는 살짝 미소를 지으며 대답했다. "깨워서 죄송합니다, 아씨."

"안 자고 있었어요." 그녀가 그의 목을 두 팔로 감싸 안았다. 그는 그녀의 허리를 감싸 안았다. 그녀에게서 전해지는 침대의 짙은 온기가 기분 좋게 느껴졌다. 꼭 졸음에 겨운 난로 같았다. 뭔가 단단한 것이 그의 가슴에 닿는 게 느껴져 잠옷 안에 뭘 입고 있는 건가 싶었다. 그 뭔지 모를 것은 얇은 은색 체인에 매달린 채 왼쪽 젖가슴과 겨드랑이 사이로 데구르르 굴렀다.

"괜찮아요?" 그가 물었다.

그녀는 옆얼굴을 그의 뺨에 댄 채 그를 계속 끌어안고 있었다. 뒷덜미에서 깍지를 끼고 있는 그녀의 손이 느껴졌다. "아뇨." 그녀는 말했다. 떨리는 한숨처럼 그 말을 토하고 흐느껴 울었다.

그는 머리카락을 쓸어내리며 그녀를 안고 있었다.

"그 여자가 어떤 짓을 저지르고 있는지, 네티는 왜 나한테 얘기하지 않았을까요, 앨런?" 이윽고 폴리가 그에게서 몸을 살짝 떼고 물었다. 눈이 이제 어둠에 적응했기에 그는 그녀의 얼굴을 볼 수 있었다. 까만 눈, 까만 머리, 하얀 살결.

"나도 모르겠어요." 그는 말했다.

"나한테 얘기했더라면 내가 처리해줬을 텐데! 내가 직접 윌마 저직을 찾아가서…… 찾아가서……."

지금은 네티도 윌마 못지않게 격렬하고 표독스럽게 게임에 응했다고 얘기할 때가 아니었다. 네티 코브 같은 사람들로서는—어쩌면 윌마 저직 같은 사람들로서도—어쩔 수 없는 순간이 찾아온 거라고, 어느 누구도 바로잡을 수 없는 지경으로 넘어가버리는 순간이 찾아온 거라고 얘기할 때도 아니었다. 그가 말했다.

"지금 새벽 3시 반이에요. 후회하고 아쉬워하기에는 너무 늦었어요." 그는 잠깐 망설이다 다시 말을 이었다. "존 라포인트한테 들었는데 오늘 아침에, 지금은 어제 아침이지만, 네티가 윌마를 두고 한 얘기가 있었다면서요. 뭐라고 했어요?"

폴리는 곰곰이 생각했다.

"윌마를 두고 한 얘기인 줄 몰랐어요. 그때는 말이에요. 네티가 라자냐를 들고 왔어요. 그런데 내 손이…… 상태가 정말 안 좋았거든요. 네티는 한눈에 알아차렸어요. 네티가 어떤 부분에서는 맹할지 몰라도—아니, 맹했을지 몰라도라고 해야 하나…… 잘 모르겠는데—그 친구한테 나는 아무것도 숨길 수가 없었어요."

"그녀는 당신을 정말 사랑했죠." 앨런이 엄숙하게 얘기하자 그녀의 입에서 또다시 흐느낌이 터졌다. 그는 그럴 줄 알고 있었고, 몇 시가 됐건 상관없이 흘려버려야 하는 눈물이 있다는 것도 알았다. 그러지 않으면 그 눈물이 안에서 악을 쓰며 이글거릴 테니까.

잠시 후에 폴리는 다시 말을 할 수 있게 됐다. 얘기를 하는 동안 그녀의 손이 다시 앨런의 목을 슬금슬금 끌어안았다.

"네티가 그 한심한 발열 장갑을 꺼내 왔는데 이번에는 정말로 효과가 있었어요. 아주 심했던 게 좀 가라앉는 것 같더라고요. 그러고 나서 네티가 커피를 끓여줬거든요. 내가 집에 가서 할 일이 있지 않냐고 물었더니 네티는 없다고 했어요. 레이더가 집을 잘 지키고 있다면서 이렇게 말했죠. '그 여자도 나를 건드리지 않을 거야. 보이지도 않고 전화도 없는 걸 보면 내 말이 진심이라는 걸 알아차린 모양이야.' 정확히 이렇게 얘기하지는 않았지만 거의 비슷해요."

"네티가 온 게 몇 시였어요?"

"10시 15분쯤요. 그보다 조금 일찍이었을 수도 있고 나중이었을 수도 있지만 크게 벗어난 시각은 아니었어요. 왜요, 앨런? 그게 중요해요?"

조금 전 이불 속으로 들어갔을 때만 해도 앨런은 베개에 머리를 대자마자 십 초 안에 잘 수 있을 것 같았다. 하지만 이제 그는 다시 번쩍 깨어서 열심히 머리를 굴리고 있었다.

"아뇨." 그가 잠시 사이를 두고 대답했다. "네티가 윌마를 염두에 두고 있었다는 것 말고 별 의미는 없어요."

"난 도무지 믿기지가 않아요. 상태가 정말 좋아진 것 같았거든요, 진짜로요. 내가 지난주 목요일에 네티가 어떤 식으로 용기를 내서 니드풀 싱스 안으로 들어갔는지 얘기했던 거 기억하죠?"

"그럼요."

그녀는 손을 놓고 조바심을 내며 똑바로 누웠다. 금속이 조그맣게 짤랑거리는 소리가 또 들렸지만 앨런은 이번에도 무심하게 넘겼다. 미심쩍은 보석을 살피는 보석상처럼 방금 폴리에게 들은 얘기를 머릿속에서 이리저리 돌리며 계속 되새김질할 따름이었다.

"내가 장례식을 준비해야겠어요." 그녀가 말했다. "야머스에 친척들이 있지만 어차피 몇 명 안 되는데다, 네티가 살아 있었을 때도 그쪽에서 인연을 끊고 지내려던 마당에 죽었으니 오죽하겠어요. 하지만 아침에 연락을 하긴 해야겠죠. 네티의 집에 들어가도 돼요, 앨런? 주소록이 있을 텐데."

"내가 같이 갈게요. 라이언 선생이 부검 결과를 제출하기 전에는 아무것도 들고 나올 수 없지만 전화번호 몇 개 옮겨 적는 거야 뭐 어떻겠어요."

"고마워요."

문득 어떤 생각 하나가 떠올랐다.

"폴리, 네티가 이 집에서 나간 게 몇 시였어요?"

"11시 십오 분 전쯤요. 아무리 늦어도 11시. 한 시간도 안 있었을 거예요. 왜요?"

"아무것도 아니에요." 그는 말했다. 조금 전 번쩍하고 그의 머릿속을 스치고 지나간 생각이 있었다. 네티가 폴리의 집에서 한참 머물다 갔다면 집으로 돌아가 개가 죽은 걸 본 뒤 돌멩이를 줍고, 쪽지를 써서 돌멩이에 묶고, 윌마의 집에 가서 유리창을 박살 낼 시간이 없었을지 모른다는 생각이었다. 하지만 폴리의 집을 나선 시각이 11시 십오 분 전이었다면 두 시간도 넘게 여유가 있었던 셈이다. 그 정도면 충분하고도 남았다.

어이, 앨런! 그를 부르는 목소리가 들렸다. 대개는 애니와 토드 얘기가 나올 때만 옆에서 거드는, 짐짓 명랑한 척 구는 목소리였다. 어째서 이 사건을 네 손으로 잡치려고 하는 거야, 친구?

앨런으로서는 알 수 없는 일이었다. 그가 모르는 게 또 하나 있었다. 네티가 그 많은 돌멩이를 어떻게 저직의 집까지 옮겼는가 하는 것. 그녀는 면허증은커녕, 운전에 대해 아는 게 전혀 없었다.

헛소리 집어치워, 친구. 목소리가 충고했다. 그녀는 자기 집에서 쪽지를 쓰고—어쩌면 강아지 사체 바로 옆에서 썼을지도 모르지—부엌 서랍에서 고무줄을 꺼냈어. 돌멩이는 옮길 필요도 없었지. 윌마의 뒷마당에 차고 넘쳤으니까. 안 그래?

맞는 말이었다. 그럼에도 그녀가 쪽지를 감아서 돌멩이를 들고 왔을 거라는 생각을 떨쳐버릴 수가 없었다. 구체적인 근거는 없지만 왠지 그랬을 것 같았다. 어린애라면, 혹은 사고방식이 어린애와 비슷한 사람이라면 분명 그랬을 것이었다.

가령 네티 코브 같은 사람이라면.

그만하고…… 이제 잊어버려!

하지만 그는 그럴 수가 없었다.

폴리가 그의 뺨을 어루만졌다. "당신이 와줘서 정말 기뻐요, 앨런. 당신한테도 끔찍한 하루였을 텐데."

"오늘 일진이 안 좋았지만 이제 다 끝났으니까. 당신도 이제 그만 잊어버려요. 눈 좀 붙이고요. 내일 해야 할 일이 많잖아요. 약 가져다 줄까요?"

"아뇨, 그나마 손은 좀 괜찮아졌어요. 앨런……." 그녀는 말을 하다 말고 이불 속에서 꼼지락거렸다.

"왜요?"

"아니에요." 그녀가 말했다. "별일 아니에요. 당신이 옆에 있으니 이제는 잘 수 있을 것 같아요. 잘 자요."

"잘 자요."

그녀는 그에게서 몸을 돌리고 이불을 끌어당기더니 곧 잠잠해졌다. 그는 그녀가 어떤 식으로 자신을 끌어안았는지 잠깐 떠올렸다. 그의 뒷덜미에서 깍지를 꼈던 그녀의 손. 그 정도로 손가락을 구부릴 수 있다면 진짜로 괜찮아진 것이리라. 다행이었고, 미식축구 경기 도중에 클럿에게 전화를 받은 이래 그에게 벌어진 가장 좋은 일일지 몰랐다. 이 상태로 유지되기만 한다면 말이다.

폴리는 가벼운 비중격 만곡증이 있어서 이제 나지막이 코를 골기 시작했다. 앨런의 귀에는 그 소리가 듣기 좋게 느껴졌다. 진짜 소리를 내고…… 가끔 이불을 빼앗아 가기도 하는 진짜 사람과 한 침대에 누워 있어서 좋았다. 그는 어둠 속에서 씩 웃었다.

이윽고 다시금 살인 사건이 떠오르자 웃음기가 가셨다.

그 여자도 나를 건드리지 않을 거야. 보이지도 않고 전화도 없는 걸 보면 내 말이 진심이라는 걸 알아차린 모양이야.

보이지도 않고 전화도 없는 걸 보면.

내 말이 진심이라는 걸 알아차린 모양이야.

이런 사건은 해결하고 말고 할 게 없었다. 심지어 시턴 토머스조차 삼중 초점 안경 너머로 현장을 한 번 흘끗 쳐다보고 무슨 일이 벌어졌는지 정확히 얘기할 수 있을 터였다. 새벽의 결투용 권총이 아니라 주방용품이 동원됐지만 결과는 같았다. 부검하느라 곳곳이 Y자 모양으로 절개된 시신 두 구가 케네벡밸리 병원의 영안실에 안치됐다. 딱 한 가지 의혹이 있다면 이런 사태가 발생하게 된 원인이었다. 그에게는 몇 가지 의문점과 찝찝한 구석이 있었지만 그것들은 윌마와 네티가 땅에 묻히기도 전에 흐지부지될 게 분명했다.

이제 찝찝함이 한층 끈질기게 그를 괴롭혔고, 그중 몇 개는

(내 말이 진심이라는 걸 알아차린 모양이야.)

구체적인 틀을 갖추었다.

앨런이 보기에 이런 사건은 높은 담장으로 둘러싸인 정원과도 같았다. 들어가려면 문을 찾아야 했다. 문이 몇 개씩 있는 경우도 있지만 그의 경험상 최소한 한 개는 있었다. 당연히 그럴 수밖에. 그렇지 않으면 무슨 수로 정원사가 안에 들어가서 씨를 뿌릴 수 있었겠는가. 화살표와 함께 "이곳으로 들어가시오"라는 글자가 네온사인으로 번쩍이는 큼지막한 문이 있는가 하면 빼곡한 담쟁이덩굴로 덮여 있어서 한참 동안 찾아야 하는 작은 문도 있지만, 오랜 시간 포기하지 않고 덤불을 헤치며 손에 몇 군데 물집이 잡히는 걸 개의치 않는다면 반드시 찾을 수 있었다.

이따금 그 문은 현장에서 찾은 증거이기도 했다. 목격자이기도 했다. 그리고 또 가끔은 정황과 논리를 바탕으로 탄탄하게 구축한 가정이기도 했다. 이 사건에서 그가 세운 가정은 다음과 같았다. 하나, 윌마는 괴롭히기와 엿 먹이기라는 오랜 전통을 이어나가고 있었다. 둘, 이번에는 심리전을 펼칠 상대를 잘못 골랐다. 셋, 네티는 남편을 죽였을 때 그랬던 것처럼 다시 눈이 뒤집혔다. 하지만…….

(보이지도 않고 전화도 없는 걸 보면)

네티가 정말로 그렇게 얘기했다면, 그걸로 얼마나 많은 게 달라지는 걸까? 그 한 문장으로 인해 얼마나 많은 가정이 무용지물로 전락할지, 앨런으로서는 알 수가 없었다.

그는 어둠을 응시하며 결국 문을 찾은 걸까 생각했다.

네티가 한 말을 폴리가 잘못 들었을 수도 있지 않을까.

이론적으로는 가능했지만 앨런으로서는 그렇게 생각하기가 힘들었다. 네티의 행동이, 적어도 어느 시점까지는 폴리가 들었다고 하는 말과 일맥상통했다. 네티는 금요일에 폴리의 집으로 출근하지 않았다. 몸이 안 좋다고 했다. 진짜 그랬을지 모르지만 윌마가 무서워서 그랬을 수도 있었다. 일리 있는 얘기였다. 그들이 피터 저직을 통해 입수한 정보에 따르면 윌마는 자기 시트가 못 쓰게 된 걸 보았을 때 적어도 한 번 이상 네티에게 협박성 전화를 걸었다. 다음 날 피터가 모르는 새 또 전화를 걸었을 수도 있었다. 하지만 네티는 일요일 오전에 음식을 들고 폴리를 찾아왔다. 윌마가 계속 불을 지피고 있었다면 과연 그랬을까? 앨런이 보기에는 아니었다.

윌마의 유리창을 깨뜨린 돌멩이는 또 어떤가. 돌멩이를 감싼 쪽지마다 같은 문구가 적혀 있었다. "나 건드리지 말라고 했을 텐데. 이번이 마지막 경고다." 대개는 상대방에게 달라질 시간을 주는 게 경고인데 윌마와 네티의 경우에는 그럴 시간이 허락되지 않았다. 두 사람은 돌팔매질에 유리창이 깨지고 겨우 두 시간 만에 그 길모퉁이에서 만났다.

그건 어찌어찌 설명을 할 수 있을 것도 같았다. 네티는 죽은 개를 보았을 때 폭발했을 것이다. 윌마도 집에 도착했을 때 난장판인 걸 보고 마찬가지였을 것이다. 마지막 불꽃을 일으키는 데에는 전화 한 통이면 충분했을 것이다. 둘 중 한 명이 전화를 걸었고…… 우려했던 사태가 벌어졌다.

앨런은 옆으로 돌아누우며 예전처럼 통화 내역을 입수할 수 있는 시대라면 얼마나 좋을까 생각했다. 윌마와 네티가 마지막으로 만나기 전에 통화했다는 증거를 입수하면 마음이 한결 가벼워질 것 같았다. 하지만…… 최후의 통화를 기정사실로 간주하더라도 쪽지의 문제가 남았다.

이런 식이었을 거야. 네티가 폴리의 집에서 돌아와보니 현관 앞에 개가 죽어 있었어. 코르크 오프너에 꽂힌 쪽지를 읽었지. 열네 장 아니면 열여섯 장의 종이에다가 똑같은 문구를 적고 외투 주머니에 넣었어. 고무줄도 챙기고. 윌마의 집에 가서 뒷마당으로 들어갔어. 돌을 열네 개 아니면 열여섯 개 쌓아놓고 고무줄로 쪽지를 묶었어. 돌을 던지기 전에 이 작업을 미리 끝냈을 거야. 잔치를 벌이는 중간에 돌을 다시 줍고 쪽지를 다시 묶으면 시간이 너무 오래 걸릴 테니까. 돌을 다 던진 뒤에는 집으로 돌아가서 강아지의 죽음에 대해 좀 더 슬퍼했고.

어째 영 앞뒤가 안 맞는 듯 느껴졌다.

엉망진창인 것 같았다.

이건 그가 아는 네티 코브와 어울리지 않는 생각과 행동이 전제된 추측이었다. 그녀가 남편을 죽인 건 오랫동안 반복적으로 폭행에 시달린 결과였지만 살인 자체는 이성을 상실한 상태에서 충동적으로 저지른 범죄였다. 조지 배너먼의 오래된 파일에 남아 있는 기록이 맞는다면 네티는 앨비언 코브에게 사전에 경고장 같은 걸 쓴 적이 없었다.

정답처럼 느껴지는 추측은 훨씬 간단했다. 네티가 폴리의 집에서 돌아와보니 현관 앞에 개가 죽어 있었다. 그녀는 부엌 서랍에서 고기 토막 내는 칼을 꺼내들고 폴란드 여자의 엉덩이를 크게 한 덩이 썰려고 나섰다.

하지만 만일 이게 정답이라면 월마 저직의 유리창을 깬 사람은 누구였을까?

"게다가 시점도 정말 얄궂단 말이지." 그는 중얼거리며 또다시 돌아누웠다.

존 라포인트가 범죄수사부의 수사팀과 함께 일요일 오후와 저녁 동안 네티의 행적을 추적했다. 그녀는 라자냐를 들고 폴리의 집으로 찾아갔다. 폴리에게는 집으로 가는 길에 새로 문을 연 니드풀 싱스 앞으로 지나갈 테고 사장 릴런드 곤트가 출근했으면 들어가서 만나겠다고 얘기했다. 폴리의 말에 따르면 곤트 씨가 그날 오후에 보여줄 게 있다며 그녀를 불렀기 때문에, 네티는 그에게 폴리가 손이 상당히 아프기는 하지만 그래도 올 거라고 전할 생각이었다고 했다.

네티가 니드풀 싱스에 들렀다면, 거기서 물건을 구경하고 마음에 칭찬이 자자하지만 앨런은 계속 만날 기회를 놓친 사장과 대화를 나누며 시간을 보냈다면, 그녀였을 가능성은 차단되고 누군지 모를 제삼자가 돌을 던졌을 가능성이 생긴다. 하지만 아니었다. 가게 문은 닫혀 있었다. 곤트가 나중에 찾아간 폴리와 수사팀에게 전한 바에 따르면 그는 카니발 글라스 전등갓을 사 간 이후로 네티의 코빼기도 본 적이 없다고 했다. 어쨌든 그는 오전 내내 뒷방에서 클래식을 들으며 재고 조사를 했다. 누가 와서 문을 두드렸더라도 듣지 못했을 것이었다. 따라서 네티는 곧장 집으로 향했고 앨런이 느끼기에 전혀 그녀답지 않은 그 많은 것들을 준비할 만한 시간적 여유가 있었다.

월마 저직의 경우에는 시간적으로 훨씬 빠듯했다. 그녀의 남편은 지하실에 목공 장비를 갖추고 있었다. 그는 일요일 아침 10시 직후까지 거기에 있었다. 시간이 어느새 그렇게 된 걸 확인한 그는 기계를 끈 뒤, 옷을 갈아입고 11시 미사에 갈 생각으로 2층으로 올라갔다. 그가 경찰에 얘기한 바에 따르면 침실로 들어갔을 때 월마는 샤워를 하고 있었다는데, 앨런으로서는 갑자기 아내를 여읜 남자의 증언을 의심할 이유가 없었다.

분명 이런 식이었을 것이다. 월마는 9시 35분이나 40분에 차를 몰고 네티의 집 앞을 지나며 위협하려고 나섰다. 피터는 지하실에서 새집이나 뭐 그런 걸 만드느라 그녀가 나간 줄도 몰랐다. 월마는 10시 십 분 전쯤에, 그러니까 네티가 폴리의 집으로 출발하자마자 그 집 앞에 도착했고 문이 열려 있는 걸 보았다. 월마에게 그건 금테를 두른 초대장이나 다름없었다. 그녀는 차를 세운 뒤 안으로 들어가 강아지를 죽이고 충동적으로 쪽지를 남긴 다음 다시 밖으로 나왔다. 이웃 주민들 중 월마의 밝은 노란색 유고를 본 사람은 아무도 없었다. 찜찜하긴 했지만 그게 그녀가 그 집을 찾아가지 않았다는 증거가 될 수는 없었다. 어차피 이웃 주민들 대부분이 교회나 야외로 나들이를 가느라 집에 없기도 했고.

월마는 다시 집으로 돌아와 피터가 전동 대패인지 실톱인지 모를 기계를 끄는 사이 2층으로 올라가 옷을 벗었다. 피터가 외투를 입고 넥타이를 매기 전에 손에 묻은 톱밥을 씻으러 안방 옆 욕실에 들어갔을 때 윌마는 이제 막 샤워기를 튼 참이었다. 몸의 한쪽 면은 아직 보송보송했을지 모른다.

모든 게 뒤죽박죽인 이 사건에서 앨런이 느끼기에 딱 한 군데 논리적으로 수긍이 되는 부분이 있다면 피터 저직이 침실에 들어가보니 아내가 샤워를 하고 있었다는 사실이었다. 강아지에 쓰인 코르크 오프너는 치명적인 무기이기는 했어도 길이가 짧았다. 손과 팔에 남은 핏자국을 씻고 싶었을 것이다.

윌마는 저쪽에서는 네티를, 이쪽에서는 남편을 아슬아슬하게 피했다. 가능한 시나리오였을까? 그랬다. 아슬아슬한 간발의 차이였겠지만 불가능한 일은 아니었다.

그러니까 잊어버리자, 앨런. 잊어버리고 잠이나 자자.

그럴 수가 없었다. 뭔가 구린내가 났다. 구려도 너무 구렸다.

앨런은 다시 똑바로 누웠다. 1층에서 거실 시계가 나지막이 4시를 알리는 소리가 들렸다. 아무리 머리를 굴려도 결론이 나지 않는데, 스위치를 끌 수가 없었다.

사랑하는 강아지가 죽어서 쓰러진 자리와 오 미터도 안 되는 거리를 두고 차분하게 식탁에 앉아서 이번이 마지막 경고라고 쓰고 또 쓰는 네티의 모습을 애써 그려보았다. 아무리 애를 써도 그려지지가 않았다. 정원으로 들어가는 문처럼 느껴졌던 것이, 시간이 지날수록 틈새 하나 없는 높은 담벼락에 그려놓은 아주 그럴듯한 그림처럼 느껴졌다. 트롱프뢰유*라고 할까.

* 실물과 구별할 수 없을 만큼 정교한 눈속임 그림.

네티가 윌로 스트리트에 있는 윌마의 집까지 걸어가서 창문을 깨뜨렸을까? 알 수 없었지만 네티 코브가 캐슬록에서 여전히 요주의 인물이라는 건 그도 알았다. 남편을 죽이고 주니퍼힐 치료감호소에 몇 년 동안 갇혀 지냈던 미친 여자. 그녀가 일상적인 경로에서 어쩌다 한번 살짝 벗어나기만 해도 다들 알아차렸다. 그녀가 아마 혼잣말을 중얼거리고 눈물을 흘리며 일요일 아침에 윌로 스트리트까지 걸어갔다면 틀림없이 눈에 띄었을 것이다. 내일부터 앨런은 그 주변의 집들을 찾아다니며 탐문을 시작할 작정이었다.

마침내 그는 잠결 속으로 빨려 들어갔다. 마지막까지 그를 괴롭힌 광경은 고무줄로 종이가 한 장씩 묶인 돌무더기였다. 다시 이런 생각이 들었다. 네티가 아니라면, 대체 누가 돌을 던졌을까?

9

월요일 밤이 스멀스멀 새벽을 향해 가고 새롭고 흥미진진한 한 주가 시작되려는 무렵, 리키 비저넷이라는 젊은 남자가 침례교회 목사관을 둘러싼 산울타리를 헤치고 모습을 드러냈다. 아주 멀끔한 이 건물 안에서는 윌리엄 로즈 목사가 깊디깊은 단잠을 자고 있었다.

열아홉 살이고 머리가 썩 좋지 않은 리키는 소니의 서노코 주유소 직원이었다. 몇 시간 전에 가게 문을 닫았지만 사무실에서 빈둥거리며 로즈 목사에게 장난을 쳐도 될 만큼 야심한(아니면 이른) 시각이 되길 기다렸다. 리키는 금요일 오후에 새로 문을 연 가게에 들렀다가 사장과 대화를 나누게 됐다. 그는 재미있는 노인네였고, 이런저런 얘기를 하다가 정신을 차려보니 곤트에게 마음속 가장 깊숙이 간직한 은밀한 바람까지 털어놓고 있었다. 어떤 어린 배우 겸 모델—아주 어린 배우 겸 모델—의 이름을 들먹이며 그녀의 누드 사진을 가질 수만 있다면 소원이 없겠다고 말이다.

"흠, 손님 마음에 들 만한 물건이 있긴 한데요……."

곤트는 이렇게 얘기하고는 그들 두 사람밖에 없다는 걸 확인이라도 하려는 듯 좌우를 흘끗거리더니 문 앞으로 가서 팻말을 '영업중'에서 '영업 종료'로 뒤집었다. 그는 금전등록기 옆의 자기 자리로 돌아가 카운터 아래쪽을 뒤진 끝에 아무 표시도 없는 마닐라 봉투를 꺼냈다. "이걸 한번 보세요, 비저넷 씨." 곤트는 산전수전 다 겪은 사람처럼 약간 음흉하게 눈을 찡긋거렸다. "아이구, 깜짝이야, 할 거예요. 어안이 벙벙할 수도 있고요."

리키의 반응은 너무 놀라서 할말을 잃은 쪽에 가까웠다. 그가 군침을 흘렸던 배우 겸 모델이 거기 있었고—그럴 수밖에!—단순한 누드 사진이 아니었다. 어떤 사진에서는 유명한 남자배우와 함께 찍혔다. 또 어떤 사진에서는 두 명의 유명한 남자배우와 함께 찍혔는데, 그중 한 명은 할아버지뻘은 됨 직했다. 그리고 다른 사진에서는…….

하지만 다른 사진을 미처 보기 전에(다 해서 쉰 몇 장쯤 되는 것 같았고 전부 8×10 사이즈의 번쩍번쩍한 컬러사진이었다) 곤트가 홱 채갔다.

"그 사람은……!" 리키는 침을 꿀꺽 삼키고, 화려한 타블로이드 잡지와 화려한 토크쇼에 자주 등장하는 누군가의 이름을 말했다.

"아, 아니에요." 곤트는 이렇게 말했지만 비취색 두 눈은 맞는다고 얘기하고 있었다. "그럴 리가 있나요. 하지만…… 기가 막히게 닮았죠? 이런 사진을 판매하는 건 당연히 불법이지만—성적인 내용은 둘째치고 이 아가씨가 누군지 몰라도 기껏해야 열일곱 살일 테니까요—그래도 말만 잘하면 드릴 수 있을지 몰라요, 비저넛 씨. 난 열병이 아니라 장사 욕심에 피가 끓는 사람이라. 그러니! 어디 흥정을 시작해볼까요?"

그들은 흥정을 시작했다. 결국 리키 비저넛은 일흔두 장의 불법 포르노 사진을 삼십육 달러에 구입하고…… 이런 깜찍한 장난을 치기로 했던 것이다.

그는 허리를 숙인 채 목사관 잔디밭을 달려서 가로지른 뒤, 현관 그림자 안에 잠깐 몸을 숙이고서 아무도 없는지 확인한 다음 계단을 올라갔다. 이어 뒷주머니에서 아무 무늬도 없는 하얀색 엽서를 꺼내 우편함에 넣었다. 놋쇠 뚜껑을 닫을 때는 쇠 부딪히는 소리가 나지 않게끔 손끝으로 신중을 기했다. 그런 다음 현관 난간을 뛰어넘어 다시 잽싸게 잔디밭을 가로질렀다. 월요일 아침이 밝기까지 남은 두세 시간 동안 해야 할, 엄청나게 중요한 일이 있었다. 일흔두 장의 사진과 대용량 저겐스 핸드 로션이 동원되는 일이었다.

엽서는 우편함에서 목사관 현관 앞에 깔린 빛바랜 깔개 위로 하얀 나방처럼 펄럭펄럭 떨어졌다. 글이 적힌 쪽이 위로 보이게 내려앉았다.

어뜨케 지내시나 쥐새끼가튼 등신 침레교 목사.

우리 카지노 나이트를 씹고 다니지 말라고 경고장 보낸다. 재미 있게 좀 놀자는 거지 널 어쩌겠다는 게 아니잖아. 아무튼 우리 독실한 가톨릭은 너네 침례교 개소리가 지긋지긋하다. 너네 침례교는 씹새끼라는 걸 알아. 이 경고 명심하는 게 좋을 거다, 거루칸 윌리 목사. 좆밥처럼 생긴 그 면상을 자꾸 들이밀면 너랑 너네 따라지들을 조져주겠어, 영원히 똥냄새 풍기게!

우리 건드리지 마라 쥐새끼가튼 등신아. 안 그러면 영원히 후회하게 만들어줄 테니까, 이 개새끼야. 이건 '마지막 경고'다.

캐슬록을 걱정하는 가톨릭교인 일동

로즈 목사는 가운을 입고 조간신문을 가지러 내려왔다가 그 엽서를 보았다. 그가 보인 반응은 말로 표현하는 것보다 상상하는 편이 나을 것이다.

10

릴런드 곤트는 등 뒤로 손깍지를 끼고 니드풀 싱스 2층의 거실 창가에 서서 캐슬록을 내다보았다.

그가 등지고 있는 방 네 개짜리 주거 공간을 보면 마을 주민들이 눈썹을 치올릴 만도 한 것이, 안에 아무것도 없었다. 정말이지 아무것도 없었다. 침대도, 가전제품도, 의자 하나도 없었다. 문이 열린 벽장은 텅 빈 상태였다. 한줄기의 찬바람이 무릎 높이로 불어오자 먼지를 뒤집어쓴 토끼 인형 몇 개가 카펫 없는 맨바닥을 굴렀다. 세간이라고는 창문에 달린 아늑한 체크무늬 커튼뿐이었다. 길거리에서 보이는 게 커튼뿐이었으니 그것으로 충분하긴 했다.

온 마을이 잠들어 있었다. 가게들도 집들도 어두컴컴한 가운데, 메인 스트리트에서 움직이는 것이라고는 메인과 워터밀이 만나는 네거리에서 졸음에 겨운 노란색으로 깜빡이는 신호등뿐이었다. 그는 애정 어린 눈빛으로 마을을 내려다보았다. 아직은 그의 마을이 아니었지만 조만간 그렇게 될 것이다. 이미 선취권을 쥐었다. 그들은 아직 그렇다는 걸 몰랐지만…… 알게 될 것이다. 그럴 것이다.

개업식이 아주 성황리에 끝났다.

곤트는 스스로 인간의 영혼을 자극하는 전기기술자라고 생각했다. 캐슬록처럼 조그만 마을에서는 모든 두꺼비집이 일렬로 나란히 줄지어 있었다. 그러니 뚜껑을 열고 선을 교차시켜 연결하기만 하면 그만이었다. 다른 두꺼비집의 선, 예를 들면 브라이언 러스크라는 아이와 휴 프리스트라는 주정뱅이로 윌마 저직을 네티 코브에게 연결하듯이 말이다. 다른 사람들의 경우에도 마찬가지였다. 버스터 키턴과 노리스 리지윅, 프랭크 주잇과 조지 넬슨, 샐리 랫클리프와 레스터 프랫.

어느 시점에 다다랐을 때 테스트를 거쳐 이 놀라운 배선이 전부 제대로 작동하는지 확인한 다음 납작 엎드려서 어쩌다 한 번씩 전류를 흘려보내면 그걸로 끝이었다. 심심하지 않게. 열이 식지 않게. 하지만 모든 게 완벽하게 갖추어질 때까지는 납작 엎드리고 있다가…… 스위치를 올려야 했다.

모든 스위치를.

한꺼번에.

필요한 건 인간의 본능에 대한 이해와…….

"두말하면 잔소리지만, 사실 수요와 공급의 문제지." 릴런드 곤트는 잠이 든 마을을 내다보며 중얼거렸다.

그러는 이유가 뭐냐고? 글쎄…… 딱히 이유는 없다. 그냥이다.

인간들은 항상 영혼이라는 것에 대해 생각한다. 그리고 가게 문을 닫을 때, 그는 영혼을 최대한 많이 거두어 갈 수 있을 것이다. 릴런드 곤트에게는 인간의 영혼이 사냥꾼의 노획물, 낚시꾼의 박제 물고기와 같았다. 사실 요즘은 인간의 영혼이 실질적으로는 별다른 가치가 없었다. 그럼에도 그는, 스스로야 반대로 말하긴 해도, 할 수 있는 모든 것을 했다. 최선을 다하는 것이 게임에 대한 예의 아닌가.

하지만 가장 큰 원동력은 영혼이 아니라 재미였다. 단순한 재미. 어느 정도 시간이 지나면서 그것이 유일한 이유가 되었다. 기나긴 세월을 버티려면 기회가 있을 때 머리를 식힐 만한 오락거리를 찾아야 했다.

곤트는 뒷짐을 지고 있던 손을 풀어서—운이 없어서 그 손길을 느낀 사람들은 몸서리를 쳤다—오른손의 마디가 왼쪽 손바닥을, 왼손의 마디가 오른쪽 손바닥을 누르도록 단단히 맞잡았다. 그의 손톱은 길고 두껍고 누렜다. 게다가 뾰족하기도 해서 이내 살갗이 찢기며 검붉은 피가 진하게 흘러나왔다.

브라이언 러스크는 잠결에 비명을 질렀다.

마이라 에번스는 사타구니에 손을 넣고 격렬하게 자위를 하기 시작했다. 꿈속에서 황제가 그녀와 사랑을 나누고 있었다.

댄포스 키턴은 루이스턴 경마장의 마지막 직선 코스에 누워 있는 꿈을 꾸었다. 말들이 그를 향해 달려오자 손으로 얼굴을 가렸다.

샐리 랫클리프는 레스터 프랫의 머스탱 문을 열자 득시글거리는 뱀들이 그녀를 맞이하는 꿈을 꾸었다.

휴 프리스트는 멜로 타이거의 바텐더 헨리 보퍼트가 그의 여우 꼬리에 라이터 기름을 붓고 불을 지르는 꿈에 시달리다가 고함을 지르며 번쩍 눈을 떴다.

레이 밴 앨런의 병원에서 의료보조원으로 일하는 에버렛 프랭클은 새로 산 담배 파이프를 물었는데 담뱃대가 면도칼로 둔갑해 혀가 잘리는 꿈을 꾸었다.

폴리 차머스가 나지막이 앓는 소리를 내기 시작하자 은색의 조그만 부적 안에서 먼지를 뒤집어쓴 조그만 날개가 퍼덕이듯 뭔가가 서걱거리며 움직였다. 그러자 제비꽃이 미미하게 흔들릴 때처럼 희미하고 텁텁한 향이 피어올랐다.

릴런드 곤트는 천천히 손을 풀었다. 큼지막하고 삐딱한 이를 드러내며 명랑한 동시에 섬뜩하리만치 추악하게 씩 웃었다. 캐슬록 곳곳에서 꿈이 바람에 실려 날아갔고 잠결에 뒤척이던 사람들은 다시금 안정을 되찾았다.

당분간.

조만간 해가 뜰 것이다. 그리고 얼마 안 있어 놀랍고 경이로운 새 날이 시작될 것이다. 조수를 구할 때가 됐지만…… 그 조수 또한 그가 불을 댕긴 이 사업에서 배제되지는 않을 것이다. 아니고말고.

그래서는 재미가 없지 않겠는가.

릴런드 곤트는 창가에 서서 사랑스러운 어둠 속에 무방비로 펼쳐진 마을을 내려다보았다.

(2권에 계속)

옮긴이 **이은선**

연세대학교에서 중어중문학을, 국제학대학원에서 동아시아학을 전공했다. 편집자, 저작권 담당자를 거쳐 전문 번역가로 활동중이다. 코넬 울리치의 『환상의 여인』과 『상복의 랑데부』, 애거서 크리스티의 『끝없는 밤』, 스티븐 킹의 『11/22/63』, 『악몽을 파는 가게』, 『미스터 메르세데스』. 마거릿 애트우드의 『그레이스』, 프레드릭 배크만의 『베어타운』 등을 비롯하여 다양한 소설을 번역하고 있다.

욕망을 파는 집 1
Needful Things

1판 1쇄 2020년 5월 25일
1판 3쇄 2023년 11월 15일

지은이 스티븐 킹
옮긴이 이은선
펴낸이 김소영

책임편집 이송 | **편집** 임지호 | **외주편집** 홍상희
표지디자인 이경란 | **본문조판** 최미영 | **저작권** 박지영 형소진 최은진 서연주 오서영
마케팅 정민호 서지화 한민아 이민경 안남영 왕지경 황승현 김혜원 김하연 김예진
브랜딩 함유지 함근아 고보미 박민재 김희숙 박다솔 조다현 정승민 배진성
제작 강신은 김동욱 이순호 | **제작처** 영신사

펴낸곳 (주)문학동네
출판등록 1993년 10월 22일 제2003-000045호

주소 10881 경기도 파주시 회동길 210
문의 031-955-1918(편집) 031-955-2696(마케팅) 031-955-8855(팩스)
전자우편 editor@elmys.co.kr | **홈페이지** www.elmys.co.kr
인스타그램 @elixir_mystery | **트위터** @elixir_mystery

ISBN 978-89-546-7160-6 04840
978-89-546-7159-0 (SET)

엘릭시르는 출판그룹 문학동네의 장르문학 브랜드입니다.

잘못된 책은 구입하신 서점에서 교환해드립니다.
기타 교환 문의 031) 955-2661, 3580